한글로 읽힌 최초 소설

설공찬전의 이해

이 복 규

지식과교양

설공찬전 원문

〈설공찬전〉 국문본이 적힌 『묵재일기』 제3책 표지

〈설공찬전〉 국문본 제1쪽

〈설공찬전〉 국문본 제2~3쪽

〈설공찬전〉 국문본 제4~5쪽

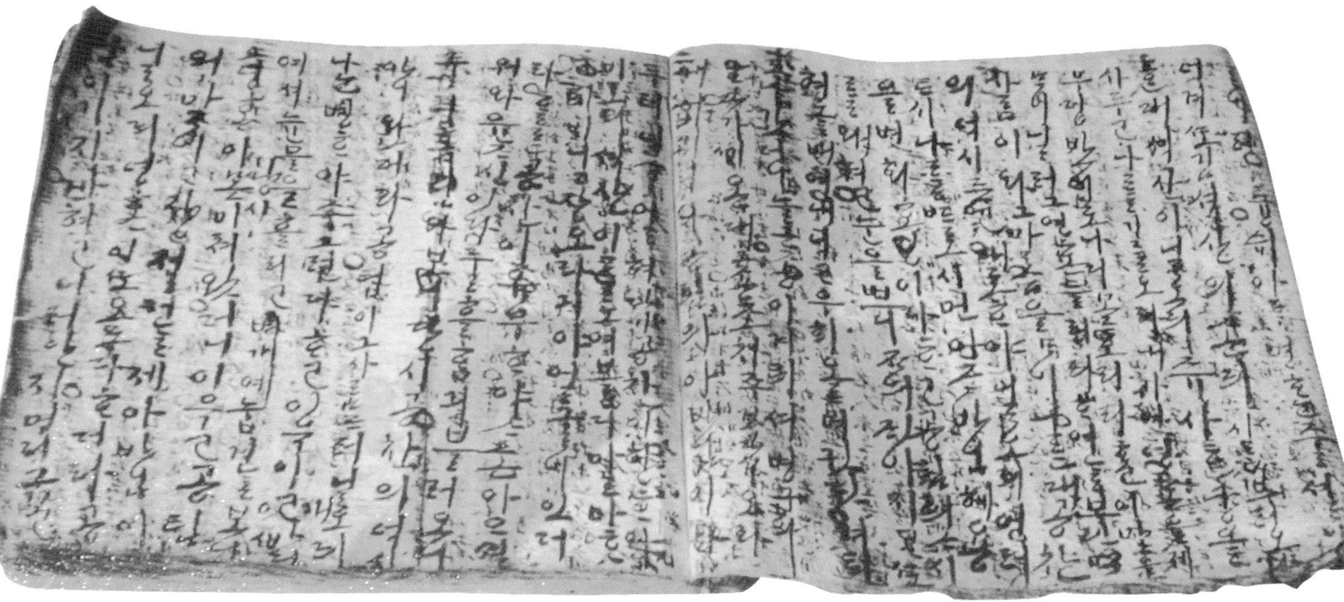

〈설공찬전〉 국문본 제6~7쪽

〈설공찬전〉 국문본 제8~9쪽

〈설공찬전〉 국문본 제10~11쪽

〈설공찬전〉 국문본 제12~13쪽

서문

이 책은 이미 냈던 『설공찬전 연구』를 낸 후 추가로 연구해 발표한 4편의 논문을 더한 것입니다. 맨 끝에는 '설공찬전의 종합적 가치'라는 짤막한 글을 따로 마련해, 그간의 연구 성과를 집약했습니다. 초판과는 달리 화보란에 작품 원전 사진을 칼라로 모두 실었고, 청소년용 현대역본도 보탰습니다.

〈설공찬전〉을 발굴해 여기까지 오는 동안 참으로 행복했습니다. 이 일로 창작지인 상주의 쾌재정은 최근 지방문화재로 지정되어 있으니 더욱 보람입니다. 학자로서 이런 복을 누린 것은 그저 행운입니다. 하늘이 그런 행운을 허락했건만 내 역량이 모자라, 이 작품을 아직 제대로 연구하지 못해 부끄럽기만 합니다.

아쉽지만, 이 제2판으로, 이 작품에 대한 내 연구는 일단락 짓는 셈입니다. 눈 밝은 분들이, 더 잘 조명해 주었으면 합니다. 그러는 데 이 책이 디딤돌 구실을 했으면 좋겠습니다.

늘 기도 가운데 내조해 주는 아내 김범순 권사에게 고마운 마음입니다. 한결같은 애정으로 내 책을 출판해 주시는 지식과교양사 윤석산 사장님께도 감사합니다.

2018년 3월

서경대 한림관 704호에서

이 복 규

| 차례 |

I

설공찬전 국문본 발견의 의의와 학계 · 일반의 반향

1. 머리말

난재[1](懶齋) 채수(蔡壽)의 한문소설 〈설공찬전(薛公瓚傳)〉 국문본이 필자에 의해 1996년에 극적으로 발견되어 1997년에 세상에 알려졌다.[2] 비록 한문원본이 아닌 그 국문번역본이고 일부만 발견되어 아쉽지만, 이 작품이 실존했다는 사실을 확인할 수 있고, 그 내용도 대강이나마 알게 되었다는 점에서 많은 사람이 관심을 표명하였다. 게다가 〈설공찬전〉 국문본에 이어 〈왕시전〉·〈왕시봉전〉·〈비군전〉·〈주생전(周生傳)〉 국문본 등도 함께 발견되어 그 내용도 자세하게 밝혀졌다.[3]

---

1) '懶齋'의 음을 '난재'로 달기로 한다. 한자자전에 '난'이란 음도 있으려니와 채씨 문중에서 전통적으로 '난재'로 명명하고 있는 점을 고려해 그렇게 한다.

2) 이복규, 설공찬전-주석과 관련자료-(서울 : 시인사, 1997) 참조.

3) 이복규, 새로 발굴한 초기 국문 · 국문본소설(서울 : 박이정, 1998), 묵재일기 소재

이미 언론 보도와 책을 통해 그 발굴 경위와 의의에 대해 상세하게 언급하였으므로, 여기에서는 미처 거론하지 못했거나 미진한 내용은 더 보태고, 다음 장에서 다시 언급할 사항은 요약해 서술하고자 한다. 원문을 판독하는 과정에서도 일부 오류가 있었기에 여기에 그 원문과 현대역문을 포함하여 싣기로 한다. 특히 이 작품을 발견하여 소개한 이후 학계와 일반의 반향이 어떠했는지 기술함으로써 이에 대해 궁금하게 여기는 분들에게 도움을 주고자 한다.

2. 설공찬전 국문본의 발견 경위

이미 알려진 바와 같이 〈설공찬전〉은 성주 이씨 묵재공(이문건)파 문중에서 소장하고 있는 『묵재일기』라는 한문일기책의 이면에 필사되어 있기에, 이 작품을 발견하기 위해서는 『묵재일기』를 입수해야만 한다. 그런데 성주 이씨도 아닌 전주 이가인 필자가 그 일기책과 만나게 되었는가? 필자를 만나는 분들이 그 점에 대해 매우 궁금하게 여긴다.

필자가 『묵재일기』와 만나게 된 것은 전적으로 국사편찬위원회 덕이다. 국사편찬위원회와 필자는 어떤 관계인가? 원래는 아무런 관계도 없었다. 하지만 내게 행운이 찾아오려고 그랬던가? 1990년대 초 〈임경업전〉으로 박사논문을 작성하면서 한문초서로 된 이본들 때문에 곤욕을 치르는 경험을 하고, 암호와도 같은 한문초서 해독능력을

국문본소설 연구(서울:박이정, 2018) 참조.

보유하고 싶은 간절한 욕구를 필자는 가지게 된다. 하지만 어디에도 한문초서를 가르치는 곳은 없었다.

실망하고 있던 차, 1994년 봄학기부터 국사편찬위원회에서 초서전문해독자를 양성하는 연수과정을 국비로 운영한다며 연수생 모집 공고를 냈고, 우연한 기회에 대학 선배인 고 최윤규 교수께서 그 사실을 일러주었다. 필자는 급히 시험과목인 국사와 한문을 준비하여 합격하였다. 원래는 국사전공자이거나 국사 관련 업적이 있는 사람만 응시할 수 있었으나 요행히도 필자는 학부 졸업논문으로 작성해 발표한 〈주몽신화의 문헌기록 검토〉란 논문이 인정을 받아 응시할 수 있었으니 그것도 행운이었다.

이래서 필자는 낮에는 국사편찬위원회에서 연수과정 학생으로, 밤에는 당시 야간이던 서경대학교에서 교수로서 강의하는 주경야독을 하여 1995년 2월에 초서연수과정을 수료하였다. 수료하던 날, 연구실에 돌아와 〈임경업전〉 초서본을 펼쳐놓고 실력을 확인하던 순간의 보람과 기쁨도 이루 형언하기 어려운 일이었지만 더 큰 행운이 필자를 기다리고 있었다.

필자가 국사편찬위원회 초서연수과정을 이수하던 1995년 바로 그해 동안에 국사편찬위원회 사료조사팀이 충북 괴산 성주 이씨 묵재공파 문중에서 애지중지 소장해 온 『묵재일기』(1535~1567년)[4] 10책을

---

4) 『묵재일기』는 이문건(1494-1567)이 30년간 기록한 것으로 충북 괴산에 있는 성주 이씨 문중에서 보관해 오던 것을 국사편찬위원회에서 수집해 와서 1998년에 그 탈초본을 상 · 하 2책으로 발간하였다. 이 일기는 생활일기로서는 우리나라 최초의 작품으로, 일기문학으로서도 가치가 매우 크다. 모두 10책이 남아있는데, 책마다 크기가 일정하지 않다. 〈설공찬전〉이 적혀 있는 제 3책은 가로 23cm 세로 22.6cm 크기의 한지를 네 군데 묶어서 만든 것으로, 표지는 매우 낡았으나 본문 상태는 비교

수집해 마이크로필름으로 촬영하는 작업이 이루어졌다. 그 작업이 끝나자마자 초서를 일반 정자로 바꾸는 이른바 탈초(脫草) 작업을 필자를 포함한 5명의 연수과정 제1기 수료생한테 맡겼다. 이래서 매주 모여 탈초작업을 해 나가던 어느 날이었다. 그때 필자는 자료 욕심이 많아, 10책 전체를 복사해서 가지고 있었는데, 강의 준비를 마치고, 심심하기도 하고 아직 탈초 작업에 들어가지 않은 제 3책의 내용이 궁금해 미리 넘겨보던 중 놀라움을 금할 수 없었다. 제 3책 뒷장에서 〈설공찬전〉 국문본의 일부를 발견하였기 때문이다. 잘 알려진 바와 같이, 〈설공찬전〉은 중종 때(1511년) 왕명으로 수거돼 불태워진 후 역사에서 영원히 사라진 것으로만 알아온 채수(1449~1515)의 한문소설인데, 그 국문본을 발견한 것이다.

필자의 놀라움은 거기에서 그치지 않았다. 〈설공찬전〉 국문본에 이어, 같은 책 바로 뒤에서 〈왕시전〉 · 〈왕시봉전〉 · 〈비군전〉을 비롯해 권필의 〈주생전〉(1593년) 국문본도 차례로 발견하였던 것이다. 한문으로 표기되어 상층사대부들에게서만 유통되었던 것으로 알려진 〈주생전〉의 국문본이 발견됨으로써, 애정전기소설(愛情傳奇小說)이 한글만 아는 부녀자층에게도 읽혀졌다는 새로운 사실이 드러났고, 이들 5종의 국문소설 모두가 표기법상으로도 17세기 후반의 특징을 보이고 있어, 초기 국문소설의 양상을 이해하고 서술하는 데 긴요한 단서를 제공하는 작품들이라 여겨져 서둘러 학계에 보고하였다.

적 양호한 편이다.

3. 설공찬전 관련 기록과 이 작품에 대한 그간의 관심

〈설공찬전〉은 조선왕조 최대의 필화(筆禍) 사건을 일으킨 작품으로서 『조선왕조실록』 중종 6년 9월 2일조 이하의 기사에 그 사건의 전말이 자세하게 기술되어 있다.[5] 그 기록에 의하면, 이 작품은 윤회화복(輪廻禍福)에 관한 이야기로서, 경향 각지에서 그 내용을 믿어 이를 베끼고 국문으로도 번역해 전파될 만큼 대단한 인기를 모았다.

그러자 사헌부에서는 이 작품이 민중을 미혹하게 한다는 이유로 중종 임금에게 이 작품의 수거를 허락해 줄 것과, 숨기고 있다가 발각되는 경우 처벌케 해달라고 요청하여, 마침내 왕명으로 모조리 수거돼 불태워졌다. 한편 작자 채수는 중종반정의 공신이면서도 이 작품을 쓴 죄로 사헌부의 탄핵을 받아 교수형에 처해질 뻔하였다가, 중종의 배려로 사형만은 면하였으나 파직당하고 말았다. 하지만 채수에게 내린 벌이 과중하다는 온건론과, 파직만으로는 경미하다는 강경론이 대립되어, 4개월간이나 이 작품을 둘러싼 논란이 계속되다 그 해 12월에 가서야 종결되었다.[6]

한 편의 고소설을 두고 이처럼 확실하고 자세하게 공식적인 문헌에서 다룬 일은 일찍이 유례가 없다. 〈금오신화〉나 〈홍길동전〉 등 그 어떤 국내 소설도 『조선왕조실록』에서 거론한 적이 한번도 없다. 〈전등

---

5) 이복규, 설공찬전-주석과 관련자료(서울 : 시인사, 1997) 제5장 참고.

6) 유탁일, 「난재 채수의 설공찬전과 왕랑반혼전」, 한국문학회 제7차 발표회 발표요지(1978. 5.30) 및 사재동, 「설공찬전의 몇 가지 문제」, 불교계 국문소설의 연구(서울 : 중앙문화사, 1994), 205-241쪽에 이에 대해 자세히 소개한 바 있으며, 작자와 소설사적 의의 등 여타 문제에 대해서도 소중한 지침을 마련해 놓았다.

신화〉나 〈전등여화〉 등 중국 소설에 대한 언급만 더러 있고, 우리 고소설 작품에 대해서는 개인적인 기록에서만 단편적으로 언급하고 있을 뿐이다.

따라서 〈설공찬전〉이 던진 충격과 파문은 실로 전무후무한 것인바, 이 작품이 초기 작품이면서도 상하층 독자의 인기를 한꺼번에 모았음을 알 수 있다. 조정에서도 그 영향력에 대하여 지대한 관심을 가지고 적극 대처하였던 것을 보여준다.

〈설공찬전〉은, 우리나라 최초의 소설이면서 최초의 한문소설이기도 한 김시습의 〈금오신화〉(1465~1470년)의 바로 뒤를 잇는 작품이다. 근래에 소재영 교수가 발굴한 신광한(申光漢)의 〈기재기이(企齋記異 ; 1553년)〉[7]보다 무려 42년 이상이나 앞서, 초기 고소설사의 공백을 메꿀 수 있는 중요한 작품이다.

한편 조선 전기 인물인 어숙권(魚叔權)의 『패관잡기(稗官雜記)』에서는 이 작품의 제목을 〈설공찬환혼전(薛公瓚還魂傳)〉으로 부르면서, 그 작품의 말미에 있다는 구절을 인용해 놓아 그 내용을 짐작하게 해주었다. '설공찬이라는 사람이 죽어 저승에 갔다가 그 혼이 돌아와 남의 몸을 빌어 수개월간 이승에 머물면서 자신의 원한과 저승에서 들은 일 그대로 기록한 것'이라는 요지의 진술[8]이 그것이다.

---

7) 소재영, 기재기이연구(서울:고려대학교 민족문화연구소, 1990).

8) 『대동야승』 수록 『패관잡기』 권2.

난재 채수가 중종 초에 지은 〈설공찬환혼전〉은 지극히 괴이하다. 그 말미에 이르기를, "설공찬이 남의 몸을 빌어 수개월간 머무르면서 능히 자신의 원한과 저승에서 들은 일을 아주 자세히 말하였다. (설공찬으로) 하여금 말한 바와 쓴 바를 좇아 그대로 쓰게 하고 한 글자도 고치지 않은 이유는 공신력을 전하고자 해서이다."라고 하였다. 언관이 이 작품을 보고 논박하여 이르기를, "채수가 황탄하고 비규범적인 글을 지어서 사람들의 귀를 현혹하게 하고 있으니, 사형을 시키소서."라고 하였

아무튼 〈설공찬전〉이 지닌 소설사적인 중요성 때문에 그간 학자들은 이 작품에 대해 비상한 관심을 기울여 왔다. 저서나 논문에서, 특히 고소설사의 초기 양상을 검토하는 자리에서는 이 작품에 관해 가능한 추정들을 시도하여 왔다.

이 작품을 〈왕랑반혼전〉과 동일작이거나 그 개작이 아닌가 추정하기도 하였으며,[9] 『조선왕조실록』과 『패관잡기』의 내용을 토대로, '윤회화복설(輪廻禍福說)'이라고 한 데 주목해 『월인석보(1459년)』 등에 실린 〈안락국태자전〉이나 보우의 〈왕랑반혼전〉 국문본 등과 아울러 불교 포교를 위한 불교소설로 규정하기도 하였다.[10] '괴이지사(怪異之事)'라는 표현까지 중시해 몽유류(夢遊類)의 전기소설(傳奇小說)일 것으로 추정하면서 그때의 논란에 나타난 당시 사람들의 소설관을 분석하기도 하였다.[11] 제목이 설공찬'전'이며, 이 작품이 엄연히 소설인데도 불구하고, 작자인 채수가 설공찬이란 실존 인물에게 있었던 사실을 그대로 썼을 뿐이라고 강변한 데 주목하여, 이 작품을 '전(傳)'의 '소설'로의 전환(또는 전의 소설화 경향)을 최초로 보여주는 사례라고 평가하기도 하였다.[12]

으나 임금이 허락하지 않고 파직하는 것으로 그치었다(蔡懶齋壽, 中廟初, 作薛公瓚還魂傳, 極怪異. 末云, 公瓚借人之身, 淹留數月, 能言己怨及冥間事甚詳. 令一從所言及所書書之, 不易一字者, 欲其傳信耳 .言官見之, 駁曰, 蔡謀著荒誕不經之書, 以惑人聽, 請寘(置)之死. 上不允, 止罷其職).

9) 유탁일, 앞의 글 참조.

10) 사재동, 앞의 글 참조.

11) 오춘택, 한국고소설비평사연구(서울:고려대학교 대학원 박사학위논문, 1990), 49-55쪽.

12) 박희병, 한국고전인물전연구(서울:한길사,1992), 118쪽. 하지만 박희병, 조선후기 전의 소설적 성향 연구(서울: 성균관대학교 대동문화연구원, 1993), 78쪽에서는 기존의 견해를 철회하고, 이 작품을 "전을 빙자한 소설"로 규정하였다.

이들 연구 성과는 이 작품에 대한 관심을 불러일으키는 것은 물론 초기 소설의 존재 양상에 대한 일반론적인 논의들을 이끌어내는 데 소중한 기여를 하였다. 하지만 실물을 볼 수 없는 처지에서 단편적인 몇몇 관련 기록에만 의존해 펼친 논의들이라 불가피한 한계를 지닐 수밖에 없었던 것도 사실이다.

4. 설공찬전 국문본의 실상

국문본 〈설공찬전〉은 『묵재일기』 제 3책(1545-1546년의 일기)의 이면에, 〈셜공찬이〉라는 이색적인 제목 아래 13쪽에 걸쳐 적혀 있다. 애초에는 한문일기책이었는데, 일기를 쓰고 나서 각 장의 접힌 부분을 째고 그 안의 여백에 이 작품을 적어 넣은 후 다시 봉했던 것이, 오랜 세월이 흐르는 동안 대부분 저절로 열려 필자의 눈에 띈 것이다.

일기보다 소설 필사가 나중에 이루어졌다고 보아야 하는 명백한 증거가 있다. 이 작품의 첫 부분은 아직도 단단히 밀봉되어 있는데, 들추어서 그 내용을 보면, "셜공찬이"라는 제목 다음에 "네 슌챵의셔 사던 셜튱난이ᄂᆞᆫ 지극ᄒᆞᆫ 가문읫 사ᄅᆞᆷ이라 ᄀᆞ장 가음여더니 제 ᄒᆞᆫ ᄯᆞᆯ이 이셔 셔방마ᄌᆞ니 무ᄌᆞ식하야셔"까지 썼다가 무슨 이유에서인지 모르지만 중단하고, 쨌던 부분을 봉한 후, 그 다음 장의 이면에 다시 "셜공찬이"라는 제목을 적은 후 본문을 새로 적어 나갔다는 것을 확연히 알 수 있기 때문이다.[13]

글자 수로 3,470여 자, 200자 원고지로 18장 분량이다.[14] 도중에 필사를 중단하였기에 후반부에 어떤 내용이 이어지는지는 알 수 없다. 특히 이 작품의 핵심부를 이루고 있는 저승경험담 대목의 경우, 삽화식으로 서술하고 있어, 그 뒤에 다른 삽화가 이어질 수 있기 때문에, 현재 남아있는 것이 전체에서 어느 정도의 비중을 차지하는지는 짐작하기 어렵다. 그러나 어숙권의 말대로라면, 이 작품이 '설공찬의 원한과 저승에서 들은 일을 기록한 것'이니만큼 저승경험담 외에 설공찬의 원한 관련 진술이 더 있었을 것으로 보이며, 그 밖의 새로운 사건은 이어질 수 없다고 해야 하며, 말미에 어숙권이 인용한 후기가 적혔을 것으로 추정된다.

표면에 쓴 한문일기의 내용이 비치기도 하고, 군데군데 마모되거나 하여 육안으로 세밀하게 관찰해야만 알아볼 수 있는 부분도 더러 있어 판독하는 데 어려움이 있다. 대체적으로 보아 붓글씨에 그다지 능숙하지 못한 남성의 필체로 또박또박 쓰여 있는데, 400여 년의 세월을 견뎌온 문헌치고는 보존 상태가 비교적 양호한 편이다.

〈설공찬전〉의 구체적인 내용은 과연 무엇일까? 몇 가지로 구분해서 소개하면 다음과 같다.

---

13) 처음에 베낀 부분을 포기하고 다음 장에서부터 새로 써나갔다는 사실은, 이 작품이 구전되던 것을 기록한 것이 아니라, 모본을 옆에 두고 베꼈다는 것을 증명한다. 만약에 구전되던 것을 기억해서 적은 것이라면, 포기한 서두의 내용과 수정한 서두의 내용이 달라야 하는데 그렇지 않다. 한남대에서 필자가 구두발표할 당시 일각에서 '구전되던 내용의 정착'으로 보는 견해가 있었기에 참고삼아 이 사실을 부언해 둔다.

14) 화엄사본 〈왕랑반혼전〉의 경우 1, 912자로서 200자 원고지 10장 분량이니, 〈설공찬전〉은 남아있는 부분만 가지고도 〈왕랑반혼전〉보다 훨씬 긴 형태라고 하겠다.

1) 제목

그 동안 알려진 것과는 다르게, 이 작품의 제목이 '설공찬전'이나 '설공찬환혼전'이 아니라 '설공찬이'로 되어 있어 특이하다. 우리 고소설 가운데 주인공 이름에 '이'를 붙여 제목을 삼은 경우는 이것이 유일한 사례이다.

그간 왜 동일한 작품을 두고 『조선왕조실록』에서는 '설공찬전'이라 하고, 『패관잡기』에서는 '설공찬환혼전'이라고 했는지 수수께끼였는데, 이 국문본을 보면 어느 정도 추정이 가능하다. 현전하는 국문본이 원작을 충실하게 번역한 것이라면, 원작의 제목은 '薛公瓚伊(설공찬이)'라 했을 것으로 보인다. 중국의 경우나 〈금오신화〉의 〈이생규장전〉처럼 주인공 이름 뒤에 '전'자를 붙이는 대신 우리 식으로 인칭접미사 '이'를 붙이는 파격적인 시도를 한 셈이다.

그랬던 것을 조정에서 문제삼을 때는 이 우리말식 표현을 사용하지 않고, 한문학의 관습을 따라 '설공찬전'이라 하고, 어숙권이 거론할 때는 작품의 중심 내용이, 죽은 사람의 혼이 되돌아오는 데 있다는 것을 반영하는 의미에서 '설공찬환혼전'이라 명명했던 것이라 추정한다.[15]

---

15) 한문본 원전의 제목은 〈薛公瓚傳〉이었는데 국문본으로 유통되는 과정에서 〈설공찬이〉로 바뀌었을 가능성도 생각할 수 있다. 하지만 이 작품과 함께 『묵재일기』 제3책 뒷장에 실려 전하는 나머지 네 종의 작품들의 제목이 한결같이 〈○○전〉의 형태를 띠고 있는 점을 고려하면 이 작품만은 원전부터가 〈설공찬이〉었을 가능성이 더 많다고 보아야 한다. 하지만 이미 학계에서 〈설공찬전〉으로 명명하고 있고, 소설 제목으로 〈○○전〉이 일반화하여 있으므로 이 작품을 편의상 〈설공찬전〉으로 부르되, 필요에 따라 '〈설공찬전〉 국문본'이라고 명명하기로 하겠다. 주지하는 바와 같이, 이는 이본에 따라 제목이 다양한 우리 고소설을 다루는 데에서는 불가피한 일이기도 하다. 〈임경업전〉의 경우, '임장군전' · '임충신전' 등 이본별로 다양한

2) 줄거리

〈설공찬전〉 국문본의 줄거리를 몇 개의 단락으로 정리해 소개하면 다음과 같다.

① 순창(淳昌)에 살던 설충란(薛忠蘭)에게는 남매가 있었는데, 딸은 결혼하여 바로 죽고, 아들 공찬(公瓚)도 장가들기 전에 병들어 죽는다.

② 설충란은 공찬이 죽은 후 신주(神主)를 모시고 3년 동안 제사지내다가 3년이 지나자 공찬의 무덤 곁에 그 신주를 묻는다.

③ 설충란의 동생 설충수(薛忠壽)의 집에 귀신(설공찬 누나의 혼령)이 나타나 설충수의 아들 공침에게 들어가 병들게 만든다.

④ 설충수가 귀신 퇴치를 위해 주술사 김석산을 불러다 조처를 취하자, 남동생 공찬을 데려오겠다며 물러간다.

⑤ 설공찬의 혼령이 와서 사촌동생 공침에게 들어가 수시로 왕래하기 시작한다.

⑥ 공침은 오른손잡이었는데 공찬의 혼이 들어가 있는 동안에는 왼손으로 밥을 먹어, 그 이유를 물으니, 저승에서는 다 왼손으로 먹는다고 대답한다.

⑦ 설충수가 아들의 병을 낫게 하기 위해 김석산을 불러다 그 영혼이 무덤 밖으로 나다니지 못하게 조처를 취하자, 공찬이 공침을 극도로 괴롭게 하여, 설충수가 다시는 그러지 않겠다고 빌자 공침의 모습을 회복시켜 준다.

⑧ 공찬이 사촌동생 설워와 윤자신을 불러오게 했는데, 저들이 저승

제목을 가지고 있으나, 〈임경업전〉을 대표명칭으로 삼고 있는 게 그 한 예이다.

소식을 묻자 다음과 같이 저승 소식을 전해 준다.

* 저승의 위치 : 바닷가에 있는데 순창에서 40리 거리.
* 저승 나라의 이름 : 단월국
* 저승 임금의 이름 : 비사문천왕
* 저승의 심판 양상 : 책을 살펴서 명이 다하지 않은 영혼은 그대로 두고, 명이 다해서 온 영혼은 연좌로 보냄. 공찬도 심판받게 되었는데 거기 먼저 와있던 증조부 설위의 덕으로 풀려남.
* 저승에 간 영혼들의 형편 : 이승에서 선하게 산 사람은 저승에서도 잘 지내나 악하게 산 사람은 고생하며 지내거나 지옥으로 떨어지는데 그 사례가 아주 다양함.
* 염라왕이 있는 궁궐의 모습: 아주 장대하고 위엄이 있음.
* 지상국가와 염라국 간의 관계: 성화 황제가 사람을 시켜 자기가 총애하는 신하의 저승행을 1년만 연기해 달라고 염라왕에게 요청하자, 염라왕이 고유 권한의 침해라며 화를 내고 허락하지 않음. 당황한 성화 황제가 염라국을 방문하자 염라왕이 그 신하를 잡아오게 해 손이 삶아지리라고 함.) (그 이하는 필사되어 있지 않음.)

3) 원문과 현대역

(1) 〈설공찬전〉 국문본의 원문

* 띄어쓰기만 현재 맞춤법에 따라 하고 여타는 원문 그대로 하였음.
* □ 부분은 판독할 수 없는 부분임.
* (?) 부분은 판단하기 곤란한 글자임.

* [ ] 부분은 원문 필사자가 주석을 달아놓은 대목임.

1쪽

설공찬이

녜 슌챵의셔 사던 설튱난이ᄂᆞᆫ 지극ᄒᆞᆫ 가문읫 사ᄅᆞᆷ이라 ᄀᆞ장 가음여더니 제 ᄒᆞᆫ ᄯᆞᆯ이 이셔 셔방 마ᄌᆞ니 무ᄌᆞ식ᄒᆞ야셔 일 죽고 아ᄋᆡ 이쇼듸 일홈이 설공찬이오 ᄋᆡ명은 슉동이러니 져믄 적브터 글ᄒᆞ기ᄅᆞᆯ 즐겨 한문과 문장 제법을 쇠 즐겨 닑고 글스기ᄅᆞᆯ ᄀᆞ장 잘ᄒᆞ더니 갑ᄌᆞ년의 나히 스믈히로듸 댱가 아니 드럿더니 병ᄒᆞ야 죽거ᄂᆞᆯ 설공찬의 아바님 예엇브 너겨 신쥬 ᄆᆡᆼ그라 두고 됴셕의 ᄆᆡ일 우러 제ᄒᆞ더니 병인년의 삼년 디나거ᄂᆞᆯ

2쪽

아바님이 아ᄋᆡᄯᆞᆯᄃᆞ려 닐오듸 주근 아ᄃᆞ리 댱가 아니 드려셔 주그니 제 신쥬 머기리 업ᄉᆞ니 구쳐 무ᄃᆞ리로다 ᄒᆞ고 ᄒᆞᆯᄂᆞᆫ 머리 빠뎟다가 제 분토 겨틔 뭇고 하 셜워 닐웨ᄅᆞᆯ 밥 아니 먹고 셜워ᄒᆞ더라 설튱난의 아ᄋᆡ 일홈은 설튱쉬라 튱쉬 아ᄃᆞᄅᆡ 일홈은 공팀이오 ᄋᆞ명은 업동이니 셔으론셔 업살고 업종의 아ᄋᆡ 일홈은 업동이니 그ᄂᆞᆫ 슌창셔 사더니 업동이ᄂᆞᆫ 져머셔브터 글을 힘서 ᄇᆡ호듸 업동과 반만도 몯ᄒᆞ고 글스기도 업동이만 몯ᄒᆞ더라 졍덕 무신년 칠월 스므닐웬날 ᄒᆡ 딜 대예 튱쉬 집의 올졔 인ᄂᆞᆫ 아ᄒᆡ 힝

3쪽

금가지 넙ᄒᆞᆯ 혀더니 고ᄋᆞᆫ 겨집이 공듕으로셔 ᄂᆞ려와 춤추거ᄂᆞᆯ 기동이 ᄀᆞ장 놀라 졔 지집의 계유 드려가니 이ᄋᆞᆨ고 튱쉬 집의셔 짓궐 소ᄅᆡ 잇거ᄂᆞᆯ 무ᄅᆞ니 공팀이 뒷가ᄂᆡ 갓다가 병 어더 다ᄒᆡ 업더뎌다가 ᄀᆞ쟝 오라게야 인긔ᄅᆞᆯ ᄎᆞ려도 긔운이 미치고 ᄂᆞᆷ과 다ᄅᆞ더라 설튱쉬 마촘 싀골 갓

거ᄂᆞᆯ 즉시 죵이 이런 줄을 알왼대 튱쉬 울고 올라와 보니 병이 더옥 디
터 그지업시 셜워ᄒᆞ거ᄂᆞᆯ 엇디 이려ᄒᆞ거뇨 ᄒᆞ야 공팀이ᄃᆞ려 무ᄅᆞᆫ대 즘
〃ᄒᆞ고 누어셔 ᄃᆡ답 아니ᄒᆞ거ᄂᆞᆯ 제 아바님 ᄉᆞᆯ하뎌 울고 의심ᄒᆞ니 요긔
로온 귓거ᄉᆡ 빌믜 될가 ᄒᆞ야

4쪽

도로 김셕산이ᄅᆞᆯ 쳥□□ [셕산이ᄂᆞᆫ 귓귓애 ᄒᆞᄂᆞᆫ 방밥ᄒᆞᄂᆞᆫ 사□이다라]
셕산이 와셔 복셩화 나모채로 ᄀᆞ리티고 방법ᄒᆞ여 부작ᄒᆞ니 그 귓저시
니로ᄃᆡ 나ᄂᆞᆫ 겨집이모로 몯 이긔여 나거니와 내 오라비 공찬이ᄅᆞᆯ ᄃᆞ려
오리라 ᄒᆞ고 가셔 이ᄋᆞᆨ고 공찬이 오니 그 겨집은 업더라 공찬이 와셔
제 ᄉᆞ촌 아ᄋᆞ 공팀이ᄅᆞᆯ 붓드러 입을 비러 닐오ᄃᆡ 아ᄌᆞ바님이 ᄇᆡᆨ단으로
양ᄌᆡᄒᆞ시나 오직 아ᄌᆞ바님 아ᄃᆞᆯ 샹훌 ᄲᅮᆫ이디위 나ᄂᆞᆫ ᄆᆞ양 하ᄂᆞᆯ ᄀᆞᄋᆞ로
ᄃᆞᆫ니거든 내 몸이야 샹훌 주리 이시리잇가 ᄒᆞ고 ᄯᅩ 닐오ᄃᆡ ᄯᅩ 왼 ᄉᆞᆺ ᄭᅩ
와 집문 밧ᄭᅳ로 두ᄅᆞ면 내 엇디 들로 ᄒᆞ여ᄂᆞᆯ 튱ᄉᆡ 고디듯고 그리ᄒᆞᆫ대
공찬이 웃고 닐오ᄃᆡ 아ᄌᆞ바님이 하 ᄂᆞᄆᆡ 말을 고디드르실ᄉᆡ 이리ᄒᆞ야
소기ᄋᆞ온이 과연 내

5쪽

ᄉᆞᆯ듕ᄋᆡ 바디시거이다 ᄒᆞ고 일로브터ᄂᆞᆫ 오명가명ᄒᆞ기ᄅᆞᆯ 무샹ᄒᆞ더라 공
찬의 넉시 오면 공팀의 ᄆᆞᄋᆞᆷ과 긔운이 아이고 믈러 집 뒤 ᄉᆞᆯ고나모 뎡
ᄌᆞ애 가 안자더니 그 넉시 밥을 ᄒᆞᄅᆞ 세번식 먹으ᄃᆡ 다 왼손으로 먹거
ᄂᆞᆯ 튱쉬 닐오ᄃᆡ 예 아래 와신 제ᄂᆞᆫ 올ᄒᆞᆫ손으로 먹더니 엇디 왼손로 먹
ᄂᆞᆫ다 ᄒᆞ니 공찬이 닐오ᄃᆡ 뎌ᄉᆡᆼ은 다 왼손으로 먹ᄂᆞ니라 ᄒᆞ더라 공찬의
넉시 나면 공팀의 ᄆᆞᄋᆞᆷ ᄌᆞ연ᄒᆞ야 도로 드러안잣더니 그러ᄒᆞᄆᆞ로 하 셜
워 밥을 몯 먹고 목노하 우니 옷시 다 젓더라 제 아바님ᄭᅴ ᄉᆞᆯ오ᄃᆡ 나ᄂᆞᆫ
ᄆᆡ일 공찬의게 보채여 셜워이다 ᄒᆞ더니 일로브터ᄂᆞᆫ 공찬의 넉시 제 문

뎜의 가셔 계유

6쪽

□ᄃᆞᆯ이러니 튱쉬 아ᄃᆞᆯ 병ᄒᆞᄂᆞᆫ 줄 셜이 너겨 ᄯᅩ 김셕산의손듸 사ᄅᆞᆷ 브려 오라 ᄒᆞᆫ대 셕산이 닐오듸 쥬사 ᄒᆞᆫ 냥을 사 두고 나ᄅᆞᆯ 기ᄃᆞᆯ오라 내 가면 녕혼을 제 무덤 밧긔도 나디 몯호리라 ᄒᆞ고 이 말을 ᄆᆞ이 닐러 그 영혼 들리라 ᄒᆞ여ᄂᆞᆯ ᄇᆞ린 사ᄅᆞᆷ이 와 그 말ᄉᆞᆷ을 ᄆᆞ이 니ᄅᆞᆫ대 공찬의 넉시 듯고 대로ᄒᆞ야 닐오듸 이러ᄐᆞ시 나ᄅᆞᆯ ᄢᆞ로시면 아ᄌᆞ바님 혜용을 변화호링이다 ᄒᆞ고 공팀의 ᄉᆞ시ᄅᆞᆯ 왜혀고 눈을 ᄡᅳ니 ᄌᆞ의 ᄌᆡ야지고 ᄯᅩ 혀도 ᄑᆞ 배여내니 고 우희 오ᄅᆞ며 귓뒷겨ᄐᆡ도 나갓더니 늘근 죵이 겨ᄐᆡ셔 병구의ᄒᆞ다가 씌온대 그 죵조차 주것다가 오라개야 ᄭᆡ니라 공팀의 아바님이 하

7쪽

두려 넉ᄉᆞᆯ 일혀 다시 공찬이 향ᄒᆞ야 비로듸 셕산이ᄅᆞᆯ 노여 브ᄅᆞ디 말마 ᄒᆞ고 하 ᄇᆡ니 ᄀᆞ장 오라긔야 얼굴이 잇더라 ᄒᆞᄅᆞᆫ 공찬이 유무ᄒᆞ야 ᄉᆞ촌 아ᄋᆞ 셜워와 윤ᄌᆞ신이와 둘흘 ᄒᆞᆷ긔 블러오니 둘히 ᄒᆞᆷ긔 와 보니 당시 공찬의 넉시 아니 왓더라 공팀이 그 사ᄅᆞᆷᄃᆞ려 닐오듸 나ᄂᆞᆫ 병ᄒᆞ야 주그련다 ᄒᆞ고 이윽이 고개 ᄡᅡ디여셔 눈믈을 흘리고 벼개예 눕거ᄂᆞᆯ 보니 그 녕혼이 당시 몯 미쳐 왓더니 이윽고 공팀의 말이 ᄀᆞ장 졀커ᄂᆞᆯ 제 아바님이 닐오듸 녕혼이 ᄯᅩ 오도다 ᄒᆞ더라 공팀이 기지게 혀고 니러안자 머리 ᄀᆞᆰ고

8쪽

그 사ᄅᆞᆷ 보고 닐오듸 내 너희와 닐별ᄒᆞ연 디 다ᄉᆞᆺ ᄒᆡ니 ᄒᆞ마 머리조쳐시니 ᄀᆞ장 슬픈 ᄠᅳ디 잇다 ᄒᆞ여ᄂᆞᆯ 뎌 사ᄅᆞᆷ이 그 말 듯고 하 긔특이 너겨 뎌싱 긔별을 무ᄅᆞᆫ대 뎌싱 말을 닐오듸 뎌싱은 바다ᄀᆞᆺ이로듸 하 머러 에

셔 게 가미 ᄉᆞ십 니로ᄃᆡ 우리 ᄃᆞᆫ로ᄆᆞᆫ 하 섈라 예셔 숩시예 나셔 ᄌᆞ시예 드려가 툑시예 셩문 여러든 드러가노라 ᄒᆞ고 ᄯᅩ 닐오ᄃᆡ 우리나라 일홈은 단월국이라 ᄒᆞ니라 듕국과 제국의 주근 사ᄅᆞᆷ이라 이 ᄧᅡ해

9쪽

모ᄃᆞᆫ니 하 만ᄒᆞ야 수ᄅᆞᆯ 헤디 몯ᄒᆞ니라 ᄯᅩ 우리 님금 일홈은 비사문텬왕이라 므틧 사ᄅᆞᆷ이 주거ᄂᆞᆫ 경녕이 이ᄉᆡᆼ을 무로ᄃᆡ 네 부모 동ᄉᆡᆼ 족친ᄃᆞᆯ 니ᄅᆞ라 ᄒᆞ고 쇠채로 티거든 하 맛디 셜워 니ᄅᆞ면 칙 샹고ᄒᆞ야 명이 진ᄃᆡ 아녀시면 두고 진ᄒᆞ야시면 즉시 년좌로 자바가더라 나도 주겨 경녕이 자펴가니 쇠채로 텨 뭇거ᄂᆞᆯ 하 맛디 셜워 몬져 주근 어마니과 누으님을 니ᄅᆞ니 ᄯᅩ 티려커ᄂᆞᆯ 증조 셜위시긔 가 유무 바다다가 ᄀᆞ움아ᄂᆞᆫ 관워의게 뎡ᄒᆞ니 노터라 셜위도 예셔 대ᄉᆞ셩ᄒᆞ엿(?)더(?)

10쪽

디(?)시피 뎌ᄉᆡᆼ의 가도 됴ᄒᆞᆫ 벼ᄉᆞᆯ ᄒᆞ고 잇더라 아래 말을 여긔 ᄒᆞᄃᆡ 이ᄉᆡᆼ이셔 어진 ᄌᆡᆨ샹이면 쥬거도 ᄌᆡᆨ샹으로 ᄃᆞᆫ니고 이ᄉᆡᆼ애셔 비록 녀편네 몸이리도 잠간이나 글곳 잘ᄒᆞ면 뎌ᄉᆡᆼ의 아ᄆᆞ란 소임이나 맛ᄃᆞ면 굴실이 혈ᄒᆞ고 됴히 인ᄂᆞ니라 이ᄉᆡᆼ애셔 비록 흉죵ᄒᆞ여도 님금긔 튱신ᄒᆞ면 간ᄒᆞ다가 주근 사ᄅᆞᆷ이면 뎌ᄉᆡᆼ애 가도 죠ᄒᆞᆫ 벼ᄉᆞᆯᄒᆞ고 바록 예셔 님금이라도 쥬젼튱ᄀᆞᄐᆞᆫ 사ᄅᆞᆷ이면 다 디옥의 드렷더라 쥬젼튱 님금이 이ᄂᆞᆫ 당나라 사ᄅᆞᆷ이라 젹션곳 만히 ᄒᆞᆫ 사ᄅᆞᆷ이면 예셔 비록 쳔히 ᄃᆞᆫ니다가도 ᄀᆞ장 품

11쪽

노피 ᄃᆞᆫ니더라 셜이 아니ᄒᆞ고 예셔 비록 존구히 ᄃᆞᆫ니다가도 젹블션곳ᄒᆞ면 뎌ᄉᆡᆼ의 가도 슈고로이 어엿비 ᄃᆞᆫ니더라 이ᄉᆡᆼ애셔 존구히 ᄃᆞᆫ니고

ᄂᆞᆷ의 원의 일 아니ᄒᆞ고 악덕곳 업ᄉᆞ면 뎌ᄉᆡᆼ의 가도 구히 ᄃᆞᆫ니고 이ᄉᆡᆼ애셔 사오나이 ᄃᆞᆫ니고 각별이 공덕곳 업ᄉᆞ면 뎌ᄉᆡᆼ의 가도 그 가지도 사오나이 ᄃᆞᆫ니더라 민휘 비록 이ᄉᆡᆼ애셔 특별ᄒᆞᆫ 힝실 업서도 쳥념타 ᄒᆞ고 게가 됴ᄒᆞᆫ 벼ᄉᆞᆯᄒᆞ엿더라 염나왕 인ᄂᆞᆫ 궁궐이 장대ᄒᆞ고 위엄이 ᄀᆞ장 셩ᄒᆞ니 비록 듕님금이라도 밋디 몯ᄒᆞ더라 염나왕이 ᄉᆞ쥬ᄒᆞ면 모든 나라 님금과 어진 사ᄅᆞᆷ이나 느러니 안치고 녜악을 ᄡᅳ더라 ᄯᅩ 거긔 안ᄌᆞᆫ

12쪽

사ᄅᆞᆷᄃᆞᆯ 보니 설위도 허(?)리□□안고 민희ᄂᆞᆫ 아래로서 두어재ᄂᆞᆫ 안잣더라 ᄒᆞᄅᆞᆫ 션화황뎨 신하 애박이ᄅᆞᆯ 염나왕긔 브려 아므ᄂᆞᆫ 나의 ᄀᆞ장 어엿비 너기ᄂᆞᆫ 사ᄅᆞᆷ이러니 ᄒᆞᆫ ᄒᆡ만 자바오디 마ᄅᆞ쇼셔 쳥ᄒᆞ여ᄂᆞᆯ 염나왕이 닐오ᄃᆡ 이ᄂᆞᆫ 텬ᄌᆞ의 말ᄉᆞᆷ이라 거ᄉᆞ디 몯ᄒᆞ고 브드이 드ᄅᆞᆯ 거시어니와 ᄒᆞᆫ ᄒᆡᄂᆞᆫ 너모하니 ᄒᆞᆫ ᄃᆞᆯ만 주노이다 ᄒᆞ여ᄂᆞᆯ 애바기 다시 ᄒᆞᆫ ᄒᆡ만 주쇼셔 ᄉᆞᆯ와ᄂᆞᆯ 염나왕이 대로ᄒᆞ야 닐오ᄃᆡ 황뎨 비록 텬진ᄃᆞᆯ 사ᄅᆞᆷ 주기며 사ᄅᆞ며 ᄒᆞ기ᄂᆞᆫ 다 내 권손의 다 가젓거ᄃᆞᆫ 엇디 다시곰 비러 내게

13쪽

쳥ᄒᆞᆯ 주리 이시료 ᄒᆞ고 아니 듯거ᄂᆞᆯ 셩홰 드ᄅᆞ시고 즉시 위의 ᄀᆞ초시고 친히 가신대 염나왕이 자내ᄂᆞᆫ 븍벽의 쥬홍ᄉᆞ 금교ᄋᆡ 노코 안고 황뎨란 남벽의 교상의 안치고 황뎨 쳥ᄒᆞ던 사ᄅᆞᆷ을 즉시 자바오라 ᄒᆞ여 닐오ᄃᆡ 이 사ᄅᆞᆷ이 죄 듕코 말을 내니 그 손이 섈리 ᄉᆞᆯᄆᆞᆯ□라 ᄒᆞ니 셩화 황뎨(皇帝)

(2) 설공찬전 국문본의 현대역(학술용)

예전에 순창에서 살던 설충란은 지극한 가문의 사람이었다. 매우 부

유하더니, 한 딸이 있어 서방맞았으나(시집갔으나) 자식이 없는 상태에서 일찍 죽었다. 동생이 있었는데 이름은 공찬이고 아이 때 이름은 숙동이라고 하였다. 어릴 때부터 글 공부하기를 즐겨 한문과 문장 제법을 매우 즐겨 읽고 글쓰기를 아주 잘하였다. 갑자년에 나이 스물인데도 장가를 들지 않고 있더니 병들어 죽었다.

공찬의 아버지는 불쌍히 여겨 신주를 만들어 두고 조석으로 매일 울면서 제사지내었다. 병인년에 삼년상이 마치자 아버지 설충란이 조카딸더러 이르되,

"죽은 아들이 장가도 들지 않아서 죽으니 그 신주에게 제삿밥 먹일 사람이 없으니 어쩔 수 없이 묻어야겠다."
하고, 하루는 (신주를) 멀리 싸두었다가 그 (공찬의) 무덤 곁에 묻고 매우 슬퍼 이레 동안 밥을 먹지 않고 서러워하였다.

설충란 동생의 이름은 설충수였다. 설충수 아들의 이름은 공침이고 아이 때 이름은 업동이였는데 서울(?)서 업살고(?) 있었다. 그 동생의 이름은 업종이니 순창에서 살았다. 공침이는 젊었을 때부터 글을 힘써 배우되 동생의 반만도 못하고 글쓰기도 그만 못하였다.

정덕(正德) 무진년(1508년) 7월 27일 해질 때에 (공침이) 충수의 집에 올 때였다. 그 집에 있던 아이가 행금나뭇가지 잎을 당기더니 고운 여자가 공중에서 내려와 춤추는 것이었다. 그 아이가 매우 놀라 제 집에 겨우 들어가니 이윽고 충수의 집에서 지껄이는 소리가 들렸다. 물어보니,

"공침이 뒷간에 갔다가 병을 얻어 땅에 엎어졌다가 아주 오래 되어서야 사람 기운을 차렸으나 기운이 미쳐버리고 다른 사람과 다르더라."
고 하였다.

설충수는 그때 마침 시골에 가 있었는데 종이 즉시 이 사실을 아뢰자 충수가 울고 올라와 보니, 공침의 병이 더욱 깊어 그지없이 서러워하였다.

"어쩌다가 이렇게 되었느뇨?"

하고 공침이더러 물으니, 잠잠하고 누워서 대답하지 않았다. 제 아버지가 쓰러져 울고 의심하기를, 요사스런 귀신에게 빌미될까 하여 도로 김석산이를 청하였는데, [석산이는 귀신 쫓는 사람이었다.] 김석산이 와서 복숭아 나무채찍으로 후려치고 방법을 행하여 부적을 붙이니, 그 귀신이 이르기를,

"나는 여자이므로 이기지 못해 나가지만 내 남동생 공찬이를 데려오겠다."

하고는 갔다. 이윽고 공찬이가 오니 그 여자는 없어졌다.

공찬이 와서 제 사촌 아우 공침이에게 붙어 들어가 그 입을 빌어 이르기를,

"숙부님이 백방으로 재앙을 물리치려 하시지만 오직 숙부님의 아들을 상하게 할 뿐입니다. 저는 늘 하늘가로 다니기 때문에 내 몸이야 상할 줄이 있겠습니까?"

하였다. 또 이르기를,

"왼쪽 새끼를 꼬아 집문 밖으로 두르면 내가 어찌 들어올 수 있겠습니까?"

하거늘, 충수가 그 말을 곧이듣고 그렇게 하자 공찬이 웃고 이르기를,

"숙부님이 하도 남의 말을 곧이들으시므로 이렇게 속여보니 과연 내 술수에 빠졌습니다."

하고 그로부터는 오며가며 하기를 무상히 하였다.

공찬의 넋이 들어오면 공침의 마음과 기운이 빼앗기고, 물러나 집 뒤 살구나무 정자에 가서 앉아 있더니, 그 넋이 밥을 하루 세 번씩 먹되 다 왼손으로 먹거늘 충수가 이르기를,

"네가 전에 왔을 때는 오른손으로 먹더니 어찌 왼손으로 먹느냐?"

하니, 공찬이 이르기를,

"저승에서는 다 왼손으로 먹느니라."
라고 대답하였다. 공찬의 넋이 나가면 공침의 마음이 본래대로 되어 도로 (집에) 들어와 앉았더니, 그러므로 많이 서러워 밥을 못 먹고 목놓아 우니, 옷이 다 젖었다.

제 아버지에게 말하기를.

"나는 매일 공찬이에게 보채여 서럽습니다(고통스럽습니다)."

하더니 그때부터는 공찬의 넋이 제 무덤으로 되돌아갔다. 설충수가 아들이 병앓는 것을 서럽게 여겨 다시 김석산에게 사람을 보내 오도록 하였다. 김석산이 이르기를,

"주사(朱砂) 한 냥을 사 두고 나를 기다리라. 내가 가면 영혼이 제 무덤 밖에도 나오지 못할 것이다."
하고,

"이 말을 크게 그 영혼에게 들리게 하라."
라고 하였다. 심부름 간 사람이 와서 그 말을 많이 이르자, 공찬의 넋이 듣고 크게 노하여 이르기를,

"이렇듯이 나를 따라오시면 숙부님의 형용을 변화시키겠습니다."
하고 공침의 사지(四肢)를 비틀고 눈을 찢으니, 눈자위가 째어지고 또 혀도 파서 빼어내니, (빼어낸 혀가) 코 위에도 올라가며 귀의 뒷부분까지도 나갔는데, 늙은 종이 곁에서 병구완하다가 깨니, 그 종도 까무러쳤다가 오래 되어서야 깨어났다. 공침의 아버지가 몹시 두려워 넋을 잃고 다시 공찬이를 향하여 빌기를,

"석산이를 다시는 부르지 않으마."

하고 매우 비니, 오래 되어서야 형상이 본래 모습으로 되었다.

하루는 공찬이가 편지를 보내 사촌 동생 설원이와 윤자신이 이 둘을 함께 불렀다. 두 사람이 함께 와 보니, 당시에는 공찬의 넋이 오지 않은 때였다. 공침이 그 사람들더러 이르기를,

"나는 병들어 죽을 것이다."
하고 이윽고 고개가 (쑥) 빠져 눈물을 흘리고 베개에 누웠는데, 보니 그 영혼이 당시에는 미처 오지 않고 있었다. 이윽고 공침의 말이 아주 애절하거늘, 제 아버지가 이르기를,

"영혼이 또 온다."
라고 하였다.

공침이 기지개를 켜고 일어나 앉아 머리를 긁고 그 사람들을 보고 이르기를,

"내 너희와 이별한 지 다섯 해인데, 멀리 (저승까지) 쫓겨났으니 매우 슬픈 뜻(마음)이 있다."
라고 하였다. 저 사람들이 그 말을 듣고 매우 기이하고 특별하게 여겨 저승 기별을 물어보았다.

저승에 대한 말을 이르되,

"저승은 바닷가로되, 하도 멀어서 여기서 거기 가는 것이 40리인데, 우리 다님은 매우 빨라 여기에서 술시(저녁 8시경)에 나서서 자시(밤 12시경)에 들어가, 축시(새벽 2시경)에 성문이 열려있으면 들어간다."
라고 하였다. 또 이르기를,

"우리나라 이름은 단월국(檀越國)이라고 한다. 중국과 모든 나라의 죽은 사람이 다 이 땅에 모이니, 하도 많아 수효를 헤아리지 못한다. 우리 임금의 이름은 비사문천왕(毘沙門天王)이다. 육지의 사람이 죽으면 반드시 이승 생활에 대해 묻는데, '네 부모, 동기간, 족친들을 말해 보라.'며 쇠채찍으로 치는데, 맞기가 매우 고통스러워 말하면, 책을 자세히 살펴서, 명이 다하지 않았으면 그냥 두고, 다하였으면 즉시 연좌(연화대)로 잡아간다. 나도 죽어 어김없이 잡혀가니, 쇠채찍으로 치며 묻기에, 맞기가 하도 고통스러워, 먼저 죽은 어머니와 누님을 대니, 또 치려고 하길래, 증조부 설위(薛緯)께 가서 편지를 받아다가 주관하는 관

원한테 전하니 놓아주었다. 설위도 이승에서 대사성 벼슬을 하였다시피 저승에 가서도 좋은 벼슬을 하고 있었다."
라고 하였다.

예전에 (들었던) 말을 여기에 하기를,

"이승에서 어진 재상이면 죽어서도 재상으로 다니고, 이승에서는 비록 여편네 몸이었어도 약간이라도 글을 잘 하면 저승에서 아무 소임이나 맡으면, 세금이 줄어들고(그치고) 잘 지낸다. 이승에서 비록 끔찍스럽게 죽었어도 임금께 충성 · 신의를 지키면, 간(諫)하다가 죽은 사람이면 저승에 가서도 좋은 벼슬을 하고, 비록 여기서 임금을 하였더라도 주전충 같은 사람이면 다 지옥에 들어가 있었다. [주전충 임금은 당나라 사람이다.] 적선을 많이 한 사람이면 이승에서 비록 천하게 다니다가도 (저승에서) 가장 품계 높이 다닌다. 서럽게(고통스럽게) 살지 않고 여기에서 비록 존귀하게 다니다가도 악을 쌓으면 저승에 가서도 수고롭고 불쌍하게 다닌다. 이승에서 존귀하게 다니고 남의 원한 살 만한 일을 하지 않고 악덕이 없으면, 저승에 가서도 귀하게 다니고, 이승에서 사납게(보잘것없게) 다니고 각별히 공덕 쌓은 게 없으면, 저승에 가서도 그 가지(자손?)도 사납게(보잘것없게) 다니게 된다. 민휘가 비록 이승에서는 특별한 행실은 없었어도, 청렴하다 하여 거기 가서는 좋은 벼슬을 하고 있었다. 염라왕이 있는 궁궐이 장대하고 위엄이 아주 성하니, 비록 중국 임금이라도 미치지 못할 정도였다. 염라왕이 시키면, (관원이) 모든 나라 임금이나 어진 사람이나를 (막론하고) 나란히 앉히고 예악을 썼다. 또 거기에 앉은 사람들을 보니 설위도 앉아 있고 민휘는 아래에서 두어째쯤에 앉아 있었다."
하였다.

"하루는 성화 황제의 신하 애박이를 염라왕께 보내 '아무개는 나의 가장 불쌍하게 여기는 사람이니 한 해만 잡아오지 마소서.' 하고 청하자, 염라왕이 이르기를, '이는 천자의 말씀이라 거스르지 못하고 부득이 들을 것이지만, 한 해는 너무 많으니 한 달만 주겠습니다.'라고 하였다. 애박이가 다시 '한 해만 주소서' 하고 아뢰자, 염라왕이 대로하여 이르기를, '황제가 비록 천자라고 하지만, 사람을 죽이고 살리고 하는 것은 모두 내 권한에 다 속하였는데 어찌 거듭 빌어 내게 청할 수가 있단 말인가?' 하고 듣지 않는 것이었다. 성화 황제가 들으시고는 즉시 위의를 갖추시고 친히 가신대, 염라왕 자신은 북벽에 주홍사 금교의를 놓고 앉고, 황제는 남벽의 교상에 앉히고, 황제가 청하던 사람을 즉시 잡아오라 하여 이르기를, '이 사람이 죄가 중하고 말을 내니 그 손이 빨리 삶아지리라.' 하니 성화 황제가"(이하는 없음)

(3) 설공찬전(청소년용)

설공찬의 혼령이 공침의 몸에 들어오다

옛날 전라도 순창 땅에 설충란이라는 사람이 살고 있었다. 설충란의 집안은 대대로 양반이었고 살림도 매우 부유하였다. 설충란에게는 딸 하나와 아들 하나가 있었다. 그러니 남부러울 것이 없는 집이었다.

그런데 시집간 딸이 자식도 낳지 못하고 일찍 죽었다. 남은 아들의 이름은 설공찬이었다. 설공찬의 아이 때 이름은 숙동이었는데, 어릴 때부터 글공부를 좋아하였다. 한문으로 된 책들을 매우 즐겨 읽고, 특히 글짓는 방법을 다룬 책을 열심히 읽어 글쓰기를 참 잘하였다. 그대로 가면 과거에도 급제하고 가문을 빛낼 아들이었다.

하지만 이게 웬일인가. 갑자년(1504), 공찬의 나이 스물이 되던 해, 과거도 안 보고 장가도 가 들지 않았는데, 그만 병들어 죽고 말았다. 아버지 설충란은 아들이 불쌍해서 신주(죽은 사람의 이름을 적은 나무패)를 만들어 두고, 아침저녁으로 매일 울면서 제사지내었다.

병인년(1506), 공찬이 죽은 지 만 2년이 되는 해, 즉 삼년상을 마치는 해였다. 설충란은 삼년상이 끝나자 조카딸한테 말하였다.

"공찬이가 장가도 들지 못하고 죽어서 그 신주한테 제삿밥 먹여줄 사람이 없다. 그 동안은 내가 제삿밥을 먹였다만, 이제 어쩔 수 없다. 신주를 땅에 묻어야겠어."

그래도 신주를 집에서 내보내는 게 안타까워 망설이다가, 하루는 설충란이 결심하였다. 신주를 고이고이 싸서 멀찍이 두었다가 마침내 공찬의 무덤 곁에 묻었다. 설충란은 너무나 슬픈 나머지, 집에 돌아와 이렛 동안이나 밥을 먹지 않고 서러워만 하였다.

설충란에게는 남동생이 하나 있었다. 그 이름은 충수였다. 충수에게는 아들이 둘 있었는데, 큰아들의 이름은 공침이었고 아이 때 이름은 업동이였다. 공침은 부모님과 떨어져 서울에서 살고 있었다. 공침의 남동생 이름은 업종이었는데 부모님과 함께 순창에서 살았다. 공침은 어렸을 때부터 글을 힘써서 배웠지만 동생인 업종이의 반만도 못하였다. 글쓰기 실력도 동생만 못하였다.

정덕 무진년(1508) 7월 27일 해질 무렵, 공침이 오랜만에 순창에 있는 아버지 집에 들리러 와 있을 때였다. 이웃집 아이가 개암나무(자작나뭇과에 속하는 나무. 높이는 2~3미터이며, 잎은 어긋나고 타원형이며 톱니가 있음) 잎사귀를 당기고 있는데, 예쁜 여자가 공중에서 사뿐히 내려와 춤을 추는 게 아닌가. 그 아이가 너무나 놀라서 집안으로 뛰어들어갔다. 문을 잠그고 가만히 있었더니, 이윽고 설충수의 집에서 많은 사람이 떠들썩하게 이야기하는 소리가 들려왔다. 무슨 소린가 들어보니 이랬다.

"공침이가 뒷간(변소)에 갔다가 갑자기 병이 들었대. 땅에 엎어져서 아주 한참만에야 기운을 차렸지만, 미쳐 버려서 완전히 다른 사람같이 되었다나 봐."

그때 공침의 아버지 설충수는 마침 볼일이 있어 시골에 내려가 있다가, 종이 달려와 이 사실을 알려주어서 비로소 알았다. 설충수가 울면서 급히 올라와 보니, 공침의 병이 아주 깊어 있었다. 설충수는 아들이 불쌍하여 한없이 서러워하였다.

"공침아, 어쩌다가 네가 이렇게 되었단 말이냐?"

공침한테 이렇게 물었으나, 공침은 잠잠히 누운 채 아무런 대답도 하지 않았다. 아버지 설충수는 그런 공침이 곁에 쓰러져 울다가 문득 이런 의심이 들었다.

'그냥 두면, 요사스러운 귀신이 틈타서 들어올지도 몰라.'

귀신쫓는 사람을 불러다 설공찬의 혼령을 쫓으려 하다

이렇게 생각한 설충수는 김석산을 집으로 불렀다. 김석산은 귀신을 쫓아내는 사람이었다. 김석산은 오자마자 복숭아 나무채로 공침의 몸을 후려치고 주문을 외며 공침의 이마에다 부적(종이에다 글씨 그림 기호 등을 그린 것인데, 악귀를 쫓거나 복을 가져다준다고 믿는 물건)을 붙였다. 그러자 그 귀신이 이렇게 말하였다.

"나는 여자라서 이기지 못하고 나간다. 내 남동생 공찬이를 데려오겠다."

이 말을 마치자, 공찬의 혼령이 왔고, 그 여자 귀신은 사라졌다.

공찬의 혼령이 와서 사촌동생 공침이한테 붙었다. 공찬이 공침의 입을 빌어 이렇게 말하였다.

"숙부님(작은아버지), 어떻게든 저를 쫓아내려고 애쓰시는군요. 하지만 숙부님의 아들 공침이 몸만 다칠 뿐입니다. 저는 늘 하늘 가장자리로 다니는데 제 몸이 상할 리가 있겠습니까?"

그리고는 이렇게 말하였다.

"왼새끼(왼쪽으로 꼰 새끼)를 꼬아 집문 밖에 둘러 놓으면 제가 어찌 들어올 수 있겠습니까?"

설충수가 그 말을 곧이듣고 그렇게 하자 공찬이 웃으며 말하였다.

"숙부님이 남의 말을 너무 쉽게 곧이들으시기 때문에 한 번 속여 보았습니다. 역시 내 꾀수에 빠지셨네요."

설공찬의 혼령은 그때부터 공침의 몸에 마음대로 왔다갔다 하였다.

공찬의 넋이 들어오면 공침의 마음과 기운은 빼앗겼다. 공찬의 넋이 들어가면 공침은 물러가서 집 뒤 살구나무 정자에 가서 앉았다.

공찬의 넋이 들어간 공침이 밥을 하루 세 번씩 먹는데, 언제나 왼손으로만 먹었다. 왼손잡이가 아닌 공침이가 왼손으로 밥 먹는 것이 이상해서, 설충수가 물어보았다.

"공침아, 네가 예전에 왔을 때는 오른손으로 밥을 먹더니 왜 왼손으로 먹느냐?"

공찬의 혼령이 대답하였다.

"저승에서는 다 왼손으로 먹습니다."

공찬의 넋이 나가면 공침의 마음이 제대로 되어 도로 집에 들어와서 앉았다. 그리고는 너무나 서러워서 밥을 못 먹고 목 놓아 울어 옷이 다 젖을 정도였다.

공침이 아버지 충수에게 말하였다.

"저는 매일 공찬이한테 부대끼고 있습니다. 서러워 죽겠습니다."

그러자 그때부터는 공찬의 넋이 제 무덤으로 되돌아갔다.

설충수는 아들이 병 앓는 것을 서럽게 여겨 다시 심부름꾼을 시켜서 김석산을 오라고 하였다. 김석산이 와서 말하였다.

"주사(경련 발작을 가라앉히는 데 쓰는 붉은 색의 광물. 붉은 색은 악귀를 내쫓는다고들 믿었음) 한 냥을 사서 두고 나를 기다리시오. 내가 가면 그 영혼이 제 무덤 밖에도 나오지 못할 것이오. 이 말을 크게 외쳐서, 그 영혼이 듣도록 하시오."

김석산이 보낸 심부름꾼이 공찬에게 와서 그 말을 여러 번 크게 말하였다. 그 말을 공찬의 넋이 듣고 크게 노하여 말했다.

"정말 이러실 건가요? 이렇게 저를 괴롭히시면 숙부님의 얼굴을 확 바꾸어 버리겠습니다. 먼저 숙부님 아들의 얼굴부터 본때를 보여드리겠습니다."

말이 끝나자마자, 공찬이가 공침의 사지(두 팔과 두 다리)를 비틀고 눈을 빼내서 눈자위가 찢어졌다. 그뿐만이 아니었다. 혀도 파서 빼어내었다. 그러자 혓바닥이 코 위에 오르며 귀의 뒷부분까지도 뻗쳤다. 설충수가 곁에서 간호하던 늙은 종을 깨웠더니 그 종도 까물어쳤다가 한참만에야 깨어났다.

그 모습을 지켜보던 설충수가 몹시 두려워 넋을 잃어버린 채. 다시금 공찬이를 향하여 빌었다.

"애야, 김석산이를 돌려보내고 다시는 부르지 않으마."

여러 번 그렇게 말하며 빌자, 한참만에야 공침의 얼굴이 본디 모습으로 되돌아왔다.

설공찬의 혼령이 저승 소식을 들려 주다

하루는 공찬이가 편지를 보내 사촌 동생 설원도 부르고, 윤자신이도 불렀다. 두 사람이 함께 가 보니, 아직 공찬의 넋이 오지 않은 때였다.

공침이 설원과 윤자신한테 말하였다.

"아무래도 나는 이대로 병들어 죽고 말 것 같아."

그러면서 고개를 빼어 눈물을 흘리며 베개 벤 채 누워 있었다. 공찬의 영혼은 아직 오지 않고 있었다. 그러다가 공침의 말소리가 아주 끊어질 것처럼 희미해졌다. 그때 그 아버지가 소리쳤다.

"공찬의 영혼이 또 오고 있구나."

공찬의 넋이 들어오자, 공침이 기지개를 켜고 일어나 앉았다. 머리를 긁고 나서, 설원과 윤자신이더러 이렇게 말하였다. 공찬의 음성이었다.

"내가 너희와 이별한 지 다섯 해나 되었지. 이제 멀리 떨어져 저승에 가 있으니 매우 슬프다."

설원과 윤자신이 공찬의 그 말을 듣고 매우 기이하게 여겨, 이렇게 물어보았다.

"공찬아, 네가 있는 저승은 어떤 곳인지 궁금하구나. 저승 소식 좀 들려 줄래?"

공찬이 다음과 같이 저승 이야기를 들려주었다.

"얘들아, 저승이 어디에 있는지부터 말해 줄게. 저승은 바닷가에 있어. 여기에서 꽤 멀어. 여기서 거기까지의 거리가 40리야. 우리는 매우 빠르게 다니기 때문에, 여기에서 술시(저녁 8시)에 나서면 자시(밤 12시)에 들어가서, 축시(새벽 2시)에 성문이 열려 있으면 들어가."

그리고는 저승의 이름이며 그곳에서 겪은 일을 이야기하였다.

"우리나라 이름은 단월국이라고 해. 중국을 비롯해서 모든 나라의 죽은 사람이 다 이곳에 모이지. 그 숫자가 너무 많아서 모두 얼마나 되는지는 셀 수가 없어. 우리 임금의 이름은 비사문천왕이야. 육지의 사람이 죽어서 들어오면 반드시 이승에서 누구와 어떻게 살았는지 물어봐. '네 부모와 형제와 친척들이 누군지 말해 보라.'며 쇠채찍으로 쳐. 맞는 것이 서러워서 울면, 사람의 수명을 적은 책을 펼쳐놓고 살펴봐. 그래서 수명이 다하지 않았는데 잘못 잡혀 왔으면 그냥 두고, 수명이 다해서 잡혀왔으면 곧장 연좌(부처님이 앉는 자리)로 잡아가 버려. 나도 죽은 다음에 꼼짝없이 잡혀갔는데, 쇠채찍으로 치며 묻는 거야. '네 부모와 형제와 친척이 누구냐?'고 말야. 내가 매 맞는 게 너머 서러워서 먼저 돌아가신 우리 어머니와 누님의 이름을 댔더니, 또 치려고 하는 거야. 그래서 먼저 와 계신 증조부 설위 님의 부탁 편지를 받아다가 관리한테 갖다 주었더니 그제서야 나를 놓아주었어. 우리 증조부 설위 님은 이승에서 대사성 벼슬을 하셨는데, 저승에 가서도 좋은 벼슬을 하고 계셨어."

설원과 윤자신은 그 말을 듣고 신기하기만 하였다. 그래서 이렇게 물었다.

"이승과 저승은 어떤 게 다른 거야? 거기에서 보고 들은 이야기를 더 해 줘."

그러자 공찬이 계속해서 저승의 소식을 말해 주었다.

"이승에서 어진 재상이었으면 죽어 저승에서도 재상 벼슬을 그대로 하고 있어. 그리고 이승에서는 여성은 글 공부도 안 시키고 벼슬도 안 주잖아? 저승은 달라. 글 읽고 쓰는 실력만 있으면 여성도 벼슬을 하여 잘 지내. 이승에서 제 명대로 살지 못하고 죽은 영혼들 가운데, 임금님께 충성스러운 마음으로 바른말하다가 죽은 사람은 저승에 가서는 좋은 벼슬을 하고 있었어. 이승에서 임금 노릇을 했더라도 주전충처럼 반역을 일으켜 임금이 된 자는 다 지옥에 들어가 있었어. 주전충이 누군지 알지? 원래는 당나라 장군인데 반역을 일으켜 양 나라를 세워 임금이 된 사람이지. 그리고, 적선(착한 일을 많이 함)을 많이 한 사람은 이승에서 천한 신분으로 지냈더라도 저승에서는 높은 신분이 되어 뽐내면서 다녀. 이승에서 서럽게 살지 않고 존귀하게 살았더라도 악을 쌓았으면 저승에 가서 고달프고 불쌍하게 살게 돼. 이승에서 존귀하게 살면서 남한테 원한 살 만한 일을 하지 않고 악하게 굴지 않았으면 저승에 가서도 귀하게 살아. 이승에서 남한테 모질게 하고 아무런 공덕도 쌓은 게 없으면, 저승에서 그 자손들이 험하게 살게 돼. 민후라고 있지? 그분이 이승에서 살 때 특별히 공을 세운 것은 없었어도 평생 청렴하게 사셨잖아? 저승에 가서 보니 좋은 벼슬을 하고 있었어. 우리 염라대왕 계신 궁궐은 장대하고 위엄이 대단해. 이 세상에서 가장 큰 나라인 중국의 임금이 있는 궁궐은 여기에 비교하면 어림도 없어. 염라대왕이 한번 명령을 내리면 모든 나라의 임금과 어진 사람들이 다 나오는데, 그 앞에 질서 있게 앉히고 예악(예법에 맞는 음악)을 연주하지. 염라대왕 앞에 앉은 사람들을 보니, 우리 증조부 설위 님은 중간쯤에 앉아 계시고 민후는 아래에서 두어 자 쯤에 앉아 있더군.

저승에서 있었던 사건 하나 말해 줄까? 하루는 이런 일이 있었어. 중국의 성화 황제가 아끼는 신하 하나가 저승사자의 손에 이끌려서 저승으로 잡혀 왔어. 그러자 성화 황제가 신하인 애박이를 염라대왕께 보내서 이렇게 부탁했어. '방금 잡혀간 아무개는 내가 가장 아끼는 사람입니다. 그러니 딱 1년만 더 살게 해 주세요.' 이렇게 요청했어. 그랬더니, 염라대왕이 뭐랬는 줄 알아? '천자가 특별히 부탁하는 것이니 거절할 수가 없군요. 하지만 1년은 너무 깁니다. 한 달만 살려 주지요.'

그러자 애박이가 요청했지. "1년으로 해 주소서." 그 말을 들은 염라대왕이 벌컥 화를 내면서 말했어. '황제가 비록 천자이지만, 사람을 죽이고 살리고 하는 일은 다 내 권한에 속하는 일이야. 그런데 어찌 거듭해서 나한테 이러라 저러라 할 수가 있단 말인가?' 이러면서 그 부탁을 들어주지 않았다. 이승에 있던 성화 황제가 그 말을 듣고는 곧바로 예복을 갖추어 입고 신하들을 거르려 직접 염라대왕한테 왔어. 염라대왕 자신은 북쪽 벽 앞에 금으로 만든 의자를 놓고 앉고, 황제는 보통 의자에 앉게 하고는, 황제가 봐주라는 그 사람을 즉시 잡아오게 하더군. 그리고는 엄한 목소리로 이렇게 말했어. '이 사람이 지은 죄가 아주 무겁고 게다가 그 비밀을 함부로 까발렸으니 그 손을 빨리 솥에 넣고 삶아라.'(성화 황제가 이승에서는 최고로 힘이 세지만, 저승의 염라대왕은 황제의 부탁을 들어주지 않은 거야. 오히려 그 앞에서 그 아끼는 신하에게 벌을 내린 것이지."

[이렇게, 설공찬의 혼령은 공침의 입을 빌어서, 저승에서 보고 들은 이야기를 계속해서 많이 해주었다. 무려 3개월이나 이승에 머무르면서

아주 자세하게 이야기하였다.

나는 저승 소식을 적되, 설공찬이가 한 말 그대로, 글자 하나도 고치지 않고 똑같이 썼다. 이 이야기가 꾸며낸 게 아니라 다 사실이라고 모두가 믿을 수 있도록 그렇게 하였다.] ([ ] 부분은 어숙권의 '패관잡기'라는 책에 적힌 '설공찬전'의 마지막 부분을 다듬어 첨가한 것임).

4) 배경과 등장인물

우리나라 전북 순창(淳昌)을 배경으로 하고 있으며, 주요 등장 인물도 모두 우리나라 사람이다. 순창은 순창 설씨의 관향인데, 작품의 배경을 순창으로 하고, 주인공의 이름을 '설공찬'으로 설정하고 있어 사실감을 높이고 있다. 하지만 설씨 집안의 족보[16]를 보면, 설공찬의 증조부 '설위(薛緯)', 아버지 '설충란(薛忠蘭)'과 숙부 '설충수(薛忠壽)'는 족보에 나오는 인물이나, 환혼의 주체인 '설공찬(薛公瓚)'과 그 대상인 '설공침'은 나오지 않는다.

이로 본다면 채수는 등장인물을 설정할 때 일정 부분은 실존 인물

16) 『경주 · 순창설씨대동보』 1권(서울 : 경주 · 순창설씨대종회, 1994), 8쪽 및 30쪽 참조. 거기 나타난 계보를 도표로 보이면 다음과 같다.

○緯
甲仁
忠蘭 / 忠壽 / 忠誨
아들: 公誧(공포)-公諄(공순)-後生 / 公珷(공무)-公璃(공리)-公瑚(공호)-公百 / 公諴-公謹
사위: 崔胤祖 / 金宗澤 / 李洙
琬 / 德潤 / 愷潤 -悰潤 - 福潤 -悌潤

을 등장시키고, 일정 부분은 가공의 인물을 등장시킴으로써, 독자로 하여금 실화인 것처럼 위장하였던 것이 아닌가 추정할 수 있다. 소설에 대하여 부정적인 인식이 지배적인 시기에, 채수는 그렇게 소설을 실화인 양 위장함으로써 혹시라도 있을 필화를 면해 보려 했던 것으로 생각할 수 있기에 더욱 그런 추정이 설득력을 가질 법하다.

그러나 현전 설씨 집안의 족보만 보고 그렇게 속단할 수는 없는 일이다. 이 책 제 V장 〈설공찬전이 실화에서 유래했을 가능성〉이란 글에서 자세히 언급하겠거니와, 최근에 발견된 다른 집안의 족보를 보면, 이 작품이 실화를 소재로 하였을 가능성이 매우 높다는 것이 새로 밝혀졌기 때문이다.

5) 중심 사건의 성격과 이 작품의 개성

이 작품의 중심 사건은 한마디로 '혼이 돌아와 저승 소식을 이야기하기'라고 요약할 수 있다. 저승갔다 온 이야기는 중국의 〈전등여화(剪燈餘話)〉에 실린 〈가운화환혼기(賈雲華還魂記)〉, 김시습의 〈금오신화〉에 실린 〈남염부주지(南炎浮洲志)〉나 구전설화에서도 다양하게 발견된다.

그런데 일반적인 저승담에서는 이것을 꿈속의 일로 돌리거나, 죽은 사람이 다시 살아나서 그 내용을 진술하는 형식으로 되어 있는데, 이 작품에서는 살아나지는 않고, 저승에서 돌아와 다른 사람의 몸에 들어가서 그 사람의 입을 빌어 진술한다는 점에서 전대나 후대의 저승 관련 서사물과 구별된다. 마치 무속에서 혼령이 무당의 몸에 실려 공수하는 것과 비슷한 형상으로 되어 있어 한국적인 색채를 강하게 비치고 있다.

결국 〈설공찬전〉은 중국 전기(傳奇)소설과의 관계에서, 사건 구성의 경우, 〈금오신화〉보다 더 개성적인 면모를 지닌 작품으로 평가할 수 있다. 한국적인 특색을 더 드러냈기 때문이다. 국문본의 제목을 우리말식으로 붙인 것도 차별화한 시도라 하겠다.

6) 탄압 받은 이유

이 작품에 관련된 기록을 읽으면서 떠오르는 의문이 하나 있다. 왜 이 작품이 탄압받아 불태워지고 작자는 교수형에 처해질 뻔했다가 가까스로 파직에 이르러 목숨만 부지했을까 하는 궁금증이 그것이다. 과연 소설 작품 한 편을 썼다는 것이 사형을 구형받을 만큼 중대한 죄일 수 있는가? 이 작품의 내용에 그토록 심각한 문제가 포함되어 있단 말인가?

이런 물음들에 대하여 몇 단계로 나누어 설명해보기로 한다. 왜 탄압 받았을까? 이 문제에 대한 접근은 문학사회학적인 시도이면서 이 작품의 주제를 해명하는 데에도 도움이 되리라 생각한다.

첫째, 이 작품은 당시의 논란에서도 드러나듯 윤회화복에 대한 이야기였기 때문에 탄압을 받았다고 설명할 수 있다. 윤회화복설은 불교의 가르침으로서, 현실주의 철학인 유교이념과는 배치될 수밖에 없다. 고려를 배척하고 유교를 국시로 삼아 새나라를 건설해 나가고 있던 조선 조정으로서는 용납할 수 없는 일이었다. 더욱이 유교 이념으로 교화받아야 할 백성들이 경향 각지에서 이 작품을 읽어 그게 사실이라고 믿어 미혹되는 상황에 이르렀으니, 묵과할 수 없어 강경한 조치가 내려진 것이라고 할 수 있다.

하지만 이 설명만으로 의문이 다 해소되는 것은 아니다. 윤회화복의 내용을 작품화한 예는 이 작품 이전에도 이미 있었기 때문이다. 이 작품을 둘러싼 논의 과정에서도 나왔듯이 중국의 『태평광기』가 그렇고 우리나라의 불경언해류(『석보상절』 등의 소위 국문불서류)가 그런 내용을 담고 있다. 그런데 왜 그런 작품들에 대해서는 말이 없다가 〈설공찬전〉에 대해서는 극단적으로 대응했을까? 그래서 두 번째의 설명이 필요하다.

둘째, 이전의 윤회화복 관련 작품과는 달리 〈설공찬전〉은 작자가 분명한 데다 고위층 인사였으며, 독립작품으로 존재해 민중에게까지 읽혀져 그 영향력이 지대하였기 때문이라고 설명할 수 있다. 『태평광기』만 하더라도 중국의 것인데다 문헌설화집 차원의 것이지 특정 작가가 책임지고 저술한 독립작품이 아니다.

불경언해류(국문불서류)에 실린 이야기들도 비록 의도는 민중에게 읽히기 위한 것이었으나, 당시의 인쇄 사정이나 민중의 생활 여건상 극히 소수의 부수만 찍었기에 일반 민중에게는 수용되지 않았다고 보는 것이 옳다. 설령 읽혔다 하더라도 그것 역시 문헌설화 차원의 것이지 특정 작가를 문제삼을 수 있는 것이 아니었다.

그러나 〈설공찬전〉은 달랐다. 대사헌과 호조참판까지 역임해, 중종반정 때에는 그 주동세력이 반정의 명분을 세우기 위해 끌어들이려 적극 노력할 만큼 명망있던 인물인 채수가 지은 작품이다. 그것도 독립적으로 존재해 경향 각지에서 읽고 그 내용을 믿어 문제를 야기한 작품이다. 사회 지도층 인사가 유교이념과 배치되는 내용의 작품을 지어, 그것도 사실담이라고 주장하고 나옴으로써 상하층 독자가 더욱 그 내용을 신빙하게 만든 작품이기에 탄압하지 않을 수가 없었던 것이라고 보아야 한다.

하지만 이 두 번째 설명만으로 모든 의문이 해소되는 것도 아니다. 여전히 문제가 남는다. 그것은 불교의 윤회화복을 담고 있다고 해서 사헌부에서 과연 채수를 교수형에 처하라고 요구할 수 있는가 하는 것이다. 사형은 조선사회에서 반역죄나 강상의 윤리를 파괴하는 악질범에게나 내려졌던 형벌이다. 과연 〈설공찬전〉에 그같은 내용이 있단 말인가? 여기에 세 번째 설명이 필요하다.

셋째, 〈설공찬전〉에는 왕권모독죄와 풍기문란죄에 해당할 만한 대목이 들어 있어 탄압을 받을 수밖에 없었다고 설명할 수 있다. 〈설공찬전〉이 여타 귀신이야기나 저승이야기 또는 불교윤회관련담과 구별되는 것 중의 하나가 바로 거기 들어있는 두어 가지의 특이한 구절이다. 그 하나는 임금과 관련된 것이다.

제10쪽을 보면 "예서 님금이라도 쥬젼튱ᄀᆞ튼 사ᄅᆞᆷ이면 다 디옥의 드렷더라"라는 대목이 나온다. 주전충은 원래 당나라 신하였는데 반역을 일으켜 임금 자리에 오른 인물이다. 그렇게 쿠데타로 집권한 왕은 저승에 가서는 지옥에 떨어진다는 말이다.

이는 채수의 생애와 관련지어 볼 때 매우 의미심장한 발언이다. 왜냐하면 채수는 연산군을 몰아내고 중종을 옹립한 중종반정을 탐탁지 않게 여겼던 게 분명하므로, 이 대목은 직접적으로 중종을 겨냥하고 있다고 읽히기 때문이다. 그렇게 보면 이 대목은 명백하게 왕권 모독적인 발언이라 극형의 대상이 될 수 있다.

또 하나는 풍기와 관련된 것이다. 제10쪽에 보면 이런 대목이 있다. “이싱에셔 비록 녀편네 몸이라도 잠간이나 글곳 잘ᄒᆞ면 뎌싱의 아모란 소임이나 맛드면 굴실이혈ᄒᆞ고 됴히 인ᄂᆞ니라”고 한 구절이다.

이는 남녀유별의 유교질서를 근본적으로 뒤흔들 수 있는 발언이다. 여자라도 글만 잘하면 남자와 똑같이 관직에 나아갈 수 있다니 사회질서를 혼란하게 할 만한 발언이 아닐 수 없다.

이런 충격적인 발언들이, 사회 지도급 인사인 채수의 작품에서 다루어지고, 백성들이 이 작품을 광범위하게 읽어 공감하는 데까지 이르고 자꾸만 전파되어 가자 드디어 엄중하게 처벌하자는 주장이 대두되었다고 생각한다.

이상의 세 가지 가능성 외에도 당시 훈구파와 사림파(특히 신진사류)와의 정치적 갈등구도 속에서 이 문제를 풀어볼 수 있는 여지도 없지 않다. 하지만 여러 가지 정황으로 미루어 채수는 신진사류의 배척대상이 될 만한 인물이 아니다. 성현(成俔)과 잘 어울렸던 점, 직언을 서슴지 않았던 점 등만 보더라도 그 성향이나 기질 면에서 일반적으로 말하는 전형적 의미의 훈구파 인물이 아니기 때문이다. 더욱이 채수는 훈구파 중에서도 그 가계(家系) 면에서 가장 하위인 비거족(非鉅族)으로 분류되고 있으며[17], 사제관계도 아직 모호하므로 이 문제는 앞으로 좀더 천착할 필요가 있다.[18]

---

17) 이병휴, 『조선전기 기호사림파 연구』(서울:일조각, 1984), 18쪽 및 212쪽 참조.

18) 간호윤, 한국 고소설비평 연구(서울 : 경인문화사, 2002), 47~55쪽에서는, 당시 사림세력과 훈구세력의 정치적 역학관계 즉 정치적 갈등이 개재되어 ‘설공찬전 사건’이 일어난 것으로 해석하고 있어 필자와는 다른 견해를 펼치고 있다.

7) 인기를 끌 만한 요인들

첫째, 순창 설씨의 집성촌이며 관향인 순창이라는 실제 지명에다 실존 인물 몇 사람을 등장시킨 가운데, 유교로는 설명이 불가능한 사후세계에 대하여 진술한 것이 인기를 끈 한 요인이었을 것이다. 사실 이 작품은 작품 자체의 짜임새나 갈등 구조 면에서는 〈금오신화〉에 비해 밀도가 떨어진다. 자아와 세계간의 갈등이 선명하지는 않기 때문이다.

갑작스런 죽음으로 말미암아 원혼이 되어 돌아온 주인공과 이 주인공으로 말미암아 야기된 상황을 축귀 주술로 해소하려고 하는 설충수 간의 갈등이 표면적인 갈등의 전부라고 할 수 있다. 하지만 그 갈등도 지속되지 못하고 주인공의 일방적인 승리로 귀결되고 마는 양상을 보여준다.

그렇지만 이같은 갈등구조 면에서의 약점을 이 작품은 다른 장치를 통해 충분히 보완하고 있다. 간간이 연월일을 표시하는 등 실제 있었던 일로 서술하고 작품 말미에서도 그렇게 말함으로써 사실감을 느끼도록 유도하고 있는 것이다.

둘째, 한을 품고 죽은 영혼은 저승에 안착하지 못하고 일정 기간 떠돈다는 우리 전래의 원귀관념[19] 무당의 공수나 입신 현상[20], 민간에서

---

19) 이 작품의 서두에서, 설공찬의 누나는 시집가서 자식도 못 낳은 채 일찍 죽었으며, 주인공 설공찬도 재주있는 젊은이었으나 장가도 들지 않아 병들어 죽었다고 서술되어 있다. 이는 이들이 원귀가 되어 인간계에 출현할 수 있게 하기 위한 설정으로서, 앞 사건과 뒤 사건이 인과관계를 가지게 하는 장치로 작용하고 있다.

20) 무당의 공수 현상을 연상하게 하는 대목을 인용해 보이면 다음과 같다.
"공찬이 와셔 제 ᄉᆞ촌아ᄋᆞ 공틤이를 븟드러 입을 비러 닐오ᄃᆡ 아ᄌᆞ바님이 빅단으로 양직ᄒᆞ시나 오직 아ᄌᆞ바님 아ᄃᆞᆯ 샹ᄒᆞᆯ ᄲᅮᆫ이디위 내 몸이야 샹ᄒᆞᆯ 주리 이시리잇가 ᄒᆞ고"(〈설공찬전〉 국문본 제 4쪽)

의 잡귀 쫓는 의식[21] 등을 도입한 것도 독자에게 친근감을 가지게 하였던 것으로 여겨진다.

셋째, 문체 면에서, 저승담을 진술하는 부분에서 서술자의 어투가 아니라 주인공의 말을 직접 인용하는 형식으로 서술함으로써 더욱 실감을 자아내게 한 것도 이 작품으로 하여금 세간의 관심과 인기를 모으는 데 기여했으리라 여겨진다.[22] 한 가지 더 지적해 둘 것은 〈설공찬전〉 국역본은 한자어나 한자성구를 충실하게 번역해 놓아서 한문에 밝지 않은 독자(청자)도 얼마든지 읽거나 들어서 이해할 수 있도록 되어 있다는 점이다. 이것은 소위 국문소설의 효시로 알려진 경판본 〈홍길동전〉과 비교해 보면 또렷이 확인할 수 있다.

단적인 예로 〈홍길동전〉에서는 '문왈(問曰)', '청파(聽罷)에' 식으로 적어놓았는데, 〈설공찬전〉 국문본에서는 예외없이 '무른ᄃᆡ', '뭇거늘', '듯고' 등으로 적고 있다. 〈홍길동전〉에서는 그밖에도 '부생모육지

---

21) 축귀 민속을 반영한 대목은 다음과 같다. 이 작품에서는 민속에서처럼 복숭아나무, 왼새끼, 朱砂 등을 이용하고 있음을 알 수 있다. 축귀 관련 민속에 대해서는 村山智順(노성환 역), 조선의 귀신(서울:민음사, 1990) 및 김태곤, 한국민간신앙연구(서울:집문당, 1983) 참조.
"셕산이 와셔 복셩화 나모채로 ᄀᆞ리티고 방법ᄒᆞ여 부작ᄒᆞ니 그 귓저시 니로ᄃᆡ 나ᄂᆞᆫ 겨집이모로 몯 이긔여 나거니와 내 오라비 공찬이ᄅᆞᆯ ᄃᆞ려오리라 ᄒᆞ고"(〈설공찬전〉 국문본 제 4쪽)
"왼 ᄉᆞᆺ ᄭᅩ와 집문 밧ᄭᅳ로 두르면 내 엇디 들로 ᄒᆞ여ᄂᆞᆯ 틈ᄉᆡ 고디듯고 그리ᄒᆞᆫ대"(〈설공찬전〉 국문본 제 4쪽)
"쥬사 한 냥을 사두고 나를 기들오라 내 가면 녕혼을 제 무덤 밧의로 나디 못호리라"(〈설공찬전〉 국문본 제 6쪽)

22) "ᄯᅩ 닐오ᄃᆡ 우리나라 일홈은 단월국이라 ᄒᆞ니라 듕국과 제국의 주근 사ᄅᆞᆷ이 라(다) 이 ᄯᅡ해 모ᄃᆞᆫ 니 하 만ᄒᆞ야 수를 혜디 몯ᄒᆞ니라 ᄯᅩ 우리 님금 일홈은 비사문텬왕이라 므틧 사ᄅᆞᆷ이 주거ᄂᆞᆫ 졍녕이 이ᄉᆡᆼ을 무로ᄃᆡ 네 부모 동ᄉᆡᆼ 족친ᄃᆞᆯ 니ᄅᆞ라 하고 쇠채로 티거든 하 맛디 셜워 니ᄅᆞ면 ᄎᆡᆨ 샹고ᄒᆞ야 명이 진ᄃᆡ 아녀시면 두고 진ᄒᆞ얏면 즉시 년좌로 자바가더라"(설공찬전 국문본 제9쪽)

은(父生母育之恩)', '복지유체(伏地流涕)' 같은 한문성구를 그대로 노출하고 있어, 국문본이지만 하층 수용자에게는 의미 전달이 용이하지 않게 되어 있으나, 〈설공찬전〉 국문본에서는 그런 정도로 어려운 구절은 거의 없다. '졀(絶)커늘', '진(盡)듸 아녀시면', '진(盡)ᄒᆞ야시면' 정도이다. 그랬기에 이 작품이 경향 각지에서 읽히고 민중들이 그 내용을 사실로 받아들일 만큼 널리 전파되었던 것이라 생각한다.

5. 설공찬전 국문본 발견의 의의

첫째, 〈금오신화〉 이후 〈기재기이〉가 나오기까지 80여 년에 이르는 소설사의 공백을 메울 수 있게 되었다. 〈금오신화〉가 나온 지 40여 년 만에 〈설공찬전〉이 나오고, 〈설공찬전〉 이후 다시 40여 년 만에 〈기재기이〉가 출현한 셈이니, 이 작품은 두 작품의 교량적인 위치를 차지하면서 우리 소설사의 흐름을 단절 없이 서술하고 이해할 수 있게 한다.

둘째, 〈설공찬전〉 국문본의 발견으로 그 동안 추측과 심증 차원에서만 제기되어온 〈홍길동전〉 이전의 국문소설의 존재가 입증되었다. 물론 일부 학자에 의해서 〈홍길동전〉 이전의 국문(표기)소설의 존재가 주장된 바가 있었으나, 그 증거로 제시된 작품들에 대해 여러 가지 이유에서 아직 학계에서는 소설로 인정하지 않고 있는 형편이다.[23]

---

23) 훈민정음 창제(1443년) 이후 〈홍길동전〉(1618년?)이 출현하기까지의 170년이라는 공백기에 존재했을 초기 국문소설을 찾는 데 상당수의 학자가 관심을 기울여 왔던 것이 사실이다. 그런 노력으로 얻어진 성과가, 사재동 교수가 꾸준히 주장하

하지만 〈설공찬전〉은 원본 자체가 소설인 것이 명백하며 작자와 시대도 분명하므로 그 가치가 그 증거력이 절대적이다. 국문본 〈설공찬전〉은 국문으로 수용된(한글로 읽힌) 최초의 소설['번역체 국문소설(국문본소설)의 효시']로서 그 이후의 본격적인 국문소설['창작국문소설']을 등장하게 하는 길잡이 역할을 수행했다고 할 수 있다.

그 동안 최초의 국문소설을 허균의 〈홍길동전〉으로 보아온 것이 학계의 통설이다. 하지만 과연 허균이 〈홍길동전〉을 창작했겠는가, 창작했다 하더라도 그 원본이 국문이었다는 결정적인 증거가 없어 논란이 계속되고 있다.[24] 더욱이 현전하는 〈홍길동전〉 판본 중에서 가장 오랜 것으로 보이는 경판본은 여러 가지 면에서 19세기 후반에 나온 것이고 그 내용에 허균 이후의 역사적 사실들이 등장해 개작이 이루어진 것이라[25] 최초의 국문소설이라고 하는 게 석연치 않다.

그렇지만 〈설공찬전〉은 「조선왕조실록」 중종 6년(1511년)조 기사에 분명히 그 당시에 국문본이 공존했다고 기록되어 있기 때문에 여러 가지 면에서 증거가 명확하며 필사 시기도 17세기 초반 이하로는 내려갈 가능성이 적다. 따라서 〈설공찬전〉 국문본은 비록 원작은 한문이었지만 거의 같은 시기에 국문으로 번역되어 유통된 것이 확실한 이상, 이 작품은 국문으로 표기되어 수용된 최초의 소설임이 분명하

고 있는 〈안락국태자전〉을 위시한 이른바 '불교계 국문소설'이다. 하지만 이들 작품은 불경언해이지 소설로는 볼 수 없다는 것이 학계의 중론이다.

24) 〈홍길동전〉을 국문소설의 효시작으로 볼 수 없다는 데 대한 가장 본격적인 논의는 조희웅, 「국문본 고전소설의 형성 시대」, 이야기문학 모꼬지(서울: 박이정, 1995), 50-52쪽에서 이루어졌고, 이윤석, 홍길동전 연구(서울:계명대학교출판부,1997)에서는 광범위한 이본 검토 작업 결과를 들어 "현재 우리가 읽고 있는 홍길동전은 허균이 지은 것이 아니다"는 종래의 주장을 힘써 실증하고 있다.

25) 김일렬, 고전소설신론(서울:새문사, 1991), 147-148쪽 참조.

며 그 이후 국문소설의 창작에 영향을 끼쳤다고 보아야 마땅하다.

〈설공찬전〉 국문본의 선례를 이어 〈왕랑반혼전(1565년경)〉 국문본[26], 권필의 〈주생전(1593년)〉 국문본이 나오는 등 소설을 국문으로 적는 실험 · 실습이 누적되다가, 마침내 국문 소설 쓰기의 역량이 갖추어져 마침내는 본격적인[좁은 의미의]국문소설[1531년 무렵의 〈오륜전전〉[27], 이른바 허균의 〈홍길동전〉[28], 작자 미상의 〈한강현전〉[29], 〈소생전(蘇生傳;1672년경)〉[30], 김만중의 〈사씨남정기(1692년경)〉[31]] 등이 창작되기에 이르렀다고 보는 것이 합리적이다.

이 점을 고려하지 않고, 오로지 한문소설만 존재하다가 갑자기 〈홍길동전〉이나 〈사씨남정기〉같이 완벽하게 다듬어진 국문소설이 나왔다고 하는 것은 우리 국문소설사의 전개를 비정상적인 것으로 비치게 할 수 있다. 최초 작품으로 보기에는 이들 작품이 너무도 완벽한 짜임새를 갖추고 있기 때문에 그렇다.

---

26) 황패강, 「나암 보우와 왕랑반혼전」, 한국서사문학연구(서울: 단국대학교출판부, 1972), 220쪽.

27) 〈오륜전전〉이 최초의 창작국문소설이라는 것은 최근 필자가 새로 밝혔는데, 이 책 Ⅴ장에서는 자세히 언급하였다.

28) 허균의 〈홍길동전〉 원작이 국문소설이라는 데 대해서는 필자는 회의적이지만, 일단 아직까지는 정설화하여 있으므로 여기 포함시키기로 한다.

29) 이수봉, 「한강현전 연구」, 파전 김무조 박사 화갑기념논총(동간행위원회, 1988), 173-198쪽.

30) 장효현, 「전기소설 연구의 성과와 과제」, 민족문화연구 28(서울:고려대학교 민족문화연구소, 1995), 23쪽 각주 46번 참조(장효현, 한국고전소설사연구, 고려대출판부, 2002에 「전기소설의 장르 개념과 장르사의 문제」란 제목으로 재수록됨).

31) 김만중의 소설에 〈구운몽(1687년)〉도 있으나 한문원작설과 국문원작설이 첨예하게 대립되어 있으므로, 원작이 국문이라는 증거를 갖추고 있는 〈사씨남정기〉만을 제시한 것이다. 확실한 증거가 있는 것만을 들어 국문소설[좁은 의미의 국문소설]의 효시작을 따질 경우, 그 동안 〈홍길동전〉이 누렸던 영광은 〈사씨남정기〉에게 돌아가야 할 것이다.

셋째, 그 동안 이 작품을 둘러싼 여러 가지 의문점들이 상당 부분 그 해답을 얻게 되었다. 그 결과를 제시하면 다음과 같다.

① 이 작품이 소설이라는 사실이 입증되었다. 그 동안 이 작품이 설화인지 소설인지에 대해서 일부 논의가 있었다. 그러나 이 국문본을 통해서 볼 때, 독립작품으로 존재한 점, 작가의 창작의식이 엿보이는 점, 당대에 창작품으로 인식된 점 등의 증거만 가지고도 소설임이 확실해졌다.

② 이 작품은 불교소설이 아니라는 게 밝혀졌다. 불교를 포교하기 위한 목적으로 창작한 소설이라면 설공찬이가 불교신자이거나 배불론자여야 하며, 저승 경험담에서도 불교적 메시지가 강하게 노출되어 있어야 하는데 그렇지 않다. 염라왕의 이름을 불교 호법신(護法神) 중의 하나인 '비사문천왕(毘沙門天王)'이라고 한다거나 윤회전생의 주지를 담고 있기는 하나, 그것을 들어 이 작품을 〈왕랑반혼전〉류의 불교소설, 불교 포교를 목적으로 한 소설로 보기는 어렵다고 본다.

③ 이 작품은 몽유소설이 아니라는 게 밝혀졌다. 꿈을 매개로 저승경험이 이루어지는 게 아니기 때문에 몽유소설로 볼 수 없다.

④ 이 작품과 〈왕랑반혼전〉과는 동일작이거나 개작 관계가 아니라는 것도 드러났다.

⑤ 이 작품은 '전(傳)의 소설화'를 보여주는 사례가 아니다. 제목이 〈설공찬전〉일 경우에는 이 작품을 '전의 소설화' 과정을 보여주는 예라고 평가할 수 있으나, 〈설공찬이〉로 되어 있기 때문에 그럴 수 없다.

넷째, 이 책 제Ⅴ장에서 따로 자세히 논하겠지만, 이 작품이 실화에서 유래한 작품이라는 게 사실이라면, 이 작품은 현재까지 알려진 자료 가운데에서는 우리나라 '최초의 실명소설(實名小說)' 혹은 '실화에서 유래한 소설'이라 할 수 있다. 한국 초기소설의 형성경로로서 〈실화→소설〉이란 도식을 확실하게 추가할 필요성과 근거가 마련된다 하겠다. 〈중국소설→소설〉(김시습의 〈금오신화〉), 〈작가의 상상력(허구)→소설〉(신광한의 〈기재기이〉), 〈불교설화→소설〉(이른바 불경계 국문소설) 등과 함께, 실화 가운데에서 특이한 이야기를 그대로 적으면서 결과적으로 소설이 되는 경우를 근거있게 상정하게 되는 것이다.

다섯째, 16세기 또는 17세기 초의 국어사를 정리하는 데도 기여할 수 있을 것이다. 나머지 4편을 포함하여 『묵재일기』 소재 5종의 국문표기소설에는 현재 유통되고 있는 고어사전으로 해결할 수 없는 어휘나 표기들이 더러 있으며, 표기방식도 관찬(官撰) 중심의 인쇄 문헌과는 다른 경우가 있어 이 방면 연구자들의 참여가 필요하다.

6. 〈설공찬전〉 국문본 발견 이후 학계 · 일반의 반향

〈설공찬전〉 국문본의 발견 사실이 신문과 방송으로 보도되고, 필자가 한국고소설학회에서 공식적으로 발표하며 논문과 단행본으로 소개한 이후, 학계와 일반에서 이 작품을 두고 어떤 반응을 보였는지 개괄해 보겠다. 편의상 학계와 일반으로 구분해 서술하기로 한다.

1) 학계의 반향

먼저 중국소설을 전공하는 민관동은 다음과 같이 주목할 만한 평가를 하였다.

> 소설에 대한 최초의 번역은 채수가 지은 설공찬전인 듯하다. 채수의 설공찬전은 비록 중국소설이 아닌 한국 고소설이지만 당시에는 한문으로 쓰여졌다가 후에 국문으로 번역되었다는 기록이 조선왕조실록에 언급되어 있다.……이렇게 한글이 창제(1446년)된 지 몇 년 되지도 않아 바로 한글 번역본이 출현하였음을 알 수 있고, 또 중국소설에 대한 최초의 번역은 유향의 열녀전으로 사료된다.[32)]

민관동은 우리 국문학자들의 통념과는 달리, 우리나라에서 소설을 국역한 첫 사례는 중국소설의 번역이 아니라, 〈설공찬전〉의 국역이라는 것이다. 중국소설의 번역은 1543년에 이루어진 〈열녀전〉의 국역이라는 사실을 일깨워 줌으로써, 중국소설의 번역이 먼저였을 것으로 여겨온 우리의 통념을 깨고, 〈설공찬전〉의 국문본이 중요한 의의를 지닌다는 것을 드러내 주었다.

한편 황패강은 "최초의 국문소설은 한문소설을 발판으로 하여 이를 정음으로 번역함으로써 성립되었던 것으로 믿어진다. 그 사례로, 중종 때 〈설공찬전〉"을 들 수 있다고 하였다.[33)] 이어서 "국문소설이 한문소

---

32) 민관동, 「중국소설의 한글 번역 문제」, 한국고소설학회 · 동방문학비교학회 · 한국중국소설학회 1998 동계공동학술대회 발표요지(서울: 건국대학교 국제회의실, 1998.2.10), 4쪽.

33) 황패강, 「한국 고소설의 표기 문제」, 한국고소설학회 · 동방문학비교학회 · 한국

설을 발판으로 삼아 시작되었다는 논의는 당초 왕랑반혼전을 전제로 제기되었던 터이나, 근자 이복규에 의하여 설공찬전(국문언역본)이 발굴되면서 논의가 다시 힘을 얻고 있다. 통설인 홍길동전의 최초 국문소설설이 무너지고 있다."[34] 고까지 말하였다.

이어서 김종철의 평가를 들 수 있는데 인용해 보이면 다음과 같다.

> 자료의 발굴은 소설사의 실상을 제대로 파악하는 가장 중요한 작업인데, 97년도는 그런 점에서 상당한 성과를 거두었다고 할 수 있다. 그 중 가장 중요한 자료는 중종 때 채수가 지은 〈설공찬전〉의 한글 번역본 일부가 발견된 일이다. ……이로써 우리는 채수가 이 소설을 지어 벌어진 시비만을 『중종실록』에서 보다가 그 실물의 일부를 직접 볼 수 있게 되었다. 〈금오신화〉, 〈기재기이〉 등으로 이어지는 초기소설의 흐름에 일부이지만 〈설공찬전〉의 실물이 추가됨으로써 우리 초기 소설사의 실체에 더욱 가까이 갈 수 있게 된 셈인데, 특히 번역의 형태이긴 하나 국문 소설의 존재가 〈홍길동전〉 이전에 존재했음을 실물로 확인할 수 있게 된 점이 중요하다고 본다.[35]

요컨대 김종철은 〈홍길동전〉 이전에 국문소설이 존재했다는 점을 입증하는 사례로 〈설공찬전〉 국문본의 의의를 적극 평가하였다. 이렇게 말함으로써 결과적으로 김종철 교수는 넓은 의미의 국문소설(번역체 국문소설 혹은 국문본소설)도 국문소설로 인정하는 탄력성 있는

중국소설학회 1998 동계공동학술대회 발표요지(서울: 건국대학교 국제회의실, 1998.2.10), 7쪽 참조.

34) 황패강, 「21세기와 고전문학」, 한국학술연구의 동향과 전망-국어국문학 · 철학 · 심리학-(서울 : 한국학술단체연합회, 1999), 64쪽.

35) 김종철, 「소설문학의 연구동향」, 『국문학연구 1998』(서울 : 태학사, 1998), 346쪽.

태도를 보였다고 여겨진다. 황패강과 같은 평가를 내리고 있는 셈이다.

정우영은 필자가 이 작품이 발표한 주석본을 토대로 원전과의 대조 작업[36]을 꼼꼼히 펼쳐, 필자가 잘못 해독한 부분을 보완하게 해주었다. 정우영이 바로잡은 사항은 다음과 같은 것들이다. 유형별로 대표적인 사례만 제시한다.

첫째, 판독자의 단순한 실수로 원문과 다르게 읽힌 곳(ᄉᆞᄅᆞᆷ→사ᄅᆞᆷ, 젹브터→적브터 등)

둘째, 자형의 유사성으로 인해 다르게 판독한 곳(겨틔→겨ᄐᆡ, 아희→아ᄒᆡ 등)

셋째, 분절[끊어읽기]을 잘못한 곳(스무닐웬날ᄒᆡ 니르대 예→스므닐웬날 ᄒᆡ 딜 대예, ᄉᆞᆯ하 더→ᄉᆞᆯ하더, 굴실이혈ᄒᆞ고→굴실이 혈ᄒᆞ고, 어진 사ᄅᆞᆷ이 나와→어진 사ᄅᆞᆷ이나 등)

넷째, 버린 글자를 추정하여 읽은 곳(일로부터ᄂᆞᆫ→일브터로ᄂᆞᆫ, 넉시 나리면→넉시 나면, 설의→셜이 등)

다섯째, 판독에서 누락되었거나 좀더 논의되어야 할 곳(그 녕혼이 몯 미쳐 왓더니→그녕혼이 당시 몯 미쳐 왓더니, ᄒᆞ마 머리조쳐 시니→ᄒᆞ마 머리 조쳐시니 등)

정우영은 새롭게 판독한 연유와 수긍할 만한 기초적 설명까지 일일이 마련해 놓았다. 국어학 전공자의 전문적인 작업이므로 그 결과에 대해 신뢰할 수 있게 하였으며 국문학을 연구하는 데에서 국어학의

36) 정우영, 「설공찬전 한글본의 원문 판독 및 그 주석」, 동악어문논집 33(서울 : 동악어문학회, 1998), 39~76쪽.

도움을 받아야 할 이유와 필요성을 느끼게 하는 소중한 성과라고 생각한다.

필자가 이 작품의 이모저모에 대해 피력한 견해에 대해 비판하는 논문도 발표되었다. 소인호의 글[37]이 그것이다. 이에 대한 필자의 생각은 별도의 글[38]에서 밝혔기 때문에 그리로 미루기로 한다.

정상균은 심리주의 방법을 동원하여 작자인 채수의 세계관과 〈설공찬전〉, 등장인물 설공침의 정신상태와 〈설공찬전〉간의 관계를 분석하였다.[39] 채수는 애니미즘적 사고체계를 가지고 있는 데다 통어할 수 없는 나르시시즘을 지니고 있었으며, 이런 정신구조가 17세 때의 '하얀 요괴'체험을 낳았고 만년에는 〈설공찬전〉으로 표현되었다고 하였다. 만년에 이르러 죽어서 갈 저승에 대한 관심이 깊어졌을 때 채수는 설공침의 병력을 들었고, 그 과정에서 들은 '저승 기별'은 너무도 즐거운 희소식이라서 이를 소설로 기술하기에 이르렀다고 파악하였다.

작품 자체로 들어가, 정상균은 〈설공찬전〉이란 제목과는 달리 인물 설공찬을 주인공으로 다룰 수는 없고, 설공침의 개인 콤플렉스 내의 문제로 접근할 수밖에 없다며, 작품에 드러난 설공침의 정신상태에 대해 융 심리학 이론을 빌어 진단을 내리고 있다. 정상균에 의하면, 설공침은 일종의 정신질환을 앓고 있는 존재로서, 설공찬의 혼령이 씌었다는 것은 기실 설공침이 일으킨 일종의 점유망상의 한 유형에 불과하다. 작품 내용에 보이는 설공찬의 발언은 모두 설공침의 정신 내

37) 소인호, 「채수의 설공찬전」, 한국전기문학연구(서울 : 국학자료원, 1998), 165~182쪽.

38) 이복규, 「설공찬전 국문본을 둘러싼 몇가지 의문에 대한 답변」, 온지논총 4(서울 : 온지학회, 1998), 127~148쪽 및 이 책의 Ⅲ장 참조.

39) 정상균, 「채수」, 한국중세서사문학사(서울 : 아세아문화사, 1999), 233~272쪽.

부에서 생긴 문제이며, 그 무의식의 객관화라는 것이다.

작품을 통해서 드러나는 설공침의 현실적 상황을 정상균은 이렇게 정리하고 있다. 같은 집안인데도 우월한 설공찬 앞에서 열등한 설공침은 비참함을 느꼈을 것이고, 아버지 설충수 역시 공침을 피곤하게 만들어 시달리게 하는 존재였다는 것이다. 그런 상태에서 공침은 아버지 설충수의 이름을 지웠는데, 그 자리에 공찬의 넋이 자리잡았는 바, 설공찬의 넋이 설공침의 의식을 지배한 것은 설공침 내부에 자리잡고 있는 설공찬 콤플렉스의 발동으로서의 의미를 지니고 있다는 것이다. 설공침에게 공찬의 넋이 씌운 것은, 한번 일찍이 부러워했던 공찬이 되어보는 기쁨도 느끼고, 소망대로 일찍 죽어 없어진 사실을 재확인함으로써 소망 충족을 느끼는 일이라는 것, 한편으로는 일찍이 공찬이가 공부 잘한다고 뽐내었던 것을 자신이 미워해서 공찬이가 죽었으니, 그 공찬의 불행을 자신이 감수해야 한다는 속죄의 의미도 아울러 지니는 것이라는 설명이다.

이렇게 정상균은 설공침의 열등의식 즉 정신병적 환상이 〈설공찬전〉의 기초를 이루고 있다는 주장을 다각도로 펼침으로써 새로운 해석을 보여주었다. 이를 위해 융이나 라캉 등의 심리학자들의 이론은 물론, 우리나라 명두 점쟁이의 존재 양상에 대한 김태곤의 보고도 원용하고 있어 주목된다. 아울러 정상균은 중국과 한국의 유사작품[서유기, 용궁부연록, 남염부주지]과의 비교를 통해 이 작품의 보편성과 특성을 드러내는 데에도 노력을 기울임으로써, 〈설공찬전〉이 태고에서부터 채수 당대까지 지식인들이 고의적인 무시와 외면으로 기록에 남지 못했던 한 정신질환자의 병력을 구체적으로 제시한 성실한 보고서라는 측면에서 막중한 서사문학사적 의의가 있다고 하였다. 김시습의 금오신화와는 달리, 정신적으로 열등하고 사회적으로 불우했던 사람이 느끼는 절망감에서 병적으로 탈출해 가는 새로운 망상의 세계를 구체적으로 제시하는 데 성공을 거둔 작품이라고 평가하였다.

고소설개론서에도 이 작품을 다루기 시작하였다. 그 첫 사례가 이헌홍의 『고전소설강론』이다. 그 책에서는 다음과 같이 서술하였다.

> 한편 이 시기에 나온 작품 중 환혼 계열의 전기소설인 〈설공찬전〉을 주목할 필요가 있다. 이 작품은 훈구파 대신인 채수에 의해 처음부터 명백한 한문소설로 창작되고(1511년 이전), 이것이 유전되면서 향유 조건에 따라 한문 그대로 읽히거나 때로는 국문으로 번역 보급되기도 했다.……〈설공찬전〉에 관련된 『패관잡기』나 『중종실록』의 기록을 통해 볼 때 15 · 6세기에는 〈왕랑반혼전〉과 같은 불전계 소설을 번역 · 번안한 작품들뿐만 아니라, 우리의 창작 원본을 바탕으로 번역된 국문소설도 항간에 유포되어 그 파문이 심각할 정도에 이르고 있음을 알 수 있다.[40]

이렇게 이헌홍은 〈설공찬전〉의 국문본이, 우리 창작 원본을 바탕으로 번역된 국문소설이 15 · 6세기에 널리 유포되었다는 것을 보여주는 사례라는 측면에서 주목하고 있다.

이어서 최운식도 『한국 고소설 연구』 제2판 3쇄부터는 이 작품의 발견 사실을 다루기 시작하여 다음과 같이 언급하였다.

> 중종 때 호조참판을 지내기도 한 채수는 「설공찬전(薛公瓚傳)」을 지

40) 이헌홍, 고전소설강론(부산 : 세종출판사, 1999), 54~55쪽.

었는데, 이것이 문제가 되어 사헌부의 탄핵을 받고 벼슬에서 물러나 은거(隱居)하였다. 이 작품은 왕명으로 불에 태워졌으므로,[41] 자세한 내용을 알 수 없었는데, 최근에 필사본이 발견되었다. 설공찬의 영혼이 저승에 갔다가 돌아와 사촌 동생의 몸에 들어가 저승에서 경험한 것을 진술하는 형식으로 되어 있는 이 작품은 국문으로 표기된 최초의 소설이라 할수 있다. 이 작품은 유형상으로는 전기소설의 하나로서 저승 경험담을 빌어 중종 반정 직후의 정치를 비판한 것으로 해석된다.[42]

『금오신화』의 뒤를 이은 작품으로는 중종 때 호조참판을 지내기도 한 채수(蔡壽, 1449~1515)의 「설공찬전」이 있다. 주인공 설공찬의 혼이 저승에 갔다가 돌아와 사촌 동생의 몸에 들어가 저승에서 경험한 것을 진술하는 형식으로 되어 있는 이 작품은 국문으로 표기된 최초의 소설이라 할 수 있다. 전기소설의 하나인 이 작품은 저승 경험담을 이야기하는 형식을 빌려 중종 반정 직후의 정치 현실을 비판한 것으로 해석된다. 채수는 이 작품이 문제가 되어 사헌부의 탄핵을 받고 벼슬에서 물러나 은거(隱居)하였고, 이 작품은 왕명으로 불에 태워졌다.[43] 그래서 자세한 내용은 알 수 없었는데, 최근에 그 국문본이 발견되어 그 내용을 알 수 있게 되었다.[44]

이상택 · 윤용식도 한국방송대학교의 2002년도판 『고전소설론』부터 이 작품에 대해 언급하고 있다.

---

41) 중종실록 6년 9월조 참조.
42) 최운식, 한국 고소설 연구(서울 : 보고사, 2001), 81쪽.
43) 중종실록 6년 9월조 참조.
44) 최운식, 한국 고소설 연구(서울 : 보고사, 2001), 169쪽.

조선 전기 소설사에서 가장 큰 사건은 김시습의 금오신화의 출현이다. 금오신화는 삼국시대, 고려시대의 설화문학이 축적과 나말여초의 전기소설의 발달을 바탕으로 출현한 것이다. 물론 명나라 구우의 전등신화의 영향도 고려할 수 있으나 외래문학의 충격에 의한 것보다 나말여초 전기소설의 발전적 계승이라는 측면에서 금오신화의 출현을 이해해야 마땅하다. 그리고 이러한 전기소설의 흐름은 금오신화뿐 아니라 설공찬전과 기재기이에서도 확인된다.[45)]

채수의 설공찬전에 대해서는, 창작 당시 사헌부에서 이 작품이 윤회화복의 이야기로 인심을 동요시킨다면서 거두어 불태울 것과 작자를 처벌할 것을 청하여 결국 작품이 불태워지고 채수가 파직을 당한 사건이 연구자들의 주목을 받았었다. 그러나 작품이 불태워져 전해지지 않음으로써 그 내용과 성격을 전혀 알지 못하다가 최근 그 국문 번역본의 일부가 발견되어 그것을 어렴풋이나마 짐작하게 되었다.……현재 전문이 전하지 않아 이러한 저승에 대한 이야기가 불교적인 윤회화복을 말하고자 하는 것인지, 혹은 당시 사회를 우회적으로 비판하거나 풍자하고자 하는 것인지 판단하기 어렵다. 그러나 이 작품이 설공찬이라는 인물을 매개로 저승에 대한 이야기를 하고 있다는 점에서 지상계와 이계의 교섭을 다루는 전기소설적 요소를 다분히 지니고 있으며, 특히 남염부주지와 외형상 유사하다는 것을 확인할 수는 있다.[46)]

고소설사류에서도 이 작품의 발견 사실을 반영하기 시작하였다. 김광순의 저서가 그 예이다. 김광순은 이 작품이 김시습의 『금오신화』의

45) 이상택 · 윤용식, 『고전소설론』(서울 : 한국방송대학교출판부, 2002), 19쪽.
46) 이상택 · 윤용식, 『고전소설론』(서울 : 한국방송대학교출판부, 2002), 22~23쪽.

뒤를 이은 작품으로서 신광한의 〈기재기이〉보다 42년 앞서는 작품이라고 함으로써, 한문원작이 지니는 소설사적 의의에 대해서만 서술하였을 뿐 국문본의 가치에 대해서는 따로 언급하지 않았다.[47]

신병주 · 노대환은, 주로 중고등학교 교과서에 나오는 16편의 고전소설을 대상으로 '고전소설을 통한 역사 읽기'를 위해 집필한 책의 첫 장에서, "금서가 된 조선시대판 귀신이야기"라는 부제 아래 〈설공찬전〉을 다루고 있다.[48] "대부분의 고전 소설과 달리 작자가 확실한 설공찬전은 조선시대 최대의 필화사건을 일으킨 작품이다. 조선왕조실록에는 이 책에 대한 금지 조치와 함께 작자 채수에 대한 처벌 논의가 여러 차례 등장하는데, 홍길동전과 같은 사회 소설이 실록에 전혀 등장하지 않는 것과는 매우 대조적이다."라고 한 다음, 이 소설이 금서가 된 이유에 대하여서도 자세하게 소개하였다.

금서로 지목된 이유는 필자가 이미 『설공찬전-주석과 관련자료』에서 밝힌 것을 따르고 있어서 새로운 해석은 없다. 이 책이 국사학을 전공한 학자들에 의해서 집필된 일반 대중용 저술이라는 특성과 한계를 지니고 있기는 하나, 〈설공찬전〉 같이 일반 대중에게는 비교적 낯선 작품을 적극적으로 소개하여 관심을 유도했다는 점에서 주목할 만하

47) 김광순, 한국고소설사(서울 : 국학자료원, 2001), 156~157쪽. "설공찬전은 채수의 한문소설이다. ……채수는 1511년에 지은 패관소설 설공찬전의 내용이 윤회화복으로 민심을 소란시킨다는 사헌부의 탄핵을 받아 4개월간이나 작품을 둘러싼 논란 끝에 중종의 배려로 사형만은 면했으나, 작품은 왕명으로 수거되어 불태워진 것인데 국문번역본 〈설공찬이〉의 일부가 최근에 발견되어 설공찬전의 내용을 알 수 있게 되었다.……설공찬전은 김시습의 금오신화가 나온 뒤를 이은 작품으로 신광한의 기재기이보다 42년 앞서 창작된 한문소설이어서 소설사적으로 중요한 위상을 가진다."

48) 신병주 · 노대환(2002), 고전소설 속 역사여행(서울 : 돌베개, 2002), 13~28쪽.

다고 생각한다.

이 밖에도 RISS에 40여 편의 논문의 목록이 올라있으며, 석사 논문도 나오고 있다.[49)]

2) 일반의 동향

가장 먼저 말해야 할 것이 방송매체의 동향이다. 〈설공찬전〉이 필자의 저서와 논문을 통해 자세히 알려지자, 여러 방송에서 이 작품 및 작자 채수를 소재로 하여 다큐멘터리 혹은 교양 · 오락물을 제작하여 방영하였다. 가장 먼저 다룬 것이 KBS 1TV이다. 1987년 8월 당시 〈TV조선왕조실록〉 프로그램에서 〈조선 최초의 금서 '설공찬전'〉이란 제목으로 다루었다. 이 작품의 발견 사실과 주요 내용, 작자 채수가 이 작품을 쓰게 된 동기와 배경에 대하여 소개하였다. 이 방송은 주로 필자가 이미 연구한 내용을 바탕으로 한 것이라서 새로운 시도는 별로 없었으나 국영방송 정통 역사프로에서 다큐멘터리로 제작한 것이라서 일반인에게 이 작품의 존재를 알리는 데 기여하였다 할 수 있다.

그 다음으로 나온 것이 2002년 지역 민영방송인 전주방송(JTV)에서 제작한 〈500년만에 다시 보는 설공찬전〉이었다. 이 방송에서는 새로운 시도를 하였다. 이 작품의 배경지인 전북 순창 지역 및 작자 채수

49) 김혜정, 고소설 설공찬전의 현대적 변용 양상 연구(서경대 대학원 석사논문, 2005), 유가현, 문학교과서 제재로서의 설공찬전 연구(강원대 교육대학원 석사논문, 2009), 성복식, 교육연극을 활용한 설공찬전 교수-학습 방안 연구-2015 개정 교육과정을 중심으로(아주대 교육대학원 석사논문, 2018 예정).

가 만년을 보내며 이 작품을 썼던 곳으로 알려진 경북 상주 등의 현지를 답사한 결과를 바탕으로 제작하는 노력을 기울였다. 그 결과 이 작품이 실화에서 유래하였을 가능성이 많다는 것을 시사하였으며, 이 작품에 대한 전문연구자들의 평가도 소개하고, 아울러 이 작품의 발견 이후, 최초의 국문소설 문제와 관련하여 중고등학교 국어수업 현장의 고민등을 전해 주기도 하였다.

중앙의 민영방송인 SBS에서는 2002년 8월 13일에 방영된 '깜짝스토리랜드' 프로그램에서 〈역사속의 비화 '설공찬전'〉이란 제목으로 주로 이 작품의 괴기성을 극대화하여 보여주었다. 그러다 보니 이 방영물이 나가자 같은 달 19일자 조선일보 문화면(37면)에서 "시청률 위해서 고전소설 왜곡?"이란 제목 아래 매우 비판적인 기사를 실었다. 주요부분을 인용해 보이면 다음과 같다.

> [방송] SBS, 시청률 위해서 고전소설 왜곡? (2002.08.18)
>
> 여름철을 맞아 각종 재연 프로그램들이 공포감을 조성하는 아이템으로 시청률 경쟁을 벌이고 있는 가운데 SBS TV '깜짝 스토리랜드'가 고전 소설인 '설공찬전(薛公瓚傳)'을 전형적인 괴기소설인 것처럼 소개하면서 논란을 빚고 있다. '깜짝 스토리 랜드'는 지난 13일 '역사 속의 비화-설공찬전'이라는 제목으로 "역사상 가장 공포스러운 이야기인 '설공찬전'의 비밀을 공개한다"며 방송을 시작했다. 주된 내용은 밥을 먹지 못해 죽은 설공찬의 혼령이 삼촌 설충수의 아들 공침의 몸에 수시로 들어가 괴롭히는 장면, 혼령을 퇴치하기 위해 찾아온 퇴마사조차 공찬을 당해내지 못하고 나가떨어지는 장면 등이었다. 이 프로그램은 "책을 보고 있으면 귀신이 보고 있는 듯하다" "오백년의 세월을 거슬러 되살아난 엑소시스트" 같은 표현으로 '설공찬전'을 괴기 소설인 것처럼

> 묘사했다. 하지만 실제의 '설공찬전'은 이런 방송과 달리 당시 정치 현실을 '혼령 소설' 형태로 비판한 문제작이라는 것이 일반적인 학계의 평가다. 공침의 몸을 빌린 공찬의 혼령이 저승 경험을 전하는 방식으로 당시 정치적 인물들을 평가했으며, 그 중 중종 반정에 가담한 신흥 사림파를 비판한 대목 때문에 금서가 됐다고 학자들은 해석한다. 그러나 이 프로그램은 전반부에 혼령이 깃드는 장면만을 오싹한 분위기의 화면과 함께 소개함으로써 국문학사적으로 큰 의의를 갖는 소설의 가치를 폄하하는 결과를 가져왔다는 비판을 받고있다.(조선일보 2002년 8월 19일자 37면)

필자는 조선일보의 기사가, 오락성 때문에 고전텍스트의 본래 면모가 훼손될까 우려하는 취지에서 작성되었다고 보고 그 점에 대해서는 공감하지만, 사실과 차이를 보이는 내용이 있어 독자들이 오해할 소지가 있기에 이 작품 연구자로서 발언해야 할 필요성을 느낀다. 중요한 점 두 가지만 지적하면 다음과 같다.

첫째, 〈설공찬전〉은 정치소설인데 전형적인 괴기소설인 것처럼 소개했다고 비판하였으나, 〈설공찬전〉은 엄연히 전형적인 괴기소설이다. 당대의 어숙권도 〈패관잡기〉에서 이 작품을 두고 "지극히 괴이하다(極怪異)"고 반응하였을 뿐더러, 설공찬의 혼령이 사촌의 몸에 출입하면서 숙부 및 퇴마사와 대결한다든지, 저승 경험담을 진술하는 등의 내용은 전형적인 괴기소설로서의 면모이다. 다만 〈설공찬전〉은 괴기소설이란 구조 안에 부분적으로 정치적인 메시지도 담고 있을 따름이다. 저승담 안에는 정치적인 것만이 아니라, 윤회와 인과응보라는 불교적 메시지, 여성차별을 비판하는 사회적 메시지, 중국중심적,

천자중심적 세계관을 재고하게 하는 메시지 등이 동시에 내포되어 있다. 그래서 불교계에서는 이 소설을 불교소설이라 하고, 페미니스트들은 여성중심주의적 요소 때문에 주목하기도 한다.

둘째, 〈설공찬전〉이 금서로 지정된 이유가 중종반정에 가담한 신흥사림파를 비판한 것 때문이라고 하였는데, 그렇게만 단정짓는 것은 잘못이다. 〈조선왕조실록〉에는 "윤회화복의 이야기를 만들어 백성을 미혹케 함", "요망하고 허황함"이란 비판만 나오기 때문이다. 기록에 나오는 금서의 이유는 무시하고, 최근의 추정만이 유일한 이유인 양 보도한 것은 잘못이다.

KBS 위성방송인 KBS KOREA에서는 2003년 1월 20일에 방영된 「시간 여행 역사속으로」 프로그램 제 28회분으로 〈금서〉란 제목 아래 이 작품을 재현해 보였다. [송승현 작] 이 프로에서는 기존의 영상물과는 다르게, 이 작품의 창작 동기와 유통·전승 과정에 대해 작가의 상상력을 동원해 재현하려는 노력을 기울였다.

▲ 연극 〈지리다도파도파〉의 설충란

이렇게 각 방송에서, 같은 소재를 가지고도 다양한 시각을 가지고 영상물을 만들어 방영하고 있는 점은 흥미로운 일이다. 부록에도 그 대본을 실었지만, 앞으로 이들 방영물 상호간의 비교, 원텍스트와의 비교도 좋은 연구 주제가 되리라고 생각한다.

2003년 5월에는 〈설공찬전〉을 연극으로 공연하는 첫 시도가 이루어졌다. 이해제 각색 · 연출로 극단 신기루만화경에서 5월 15일에서 25일까지 서울 연극실험실 혜화동 1번지에서 공연한 〈지리다도파도파 설공찬전〉이 그것이다.

〈지리다도파도파 설공찬전〉은 고소설 〈설공찬전〉의 단순한 연극적 재현이나 각색이 아니다. 작가의 상상력으로 원작의 공백 부분을 메워주는 것은 물론, 권력문제로 주제를 설정하여, 여기 맞게 인물과 사건을 새롭게 설정한 엄연한 창작품이었다. 설공찬 · 설공침 · 설충란 · 설충수 · 김석산 이 네 인물만 원작에서 차용했을 뿐, 여타 인물들은 작자의 필요에 따라 적절히 창조해 놓았다. 원작에 나오는 인물이라 해도 새로운 주제를 위해 그 성격이 선명하게끔 형상화하였다. 원작에서는 전혀 언급이 없지만, 충란과 충수 · 공침을 대립되는 성격으로 부각한 것이 그 한 예이다. 충란은 불의한 권력을 부정하는 인물로, 충수와 공침은 철저하게 권력지향적인 인물로 형상화하고 있는 것이다. 그렇게 함으로써 작품 전체가 권력문제를 주제로 시종 팽팽한 긴장감을 유지하며 모든 사건이 일관성있게 연결되도록 하였다.

주요사건도 마찬가지이다. 소설 원작에서는 작품의 대부분이 설공찬이 전해준 저승소식이었으나, 연극에서는 저승소식보다는 혼령이 지상에 나올 수밖에 없었던 배경 및 지상에 돌아와서 벌이는 일련의 사건에 모든 관심을 기울이는 양상으로 바꾸어 놓았다. 원작의 저승경험담은 이 연극에 일체 나오지 않는다. 원작이 '저승에서 잠시 돌아온 혼령이 저승 경험 진술하기'였다면, 이번의 연극은 '지상에 잠시 돌아온 혼령이 권력욕에 눈먼 세상을 경고하기'로 변화를 보인 셈이다.

사실 그간 소설 원작에서 느꼈던 아쉬움은 주인공 설공찬의 혼령이 왜 지상으로 다시 나왔는지 그 이유가 밝혀져 있지 않은 점이다. 소설적 완결성을 위해서는 인과관계가 분명해야 하는데 말이다. 작품의 후반부가 없으므로 계속 수수께끼로 남아 있었던 게 사실이다. 그런데 이번 연극에서 작자 나름대로의 상상력으로 이 부분을 개연성 있게 해석해 놓았다. '아버니의 죽음을 막고 못다한 효도를 뒤해' 돌아오는 것으로 설정한 것이다.

이 작품에서 주제와 관련하여 인상깊었던 장면들을 적시해 보면 다음과 같다. 우선 설공찬의 혼령이 남의 몸에 들어갈 때, 아무 때나 들어가는 것이 아니라, 그 사람이 절을 할 때만 틈탈 수 있게 한 점이다. 여기서 절한다는 행위는 힘있는 자에게 자신의 주체성을 접는 행위로 볼 수 있는 바, 바로 그런 자세로 살아가는 삶은 제 정신이 아니라 귀신들려 사는 것으로 규정할 수 있다는 메시지가 거기 담겨 있다고 보인다. 하늘에 뜬 해를 우리를 굽어보는 무서운 '눈'으로 인식했던 게 본래의 설공찬이었지만, 권력을 얻으려는 야망을 위해서 자신의 생각을 감추고 세력가 정익로 대감을 따라 '바둑판'이라고 말하는 것도 해바라기같은 권력지향형 인물들의 행태에 대한 비판으로 보인다. 특히 원작에서는 한 사람의 몸에만 들어갔던 빙의현상이, 이 연극에서는 부정적인 인물들 전원에게서 일어나게 만들어, 그 입으로 '지리다도파도파'(세상이 멸망하리라는 예언)를 외치게 함으로써 부패한 세상에 대한 풍자를 강화하고 있다. 〈설공찬전〉의 연극화, 그 첫 시도였지만 성공적이었다고 평가한다.

이런 성과를 바탕으로 연극화의 시도를 이어 웹소설도 등장했다. 작가 진연의 〈설공찬환혼전〉이 그것이다(http://naver.me/GSwry9HA).

모두 5화로 이루어진 이 웹소설은 조선 건국 이래 삼장(三場)에서 연달아 급제한 천재 설공찬과 조선의 최고 무당을 꿈꾸는 수련무당 서홍희가 왕의 어명을 받아 귀신 잡는 귀행어사로 활동하는 이야기로서 현대적인 감각으로 재해석 · 재창작한 사극 미스테리다. 〈설공찬전〉의 현대화 혹은 장르 전환이 더욱 활발해지기를 기대한다.

이 밖에도, 중고등학교 국어수업 현장에서 〈설공찬전〉 국문본의 발견 이후로 '최초의 국문소설' 문제를 두고 논란이 이어지고 있는 현상을 들 수 있다. 앞에서도 언급했듯이, 이는 전주방송(JTV)에서 방영한 다큐프로에서는 물론, 경남대학교 국어교육과 이원수 교수의 홈페이지(http:// www.kyungnam.ac.kr/home3/member_home/star0104/)〈자료실1〉에 실려 있는「한글소설의 개념과 최초의 한글소설」이란 글의 서두의 언급을 통해서도 잘 알 수 있다. 필자 역시 중고등학생을 가르치는 졸업생들로부터 그런 질문을 받는다는 말을 지금도 듣고 있다.

중고등학교에서만 그런 것은 아니다. 대학교 교육현장에서도 〈설공찬전〉 국문본 발견 이후에 '최초의 국문소설' 문제가 쟁점으로 부각되어 있다는 것을 확인할 수 있다. 그 대표적인 사례를 한양대학교 국어국문학과 정민 교수의 홈페이지(http://www.hykorea.net/korea/jung0739/ lecture.asp)와 인하대학교 국어교육과 김영 교수의 홈페이지(http:// www.zarakseodang.com)를 통해 알 수 있다. 정민 교수는 〈한국문학의 역사〉 강좌에서 '최초의 국문소설은 설공찬전인가 홍길동전인가'라는 항목을 다루고 있으며, 김영 교수는 〈공부방〉에 올린 '고전문학사강의노트'에서 〈설공찬전〉 국문본은 최초의 국문본소설로, 〈홍길동전〉은 최초의 국문소설로 다루고 있다. 한국외국어대학교 한국어교육과 양민정 교수의 경우는, 〈고소설강독〉 시간에, 〈설공찬전〉 국문본을 읽게 하고 나서, 전하지 않는 후반부의 내용을 상상력을 동원해 지어오라는 과제를 내고 있다고 한다. 다른 교수들의 홈페이지나 강의내용을 다 조사해 보지는 않았지만, 이들 사례만 놓고 보더라도, 대학의 강의에서 〈설공찬전〉에 대해 적극적으로 관심을 기울이고 있다는 것만은 충분히 확인할 수 있다 하겠다.

Ⅱ

작자 채수의 생애와 작품과의 관계

1. 머리말

1978년 학계에서 구두발표 형식으로 첫 거론[1]한 이래 채수(蔡壽)는 〈설공찬전〉의 작자로서 한 차례 정식으로 조명된 바 있다.[2] 최근에는 1511년에 왕명으로 불태워져 사라진 〈설공찬전〉의 국문본이 필자에 의해 발굴됨으로써, 언론과 학계의 주목을 받고, 필자에 의해 관련자료집이 출판되기도 하였다.[3] 하지만 그 동안에는 단편적으로만 언급하였을 뿐 채수에 대해 본격적으로 연구한 일은 없다. 따라서 이 글은 처음으로 시도하는 채수론인 셈이다.

---

1) 유탁일, 「나재 채수의 설공찬전과 왕랑반혼전」, 한국문학회 제7차 연구발표회 발표요지(1978. 5. 30) 참조.
2) 사재동, 「설공찬전의 몇 가지 문제」, 불교계 국문소설의 연구(서울: 중앙문화사, 1994), 205~241쪽.
3) 이복규, 설공찬전-주석과 관련자료(서울: 시인사, 1997).

이 글에서는 그 동안의 연구 성과와 자료를 바탕으로 채수의 생애를 살펴보고, 생애와 작품의 관계는 무엇인지 알아보기로 한다. 이 글에서 거론하는 작품은 〈설공찬전〉으로 한정한다. 물론 채수가 지은 작품에 〈설공찬전〉만 있는 것은 아니다. 채수의 문집인 『난재선생문집』을 보면 부(賦) 1, 시 288, 계(啓) 33, 차(箚) 5, 소(疏) 11, 기(記) 7, 책(策) 3, 격(檄) 1, 잡저 5, 명(銘) 2, 행장 1편 등이 수록되어 있어 종합적인 검토가 필요하다.[4)]

하지만 우선은 학계에서 채수를 주목하는 것이 〈설공찬전〉 때문이기에 이 글에서는 이 작품에만 초점을 맞추기로 한다. 이 글을 통해 채수의 생애가 정리되고, 작품 〈설공찬전〉과의 상관관계가 드러남으로써, 작가론과 작품론이 상호보완 관계를 가지는 데 보탬이 된다면 다행이겠다.

2. 채수의 생애

채수에 대한 1차 자료는 채수의 문집이다. 채수의 문집은 후손들에

---

4) 이동환은 일본 존경각문고본 『나재집』(서울: 아세아문화사, 1995) 해제에서, 〈설공찬전〉을 제외한 채수의 시문 전체에 대하여 아래와 같이 간략하게 촌평한 바 있다. "문예적으로 극히 능숙함이 두드러진 특징이다. 도가의 신선관념과 불교의 생멸관이 염세적 퇴폐성향으로 하강적으로 수용 · 발현된 것을 그의 문학적 사유의 두드러진 국면으로 들 수 있다. 그렇다고 해서 심각하거나 비극적인 색조를 띠고 있는 것은 결코 아니다. 오히려 그 반대다. 경쾌한 활력이 흐르고 있다. 여기에 그의 문학의 묘미가 있다. 시보다는 문에 장한 편이며, 시에서는 고체 장시의 비중이 여느 문집에 비해 상대적으로 큰 편이다."

의하여 여러 번 간행되었으나 여러 가지 이유로 현전하는 분량은 적다. 1570년 경 증손 유린(有鄰)이 채수와 그 아들 소권(호, 졸재) 손자 무일(호 휴암) 3세의 유고를 모아 『인천세고(仁川世稿)』란 이름으로 펴낸 것이 그 시초인데 일본 나고야(名古屋)의 봉좌문고(左蓬文庫)에 소장되어 있다고 한다. 『인천세고』는 그 뒤에도 수록 인물을 달리하면서 여러 종이 나왔는데, 필자가 확인한 한국정신문화연구원 소장 『인천세고』(겉표지 제목은 '인천세덕록')도 두 사람의 글을 모아놓은 것이다.

채수의 글만 따로 묶은 단행본으로서 현전하는 것은 국립중앙도서관 · 규장각 소장의 『난재집(懶齋集)』(1674년)이며, 1938년에 이르러 더욱 보완된 상태로 『난재선생문집(懶齋先生文集)』이 발간되었다. 『난재선생문집(懶齋先生文集)』은 4권 2책으로 총 172장이며 11행 21자로 구성된 한지석판본인데, 기존의 것보다 작품 수도 더 많아 가장 풍부하다.[5] 이 글에서는 바로 이 1938년판 『난재선생문집』을 주자료로 삼고 여타 기록도 참고하고자 한다.[6]

채수의 자는 기지(耆之), 호는 난재(懶齋) 또는 청허자(淸虛子)이고 시호(諡號)는 양정(襄靖)이며 관향은 인천이다. 채수의 가계를 도표로 보이면 다음과 같다.

---

5) 『인천세고』 상호간의 차이, 『나재집』과 『나재선생문집』 간의 차이 등에 대하여 상세히 비교 고찰하는 작업을 따로 해야 할 필요가 있다. 작품 수에도 편차가 있거니와 기타 글자의 차이도 보이기 때문이다.

6) 인천채씨양정공파 문중에서 이 책을 1995년에 영인 출판하였는데, 필자는 이를 참고하였다. 한편 채수에 관한 자료들-문집의 〈연보〉와 『조선왕조실록』의 기록은 앞에서 소개한 필자의 저서에 전문이 소개되어 있다.

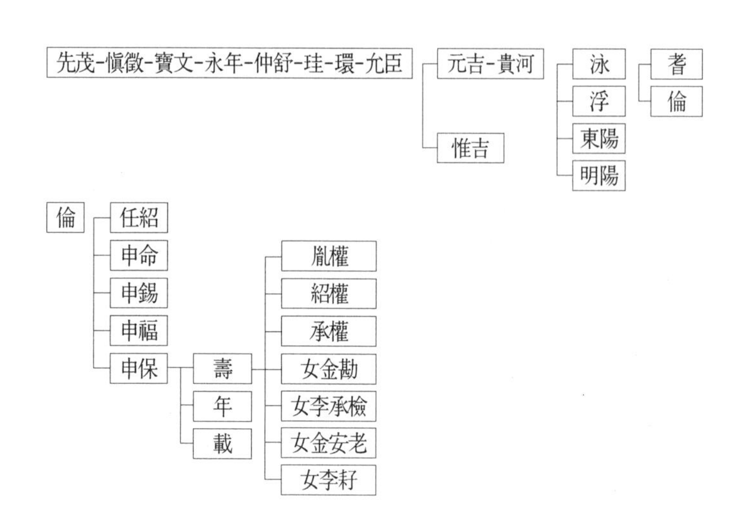

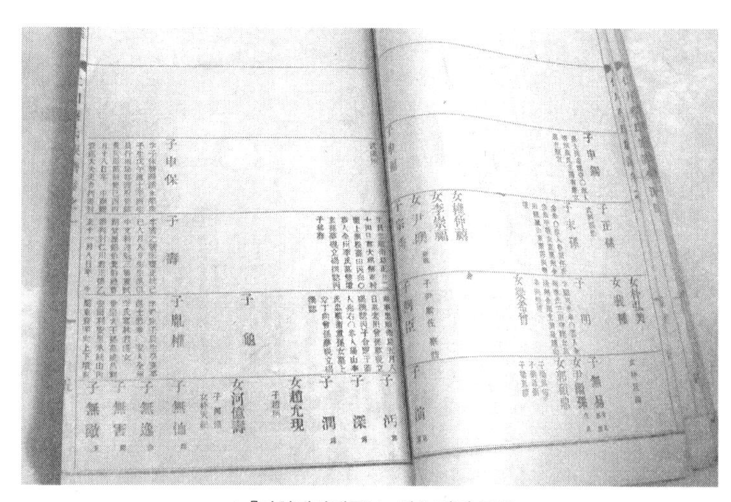

▲『인천채씨대동보』 채수 관련 부분

채수는 비록 훈구파이기는 하나 가장 하위인 비거족(非鉅族)으로 분류할 만큼 그리 드러나지는 않은 가문 출신이다.[7] 위의 도표에서 눈

7) 이병휴, 조선전기 기호사림파 연구(서울: 일조각, 1984), 18쪽 · 212쪽 참조.

에 띄는 것은 채수의 사위에 김안로와 이자(李耔)가 있다는 사실이다. 김안로는 김시습의 『금오신화』 창작 사실을 최초로 증언한 『용천담적기』의 편찬자이며 전기(傳奇) 작품인 〈채생전(蔡生傳)〉·〈박생전(朴生傳)〉의 작자이고, 이자는 『매월당집』과 『음애일기』의 편저자로서 둘다 우리 문학사 내지는 서사문학사에서 중요한 역할을 수행한 인물이다. 이들이 장인과 사위의 관계를 맺으면서 우리 소설사의 초기에 일정하게 기여한 사실은 흥미로운 일이다.

채수의 생애를 편의상 3기로 나누어 고찰하기로 한다.

(1) 제1기(수학기)

태어나서 18세까지를 제 1기로 보는데, 이 시기는 주로 수학한 시기이다. 뒷날 채수가 사회적 활동을 할 수 있도록 수련을 닦은 시기이다.

채수는 세종 31년(1449) 8월 8일에 한양 명례방(明禮坊) 본가에서 부친인 남양부사 신보(申保)와 모친 문화류씨 사이의 맏아들로 태어났다.

9세 때인 세조 2년(1458) 부친을 따라 함창 임소로 갔는데, 천성이 영달 호매하여 얽매이지 아니하므로 사람들이 큰 그릇이라고들 하였다고 한다.[8] 10세(1459년)에 아버지를 따라 음성 음애동[9]에 있는 별

8) 채수 부친의 고향은 충북 음성(陰城)이었던 것으로 보인다. 채수 부친의 묘가 음성에 있으며, 〈연보〉에도 그 부친의 별서(別墅)가 음성에 있었던 것으로 나와 있기 때문이다. 문중의 구전으로는 〈설공찬전〉이 문제가 되어 채수가 파직당하고 나서 그 부친 묘의 석물이 마을 사람들에 의해 파손되었다고 한다(16세손 채완식-73세-씨의 증언. 1997년 5월 11일 세종문화회관에서 면담).

9) 사위 이자(李耔)도 후일에 여기에 들어왔는바, 이자의 호가 음애(陰崖)인 것은 이

서에 돌아갔고, 이때부터 글을 배우기 시작하여 11세에 처음으로 글을 지었다.

▲ 채신보의 묘

점필재 김종직은 채수가 지은 시문을 보고 후일에 이름을 떨칠 것이라고 하였다. 어릴 때부터 문학적인 재능이 뛰어났음을 알게 하는 기록이라 하겠다. 그런데 채수가 누구한테 배웠는지, 누구를 가르쳤는지 아직 밝혀져 있지 않다. 사승 관계가 모호한 것이다. 아마도 채수가 〈설공찬전〉으로 곤욕을 치른 이후에 그 화가 미칠까 두려워 사승 관계를 의도적으로 은폐하는 과정에서 가려진 것이 아닌가 추정해 볼 수도 있다. 하지만 〈연보〉에 따르면, '총명이 뛰어나서 독려하지 않아도 재주와 학문이 날로 진보하였다'고 하니 독학으로 학업을 성취했을 가능성도 배제할 수 없다.

에서 말미암은 것이다.

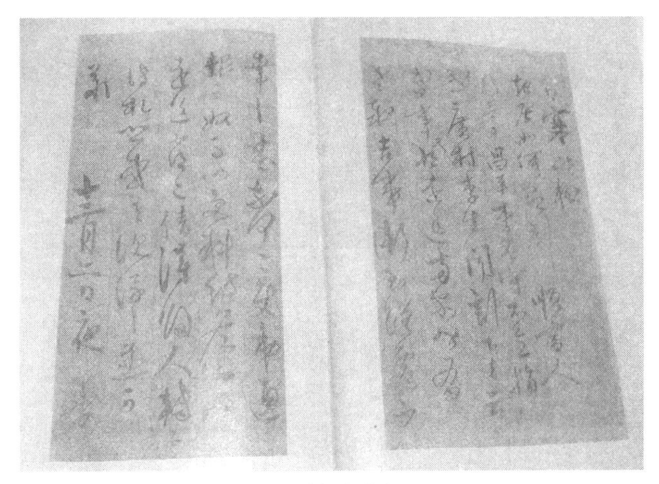

▲ 채수의 필적

12세인 세조 5년(1461)에 부친을 따라 충주 삼생리에 이사하였다. 이때 부친은 거기 터를 잡아 가족을 이끌고 이사해 소산(梳山) 밑에 만계정사(灣溪精舍)를 짓고 독서하며 노후를 보내려 하였다고 한다.

17세 때 부친을 따라 경산(慶山)에 갔는데, 그때 밤에 귀신이 출현하는 현장을 목격하였다. 희끄무레한 것이 있어 둥글기가 마치 수레바퀴와 같았는데, 거기 닿은 막내동생이 급사하였지만 채수는 접촉되었어도 아무런 해를 입지 않아 사람들이 이상하게 여겼다고 한다. 뒤에서 다시 논하겠지만 채수의 이 신비체험은 채수의 귀신관을 형성하는 데 결정적인 역할을 한 것으로 판단할 수 있다. 유교를 공부하던 10대에 유교적 합리주의와는 정면 대립하는 귀신현상을 목격한 것은 커다란 충격이었을 것이기 때문이다. 〈연보〉에서는 이 사실을 채수의 그릇이 컸다는 것을 예증하는 차원에서 다루고 있으나, 〈설공찬전〉 창작의 비밀을 해명하는 단서라고 생각한다.

18세 때 안동 권씨와 결혼하였다. 이 해에 성주에서 독서하였는데 생질이며 효령대군의 증손인 이심원(李深源)과 함께 절차탁마하여 문장이 크게 진전하였다.

▲ 만계정사 터

(2) 제2기(사관기)

과거에 급제하여 그 동안 쌓았던 학문이 세상에서 인정받고, 이어 관직에 나아가 왕성하게 활동한 시기가 제 2기이다. 19세부터 45세까지가 이에 해당한다.

채수는 19세 되던 세조 12년(1466) 가을에 성균관의 생원 · 진사 두 시험에 합격하였다. 20세(1467년)에는 회시 · 생원 · 진사 시험에 모두 합격하였는데, 진사는 1등, 생원 역시 상위의 성적이었다. 이 해에 서울 집에 돌아왔으며 그 해에 세조가 승하하였다. 예종 원년

(1469) 21세 되던 해 8월 증광관시에서 장원하고 9월에 회시, 11월 전시 갑과에 각각 수석 합격하였으니, 관시 · 회시 · 전시에 연달아 수석 합격한 일은 조선 개국 이래 이석형에 이어 두 번째라고 한다. 채수의 학문적인 역량이 어느 정도인지를 보여주는 극명한 사례라고 하겠다. 그 달에 처음으로 벼슬길에 올라 선무랑을 배수하여 사헌부감찰에 제수되었다. 그 해에 예종이 승하하였다. 이렇게 채수는 첫 관직을 사헌부감찰로 시작함으로써 뒷날 사헌부의 수장인 대사헌으로 발탁되기까지 주로 언관으로서의 길을 걸어가게 되었다.

22세 때인 성종 원년(1470)에는 춘추관기사관으로서 세조실록과 예종실록의 편찬에 참여하였다. 채수는 음률에 조예가 깊어 이조정랑으로서 장악원첨정의 직책을 겸하였다. 성종 5년에 언사로 충익부도사겸 경연시강관 춘추관기주관으로 좌천당하였다. 28세 때인 성종 7년(1476)에는 문과중시에 을과로 급제하고 허침 · 권건 · 조위 · 유호인 · 양희지 등과 함께 사가독서하였으며, 29세 때(1477)에는 성현 · 조위 · 안침 등과 함께 송도를 유람하였다. 여기에서 드러나듯 채수는 당시 훈구파 중의 일원이며 『용재총화』를 엮은 성현 등과 어울렸음을 알 수 있다. 채수가 『촌중비어(村中鄙語)』라는 책을 저술하였음이 성현의 〈촌중비어서〉를 통해 알려져 있는데, 성현과의 교유와 그 책 저술 간에는 상관관계가 있다고 생각한다.

성종 9년(1478)에 문신정시에서 장원하고, 응교로 있으면서 동관들과 함께 도승지 임사홍의 전횡을 탄핵하다가 이로 말미암아 파직당하였다. 동 12년(1481)에는 병자옥사를 극론하여 사육신에 연루된 많은 사람을 풀려나게 하였다. 34세인 성종 13년(1482)에 대사헌으로 발탁되어 언관으로서 최고의 자리에 오를 만큼 국왕의 신임을 받았다. 하지만 강직한 언관으로서의 자세를 그대로 표출해, 폐비 윤씨에게 처소와 시량을 공급하기를 청하였다가 국문 당하고 하옥되기에 이르렀다. 그 달에 고향에 돌아왔는데 많은 공경대부가 한강까지 나와 전송하였다.

그때 매계 조위는 다음과 같은 송별시를 지어 채수를 찬양하였다. "당시에 독수리 한 마리가 조정에 있어, 평생에 철석같은 간장이라 자부했도다. 일편단심 성주에게 보답코자 했지마는, 위태로운 말 자주하여 천안을 범하누나(當時一鶚在朝端 自負平生鐵石肝 欲把丹心酬聖主 頻將危語犯天顔)." 조위의 송별시에도 드러나듯, 채수는 언관으로서 임금이든 동료든 비리나 비행을 적발하였을 때는 서슴없이 직언을 하였음을 알 수 있다. 그에 따라 관직에서 물러나거나 귀양을 가기도 하였지만 그에 굴하지 않고 언관의 사명에 충실했던 인물이었음을 알 수 있다.

한편 필자가 추정하기로는 이때 고향에 돌아와 있는 시기에(1482년~1485년) 『촌중비어』를 저술한 것으로 생각한다. 그 이유는 이렇다. 거기 붙인 성현의 〈촌중비어서〉가 1496년으로 되어 있으며, 거기에 "내 벗인 채수 씨가 물러나 한가롭게 지낼 때, 평소에 들었던 것과 동료들과 나누었던 우스갯거리들을(吾友蔡耆之氏於退閑之際, 以平昔所嘗聞者與夫朋僚談諧者)"이라고 한 점을 보면, 거기 부합하는 시기는 이때라고 여겨지기 때문이다. 1496년에도 관직에서 물러나 있었지만, 한 해 동안에 저술이 완료되어 책으로 묶여 남에게 읽히기에는 너무도 촉박하다. 그러므로 폐비 윤씨 관계로 파직당하여 고향에 돌아와 있을 때인 1482년에서 1485년까지의 시기로 보는 게 자연스럽다. 관직에서 잠시 물러나 여유를 지니고 있을 그때 채수는 성현 등

동료들과 평소에 나누었던 문헌설화적인 이야기에다 다른 데서 들었던 이야기들을 보태 『촌중비어』를 저술하였던 것이라 하겠다.[10)]『촌중비어』는 김휴(1597~1640)의 『해동문헌총록』[11)]에 올라 있지만 성현의 서문만 인용해 놓았을 뿐 체제나 내용에 대해서는 일체 언급이 없어, 그 당시에도 이미 실물은 전하지 않았던 것으로 여겨진다.

▲ 청허정사 터로 추정되는 곳에 세워진 재실

동 17년(1486)에는 충청도 관찰사로 있으면서 명에 따라 김종직·성현 등과 더불어 여지승람을 편수하였고, 19년(1488)에는 공조참판이 되어 성절사로 북경에 다녀와서 성균관대사성이 되었고 성종 25년(1494)에는 호조참판이 되었다.

46세 때인 1494년에 성종이 승하하고 연산군이 즉위하자, 채수는

---

10) 성현, 〈촌중비어서〉, 『허백당집』(한국문집총간 14, 민족문화추진회, 1988), 474쪽 및 오춘택, 한국고소설비평사연구(서울: 고려대학교 박사학위논문, 1990), 53쪽 참조.

11) 김휴, 해동문헌총록(서울: 학문각, 1969 영인), 815~816쪽.

국사에 뜻을 잃고 1496년에 종남산(이안리 신지) 별서에 칩거하여 초옥을 지어 청허정사(淸虛精舍)라 편액하고 작은 못을 파고 석가산(石假山)을 쌓아 송죽과 화훼를 심어 놓고 거문고와 시주를 즐기며 세사를 잊은 듯하였다. 이로 말미암아 무오사화의 참변을 면하게 되는 선견지명이 있다 하여 세상 사람들이 놀라워하였다. 이때 남긴 글에 「석가산폭포기」가 있다.

연산군이 즉위하면서 연산군은 채수가 자신의 생모인 폐비 윤씨에게 호의적이었다 하여 채수를 중용하려고 노력하였으나, 채수는 가능한 한 사양하려고 하였다. 간사한 무리의 문란한 정치로 사화가 빈발하자 대세를 어찌할 수 없음을 알고, 화를 피해 보려는 생각에서였다. 50세 때인 연산군 4년(1498) 무오사화가 일어났을 때의 기록을 보면, 채수는 몸을 숨기고 마치 미친 사람처럼 일부러 술과 병을 칭탁해 종일 취해서 지내 폐인처럼 지냈음을 알 수 있다. 그러다가 중종반정이 일어나자 문득 술을 끊었다고 하니, 이를 보면 채수는 물러날 때와 나아갈 때를 가릴 줄 아는 지혜를 지닌 인물이었다 하겠다.

51세였던 연산군 5년(1499)에 예조참판, 동 6년(1500)에 홍문관제학에 제수되었으며 동 10년(1504) 갑자사화 때는 임사홍의 모함으로 단성에 유배되었다가 2년 만인 1506년 정월에 풀려났다. 이처럼 채수는 제 2기 사관기에 성종 때까지 적극적으로 활동하였으나, 연산군 즉위 이후에는 매우 소극적으로 관직에 임했음을 알 수 있다. 그러다가 중종반정이 일어나면서 채수는 관직에서 완전히 떠나고 만다.

(3) 제3기(은둔기)

관직에서 은퇴한 58세 때부터 67세를 일기로 세상을 뜰 때까지가 제 3기이다. 이 시기는 관직에서 완전히 물러나 처가인 경상도 함창 이안촌에 은거해 쾌재정(快哉亭)이란 정자를 짓고 유유자적하며 말년을 보낸 기간이다. 이 기간에 소설 〈설공찬전〉을 창작한 것으로 추정된다.

58세 때인 중종 원년(1506) 중종반정이 일어나 연산군이 교동으로 폐출될 때 분의정국공신으로 녹훈되고 인천군에 봉해졌는데 세 번 사양하였으나 허락되지 않았다. 반정공신으로 추대된 데 얽힌 일화가 흥미롭다. 반정 전날 밤, 박원종 등이 상의하기를, '오늘의 일은 비록 발란반정에서 출발했지만 명유기덕으로 무게 있는 인물이 없어서는 안될 터이므로 채수를 청해 오라.'고 하였다.

그러자 누군가가 채수는 동참하지 않을 것이라고 하였다. 박원종은 말하기를 '이같이 큰 일은 위력으로 처리해야 하니 무사를 보내 청하되 오지 않으면 그 목이라도 취해 오라.'고 하였다. 채수의 사위 김감이 채수가 화를 입을 것이 염려스러워 그 부인을 시켜 술에 만취하게 하여 집에 모시고 가는 척하고 거사 현장인 대궐문으로 데려다 놓게 하였다.

이렇게 하여 미처 술이 깨기도 전에 무슨 일인지도 모르고 거사에 참가하게 되었고, 잠깐 사이에 대사는 정해지고 말았다. 채수가 깨어나서 연산군이 축출되는 현장을 보고 "어찌 이게 할 짓인가! 어찌 이게 할 짓인가!" 반복해서 절규했지만 이미 상황은 종결되었고, 그렇게

해서 채수는 반정공신의 일원으로 훈봉을 받게 되었던 것이다.[12]

일찍이 목재 홍여하는 채수의 후손 우헌 채헌징을 보고, 채수의 사람됨을 평하여, 채수가 대사헌으로 있을 때에 폐비에게 식량을 줄 것을 청한 일은 지자라야 가능한 일이고, 도승지로 있을 때 병자옥사(단종 복위 사건 관련 옥사) 때 사람들의 사면을 청하는 계를 올린 일은 인자라야만 가능하며, 임사홍이 득세할 때 그 간사함을 극론한 일은 용자라야 가능한 일이었으며, 중종반정 때 녹훈된 것은 자의에 의해서가 아니라 불가피한 일이었다고 하였다.

이 대목은 채수의 군신도덕을 엿보는 데 중요한 단서를 제공한다. 조선 전기 군신도덕관의 유형을 검토한 연구성과[13]에 의하면, 채수의 경우는, 군주와 신하의 관계를 부모 자식 관계로 보는 '군신친합(君臣親合)' 유형에 해당한다. 자식이 부모를 저버릴 수 없듯이, 임금의 행위에 관계없이 신하는 제 도리를 다해야 한다고 생각했던 것이리라.

그 해(1506년) 10월에 치사하고 처가[14]인 함창 이안촌에 내려와서 이듬해인 중종 2년(1507) 59세 되던 해 봄에 쾌재정(快哉亭)[15]을 짓고 여생을 보냈다. 거문고와 학을 즐기고 벽 가득히 책을 쌓아 놓고 자

---

12) 『懶齋先生文集』 권4, 〈行狀〉
中廟反正, 當擧義前一日, 朴元宗等相議曰, 此間不可無蔡某, 使武士邀之, 如其不來, 取其頭來, 先生女婿金勘知事急, 而意其必不從, 令其夫人, 托他事迎致進酒, 至昏醉, 因扶擁直到闕門, 酒猶未醒, 先生見庭火煌煌, 而軍聲大振, 始知爲所誤, 大驚以手擊地曰, 此豈敢爲者乎, 此豈敢爲者乎, 如是者再, 及錄靖國勳封仁川君.

13) 이희주, 조선 초기 군신도덕에 관한 연구 -조선왕조실록의 관련기록-(이화여자대학교 대학원 박사논문, 1999), 59쪽 참조.

14) 함창(咸昌)이 채수의 처가라는 사실은 문중의 증언에 따른 것이며, 실제로 그곳에 채수의 장인 권이순의 묘가 있다.

15) 쾌재정은 임진왜란 때 불타 없어졌다가 다시 중건되어 상주시 이안면 이안리에 온전한 모습으로 남아 있다.

▲ 쾌재정

질들과 학생들과 더불어 경사에 침잠하여 성정을 기르며 다시 세간에 돌아가지 않으려 하였다. 어떤 일에나 조금도 마음이 흔들리지 않았다고 한다.

동 6년(1511)에는 소설 〈설공찬전〉이 조정에서 문제가 되어 탄핵을 받았다. 사헌부에서 〈설공찬전〉이 윤회 화복설인데 한문으로 필사되어 읽히고 국문으로도 번역되어 경향 각지의 백성들이 거기 현혹되고 있다며 수거해 불태울 것과 채수를 교수형에 처하라고 청하였다. 중종은 명을 내려 전국에서 이 작품을 모조리 거두어들여 소각했고, 채수는 파직 당하였다.[16] 〈설공찬전〉의 창작연대가 밝혀져 있지는 않

16) 그 사건의 전말이 『조선왕조실록』에 실려 있다. 해당 대목을 민족문화추진회 번역본을 토대로 전문 소개하면 다음과 같다.

(1) 중종 6년(1511년) 9월 2일

사헌부에서 아뢰었다.

"채수가 〈설공찬전〉을 지었는데 내용이 모두 화복이 윤회한다는 것으로, 매우 요망한 것인데, 조야(朝野:조정과 민간)에서 현혹되어 믿고서, 한문으로 베끼거나

국문으로 번역하여 전파함으로써 민중을 미혹합니다. 사헌부에서 마땅히 공문을 발송해 수거하겠습니다마는, 혹 수거하지 않거나 나중에 발각되면 죄로 다스려야 합니다." 임금이 답하였다.
"〈설공찬전〉은 내용이 요망하고 허황하니 금지함이 옳다. 그러나 법을 세울 필요는 없다. 나머지는 윤허하지 않는다."
(2) 중종 6년 9월 5일
〈설공찬전〉을 불살랐다. 숨기고 내놓지 않는 자는 요서은장률(妖書隱藏律: 불온 서적을 몰래 숨긴 죄)로 다스리라고 명했다.
(3) 중종 6년 9월 18일
인천군(仁川君) 채수의 파직을 명했다. 채수가 지은 〈설공찬전〉이 괴이하고 허무맹랑한 말을 꾸며서 문자화한 것이어서 사람들로 하여금 믿어 혹하게 하기 때문에 '부정(不正)한 도로 정도(正道)를 어지럽히고 인민을 선동하여 미혹케 한 법률'에 의해 사헌부가 교수형을 내려야 한다고 주장했는데 파직만을 명한 것이다.
(4) 중종 6년 9월 20일
영사 김수동이 아뢰었다.
"들으니, 채수의 죄를 교수형에 해당한다고 단죄하였다는데, 정도(正道)를 붙들고 사설(邪說)을 막아야 하는 대간의 뜻으로는 이와 같이 함이 마땅하나, 채수가 만약 스스로 요망한 말을 만들어 인심을 선동했다면 사형으로 단죄함으로 단죄해야겠지만, 표현 욕구를 따라 보고 들은 대로 함부로 지었으니, 이는 해서는 안될 일을 한 것입니다. 그러나 형벌을 주고 상을 주는 것은 적중하도록 힘써야 합니다. 만약 이 사람이 사형을 당해야 한다면 〈태평광기(太平廣記)〉나 〈전등신화(剪燈新話)〉같은 부류의 작품을 지은 자도 모조리 죽여야 하겠습니까?"
임금이 말하였다.
"〈설공찬전〉은 윤회화복의 이야기를 만들어 어리석은 백성을 미혹케 하였으니, 채수에게 죄가 없는 것은 아니다. 그러나 교수형은 지나치므로 참작해서 파직한 것이다."
남곤이 아뢰었다.
"좌도난정률(左道亂正律)은 법을 집행하는 관리라면 진실로 이와같이 단죄함이 마땅합니다."라고 하였다. 김수동이 다시 아뢰었다.
"채수의 죄가 과연 이 법률에 저촉되는 것이라면, 스스로 요망한 말을 지어내는 자는 어떤 법률로 단죄하겠습니까? 제 생각에는 실정과 법이 일치하지 않는 듯합니다."
검토관 황여헌(黃汝獻)이 아뢰었다.
"채수의 〈설공찬전〉은 지극히 잘못된 것입니다. 설공찬은 채수의 일가 사람이니, 채수가 반드시 믿고 미혹되 저술하였을 것입니다. 이는 교화에도 관계되고 다스리는 도리에도 해로우니, 파직은 실로 관대한 것이지 과중한 것이 아닙니다."
그러자 임금이 말하였다.

으나, 함창에 은거한 해가 1506년 10월이고 조정에서 문제가 된 때가 1511년 9월이니 그 사이라 하겠는데, 더 좁힐 수도 있다. 〈설공찬전〉 본문 중에 1508년 7월 27일이 중국 연호로 언급되는 점을 중시한다면, 1508년 7월 27일에서 1511년 9월 사이로 볼 수 있기 때문이다. 특히 1511년 9월에 조정에서 문제삼을 때는 이미 번역본까지 거론되며 경향각지에서 읽혔다고 하는 점 등을 고려하면 1511년 이전에 창작되었을 가능성이 높다.

어쨌든 채수는 이 소설을 창작한 죄로 교수형에 처해질 뻔하였다가 가까스로 파직을 당하는 선에서 목숨을 건졌으니 조선 시대 최대의 필화 사건을 야기한 셈이다. 어쩌면 채수는 생을 마감하면서, 그간의

"채수가 진실로 죄는 있으나 법률대로 (교수)하는 것은 지나치다."

(5) 중종 6년 12월 13일

조강에 나아갔다. 대사간 안팽수(安彭壽) · 장령 김유가 전의 일을 논계했다. 팽수가 아뢰었다.

"(전략) 채수(蔡壽)가 〈설공찬전(薛公瓚傳)〉을 지은 것은 진실로 잘못이나, 옛날에도 또한 『전등신화(剪燈新話)』 · 『태평한화(太平閑話)』가 있었는데, 이는 실없는 장난거리로 만든 것뿐으로 이지방의 일과는 다릅니다. 이미 정한 죄이지만 이제 상께서 조심하고 반성하시는 때를 맞아 감히 아뢥니다."

(6) 중종 6년 12월 15일 장령 이성언과 헌납 박수문이 전번 문제를 규탄하여 제의하였다. 성언이 아뢰었다.

"채수의 사건은 전날 사헌부에서 잘못 생각하고 사형죄에 적용하였습니다. 그러나 어떻게 법조문에 다시 적용해 가지고 다시 비준을 받겠습니까?"

임금이 말하였다.

"채수의 문제는 처음부터 법조문에 잘못 적용한 것을 내가 참작하여 파직시켰었다. 이번의 그의 아들이 올린 글을 보건대 처음부터 부당하게 법조문을 적용하였었다. 뒷날에 필경 이것을 끌어다 전례로 삼을 수 있으니 다시 적용하는 것이 좋겠다."

영사 성희안이 말하였다.

"법조문에 적용한 채수의 죄가 사실 실정과 지나치므로 신도 제의하려고 하였습니다. 역대 역사에도 괴이한 사실을 썼습니다. 이번에 채수는 우연히 그렇게 한 것이고 대를 전해 가며 사람들을 현혹시키자는 것은 아니었습니다."

삶의 체험과 언관을 중심으로 한 관직생활의 경륜을 바탕으로 조정과 사회에 마지막 발언을 하기 위해 소설 〈설공찬전〉을 창작한 것인지도 모를 일이다.

67세가 되던 중종 10년(1515) 11월 8일에 함창 시골집에서 별세하였으며, 조정에서는 좌참찬을 증직하고 양정이라는 시호를 내렸고 임호서원과 웅연서원에 배향되었다. 채수의 묘는 상주시 공검면 율곡리에 원래 그대로 전하고 있다.

▲ 채수의 묘

이상 서술한 채수의 생애를 연대순으로 정리해 보이면 다음과 같다.

- 1449(세종 31) 8월 8일 · 한양 명례방 본가에서 남양부사 신보(申保)와 유씨 사이에서 장남으로 출생.
- 1458(세조 2) 9세 · 부친을 따라 함창 임소로 감.
- 1459(세조 3) 10세 · 부친을 따라 음성 별서(농장 또는 별장)에 돌아가 글을 배우기 시작함.
- 1460(세조 4) 11세 · 처음으로 글을 지음. 김종직이 선생이 지은

시문을 보고 칭찬함.

- 1461(세조 5) 12세 · 부친을 따라 충주 삼생리에 이사함.
- 1466(세조 10) 17세 · 부친을 따라 경산 임지에 따라감.
- 1467(세조 11) 18세 · 안동 권씨와 결혼함.
- 1468(세조 12) 19세 · 가을에 성균관의 생원 · 진사 두 시험에 합격함.
- 1469(세조 13) 20세 · 봄에 생원 · 진사의 회시에 모두 합격함. 진사는 1등, 생원 역시 상위였음. 서울 집에 돌아왔으며 이 해에 세조가 승하함.
- 1469(예종 원년) 21세 · 8월 증광관시(성균관에서 시행하던 임시 과거)에 장원급제함. 9월 회시에서 1등으로 합격함. 11월 전시에서 갑과 1등으로 뽑힘.
- 1470(성종 원년) 22세 · 승훈랑이 더해지고 예문관부수찬 지제교겸 경연검토관 춘추관기사관이 됨.
- 1471(성종 2) 23세 · 4월에 승의랑이 더해짐.
- 1472(성종 3) 24세 · 정월에 봉훈랑이 더해지고 수찬겸승문원검교로 승차함. 2월에 장자 윤권이 출생함. 3월에는 봉직랑이 더해지고 10월에는 통선랑, 11월에는 통덕랑, 12월에는 조봉대부가 가해짐.
- 1474(성종 5) 26세 · 정월에 부교리 지제교겸 경연시강관 춘추관기주관에 승차함. 3월에는 사헌부지평지제교겸 승문원교리를 배수함. 동월 조효례의 만포 수령 임명이 불가하다고 논하는 계를 다섯 차례나 올려 윤허를 받음. 4월에는 언사로 충익부도사겸 경연시강관 춘추관기주관에 좌천당함. 6월에 이조정랑을 배수하였음.
- 1475년(성종 6) 27세 · 2월 조산대부가 됨. 7월 일본에 파견하는 통신사의 서장관이 되었으나 신병으로 사면함. 11월 장악원첨정

을 겸직하였음.

- 1476(성종 7) 28세 · 2월 명나라 사신의 접빈 종사관으로 차출됨. 4월 중시 을과에 2등으로 뽑혀 봉정대부로 초가승진함. 12월 중훈대부가 가해짐.
- 1477(성종 8) 29세 · 정월 사섬사첨정겸 승문원교감 지제교를 배수함. 10월 중직대부 예문관부응교겸 경연시강관 춘추관편수관이 더해짐.
- 1478(성종 9) 30세 · 3월 문신정시에서 제 1인으로 뽑힘. 같은 달에 통훈대부가 가해지고 응교겸승문원참교 장악원부정에 승진함. 4월에 예문관이 홍문관으로 바뀌고 그 응교가 되었음. 동월 처음으로 양관(홍문관과 예문관)의 여러 관료가 임사홍 부자의 간사함을 극론하는 상소를 올려 먼곳에 유배할 것을 청하고 다시 임사홍에 관해서 혼자서 계를 올렸으나 윤허되지 아니하고 파직당함. 6월 수찬 이창신과 더불어 상차를 올려 임사홍이 나라를 그르친 죄를 논함. 9월 전한겸 승문원판교 장악원정에 승진함. 10월 우부승지에 오르고 11월에 통정대부 승정원동부승지겸 경연참찬관 춘추관수찬관이 가해짐. 사직서를 올렸으나 허락되지 않음.
- 1479(성종 10) 31세 · 3월 상께서 사냥을 구경한 것을 논하고 도승지 홍귀달과 더불어 상께서 월산대군궁에 납시어 활쏘기 구경을 한 것을 논하는 계를 세 번이나 올림. 좌부승지에 오름. 6월 폐비 윤씨의 일을 논하는 계를 올렸으며 11월에는 우부승지에 올랐음.
- 1480(성종 11) 32세 · 3월에 평안도에서 명나라 사신을 선위하라는 명을 받들었음. 5월에는 둘째 아들 소권이 출생함. 6월에 좌승지로 승차함. 12월 사건에 연좌되어 좌부승지로 강등당함. 통정대부 승정원도 승지겸 홍문관직제학 상서원정에 승차하였으며 두 번 계를 오려 사양하였으나 받아들여지지 않음.

- 1481(성종 12) 33세 · 2월에 병자옥사의 억울함을 극론해 사육신의 자제나 친척을 자유롭게 해줄 것을 요청해 윤허받음. 4월에는 어떤 사건에 연루되어 파직되었음. 6월에 금강산을 유람함. 용재 성현과 함께 관동의 절승을 편력하여 고성에 이르렀을 때 봉화봉에서 군수 홍자심이 동참하였으며, 그들이 놀던 대의 이름을 승선대라고 하였는데, 그것은 선생이 성공과 같이 승지를 지냈기 때문이다. 11월에 다시 직첩을 받음.
- 1482(성종 13) 34세 · 정월 장예원판결사를 배수함. 3월 대사헌에 제수됨. 8월 폐비 윤씨에게 따로 처소를 마련해 주라는 계를 올린 죄로 국문을 받고 파직당함.
- 1483(성종 14) 35세 · 가을에 속리산을 유람함.
- 1484(성종 15) 36세 · 봄에 가야산을 유람함. 가을에는 지리산을 유람함. 10월에 셋째 아들 승권(승권)이 출생함.
- 1485(성종 16) 37세 · 정월에 호분위사과를 배수하고 다시 가선대부 대사헌의 전 직첩을 받다. 윤사월에 의흥위부호군겸 동지경연사를 제수함. 5월에는 첨지중추부사겸 동지춘추관사를 배수함. 10월에 남양에 가서 부친을 모시고 삼생리 옛집으로 돌아옴. 11월에 조정에 돌아감.
- 1486(성종 17) 38세 · 2월 동지경연사 홍문관제학을 겸직함. 3월에는 충청도 관찰겸 병마수군절도사를 제수하여 4월에 부임함. 김종직 · 성현 등과 함께 조정의 부름을 받고 여지승람을 편수함.
- 1488(성종 19) 40세 · 정월 기해에 한성부좌윤을 배수함. 2월에는 선위사를 겸직하여 의주에서 명나라 사신을 접대함. 4월 공조참판으로 옮겨서 성절사로서 표를 받들고 북경에 감. 11월 성균관대사성겸 세자좌부빈객을 배수함.
- 1489(성종 20) 41세 · 4월 18일 부친상을 당함.

- 1491(성종 22) 43세 · 6월에 복을 벗음. 7월에 용양위부호군을 배수함. 10월에 노사신이 영안으로 출진하는 것을 전송함. 12월 동지중추부사겸 오위도총부부총관으로 옮김.
- 1492(성종 23) 44세 · 2월 생진회시의 시관으로 나아감. 3월 제현과 더불어 다시 장의사에서 수학함. 조위 · 신종호와 함께 동유함.
- 1493(성종 24) 45세 · 5월에 동지경연사 동지의금부사를 겸직함. 장인 담양부사 권이순 공의 상을 당함.
- 1494(성종 25) 46세 · 4월에 동생 세마 재가 문과별시에 급제함. 6월 호조참판을 배수함. 8월 26일에 모친 상을 당하고 12월에 성종이 승하함.
- 1496(연산군 2) 48세 · 장자 윤권이 진사시에 1등으로 뽑힘. 손자 무일이 출생함. 10월에 한성부좌윤을 배수하였으나 담제가 드는 달이라 부임치 않음.
- 1497(연산군 3) 49세 · 종남산의 별서 있는 곳에 청허정사를 지음. 4월에 다시 동지중추부사가 제수됨. 11월에 충무위상호군이 제수되었으나 고사함.
- 1498(연산군 4) 50세 · 5월에 동지중추부사, 7월에는 한성부좌윤이 제수되었으나 모두 사양하고 부임치 않음. 가을에 사화가 일어나자 선생은 어떻게 해볼 수 없음을 알고 오직 몸을 숨기고 술과 병을 칭탁해 종일 취해서 지내 화를 면함.
- 1499(연산군 5) 51세 · 9월 예조참판겸 오위도총부도총관이 제수되었으나 사양하고 받지 아니함.
- 1500(연산군 6) 52세 · 7월 홍문관제학을 겸직함.
- 1501(연산군 7) 53세 · 8월에 형조참판을 배수함. 11월에는 세자좌부빈객의 겸직이 제수되었으나 사양하고 받지 않음.
- 1502(연산군 8) 54세 · 8월 평안도관찰사겸 평양부윤 병마절도

사를 배수함.

- 1503(연산군 9) 55세 · 5월에 장자 윤권이 사망함. 신병으로 사직하고 돌아옴.
- 1504(연산군 10) 56세 · 2월 용양위호군을 배수함. 4월 의흥위호군을 배수함. 9월 사화가 다시 일어나서 형을받게 되어 하옥되었다가 단성으로 귀양을 감.
- 1506(중종 원년) 58세 · 정월 귀양이 풀려서 돌아옴. 9월에 연산군이 교동으로 폐출당함. 같은 달에 분의정국공신으로 녹훈되어 가정대부가 더해지고 지중추부사를 배수하였으며 인천군에 봉해졌음. 세 번 사양하였으나 허락되지 않음. 10월 벼슬을 그만두고 함창의 시골집에 돌아갈 것을 간청함. 중종이 중용하려 하였으나, 채수는 늙고 병약함을 들어 끝내 사양하고 사직을 간청해 가족을 인솔해서 남쪽으로 돌아감.
- 1507(중종 2) 59세 · 봄에 쾌재정을 지음. 벽 가득히 책을 쌓아놓고 학생들과 더불어 경사에 침잠하여 성정을 기르며 다시 세간에 돌아가지 않으려 하였음.
- 1511(중종 6) 63세 · 9월 소설 〈설공찬전〉 때문에 사헌부의 탄핵을 받아 작품은 불태워지고 채수는 파직을 당함.
- 1515(중종 10) 67세 · 11월 8일 함창 시골집 정침에서 별세함. 조정에서 자헌대부 의정부좌차찬겸 지경연춘추관사 예문관제학을 추증하고 양정이라 시호를 내림.

3. 생애와 작품과의 관계

채수의 생애와 작품은 어떤 유기적인 관계가 있을까? 다시 말해 소설 〈설공찬전〉을 창작한 채수의 생애에서 확인할 수 있는 특징과 연결시켜 이 문제를 해명해 보기로 한다. 미리 밝힐 것은, 〈설공찬전〉은 갑자기 출현한 것이 아니라는 점이다. 그같은 소설을 창작할 만한 조건이 충분히 갖추어진 상태에서 〈설공찬전〉이 나왔다는 사실을 염두에 두어야 한다.

첫째, 채수가 『촌중비어』를 저술한 사실은 채수가 〈설공찬전〉을 창작할 수 있는 개연성이 높다는 것을 의미한다. 성현의 서문을 통해서 볼 때 『촌중비어』는 서거정의 『태평한화골계전』이나 강희맹의 『촌담해이』 등과 같은 문헌설화집이다. 소설이란 갈래 역시 서사 갈래로서, 구비적이고 유동적인 설화에 작자의 창작의식이 가미되고 문체적인 수식이 더해지며 독립적인 형태로 유통된 갈래라고 볼 때, 채수의 〈설공찬전〉은 『촌중비어』 단계의 준비를 거쳐 결실을 본 것이라 이해된다.

이 책 V장에서 다시 논의되겠지만, 〈설공찬전〉은 실화를 바탕으로 기존의 서사물 중 '저승경험담' 또는 '환혼담'을 활용하여 소설화한 것으로 볼 수 있다. 다만 종래 또는 일반적인 '저승경험담'이나 '환혼담'이 주인공이 살아나서 저승의 경험을 진술하는 것과는 달리, 잠시 그 혼령이 지상에 나와 남의 몸에 들어가 메시지를 전하는 것으로 변형되어 있기는 하나, 기본적으로 전통 서사물도 소재로 활용하고 있다는 것은 확실하다.

둘째, 채수의 생애에서 또 하나 주목되는 것은 생애의 대부분을 언관으로 지냈다는 점이다. 34세라는 비교적 이른 나이에 대사헌으로 발탁된 데에서도 드러나듯, 채수는 사헌부와 홍문관을 중심으로 언관으로서의 역할을 성실히 수행하였다. 임사홍의 전횡을 규탄하는 상소를 거듭 올리다가 파직당하기에 이르고, 폐비 윤씨를 동정하는 계를 올렸다가 왕의 노여움을 사서 국문을 받고 파직당하기에 이르는 등 채수는 언관으로서의 길을 똑바로 걸어갔던 것을 도처에서 확인할 수 있다.

〈설공찬전〉에서 주인공 설공찬의 입을 빌어 소개한 저승 소식 가운데, “이ᄉᆡᆼ애셔 비록 흉죵ᄒᆞ여도 님금긔 튱신ᄒᆞ면 간ᄒᆞ다가 주근 사ᄅᆞᆷ이면 뎌ᄉᆡᆼ애 가도 죠ᄒᆞᆫ 벼ᄉᆞᆯᄒᆞ고(〈설공찬전〉 국문본 제 10면)” 같은 대목은 다분히 작자가 언관으로서의 의식을 드러낸 것으로 보인다. 이는 채수가 조정에서 임금께 바른 말을 하다가 자주 파직을 당하거나 귀양살이를 한 것과 연관지어 볼 때, 의미심장한 발언이라고 하겠다.

셋째, 채수가 중종반정 이후 벼슬을 사직하고 함창에 은거한 것도 〈설공찬전〉과 긴밀하게 대응된다. 앞에서 밝혔듯, 채수는 중종반정을 사실상 반대한 인물이다. 연산군이 축출되는 쿠데타 현장에서, “어찌 이게 할 짓인가! 어찌 이게 할 짓인가!” 반복해서 절규한 사실, 그 즉시 사직하고 함창에 은거해 버린 것이 명료하게 증명한다. 왜 그랬는지는 밝혀진 바 없다.

하지만 결과를 가지고 유추해 보면, 채수는 폭군이라도 잘 보필해서 바른 길로 인도해야지, 혁명을 일으켜 교체하는 것은 바람직하지 않은 것으로 여겼던 것이라 생각한다. 쿠데타로 정권을 잡는 데 대한 반감은 〈설공찬전〉에서 당나라의 왕을 죽이고 양나라를 창건한 주전충에 대해 비판한 대목에 잘 드러나 있다고 생각한다. “바록 예셔 님금이라도 쥬젼튱ᄀᆞ튼 사ᄅᆞᆷ이면 다 디옥의 드럿더라(〈설공찬전〉 국문본 제 10면)”라는 발언이 그것이다. 어쩌면 채수는 생애를 마감하는 시점에서, 조정에 대한 자신의 간언을 소설 형식을 빌어 표현하고 싶었던 것이 아닐까 생각한다.

넷째, 채수와 〈설공찬전〉 간의 관계는 채수가 17세 때 경험한 귀신 출현 사건을 통해서도 입증된다. 채수의 귀신체험을 전하는 〈연보〉의 기록을 먼저 인용하면 다음과 같다.

> 선생의 나이 17세 : 판서였던 아버지를 따라 경산의 부임지로 갔다. 그때 밤에 희끄무레한 것이 있어 둥글기가 마치 수레바퀴와 같았는데, 거기 닿았다 하면 죽음을 당하였다. 선생이 마침 밖에 나갔다가 이것을 보았는데 그 요귀가 방으로 들어가는 것이었다. 그러자 선생의 막내동생이 갑자기 놀라서 일어나 아프다고 울부짖다가 죽었다. 그렇지만 선생은 접촉되었어도 아무런 해를 입지 않아 사람들이 이상하게 여겼다.[17)]

채수의 사위 김안로가 쓴 『용천담적기』에도 같은 내용이 기술되어 있다. 김안로는 채수한테 직접 들은 내용을 기술했을 것이니만큼 이 자료의 증거력은 크다고 생각한다.

---

17) 난재선생문집 권4 〈연보〉
先生十七歲. 隨判書公往慶山任所. 時夜, 有白眚圓如車輪, 所觸輒死, 先生適出外, 見其妖入室. 先生之少季忽驚起號痛而夭, 先生則了無觸害, 人異之.

> 내 장인 양정공이 어릴 적에 아버지를 따라서 경산에 있을 때, 두 아우와 관사에서 누워자다가 갑자기 변이 마려워서 옷을 입고 방 밖으로 나가보니 흰 기운이 화원경[확대경]같이 오색이 현란하게 공중에서 수레바퀴처럼 돌아 먼 곳에서 차차 가까워오는 것이 바람과 번개 같았다. 양정공이 놀라 바삐 방으로 들어오는데, 겨우 문턱을 넘어서자, 그것이 방안으로 따라 들어오는 것이었다. 조금 있다가 막내동생이 방구석에서 자다가 놀라 일어나 뛰며 아프다고 울부짖으며, 입과 코에서 피를 흘리며 죽었는데, 양정공은 조금도 상한 데가 없었다.[18]

이상의 자료가 의미하는 바는 무엇일까? 먼저, 이 기록은 채수의 귀신체험 사실을 증거하고 있다. 채수가 젊었을 때, 아직 유교적인 세계관이 확립되어 있지 않았을 시기에 유교에서 배격해 마지않는 귀신현상을 직접 목격한 사실은 이 작품과 관련지어 주목할 점이라고 생각한다. 꿈속에서 경험한 것도 아니고, 생시에, 그것도 귀신의 출현 결과 어린 동생이 피를 토하며 즉사하는 장면을 보았을 때 그 충격은 적지 않았을 것이다.

〈설공찬전〉은 달리 표현하면 귀신 이야기라고도 할 수 있다. 바로 채수가 이 귀신 이야기인 〈설공찬전〉을 창작하는 데, 17세 나이에 겪은 이 신비체험은 중요한 동인으로 작용했으리라고 본다.

채수는 〈문귀신무격복서담명지리풍수(問鬼神巫覡卜筮談命地理風

---

18) 용천담적기(대동야승 제 13에 수록된 것을 참조함.)
蔡聘君襄靖公, 幼從父任在慶山, 與二弟同臥衙閤. 夜忽思便旋, 攬衣獨出房櫳外, 開目見白氣如火圓鏡, 五色相比極明絢, 在空中回轉若車輪, 自遠而近, 迅如風電. 襄靖魂悸, 蒼皇走入, 纔踰中閾, 其物追入房中. 俄聞小季最在房奧者, 驚起騰躍, 號痛之聲不絶口, 口鼻流血而斃, 襄靖了無傷損.

水)〉[19]라는 책문에서 "귀신이란 음양이 행하는 것(鬼神者, 陰陽之所以行也)", "신이란 양의 영이요, 귀란 음의 영(神者, 陽之靈也, 鬼者陰之靈也)"[20]이라 하여, 민간에서 믿는 인격적인 존재로서의 귀신을 부정하고 있다. 하지만 이는 어디까지나 과거시험 답안지였기 때문에 당시의 공식적인 귀신관을 진술한 것이지 채수의 생각을 솔직하게 노출한 것은 아니라고 보아야 할 것이다.

채수의 귀신체험 기록은 작품 내용과 구체적으로 대응되고 있어 작자와 작품간의 긴밀한 상관관계를 증명해 준다. 〈설공찬전〉 국문본에서 귀신이 출현하는 대목을 원문으로 소개하면 다음과 같다.

> 고ᄋᆞᆫ 겨집이 공듕으로셔 ᄂᆞ려와 춤추거ᄂᆞᆯ 기 동이 ᄀᆞ장 놀라 졔 지집의 계유 드려가니 이ᄋᆞᆨ고 튱쉬 집의셔 짓궐소ᄅᆡ 잇거ᄂᆞᆯ 무ᄅᆞ니 공팀이 뒷가ᄂᆡ 갓다가 병 어더 다ᄒᆡ 업더려다가 ᄀᆞ쟝 오라게야 인긔ᄅᆞᆯ ᄎᆞ려도 긔운이 미치고 ᄂᆞᆷ과 다ᄅᆞ더라(〈설공찬전〉 국문본 제 3면)

작품에서의 귀신 출현 양상과 채수의 귀신체험 내용에서 공통적인 점은 다음 네 가지이다. ① 귀신이 출현한 장소 면에서의 공통성이다. 모두 집안에서 이루어진다. ② 귀신이 출현하는 시기 면에서의 공통성이다. 모두 뒷간에 갈 무렵에 출현한다. ③ 귀신의 운동 방향이다. 모두 하늘(공중)에서 내려온다는 점에서 동일하다. ④ 귀신 출현의 결과 면에서의 공통성이다. 귀신과 접촉한 주요 인물이 병을 얻거나 즉

---

19) 난재선생문집 권 3. 이 책 제 6장에 실린 자료 참조. 이 책문은 채수가 21세 때 회시(會試)에서 1등으로 합격한 글이기도 하다.

20) 난재선생문집 권3, 40쪽.

사하거나 하여 해를 입는다.

이와 같은 점을 고려해 볼 때 <설공찬전>의 창작에는 작자인 채수가 젊었을 적에 한 귀신체험이 중요 동인으로 작용했다고 생각한다. 단순히 독서를 통한 간접경험만이 아니라 직접 경험을 바탕으로 작품을 창작한 점은 이 작품의 독창성과 개성을 인정하게 한다.

다섯째, 이상의 네 가지 관계 외에 더 직접적인 관계 하나를 필자는 최근에 확인하였다. 채수가 설충란의 집안에서 일어난 실제 사건을 듣고 이를 소재로 이 작품을 지었을 가능성이 그것이다. 채수와 설충란이 멀지 않은 집안간(채수의 생질서가 설충란)임을 고려할 때, 그리고 몇 가지 유력한 방증 자료들을 통해서 보건대, 설충란 집안에서 실제로 일어난 사건을 채수가 듣고 이를 바탕으로 소설을 지었다고 필자는 판단한다.

앞에서 거론한 네 가지의 배경 혹은 요인이 있어서 언제든지 일정한 동기(주제의식)만 있으면 소설을 창작할 수 있었던 채수가, 생질서인 설충란 집안에서 일어난 기이한 사건 소식을 접하자, 이를 계기로 이야기문화의 담당자 및 언관으로서의 상상력과 경륜과 주제의식을 유감없이 동원하고 발휘해 소설로 형상화한 것이 <설공찬전>이라고 보인다. <설공찬전>이 실화에서 유래한 소설일 가능성에 대해서는 제Ⅴ장에서 자세히 논의할 것이므로 더 이상의 언급은 생략하기로 하겠다.

4. 맺음말

채수는 문재가 탁월했던 인물이며 주로 언관으로서 활약이 컸다. 세 단계의 과거에 거듭 합격한 일이라든지 중국에 사신으로 파견할 때나 중국의 사신을 접견할 때 자주 발탁된 일이 그 문학적인 역량을 증거한다. 한편 채수는 폐비 윤씨를 위해 발언하고, 단종 복위 사건 관련자들의 후손에게 배려해 줄 것을 요청하며, 간신 임사홍을 거듭 규탄하기도 하는 등 용기를 가지고 직간하곤 하여 거듭 수난을 당하기도 하여 전형적인 언관의 면모를 보여 주었다.

특히 말년(1508~1511년으로 추정)에 창작한 소설 〈설공찬전〉은 김시습의 〈금오신화〉의 뒤를 이어 약 40년 만에 나온 소설로서, 우리나라 소설사에서 두 번째의 작품이다. 최근에 발굴된 그 국문본은 한글이 창제된 이후 그 한글로 소설을 적고 읽은 첫 사례로서, 학계에서는 최초의 국문소설(번역체 국문소설)[21] 또는 우리나라에서 소설을 번역한 최초의 사례[22]로 평가하고 있는바, 소설을 대중화하는 데 결정적으로 기여하였다.

〈설공찬전〉의 중요성이 알려지면서 채수에 대한 관심도 커가고 있는데, 아직 이렇다 할 채수론은 나와 있지 않다. 따라서 이 글에서는 채수론을 표제로 내건 첫 시도를 해보았다. 첫 논문인 만큼 여러 가지로 논의가 성글다는 것을 고백한다. 가장 큰 한계는 채수의 문집에 실

---

21) 황패강, 「한국 고소설의 표기 문제」, 한국고소설학회 · 동방문학비교학회 · 한국중국소설학회 1998 동계공동학술대회 발표논문(서울: 건국대학교 국제회의실, 1998. 2. 10), 7쪽.

22) 민관동, 「중국소설의 한글 번역 문제」, 앞의 글, 같은 곳, 4쪽.

린 작품 전체를 대상으로 하지 않은 점이다. 우선은 〈설공찬전〉이 중요하므로 거기에 초점을 맞추어, 작가의 생애와 〈설공찬전〉 간의 관계를 거론했으나, 앞으로 여타 작품군 전체를 대상으로 종합적인 고찰이 이루어져야 할 것이다.

매우 한정된 논의였으나 몇 가지 성과는 거두었다고 생각한다. 채수의 생애를 세 시기로 구분해 이해할 수 있고, 거기서 확인된 몇 가지 특징은 〈설공찬전〉 이해에 긴요하다는 점이 밝혀졌다. 작자에 대한 이해가 작품 이해에 도움이 된다는 것을 확인한 셈이다. 더욱이 〈설공찬전〉에 관련된 직접적인 자료는 채씨 문중에서 문집을 편찬할 때 의도적으로 모조리 뺐기 때문에 접근하기가 어려웠던 것이 사실이다. 하지만 현전하는 자료를 가지고나마 이상의 수확을 얻은 것은 다행한 일이다.

Ⅲ

설공찬전 국문본을 둘러싼 몇 가지 의문에 대한 답변

1. 머리말

필자가 〈설공찬전〉 국문본을 발굴 · 분석해 소개[1]한 후 학계의 공식적인 반응이 하나 둘 나타나고 있다. 필자가 분석한 결과에 동의한 경우가 있는가 하면, 필자가 미처 생각하지 못한 의의까지 포착해 드러낸 경우도 있다.[2] 하지만 필자의 견해에 대하여 이견을 개진한 경우도

---

1) 이복규, 설공찬전-주석과 관련자료(시인사, 1997); 『초기 국문 · 국문본소설』(박이정, 1998).

2) 황패강, 「한국 고소설의 표기 문제」, 한국고소설학회 · 동방문학비교학회 · 한국중국소설학회 1998 동계공동학술대회 발표요지(서울: 건국대학교 국제회의실, 1998.2.10), 7쪽에서는 "최초의 국문소설은 한문소설을 발판으로 하여 이를 정음으로 번역함으로써 성립되었던 것으로 믿어진다. 그 사례로, 중종 때 〈설공찬전〉을 들 수 있다"고 하였다. 김종철, 「소설문학의 연구동향」, 『국문학연구 1998』(태학사, 1998), 346쪽에서는 〈홍길동전〉 이전에 국문소설이 존재했다는 점을 입증하는 사례로 적극 평가하였다. 한편 민관동, 「중국소설의 한글 번역 문제」, 한국고소설학회 · 동방문학비교학회 · 한국중국소설학회 1998 동계공동학술대회 발표요지(서

있어 답변할 필요성을 느낀다. 제기된 의문들은 다음과 같다.

첫째, 17세기라는 필사 시기 추정은 무리가 아닌가?
둘째, 필사자를 이문건 가족으로 본 것은 무리가 아닌가?
셋째, '최초의 한글표기 소설'이라는 평가가 적절한가?

이들 의문에 대하여 답변하는 것이 필자의 마땅한 책무라고 생각해 이 글을 쓰기로 하였다. 차례로 해명해 나가기로 한다.

2. 17세기라는 필사 시기 추정은 무리가 아닌가?

필자는 기존의 저서에서 〈설공찬전〉 국문본 필사 시기의 하한선을 17세기 전반기로 추정하였다. ①구개음화가 일어나 있지 않으면서도 일부 예외적으로 구개음화 현상을 보이기도 함 ②'가' 주격조사는 나타나지 않고 오직 'ㅣ' 주격조사만 존재하는 점 ③'ㅅ'과 'ㄷ' 받침을 비교적 변별하여 사용하고 있으면서도 이를 혼용하는 점 등이 그 근거였다. 전체적으로 보아 임진왜란 이전의 표기이지만 일부 임진왜란 이후의 표기 양상도 보이므로 17세기 전반기까지로 추정하였던 것이다. 이에 대한 필자의 의견은 다음과 같다.

울: 건국대학교 국제회의실, 1998.2.10), 4쪽에서는, 우리나라에서 소설을 국역한 최초의 사례로서 〈설공찬전〉의 국역 사실을 들었다.

> 표기법은 필사시기에 관한 하나의 방증일 뿐, 그것을 증명해 줄 수 있는 필요충분조건이 되지는 못한다. 국가의 공식 문건의 경우에는 표기법을 통한 시대귀속이 가능할 것이지만, 지방에서 이루어진 사적인 기록에서는 동일 시기의 서로 다른 기록이 표기법상 수 세기의 편차를 보여주는 경우가 허다하기 때문이다. ---(중략)---임진왜란을 배경으로 한 〈주생전〉 국역본도 같이 기록된 점 등으로 보아, 그 상한선은 아무리 올려잡아도 17세기 이전으로는 소급되기 어려울 것이며, 그보다 훨씬 후대에 이루어졌을 가능성도 충분하다.[3]

논자의 반론 중에서 첫 번째 것, 즉 사적(私的)인 기록의 표기법은 공식 문건의 경우와는 달라서 연대 추정을 하는 데 믿을 만하지 못하다는 것은 국문학 관계자 일반이 가진 생각이기도 하다. 필사본과 인쇄본 간에도 현격한 차이가 있으리라고 보는 시각도 마찬가지이다. 하지만 이 방면 전공자의 견해는 달랐다. 근대국어의 권위자인 홍윤표 교수에게 문의한 결과, 그것은 어디까지나 선입견일 뿐 실제 분석해 보면 동일하다고 확고하게 대답하였다. 혹 방언이나 개인적인 취향의 차이에서 말미암은 변이가 극히 제한적으로 나타나기도 하지만, 그같은 양상은 공적 기록이나 사적 기록이 마찬가지 사정이라는 것이었다.

논자의 반론 중에서 두 번째 것, 즉 필사 시기를 17세기보다 훨씬 후대로 볼 수도 있지 않느냐는 데 대해서는 여러 말이 필요 없이 국어학적인 근거를 자세히 제시하는 것으로 대체하고자 한다. 필자는 관련 저서를 낸 이후에 홍윤표 교수의 도움을 받아 표기법 분석 작업을 더욱 광범위하게 펼쳤고 그 결과 좀더 분명한 결론에 도달했는바, 그 내

3) 소인호, 「〈설공찬전〉 재고」, 어문논집 37(안암어문학회, 1998), 50쪽.

용을 소개하기로 한다. 결론부터 미리 말하면, 17세기에 필사된 것은 확실하나 전반기가 아니라 1685년경, 즉 17세기 후반기에 필사된 것이 밝혀졌다는 것이다. 홍윤표 교수의 견해를 따라 이 이본이 지닌 표기법상의 특징을 일일이 제시한 다음에 종합하기로 한다.[4)]

1) 〈설공찬전〉의 표기 양상

(1) 'ᄒᆞᆯᄅᆞᆫ'(하루는)이란 고형과 함께 'ᄒᆞᆯᄂᆞᆫ'이라는 새로운 표기도 보인다. 'ᄒᆞᆯᄂᆞᆫ'이란 표기는 17세기초부터 보이기 시작하는 것이다. 이것은 소위 'ㄹ-ㄹ' 표기가 'ㄹ-ㄴ'표기로 나타나는 것이다.

ᄒᆞᆯᄅᆞᆫ(설[5)],7)　ᄒᆞᆯᄅᆞᆫ(설,12)　ᄒᆞᆯᄂᆞᆫ(설,2)

〈참고자료〉[6)]

떠나디 아니ᄒᆞ더니. ᄒᆞᆯᄂᆞᆫ 버 미 와 아기를 므 〈東新續烈:11b〉

---

4) 홍윤표 교수의 견해는 필자에게 보내준 검토 보고서 및 한국정신문화연구원 부설 한국학대학원 박사과정 1985년 '원전주해연습' 강의 노우트에 나타난 것을 참조하였다. 일부 항목에서 염광호와 이명규 교수의 논저도 인용했으나 대부분 홍 교수의 견해와 일치하였음을 밝혀 둔다. 바쁜 가운데에서도 친절하게 도와준 홍 교수께 이 지면을 빌어 거듭 감사한다.

5) 이하에서 '설'은 '설공찬전'의 약칭이며, 뒤의 숫자는 원문의 쪽수를 가리킨다.

6) 이하 국어학 참고문헌의 약호와 간행연도는 다음과 같다.
東新 : 東國新續三綱行實圖(1617년)
飜小 : 飜譯小學(1518년)
小學 : 小學諺解(1587년)
女訓 : 女訓諺解(1620-1630년 추정)
捷解初 : 捷解新語 초간본(1676년)

ᄯᅩ 시묘 삼 년 ᄒᆞ다 홀ᄂᆞᆫ 들희 블이 쟝ᄎᆞᆫ 시묘막 〈東新孝2,84b〉

(2) 이 문헌은 명사와 조사 간에, 그리고 부사형 접미사 '-이' 사이의 표기가 주로 분철 표기로 나타나며, 용언 어간과 어미 사이에는 주로 연철 표기로 나타난다[분철표기도 보임]. 그 예를 보이면 다음과 같다. 그런데 이러한 현상은 17세기 중반 이후에 나타나는 현상이다.

① 어말 자음 ㄱ의 분철 표기

〈명사 + 조사〉

남벅의〈설,13〉 녜악을〈설,11〉 단월국이라〈설,8〉 디옥의〈설,10〉

븍벅의〈설,13〉 죠셕의〈설,1〉

〈부사어근 + 접미사 -이〉

긔특이〈설,8〉 이윽이〈설,7〉

〈동사의 분철표기〉

먹으듸〈설,5〉

② 어말자음 ㄴ의 표기

〈명사 + 조사〉

가문읫〈설,1〉 갑ᄌᆞ년의〈설,1〉 공찬의〈설,5〉

공찬의〈설,5〉 공찬의〈설,5〉 공찬의〈설,6〉

공찬의〈설,7〉 공찬의게〈설,5〉 공찬이〈설,4〉

공찬이〈설,4〉	공찬이〈설,4〉	공찬이〈설,5〉
공찬이〈설,7〉	공찬이〈설,7〉	공찬이ᄅᆞᆯ〈설,4〉
권손의〈설,12〉	긔운이〈설,3〉	긔운이〈설,5〉
김셕산의손ᄃᆡ〈설,6〉	김셕산이ᄅᆞᆯ〈설,4〉	녕혼이〈설,7〉
녕혼이〈설,7〉	단월국이라〈설,8〉	병인년의〈설,1〉
ᄇᆡᆨ단으로〈설,4〉	셕산이〈설,4〉	셕산이〈설,6〉
셕산이ᄂᆞᆫ〈설,4〉	셕산이ᄅᆞᆯ〈설,7〉	셜공찬의〈설,1〉
셜공찬이〈설,1〉	셜공찬이오〈설,1〉	셜튱난의〈설,2〉
셜튱난이ᄂᆞᆫ〈설,1〉	소기ᄋᆞ온이〈설,4〉	손이〈설,13〉
영혼을〈설,6〉	올ᄒᆞᆫ손으로〈설,5〉	왼손으로〈설,5〉
원의〈설,11〉	윤ᄌᆞ신이와〈설,7〉	잠간이나〈설,10〉

③ 어간말음 ㄹ의 표기

글을〈설,2〉	긔별을〈설,8〉	눈믈을〈설,7〉
말을〈설,10〉	말을〈설,13〉	말을〈설,4〉
말을〈설,8〉	말이〈설,7〉	ᄯᆞᆯ이〈설,1〉
얼굴이〈설,7〉	줄을〈설,3〉	

〈부사 어근 + 접미사 -이〉

각별이〈설,11〉

④ 어간말음 ㅁ의 표기

공팀의〈설,5〉	공팀의〈설,5〉	공팀의〈설,6〉
공팀의〈설,6〉	공팀이〈설,3〉	공팀이〈설,7〉

공팀이〈설,7〉 공팀이ᄃᆞ려〈설,3〉 공팀이ᄅᆞᆯ〈설,4〉
공팀이오〈설,2〉 누으님을〈설,9〉 님금이〈설,10〉
님금이라도〈설,10〉 ᄂᆞᆷ의〈설,11〉 듕님금이라도〈설,11〉
말ᄉᆞᆷ을〈설,6〉 말ᄉᆞᆷ이라〈설,12〉 몸이리도〈설,10〉
몸이야〈설,4〉 문덤의〈설,5〉 사ᄅᆞᆷ이〈설,11〉
사ᄅᆞᆷ이〈설,13〉 사ᄅᆞᆷ이〈설,6〉 사ᄅᆞᆷ이〈설,8〉
사ᄅᆞᆷ이〈설,9〉 사ᄅᆞᆷ이라〈설,10〉 사ᄅᆞᆷ이라〈설,8〉
사ᄅᆞᆷ이러니〈설,12〉 사ᄅᆞᆷ이면〈설,10〉 사ᄅᆞᆷ이면〈설,10〉
소임이나〈설,10〉 ᄉᆞᄅᆞᆷ이라〈설,1〉 아바님이〈설,2〉
아바님이〈설,6〉 아바님이〈설,7〉 아ᄌᆞ바님이〈설,4〉
위엄이〈설,11〉 일홈은〈설,2〉 일홈은〈설,2〉
일홈은〈설,2〉 일홈은〈설,8〉 일홈은〈설,9〉
일홈이〈설,1〉

〈동사 어간 내부의 분철 표기〉
가ᄋᆞᆷ여더니〈설,1〉 ᄀᆞᄋᆞᆷ아ᄂᆞᆫ〈설,9〉

⑤ 어간말음 ㅂ의 표기

겨집은〈설,4〉 겨집이〈설,3〉 겨집이모로〈설,4〉
밥을〈설,5〉 밥을〈설,5〉 입을〈설,4〉
제법을〈설,1〉 집의셔〈설,3〉 집ᄋᆡ〈설,2〉

⑥ ㅅ의 분철 표기

귓귓애〈설,4〉

(3) 명사와 조사 간에, 소위 중철 표기가 간혹 나타난다. 이러한 현상은 16세기 이후부터 18세기 중반까지 나타나는 현상이다.

〈명사 + 조사〉
옷시〈설,5〉

〈동사 어간 내부〉
모ᄃᆞ니〈설,9〉

(4) '-링이다'란 어미가 사용되고 있다. 이 어미 형태는 16세기초부터 17세기말까지만 사용된 어미이다.[7)]

ᄡᆞ로시면 아ᄌᆞ바님 혜용을 변화호링이다 ᄒᆞ고 공팀의 ᄉᆞ시ᄅᆞᆯ 왜혀고 눈을 〈설,6〉

〈참고자료〉

〈ㅇ이다〉
冠과 ᄯᅴ ᄣᅵ지거든 짓믈 ᄲᅡ 시서징이다 請ᄒᆞ며 옷과 치매 ᄣᅵ지거든 짓〈小學2,007b〉
이 ᄣᅵ 지거든./ᄌᆡᄅᆞᆯ 무텨 셰답ᄒᆞ야징이다 請ᄒᆞ며. 舅姑의 니ᄅᆞ신 이ᄅᆞᆯ 감 〈女訓下,4a〉
의 두 셩 아니 셤기ᄂᆞᆫ ᄠᅳ들 일워징이다 공졍대왕이 보내시 고 그 지블 〈東新三忠:5b〉

7) 염광호, 종결어미의 통시적 연구(서울: 박이정, 1997), 319쪽 참조.

셜이 너겨 病이 더 重홀까 너기ᄋᆞᆸᄂᆡᆼ이다./封進宴을 수이 ᄒᆞ올 ᄡᅥ시니 그 〈捷解初2,5a〉

면 ᄉᆞ계애 열이 막히ᄂᆞᆫ 병이 업ᄂᆞ닝이다 목공이 ᄀᆞᆯ 오듸 사ᄅᆞᆷ과 ᄆᆞᆯ이 서 〈馬經上,50a〉

(5) 어두 합용병서 및 각자병서의 표기는 ㅅ 계 합용병서와 ㅂ 계 합용병서가 사용되었다. 그러나 이나 이 사용되지 않고 ' ', ' '으로 표기하고 있다. 그리고 각자병서로는 ㅃ 만이 사용되고 있다. 이로 볼 때, 과 이 사라진 17세기 중반 이후의 필사로 볼 수 있다.

① ㅺ

바다ᄭᅵ이로듸〈설,8〉 밧ᄭᅳ로〈설,4〉 ᄭᅩ와〈설,4〉

ᄭᅴ온대〈설,6〉 아바님ᄭᅴ〈설,5〉

② ㅼ

ᄯᅡ해〈설,8〉 ᄯᅩ〈설,11〉 ᄯᅩ〈설,4〉 ᄯᅩ〈설,4〉

ᄯᅩ〈설,6〉 ᄯᅩ〈설,6〉 ᄯᅩ〈설,7〉 ᄯᅩ〈설,8〉

ᄯᅩ〈설,9〉 ᄯᅩ〈설,9〉 ᄯᆞᆯ이〈설,1〉 아ᄋᆡᄯᆞᆯᄃᆞ려〈설,2〉

③ ㅽ

ᄲᅳ디〈설,8〉 ᄲᆞ로시면〈설,6〉 ᄲᅡ디여셔〈설,7〉

ᄲᅲᆫ이디 위〈설,4〉 ᄲᅧᆯ라〈설,8〉 ᄲᅧᆯ리〈설,13〉

④ ㅄ

ᄡᅡ덧다가〈설,2〉 ᄡᅳ더라〈설,11〉

⑤ ㅃ

쁘니〈설,6〉

(6) 어말 받침 'ㅅ'과 'ㄷ'의 표기는 혼기를 보여 주고 있으나, 고형인 'ㄷ'도 사용되고 있으므로 'ㅅ'과 'ㄷ'이 혼기되기 시작한 17세기 초에서 17세기말로 추정된다. 특히 '몯'(不)이 '못'으로 많이 나타나고 있는데, 이것은 원래의 'ㅅ'이 'ㄷ'으로 표기되어 가던 16세기에서 17세기 초기의 문헌과는 달리 'ㄷ'이 'ㅅ'으로 표기되어 가고 있어서 17세기 중엽 이후의 표기임을 알 수 있다.

다음에 그 예를 보이면 다음과 같다.

〈ㄷ 표기〉

몯〈설,4〉	몯〈설,5〉	몯〈설,7〉
몯호리라〈설,6〉	몯ᄒᆞ고〈설,12〉	몯ᄒᆞ고〈설,2〉
몯ᄒᆞ니라〈설,9〉	몯ᄒᆞ더라〈설,11〉	몯ᄒᆞ더라〈설,2〉

〈ㅅ 표기〉

가문읫〈설,1〉	가졋거ᄃᆞᆫ〈설,12〉	갓거ᄂᆞᆯ〈설,3〉
갓다가〈설,3〉	고디듯고〈설,4〉	공덕곳〈설,11〉
귓거ᄉᆡ〈설,3〉	귓귓애〈설,4〉	귓귓애〈설,4〉
귓뒷겨ᄐᆡ도〈설,6〉	귓뒷겨ᄐᆡ도〈설,6〉	귓저시〈설,4〉
글곳〈설,10〉	나갓더니〈설,6〉	다ᄉᆞᆺ〈설,8〉
뒷가ᄂᆡ〈설,3〉	드러안잣더니〈설,5〉	드럿더니〈설,1〉
드럿더라〈설,10〉	듯거ᄂᆞᆯ〈설,13〉	듯고〈설,6〉
듯고〈설,8〉	맛드면〈설,10〉	맛디〈설,9〉

맛디〈설,9〉 뭇거ᄂᆞᆯ〈설,9〉 뭇고〈설,2〉
므틧〈설,9〉 밋디〈설,11〉 밧ᄭᅴ도〈설,6〉
밧ᄭᅳ로〈설,4〉 벼ᄉᆞᆯᄒᆞ엿더라〈설,11〉 붓드러〈설,4〉
빠뎟다가〈설,2〉 ᄉᆞᆺ〈설,4〉 악덕곳〈설,11〉
안잣더라〈설,12〉 어엇비〈설,11〉 어엿비〈설,12〉
엇디〈설,3〉 엇디〈설,4〉 엇디〈설,5〉
엿디〈설,12〉 예엇브〈설,1〉 옷시〈설,5〉
왓더니〈설,7〉 왓더라〈설,7〉 웃고〈설,4〉
이시리잇가〈설,4〉 잇거ᄂᆞᆯ〈설,3〉 잇다〈설,8〉
잇더라〈설,10〉 잇더라〈설,7〉 젓더라〈설,5〉
젹블션곳〈설,11〉 젹션곳〈설,10〉 주것다가〈설,6〉
짓궐〈설,3〉

2) 설공찬전 국문본의 필사 연대

이상의 표기 양상을 종합하면 필사 연대를 추정할 수 있다. 다른 음운현상도 여기에 그대로 적용된다고 할 수 있다.[8] 하지만 더 이상 음운현상이나 다른 문법 현상을 운위하는 것은 필요가 없을 정도로 표

---

8) 구개음화의 경우에 대해서만 소개하자면, 구개음화가 일어난 비율이 10% 이하에 불과한 것을 보아 17세기말로 보인다. 왜냐하면 이 자료가 필사되었을 괴산 지역[성주 이씨 묵재공파의 世居之地]은 중부 방언권에 속하는데, 중부 방언권에서 구개음화가 정착한 것은 18세기 전반기이기 때문이다[이명규, 「구개음화」, 국어연구 어디까지 왔나, 서울, 동아출판사, 1990, 51쪽 참조]. 그러므로 만약 이 자료가 1745년의 산물이라면 90% 이상 구개음화가 일어나 있어야 마땅하다.

기법이 특정 시기의 것으로 정제되어 있어 연대 추정이 가능하다.[9]

그 시기는 17세기 후반이다. 좀더 좁혀서 말할 수 있다. 함께 필사되어 있는 〈왕시봉전〉 말미에 '죵셔 을튝 계추 념팔일 진시'란 필사 후기가 나오기 때문이다. 이는 '1685년 을축년 9월 28일 아침'으로 추정된다. 이미 펴낸 저서[10]에서 필자는 이 을축년을 1625년으로 보았으나 여기에서 수정한다. 1745년 을축년으로 볼 수도 있겠으나 그렇게 보기에는 17세기말의 특징을 보여주는 표기법으로 매우 정제되어 있다. 가장 특징적인 사항은 앞에서도 언급한 것처럼 17세기 말까지만 쓰이고 사라진 '-링이다'라는 어미가 보이는 점, '사름'으로 일관되게 표기할 뿐 17세기말 이후에 쓰이기 시작한 'ᄉᆞ름' 표기가 일체 나타나지 않는 점 등이다. 따라서 〈왕시봉전〉의 필사연대는 1685년 을축년임이 확실하다.

이렇게 볼 때 〈왕시봉전〉 앞에 적은 〈설공찬전〉 국문본은 당연히 1685년 9월 28일 이전에 필사되었다고 추정된다. 따라서 17세기까지 필사되었다고 보는 필자의 주장은 국어학적인 분석 결과를 방증으로 하여 여전히 유효하다고 생각한다. 이 사실은 무엇을 의미하는 것일까? 1511년 당시에 왕명으로 불태워져 금서로 지목되었으면서도 170년이 지난 17세기말까지 은밀하게 전승되어 필사되었다는 점에서, 조

9) 홍윤표 교수의 조언에 따르면, 문헌의 표기법에는 다음 세 가지 양상이 있다. ①개인적인 특수성이 강조되어 암호화한 경우(혼자만 아는 것) ②개인적인 특수성(방언 또는 개인적인 버릇 등)도 반영하면서 독자의 해독이 가능하도록 일반적으로 통용되는 바를 반영한 경우(대부분의 고소설 자료) ③현재 우리가 맞춤법을 따르듯이 일반성이 두드러진 경우(공적으로 발간한 인쇄본 자료) 등이 그것이다. 이중에서 〈설공찬전〉 국문본은 ③에 해당하는 표기법 양상을 보이고 있다. 방언적인 차이라든지 개인적인 특성은 찾아보기 어렵다.

10) 이복규, 새로 발굴한 초기 국문 · 국문본소설(박이정, 1998), 105쪽.

선 시대에도 소설에 대한 욕구가 얼마나 컸던가를 웅변하고 있다 하겠다.

3. 필사자를 이문건 가족으로 본 것은 무리가 아닌가?

이전의 저서에서 필자는 이 작품이 『묵재일기』의 저자 묵재 이문건 가족 중의 한 사람일 것으로 추정한 바 있다. 이에 대해서는 다음과 같은 반론이 제기되었다.

> 그의 가족이 집안 어른의 소중한 일기를 훼손시키면서까지 소설 작품을 필사했으리라는 점은 선뜻 납득하기 어려운 일이다. ---(중략)---그리고 〈설공찬이〉의 표기를 검토해 보면 경상도 방언이 자주 출현함을 발견할 수 있는데, 이 또한 『묵재일기』를 보관해 왔던 성주 이씨 문중이 충북 괴산이라는 점과 맞지 않는다.[11]

이에 대해 차례로 해명한다.

첫째, 이문건의 가족이 집안 어른의 일기를 훼손하면서까지 소설 작품을 필사할 가능성이 있겠는가 하는 의문은 당연한 것이다. 통념에 비추어 볼 때 집안 어른의 일기에 다른 내용을 적어 넣는다는 것은 어려운 일이기 때문이다. 하지만 『묵재일기』라는 문헌을 실제로 확인해 보면 우리 통념과는 다르다는 사실을 알 수 있다.

11) 소인호, 앞의 글, 49쪽.

일기의 여백이나 여백을 이용하여 여러 가지 사항을 기록해 두었다는 것을 확인할 수 있다. 필체가 분명히 다르기 때문에 이문건이 아닌 다른 사람이 기록하였다는 것을 알 수 있는데 그 양상은 다음과 같다.

제 3책 : 중간의 〈설공찬전〉 · 물품목록 · 〈왕시전〉 · 〈왕시봉전〉 · 〈비군전〉 · 애정가사 · 〈주생전〉 등의 소설 및 여타 국문기록

제 9책 : 맨 뒤 여백의 〈농암가〉 필사본

제10책 : 중간 이면의 성주 이씨 족보 사본[12)]

여기에서 주목할 것은 제10책 이면에 적힌 성주 이씨 족보 사본이다. 그 서두 부분만을 띄어쓰기를 하여 보이면 다음과 같다.

星州 李氏 族譜 卷之 一 上

始祖 諱純由 改諱克臣 仕新羅 與弟敦由 俱至卿相 高麗初 廢新羅宰臣之不順命者 分處州縣, 爲吏 椽公之後 徙京山府 世居龍山里 至文烈公兄弟 始顯 敦由之後 無聞

二世 諱失傳 子諱失傳 子諱失傳 子凡 子廷居

이 성주 이씨 족보는 누가 베낀 것일까? 성주 이씨 문중의 일원으로 보는 것이 자연스럽다고 생각한다. 타성받이가 남의 집안의 일기를 빌려갈 리도 없으려니와, 그 이면에다 남의 집안 족보를 적을 리는 만무하다. 게다가 족보에 나오는 인물들의 이름에 꼬박꼬박 '휘(諱)'라

12) 이복규, 「묵재일기 부대기록에 대하여」, 동방학3(서울: 한서대 부설 동양고전연구소, 1997), 37~73쪽에서 이들 부대기록을 검토한 바 있다.

는 관형어를 얹고 있는 것을 보아도 성주 이씨 문중의 일원이라고 보아야 한다. 묵재 이문건의 집안이 바로 이 성주 이씨이기 때문이다.

필자가 생각하기로는 〈설공찬전〉 국문본의 필사자는 묵재 이문건 후손 중에서도 어느 정도 좁혀서 지목할 수 있다고 본다. 1685년이라는 필사 연대, 종손가로 전승되었을 개연성, 남성 필체라는 사실 등을 고려해 볼 때, 이문건의 7세 종손(宗孫) 이광(李光: 1666~1729)이 아닌가 추정한다. 이광은 20세의 나이로 자신의 모친[완산 이씨; 1687년 사망] 또는 아내를 위해 이들 소설을 필사한 것이리라. 더욱이 〈설공찬전〉 같이 국가에서 금한 소설을 공개적으로 적을 수는 없었기에 일기책 이면에 은밀하게 적을 수밖에 없었으리라.[13)]

둘째, 〈설공찬전〉 국문본에서 경상도 방언이 자주 출현하는데 어떻게 충북 괴산에 세거하던 성주 이씨 묵재공파 문중 사람이 필사할 수 있었겠는가 하는 의문에 대해서 해명한다. 국어학 전공자의 조언에 의하면, 〈설공찬전〉 국문본에서 경상도 방언은 발견할 수 없다고 한다. 그런데 어떻게 해서 논자는 경상도 방언이 자주 출현한다고 하였는지 궁금하다.

혹시 '아래(ᄅᆡ)'(5면)나 'ᄒᆞ마'(8면)라는 시간 부사어에서 말미암은 선입견이 아닐까? '아래'가 분명 경상도 방언에서 쓰이고 있는 것은 사실이다. 하지만 〈설공찬전〉 국문본에 나오는 '아래'는 고어 '아래'로

---

13) 여기서 한 가지 더 고려해야 할 것은 조선시대의 종이 사정은 현재와는 달랐다는 사실이다. 종이 생산이 제한적이어서 아주 귀하였다. 하기야 1950, 60년대까지만 해도 종이는 귀하였으며, 한 번 쓴 종이를 이용해 담배를 피운다든가 노끈의 재료로 쓴다든가 다양하게 재활용하였던 것을 알 수 있다. 고문헌을 열람할 때 그 이면에 여러 가지 기록이 낙서처럼 적혀 있는 것을 자주 목격하곤 하는데, 필자는 조선시대 종이의 품귀현상을 반영한 것으로 생각한다.

보아야 한다. 의미도 차이가 있다. 현재 경상도 방언으로서의 '아래'는 '그저께'이지만, 고어로는 '전에'라는 뜻이다. 'ᄒᆞ마'도 현재 경상도 지역에서 쓰는 방언인 게 사실이다. 하지만 이 경우도 그 당시 구어로 보아야지 경상도 방언으로 속단하는 것은 금물이라는 게 국어학자등의 견해이다. 어느 특정 어휘가 현재 어느 지역에 남아 있는 현상을 과거 문헌 자료에 투영해, 그 문헌 자료를 방언과 연관짓는 것은 삼가야 한다는 것이다.[14]

4. '최초의 한글표기 소설'이라는 표현이 적절한가?

필자가 이 작품을 처음 소개하면서 '국역본소설' 또는 '국역소설'이라 하지 않고 '최초의 한글표기 소설'이라고 한 데 대해서도 반론이 제기되었다.

> '최초의 국문소설' 여부에 관한 문제는 〈설공찬전〉을 둘러싼 논의의 쟁점에서 일단 제외되어야 할 것이다. 이에 대해 다시 '최초의 한글표기 소설'로 수정 발표되기도 하였으나, 이는 오히려 기존에 통용되던 '국문/한문 소설'의 개념에 혼란을 줄 수 있다.[15]

14) 중세국어와 근대국어 전공자인 서울대대 구본관 교수, 연세대 홍윤표 교수의 의견을 참고하였음.

15) 소인호, 앞의 글, 48쪽.

필자 역시 학계에 '혼란'을 줄 생각은 없다. 그런데도 굳이 〈설공찬전〉 국문본을 '최초의 한글표기 소설', '한글로 표기되어 유통된 최초의 소설'[16], '최초의 국문본소설'[17] 등으로 부르는 데는 다음과 같은 까닭이 있다.

첫째, '국역본소설' 또는 '국역소설'이라고 할 경우 자칫 번역소설, 다시 말해 중국소설의 번역물로 오해할 가능성이 있다고 보아서이다. '번역소설' 또는 '국역소설'이란 말이 이미 그런 의미로 통용되고 있는 게 우리 학계의 현실이다. 예컨대 국문으로 번역되어 유통된 〈삼국지연의〉나 〈수호전〉 따위를 지칭할 때 '번역소설'[18] 또는 '국역소설'이라 부르고 있다. 이 작품들에 '국문본'이라는 용어는 사용하지 않고 있다.

'국문본'은 우리 창작소설 가운데에서, 그 원작의 표기문자야 한문이든 국문이든, 국문으로 필사되거나 번역되어 유통되었고 현재까지 그 실물이 남아있는 이본들을 지칭하는 것으로 국문학자들 간에 합의가 이루어져 있다 하겠다. 고소설을 연구한 논저에서 어떤 작품의 이본 상황을 표기문자를 기준으로 소개할 때면 한문본과 국문본으로 양분하여 거론하는 것이 이런 관례를 입증한다.

그런데 〈설공찬전〉 국문본(국역본)은 어떤가? 분명히 우리 현실을 배경으로 우리 작가가 한문으로 창작한 것을 국문으로 번역한 것이다. 그러니 '국역소설'이나 '국역본소설'이라고 하면 중국소설의 번역물로 오해할 수가 있다. 그러한 오해는 이 이본에 대한 평가절하로 이어질 수 있다고 보아 필자는 애써 '국역소설' 또는 '국역본소설'이라는

16) 이복규, 설공찬전-주석과 관련자료(앞의 책), 34~35쪽.
17) 같은 책의 표지.
18) 김일렬, 고전소설신론(새문사, 1991), 43쪽.

표현을 삼가고 있는 것이다. '국역'이 아니라거나 '국역본'이 아니라서가 아니라, 분명히 한문을 '국역'한 이본이지만, '국역'의 의미가 다분히 중국소설의 번역소설에 한정해서 쓰고 있는 현실을 고려해 그런 것임을 다시금 강조해 둔다.

둘째, 현재 학계에서 고소설을 분류할 때 한문소설과 국문소설로만 구분하는 관례가 고소설의 존재양상을 이해하고 가치평가를 하는 데 과연 적절하고 충분한 것인가에 대하여 필자가 회의하고 있기 때문이다. 우리 소설을 한문소설과 국문소설로 구분하는 것은 충분히 가능하고 필요한 일이다. 창작 당시의 표기문자를 가지고 명쾌하게 분류할 수 있기 때문이다. 그런데 이렇게 구분하고 마는 것은 마치 우리 문학을 한문문학과 국문문학으로 이원화하여 다루는 데 따른 두 가지 문제점을 그대로 노출할 가능성을 안고 있다.

그 문제점 중의 하나는 양자를 배타적이고 대립적인 관계로 보게 하는 것이고, 다른 하나는 한문소설은 귀족적, 양반적인 것이고 국문소설을 서민적, 민중적인 것으로 단정짓게 하는 것이다.[19] 하지만 그것은 어디까지나 연구자들의 희망사항일 뿐이고 논리적 당위일 따름이지, 고소설 작품의 실제는 그렇지만도 않다.

한문으로 창작된 소설이 국문으로, 국문으로 창작된 소설이 한문으로 바뀌는 사례가 빈번하였다는 사실이 밝혀져 있고 새로 드러나

---

19) 한문문학과 국문문학의 관계에 대해 우리가 가질 수 있는 두 가지 편견에 대해서는 임형택, 「한국문학에 있어서 국문문학과 한문문학의 관련이 갖는 역사적 의미」, 『한국문학에 있어서 국문문학과 한문문학의 관련양상』(한국고전문학회 · 한국한문학회 공동주최 1998년도 전국학술대회 발표집), 8~9쪽에 자세히 거론했는데, 필자는 이에 전적으로 동감이며 고소설에도 해당하는 입론이라 생각하여 적용해 보았다.

고 있기 때문이다. 16세기 초에 지어진 채수의 〈설공찬전〉이 창작과 동시에 국역되어 유포된 것은 물론, 17세기에서 18세기 초엽에 이르러, 〈주생전〉 · 〈운영전〉 · 〈강로전〉 등 16세기 말에서 17세기 초에 창작된 한문소설들의 국역, 17세기 후반에 창작된 〈창선감의록〉 · 〈사씨남정기〉 · 〈설소저전〉 등의 국문소설이 한역된 것[20]이 그 사례이다. 〈구운몽〉에 국문본과 한문본이 거의 같은 비중으로 공존하는 것도 한문소설과 국문소설의 상호전환이 매우 활발하였던 사정을 증거하고 있다. 국문과 한문이라는 표기수단은 절대적인 것이 아니며, 독자의 요구에 호응해서 수시로 전환이 가능했음[21]을 보여준 것이 문학사의 실상이라 하겠다.

이런 사정을 고려하고 보면, 고소설의 유형을 표기문자에 따라 분류할 때 그 원작의 표기문자만 가지고 구분하는 것이 얼마나 조심스럽고 제한적인 의미만 지니는지 절감하게 된다. 솔직히 말해 우리 고소설, 특히 초기 소설 가운데 그 원작(원전)의 표기문자가 무엇이었는지 미상인 경우가 허다한 실정이고 보면, 섣불리 한문소설이니 국문소설로 규정하는 것 자체가 만만치 않은 게 사실이다.

예컨대 〈임경업전〉도 그 원전이 전하지 않으므로 과연 그게 한문소설인지 국문소설인지 명백하게 규명하기 어려운 실정이다. 이윤석 교수는 한문소설로 출발했다 하고 필자는 국문소설로 출발했을 가능성이 높다 하여 의견이 대립되어 있다.[22] 〈홍길동전〉도 그렇고 〈구운몽〉도 원작의 표기문자 문제를 놓고 논란이 끊이지 않고 있는 게 우리 현

20) 박희병, 「한문소설과 국문소설의 관련양상」, 같은 책, 11쪽 참조.
21) 임형택, 앞의 글, 8~9쪽.
22) 이윤석, 임경업전 연구(정음사, 1985), 이복규, 임경업전연구(집문당, 1993) 참조.

실이다. 〈사씨남정기〉도 국문소설이라지만 김만중의 원작은 전하지 않고, 종손 김춘택이 한역(漢譯)한 것을 다시 국문으로 번역한 것(국문본)들이 현전할 따름이다.

이 점을 우리가 솔직하게 인정한다면, "원작이 국문인가 한문인가의 여부가 중요하지 않다고는 할 수 없지만, 이 문제에 지나치게 집착할 필요 역시 없는 게 아닌가 생각된다"[23]는 박희병 교수의 지적은 충분히 공감이 가는 발언이다.

그렇다면 원작의 표기문자에만 집착하던 병폐로부터 헤어날 수 있는 대안은 무엇일까? 필자 생각으로는 원작의 파생본들, 즉 이본들의 표기문자에 주목하는 것이라고 본다. 원작의 표기문자를 살펴 한문소설과 국문소설로 구분하는 것처럼, 이본의 표기문자를 살펴 한문본소설과 국문본소설로 구분하는 유형분류도 적극 검토하자는 생각이다. 그런 구상하에서 필자가 〈설공찬전〉 국문본을 '국문표기 소설' 또는 '국문본소설'로 부르고 있다는 사정을 헤아려 주었으면 좋겠다.

원래는 한문소설로 사대부 계층만이 수용할 수 있던 〈설공찬전〉이 민간에까지 광범위하게 유통될 수 있었던 것은 그 표기문자를 국문으로 바꾸었기에 비로소 가능했다고 보아야 한다. 이것이 사실이라면, 어쩌면 이행기 또는 근대를 대표하는 산문장르인 소설로서의 구실을 제대로 수행한 것은 원작 한문표기 〈설공찬전〉이 아니라 이본인 국문(한글)표기 〈설공찬전〉이다. 그 중요성을 드러내기 위해서는 '국문본소설' 또는 '국문표기소설'이란 표현이 따로 필요하다고 필자는 생각한다.

---

23) 박희병, 「한문소설과 국문소설의 관련양상」, 같은 책, 12쪽.

셋째, 필자가 〈설공찬전〉 국문본을 '최초의 국문본소설' 또는 '최초의 한글표기 소설'로 부르는 것은 결코 필자 혼자만의 생각도 처음 제기하는 주장도 아니다. 선배 학자들 가운데에는 훈민정음 창제와 최초의 국문소설로 알려진 허균의 〈홍길동전〉 사이에는 170여 년의 공백이 있다는 데 의문을 가지고, 그 이전에 나온 한문서사물의 언해본을 '넓은 의미의 국문소설'로 규정하는 견해를 제기한 바 있기 때문이다.

예컨대 사재동 교수는 세종 · 세조 대의 국문불서류에 실린 〈안락국태자전〉이나 〈목련전〉 등을 (형성기) '국문소설'[24]로 규정하고 있으며, 황패강 교수는 명종 때의 승려 보우의 〈왕랑반혼전〉 국문본을 '최고(最古)의 국문소설'[25]로 규정한 바 있다. 학계의 반응을 보면, 이들이 국내 창작물이 아닌데다 소설로 볼 수 없기에 인정하기 어렵다[26]는 것이 중론임을 알 수 있으나 여전히 고소설 논저 중에는 이들 작품을 포함시켜 다루는 경우가 많다.

그런데 〈설공찬전〉은 어떤가? 분명히 원작이 우리 작가의 손으로 창작되었으며, 소설임이 분명하다. 그러므로 불경언해류까지를 국문소설로 인정하는 견해에서 본다면, 〈설공찬전〉 국문본은 자격 요건을 확실하게 갖추고 있는 국문소설인 셈이다. 하지만 필자는 〈설공찬전〉 국문본을 최초의 '국문소설'이라고까지 주장할 생각은 없다.[27] 국문번

24) 사재동, 불교계 국문소설의 연구(중앙문화사, 1994), 8쪽 참조.

25) 황패강, 한국서사문학연구(단국대출판부, 1972), 262쪽.

26) 그 한 예로 조희웅, 이야기문학 모꼬지(박이정출판사, 1995), 47~50쪽의 논의를 들 수 있다.

27) 각주 2번의 주에도 밝혔듯이 최근 황패강 교수나 김종철 교수는 이 이본의 가치를 평가하면서 '국문소설'이란 용어를 적용하고 있다.

역본까지를 포함하는 '넓은 의미의 국문소설'이란 개념을 상정할 경우, 거기에는 해당하지만, 일반적으로 생각하는 '좁은 의미의 국문소설(원작이 국문창작인 소설)'의 범위에는 들어갈 수 없는 게 분명하기 때문이다. '국문소설'이라고 할 경우 '좁은 의미의 국문소설'을 머리에 떠올리는 것이 상례이므로 자칫 혼선을 빚을 수 있다고 보아서이다.

하지만 이 이본이 좁은 의미의 '국문소설'은 아니지만 그 존재양태(표기문자의 양상) 면에서, 또한 수용자 계층의 변화를 초래하고 영향력을 행사한 기능 면에서 '한문소설'과 구별되면서 '국문소설'로서의 기능을 발휘한 것이 확실하기에 그 절충적인 표현으로서 '최초의 국문본소설'이나 '최초의 한글표기 소설'이라고 부를 수 있고 그럴 필요가 있다고 생각한다.[28] 한편 이 표현에는 향후 고소설 학계에서 원작중심주의에서 이본중심주의로, 작자(생산자)중심주의에서 독자(수용자)중심주의로, 창작과정중심주의에서 유통(전달 · 수용)과정중심주의로 관심의 무게중심을 전환하거나 확대하는 것이 좀더 고소설의 실제와 부합하면서 생산적인 결과를 도출할 수 있는 길이라는 필자 나름의 확신과 희망이 강하게 반영되어 있다는 것을 고려해 주었으면 좋겠다.

---

28) 다시금 강조하거니와 그렇다고 필자가 〈설공찬전〉 국문본을 '국역본'으로 인정하지 않는 것은 아니다. 원작이 한문 표기였던 것을 국문으로 번역한 '국역본'인 것을 인정하지만, 수용자들에게 '국문소설'로서의 구실을 충분히 수행하였고, '좁은 의미의 국문소설'을 출현시키는 직접적인 자극과 토대가 되었음을 표나게 하고 싶어서 '국역본'이란 말을 가능한 기피하고 있을 따름이다.

5. 맺음말

필자의 연구 결과를 두고 제기된 몇 가지 반론에 대하여 필자로서 책임을 느껴 답변을 해보았다. 변변치 못한 글을 읽고 꼼꼼하게 비판해 준 논자에게 고마운 마음이며, 그 덕분에 그 동안 간과했던 문제에 대하여 다시금 생각을 정리할 기회를 가져, 학문은 비판과 논쟁을 통해 발전한다는 사실을 비로소 절실하게 느꼈다. 필자는 난생 처음 이런 성격의 글을 쓰면서 많은 생각을 하였다. 그 가운데에서 다음 두 가지 사항을 지적하면서 글을 마무리하고자 한다.

첫째, 고소설 연구에서 국어학과의 제휴가 꼭 필요하다는 사실에 대해서이다. 고소설 학계의 숙제 중의 숙제가 고소설사의 편년 문제인데 이를 해결하기 위해서는 원작의 창작연대와 이본의 필사 · 인쇄 연대를 밝히는 일이 선결되어야 한다. 그런데 작자가 알려진 소수 작품 외에는 연대를 알아내기가 여간 어렵지 않다. 이를 해결하기 위해서는 국어학자들의 도움이 절대적으로 필요하다.

필자 역시 혼자 애를 쓰다가 몇몇 국어학자의 도움을 받고서야 이 문제를 풀 수 있었다. 국어학자들과 만나기 전에는 필자도 여러 가지 선입견을 가지고 있었던 게 사실이다. 필사본 자료와 인쇄본 자료간에는 차이가 많을 것이라는 생각이 그 대표적인 경우이다. 국어학 쪽에서는 상식화한 사실도 전혀 모른 채 암중모색하였다는 자괴감도 종종 느낄 수 있었다.

국어학자들도 여타 문헌에서는 찾아볼 수 없는 어휘나 표현을 발견할 수 있으므로, 고소설 자료를 국어학 연구 대상에 포함하는 것이 일방적인 시혜만은 아니라고 생각한다. 최근들어 서울대 대학원을 중심으로 국어학 전공자들이 고소설 자료집에 관심을 가지는 것으로 알고 있는데 다행한 일이며 앞으로 그 성과가 기대된다.

둘째, 우리 고소설 학계에서 사용하고 있는 용어를 두고 학자들 간에 합의가 이루어져야 할 필요성에 대해서이다. 예컨대 '국문소설'이란 용어를 사용할 때 그것은 다분히 작자 또는 원작 중심주의에서 만들어진 용어이다.

하지만 적어도 초기 소설의 경우 그 원작의 표기문자를 확인할 수 없거나, 원작이 전하지 않는 작품이 대부분인 것을 고려한다면, 언제까지나 거기 명분이나 논리에 집착해 실제 작품의 존재양상과 괴리를 보이는 그 용어를 그대로 써야할지 곰곰이 따져볼 필요가 있다. 지금 형편으로는 차라리 이본과 수용자를 강조하는 의미에서 '국문본' 또는 '국문본소설'에 더 비중을 두어 '국문소설'의 실체에 접근하는 것이 더 타당하지 않을까 생각한다. 이 문제에 대해서는 VI장에서 다시 자세하게 논하기로 하겠다.

Ⅳ

새로 발굴한 5종 국문본소설의 필사 시기

1. 머리말

필자는 이미 『묵재일기』 제3책[1546~1547년]의 이면에 적혀 있던 다섯 편의 국문본소설 작품에 해설을 붙이고 주석을 달아 출간한 바 있다.[1] 〈설공찬전〉과 〈주생전〉의 국문본을 비롯하여 〈왕시전〉[2] · 〈왕시봉전〉 · 〈비군전〉 등의 국문본이 그것이다.[3] 필자는 이들의 필사시

1) 이복규, 설공찬전(서울: 시인사, 1997); 초기 국문 · 국문본소설(서울: 박이정, 1998).

2) '왕시'가 여성 주인공이므로 '왕씨(王氏)'로 해독해 작품명을 〈왕씨전〉이라고 볼 수도 있다. 하지만 〈비군전〉의 경우 여성 주인공인데도 '원비군'이란 이름을 노출하여 〈비군전〉으로 제목을 삼고 있으므로 원전 표기 그대로 '왕시전'이라 명명한다.

3) 필자의 저서가 나온 이후, 이들 세 작품 가운데 〈왕시봉전〉이 중국 희곡 〈형차기(荊釵記)〉의 번역임이 밝혀졌다(박재연, 「왕시봉뎐, 중국희곡 형차기의 번역」, 중국학논총 7, 서울, 한국중국문화학회, 1998, 1~20쪽 및 왕시봉뎐 형차기(아산: 선문대학교 중한번역문헌연구소, 1999) 참조). 하지만 번역이라는 이유로 이 국역본의 가치를 폄하할 필요는 없다고 생각한다. 창작이든 번역이든 국문으로 표기되어 유통

기를 17세기 전반으로 추정해, 그 동안 초기소설로 알려진 〈홍길동전〉의 위상이 흔들릴 경우 이를 대체할 수 있는 '초기' 국문 · 국문본[국역본] 소설들이라고 평가하였다.

하지만 사안의 중대성에 비추어 볼 때 이같은 필사시기 추정은 불충분한 것이었다. 오직 '가' 주격조사가 등장하지 않는다는 점만 그 증거로 제시하면서 이들을 17세기 전반기에 필사한 자료라고 주장하였는데 무리였다. 그러다 보니 훨씬 후대의 소산일 수도 있다는 반론[4]도 즉각 제기된 바 있다.

이 글에서는 바로 그 점에 대하여 책임을 통감한 나머지 이들 작품의 필사연대를 책임 있게 다루어 기존의 견해를 수정하고자 한다. 그런데 소설 자료의 필사연대 추정에서 핵심을 이루는 것은 표기법 분석이고 이는 어디까지나 국어학적인 소양이 필요한 일이다. 필자로서는 감당하기 어려워 근대국어 전공자인 연세대 홍윤표 교수에게 그 부분에 대해 의뢰하여 도움을 받았다. 다음에 제시하는 국어학적 분석 결과는 대부분 홍 교수의 견해를 따른 것이다.[5] 이를 바탕으로 연

되었다는 점에서, 초기 국문소설의 역사에서 여전히 중요한 의의를 지닌다고 판단하기 때문이다. 더욱이 희곡을 소설화한 것이므로, 유사한 사례들을 모아 그 의미와 의의에 대하여 앞으로 상론할 필요가 있다.

4) 소인호, 「설공찬전 재론」, 어문논집37(안암어문학회, 1998), 50쪽. 〈설공찬전〉 국문본만을 대상으로 한 이 반론에 대한 필자의 해명은 이복규, 「설공찬전 국문본을 둘러싼 몇 가지 의문에 대한 답변」, 온지논총 4(서울: 온지학회, 1998), 127~148쪽에서 이미 개진하였다.

5) 홍윤표 교수의 견해는 필자에게 보내준 검토 보고서 및 한국정신문화연구원 부설 한국학대학원 박사과정 1985년 '원전주해연습' 강의 노우트에 나타난 것을 참조하였다. 일부 항목에서 염광호와 이명규 교수의 논저도 인용했으나 대부분 홍 교수의 견해와 일치하였음을 밝혀 둔다. 바쁜 가운데에서도 친절하게 도와준 홍 교수께 이 지면을 빌어 거듭 감사한다.

대를 추정하고 그 결과가 시사하는 소설사적 의미에 대하여 소견을 피력하고자 한다.

2. 묵재일기 소재 국문본소설의 필사연대 추정

『묵재일기』 소재 국문본소설의 표기상의 특징은 무엇이며 그에 따른 필사 시기 범위는 어떻게 규정할 수 있을까? 주요 징표별로 그 결과를 제시하면 다음과 같다.

분석 결과를 보이기에 앞서 밝혀둘 것은 여러 가지 정황으로 보아, 이들 소설 자료가 『묵재일기』[1535~1567년 2월 16일]가 씌어진 이후 누군가가 그 일기의 접힌 부분을 째고 그 이면마다에 적은 것이 분명하므로, 소설의 필사 시기는 아무리 빨라도 1567년 2월 16일보다는 앞설 수 없다는 사실이다. 따라서 국어학적인 분석 결과 중에서도 1567년 이후의 하한 연대 추정에 의미있는 사항만을 중점적으로 보이기로 한다.

1) 묵재일기 소재 국문본소설의 표기 양상

(1) '홀룬'(하루는)이란 고형과 함께 '홀눈'이라는 새로운 표기도 보인다. '홀눈'이란 표기는 17세기 초부터 보이기 시작하는 것이다. 이것은 소위 'ㄹ-ㄹ' 표기가 'ㄹ-ㄴ'표기로 나타나는 것이다. 따라서 이 문

헌은 17세기초 이후의 자료이다.

홀ᄅᆞᆫ(설[6],7) 홀ᄅᆞᆫ(설,12) 홀ᄅᆞᆫ(왕,6) 홀ᄅᆞᆫ(비,3) 홀ᄅᆞᆫ(주,2)
홀ᄂᆞᆫ(설,2) 홀ᄂᆞᆫ(왕,2) 홀ᄂᆞᆫ(왕2) 홀ᄂᆞᆫ(왕,4)

〈참고자료〉
떠나디 아니ᄒᆞ더니. 홀ᄂᆞᆫ 버 미 와 아기를 므 〈東新續烈[7]:11b〉
쏘 시묘 삼 년 ᄒᆞ다 홀ᄂᆞᆫ 들희 블이 쟝ᄎᆞᆫ 시묘막 〈東新孝2,84b〉

(2) 이 문헌은 명사와 조사간에, 그리고 부사형 접미사 '-이' 사이의 표기가 주로 분철 표기로 나타나며, 용언 어간과 어미 사이에는 주로 연철 표기로 나타난다[분철표기도 보임]. 그 예를 보이면 다음과 같다. 그런데 이러한 현상은 17세기 중반 이후에 나타나는 현상이다.

① 어말 자음 ㄱ의 분철 표기

〈명사 + 조사〉
남벅의〈설,13〉 녜악을〈설,11〉 단월국이라〈설,8〉

---

6) 이하에서 사용하는 작품명의 약칭은 각각 다음과 같다.
설: 설공찬전, 왕: 왕시전, 봉: 왕시봉전, 비: 비군전, 주: 주생전
7) 이하 국어학 참고문헌의 약호와 간행연도는 다음과 같다.
家禮 : 家禮諺解(1632년)
馬經 : 馬經抄集諺解(1682년)
병와 : 병와가곡집(18세기)
呂鄉諺 : 呂氏鄉約諺解(1518년)
牛馬 : 牛馬羊猪染疫病治療方(1541년)
二倫初 : 二倫行實圖 초간본(1518년)
捷解初 : 捷解新語 初刊本(1676년)
東新 : 東國新續三綱行實圖(1617년)
飜小 : 飜譯小學(1518년)
小學 : 小學諺解(1587년)
女訓 : 女訓諺解(1620-1630년 추정)
應進 : 注生延嗣妙應眞經諺解(1734년)
正俗 : 正俗諺解 初刊本(1518년)

도ᄌᆞᆨ을〈왕,8〉 도ᄌᆞᆨ이〈왕,6〉 도ᄌᆞᆨ이〈왕,7〉
디옥의〈설,10〉 명븩이〈봉,11〉 목이〈봉,6〉
븩벽의〈설,13〉 ᄉᆡᆨ이〈주,3〉 언약이〈봉,4〉
연약이〈봉,4〉 유희국의다가〈왕,11〉 일븩을〈왕,9〉
일븩을〈왕,9〉 일븩은〈왕,9〉 절ᄉᆡᆨ이니〈비,2〉
죠셕의〈설,1〉 ᄌᆞ식이야〈봉,16〉 ᄌᆞ석이로소니〈봉,13〉

〈부사어근 + 접미사 -이〉
긔특이〈설,8〉 이윽이〈설,7〉 이윽이〈왕,5〉
ᄌᆞ옥이〈왕,10〉

〈동사의 분철표기〉
먹으듸〈설,5〉 닥어〈왕,2〉

② 어말자음 ㄴ의 표기

〈명사 + 조사〉
가문읫〈설,1〉 갑ᄌᆞ년의〈설,1〉 공찬의〈설,5〉
공찬의〈설,5〉 공찬의〈설,5〉 공찬의〈설,6〉
공찬의〈설,7〉 공찬의게〈설,5〉 공찬이〈설,4〉
공찬이〈설,4〉 공찬이〈설,4〉 공찬이〈설,5〉
공찬이〈설,7〉 공찬이〈설,7〉 공찬이ᄅᆞᆯ〈설,4〉
관원을〈왕,10〉 관원을〈왕,10〉 관을〈왕,4〉
관을〈왕,6〉 굴광뎐은〈비,2〉 궁혼을〈비,3〉
권손의〈설,12〉 긔신이〈왕,10〉 긔운이〈설,3〉
긔운이〈설,5〉 긔운이〈왕,3〉 김셕산의손듸〈설,6〉

김셕산이ᄅᆞᆯ〈설,4〉
난간의〈주,6〉
남편이〈봉,14〉
낭군의〈주,3〉
냥반의〈봉,13〉
냥반이〈봉,20〉
녕혼이〈설,7〉
녕혼이〈설,7〉
단월국이라〈설,8〉
당인이〈봉,22〉
돈을〈왕,6〉
돈을〈왕,8〉
두견ᄋᆡ〈주,2〉
듸신의〈봉,22〉
명던을〈봉,14〉
반으로〈주,1〉
번쳔은〈주,6〉
변ᄋᆡ〈봉,18〉
병인년의〈설,1〉
분의〈봉,6〉
ᄇᆡᆨ년이라도〈봉,5〉
ᄇᆡᆨ단으로〈설,4〉
산이〈왕,12〉
삼촌이〈봉,6〉
샹인을〈주,7〉
셕산이〈설,4〉
셕산이〈설,6〉
셕산이ᄂᆞᆫ〈설,4〉
셕산이ᄅᆞᆯ〈설,7〉
션간의셔〈왕,8〉
션모관이라〈봉,17〉
션인이모로〈왕,12〉
션인이모로〈왕,12〉
셜공찬의〈설,1〉
셜공찬이〈설,1〉
셜공찬이오〈설,1〉
셜튱난의〈설,2〉
셜튱난이ᄂᆞᆫ〈설,1〉
소기ᄋᆞ온이〈설,4〉
소언권이〈봉,8〉
소여권이〈봉,9〉
손여권으로〈봉,4〉
손여권으로〈봉,4〉
손여권이〈봉,10〉
손여권이〈봉,10〉
손여권이ᄂᆞᆫ〈봉,10〉
손여권이ᄂᆞᆫ〈봉,10〉
손여권이라〈봉,2〉
손여권이라〈봉,2〉
손여권이라〈봉,3〉
손여권이라〈봉,3〉
손여권이ᄅᆞᆯ〈봉,4〉
손여권이ᄅᆞᆯ〈봉,4〉
손으로〈주,6〉
손을〈봉,10〉
손이〈봉,12〉
손이〈봉,22〉
손이〈설,13〉
손이며〈봉,21〉
숀여권이〈봉,8〉
숀여권이〈봉,8〉
숀여권이라〈봉,5〉
숀여권이라〈봉,5〉
숀이〈봉,5〉
숀이〈주,6〉
십오년이오〈봉,1〉
ᄯᅳᆫ이디위〈설,4〉
ᄯᅳᆫ이연뎡〈왕,6〉
야옥션이란〈주,6〉
언약이〈봉,4〉
연약이〈봉,4〉
연약ᄒᆞᆫ〈주,1〉
영혼을〈설,6〉
올ᄒᆞᆫ손으로〈설,5〉
왕언ᄋᆡ〈왕,1〉
왕판권이라〈봉,14〉
왼손으로〈설,5〉
원뎐이라〈비,4〉

원을〈봉,20〉 원을〈왕,10〉 원을〈왕,11〉
원을〈왕,6〉 원을〈왕,7〉 원의〈설,11〉
원이〈봉,14〉 원이〈봉,16〉 원이〈봉,18〉
원이〈봉,21〉 원이〈봉,21〉 원이〈왕,4〉
원이〈왕,6〉 원이〈왕,9〉 원이〈왕,9〉
원이라〈주,1〉 원젼이라〈비,1〉 윤ᄌᆞ신이와〈설,7〉
이번은〈봉,12〉 인간의〈비,3〉 인간의〈왕,8〉
인간ᄋᆡ〈왕,6〉 인간ᄋᆡ〈왕,7〉 일빅쳔을〈주,1〉
자븐이를〈왕,10〉 잔으로〈주,6〉 잠간이나〈설,10〉
젼공원의〈봉,22〉 젼공원이〈봉,10〉 젼공원이〈봉,11〉
젼공원이〈봉,2〉 젼공원이〈봉,3〉 젼공원이〈봉,4〉
젼공원이라〈봉,1〉 젼의〈봉,8〉 젼ᄋᆡ〈왕,8〉
경원을〈왕,10〉 쥬인의〈주,5〉 차환은〈주,4〉
척관이셔〈봉,22〉 침션이며〈왕,2〉 ᄎᆡ운젼이란〈주,5〉
태 관의〈주,1〉 태ᄒᆞᆨ관의〈주,1〉 튱신은〈봉,6〉
판권을〈봉,22〉 혼인호려〈봉,22〉 혼인ᄒᆞ야〈봉,7〉
홍관이란〈왕,2〉 화산으로〈왕,4〉 화산으로〈왕,6〉
화산으로〈왕,7〉 화산으로〈왕,8〉 화산의〈왕,10〉
화산ᄋᆡ〈왕,4〉 화화올산이려라〈왕,12〉 황혼ᄋᆞᆯ〈주,5〉

③ 어간말음 ㄹ의 표기

글을〈비,2〉 글을〈설,2〉 글을〈주,1〉
글을〈주,3〉 글을〈주,4〉 글을〈주,5〉
글을〈주,5〉 글을〈주,6〉 글의〈주,3〉
글의〈주,4〉 글이〈주,3〉 긔별을〈설,8〉

긔별이나〈왕,6〉 눈믈을〈주,3〉 눉믈을〈설,7〉
ᄂᆞ일은〈봉,12〉 대궐ᄋᆡ〈왕,6〉 뎔의〈봉,17〉
듣글이〈주,1〉 ᄃᆞᆯ이〈주,2〉 ᄃᆞᆯ이〈주,2〉
말을〈설,10〉 말을〈설,13〉 말을〈설,4〉
말을〈설,8〉 말을〈왕,12〉 말이〈봉,7〉
말이〈설,7〉 말이나〈왕,6〉 믈의〈봉,13〉
믈의〈봉,13〉 믈의〈봉,23〉 믈의〈주,3〉
벼ᄉᆞᆯ을〈주,7〉 별실의〈주,4〉 봄ᄃᆞᆯ이〈주,3〉
ᄇᆡ필을〈주,4〉 ᄉᆞ셜을 〈봉,13〉 ᄯᆞᆯ이〈비,2〉
ᄯᆞᆯ이〈설,1〉 아ᄃᆞᆯ을〈봉,15〉 아ᄃᆞᆯ을〈비,3〉
아ᄃᆞᆯ이〈비,3〉 아ᄃᆞᆯ이〈비,3〉 얼굴이〈설,7〉
일이〈비,2〉 젼실의〈봉,1〉 줄을〈설,3〉
ᄌᆞ식ᄃᆞᆯ이〈왕,12〉

〈부사 어근 + 접미사 -이〉
각별이〈설,11〉

④ 어간말음 ㅁ의 표기

공팀의〈설,5〉 공팀의〈설,5〉 공팀의〈설,6〉
공팀의〈설,6〉 공팀이〈설,3〉 공팀이〈설,7〉
공팀이〈설,7〉 공팀이ᄃᆞ려〈설,3〉 공팀이ᄅᆞᆯ〈설,4〉
공팀이오〈설,2〉 구ᄅᆞᆷ이〈왕,10〉 구ᄅᆞᆷ이〈왕,5〉
그러홈을〈주,4〉 놈을〈봉,4〉 놈이〈봉,4〉
놈이〈왕,11〉 누님이〈봉,3〉 누으님을〈설,9〉
님금이〈설,10〉 님금이라도〈설,10〉 님을〈봉,6〉

ᄂᆞᆷ의〈설,11〉 ᄃᆞᆼ님금이라도〈설,11〉 말ᄉᆞᆷ을〈설,6〉
말ᄉᆞᆷ이라〈설,12〉 모ᄅᆞᆷ애〈왕,5〉 몸의〈왕,5〉
몸이리도〈설,10〉 몸이야〈설,4〉 문덤의〈설,5〉
ᄆᆞᄋᆞᆷ으로〈봉,12〉 ᄆᆞᄋᆞᆷ을〈왕,3〉 ᄆᆞᄋᆞᆷ의〈봉,6〉
ᄆᆞᄋᆞᆷ의〈주,2〉 ᄆᆞᄋᆞᆷ의〈주,5〉 ᄆᆞᄋᆞᆷ이〈왕,3〉
밤이〈주,5〉 볌이〈왕,6〉 볌이〈왕,6〉
볌이〈왕,7〉 볌이〈왕,7〉 볌이〈왕,8〉
봄이 〈주,4〉 ᄇᆞ람을〈주,2〉 ᄇᆞ람이〈주,3〉
ᄇᆞᄅᆞᆷ이〈왕,5〉 사람이러니〈왕,2〉 사ᄅᆞᆷ은〈봉,7〉
사ᄅᆞᆷ을〈봉,3〉 사ᄅᆞᆷ을〈봉,5〉 사ᄅᆞᆷ을〈설,13〉
사ᄅᆞᆷ을〈왕,6〉 사ᄅᆞᆷ을〈왕,7〉 사ᄅᆞᆷ을〈왕,8〉
사ᄅᆞᆷ의〈주,3〉 사ᄅᆞᆷ의〈주,5〉 사ᄅᆞᆷ이〈봉,11〉
사ᄅᆞᆷ이〈봉,13〉 사ᄅᆞᆷ이〈봉,13〉 사ᄅᆞᆷ이〈봉,14〉
사ᄅᆞᆷ이〈봉,4〉 사ᄅᆞᆷ이〈비,3〉 사ᄅᆞᆷ이〈설,11〉
사ᄅᆞᆷ이〈설,13〉 사ᄅᆞᆷ이〈설,6〉 사ᄅᆞᆷ이〈설,8〉
사ᄅᆞᆷ이〈설,9〉 사ᄅᆞᆷ이〈왕,5〉 사ᄅᆞᆷ이〈왕,5〉
사ᄅᆞᆷ이〈왕,6〉 사ᄅᆞᆷ이〈왕,9〉 사ᄅᆞᆷ이〈주,1〉
사ᄅᆞᆷ이〈주,3〉 사ᄅᆞᆷ이〈주,4〉 사ᄅᆞᆷ이고〈왕,9〉
사ᄅᆞᆷ이라〈설,10〉 사ᄅᆞᆷ이라〈설,8〉 사ᄅᆞᆷ이라〈주,6〉
사ᄅᆞᆷ이러니〈설,12〉 사ᄅᆞᆷ이며〈왕,8〉 사ᄅᆞᆷ이면〈설,10〉
사ᄅᆞᆷ이면〈설,10〉 사ᄅᆞᆷ일ᄉᆡ〈왕,6〉 사ᄅᆞᆷ일ᄉᆡ〈왕,7〉
샤님을〈봉,6〉 션하라바님이〈왕,6〉 셤의〈주,6〉
소임이나〈설,10〉 신사ᄅᆞᆷ이로다〈봉,13〉 ᄉᆞᄅᆞᆷ이라〈설,1〉
숢을〈왕,5〉 숢이〈주,6〉 숢ᄋᆡ〈왕,6〉
ᄯᆞ님이〈봉,16〉 아바님이〈봉,5〉 아바님이〈봉,5〉
아바님이〈봉,7〉 아바님이〈봉,7〉 아바님이〈설,2〉

아바님이〈설,6〉 아바님이〈설,7〉 아ᄌᆞ마님이〈봉,5〉
아ᄌᆞ바님이〈설,4〉 아ᄎᆞᆷ의〈주,3〉 어마님은〈봉,23〉
어마님이〈봉,2〉 오라바님이〈봉,11〉 옥사ᄅᆞᆷ이〈주,6〉
우ᄅᆞᆷ을〈봉,14〉 위엄이〈설,11〉 은금을〈봉,5〉
웃듬이라〈주,3〉 이놈을〈봉,8〉 이놈을〈봉,9〉
이심을〈주,3〉 일홈은〈봉,1〉 일홈은〈비,3〉
일홈은〈설,2〉 일홈은〈설,2〉 일홈은〈설,2〉
일홈은〈설,8〉 일홈은〈설,9〉 일홈은〈왕,1〉
일홈은〈주,1〉 일홈을〈봉,6〉 일홈이〈설,1〉
일홈이〈왕,12〉 조오롬을〈주,2〉 쥬렴을〈주,3〉
처엄의〈봉,11〉 처엄의〈봉,15〉 처엄의〈봉,7〉
홈이〈비,4〉

〈동사 어간 내부의 분철 표기〉

가ᄋᆞᆷ여더니〈설,1〉 ᄀᆞᄋᆞᆷ아ᄂᆞᆫ〈설,9〉 삼으려〈왕,2〉
가ᄋᆞᆷ연〈봉,4〉 가ᄋᆞᆷ열면〈봉,8〉

⑤ 어간말음 ㅂ의 표기

겨집은〈설,4〉 겨집이〈봉,13〉 겨집이〈설,3〉
겨집이〈주,3〉 겨집이모로〈설,4〉 밥을〈설,5〉
밥을〈설,5〉 열아홉인졔〈왕,2〉 이십이〈봉,2〉
입을〈설,4〉 제법을〈설,1〉 져집을〈봉,9〉
집의〈봉,10〉 집의〈봉,12〉 집의〈봉,4〉
집의〈봉,7〉 집의〈봉,9〉 집의〈주,3〉
집의〈주,4〉 집의셔〈봉,3〉 집의셔〈봉,6〉

집의셔〈설,3〉　　집의셔다〈봉,6〉　　집이〈봉,2〉
집이〈주,6〉　　집ᄋᆡ〈설,2〉　　쳡이〈주,6〉
쳡이 〈주,7〉

⑥ ㅅ의 분철 표기

귓귓애〈설,4〉

(3) 이 문헌은 명사와 조사 간에, 소위 중철 표기가 간혹 나타난다. 이러한 현상은 16세기 이후부터 18세기 중반까지 나타나는 현상이다. 따라서 이 문헌은 16세기 이후 18세기 중반 이전에 필사된 것이다.

〈명사 + 조사〉
벼ᄉᆞᆯ리〈봉,19〉　　복건긔〈봉,24〉　　셜움ᄆᆞᆯ〈봉,15〉
옷시〈설,5〉　　집븨〈봉,7〉　　독긔〈봉,19〉
두던ᄂᆡ〈주,3〉

〈동사 어간 내부〉
가음며니ᄂᆞᆫ〈봉,5〉　　갑ᄑᆞ려뇨〈봉,24〉　　놉파〈비,3〉
만늬〈왕,8〉　　무ᄅᆞᆫ니〈봉,10〉　　모ᄃᆞᆫ니〈설,9〉

(4) 이들 자료에는, 특히 〈왕시봉뎐〉에는 '-링이다'와 '링잇가'와 같은 어미가 사용되고 있다. 이 두 가지 어미 형태는 16세기초부터 17세기말까지만 사용된 어미이다.[8] 따라서 이 문헌은 16세기 이후 17세기

8) 염광호, 종결어미의 통시적 연구(서울: 박이정, 1997), 319쪽 참조.

말 사이에 필사된 문헌이다.

〈-링이다〉

ᄡᆞ로시면 아ᄌᆞ바님 혜용을 변화호링이다 ᄒᆞ고 공팀의 ᄉᆞ시ᄅᆞᆯ 왜혀고 눈을 〈설,6〉

사ᄅᆞᆷ이 되라 ᄒᆞ셔도 ᄒᆞᆫ티 아니 ᄒᆞ링이다 도ᄉᆡ 닐오ᄃᆡ 네 안해 대궐ᄋᆡ 드 〈왕,6〉

ㅁ 금은을 수업시 사하 두고 살ᄂᆞ닝이다 ᄆᆞ양 ᄂᆡ 집의 와 오라바님 사회 되 〈봉,4〉

대로 ᄒᆞ데 다ᄅᆞᆫ 말로ᄂᆞᆫ ᄎᆞᆺ디 아니호링이다 튱신은 두 님을 아니 셤기고 녈려 〈봉,6〉

처엄의 부귀ᄒᆞ다가도 내죵애 가난ᄒᆞ닝이다 고ᄒᆞ니 아바님이 닐오ᄃᆡ 내 ᄃᆞᆯ의 〈봉,7〉

다 요쥐 갈졔랑 어마님만 뫼ᄋᆞ와 가링이다 안해란 다ᄅᆞᆫ 사ᄅᆞᆷ 조차 살라 ᄒᆞ쇼 〈봉,10〉

야 예셔 내 ᄉᆞ노다 그리ᄒᆞ얏ᄂᆞ닝이다 비록 제 정승의계 댱가ᄅᆞᆯ 들디라 〈봉,12〉

의계 댱가ᄅᆞᆯ 들디라도 나ᄂᆞᆫ 슈졀호링이다 계뫼 ᄀᆞᆯ오ᄃᆡ 엇더 슈졀고 이번은 〈봉,12〉

아ᄆᆞ리나 ᄒᆞ쇼셔 니ᄅᆞ시ᄂᆞᆫ 대로 호링이다 ᄒᆞ고 뫼옥 ᄀᆞᆷ고 단장ᄒᆞ고 잇더니 〈봉,12〉

아ᄋᆞ려 ᄒᆞ시면 이졔 도로 ᄆᆞ릐 바디링이다 ᄒᆞ여ᄂᆞᆯ 권타가 못ᄒᆞ니라 왕시봉도 〈봉,17〉

〈-링잇가〉

옵ᄃᆡ 도로 내여 살고져 ᄒᆞ기야 ᄇᆞ라링잇가 나와 ᄒᆞᆯᄅᆞᆫ만 보아 셔르

말이나 ᄒᆞ 〈왕,6〉

발궐호듸 지비 두 들 걸이니 엇디ᄒᆞ링잇가 ㅁㅁ도식 사룸 블려 니르듸 유령 〈왕,9〉

듬ᄒᆞᄂᆞ 엇디 그리 가난ᄒᆞᆫ 놈을 ᄒᆞ링잇가 이제 젯 도로 보내고 마지 ᄒᆞ여도 〈봉,4〉

무려 보아 당신ᄂᆡ 말로 가디 내 아 링잇가 누위 내가 무려 보마 ᄒᆞ고 그 쳐녀 〈봉,5〉

명ᄒᆞ야 겨시거든 엇디 다 른 쓰들 두링잇가 ᄒᆞ니 그 아ᄌᆞ마님이 닐오듸 그련 〈봉,5〉

ᄂᆞᆫ 엇디 다른 쁘들 두실 즈리 이시링잇가 아바님 ᄒᆞ시ᄂᆞᆫ 대로 ᄒᆞ데 다른 말 〈봉,6〉

니 내 엇디 두 남진 ᄒᆞᄂᆞᆫ 일홈을 두링잇가 출하리 목이나 믜야 즈그리라 ᄒᆞ 〈봉,6〉

나모 빈혀ᄅᆞᆯ 본듸시 ᄆᆡ양 푸 머 자링잇가 내 주거도 ᄇᆞ리디 아니러 ᄒᆞ노이 〈봉,20〉

〈참고자료〉

〈ㆁ이다〉

冠과 ᄯᅴ ᄠᅵ지거든 짓믈 빠 시서징이다 請ᄒᆞ며 옷과 치매 ᄠᅵ지거든 짓 〈小學2,007b〉

이 ᄠᅵ 지거든 ᄌᆡᄅᆞᆯ 무텨 셰답ᄒᆞ야징이다 請ᄒᆞ며. 舅姑의 니ᄅᆞ신 이ᄅᆞᆯ 감 〈女訓下,4a〉

의 두 셩 아니 셤기ᄂᆞᆫ 쁘들 일워징이다 공경대왕이 보내시 고 그 지블 〈東新三忠:5b〉

셜이 너겨 病이 더 重ᄒᆞᆯ까 너기ᄋᆞᆸᄂᆡᆼ이다. 封進宴을 수이 ᄒᆞ올 쩌시니

그 〈捷解初2,5a〉

면 ᄉᆞ계애 열이 막히ᄂᆞᆫ 병이 업ᄂᆞ닝이다 목공이 ᄀᆞᆯ 오ᄃᆡ 사ᄅᆞᆷ과 ᄆᆞᆯ이서 〈馬經上,50a〉

〈ㆁ잇가〉

可히 두 번 남진 븓트리잇가 말링잇가 ᄀᆞᆯᄋᆞ샤ᄃᆡ 오직 이 後世예 치우 〈小學5,067b〉

ᄌᆞ식 이 엇디 ᄎᆞᆷ아 아바님을 ᄇᆞ리링잇가 다만 맛당히 ᄒᆞᆫ가지로 주글ᄯᆞ 〈東新孝6,8b〉

ᄒᆞᆯ 일도 잇ᄉᆞ올 써시니 아니 뵈오링잇가 巡杯ᄂᆞᆫ 디낫삽거니와 처음으로 〈捷解初2,6a〉

(5) 어두 합용병서 및 각자병서의 표기는 ㅅ계 합용병서와 ㅂ계 합용병서가 사용되었다. 그러나 ㅴ이나 ㅵ이 사용되지 않고 'ㅺ', 'ㅼ'으로 표기하고 있다. 그리고 각자병서로는 ㅃ만이 사용되고 있다. 이로 볼 때, ㅴ과 ㅵ 이 사라진 17세기 중반 이후의 필사로 볼 수 있으며, 특히 ㅆ의 표기로 보아서 17세기 초기부터 17세기말의 표기로 보인다. 특히 'ᄢᅢ'(時)가 'ᄣᅢ'로 나타나고 있고, 'ᄠᅳᆮ'(意)이 'ᄯᅳᆺ'으로도 나타나고 있어서 17세기 이후의 필사이다. ㅆ은 17세기 초의 한 문헌(『가례언해』)에 한 예가 보이고 17세기 말부터 본격적으로 나타나기 시작하고 있으므로, 이 문헌은 빨라야 17세기 초(그러나 가능성이 희박하다. 왜냐하면 그 예가 하나밖에 없기 때문이다), 아니면 17세기 말 이후의 기록으로 볼 수박에 없다.

① ㅺ

관원ᄭᅴ〈왕,10〉	길ᄭᆡ이고〈왕,12〉	누의님ᄭᅴ〈봉,2〉
도ᄉᆞᄭᅴ〈왕,10〉	도ᄉᆞᄭᅴ〈왕,12〉	바다ᄭᆡ이로ᄃᆡ〈설,8〉
밧ᄭᅳ로〈설,4〉	ᄭᅧ〈주,5〉	ᄭᅩ와〈설,4〉
ᄭᅮ□□□□〈왕,4〉	ᄭᅮ미어ᄂᆞᆯ〈왕,4〉	ᄭᅮ시니〈왕,5〉
ᄭᅮ죵ᄒᆞ고〈왕,5〉	ᄭᅮᆷ을〈왕,5〉	ᄭᅮᆷ이〈주,6〉
ᄭᅮᆷᄋᆡ〈왕,6〉	ᄭᅴ니〈주,6〉	ᄭᅵ인〈주,2〉
ᄭᆡᄃᆞ라〈봉,13〉	ᄭᆡᄃᆞᄅᆞ며〈주,6〉	ᄭᆡ야〈주,2〉
ᄭᆡ온대〈설,6〉	ᄭᆡ이니〈왕,5〉	아바님ᄭᅴ〈설,5〉
원ᄭᅴ〈봉,16〉	월궁도사ᄭᅴ〈왕,10〉	유령ᄭᅴ〈왕,3〉
잠ᄭᆞᆫ〈주,6〉	잠ᄭᆞᆫ도〈왕,3〉	졍승ᄭᅴ〈봉,8〉

② ㅼ

나ᄂᆞᆫᄯᅩ다〈주,6〉	수영ᄯᆞ리〈봉,20〉	ᄯᅡ〈주,3〉
ᄯᅡ에〈왕,6〉	ᄯᅡ에〈왕,7〉	ᄯᅡ이〈왕,10〉
ᄯᅡ해〈설,8〉	ᄯᅡ희〈왕,6〉	ᄯᅡ희〈왕,7〉
ᄯᅡ희〈주,2〉	ᄯᅡ히라〈주,2〉	ᄯᅡ히라〈주,2〉
ᄯᅡ히 셔〈왕,2〉	ᄯᅡ히어ᄂᆞᆯ〈왕,4〉	ᄯᅡᄒᆡ〈주,1〉
ᄯᅡᄒᆡ〈주,1〉	ᄯᅡ ᄒᆡ〈주,2〉	ᄯᅡᄒᆡ〈주,5〉
ᄯᅢ예〈주,4〉	ᄯᅩ〈봉,15〉	ᄯᅩ〈봉,1〉
ᄯᅩ〈봉,2〉	ᄯᅩ〈봉,8〉	ᄯᅩ〈설,11〉
ᄯᅩ〈설,4〉	ᄯᅩ〈설,4〉	ᄯᅩ〈설,6〉
ᄯᅩ〈설,6〉	ᄯᅩ〈설,7〉	ᄯᅩ〈설,8〉
ᄯᅩ〈설,9〉	ᄯᅩ〈설,9〉	ᄯᅩ〈왕,10〉
ᄯᅩ〈왕,11〉	ᄯᅩ〈왕,1〉	ᄯᅩ〈왕,6〉
ᄯᅩ〈왕,6〉	ᄯᅩ〈왕,6〉	ᄯᅩ〈왕,7〉

ᄯᅩ〈왕,7〉 ᄯᅩ〈왕,8〉 ᄯᅩ〈왕,8〉
ᄯᅩ〈왕,9〉 ᄯᅩ〈왕,9〉 ᄯᅩ〈주,5〉
ᄯᅩ〈주,6〉 ᄯᅩ다〈주,6〉 ᄯᅩᄒᆞᆫ〈봉,2〉
ᄯᅩᄒᆞᆫ〈비,3〉 ᄯᅩᄒᆞᆫ〈주,4〉 ᄯᅩᄒᆞᆫ〈주,4〉
ᄯᅳᄃᆞᆯ〈봉,17〉 ᄯᅳᄃᆞᆯ〈봉,5〉 ᄯᆞ님과〈봉,16〉
ᄯᆞ님이〈봉,16〉 ᄯᆞ라〈왕,6〉 ᄯᆞ라〈왕,7〉
ᄯᆞ릐〈봉,21〉 ᄯᆞ리〈봉,21〉 ᄯᆞ리니이다〈봉,18〉
ᄯᆞ리러니〈왕,1〉 ᄯᆞᆯ〈봉,1〉 ᄯᆞᆯ〈봉,22〉
ᄯᆞᆯ〈비,4〉 ᄯᆞᆯ 을〈봉,7〉 ᄯᆞᆯ이〈비,2〉
ᄯᆞᆯ이〈설,1〉 아ᄋᆡᄯᆞᆯᄃᆞ려〈설,2〉 ᄒᆞ거니ᄯᆞ냐〈봉,3〉
ᄒᆞᄂᆞᆫᄯᅩ다〈주,6〉

③ ㅾ

아모 ᄶᅩ로나〈봉,2〉 아ᄆᆞ ᄶᅩ로나〈봉,23〉

④ ㅽ

몸ᄡᅮ니 〃〈왕,1〉 봄ᄠᅳ디〈주,6〉 ᄢᅢ여〈왕,6〉
ᄢᅢ여〈왕,7〉 ᄢᅱ워〈주,2〉 ᄠᅳ데ᄂᆞᆫ〈왕,2〉
ᄠᅳ디〈봉,20〉 ᄠᅳ디〈설,8〉 ᄠᅳ디〈왕,8〉
ᄠᅳ디〈왕,8〉 ᄠᅳ디〈주,4〉 ᄠᅳ디〈주,4〉
ᄠᅳ디〈주,6〉 ᄠᅳᄃᆞᆯ〈봉,5〉 ᄠᅳᄃᆞᆯ〈왕,6〉
ᄠᅳᄃᆞᆯ〈왕,6〉 ᄠᅳᄃᆞᆯ〈주,1〉 ᄠᅳᄃᆞᆯ〈주,5〉
ᄠᅳᄃᆞᆯ〈주,6〉 ᄠᅳᆫ〈주,3〉 ᄠᆞ디〈주,4〉
ᄠᆞ로시면〈설,6〉 ᄡᅡ뎌〈봉,22〉 ᄡᅡ뎌셔〈주,1〉

ᄢᅡ디거ᄂᆞᆯ〈봉,23〉 ᄢᅡ디여셔〈설,7〉 ᄢᅡ딜〈봉,23〉
ᄣᅳᆫ이디 위〈설,4〉 ᄣᅳᆫ이연뎡〈왕,6〉 ᄣᅢᆯ니〈왕,9〉
ᄣᅢᆯ라〈설,8〉 ᄣᅢᆯ리〈봉,11〉 ᄣᅢᆯ리〈설,13〉

⑤ ㅄ

ᄡᅡ덧다가〈설,2〉 ᄡᅡ디닌〈왕,3〉 ᄡᅮᆨ〈주,3〉
ᄡᅳ더라〈설,11〉 ᄡᅳᆯ〈봉,7〉 살ᄡᅩᄃᆞᆺ〈주,2〉

⑥ ㅃ

쁘니〈설,6〉

(6) 어말 받침 'ㅅ'과 'ㄷ'의 표기는 혼기를 보여 주고 있으나, 고형인 'ㄷ'도 사용되고 있으므로 'ㅅ'과 'ㄷ'이 혼기되기 시작한 17세기 초에서 17세기 말로 추정된다. 특히 '몯'(不)이 '못'으로 많이 나타나고 있는데, 이것은 원래의 'ㅅ'이 'ㄷ'으로 표기되어 가던 16세기에서 17세기 초기의 문헌과는 달리 'ㄷ'이 'ㅅ'으로 표기되어 가고 있어서 17세기 중엽 이후의 표기임을 알 수 있다.

그 예를 보이면 다음과 같다.

〈ㄷ 표기〉
낫ᄃᆞᄂᆞᆫ〈봉,14〉 듣글이〈주,1〉 몯〈봉,9〉
몯〈설,4〉 몯〈설,5〉 몯〈설,7〉
몯〈왕,4〉 몯〈왕,4〉 몯〈왕,5〉

몯〈왕,6〉 몯〈왕,6〉 몯〈왕,7〉
몯〈왕,9〉 몯〈왕,9〉 몯호리라〈설,6〉
몯ᄒᆞ고〈봉,8〉 몯ᄒᆞ고〈설,12〉 몯ᄒᆞ고〈설,2〉
몯ᄒᆞ더라〈설,11〉 몯ᄒᆞ더라〈왕,12〉 몯ᄒᆞ리러라〈비,2〉
몯ᄒᆞ리려라〈왕,12〉 몯ᄒᆞ야〈봉,9〉 몯ᄒᆞ야 셔〈왕,1〉
몯ᄒᆞ야셔〈왕,2〉 몯ᄒᆞ엿더니〈봉,1〉 몯ᄒᆞ여〈주,5〉
몯ᄒᆞᆯ〈왕,6〉 몯ᄒᆡ야다〈봉,6〉 몯ᄒᆞ야〈봉,16〉

〈 ㅅ 표기〉

가문읫〈설,1〉 가져왓거ᄂᆞᆯ〈봉,3〉 가졋거ᄃᆞᆫ〈설,12〉
간대옛〈봉,20〉 갓가오니〈봉,14〉 갓가이〈봉,9〉
갓갑다코〈봉,22〉 갓거니〈봉,11〉 갓거ᄂᆞᆯ〈설,3〉
갓고〈봉,17〉 갓ᄂᆞᆫ〈봉,15〉 갓다가〈봉,12〉
갓다가〈봉,14〉 갓다가〈설,3〉 갓다가〈왕,5〉
갓다이다〈봉,22〉 갓더니〈봉,15〉 갓더니〈봉,17〉
갓더라〈주,2〉 갓던〈봉,18〉 갓던〈봉,20〉
갓던고〈봉,22〉 거럿도 다〈주,3〉 걸녓거ᄂᆞᆯ〈왕,6〉
걸녓거ᄂᆞᆯ〈왕,7〉 것〈봉,16〉 것〈봉,21〉
것〈왕,8〉 것고〈주,2〉 것과〈왕,11〉
것도〈봉,2〉 겻〈봉,15〉 겻티〈봉,3〉
고디듯고〈설,4〉 곳〈주,4〉 곳가디예〈주,6〉
곳다온〈주,3〉 곳다옴〈주,6〉 공덕곳〈설,11〉
귓거시〈왕,11〉 귓거ᄉᆞᆯ〈왕,11〉 귓거ᄉᆡ〈설,3〉
귓것〈왕,11〉 귓것〈왕,11〉 귓귓애〈설,4〉
귓귓애〈설,4〉 귓뒷겨ᄐᆡ도〈설,6〉 귓뒷겨ᄐᆡ도〈설,6〉
귓저시〈설,4〉 그듸옷〈봉,24〉 그딋〈왕,8〉

그릇ᄒᆞᆫ〈봉,7〉
그리ᄒᆞ얏ᄂᆞ닝이다〈봉,12〉
그ᄅᆞᆺ〈주,6〉
그ᄅᆞᆺᄒᆞ다〈왕,8〉
글곳〈설,10〉
급데옷〈봉,4〉
긋고〈주,1〉
긔롱ᄒᆞᆯ것가〈봉,3〉
긔절ᄒᆞ얏더니〈봉,15〉
깃거〈왕,5〉
깃거호듸〈왕,5〉
깃거ᄒᆞ고〈주,5〉
깃거ᄒᆞᄂᆞᆫ〈왕,6〉
깃거ᄒᆞᄂᆞᆫ〈왕,7〉
깃브나〈왕,10〉
ᄀᆞ득ᄒᆞ얏도다〈주,6〉
ᄀᆞᆺ〈봉,10〉
ᄀᆞᆺ거ᄂᆞᆯ〈주,1〉
ᄀᆞᆺ더 라〈봉,20〉
ᄀᆞᆺᄐᆞ며〈비,3〉
ᄀᆞᆺᄐᆞᆫ댜〈봉,18〉
나갓더니〈설,6〉
날왓〈왕,5〉
낫ᄃᆞᆮᄂᆞᆫ〈봉,14〉
노핫거ᄂᆞᆯ〈봉,12〉
ᄂᆞ려왓거ᄂᆞᆯ〈왕,11〉
ᄂᆞᆺ〈왕,6〉
ᄂᆞᆺ〈왕,7〉
ᄂᆞᆺ고〈봉,19〉
다ᄉᆞᆺ〈설,8〉
닷고〈왕,8〉
덩ᄒᆞ얏ᄂᆞᆫ〈봉,4〉
되엇거ᄂᆞᆯ〈왕,6〉
되엇거ᄂᆞᆯ〈왕,7〉
두링잇가〈봉,5〉
두링잇가〈봉,6〉
두ᄅᆞ것다가〈주,5〉
두엇노라〈비,3〉
ᄃᆞᆺ다가〈봉,7〉
뒷가ᄂᆡ〈설,3〉
드러안잣더니〈설,5〉
드렷더니〈설,1〉
드렷더라〈봉,24〉
드렷더라〈설,10〉
ᄃᆞᆺ거ᄂᆞᆯ〈설,13〉
ᄃᆞᆺ고〈봉,15〉
ᄃᆞᆺ고〈봉,19〉
ᄃᆞᆺ고〈봉,2〉
ᄃᆞᆺ고〈설,6〉
ᄃᆞᆺ고〈설,8〉
ᄃᆞᆺ고〈왕,2〉
ᄃᆞᆺ고〈왕,2〉
ᄃᆞᆺ고〈왕,2〉
ᄃᆞᆺ고〈왕,3〉
ᄃᆞᆺ고〈왕,6〉
ᄃᆞᆺ고져〈왕,6〉
ᄃᆞᆺ보니〈왕,10〉
ᄃᆞᆺ보아〈봉,9〉
ᄃᆞᆺ보야셔〈왕,2〉
ᄃᆞᆺᄒᆞ더라〈봉,10〉
ᄃᆞᆺᄒᆞ더라〈왕,6〉
ᄃᆞᆺᄒᆞ더라〈왕,7〉
딘종ᄒᆞ엿더니〈봉,11〉
ᄃᆞ려갓던〈봉,18〉
말곳〈봉,21〉
맛거되〈봉,5〉
맛다〈주,2〉
맛당커ᄃᆞᆫ〈왕,2〉
맛당ᄒᆞ거ᄂᆞᆯ〈왕,2〉
맛당ᄒᆞ링인가〈봉,4〉
맛당ᄒᆞᆫ〈비,3〉
맛당ᄒᆞᆯ가〈봉,16〉
맛당ᄒᆞᆯ가〈비,4〉
맛드면〈설,10〉
맛디〈설,9〉
맛디〈설,9〉
맛ᄃᆞ니(?)〈비,1〉
몃〈주,5〉

몯ᄃᆞᆺ〈주,3〉
몯ᄒᆞ엇더니〈봉,1〉
못〈봉,3〉
못미더〈봉,20〉
못ᄒᆞ니라〈봉,17〉
못ᄒᆞ더니〈봉,14〉
못ᄒᆞ더니〈주,3〉
못ᄒᆞ더라〈봉,15〉
못ᄒᆞ리라〈봉,12〉
못ᄒᆞ야〈봉,16〉
못ᄒᆞ야셔〈주,5〉
못ᄒᆞ엿거ᄂᆞᆯ〈주,5〉
못ᄒᆞ엿거ᄂᆞᆯ〈주,5〉
못ᄒᆞ엿더 니〈봉,12〉
못ᄒᆞ엿더 니〈봉,12〉
못ᄒᆞᆯ〈비,2〉
문밧긔〈주,5〉
뭇거ᄂᆞᆯ〈설,9〉
뭇고〈설,2〉
뭇고〈왕,12〉
므ᄐᆡᆺ〈설,9〉
뭇사이다〈봉,6〉
밋디〈비,2〉
밋디〈설,11〉
밧겨ᄐᆡ〈주,2〉
밧긔도〈설,6〉
밧기〈주,2〉
밧비〈비,2〉
밧ᄭᅳ로〈설,4〉
밧ᄌᆞ오니〈왕,9〉
밧ᄌᆞ오리이다〈주,4〉
밧ᄌᆞ오며〈봉,3〉
밧ᄌᆞᆸ노이다〈봉,21〉
벗〈주,2〉
벗기고〈봉,13〉
벼ᄉᆞᆯᄒᆞ엿더라〈설,11〉
붓그럽도〈봉,3〉
붓드러〈설,4〉
비오듯〈봉,23〉
빗관원을〈왕,9〉
빗최거ᄂᆞᆯ〈주,2〉
ᄇᆞ라링잇가〈왕,6〉
ᄇᆞ룻〈봉,15〉
빠뎟다가〈설,2〉
사ᄅᆞ시ᄂᆞ잇가〈왕,5〉
살ᄡᅩᄃᆞᆺ〈주,2〉
셧거ᄂᆞᆯ〈봉,14〉
셧거ᄂᆞᆯ〈주,4〉
ᄉᆞᆺ〈설,4〉
아니듯고〈봉,10〉
아듯ᄒᆞ야〈왕,2〉
아링잇가〈봉,5〉
악덕곳〈설,11〉
안잣더라〈설,12〉
앗고〈왕,6〉
앗고〈왕,7〉
앗고〈왕,8〉
어두웟더라〈주,2〉
어엇븐〈왕,8〉
어엇븐〈왕,8〉
어엇비〈설,11〉
어엿비〈설,12〉
어희엿다가〈봉,24〉
언ᄒᆞᄒᆞᆯᄒᆞ리잇가마는〈왕,6〉
엇고져〈비,3〉
엇다가〈봉,12〉
엇다가〈봉,12〉
엇더〈봉,12〉
엇더뇨〈봉,11〉
엇더뇨〈봉,23〉
엇더니고〈봉,18〉
엇더ᄒᆞ뇨〈봉,14〉
엇더ᄒᆞ뇨〈비,4〉
엇던〈봉,18〉
엇던〈봉,22〉
엇던〈봉,3〉
엇디〈봉,10〉

엇디〈봉,11〉 엇디〈봉,13〉 엇디〈봉,16〉
엇디〈봉,17〉 엇디〈봉,24〉 엇디〈봉,4〉
엇디〈봉,4〉 엇디〈봉,5〉 엇디〈봉,5〉
엇디〈봉,5〉 엇디〈봉,6〉 엇디〈봉,8〉
엇디〈비,3〉 엇디〈설,3〉 엇디〈설,4〉
엇디〈설,5〉 엇디〈왕,4〉 엇디〈왕,6〉
엇디〈주,1〉 엇디〈주,3〉 엇디ᄒᆞ료〈봉,7〉
엇디ᄒᆞ링잇가〈왕,9〉 엇디ᄒᆞ링잇가〈왕,9〉 엇딋〈주,4〉
엇딋〈주,4〉 에엇비〈왕,1〉 엿디〈설,12〉
엿ᄌᆞ오듸〈봉,9〉 엿ᄌᆞ와〈봉,24〉 예엇브〈설,1〉
오돗던가〈봉,19〉 온갓〈비,2〉 온갓〈왕,4〉
올ᄉᆞ오니잇가〈왕,3〉 옷〈왕,11〉 옷〈왕,9〉
옷〈왕,9〉 옷〈왕,9〉 옷〈왕,9〉
옷〈주,2〉 옷시〈설,5〉 왓거ᄂᆞᆯ〈봉,10〉
왓거ᄂᆞᆯ〈봉,6〉 왓ᄂᆞ이다〈봉,23〉 왓더니〈설,7〉
왓더라〈설,7〉 왓더라〈왕,10〉 웃고〈설,4〉
웃듬이라〈주,3〉 이밧ᄂᆞᆫ〈왕,1〉 이시리잇가〈설,4〉
이시링잇가〈봉,6〉 잇거ᄂᆞᆯ〈설,3〉 잇거든〈봉,8〉
잇고〈왕,4〉 잇고〈왕,8〉 잇고〈주,6〉
잇기〈주,1〉 잇ᄂᆞᆫ〈봉,5〉 잇ᄂᆞᆫ〈비,4〉
잇다〈비,4〉 잇다〈설,8〉 잇다〈주,2〉
잇다가〈봉,9〉 잇다가〈왕,8〉 잇더니〈봉,12〉
잇더니〈봉,20〉 잇더니〈봉,21〉 잇더니〈왕,5〉
잇더니〈주,5〉 잇더라〈설,10〉 잇더라〈설,7〉
잇더라〈주,2〉 잇더라〈주,4〉 잇도다〈봉,18〉
잇도다〈봉,18〉 잇디〈주,6〉 잇쇼듸〈봉,3〉

잇ᄉᆞ오며〈왕,3〉 자링잇가〈봉,20〉 장ᄎᆞᆺ〈비,2〉
졋더라〈설,5〉 젯〈봉,4〉 적블션곳〈설,11〉
젹션곳〈설,10〉 좃디〈봉,6〉 주것다가〈설,6〉
죽돗더니다〈봉,22〉 즛ᄇᆞ라〈봉,3〉 짓고〈왕,6〉
짓고〈왕,7〉 짓고〈주,3〉 짓궐〈설,3〉
짓디〈주,5〉 ᄌᆞᄆᆞᆺ〈주,3〉 즘작ᄒᆞ얏거늘〈봉,5〉
판권곳〈봉,14〉 포ᄒᆞ셔ᄒᆞᆫᄒᆞ렷노이다〈봉,2〉
프른옷〈왕,11〉 향것〈왕,1〉 흰옷〈왕,9〉
ᄒᆞ링잇가〈봉,4〉 ᄒᆞ얏던가〈봉,11〉 ᄒᆞ엿더이라〈봉,11〉
ᄒᆞ엿더니〈주,7〉 ᄒᆞ엿더라〈주,5〉 흔숫ᄒᆞ야〈봉,10〉

2) 묵재일기 소재 국문본소설의 필사 연대

이상의 표기 양상을 종합하면 필사연대를 추정할 수 있다. 다른 음운현상도 여기에 그대로 적용된다고 할 수 있다.[9] 하지만 더 이상 음운현상이나 다른 문법 현상을 운위하는 것은 필요가 없을 정도로 표기법이 특정 시기의 것으로 정제되어 있어 연대 추정이 가능하다.[10]

---

9) 구개음화의 경우에 대해서만 소개하자면, 구개음화가 일어난 비율이 10% 이하에 불과한 것을 보아 17세기말로 보인다. 왜냐하면 이 자료가 필사되었을 괴산 지역[성주 이씨 묵재공파의 世居之地]은 중부 방언권에 속하는데, 중부 방언권에서 구개음화가 정착한 것은 18세기 전반기이기 때문이다[이명규, 「구개음화」, 국어연구 어디까지 왔나, 서울, 동아출판사, 1990, 51쪽 참조]. 그러므로 만약 이 자료가 1745년의 산물이라면 90% 이상 구개음화가 일어나 있어야 마땅하다.

10) 문헌의 표기법에는 세 가지 양상이 있는데, ①개인적인 특수성이 강조되어 암호화한 경우(혼자만 아는 것) ②개인적인 특수성(방언 또는 개인적인 버릇 등)도 반영하면서 독자의 해독이 가능하도록 일반적으로 통용되는 바를 반영한 경우(대부

이들 소설 자료는 모두 거의 같은 시기에 필사된 것이다. 그 시기는 17세기 말이다. 좀더 좁혀서 말할 수 있다. 〈왕시봉전〉 말미에 '죵셔 을튝 계추 념팔일 진시'란 필사 후기가 나오기 때문이다. 이는 '1685년 을축년 9월 28일 아침'으로 추정된다. 지난번의 저서에서 필자는 이 을축년을 1625년 을축년으로 보았으나 여기에서 수정한다. 1745년 을축년으로 볼 수도 있겠으나 그렇게 보기에는 17세기 말의 특징을 보여주는 표기법으로 매우 정제되어 있다. 그 가장 특징적인 사항으로 앞에서도 언급한 것처럼 '-링이다'라는 어미는 17세기 말까지만 쓰이고 사라졌다는 점은 물론이고, '사름'으로 일관되게 표기할 뿐 17세기 말 이후에 쓰이기 시작한 'ᄉᆞ름' 표기가 일체 나타나지 않는 것으로 미루어 1685년으로 보는 게 타당하다.

따라서 『묵재일기』 소재 국문본소설은 1685년을 전후한 17세기 말에 필사되었다고 추정한다. 세번째로 들어있는 〈왕시봉전〉이 1685년 9월에 필사되었으니, 그 앞에 필사된 〈설공찬전〉 국문본과 〈왕시전〉은 1685년 9월 28일 이전에, 〈왕시봉전〉 뒤에 들어있는 〈비군전〉과 〈주생전〉 국문본은 1685년 9월 28일 이후에 필사되었다고 추정된다.

분의 고소설 자료) ③현재 우리가 맞춤법을 따르듯이 일반성이 두드러진 경우(공적으로 발간한 인쇄본 자료) 등이 그것이다. 이중에서 『묵재일기』 소재 국문 · 국역소설들은 ③에 해당하는 표기법 양상을 보이고 있다. 방언적인 차이라든지 개인적인 특성은 찾아보기 어렵다. 한편 필사본과 인쇄본 간에 표기법상 큰 차이가 있으리라는 선입견 때문에 국어학 쪽의 성과를 불신하는 경향이 국문학계에 있는데 잘못이다. 인쇄본은 요즘 우리가 맞춤법에 따라 일사불란하게 표기하고 필사본은 임의대로 표기했으리라는 오해가 그것이다. 하지만 차이가 없는 것이 실상이다. 필사본과 인쇄본간의 차이는 인쇄본 상호간에도 얼마든지 나타난다. 'ᆞ'(아래아)가 오랜 동안 사용된 예를 들어 표기의 보수성을 들기도 하는데, 그 점 때문에 모든 표기가 그러리라 짐작하는 것도 선입견에 불과하다. 'ᆞ'의 경우는 극히 예외적일 뿐이다.

서에 전문가가 이들 소설의 필사자를 동일인[남성: 예쁘게 또박또박 쓰지 않고 거침없이 써내려 갔음]으로 감정하고 있고, 뒤로 갈수록 글씨 솜씨가 익숙해지는 것을 보아 차례로 적어 내려간 것으로 여겨지기 때문이다.[11)]

여기서 한 가지 강조해 둘 일이 있다. 이들 자료의 필사 연대가 곧 창작연대는 아니라는 사실이다. 창작 연대는 필사 연대보다 훨씬 이전일 가능성이 높다. 1511년의 〈설공찬전〉 국역본이 이때 필사된 것이 그 점을 증명한다. 필사 연대상으로는 〈왕시전〉 등의 창작국문소설이 1676년에 필사된 것으로 소개된 〈한강현전〉[12)]에 비해 뒤지지만, 단편소설에서 장편소설로 이행하는 것이 일반적인 현상이라고 본다면, 〈왕시전〉 등이 먼저 창작되었을 개연성이 높다고 생각한다. 〈왕시전〉 등이 훨씬 단형인 데 비해, 〈한강현전〉은 장편이며 〈구룡전〉이라는 후편까지 거느렸던 연작이라는 게 후기에 밝혀져 있기 때문이다. 하지만 이 문제는 쉽게 논단할 성질의 것은 못된다. 장편에서 단편으로 발전했을 가능성도 배제할 수만은 없기 때문이다. 따라서, 작자와 창작 연대가 미상인 채 필사시기만 드러난 이들 작품에 대해, 무리하

---

11) 여기서 자세히 논할 겨를은 없으나, 발표자는 이들 자료의 필사자를 묵재 이문건 후손으로 보고 있는데, 1685년이라는 연대, 종손가로 전승되었을 개연성, 남성 필체라는 사실 등을 고려해 볼 때, 이문건의 7세 종손(宗孫) 이광(李光; 1666~1729)이 아닌가 추정한다. 이광은 20세의 나이로 자신의 모친[완산 이씨; 1687년 사망] 또는 아내를 위해 이들 소설을 필사한 것이리라. 더욱이 그 집안 전승에 따르면, 벼슬을 하더라도 미관말직이나 하라는 묵재 이문건의 유언을 충실하게 좇던 가풍에 비추어 볼 때, 이광은 여유 시간이 많았을 것이고 생활은 넉넉지 못한 가운데, 조상의 일기 이면을 활용해 이들 소설을 적었던 것이리라. 비록 생활이 넉넉했다 해도 〈설공찬전〉 같이 국가에서 금한 소설을 공개적으로 적을 수는 없었기에 일기책 이면에 은밀하게 적을 수밖에 없었으리라.

12) 이수봉, 「한강현전 연구」, 한국가문소설연구(서울: 경인문화사, 1992) 254~275쪽.

게 그 선후 관계를 논해 특정 작품을 '최초의 국문소설'로 규정하려 하기보다는 이들 작품들을 '초기 국문소설 작품군'이란 개념으로 뭉뚱그려 이해하는 것이 온당하다고 생각한다.

3. 묵재일기 소재 국문본소설의 소설사적 의의

『묵재일기』 소재 국문본소설의 필사연대가 17세기 말로 드러남에 따라 이들 자료의 소설사적 의의를 거론할 수 있게 되었다. 몇 가지로 정리하면 다음과 같다.

첫째, 맨 앞에 실린 〈설공찬전〉 국문본은 창작과 동시에 국역되어 경향간에 유통되었다는 『조선왕조실록』 1511년조 기록이 사실이었음을 보여준다. 학계에서 〈설공찬전〉의 국역을 우리나라에서 소설을 국역한 최초의 사례로 평가[13]하고 있는데, 물증으로 이를 뒷받침하게 되었다는 점에서 의의가 있다.

더욱이 1511년 당시에 왕명으로 불태워져 금서로 지목되었으면서도 170년이 지난 17세기 말까지 은밀하게 전승되어 필사되었다는 점에서, 소설에 대한 욕구가 얼마나 컸던가를 웅변하는 자료로 평가할 수 있다. 한문 원작을 국문으로 번역함으로써 소설이 대중에게 수용될 수 있는 길을 열어, 그 뒤에 이루어진 중국 희곡 〈오륜전비기(五倫

---

13) 민관동, 「중국 고전소설의 한글 번역 문제」, 고소설연구5(서울: 한국고소설학회, 1998), 424쪽.

全備記)〉의 국역(1531년)[14] 등에 자극을 주고, 급기야는 창작국문소설의 출현을 촉발했다는 점에서 〈설공찬전〉 국문본의 가치는 지대하다고 생각한다. 학계 일각에서 우리 창작작품을 대상으로 하여 이루어진 이들 국역소설을 넓은 의미의 국문소설[15]이라고까지 평가하는 이유도 바로 이 때문이다.

둘째, 〈주생전〉 국문본이 17세기 말에 존재했다는 사실은 상층 지식인 사이에서만 창작 · 유통되던 전기소설(傳奇小說)이 17세기 말에 이르러 그 폐쇄성을 깨고 드넓은 국문담당층[부녀와 서민]의 영역으로 발을 내딛기 시작했음을 알려준다. 일각에서는 이를 두고 '무척 흥미로운 소설사적 사건'[16]이라고까지 평가하고 있다.

셋째, 창작국문소설일지도 모르는 〈왕시전〉 · 〈비군전〉이 17세기 말(1685년경)에 존재했다는 사실은 17세기 국문소설사를 〈한강현전〉(1676년), 〈소현성록〉(1686년)[17], 〈사씨남정기〉(1687년)[18], 〈숙향전〉[19]에 국한해 설명할 수밖에 없었던 한계를 벗어나게 해준다.[20] 이

---

14) 심경호, 「오륜전전에 대한 고찰」, 애산학보 8(서울: 연세대학교, 1990) 참조.

15) 황패강, 조선왕조소설연구(서울: 한국연구원, 1978), 88~89쪽.

16) 정출헌, 고전소설사의 구도와 시각(서울: 소명출판, 1999), 183쪽.

17) 박영희, 소현성록 연작 연구(서울: 이화여자대학교 대학원 박사학위논문, 1994) 참조.

18) 이금희, 남정기의 문헌학적 연구(서울: 숙명여자대학교 대학원 박사학위논문, 1986), 19쪽에 따르면, 〈사씨남정기〉의 창작 연대는 1687년 이전으로 올라가기 어렵다고 한다.

19) 조희웅, 「숙향전 형성연대 재고」, 고전문학연구 12(서울: 한국고전문학회, 1997), 150쪽 참조. 이 글에서 조희웅은 일본측 자료인 雨森芳洲의 「詞稽古之者仕立記錄」 및 「韓學生員任用狀」에 1702년에 〈숙향전〉과 〈이백경전〉을 필사해 한국어 공부를 하였다는 기록이 나오는 것을 근거로, 〈숙향전〉의 형성 연대가 17세기 말경까지 소급될 수 있음을 밝혔다.

20) 발표자는 허균이 처음에 지은 〈홍길동전〉은 한문소설로 보는 것이 타당하다고 보아

들 작품이 추가됨으로써 국문소설의 발흥기였던 17세기 소설사의 판도에 대한 시각을 확충하게 해준다 하겠다. 가문소설 또는 가정소설과 함께 애정소설[21]이 국문소설의 형성기에 독자들의 관심을 특별하게 받으며 창작되고 수용되었음을 알려주기 때문이다.

넷째, 소설자료집의 역사에서, 1626년에 나온 『화몽집(花夢集)』[김일성종합대학 소장], 1641년에 나온 『삼방집(三芳集)』[국립중앙도서관 소장], 김집(金集; 1574~1665)이 엮은 『신독재수택본전기집(愼獨齋手澤本傳奇集)』[정학성 교수 소장], 정경주 교수 소장본 전기집, 전남대 도서관 소장 전기집 등의 뒤를 잇는 소설집으로 평가할 수 있다. 특히 이전의 것들이 한문소설집이었던 데 비하여 국문본소설만 모아 필사했다는 점에서 각별한 의의를 지닌다. 국문으로 적은 소설집은 이것이 처음이다.

4. 맺음말

이 글을 마무리하면서, 필자는 작업을 진행하며 체험한 바를 바탕

국문소설 논의에서 배제한다. 이 문제에 대해서는 이복규, 「〈홍길동전〉 작자논의의 연구사적 검토」, 한국 고소설의 재조명(서울: 아세아문화사, 1996), 314쪽 및 「최초의 국문소설은 무엇인가」, 새국어교육 56(서울: 한국국어교육학회, 1998) 참조.

21) 범박하게 말해 '애정소설'이라고도 부를 수 있으나, 엄밀하게 말하자면 혼사장애소설이라고 해야 적확하다. 남녀의 자유로운 만남을 필수 요건으로 삼는 애정소설 일반의 전개양상과는 달리, 철저하게 공식적이고 정상적인 결혼이 이들 작품의 발단부를 이루고 있기 때문이다. 이들 작품에 나타난 혼사장애의 양상과 전기소설(傳奇小說)을 비롯한 여타 애정물과의 차이 등에 대해서는 별고를 준비하고 있다.

으로 몇 가지 절실한 사항을 제언하고자 한다. 고소설학계와 중세 · 근대국어 연구자들의 제휴가 시급하다는 사실이다.

소설 자료의 연대 추정은 개별 작품의 통시적 위상이나 가치를 밝히는 것은 물론이고 나아가 고소설학계의 숙원 중의 숙원인 소설사 서술을 위한 절체절명의 과제이다. 그런데도 정작 이를 가능하게 하는 '국어학적 연대 판정 기준표' 같은 것이 나와 있지 않은 실정이다. 특정 사항에 대해 산발적으로 논의가 이루어져 있을 따름이다.

더욱 놀라운 것은 국어학 쪽의 대체적인 분위기는 고소설 자료, 특히 필사본 자료는 연구 대상으로 삼으려 하지 않는다는 것이다. 하지만 이들 자료를 해독하면서 느낀 점은, 주로 인쇄본만을 대상으로 하여 작성된 현재의 고어사전만으로는 해결하기 어려운 어휘나 표기법이 소설 자료에 등장하므로, 국어학 쪽에서도 소설 자료[특히 필사본 자료]에 관심을 기울여야 한다는 것이었다. 아울러 그 동안의 연구성과만이라도 한데 모아 '국어학적 연대판정 기준표(가칭)'같은 것을 제시하면, 다른 기준의 판정 결과와의 정합성 여부를 따져 결론을 내리는 데 유용할 것이다.

V

설공찬전이 실화에서 유래한 소설일 가능성

1. 머리말

〈설공찬전〉은 채수(蔡壽)가 지은 고소설이다. 1511년(중종 6) 당시에 한문으로 베끼고 국문으로도 번역되어 조정과 민간에서 광범위하게 읽히다가, 그 내용이 '윤회화복(輪迴禍福)의 이야기' 혹은 '괴이(怪異)하고 요망(妖妄)한 이야기'라는 이유로 왕명(王命)으로 불태워지고 유통이 금지당한 작품이다.

필자는 1997년에 이 작품의 국문본 일부를 발견하여 학계에 보고할 당시, 핵심인물인 설공찬과 설공침의 이름이 『순창설씨대동보(淳昌薛氏大同譜)』에 나오지 않는다는 이유로 이 작품을 허구라고 단정하였다. 설위(薛緯) · 설충란(薛忠蘭) · 설충수(薛忠壽) 등의 실존인물을 등장시킨 것은, 사실인 양 보이게 하려는 작자의 의도에서 기인한 것으로 보았다. 필자는 그 뒤에 펴낸 논저를 통해서도 같은 견해를 견

지하였다.[1)]

필자는 1997년 당시 이 작품이 실화에서 유래한 소설임을 보여주는 몇 가지 정보를 접하기는 하였으나, 필화의 위기에서 벗어나기 위해 동원한 고도의 위장(僞裝) 기법(이른바 가탁)으로 보고자 하는 선입견이 강해 실화에서 유래했을 가능성을 간과하고 말았다.

하지만 1999년에 순창 현지를 답사하고 이어서 2002년 3월 23일에 방영된 전주방송(JTV) 다큐프로그램 촬영에 참여하는 기회를 가지면서 생각이 바뀌기 시작하였다. 작자 채수와 설공찬의 집안이 가까운 인척 관계(설공찬의 아버지 설충란은 채수의 생질서)임을 확인했기 때문이다. 게다가 최근에는 순창설씨대종회 총무인 설명환(薛明煥) 씨(남 · 59세)로부터 제공받은 『문화류씨세보』(가정보; 1562)[2)]와 『씨족원류』(~1683)[3)]에서 〈설공찬전〉 주요등장인물 중의 하나인 설공침의 이름을 확인한 데 이어, 주인공 설공찬이었을 것으로 추정되는 인물의 이름을 새로 발견하자, 〈설공찬전〉이 실화(實話)를 토대로 이루어진 작품이었으리라 확신하게 되었다.

이 글에서는 그간의 작업 결과와 새로 입수한 자료를 토대로, 이 작품을 실화에서 유래한 소설로 볼 수 있는 근거들을 차례로 소개하고, 이 사실이 지니는 소설사적 의의에 대해 언급하기로 하겠다.[4)]

---

1) 이복규, 설공찬전-주석과 관련자료(서울 : 시인사, 1997); 초기 국문 · 국문본소설(서울 : 박이정, 1998); 「채수론」, 고전작가작품의 이해(서울 : 박이정, 1998)에 필자가 지닌 그간의 생각이 정리되어 있다.

2) 국립중앙도서관에 소장되어 있음.

3) 서울교대 조용진 교수 소장본을 축소 영인한 것이 『풍양조씨문집총서』 제5집(서울: 풍양조씨화수회, 1991)으로 출판되어 있음.

4) 교정을 보는 과정에서, 이상택, 『한국 고전소설의 이론』(서울 : 새문사, 2003)의 출간 사실을 알아 읽어본 결과, 그 책에서도 이 작품이 실화를 바탕으로 했을 가능성

2. 설공찬전이 실화에서 유래한 소설임을 보여주는 증거들

1) 조선왕조실록의 기사

『조선왕조실록』을 보면 1511년 당시, 이 작품의 작자 채수에 대한 처벌을 둘러싸고 온건파와 강경파 간의 어전 회의에서 흥미 있는 점이 확인된다. 영사(領事) 김수동(金壽童)과 검토관(檢討官) 황여헌(黃汝獻)의 발언이 그것이다.

첫째, 영사 김수동은 〈설공찬전〉의 내용이 지어낸 것이 아니라 '보고 들은 것'임을 강조하였다.

> "채수가 만약 스스로 요망한 말을 만들어 인심을 선동했다면 사형으로 단죄함으로 단죄해야겠지만, 표현 욕구를 따라, 보고 들은 대로 함부로 지었으니, 이는 해서는 안될 일을 한 것입니다. 그러나 형벌을 주고 상을 주는 것은 적중하도록 힘써야 합니다. 만약 이 사람이 사형을 당해야 한다면 〈태평광기(太平廣記)〉나 〈전등신화(剪燈新話)〉같은 부류의 작품을 지은 자도 모조리 죽여야 하겠습니까?" "채수의 죄가 과연 이 법률에 저촉되는 것이라면, 스스로 요망한 말을 지어내는 자는 어떤 법률로 단죄하겠습니까?"(『조선왕조실록』 중종 6년 9월 20일 기사)

이 있다고 추정하고 있어 반가웠다. "이 작품이 실존했던 인물 설공찬의 행적을 다루었거나 그 내용이 정치적인 저촉을 했을 가능성이 있다. 이 작품을 둘러싼 논란에서 이 점은 드러나지 않으나 그럴 가능성은 있다고 본다."(12쪽)라고 기술하였는바, 논자의 혜안에 경의를 표한다.

이 작품의 기본 성격을 '보고 들은 대로 함부로 지은 것'(聞見而妄作)으로 규정하였던 것이다. 〈설공찬전〉이 '보고 들은' 게 아니라 허구('스스로 요망한 말을 지어낸 것')였다면, 김수동이 그렇게 당당한 변호를 할 수 있었을까? 그리고 강경론자들이 그 발언을 묵과하였을까? 하지만 김수동의 발언에 대해 아무런 반론도 제기하지 않은 걸 보면, 이 작품이 김수동의 주장대로, "보고 들은 것"을 기록한 성질의 작품이었으리라 여겨진다.

둘째, 검토관 황여헌은 설공찬이 채수의 족인(族人)이라는 발언을 하였다. 족인의 일이다 보니 '믿고 미혹되어 저술'한 것이라고 하였다.

> "설공찬은 채수의 족인이니, 채수가 반드시 믿고 미혹되어 저술하였을 것입니다. 이는 교화에도 관계되고 다스리는 도리에도 해로우니, 파직은 실로 관대한 것이지 과중한 것이 아닙니다."(『조선왕조실록』 위와 같은 날짜)

확인해 본 결과 설공찬이 채수의 족인이란 말은 사실이었다. 설공찬의 아버지 설충란(薛忠蘭)은 채수의 생질서(甥姪壻)이다. 채수의 누이가 효령대군의 손자 평성군(枰城君) 이위(李偉)와 혼인하여 낳은 딸의 남편이 설충란이다. 생질서 설충란의 아들이 공찬이니, 채수와 설공찬은 족인인 게 분명하다. 따라서 채수는 누이를 통해서든 아니면 매부 평성군이나 조카사위 설충란을 통해서든 설충란 집안의 이야기를 들을 수 있는 위치에 있었다고 할 수 있다.

더욱이 채수는 『촌중비어(村中鄙語)』란 이야기책을 엮었을 만큼 평소에 이야기에 관심이 아주 높았던 인물이다. 그런 데다 이미 10대에 귀신출현을 목격한 체험을 지녔기 때문에, 생질서 설충란 집안에서 일어난 기이한 이야기를 듣고 이를 소재로 하여 바로 작품화하였을 가능성이 아주 크다고 생각된다.

『전주이씨효령대군정효공파세보』

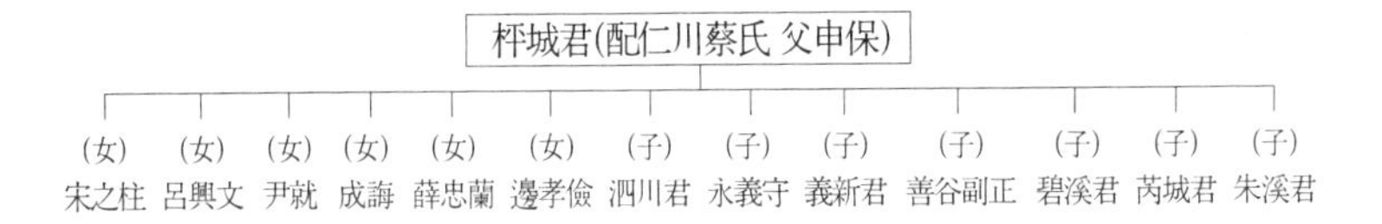

2) 『문화류씨세보』·『씨족원류』의 기사

설공찬이 채수의 족인이고, 채수가 그 말을 듣고 본 대로 작품화하였다는 게 사실이라면, 〈설공찬전〉에 등장하는 인물들이 실존인물이라는 게 입증되어야 한다. 〈설공찬전〉의 주요등장인물로서 설위(薛緯)(공찬의 증조부. 대사성), 설충란(薛忠蘭)(공찬의 아버지. 무공랑), 설충수(薛忠壽)(공찬의 숙부이자 공침의 아버지)는 순창설씨 족보에 실려있고, 묘까지 순창에 전하므로[5] 의심의 여지가 없이 실존인물이다.

하지만 사촌 설공침(설충수의 아들이자, 설공찬의 혼령이 실린 인물)은 주인공 설공찬과 함께 순창설씨족보에서 확인되지 않아 허구적인 인물로 단정해 왔던 것인데, 설공침이 실존인물임을 입증하는 자료가 나타났다. 『문화류씨세보』 가정보(嘉靖譜)가 그것이다. 이 족보

5) 이복규, 「순창 배경의 고소설 〈설공찬전〉」, 순창 문화유산 탐구Ⅱ(순창문화원, 2000), 117~144쪽에 현지를 답사한 결과가 보고되어 있다.

는 1562년에 간행된 족보로서, 우리나라 현전 최고(最古)의 족보인데, 거기 설충수(薛忠壽)의 아들중에 '공심(公諶)'이 등장한다. 설공찬의 6대조인 설봉(薛鳳 혹은 薛縫)이 문화류씨 유돈(柳墩)의 딸에게 장가들었기에, 문화류씨측에서 설봉으로부터 8대에 이르는 그 후손들의 상황을 문화류씨 족보에 수록해 놓았는데 거기 공침의 이름이 등장하는 것이다.

『경주순창설씨대동보』(1749년본을 저본으로 1994년에 다시 만든 것)

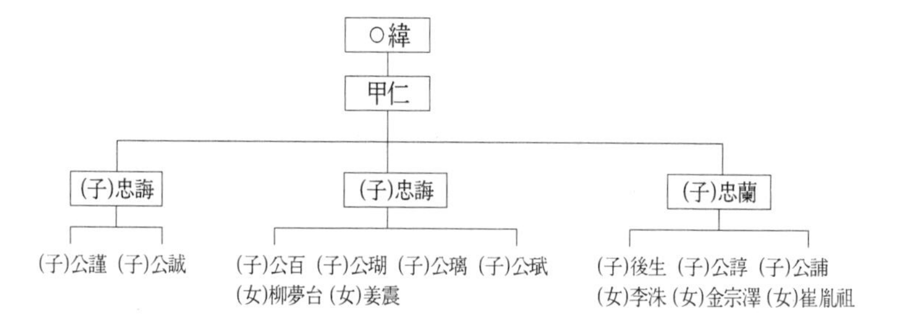

『문화류씨세보』(1562년)

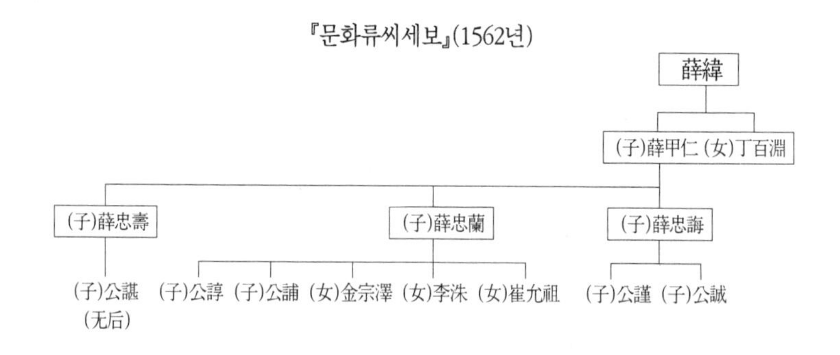

『문화류씨세보』(1562)를 보면, 설갑인(薛甲仁)의 셋째아들 충수(忠壽)에게 '公諶'이란 아들이 있었음을 알 수 있고, '무후(无后)'라 하여 자식 없이 죽었다는 사실도 확인된다. 여기에서 '公諶'의 발음이 문

제가 될 수 있다. 현행 한자자전에는 '諶'이 '믿을 심'으로 되어 있으므로, 국문본 〈설공찬전〉에 나오는 '공침'과 어긋나기 때문이다.

하지만 고 남광우 교수가 편찬한 『古今漢韓字典』(인하대출판부)에 의하면, 조선 전기의 문헌인 『동국정운』에서는 '씸'으로, 『동국신속삼강행실도』에서는 '팀'으로 그 음을 적고 있는바, 당대에는 지금과는 달리, '씸'보다 '팀'이 우리식 발음으로 애용되었음을 알 수 있다.

'팀'이 구개음화하면 '침'으로 바뀌는 것은 물론인데, 그 전통을 이어받았는지, 『논어집주』 언해본[憲問篇] "子ㅣ曰 爲命에 裨諶이 草創之" 대목의 난외주에 '諶'의 음을 '밋을 침'으로 적고 있는 것을 보면, '심'으로 읽을까 우려하여 '침'으로 읽도록 유도하는 것이 아닌가 생각된다.[6] 따라서 문화류씨 족보에 나오는 '公諶'과 국문본 〈설공찬전〉의 '공침'은 동일 인물임을 알 수 있다. 〈설공찬전〉의 등장인물 가운데에서, 설공찬의 혼령이 실린 설공침이 실존 인물임이 추가로 밝혀진 것이다.

그렇다면 주인공 설공찬도 족보에 등장할까? 설공찬은 장가들기 전에 죽은 것으로 작품에서 서술하고 있는바, 그 동안 필자는 이들이 『순창설씨족보』에서 보이지 않으므로 허구적인 인물로 단정해 버렸다. 전통사회에서는 장가들기 전에 죽거나 장가들었더라도 무후(無後)하면 보첩에 올리지 않는 것이 관행이라 알았기에, 『순창설씨대동보』에 나오지 않자 더 이상 찾아볼 생각을 하지 않았던 게 사실이다. 설령 실존했다 하더라도, 〈설공찬전〉이 왕명으로 탄압을 받자, 채수의 가문에서 〈설공찬전〉 관계기록을 모조리 삭제했던 것처럼, 설씨 가문에서도 '공찬'과 '공침'이란 이름을 의도적으로라도 누락시킬 개연성

6) 현토석자구해 논어집주(서울: 명문당, 1976), 287쪽.

이 크다고 보았기에 더욱 더 추적하려는 생각을 하지 않았다.

하지만 이른 시기에 만들어진 『문화류씨세보』의 경우, 위에서 확인한 것처럼, '公諶(공침)'이 무후(無後)함에도 불구하고 실어놓은 것을 보면 '공찬'도 족보에 올랐을 수 있다는 믿음이 생긴다. 그런 기대를 어느 정도 충족시켜 주는 자료가 있다. 조종운(趙從耘; 1607~1683)이 편찬한 『씨족원류(氏族源流)』에서 '설공찬'으로 추정되는 인물이 등장한다. 『씨족원류』는 조종운이 풍양조씨의 실전(失傳)한 대계(代系)를 찾기 위한 동기에서 만들어진 노작으로, 무려 540여 문중의 보계(譜系)를 수집하여 정리한 것이다. 거기 나타난 순창설씨의 계보는 다음과 같다.

〈氏族源流〉(~1683)

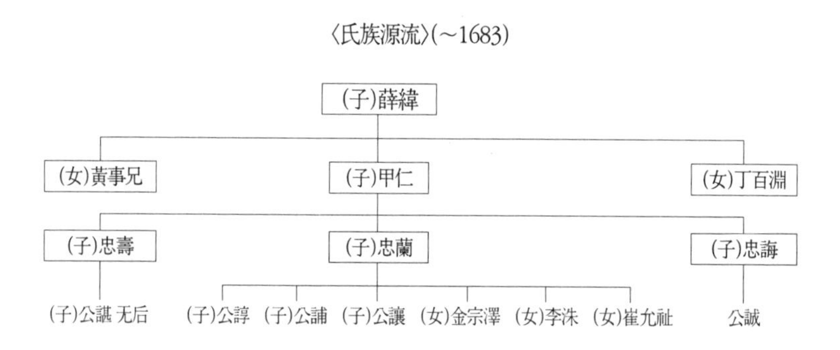

이 기록에서 주목할 부분은, 忠蘭의 장남으로 올라있는 '公讓(공양)'이란 인물이다. '公讓'은 문화류씨족보에도 순창설씨족보에도 전혀 나오지 않는 이름이다. 충란의 장남으로 적히고 그 자식이 없는 것으로 미루어 公瓚을 다르게 적은 것일 가능성이 크다고 생각한다. 公瓚이라고 적어야 마땅하나, 〈薛公瓚傳〉이 왕명으로 금서로 탄압받았기에, 公瓚이란 이름을 그대로 노출시키기를 꺼려 '公讓'으로 바꾸어 전승해 오던 순창설씨측 자료가 〈氏族源流〉 편찬자의 손에 들어가 반영된 것이 아닌가 추정된다.[7] 더구나 '公讓'이 자녀가 없는 것을 보면 장가들기 전에 죽은 公瓚일 가능성이 더 크다고 생각한다.

그런데 공찬의 누이는 왜 문화류씨족보나 『씨족원류』에도 끝내 나오지 않는 것일까? 여자인 데다 자식이 없이 일찍 죽었으므로, 남편의 성명을 적는 게 무의미하다고 판단해 뺐을 것이라고 생각된다. 따라서, 공침에게 처음 빙의되었던 설공찬의 누이를, 족보에 나오지 않는다는 이유로 실존 인물이 아니라고 단정하기는 어렵다고 생각한다.[8]

3) 패관잡기에 전하는 작품 말미의 기록

다음으로 주목할 자료는 당대(16세기) 인물인 어숙권(魚叔權)이 『패관잡기(稗官雜記)』에서 증언한 〈설공찬전〉의 말미이다. 어숙권의 이 기

---

7) '公瓚'으로 표기했던 것을, 문화유씨측에서 옮겨적을 때 자획이 약간 비슷한 데다 다른 형제들이 모두 '言'변이 들어가는 글자들을 쓰는 데 견인되어, '讓'으로 잘못 적었을 가능성도 있다. 자획을 혼동하는 사례는 순창설씨 족보(기사보)에서도, 설충수의 아들 중 '公璃'를 '公瑀'로 적은 데서 확인된다. 설충란의 사위 '崔允祖'도 『氏族源流』에서는 '崔允祉'로 적고 있어 문화류씨나 순창설씨의 족보와는 차이를 보이고 있다.

8) 〈설공찬전〉에서 설충란의 자녀가 남매뿐인 것으로 기록한 데 대해서도 해명해 볼 필요가 있다. 순창설씨족보, 문화류씨족보에는 2남 3녀, 『씨족원류』에는 3남 3녀로 되어 있기 때문이다. 두 가지 측면에서 설명해 볼 수 있다. 첫째, 채수가 〈설공찬전〉을 지은 시기(1508~1510)와 각 족보의 편찬 연대가 다르기 때문에 나타난 결과일 가능성이다. 채수가 〈설공찬전〉을 지을 당시에는 충란의 자녀에 설공찬과 그 누나만 있었는데, 그후 다른 자녀들이 출생했다고 보겠다. 둘째, 〈설공찬전〉 창작 당시에도 다른 남매가 있었으나, 작품 속 사건과 직접 관계가 없으므로 언급하지 않았을 가능성이다.

록은 문맥으로 보아, 한문본 〈설공찬전〉의 말미를 그대로 옮겨 놓은 것으로 여겨지는데 어숙권이 인용해 놓은 부분만 제시하면 다음과 같다.

> "설공찬이 남의 몸을 빌어 수개월간 머무르면서 능히 자신의 원한과 저승에서 들은 일을 아주 자세히 말하였다. (설공찬으로) 하여금 말한 바와 쓴 바를 좇아 그대로 쓰게 하고 한 글자도 고치지 않은 이유는 공신력을 전하고자 해서이다."(公瓚借人之身, 淹留數月, 能言己怨及冥聞事甚詳. 令一從所言及所書書之, 不易一字者, 欲其傳信耳).(『대동야승』 수록 『패관잡기』 권2).

〈설공찬전〉의 이 말미 기록에 의하면, 〈설공찬전〉은 설공찬의 혼령이 남(사촌 설공침)의 몸을 빌어 수개월간 머무르면서 진술한 것을 그대로 기록한 것으로 볼 수 있다. 물론 설공찬이 적은 게 아니라, 설공찬의 혼령이 들어간 설공침이 기술한 것이라고 보아야 자연스럽다.

그런데 혼령이 남의 몸에 들어가 무려 수개월간이나 머무르면서 이러저러한 말을 하였다는 것이 도대체 있을 수 있는 일일까? 어쩌면 〈설공찬전〉 말미에 적혔다는 이 기록이야말로 〈설공찬전〉이 사실과는 무관한 작품이라는 것을 스스로 증명하는 강력한 단서가 아닐까? 하지만 무속에서는 이와 같은 일이 엄연히 존재한다는 것을 알 수 있어 주목된다. 김태곤 교수가 보고한 사례를 소개하면 다음과 같다.

> 강릉에 사는 'C엄마'라는 '명두' 점쟁이가 있다. 그러나 C는 살아 있는 애가 아니고 벌써 25년 전에 죽은 아들의 이름이다. 이 '명두' 점쟁이 'C엄마'인 J씨는 반드시 죽은 아들인 C의 이름을 대고 'C엄마'라고 불러야 대답을 하고 또 편지도 그렇게 죽은 아들의 이름을 써서 보내야 받

> 지, 현재 살아 있는 아들의 이름을 대고 그의 엄마라고 부르면 화를 내고 대답도 않는다.
>
> 이 '명두' 점쟁이 J씨를 조사한 것은 1975년 12월 27일 유난히도 눈이 많이 내려 대관령의 교통이 두절되던 때였다. … J씨는 그의 강신 과정을 이야기하다가 별안간 얼굴이 빨갛게 상기되며 허공에서 들려오는 듯한 휘파람소리 같은 것을 '휘익-, 휘익-, 휘익-' 하고 내더니 급기야 '휘우-휘휙-' 새소리를 내었다. 그러고는 J씨의 음성이 어느새 어린애 목소리를 닮기 시작했다. 그의 목소리는 차차 잦아지더니 나중에는 눈물을 흘렸다. … 그러니까 세 살 때 죽어서 '동자' 넋으로 내려 점을 치는 '동자'의 말 내용을 간추려 보면 다음과 같다. "휙, 휙, 내가 삼각산 할아버지한테 공부해서 우리 엄마 도울라고 들어왔다. … 나가 죽으니 우리 엄마가 나를 땅에 묻잖어, 그래서 혼이 되어 날아가서 뻐꾸기가 되어 날아갔다." 하였다.[9)]

위의 보고에서 보는 바와 같이, 무속에서는 죽은 혼령이 산 사람에게 씌어 일정한 기간, 심지어는 'C엄마'처럼 살아있는 사람의 의식을 일평생 지배하는 경우가 있다는 것을 알 수 있다. 이렇게 본다면, 친족인 설공찬의 혼령이 설공침의 몸에 빙의되어 수개월간 그 입을 빌어 이러저러한 말들을 진술했다는 〈설공찬전〉 내부의 사건은 작품 외적으로도 얼마든지 존재할 개연성이 있다고 보아야 한다.

그렇게 본다면 어숙권이 전한 〈설공찬전〉 말미의 기록도 관습적이거나 허구적 장치가 아니라 어느 정도 그 사실성까지 담보하고 있다고 할 수 있다. 거듭 말하거니와, 그렇지 않고서야, 일가붙이인 설공침

---

9) 김태곤, 무속과 영의 세계(서울: 한울, 1993), 22~24쪽.

의 실명을 거론하면서까지 당시로서는 떳떳하게 여기지 않는 이야기, 특히 유가에서는 전통적으로 금기시해온 괴력난신(怪力亂神)류의 이야기를 그렇게 버젓하게 실명으로 기술하지는 않았으리라는 것이 필자의 판단이다.

4) 작품 속 사건의 연도와 창작 시기간의 근접성

〈설공찬전〉을 보면 사건의 절대 연도가 또렷하게 밝혀져 있다. 설공찬의 삼년상이 마치는 해를 병인년(1506)이라고 함으로써 사망 연도가 갑자년(1504)임을 알려주는가 하면, 설공찬 누이 및 설공찬의 혼령이 출현한 때는 더 구체적이어서 "정덕 무진년(1508) 7월 스무이렛날 해질 때"라고 연호까지 동원해 자세히 밝히고 있다. 허구라면 이렇게까지 표시할 수도, 필요도 없었을 것이다.

더욱이 혼령이 출현한 1508년은 채수가 〈설공찬전〉을 지은 상한 연도이기도 하다. 채수가 중종반정 후 처가인 함창에 내려와 은거하며 독서한 장소인 쾌재정(快哉亭)을 완공한 시기가 1507년 봄인 점, 1508년 7월 27일에 출현한 설공찬의 혼령이 수개월간 지상에 머무르면서 진술한 내용이라고 어숙권의 『패관잡기』에서 작품의 말미를 인용하여 밝힌 점, 조정에서 이 작품에 대해 논의한 때가 1511년 9월 6일인 점, 이 세 가지를 종합해 보면, 〈설공찬전〉의 창작연대는 1508년 말(수개월을 3~4개월 정도로 추정할 경우)에서 1511년 9월 사이로 볼 수 있기 때문이다.

창작시기를 더 좁혀볼 수도 있다. 특히 1511년 9월에 조정에서 문제삼을 때는 이미 한문본은 물론 번역본들까지 함께 경향각지에서 읽혔다고 거론되었으니, 그러려면 창작시기로부터 일정한 유통기간이 필요한 만큼, 적어도 1510년까지는 창작되었다고 보는 게 자연스러우리라 판단된다.

이 작품의 창작시기가 1508년 말~1510년이라면, 한 가지 흥미로운 사실을 확인하게 된다. 상한연도인 1508년 말을 창작시기로 볼 경우, 혼령이 출현해 저승경험담과 자신의 원한을 진술하는 일(1508년 7월의 사건)이 생기자마자 즉시 작품화한 셈이 되고, 하한연도인 1510년을 창작시기로 본다 해도 그 사건이 일어난 지 불과 2년밖에 안되어 작품화했다고 할 수 있기 때문이다.

다시 말해 〈설공찬전〉은 당시로서는 아주 최근에 일어난 일(최하 1~2개월 전 혹은 최고 2년 전의 일)을 소설화한 작품이라 할 수 있다. 그 사건이 사실이 아니고서야 이렇게 최근의 절대연도까지 정확하게 밝혀가며 기술할 수는 없는 일이라고 여겨진다. 허구라면 금세 드러나 비판의 대상이 되리라는 것쯤은 평생 언관의 길을 걸어온 작자 채수가 더 잘 알았으리라 생각하기 때문이다.

3. 맺음말 -소설사적 의의-

〈설공찬전〉을 실화에서 유래한 소설로 볼 수 있다는 이상의 논증이 타당하다면, 이 사실이 지니는 소설사적 의의는 무엇일까? 그리고 앞으로의 과제는 무엇일까?

첫째, 이 작품의 성격에 대해 재평가하게 한다. 그동안 박희병 교수가 이 작품을 '전을 빙자한 소설'로 평가하고,[10] 필자는 '소설(허구)이면서 사실담인 양 위장한 사례'라고 규정한 바 있다.[11] 하지만 이 글에서 논증한 바가 타당하다면, 이 작품은 소설로 출발한 게 아니라, 실화에서 유래한 작품 즉 '실화의 소설화' 사례로 재평가해야 한다. 여기에서 한 가지 의문이 제기될 수 있다. 실화에서 유래한, 혹은 실화를 소재로 한 작품이 과연 소설일 수 있는가 하는 의문이다.

하지만 실화(사실)에서 유래한 작품이라 해서 소설이 아니라고 하지는 않는다. 작품에서 다룬 대결이 사실에 근거를 두었더라도 자아와 세계가 서로 용납할 수 없는 관계를 심각하게 문제삼고 형상화했으면 소설로 인정하는 것이 학계의 통념이기 때문이다.[12] 〈설공찬전〉도 마찬가지 이유에서 소설임이 분명하다. 비록 일부만이 전해져 전체 내용을 분석할 수 없는 한계를 안고 있으나, 설공찬의 혼령과 이를 퇴치하려는 설충수간의 대결, 염라대왕과 성화황제의 대립, 나아가서 인간계와 타계간의 연속성과 불연속성의 문제 등이 형상화되었음이 드러나 있기 때문이다.

둘째, 한국 초기소설[13]의 형성 경로로서 〈실화→소설〉이란 도식을 추가할 필요성과 근거가 마련되었다. 그 직접적인 원천이 무엇인가

10) 박희병, 조선 후기 전의소설적 성향 연구(서울 : 성균관대학교 대동문화연구원, 1993), 78쪽 참조.

11) 이복규, 설공찬전-주석과 관련자료-(서울 : 시인사, 1997), 38쪽 참조.

12) 조동일, 제3판 한국문학통사 3(서울 : 지식산업사, 1994), 89쪽 참조.

13) 한국 '초기소설'의 개념에 대해서는 크게 보아 수이전 일문으로 전하는 〈최치원〉부터로 볼 것인가, 김시습의 〈금오신화〉부터로 볼 것인가, 학자간 견해가 대립되어 있는 게 사실이다. 여기에서는 일단 김시습의 〈금오신화〉를 한국 소설의 출발로 보는 통설을 따르기로 한다.

에 따라 〈중국소설→소설〉(김시습의 〈금오신화〉), 〈작가의 상상력(허구)→소설〉(신광한의 〈기재기이〉) 등의 도식과 함께, 실화를 토대로 소설이 이루어지는 경우를 상정하게 한다.[14] 〈실화→소설〉의 도식이 적용되는 작품으로는 선조 때의 〈유연전〉, 인조 때의 〈최척전〉을 들 수 있으며, 실화를 소재로 하여 소설이 지어지는 일은 현대문학의 시대인 지금도 이어지고 있는 현상이다.[15]

영문학의 경우, 영어소설 효시작의 하나로 거론되는 리차드슨의 〈패밀라〉(Pamela; 1740)도 실화를 바탕으로 이를 서간체 소설화한 것이라는 게 일반적인 인식[16]인 것을 보면, 〈실화→소설〉의 도식은 보편적인 것인지도 모른다.

그렇다고 해서 오해해서는 안 될 것이 있다. 앞에서도 지적했지만, 〈설공찬전〉이 이루어지는 데 실화만 단선적으로 작용한 것은 아니라는 사실이다. 일가붙이의 집안에서 일어난 실화를 바탕으로 했다 하더라도 작품화하는 과정에서 다른 요인도 부차적으로 작용했다고 보

---

14) 〈주생전〉과 〈최척전〉의 작자들이, 이들 작품이 실화라고 밝혔음에도 불구하고, 사실담인 양 가탁한 작품으로 보자는 게 학계의 통설이다. 하지만 〈설공찬전〉의 경우를 보건대, 이들 작품들도 실화를 바탕으로 지어졌을 가능성에 대해서도 좀더 진지하게 검토해 볼 필요성이 있다고 본다. 그런 의미에서 필자는 정민, '주생전의 창작 기층과 문학적 성격', 한양어문9(서울 : 한양어문학회, 1991), 81~126쪽에서 〈주생전〉이 작자 권필의 주장대로 조선에 파병된 명나라 군인으로부터 들은 이야기를 작품화한 것이라는 견해에 찬동한다.

15) 박경리의 〈김약국의 딸들〉은, 통영 사람이면 누구네 집 누구 이야기라고 환하게 기억할 정도로 그 지역 여인들의 실화를 김약국이라는 한 집에서 일어난 사건인 양 재구성해서 만든 소설이고, 박완서의 〈그 많던 싱아는 누가 다 먹었을까〉는 실화 그대로 쓴 자전적인 소설이라는 것은 이미 잘 알려진 사실이다.

16) 김상희 'Pamela Andrews의 plot와 인물', 인문연구 10(서울 : 중앙대학교 인문과학연구소, 1988), 28쪽 참조.

는 것이 타당하다. 그 변용 과정에는 작자 채수의 귀신체험[17]과 주제의식은 물론 당대의 귀신이야기들, 특히 성현의 『용재총화』, 김안로의 『용천담적기』 및 김시습의 『금오신화』 등에 대한 독서체험이 영향을 미쳤을 것이라 짐작된다. 특히 『용천담적기』 소재 〈박생〉이나 『금오신화』 중에 〈남영부주지〉는 〈설공찬전〉과 구조적인 유사성을 많이 보여 주목된다. 그뿐만 아니라 『태평광기』나 『전등신화』, 『전등여화』 등에 수록된 중국의 유사 작품에 대한 독서경험도 이 작품의 형상화 과정에 일정하게 작용하였을 가능성도 염두에 두어야 하리라 생각한다.

앞으로 힘써 해명해야 할 점도 바로 이것이다. 소설로 작품화하면서 일어났을 변용 양상에 대한 고찰이 후속되어야 한다. 전문이 남아 있지 않아 작업에 한계는 있겠지만, 일단 이 작품이 실화(사실)에서 출발했다면 소설적 변용 양상에 대한 검토는 이 작품의 가치 평가와도 연결되므로 반드시 수행되어야 한다.

필자가 보기에 당대의 귀신이야기 및 저승경험담 일반의 양상과 다른 점이야말로, 작자 채수가 실화를 바탕으로 이 작품을 쓰면서 의도적으로 추가하였거나 부각시킨 요소가 아닌가 한다. 저승경험담 부분에서 특히 그런 요소가 많이 보인다고 판단하는바, 예컨대 저승에서는 여성이라도 글을 알면 관직을 맡는다는 것, 임금을 역임했더라도 주전충처럼 정권을 찬탈한 경우는 지옥에 간다는 것, 성화황제보다 염라왕이 우위에 있다는 것 등은 채수의 주제의식 아래 추가되었거나 강화된 요소가 아닌가 여겨진다. 따라서 그 당대의 귀신이야기 및 저승경험담들과 이 작품을 상세히 비교하는 작업은 반드시 이어져야 하리라 본다.

17) 채수의 귀신체험과 작품과의 상관성에 대해서는 이복규(1997), 31~34쪽 참조.

‘설공찬전의 실화 가능성’ 별첨 자료

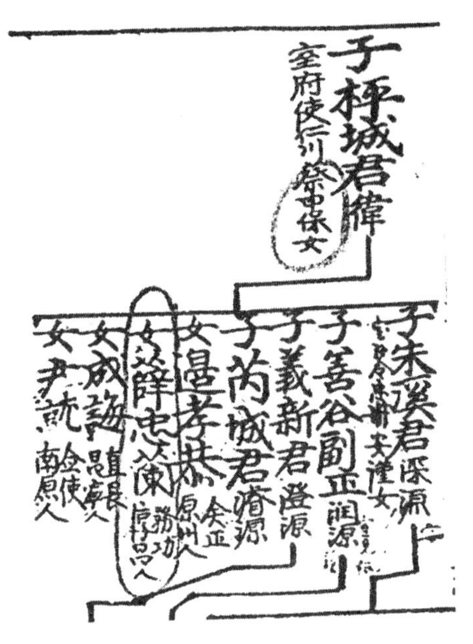

◀ 채수의 누이와 평성군(전주이씨)간의 혼인 및 평성군의 딸(공찬의 모)과 설충란간의 혼인 사실 자료(1)
(『씨족원류』, 12쪽)

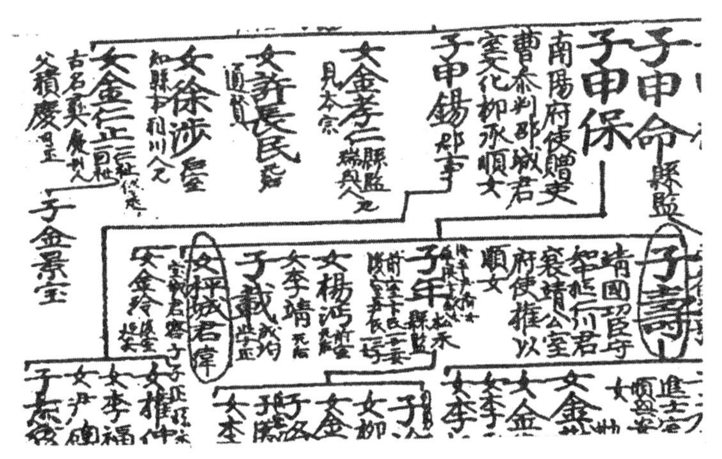

▲ 채수의 누이와 평성군(전주이씨)간의 혼인사실 자료(2)(『씨족원류』, 633쪽)

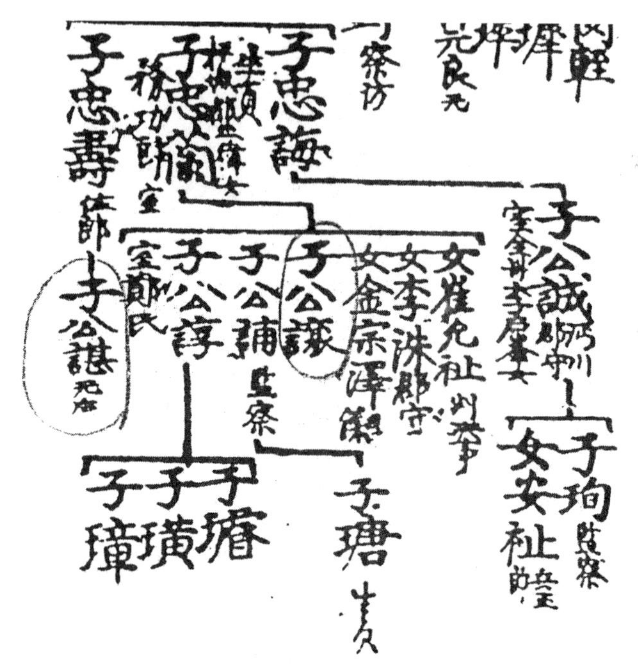

▲ 설공침 및 설공찬의 실재 가능성 자료(3)(『씨족원류』, 779쪽)

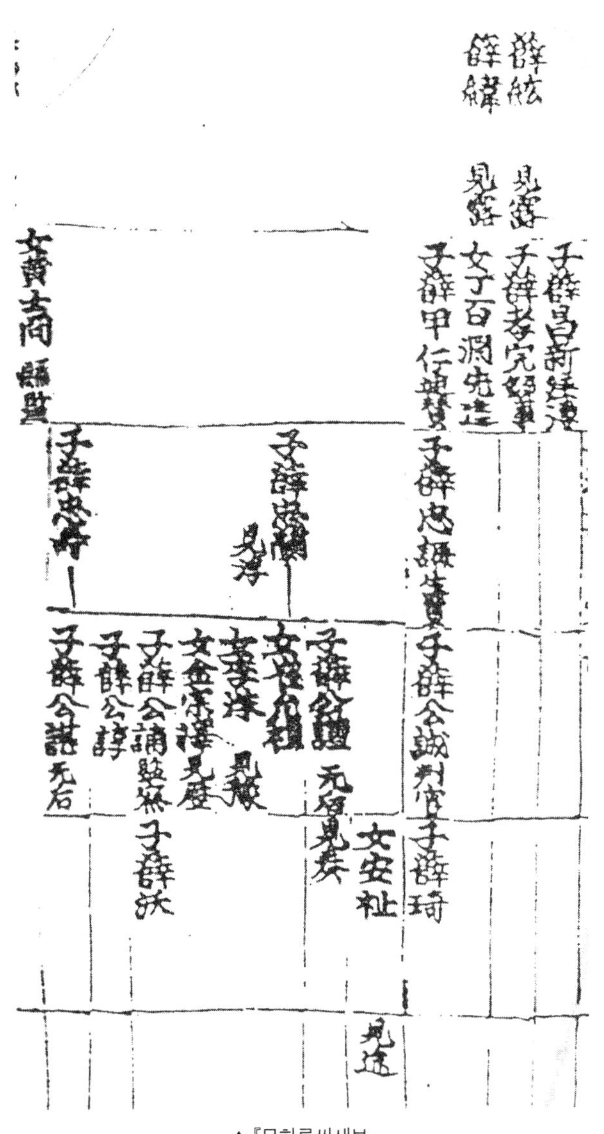

▲『문화류씨세보』

Ⅵ

설공찬전 국문본과 최초 국문소설 문제

1. 머리말

채수(1449~1515)가 지은 한문소설 〈설공찬전〉의 한문 원본은 조선 중종대에 왕명으로 수거되어 불태워져 사라지고, 그 국문본의 일부가 1996년 필자에 의해 우연히 발견되어, 1997년에 학계와 일반에 소개되었다. 이 작품의 발견 사실이 신문기사와 저서[1]를 통해 자세히 알려지면서, 중고등학교 국어학습 현장에서는 "최초 국문소설" 문제가 관심사로 떠올라 있는 게 사실이다. 필자가 확인한 바로는, 대학에서도 「한국문학사」 강의에서 이 문제가 주요한 쟁점으로 다루어지고 있다는 것을 알 수 있었다.[2]

---

1) 1997년 4월 28 · 29일자 주요 일간지 기사 및 이복규, 설공찬전 - 주석과 관련자료 (서울 : 시인사, 1997) ; 초기 국문 · 국문본소설(서울 : 박이정, 1998) 참조.

2) 예컨대 한양대 정민 교수의 홈페이지에 들어가 보면, 2002년 2학기 「한국문학사」 강의 시간에 "최초의 국문소설은 홍길동전인가 설공찬전인가?"라는 항목에 대해

그간 최초 국문소설로 알려진 허균의 〈홍길동전〉(허균이 사망한 1618년까지는 창작된 것으로 추정)보다 100년 이상 앞서는 1511년 무렵에 이 〈설공찬전〉이 창작되고 동시에 국문으로도 번역되어 읽혀졌다는 게 드러나면서 학습현장에 혼란이 생긴 것이다. 〈홍길동전〉은 그 원문의 일부가 현행 7차 교육과정상 중학교 국어 1학년 1학기 교과서[3]에 수록되어 있는 바, 그간의 통설에 따라 최초의 국문소설로 가르치고 있으나, 새로 발견된 〈설공찬전〉 국문본도 "최초의 국문소설"로 볼 수 있지 않은가 하는 교사 · 학생 · 학부모들의 궁금증이 촉발된 것이다. 필자도 여러 사람으로부터 이에 관련한 질문을 지금도 종종 받고 있다.[4]

이 글을 쓰는 이유도 여기 있다. 〈설공찬전〉 국문본 발견을 계기로 학계 쟁점으로 부각된 '최초 국문소설' 문제를 거론해 보고자 한다. 국문소설의 개념은 무엇이며, 거기 비추어서 최초 국문소설은 무엇인지 따져보고자 한다. 아무쪼록 이 글이 국문소설 문제에 관심을 가진 이들에게 약간의 도움이 되었으면 하는 바람이다.

검토하는 시간이 마련되어 있으며, 인하대 김영 교수 홈페이지에 올려놓은 「한국문학사」 강의 노우트에서는 설공찬전 국문본은 최초의 '국문본소설'로, 홍길동전은 '최초의 국문소설'로 각각 문학사적 위상을 부여하고 있다.

3) 중1-1(서울 : 교육부, 2002), 241~244쪽.

4) 경남대 이원수 교수의 홈페이지에도 그와 같은 사례가 언급되어 있고, 이 문제를 다룬 글도 올려놓고 있다.

2. 국문소설의 개념과 최초 국문소설

1) 국문소설의 개념

(1) 제1개념의 국문소설('창작국문소설' 혹은 '원작이 국문으로 지어진 게 확실한 소설')과 해당 작품

국문소설[5]의 제1차적 개념은 창작국문소설이다. 창작 당시에 작가가 국문으로 지은 소설, 이른바 창작국문소설을 가리킨다. 다시 말해서 원작(원본)이 국문으로 되어 있는 소설을 가리킨다.[6] 얼핏보기에 아주 명쾌한 개념규정인 것처럼 여겨진다. 그러나 막상 특정 작품이 국문소설인지 아닌지 판별하기란 그렇게 쉬운 일이 아니다.

왜 그럴까? 현재 전하는 고소설 작품 가운데에서 원작(원본)이 전하는 경우는 전무하기 때문이다. 작자가 직접 쓴 원고 즉 원본은 없다. 그러니 그 작품이 창작 당시에 국문으로 지어졌는지 한문으로 지어졌는지 알 수 없다. 국문소설로 알려진 〈사씨남정기〉도 원본은 전하지 않는다. 김만중의 종손자(從孫子)인 김춘택의 증언을 믿어서, 김만중

5) 현재 '국문소설'과 '한글소설'이란 용어가 함께 쓰이고 있다. 두 가지 이유에서 필자는 '국문소설'이라 부르기로 한다. 첫째, 흔히 국문과 한글을 동일한 말로 인식하지만 구별해야 한다고 생각하기 때문이다. 국어사전에서도 '국문'은 문자와 글을 동시에 의미하지만, '한글'은 문자만을 의미하는 말로 규정하고 있다. 따라서 국문은 한국어를 한글이란 문자로 적은 글이지만, 한글은 한국 고유의 문자만을 의미할 따름이다. 둘째, '한문소설'의 상대어로서는 '국문소설'이 자연스럽다고 보기 때문이다. '한글소설'은 '한자소설'과는 어울리나 '한문소설'의 상대어로는 부자연스럽다고 생각한다.

6) 마찬가지로, 창작 당시에 작가가 한문으로 지은 소설은 한문소설이다. 원작(원본)이 한문으로 되어 있는 소설이 한문소설이라 할 수 있다.

이 〈사씨남정기〉를 국문으로 지었다고 믿고 있을 따름이지 국문 원본이 있는 것은 아니다.

그렇다고 국문소설과 한문소설이 내용상 확연히 구분되느냐 하면 그렇지도 않다. 내용만 보아서는 그것이 한문소설인지 국문소설인지 판별하기 어렵다. 「임경업전」도 보통 국문소설이라고들 하지만, 그 원전이 전하지 않으므로 과연 그게 한문소설인지 국문소설인지 명백하게 규명하기 어려운 실정이다.

이윤석 교수는 한문소설로 출발했다 하고 필자는 국문소설로 출발했을 가능성이 높다 하여 의견이 대립되어 있다.[7] 〈홍길동전〉도 그렇고 「구운몽」도 원작의 표기문자 문제를 놓고 논란이 끊이지 않고 있는 게 학계의 현실이다. 한문소설과 국문소설이 내용면에서 근본적인 차이가 있다면, 이 문제를 두고 학자들이 계속 대립하는 일은 없을 것이다. 〈사씨남정기〉도 국문소설이라지만 김만중의 원작은 전하지 않고, 종손 김춘택이 한역(漢譯)한 것을 다시 국문으로 번역한 것(국문본)들이 현전할 따름[8]인데, 한문본 〈사씨남정기〉만을 볼 경우, 〈사씨남정기〉가 국문소설임을 알아내기는 거의 불가능하다고 필자는 생각한다.

최근들어 한문으로 창작된 소설이 국문으로, 국문으로 창작된 소설이 한문으로 바뀌는 사례가 빈번하였다는 사실이 계속 밝혀지고 있다.[9] 16세기 초에 지어진 채수의 〈설공찬전〉이 창작과 동시에 국

7) 이윤석, 임경업전 연구(정음사, 1985), 이복규, 임경업전연구(집문당, 1993) 참조.

8) 현재 전하는 〈사씨남정기〉 국문 원본은 전하지 않고, 그 계통의 것이라 추정되는 필사본(조동일 교수 소장) 또는 김춘택이 한문으로 번역한 것을 다시 국역한 이본들만 전할 따름이다. 그런데도 우리는 현전하는 국문본 〈사씨남정기〉를 김만중의 원작 그대로인 양 전제하고 읽는다.

9) 박희병, 「한문소설과 국문소설의 관련양상」, 한국문학에 있어서 국문문학과 한문

역되어 유포된 것은 물론, 17세기에서 18세기 초엽에 이르러, 〈주생전〉·〈운영전〉·〈강로전〉 등 16세기 말에서 17세기 초에 창작된 한문소설들의 국역, 17세기 후반에 창작된 〈창선감의록〉·〈사씨남정기〉·〈설소저전〉 등의 국문소설이 한역된 것[10]이 그 사례이다.「구운몽」에 국문본과 한문본이 거의 같은 비중으로 공존하는 것도 한문소설과 국문소설의 상호전환이 매우 활발하였던 사정을 증거하고 있다.

국문과 한문이라는 표기수단은 절대적인 것이 아니며, 독자의 요구에 호응해서 수시로 전환이 가능했음[11]을 보여준 것이 문학사의 실상이라 하겠다. 이런 사정을 고려하고 보면, 고소설의 유형을 표기문자에 따라 분류할 때 그 원작의 표기문자만 가지고 구분하는 것이 얼마나 조심스럽고 제한적인 의미만 지니는지 절감하게 된다.

이 개념에 부합하는 소설이 무엇이냐 하는 문제와 관련하여 필자는 낙서거사의 〈오륜전전서〉(1531)를 눈여겨보아야 하다고 생각한다. 결론부터 밝히자면, 거기 나오는 국문본 〈오륜전전〉 및 〈이석단〉·〈취취〉야말로 우리 소설사에서 국문으로 만들어져 유통된 최초의 작품들이라고 본다. 이제부터 이 문제에 대해 서술해 보기로 하자.

일찍이 조동일 교수는『한국문학통사』에서 국문소설의 등장과 관련하여 다음과 같은 주목할 만한 발언을 하였다.

> 지금까지 든 소설은 모두 한문소설이고 국문소설은 보이지 않는다.

문학의 관련양상(한국고전문학회 · 한국한문학회 공동주최 1998년도 전국학술대회 발표집), 12쪽.

10) 박희병,「한문소설과 국문소설의 관련양상」, 같은 책, 11쪽 참조.

11) 임형택,「한국문학에 있어서 국문문학과 한문문학의 관련이 갖는 역사적 의미」, 위의 책, 8~9쪽.

그러나 조선 전기에 국문소설이 이미 이루어지지 않았나 하는 의문을 일으키는 증거가 있어 주목된다. 명나라 희곡 〈오륜전비기(五倫全備記)〉를 1531년(중종 26)에 낙서거사(洛西居士)라는 이가 축약해서 국문으로 번역해 〈오륜전전(五倫全傳)〉이라 하고, 지금 한문으로 남아 있는 그 서문에서, '여항무식지인들이 언자를 익혀 노인들이 전하는 이야기를 베껴 밤낮으로 떠드는데, 〈이석단〉·〈취취〉 같은 것들이라 음탕하고 허탄해서 도무지 볼 것이 없다'하고, 그런 작품 대신에 품위 있고 교훈을 주는 작품을 읽으라고 〈오륜전전(五倫全傳)〉을 마련했다고 했다. 〈이석단〉이나 〈취취〉가 지금 전하지 않아 실상을 알 수 없으나, 구전설화를 국문으로 적은 음란하고 허탄한 내용의 작품임은 의심할 필요가 없다. 그러나 설화의 기록에 머물었고 소설이라 할 만큼 개작되지는 않았을 가능성이 크다. 국문소설의 출현을 앞당겨 논할 만한 자료는 아니라고 생각한다.[12)]

인용문에 나타난 바와 같이, 조동일 교수는, 『금오신화』를 비롯하여 조선전기에 등장한 한문소설을 개관하면서, 아직은 한문소설뿐이고 국문소설이 보이지 않는다고 하였다. 그런데 조선 전기에 국문소설이 이미 이루어졌다는 증거가 있어 주목된다고 하였다. 1531년(중종 26)에 낙서거사(洛西居士)라는 이가 한문본 〈오륜전전(五倫全傳)〉을 마련하면서 그 서문에 소중한 증언을 해두었기 때문이라는 것이다. 하지만 조동일 교수는 그 서문을 해석해서 소개한 심경호 교수의 견해를 따른 나머지 낙서거사의 한문본 〈오륜전전〉이 중국 희곡 〈오륜전비기〉를 직접 축약·번역한 것으로만 여겨 국문본 〈오륜전전〉의 존재

12) 조동일, 한국문학통사 제3판(서울 : 지식산업사, 1994), 501쪽.

가능성을 아예 도외시하지 않음은 물론, 국문본 〈오륜전전〉과 함께 그 무렵에 엄연히 존재했던 또다른 국문소설인 〈이석단〉·〈취취〉의 의의까지 부정하고 있다.

하지만 필자는 의견이 다르다. 낙서거사의 한문본 〈오륜전전〉은 중국 희곡 〈오륜전비기〉를 저본으로 해서 개작된 게 아니고, 국문본 〈오륜전전〉을 저본으로 삼아 이루어진 것으로 보아야 하며, 국문본 〈오륜전전〉은 중국 희곡 〈오륜전비기〉를 노인네들이 이야기로 구술한 것을 국문으로 기술하면서 이루어진 것으로 보아야 마땅하다. 〈이석단〉·〈취취〉도 구술물을 국문으로 기술하면서 이루어진 국문소설로 보아야 한다. 그렇게 보아야 할 근거와 이유는 낙서거사의 〈오륜전전서〉(1531)에 나와 있다. 다만 해석을 잘못해 지금껏 이들 국문소설의 의의를 제대로 평가하지 못했을 따름이다. 〈오륜전전〉의 서문은 다음과 같다.

> 내가 보니, 한자를 모르는 민간인들이 국문을 전해가며 익혀, 노인들이 서로 전하는 이야기를 베껴 밤낮 담론하고 있다. 이석단·취취의 이야기 같은 것은 음설망탄하여 도무지 볼 게 없다. [이들 국문소설 가운데에서] 유독 오륜전 형제의 일은 자식으로서 효를 다하였고 신하로서 충을 다하였으며, 지아비에게는 예를 지켰고 형제간에는 공순하였으며, 또 친구에게는 신의와 은혜로움이 있어, 이것을 읽으면 뜨끔해지고 울적해지니, 본연지성에 느껴지는 바가 있어서 그런 게 아니겠는가? 이 글[국문본 〈오륜전전〉]은 지금 서로 다투어가며 베껴다 전해가며 익히고, 집집마다 수장해 사람마다 읽고[외고] 있으니, 만약 그 밝힌 바에 인하여 그 좋아하는 바에 나아가면, 인도하고 권유하기가 어찌 쉽지 않겠는가? 그러나 이 글[국문본 〈오륜전전〉]은 그다지 도리를 알지

> 못하는 자가 베낀 데서 비롯되어 어휘 구사가 아주 거칠고 이야기 서술이 뒤죽박죽이다. 그래서 나는 거듭 궁리하여, 뜻은 있으되 말이 유창하지 못한 것은 윤색하고, 말이 상스러워 도리에 안 맞는 것은 고쳤고, 중복되고 쓸데없는 말과 우스개 야비어는 모두 삭제하였다. 이로써 언어(言)가 하나같이 바름을 얻어, 이 글을 보는 사람들로 하여금 감격해 공경심을 일으키게끔 하였지, 심심풀이 농담거리에 이르게 하지는 않았다. 그러니 성현의 가르침을 돕는 데 보탬이 없진 않을 것이다. 그러므로 [내가 개작한 한문본 〈오륜전전〉을] 국문으로도 번역해, 부인네처럼 문자를 모르는 사람들일지라도 눈만 붙이면 훤히 알도록 하였다. 그렇지만 이렇게 하는 것이 어찌 대중에게 전하고자 해서이겠는가. 다만 집안 처자들과 함께 보고자해서일 따름이다.([ ]부분은 문맥의 의미가 잘 드러나도록 필자가 보충 · 삽입한 것임)

이 서문을 보면, 1531년 당시에 이미, 노인들이 구술하는 이야기를 국문으로 기록 정착한 국문소설 〈오륜전전〉이 존재하였던 게 분명하다. 이 국문본 〈오륜전전〉을 한문으로 윤색 · 개작한 것이 현전하는 낙서거사의 한문본 〈오륜전전〉이라는 사실도 드러나 있다. 물론 〈오륜전전〉의 출전은 중국 희곡 〈오륜전비기〉(伍倫全備記)이지만, 희곡본과 소설본간에는 중요한 차이가 개재해 있어서, 희곡본에서 바로 소설본이 파생되었다고는 볼 수 없어, 낙서거사의 진술은 신빙성을 지닌다.

이 서문에 나오는 〈이석단〉(李石端) · 〈취취〉(翠翠)는 지금 전하지 않아 실상을 알 수 없으나, 현전하는 〈오륜전전〉의 갈래가 소설임이 확실한 것을 감안하면, 〈오륜전전〉과 함께 거론된 이들 작품도 국문소설로 보는 게 자연스럽다.

이렇게 본다면, 구술물을 한글로 기록하면서 최초의 국문소설이 나타난 사정을 또렷이 확인할 수 있으므로, 국문소설의 출현 시기를 허균의 〈홍길동전〉보다 훨씬 이전으로 올려잡을 필요성이 있다고 생각한다. 이들 소설이야말로 비록 원천은 중국의 희곡이지만, 구술물 단계를 거쳐서 국문으로 기록되어 유통됨으로써, 국문소설의 제1 개념인 '원작이 국문으로 표기된 작품' 즉 창작국문소설의 개념에도 부합하는 작품들로서, 그 연대가 1531년이므로 지금까지 거론된 작품 가운데에서 가장 이른 작품 즉 최초의 국문소설로 평가할 수 있다.

〈설공찬전〉 국문본이 번역체 국문소설의 효시작으로서 독자에게 국문으로 읽혀진 첫 작품이라면, 〈오륜전전〉 국문본 · 〈이석단〉 · 〈취취〉는 애초에 국문으로 지어진 최초의 작품들인 셈이다. 작품의 실물이 존재하지 않는다는 이유로 이들의 문학사적 가치를 폄하할 수는 없다고 생각한다. 〈오륜전전〉 국문본이 소설의 체제를 지녔으리라는 점은 그 한문본을 보아서도 알 수 있고, 당시에 인기리에 유통되었다는 낙서거사의 증언 자체가 보장하고 있다고 생각한다.

(2) 제2개념의 국문소설('번역체 국문소설' 혹은 '비국문 원작을 국문으로 번역한 것이 확실한 소설')과 해당 작품

다음으로 국문소설의 제2의 개념을 생각해 볼 필요가 있다. 제2의 개념은 번역체 국문소설[13](혹은 '비국문 원작[14]을 국문으로 번역한 소

---

13) 황패강, 조선왕조소설연구(서울 : 한국연구원, 1978), 59쪽.

14) '한문'이 아니라 '비국문'이라고 표현하는 것은, 후대 일본어 원작소설이나 서구어 원작소설을 국문으로 번역한 작품까지도 이 제2 개념의 국문소설 범주에 포함시

설')이다. 원작은 한문이지만, 이것을 국문으로 번역한 것도 국문소설의 일종으로 보게 하는 용어이다. 창작국문소설을 좁은 의미의 국문소설이라고 한다면, 번역체 국문소설은 넓은 의미의 국문소설이라 할 수 있다.

이 개념을 도입함으로써 초기 국문소설로서 새롭게 주목한 작품들이 몇 가지 있다. 한글 창제와 허균의 〈홍길동전〉 사이에는 170여 년의 공백이 있다는 데 의문을 가지고, 〈홍길동전〉 이전에 나온 한문서사물의 언해본을 '넓은 의미의 국문소설'로 보자고 한 선배 학자들에 의해서 그 작품들이 제시되었다. 예컨대 사재동 교수는 세종 · 세조 대의 국문불서류에 실린 〈안락국태자전〉이나 〈목련전〉 등을 (형성기) '국문소설'[15]로 규정하였으며, 황패강 교수는 명종 때의 승려 보우의 〈왕랑반혼전〉 국문본을 '최고(最古)의 국문소설'[16]로 규정한 바 있다.

학계의 반응을 보면, 이들이 국내 창작물이 아닌데다 소설로 볼 수 없기에 인정하기 어렵다[17]는 것이 중론임을 알 수 있으나 여전히 고소설 논저 중에는 이들 작품을 포함시켜 다루는 경우가 많다. 그런데 〈설공찬전〉은 어떤가? 분명히 원작이 우리 작가의 손으로 창작되었으며, 소설임이 분명하다. 그러므로 불경언해류까지를 국문소설로 인

켜 다룰 수 있다는 필자 나름의 생각 때문이다. 예컨대 안정효가 영어로 창작해 발표한 후 우리말로 번역해 인기를 모은 〈하얀 전쟁〉이란 작품의 성격을 논할 때 바로 이 '제2 국문소설' 개념을 적용할 수 있다 하겠다.

15) 사재동, 불교계 국문소설의 연구(중앙문화사, 1994), 8쪽 참조.

16) 황패강, 한국서사문학연구(단국대출판부, 1972), 262쪽.

17) 그 한 예로 조희웅, 이야기문학 모꼬지(박이정, 1995), 47~50쪽의 논의를 들 수 있다.

정하는 견해에서 본다면, 〈설공찬전〉 국문본은 자격 요건을 확실하게 갖추고 있는 국문소설인 셈이다.

우리 고소설의 역사에서, 현전하는 기록을 통해서 보았을 때, 이 번역체 국문소설이야말로 '독자에게 국문으로 읽히고 들려진 최초의 소설'이다. 김시습의 〈금오신화〉는 최초의 소설임에는 분명하지만 한문 표기였기에 국문만 아는 민중에게는 그림의 떡에 불과하였고 상층 사대부만이 향유할 수 있었다. 한문이기에 읽어준다 해도 어순이 우리말과 달라 민중은 수용할 수가 없었다.

그러나 1511년경에 이루어져 광범위하게 유통된 〈설공찬전〉 국문본은 한글을 아는 사람이라면 누구든지 읽을 수 있었고, 우리말을 아는 사람이라면 그 낭독하는 것을 들어 충분히 수용이 가능했던 작품이라는 점에서 소중한 가치를 지닌다. 이는 마치 서구에서, 라틴어 성경만 존재하던 중세에는 일부 사제계급만이 성경을 읽고 들을 수 있다가, 마르틴 루터가 독일어로 성경을 번역함으로써 비로소 독일 민중 모두가 성경 내용을 직접 읽고 들어 종교개혁의 속도가 가속화되었던 것과도 같다.

비록 원작이 한문이지만 한글만 아는 우리나라 민중이 소설을 접한 최초의 경험은, 현전 기록으로는 〈설공찬전〉 국문본이지, 40여년 이전에 창작된 김시습의 한문소설 〈금오신화〉도 아니고, 채수의 창작한문소설인 〈설공찬전〉 한문 원작도 아니며, 〈설공찬전〉 국문본을 통해서 이루어졌다. 다음 절에서 언급하겠지만, 일반 민중이 창작국문소설을 접하는 것은 〈설공찬전〉 국문본 이후 20년이 지난 1531년경의 〈오륜전전〉에 가서야 가능하였다. 그때까지는 우리 민중은 번역체 국문소설만 접할 수 있었다. 한글만 아는 독자의 견지에서는, 이 번역체 국문소설이야말로 최초의 소설로 받아들여졌고 기능을 했다고 보아도 무방하리라 생각한다.

그런데 번역체 국문소설이라는 것도, 개념상으로는 명확한 것 같아도, 원작이 한문이라는 확증이 있는 상태에서만 사용이 가능한 말이다. 하지만 앞에서 거론한 것처럼, 고소설 유통의 실제를 들여다보면, 〈한문→국문→한문〉, 〈국문→한문→국문〉과 같이, 소설 상호간에 빈번한 교류와 전환이 이루어졌기에, 지금 우리가 대하는 특정 이본의 원작이 어느 단계의 것인지, 한문이었을지 국문이었을지 확증할 수 없으므로, 특정 작품을 번역체 국문소설이라고 말하기는 매우 조심스러운 일이다.[18]

(3) 제3개념의 국문소설('국문본소설' 혹은 '이본의 표기문자가 국문인 소설')과 해당 작품

여기에서 국문소설의 제3의 개념을 상정할 필요가 있다. 이는 필자가 새롭게 제안하는 것으로서, 이본중심, 독자중심으로 접근하는 개념이다. 이본중심으로 보았을 때 국문소설이란, 원작이 어떤 형태의 글이었든, 창작본에서 파생되었든 번역본에서 파생되었든, 우리 눈앞에

18) 이와 관련하여 필자가 실수했던 일을 고백하고자 한다. 〈설공찬전〉 국문본과 함께 〈왕시봉전〉 국문본을 발견해 소개하면서, 우리나라와 중국의 고소설목록에 그 이름이 나오지 않는다는 이유로, 〈왕시봉전〉을 창작국문소설이라고 소개한 일이 그것이다(이복규, 초기 국문 · 국문본소설, 서울, 박이정, 1998 참조). 하지만 이는 잘못이었다. 그후 〈왕시봉전〉은 중국고전희곡 〈형차기〉의 번역 · 개작인 것이 밝혀졌기 때문이다. 이렇게 특정 작품의 창작, 번역(개작) 여부를 가린다는 것은 용이한 일이 아니다.

있는 이본들의 표기문자를 보아, 국문으로 되어 있으면 국문소설(혹은 국문본소설)이다.[19]

이렇게 보면 헛갈릴 게 전혀 없다. 원작이 전하지 않는 고소설의 현실을 충실하게 반영하는 실사구시적인 태도이기도 하다. 독자중심으로 보자면, 독자에게 국문으로 읽혀진 소설이 국문소설이다. 그 원천이 그 어떤 형태의 것이었든 상관없이, 특정 독자에게 실제로 읽혀진 그 이본의 표기형태가 국문이었다면 국문소설로 보자는 것이다.

독자는 어떤 작품을 읽을 때 그것이 원작인지 아닌지 따지지 않는다. 요즘말로 말해서 초판인지 재판인지 1쇄인지 60쇄인지는 별로 고려하지 않는다. 마찬가지로 고소설의 독자들도 자기가 읽는 작품이 원작인지 이본인지, 한문소설인지 국문소설인지 따지지 않고 읽는다고 보아야 한다. 예컨대 〈설공찬전〉의 경우, 국문본을 읽는 하층민들은 그 원작인 한문본 〈설공찬전〉에 대해서는 전혀 의식하지 않고 읽었을 것이다. 마치 요즘 우리가 국문 성경책을 읽으면서, 원작인 헬라어나 히브리어 성경책을 의식하는 일은, 일부 성서신학자를 제외하고는 없는 것과 같은 이치이다.

이 제3의 개념과 동일한 방식으로 소설을 분류하는 시도가 학계에서 실제로 이루어진 바 있다. 최근에 김홍규 교수팀에 의해서 이루어진 한국한문소설목록 작성 작업 결과를 보면, 원작이 국문소설로 알려진 작품일지라도, 특정 이본이 한문으로 표기되어 있으면, 이들 모두를 '한문소설'로 보아 그 목록에 포함하고 있다.[20] 필자가 보기에 바

---

19) 우리 눈앞에 있는 해당 작품의 이본이 '한문'으로 되어 있으면, 즉 한문본이면, 같은 논리로서 이는 '한문본소설' 혹은 '한문소설'로 분류된다.

20) 김홍규, 「한국한문소설목록」, 한국고소설연구9(서울 : 한국고소설학회, 2000),

람직한 처리라 생각한다.

이른바 창작한문소설만 선택하려고 했다면, 그 작업은 아마 아직도 이루어지지 못했거나, 실증적 연구를 통해서 확증된 극히 일부의 작품만 가지고 목록을 작성하고 말았을 것이다. 하지만 이본의 표기문자를 기준으로, 과감하게 처리했기에 그 목록이 완성되었다고 생각한다. 김흥규 교수팀의 발상을 한국국문소설목록 작성 작업에 적용한다면, 당연히 원작이 어떤 형태의 것이었든, 이본이 국문본으로 존재하면 모두 국문소설로 분류해 목록에 올려야 마땅하다.

이상으로 세 가지 경우의 국문소설 개념을 상정해 보았다. 이중 어느 것 하나만이 절대적인 의의를 지니는 것은 아니다. 그 어느 것으로도 설명하기 어려운 것이 우리 고소설의 실상이기 때문이다. 따라서 그때 그때의 필요에 따라 이들 개념 중에서 취사선택 혹은 절충하는 융통성을 발휘하는 게 현명하다고 생각한다.

이제부터는 원작이 한문인지 국문인지 밝혀지지 않았거나 밝힐 수 없으면서도, 아주 자명한 것인 양 특정 작품을 창작한문소설이나 창작국문소설로 명명하고 그 가치까지 규정하려는 태도를 지양했으면 하는 바람이다. 원작이 국문소설임이 명백하게 밝혀진 경우만 제1 개념의 국문소설로 규정하고, 비국문(非國文) 원작이 선행하고 이를 국문으로 번역한 게 밝혀진 것은 제2 개념의 국문소설로, 여타 불분명한 것들은 모두 제3 개념의 국문소설 중의 하나로 규정해서 다루는 것이 바람직하다고 생각한다.

369~451쪽 참조.

2) 홍길동전 최초 국문소설설의 검토

현재까지의 통설은 〈홍길동전〉을 최초 국문소설로 보고 있다. 6차 교육과정의 중고등학교 국사와 문학 교과서[21]는 물론 새로 시행중인 7차교육과정에 따른 교과서와 참고서[22]에서도 허균의 〈홍길동전〉으로 소개하고 있다. 앞에서 제시한 제1 개념(창작국문소설)에 과연 〈홍길동전〉은 부합하는 것일까? 그렇지 않다. 원작이 전하지도 않거니와 여러 가지 문제가 있어 전문연구자들은 더 이상 〈홍길동전〉을 최초 국문소설이라고 말하기를 꺼리고 있다.[23] 전공자와 일반인의 인식이 괴리를 보이고 있다 하겠다.

그런데도 어떻게 해서 〈홍길동전〉 최초 국문소설설이 통설로 자리 잡게 되었을까? 그 근거는 무엇이며 타당성은 있는가?

〈홍길동전〉의 작자가 허균이라는 증언은 택당 이식(1584~1647)의 『택당집』에 처음 나온다. "또 허균이 홍길동전을 지어 수호전과 견주

21) 국사편찬위원회 1종도서연구개발위원회, 고등학교 국사(하)(서울 : 교육부, 1996), 61쪽 ; 최동호 · 신재기 · 고형진 · 장장식, 고등학교 문학(상)(서울 : 대한교과서주식회사, 1995), 290쪽.

22) 고등학교 국사(과천 : 국사편찬위원회, 1종도서편찬위원회, 2002), 323쪽 ; 우기정 외, 필승 국어 · 생활국어 자습서 중1-1(서울 : 교학사, 2002), 365쪽 ; 이우길 외, 디딤돌 국어자습서 중1-1(서울 : 디딤돌, 2002), 352쪽 ; 오정훈 외, 하이라이트 국어자습서 중1-1(서울 : 지학사, 2002), 343쪽 ; 한샘 중학국어 · 생활국어 평가문제집(서울 : 한샘, 2002), 176쪽 등.

23) 예컨대 최근에 나온 최운식, 한국 고소설 연구(서울 : 보고사, 1997), 169쪽에서 〈홍길동전〉을 소개하면서, "홍길동전은 국문본이 널리 읽혔으나 원본이 국문본이었던가는 확실하지 않다."고 한 것이라든가, 조희웅, 「17세기 국문 고전소설의 형성에 대하여」, 어문학논총 16(서울 : 국민대학교 어문학연구소, 1997), 19쪽에서 "현전 자료로 본다면 홍길동전이나 구운몽은 오히려 선한문본설이 타당할 것 같기도 하다."고 한 데에서 고소설 학계의 분위기를 읽을 수 있다.

었다(筠又作洪吉同傳, 以擬水滸)"란 기록이 그것이다. 그런데 이 기록은 허균이 〈홍길동전〉을 창작했다는 사실만 증거하였을 뿐, 그게 국문소설이라고는 하지 않았다.

한문기록의 관습상 국문소설인 경우에는 반드시 그 앞에 '언패(諺稗)'·'전기(傳奇)'·'언번전기(諺飜傳奇)'·'고담(古談)'·'언서고담(諺書古談)'·'언과패설(諺課稗說)' 등의 관형어가 얹히는 법인데, 그렇지 않은 것으로 미루어, 허균이 지었다는 〈홍길동전〉은 한문소설로 보아야 마땅하다.[24]

만약 기록이 이런데도 〈홍길동전〉을 국문소설로 보아야 한다면, 채수가 지은 〈설공찬전〉도 국문소설로 보아야 한다. 『조선왕조실록』에 "채수가 설공찬전을 지었다(蔡壽作薛公瓚傳)."(중종 6년 9월 2일 및 같은 달 20일)·"그 사람이 찬술한 설공찬전(其撰薛公瓚傳)"(같은 해 9월 18일)이라고 하였고, 『패관잡기』에 "난재 채수가 중종초에 설공찬환혼전을 지었다(蔡懶齋壽, 中廟初, 作薛公瓚還魂傳)." 등으로 기록하

24) 허균의 〈홍길동전〉이 과연 국문소설이었겠는가 하는 의문은 국문학 연구 초기에서부터 있어 왔다. 고정옥, 국어국문학요강(서울 : 대학출판사, 1949), 405쪽에서, 〈홍길동전〉은 국문본인지 한문본인지 의문이라면서, 첫 국문소설로서 김만중의 〈구운몽〉·〈사씨남정기〉를 꼽아야 한다고 주장한 바 있다(이 가운데에서 〈사씨남정기〉가 국문소설이라는 데 대해서는 이견이 없으나 〈구운몽〉만은 현재까지도 시비가 이어지고 있다). 정주동, 홍길동전연구(대구 : 문호사, 1961), 141쪽에서는 구체적인 이유를 들어 〈홍길동전〉을 한문소설로 추정하였다. 정주동은 〈홍길동전〉을 한문소설로 보아야 할 이유 중의 하나로, 국문소설의 경우 일정한 관형어를 붙여 소개한 문헌상의 사례를 여럿 인용해 보여 이 방면 연구에 소중하게 기여하였다. 어떤 학자는 소설로도 인정하지 않고 실존인물 홍길동의 행적을 적은 전(傳)으로 보아야 한다고까지 주장하였다. 하지만 허균의 〈홍길동전〉이 소설인 것만은 의심할 필요가 없다는 것이 필자의 생각이다. 이에 대해서는 이복규, "홍길동전 작자논의의 연구사적 검토," 한국고소설의 재조명(서울 : 아세아문화사, 1996), 314~315쪽 참조.

고 있으니 말이다.

하지만 그럴 수 없다. 〈설공찬전〉은 한문소설임이 명백하다. 국문으로도 번역되어 경향 각지에서 읽혔다는 말이 바로 그 뒤에 나오기 때문이기도 하거니와, 서상에 지적한 것처럼 한문기록물의 경우에는 아무런 관형어도 붙이지 않는 관행을 고려할 때 당연한 사실이다.

아울러 한 가지 더 밝혀두어야 할 게 있다. 현전하는 〈홍길동전〉은 하나같이 19세기 중엽(1850년대) 이후에 필사하였거나 인쇄한 것이라는 사실이다. 허균 사후 무려 230년이 지난 후의 것들만 발견되고, 표기법도 완전한 분철(分綴), ㅎ종성어의 잔존, 구개음화의 혼효 등의 양상을 보여 18세기 중엽 이상으로 소급하기가 어려운 형편이다.[25]

더욱이 결정적인 것은, 그 내용 가운데, 허균이 죽은 다음에 활약한 도적 장길산의 이름이 출현하고 있다는 점이다. 경판본에서 주인공 홍길동이 집을 떠나면서 어머니에게 남긴 말을 보면, 장길산이 운봉산에 들어가 도를 닦아 아름다운 이름을 후세에 유전했듯이 자기도 그렇게 하고자 집을 떠난다고 했는데, 장길산은 17세기 말에 군도(群盜)의 대장으로 활동한 광대 출신의 실존 인물이니, 허균의 시대로부터 근 한 세기나 지난 뒤에 활동한 인물이다.[26]

이상의 사실은 무엇을 의미하는 것일까? 현전 〈홍길동전〉은 허균이 한문으로 창작한 〈홍길동전〉의 내용을 바탕으로 200여년 후에 누군가가 국문으로 재창작한 것임을 시사한다. 요컨대 현전 〈홍길동전〉은

25) 어학적인 분석은 최범훈, 「홍길동전의 어학적 분석」, 허균의 문학과 혁신사상(서울 : 새문사, 1981), 41~49쪽에서 이루어졌다.
26) 임형택, 「홍길동전의 신고찰(상)」, 창작과비평 42(서울 : 창작과비평사, 1976), 70쪽.

허균이 처음에 지었으면서 현재는 전하지 않는 한문소설 〈홍길동전〉과는 구별해서 이해해야 마땅하다. 현전 〈홍길동전〉이 국문으로 되어 있다는 이유로, 제목이 동일하다는 이유로, 허균 원작도 국문소설이었으리라 간주해서는 안된다.[27)]

사실이 이러한데 어째서 그 동안 〈홍길동전〉은 최초의 국문소설로 알려져 왔던 것일까? 필자가 지금까지 확인한 바로는 이명선의 저서에서 처음 확인된다. 그 내용을 인용해 보이면 다음과 같다.

> 이조에 들어와서 세조 때의 김시습(1435~?)의 금오신화를 소설의 효시로 삼는 것이 통설이다. 이것은 물론 한문소설이며, ……광해조에 이르러 허균(1569 ~1618)의 홍길동전이 나와, 이것이 조선말로 된 최초의 소설이라고 한다.[28)]

이를 보면, 1948년 당시 이미 〈홍길동전〉을 최초의 국문소설로 보는 인식이 학계에 퍼져 있었고, 이명선은 이를 저서에 반영한 것임을 알 수 있다. 흔히들 〈홍길동전〉을 최초의 국문소설로 규정한 학자가 김태준인 것으로 알아 그렇게 기술하고 있으나 그렇지 않다. 김태준의 저술에서 그런 대목은 나타나 있지 않기 때문이다. 김태준의 〈홍길동전〉 관련 진술을 인용해 보면 다음과 같다.

---

27) 최근에 나온 이윤석, 홍길동전 연구(대구 : 계명대학교 출판부, 1997)에서는 이 문제에 관하여 가장 적극적인 주장을 펼쳤다. 현전 〈홍길동전〉은 허균이 지은 것이 아니라는 것이다. 각종 이본을 대상으로 실증적인 검토를 한 끝에 내린 결론이라 타당한 견해라고 생각한다.

28) 이명선, 조선문학사(서울 : 조선문학사, 1948), 131쪽.

> 홍길동전은 허균과 같이 박식한 사람의 손에 되었음으로 조선 최초의 소설다운 소설이면서도 가장 고전에 의한 부분이 많다. … 장회소설의 시조가 되었다는 점으로서 조선소설사상에 가장 거벽이라 하겠다.[29]

인용문에서 보는 것처럼, 김태준은 〈홍길동전〉의 작품성을 들어 이를 "조선 최초의 소설다운 소설" 또는 "장회소설의 시조"라고 했지, 한문소설인지 국문소설인지 하는 데 대해서는 일체 관심을 보이지 않았음을 알 수 있다. 조윤제도 김태준의 뒤를 이어 같은 견해를 보였다.

조윤제는 〈홍길동전〉이 이전 작품이 보여주는 전기성(傳奇性) 또는 가공적인 성격을 탈피해 사회 현실을 여실히 묘사한 점을 강조한 다음, "조선소설은 여기에 와서 소설다운 그 형태를 갖추게 되었다. 이러한 의미에 있어 홍길동전은 또한 조선소설문학의 획기적인 작품임을 의심할 수 없다."[30]고 그 소설사적 의의를 평가하였다. 요컨대 그동안 대다수의 학자는 김태준이 〈홍길동전〉을 '최초의 소설다운 소설'이라고 한 평가를 '최초의 국문소설'로 자의적으로 해석함으로써, 김태준의 진술을 왜곡해 온 셈이다.

앞에서 확인한 것처럼, 〈홍길동전〉을 최초의 국문소설로 규정한 것은 이명선부터이다. 이명선이 학술서에서 〈홍길동전〉을 최초의 국문소설이라 말한 이후, 정용준 · 김동욱 · 장덕순[31] 등 다수의 학자가 같

---

29) 김태준, 조선소설사, 증보판(서울 : 학예사, 1939), 86~87쪽. 잘 알려진 대로 김태준의 조선소설사는 초판본과 증보판이 있어 약간 차이를 보이는데, 필자가 이용한 것은 증보판이다. 하지만 초판본과 증보판을 자세히 분석한 노꽃분이, 김태준의 조선소설사 연구(서울 : 이화여자대학교 대학원 석사학위논문, 1993)를 따르면, 〈홍길동전〉에 대한 평가 부분에서는 달라진 게 없음을 알 수 있다.

30) 조윤제, 국문학사(서울 : 동국문화사, 1949), 247~249쪽.

31) 정용준, 요령 국문학사(서울 : 경기문화사, 1957), 106쪽 ; 김동욱, 국문학개설(서

은 견해를 피력하였다. 그러니까 이 학설은 1948년 무렵부터 시작하여 1950년대를 거쳐 최근에 이르기까지 정설화하여 각종 저서나 교재류에 수용되었고, 무비판적으로 답습되어 오늘에 이른 것이 아닌가 한다.

3) 설공찬전 국문본의 국문소설로서의 위상

〈홍길동전〉을 최초 국문소설로 보아야 할 확증이 없다면, 그리고 원전이 국문소설로 존재하는 고소설 작품이 전무하다면, 최초 국문소설 논의는 접어두어야 하는 것일까? 그렇지는 않다고 생각한다. 비록 제1개념에 부합하는 국문소설은 상정하기 어렵거나 불가능하지만, 제2개념이나 제3개념을 적용한다면 얼마든지 가능하기 때문이다.[32)]

여기에서 주목해야 할 것이 〈설공찬전〉 국문본이다. 원작은 한문소설이기에, 국문소설의 제1개념으로 보자면 국문소설(창작국문소설 혹은 국문으로 지어진 소설)이 분명 아니다. 하지만 제2개념으로 보자면 국문소설(번역체 국문소설)인 게 분명하며, 제3개념으로 보아도 국문소설(국문으로 유통되고, 국문으로 읽혀진 소설)이다. 『조선왕조실록』에 1511년 당시에 국문으로 유통되었다고 전하고 있으며, 이번

울 : 민중서관, 1961), 102쪽 ; 장덕순, 한국문학사(서울 : 동화문화사, 1975), 205쪽.

32) 제1개념에 부합하는 국문소설만을 인정하겠다면, 김만중의 〈사씨남정기〉(1692)를 대안으로 고려할 수 있다. 하지만 그럴 경우 한글 창제로부터 국문소설의 등장까지의 시차가 무려 250년 정도로 벌어지는 부담을 감수해야 한다. 〈홍길동전〉만 해도 한글창제와 170년간의 거리가 있어 학자들이 의구심을 가지고 있는 터이다.

에 새로 발견된 국문본을 통해 확인이 가능하기 때문이다.

원래는 한문소설로 사대부 계층만이 수용할 수 있던 〈설공찬전〉이 민간에까지 광범위하게 유통될 수 있었던 것은 그 표기문자를 국문으로 바꾸었기에 비로소 가능했다는 것이 사실이라면, 어쩌면 이행기 또는 근대를 대표하는 산문장르인 소설로서의 구실을 제대로 수행한 것은 원작 한문표기 〈설공찬전〉이 아니라 이본인 국문본 〈설공찬전〉이다.

김시습의 「금오신화」보다도 이 국문본 〈설공찬전〉이야말로 국문만 아는 우리 사대부 부녀자 계층 혹은 하층남성 독자들에게 새로운 독서물로 읽혀졌으며, 국문을 모르는 민중들도, 남이 읽어주는 것을 들음으로써 얼마든지 향유가 가능했던 최초의 소설작품인 게 분명하다고 본다.

『조선왕조실록』 중종 6년(1511년) 9월 2일 기사에서 "조야(朝野 : 조정과 민간)에서 현혹되어 믿고서, 한문으로 베끼거나 국문으로 번역하여 전파함으로써 민중을 미혹합니다."라고 했는데, 한문본이라면 그런 영향력을 행사할 수 없는 일이다. 국문본이었기에 상층과 하층 모두를 아우르면서, 특히 한문소설만 존재하던 시기에는 소설을 그림의 떡으로 여길 수밖에 없었던 이 땅의 민중들에게도 읽혀지고 들려져서, 그 결과 강한 감동력을 발휘한 것이라고 보아야 한다.

이렇게 본다면, 〈설공찬전〉 국문본은 엄연히 우리 문학사에서, 국문으로 유통, 수용된 최초의 국문소설임이 분명하다. 이 국문본이 있었기에, 이른바 제1개념에 부합하는 창작국문소설이 등장할 수 있었다고 보아야 한다. 「금오신화」처럼 한문소설만 존재하던 시대에서 〈사씨남정기〉 같은 창작국문소설이 나오기까지의 이행기에 존재했던 것이 〈설공찬전〉 국문본, 독자에게 국문으로 가장 최초로 읽혀진 소설이라고 생각한다.

3. 맺음말

이상으로, 중고등학교와 대학교 수업 현장에서 쟁점으로 떠오른 최초 국문소설의 문제에 대해 다루었다. 〈설공찬전〉은 아직 중고등학교 교과서에는 수록되지 않았으나 이 작품과 관련하여 최초의 국문소설이 무엇이냐 하는 문제가 제기되어 있으므로, 그간 필자가 발표한 논저를 바탕으로 작품에 대한 개괄적인 정보를 제공하고, 국문소설의 개념 및 최초 국문소설에 대한 의견도 피력하였다. 더욱이 〈오륜전전(五倫全傳)〉·〈이석단(李石端)〉·〈취취(翠翠)〉는 그 중요성에 비해 전문 연구자들조차도 아직 관심을 가지지 못하고 있는 실정이므로 이 글에서 소개하였다.

국문소설의 개념에 세 층위가 있다는 것을 밝혔다. 제1 개념의 국문소설(창작국문소설), 제2 개념의 국문소설(번역체국문소설), 제3 개념의 국문소설(국문본소설)이 그것이다. 제1개념에 부합하는 작품은 현재로서는 낙서거사가 쓴 〈오륜전전서〉(1531)에 나오는 국문본 〈오륜전전〉 및 〈이석단〉·〈취취〉라고 해야 한다는 것을 처음 주장하였다. 제2 개념의 국문소설(번역체국문소설)에 해당하는 작품으로서 가장 이른 시기의 작품이 〈설공찬전〉 국문본임을 다시 한번 강조하였다. 제3 개념의 국문소설(국문본소설)에 해당하는 작품은 원작의 국문 · 한문 여부를 떠나 국문으로 표기되어 전하는 모든 이본이라고 하였다. 필자의 생각으로는 존 번연이 서구어로 쓴 소설 〈천로역정〉을 1898년에 게일이 국문으로 번역한 국문본 〈천로역정〉도 여기 해당시킬 수 있다고 본다.

〈홍길동전〉을 최초의 국문소설로 보는 것이 현재까지의 통설이지만, 의외로 그 논거는 매우 취약하다는 것을 이 글에서 지적하였다. 허균이 〈홍길동전〉을 창작한 것은 사실이지만 국문으로 지었다는 증거는 어디에도 없다는 것을 밝혔다. 그런데도 이 학설은 중고등학교 수업현장에서는 불변의 진리인 양 여전히 통용되고 있는 실정이다. 〈홍길동전〉이 최초 국문소설이라는 증거가 없다면, 그냥 〈홍길동전〉의 주제와 가치에 대해서만 말해야지, 최초 국문소설이라는 말은 하지 않는 것이 올바른 자세라고 필자는 생각한다.

학문의 세계는 오직 근거와 자료와 엄정한 논리에 의해서만 지배되어야 하고, 교육의 세계에서는 학문을 통해 진실과 진리로 밝혀진 것만 가르쳐야 하기 때문이다. 통설이라는 이유 하나만으로 검증을 거치지도 않은 견해를 진실인 양 진리인 양 가르쳐서는 곤란하다.

Ⅶ

설공찬전과
배경지 순창

1. 머리말

요즘 지방자치 시대가 열리면서 지역간에 뜨거운 관심사로 떠오른 것이 하나 있다. 이른바 문화상품 개발에 대한 관심이 그것이다. 그 지역과 연고가 있는 문화인이나 문화현상이 있으면 그것을 바탕으로 각종의 행사를 만들거나 캐릭터를 제정하는 등의 노력을 경쟁적으로 벌이고 있다.

일찌감치 춘향과 〈춘향전〉을 근거로 엄청난 규모의 축제를 정기적으로 벌이고 있는 남원의 경우는 말할 것도 없거니와, 근래에는 다른 지역에서도 적극적이다. 예컨대 〈홍길동전〉을 둘러싼 강릉과 장성간의 논쟁, 〈흥부전〉 발상지를 둘러싼 남원군 동면과 아영면 간의 갈등이 그 대표적인 사례이다. 그 밖에도 백령도에서는 〈심청전〉과 연관지어 심청각을, 서산에서는 〈무학대사전설〉의 배경지인 간월도에 테

마파크를 조성하려는 계획을 세워 실천해 나가고 있다. 지역을 홍보하는 데 문학작품의 영향력이 지대하다는 데 대한 인식이 높아짐에 따라 이런 현상은 더욱 확산되어가리라 전망한다.

최근, 순창을 배경지로 하는 고소설 〈설공찬전〉이 발굴되면서, 학계에서는 물론 순창 지역의 주목을 받고 있다. 이 글에서는 바로 이 〈설공찬전〉의 중요성, 순창과의 관련성, 그 관광문화적 활용방안에 대하여 서술하기로 하겠다.

2. 설공찬전과 '순창'과의 관련성

이 작품이 지닌 문학사적인 가치에 대해서는 어느 정도 설명했으므로, 이제는 이 작품의 배경지가 '순창'이라는 근거가 무엇인지 밝히기로 한다.

앞에서 제시한 내용 소개에서 보는 것처럼, 이 작품은 순창(淳昌)을 배경으로 하고 있음이 분명하다. 첫 머리에 "예전에 순창에서 살던 설충란은 지극한 가문의 사람이라. 매우 부유하더니 제 한 딸이 있어 서방맞으니 무자식하여서 일찍 죽고 아우 있으되 이름이 설공찬이고(제1면의 현대역)"라고 하여, 주인공의 거주지도 순창이고, 이 작품의 주요 사건인 귀신 출현도 순창에서 이루어지고 있기 때문이다.

또 하나 이 작품의 배경지와 관련해 주목을 요하는 것은 이 작품의 주요 등장 인물의 성씨이다. 주인공 설공찬은 순창을 관향으로 하는 설 씨임을 알 수 있다. 설씨의 원래 관향은 신라의 고승 원효대사와 그 아들 홍유후 설총 이래 경주였으나, 고려시대인 12세기 초에 예부시랑을 역임한 순화백 설자승(薛子升)이 이자겸의 난을 피하여 순창에 터를 잡은 이래 또 하나의 관향으로 순창을 추가하여 오늘에 이르고 있다.

주지하는 대로, 순창에 터를 잡은 설자승의 가문은 설자승 이래 8대가 연이어 과거에 급제한 일을 비롯하여, 그중의 하나인 설선필(薛宣弼)은 8형제 중에서 3형제가 과거에 급제해 그 부인인 옥천 조씨(趙氏)가 국대부인(國大夫人)에 봉해지는 등 순창 지역을 대표하는 성씨이다. 더욱이 경주 · 순창 설씨 족보를 보면, 설공찬의 증조부 '설위(薛緯)', 아버지 '설충란(薛忠蘭)'과 숙부 '설충수(薛忠壽)'는 실존 인물이다. 이들이 실존인물이라는 것은 그 집안의 족보를 통하여 확인할 수 있다. 『경주 · 순창설씨대동보』 1권(서울 : 경주 · 순창설씨대종회, 1994), 8쪽 및 30쪽의 내용을 참조하여, 계보를 정리해 보이면 다음과 같다.

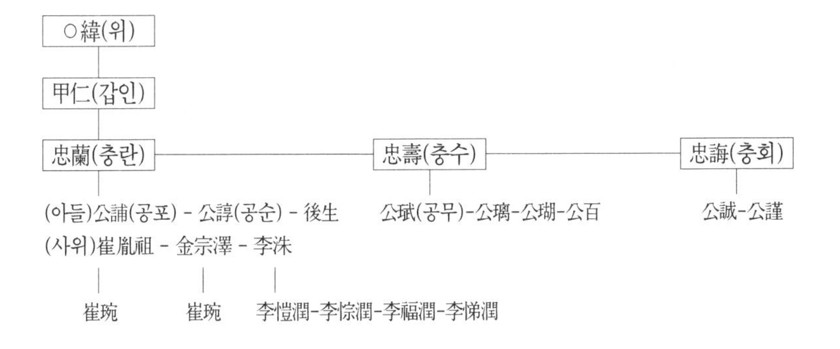

그런데 주인공인 '설공찬'과 그 사촌 '설공침'은 족보에는 안 나온

다. 작자가 꾸며 넣은 인물로 보아야 할까? 아니다. 설공찬과 설공침도 설위나 설충란처럼 실존 인물일 가능성이 얼마든지 있다. 그 이유는 『조선왕조실록』에서 이 작품과 관련해서 벌어진 어전회의에서의 논쟁을 살펴보면 다음과 같은 대목이 보이기 때문이다.

〈중종 6년 9월 20일〉

영사(領事) 김수동이 아뢰었다.

"들으니, 채수의 죄를 교수형에 해당한다고 단죄하였다는데, 정도(正道)를 붙들고 사설(邪說)을 막아야 하는 대간의 뜻으로는 이와 같이 함이 마땅하나, 채수가 만약 스스로 요망한 말을 만들어 인심을 선동했다면 사형으로 단죄함으로 단죄해야겠지만, 표현 욕구를 따라 보고 들은 대로 함부로 지었으니, 이는 해서는 안될 일을 한 것입니다. 그러나 형벌을 주고 상을 주는 것은 적중하도록 힘써야 합니다. 만약 이 사람이 사형을 당해야 한다면 〈태평광기(太平廣記)〉나 〈전등신화(剪燈新話)〉같은 부류의 작품을 지은 자도 모조리 죽여야 하겠습니까?"

하였다.(중략)

검토관(檢討官) 황여헌(黃汝獻)이 아뢰었다.

"채수의 〈설공찬전〉은 지극히 잘못된 것입니다. 설공찬은 채수의 일가 사람(族人)이니, 채수가 반드시 믿고 미혹되어 저술하였을 것입니다. 이는 교화에도 관계되고 다스리는 도리에도 해로우니, 파직은 실로 관대한 것이지 과중한 것이 아닙니다."

라고 하였다.

영사 김수동과 검토관 황여헌의 발언은 무엇을 의미하는 것일까? 필자가 생각하기에, 일단 이들이 임금 앞에서 아뢴 내용은 진실에 근거해 있을 것이라고 보는 것이 타당할 것이다. 임금 앞에서 거짓 정보를 토대로 의견을 아뢸 수는 없었으리라 보기 때문이다.

그 주장대로라면, 채수의 〈설공찬전〉은 단순히 지어낸 것이기 이전에, 직접 "보고 들은 것"이며, 더욱이 그 "족인(집안 사람)인 설공찬에게 실제로 있었던 일"로 보아야 한다. 기록에는 없지만, 이들은 진상을 확인하기 위해 채수 본인의 진술을 확보했을 수도 있다. 그 과정에서 채수 본인이 설공찬은 자기 족인이라고 밝혔을 수도 있다.

만약 이 진술이 거짓이었다면, 서슬이 시퍼런 어전회의석상에서 저들이 이런 발언을 그대로 아뢰었을 리 만무하다. 그게 거짓이라면 반대편에서 가만히 있을 리 없었을 것이다. 그런데도 아무도 이에 대해 반론을 펴지 않았다.

더욱이 검토관 황여헌은 어떻게든 채수에게 더 무거운 벌인 교수형을 내려야 한다고 주장하는 인사였으니, 가능하면, 채수가 전혀 사실무근인 이야기를 고의적으로 지어서 유포했다고 해야 자신의 주장을 관철하는 데 유리하였다. 그럼에도 불구하고 채수가 "족인(族人)인 설공찬"의 일이라서 그대로 "믿고" "미혹돼서" 이 소설을 지었다고 주장한 것을 보면, 설공찬은 실존인물일 가능성이 대단히 높다고 생각된다.

채수가 〈설공찬전〉 맨 끝에 적어 놓았다는 다음의 글도 〈설공찬전〉의 내용이 실제로 있었던 일을 바탕으로 한 것이라는 것을 알려주는 증거 중의 하나이다. 이 말은 필화를 면하기 위한 고도의 위장술이라고 치부해 버릴 수도 있으나, "족인" 발언이나 "보고 들은 것"이라는 진술과 연결되고 있으므로, 쉽게 무시할 수 없는 대목이다.

설공찬이 남의 몸을 빌어 수개월간 머무르면서 능히 자신의 원한과 저승에서 들은 일을 아주 자세히 말하였다. (설공찬으로) 하여금 말한 바와 쓴 바를 좇아 그대로 쓰게 하고 한 글자도 고치지 않은 이유는 공신력을 전하고자 해서이다.(公瓚借人之身, 淹留數月, 能言己怨及冥聞事甚詳, 令一從所言及所書書之, 不易一字者, 欲其傳信耳.)[어숙권, 『패관잡기』]

더욱이 제Ⅴ장의 논증을 통해 드러났듯이 『문화류씨세보』·『씨족원류』의 기록 및 채수와 설충란 간의 관계 등을 고려하건대, 〈설공찬전〉이 실화에 근거하여 이루어졌을 가능성은 아주 크다고 할 수 있다.

따라서 채수는 순창에 살던 생질서 설충란으로부터 '설공찬의 일'을 듣고, 이를 소설화했다고 여겨지는바, 순창은 〈설공찬전〉의 배경지로서 주목받아 마땅하다.

3. 설공찬전 배경지 순창의 현지답사 결과

1) 설위 · 설충란 · 설충수의 묘소

▲ 설위의 묘

▲ 설충란의 묘

▲ 설충수의 묘

순창설 씨 족보를 보면 〈설공찬전〉의 등장인물인 설위와 설충란 · 설충수 등의 묘소가 모두 순창군내에 있는 것으로 나와 있다.

2000년 10월 20일에, 설충란의 16세손인 설동권 씨의 안내를 받아, 실제로 답사해 보았다. 그 결과 설위, 설충란, 설충수 등의 묘소가 온전히 전해올 뿐만 아니라, 시제도 행해지고 있음을 확인할 수 있었다. 이들의 ① 인적사항 ② 묘소의 위치 ③ 비문 내용을 옮겨 적어 보면 다음과 같다.

설위(薛緯) : ① 자는 중민(仲敏). 호는 백정(栢亭). 세종 원년 4월에 진사 장원. 만경현령에 제수되어 대사성에 이르렀음. 부인은 금동(錦東) 임씨. ② 순창군 금과면 중모정리(방죽안) ③ 비석 전면에는 "通政大夫成均館大司成淳昌薛公諱緯之墓 配淑夫人錦東林氏?"라고 기록되어 있고, 이면에는 민병승(閔丙承)이 찬술한 장문의 비문이 새겨져 있는데, 비의 건립연대는 순종(純宗) 당시로 되어 있음.

설충란(薛忠蘭) : ① 성종조 무공랑(務功郎). 부인은 완산 이씨로서 평성군 위(偉)의 6녀중 차녀로서, 보성군(寶城郡) 합의 손녀이며, 효령대군 보(補)의 증손녀임.-순창설씨 족보에는 이와는 약간 다르게 되어 있으나, 전주 이씨 효령대군파보의 내용과 대조하여 바로잡은 내용임- ② 순창군 금과면 동전리(銅田里) 석촌(石村) ③ 비석은 없고, 혼유석 전면에 "務功郎薛忠蘭之墓 配李氏墓在平山亥坐 銅田前越崇禎後再癸酉三月日"이라 기록되어 있음. 숭정후 계유년은 1633년이므로, 1633년에 이 혼유석을 설치하였음을 알 수 있음.

설충수(薛忠壽) : ① 문좌랑(文佐郎). 부인은 경주 최씨. ② 순창군 금과면 동전리 앞 평산(平山) ③ 비석은 없고, 혼유석 전면에 "文佐郎

薛公諱忠壽之墓 配安人慶州崔氏坤坐合?"이라 기록되어 있음.

2) 설공찬의 생가 터

설공찬이 살았던 집은 어디일까? 결론적으로 말하자면, 매우리(茅亭里)의 어느 집이었던 것만은 분명한데 어느 집인지 알 수 없는 형편이다.

족보의 기록에 의하면, 설씨는 고려 말에 예부시랑 순화백 설자승(薛子升)이 이자겸의 난을 피해 경남 하동을 거쳐 이곳 순창에 터를 잡은 이래, 설위의 할아버지(즉 설공찬의 고조부) 때까지는 순창의 남산곡(南山谷: 현재 가남리 귀래정 부근)에서 살다가, 설위의 아버지인 설응(薛凝)에 이르러 지금의 금과면 매우리인 '마암'(磨巖: '梅花未花' 형국이라 하여 '梅宇'로도 불리었다 함)으로 옮겼다. 그후로 설응의 후손들 즉 첫째아들인 설훈(薛?)과 둘째아들인 설위, 설위의 아들인 설충란 · 설충수 · 설회 등은 계속하여 현재의 매우리에서 살았던 것으로 여겨진다.

◀ 매우리의 마암

그러다가 설충란의 3대 후쯤에 와서 자손의 번성과 함께 동전리와 내동리 일대로도 퍼져나가 오늘에 이른 것으로 보인다. 족보상에 나타나는 묘소의 위치가 처음에는 매우리 부근에만 집중되다가, 설충란 3대 후쯤에 이르러 동전리와 내동리 부근으로 바뀌는 것을 보아 그렇게 여겨진다. 이 점에 대해서는 설씨 집안에서나 그 지역 향토문화 연구자인 양상화(70세, 전직 교사) 씨가 같은 추정을 하고 있다.

따라서 설공찬의 집 즉 설충란의 집은 매우리에 소재하였을 것으로 보인다. 하지만 설충란의 직손이 대대로 지켜오며 살았던 집터가 어디인지 추정하기는 현재로서는 불가능하기에 설공찬의 생가 터도 알아낼 수 없다. 설충란의 종손인 설해수 씨가 이 마을에 살기는 하나 지금 사는 집은 원래 살던 집이 아니라 이사한 집인 데다, 그 이전의 종가터가 어디인지는 집안에서도 모르는 상황이다.

하지만 마암이 명당터라서 이곳으로 설씨가 정착했다면, 마암과 바로 부근에서 살았을 것으로 짐작하는 것이 자연스러울 듯하다. 그렇게 본다면 설공찬의 집도 마암 주변이 아니었을까 생각해 볼 수는 있다.

한편 매우리라는 마을의 역사는 설응 때부터로만 따져 보아도 약 600년이나 되는 셈이니 아주 오래된 마을임을 알 수 있다.

3) 설공침[설충수]의 집터 및 정자 터(추정)

작품에서 보면, 설충수의 집에 설공찬 자매의 혼령이 출현하였으므로, 설공찬전의 주요 무대는 설충수의 집이다. 그렇기 때문에 설충수가 살았을 지역을 추리해 보는 것은 필요한 일이다. 앞에서 추정한 것처럼, 설충수 역시 매우리에 살았을 것으로 보이는데, 작품에서 설공찬의 혼령이 설공침의 몸에 실린 상태에서 '집 뒤 살구나무 정자'에 자주 갔다는 대목을 근거로 그 위치를 짐작해 볼 수 있다.

매우리를 답사해 본 결과, 동네 좌측으로 얕은 산(현지에서는 '亭閣등' 또는 '앞등산'으로 부름)이 있고, 그 기슭에 정자 하나가 서 있다. 정자의 이름은 '삼외당(三畏堂)'이다. 삼외당이 들어서기 전에는 설공찬의 증조부인 설위(薛緯)의 정자인 '백정(栢亭)'이 설위 당대부터 삼지공 설순조가 살았던 시기까지 존속했고[淳昌薛氏世獻篇, 284쪽에 실린 설관도의 시 "우리 조상 삼지공이 일찍이 은퇴한 것은(중략)백정 위에 올라서 한가한 풍월을 읊었고" 대목 참조], 그후 지금의 삼외당 터에는 설위의 조카이자 설공찬의 종조부인 설순조(薛順祖)의 정자인 '삼지당(三知堂)'이 세워져 백정과 한동안 공존하였던 것으로 보인다.

그러다가 백정과 삼지당 일대의 소유권이 외손인 남양 홍씨 집안으로 넘어가면서, 홍씨 집안에서 삼지당 자리에 홍함(洪涵)을 기념하는 '삼외당'을 건립하여 오늘에 이르고 있다. 지금의 삼외당 바로 밑에 스레트 지붕을 한 집이 있어, 설위-갑인-충란으로 이어지는 세대가 살았던 집이 아닌가 하는 추정을 하는 사람도 있으나, 몇십년 전만 해도 삼외당 밑은 하천이 굽어 흘렀기 때문에 그럴 수 없다는 것이 그곳에서 어린 시절을 보낸 설명환 씨 및 김문성 씨(50세, 순창군청 자치행정계장)의 증언이다.

그렇다면 설충수의 집은 어디쯤이었을까? 설공찬의 혼령이 공침의 몸에 들어가 "집 뒤 살구나무 정자"로 올라갔다고 한 구절을 고려

◀ 설충수(설공찬의 숙부)의 집터로 추정되는 집

해 보건대, 이 마을에서 현전하는 집 가운데에서 바로 뒤에 정자가 세워질 만한 곳으로, 설용준 씨(작고. 현재는 그 부인이 살고 있음)네 집(사진 참조)을 지목할 수 있다. 그 집의 바로 옆에 바위가 있는데, 이 바위의 이름이 매우리 마을의 옛 명칭이기도 한 '마암(磨巖)'이다. 큰 바위 위에 다시 맷돌같이 납작한 바위가 놓여 있어 붙여진 이름이라 한다. 지금은 나뭇잎이 쌓여 있어서, 식별하기 어려우나, 젖히고 보면 두 바위 사이가 떨어져 있는 것을 확인할 수 있다.

이 마을에서는 몇 십 년 전까지만 해도, 이 마을에서 큰 인물이 태어나면 반드시 이 마암이 한 바퀴 회전한다는 전설이 내려왔으며, 그 바위 위에 치성드리는 일환으로 왼새끼를 꼬아 둘러놓곤 하였다고 한다. 설공찬의 증조부 설위가 태어날 때도 그 바위가 돌았다는 전설이 내려온다고 그 마을의 토박이며 삼지당 설순조의 후손인 설태복(68세) 씨는 증언하고 있다.

뒤의 대나무밭을 지나면 삼외당[설공찬 당시로서는 '삼지당'이 서 있던 자리]이 나온다. 따라서 현재로서는 이 삼외당 정자를 설공찬의 혼령이 들어간 설공침이 가곤 했던 현장으로 보아도 무방하다고 생각한다. 물론 설공찬 당시까지 이 마을에 존재한 정자로, 설공찬의 증조부 설위의 정자인 백정(栢亭), 설홍윤의 청취정(淸翠亭)도 있으니 이들도 그 후보에 올라갈 수는 있으나, 현재 그 흔적을 찾아보기 어려운데다, 주변 경관으로 보아도 삼외당보다 더 좋은 터는 없다고 여겨지기 때문이다.

매우리 마을 중앙의 대나무밭 가운데에 정자가 있었으나 지금은 없어지고 그 자리에 설씨의 묘소가 들어서 있는데, 그 자리를 백정이나 청취정 등의 터로 추정할 수도 있다. 주변은 대나무밭인데 그곳 약 200여평만 비어 있는 데다, 뒤로 언덕을 등지고 앞은 툭 터져 있어서 정자 터로 좋은 곳이라 여겨진다.

4) '살구나무' 정자

'살구나무 정자'란, 살구나무를 재료로 해서 지은 정자가 아니라, 주변에 살구나무가 서 있는 정자를 의미하는 것으로 보아야 옳다. 살구

◀ 살구나무정자터로 추정되는 현 삼외당의 모습

나무는 오래되면 가운데가 텅 비는 성질이 있으므로 건축 자재로 쓸 수는 없기 때문이기도 하려니와, 담양의 환벽당의 경우에서 보듯, 과거급제를 희망하는 뜻에서 당이나 정자 앞에 살구나무를 심곤 하였기 때문이다. 현재는 삼외정 둘레에 참나무와 느티나무 및 대나무가 주종을 이루며 군락을 이루고 있다.

지금은 살구나무를 찾아볼 수 없으나 과거에는 살구나무도 많았다는 것을 현지 주민의 말로 확인할 수 있다. 아울러 중종 당시만 해도 이 마을에 살구나무가 많았다는 것을 알려주는 기록이 있다. 이 마을에 살았으며 중종 때(1537년) 성균생원이 된 청취(淸翠) 설홍윤(薛弘允)을 두고 읊은 석천 임억령(?~1568)의 시가 그것이다.

『경주순창설씨세헌록』, 305~306쪽에 실린 〈증남고반시(贈南考槃詩)〉를 보면 "일찍이 나복(蘿?; 무 댕댕 넝쿨) 주인이 되었을 때, 행화촌(杏花村)도 자주 들렀는데, 구릉에 그대는 단잠을 자고 있었고"라는 대목이 있다. 설홍윤이 살았던 모정리를 '행화촌(杏花村)' 즉 '살구나무 꽃동네'라고 표현하고 있는 것으로 미루어, 적어도 중종 당시까지만 해도 이 마을에는 살구나무가 지천이었다는 것을 알 수 있게 하는 기록이라 하겠다.

5) 저승의 위치

답사를 가기까지 필자의 뇌리에서 풀리지 않는 의문으로 남았던 게 또 하나 있었다. 〈설공찬전〉에서 설공찬이 말한 '저승의 위치'에 대한 것이다.

작품에서는 “저승은 바닷가로되, 하도 멀어서 여기서 거기 가는 것이 40리인데, 우리 다님은 매우 빨라 여기에서 술시(저녁 8시경)에 나서서 자시(밤12시경)에 들어가, 축시(새벽 2시경)에 성문이 열려있으면 들어간다.”고 하여, 순창에서 저승이 있는 바닷가까지의 거리가 ‘40리’라고 하였다. 거기까지 가는 시간을 정확히 4시간으로 말하고 있는 바, 이는 현재 순창에서 바닷가까지의 거리와 현격한 차이가 있는 것이어서 납득하기 어려웠던 게 사실이다. 순창에서 가장 가까운 바다지역은 부안인데, 거기까지의 거리만 해도 150리가 되기 때문이다.

그런데 현지에서 조사하던 중, 그곳 향토사학자 양상화 씨(70세, 전직 교사)가 “직선거리로 따지면 40리”라고 하는 말에 귀가 번쩍 뜨였다. 설공찬은 혼령이므로, 사람처럼 길을 따라 움직이지 않으니, 직선개념으로 거리를 측정하는 것이 당연한데, 미처 그 생각을 못한 게 잘못이었음을 깨닫는 순간이었다.

6) 복숭아나무로 귀신쫓고 왼새끼 꼬는 민속

순창 지역에 복숭아나무로 귀신을 쫓는 민속이 전해져 왔다는 것을 이번의 현장답사에서 확인할 수 있었다. 병이 났을 때나 결혼할 때, 활에다 복숭아나무 가지를 꽂아서 쏨으로써 예방하는 민속이 몇십년 전까지만 해도 존속했다는 사실을 매우리의 설태복 씨(68세, 농업, 초등학교 졸), 금과면 청룡리의 김문성 씨(50세, 순창군 행정자치계장)가 증언해 주었다.

좀더 구체적으로 말해서, 병이 나거나 결혼식을 올리고 떠나게 되면, 무당이 와서 떡을 해서 차려 놓되, 살구나무나 복숭아나무 가지를 그 떡에다 꽂아 놓고 경을 읽은 다음에, 복숭아나무로 깎은 화살에 그 떡을 꿰어서 쏘았다는 것이다. 어떤 경우에는 복숭아나무나 살구나무로 병자를 마구 때리기도 했다고 한다.

왼새끼 꼬는 민속도 확인할 수 있었다. 아기를 낳았을 때 사람들이 들어오지 못하도록 왼새끼를 꼬아서 금줄을 쳤으며, 당산제라는 동제를 지낼 때면 반드시 당목에다 왼새끼를 꼬아서 둘러놓고 나서 풍물을 쳤다는 설태복 · 김문성 씨의 증언이 그것이다.

〈설공찬전〉에서는 복숭아 나뭇가지로 직접 축귀 행위를 했다고 한 데 비해, 현지 민속에서는 활에다 재서 쏘았다고 하여, 약간의 차이는 있으나, 복숭아 나뭇가지가 귀신을 쫓는 데 일정한 효력을 발휘한다는 데 대한 신앙 면에서 작품과 현지민속 간에 일정한 상관관계가 있다는 것을 충분히 확인한 셈이다.

4. 설공찬전 배경지 순창의 관광문화적 활용방안

이상에서 본 것처럼, 〈설공찬전〉이 중요한 작품으로 세상에 알려져 있고, 주목하고 있으며, 이 작품의 배경지가 '순창'임이 분명하고, 더구나 등장인물이 이 지역에서 살았던 실존인물들이므로, 다른 지역과 마찬가지로 순창에서도 이 작품을 문화상품 개발과 연결지을 필요성과 가능성은 충분하다.

'순창'을 〈설공찬전〉의 배경지로서 널리 알리고 이를 관광문화 자료로 활용하는 방안은 어떻게 수립할 수 있을까? 〈춘향전〉의 배경지인 남원과 〈심청전〉의 배경지 백령도에서 시행하고 있는 사례를 토대로, 실현하기 쉬운 것부터 몇 가지 제시해 보면 다음과 같다.

첫째, 관광기행 안내 책자와 문학기행 관련 자료나 책자에 〈설공찬전〉의 배경지 '순창'을 포함하도록 적극 노력해야 한다. 인터넷의 순창 사이트에도 관련내용을 반영해야 함은 물론이다.('슌챵'이란 지명이 나오는 〈설공찬전〉 원전 첫 페이지를 배경 그림으로 활용하되, '슌챵' 부분을 확대하거나 강조할 필요 있음)(조선 최초의 금서 〈설공찬전〉, 최초의 국문본소설 〈설공찬전〉, 최초로 국역된 소설 〈설공찬전〉의 배경지 순창)

둘째, 〈설공찬전〉 관련 조형물을 만들 수 있을 것이다.

① 〈한글로 읽혀진 최초의 고소설 '설공찬전'의 배경지 순창〉 또는 〈조선 최초의 금서로 지목되어 불태워진 고소설 '설공찬전'의 배경지 순창〉 또는 〈홍길동전 이전의 국문소설 '설공찬전'의 배경지 순창〉이라 새긴 비석, 〈설공찬이 살았던 마을〉 또는 〈설공찬의 생가가 있던 마을〉이라는 표지판(금과면이나 매우리 어구). 〈설공찬 아버지 설충란의 묘〉, 〈설공찬의 증조부 설위의 묘〉 등이 표지판(해당 묘소의 부근).

② 〈설공찬〉캐릭터 또는 〈설공찬동상〉 제작

③ 〈설공찬의 집〉, 〈설공찬의 무덤〉, 〈설충수의 집〉, 설공찬의 혼령이 자주 가던 〈살구나무 정자〉, 설공찬의 혼이 다녀온 〈저승〉 등이 그것이다. 물론 이런 조형물을 만들 때는 작품의 문맥을 잘 고려해서 가장 적절한 장소에 그 분위기가 잘 살아나도록 해야 할 것이다. 이 작업을 할 때 국내는 물론 외국의 선례도 좋은 참

고가 될 것이다. 셰익스피어의 〈햄릿〉과 관련해 그 배경지로 꼽히는 덴마크의 엘시노어 소재 크로보르성을 관광코스에 넣어 관광객을 엄청나게 유치하고 있는 것, 덴마크 코펜하겐의 랑글리니 부두 앞 바닷가에 안데르센의 동화 〈인어공주〉와 관련해 '인어상'을 만들어 놓아 인기를 끄는 일, 중국에서 〈삼국지연의〉의 배경지마다 각종의 조형물이나 기념관을 지어 관광객에게 제공하고 있는 사례 등을 참고하면 좋은 아이디어를 얻을 수 있을 것이다.

셋째, '설공찬제'라는 이름의 축제를 만들어 정기적으로 시행할 수 있을 것이다. 그럴 때 전체적인 행사의 틀은 남원의 '춘향제'를 모델로 삼아 변형하면 될 것이다. '춘향제'는 금년(2000년)으로 제70회를 맞았는데, 음력 4월 초파일 무렵에 무려 닷새 동안이나 열리는 그 행사의 주요 프로그램을 보면 참으로 다채롭다. 〈설공찬전〉의 배경지 순창에서도, 비록 그 규모는 줄이더라도 이를 적용하여 얼마든지 향토축제를 만들 수도 있고, 이를 관광문화 자료로 활용할 수 있다고 생각한다.

여기에서 하나 강조할 것은, 〈춘향전〉이 애정담이면서 정절과 사랑을 주제로 한 작품인 반면 〈설공찬전〉은 귀신담이면서 죽음과 영혼을 주제로 한 것이니 만큼 그 특성을 잘 부각할 수 있는 행사와 프로그램을 개발해야 한다는 사실이다. 예컨대 서울랜드 같은 곳에 설치된 '도깨비집'을 모델 삼아 순창에 '귀신의 집'류의 시설물을 만들되 귀신의 다양한 양상을 반영해 우리의 전통적인 귀신관(鬼神觀)을 종합적으로 느끼고 공부할 수 있도록 한다면 흥미는 물론 교육적인 가치도 지닐 수 있을 것이다. 그러기 위해 우리 전래 귀신설화에 등장하는 각종 귀신의 유형과 의미에 대한 연구 성과를 참조해야 할 것이다. 동양이나 세계 여러 나라의 저승관(천국 · 지옥관)을 한자리에서 보여주는 시설물을 만드는 것도 좋겠다.

캄보디아 앙코르왓에 가보면, 회랑 벽면에 힌두교 전래의 천국 · 지옥도가 상세히 부조되어 있어 흥미와 함께 교육적인 효과를 발휘하고 있다. 중국 중경 부근의 풍도에는 24가지 종류의 저승을 재현해 놓았다고 한다. 죽은 이후의 세계, 그것도 심판이 따르는 세계가 있다는 사실을 생생하게 유념하는 사람일수록 주어진 이승에서의 삶을 좀더 진지하고 이웃에게 선을 베푸는 방향과 내용으로 꾸며나갈 것은 자명하리라고 볼 때, 갈수록 찰나적인 쾌락을 추구하는 데 열심인 청소년들에게 의미 있는 영향을 미치리라 전망한다.

넷째, 〈설공찬전〉을 홍보하고 현대화할 수 있도록 이 지역 문인이나 가수를 중심으로 〈설공찬전〉을 바탕으로 한 영화, 연극, 현대소설, 동화, 대중가요 등이 활발하게 창작되어야 할 것이다. 특히 남한에서나 북한에서 〈춘향전〉이 영화로 제작됨으로써 모든 사람의 관심을 끌 수 있었던 것처럼, 영상시대인 이 때는 영화나 비디오물로 〈설공찬전〉을 재창작하는 노력이 있어야 한다. 더욱이 이번에 발견된 〈설공찬전〉의 국문본은 후반부가 없는 상태인데, 그런 면에서도 상상력을 동원해 후반부를 완성하려는 시도가 여러 장르에 걸쳐 이루어지는 것도 필요하고 의미 있으리라 생각한다.

그런 의미에서 2003년 5월 15일에서 25일까지 서울 연극실험실 혜화동 1번지에서 이해제 작으로 〈지리다도파도파 설공찬전〉이란 연극이 공연된 것은 매우 고무적인 일이다.

5. 맺음말

이상 최근에 새로 발굴된 〈설공찬전〉의 발굴사실, 그 중요성, 순창과의 관련성, 현지 답사결과, 그 관광문화적 활용방안 등에 대하여 서술하였다.

〈설공찬전〉은 발표 당시인 1511년 무렵에는 전국적인 범위에서 인기리에 읽혔던 소설이며, 필화사건을 야기할 만큼 문제작이었던 게 사실이다. 하지만 왕명으로 불태워져서 최근에 그 국문본의 일부가 극적으로 발견되기까지, 철저하게 사람들의 뇌리에서 잊혀졌던 작품인 것도 사실이다.

따라서 이 작품을 순창 지역 주민의 긍지를 높이면서, 관광문화 자원으로 활용하기 위해서는 먼저 이루어져야 할 일이 있다. 〈설공찬전〉에 대한 일반의 인식을 제고시키는 일이 그것이다. 학계에서는 이 작품의 가치를 인정하여 책이나 논문에서 적극 언급하고 있으나, 아직 대중들에게는 생소하기 때문이다.

필자는 이 작품을 만화, 웹툰, 에니메이션, 대중가요, 연극 등으로 재창작하여 일반의 관심을 증폭시키는 일이 필요함을 거듭 강조한다. 고증작업도 더 철저하게 이루어지기를 희망한다.

Ⅷ

〈설공찬전〉과 〈엑소시스트〉의 퇴마(退魔) 양상 비교

1. 머리말

고소설 〈설공찬전〉에는 퇴마(退魔) 혹은 축귀(逐鬼) 모티브가 나온다.[1] 퇴마 모티브를 다룬 작품에 〈설공찬전〉만 있는 것은 아니다. 국내는 물론 외국에도 있다. 그 대표적인 작품이 W.P. 블레티의 소설 〈엑소시스트〉이다.

동일한 모티브를 다룬 두 작품을 비교하는 것은 흥미도 있고 의미도 있는 작업일 것이다. 〈설공찬전〉은 16세기 작품이고 〈엑소시스트〉는 20세기 작품이라 400년이란 시간 차이는 있지만, 그럼에도 두 작품이 동일 모티브를 다루고 있고 엄청난 파장을 불러일으키면서 양국 독자들에게 광범위하게 수용되었다는 점에서 일치하므로, 그 양상을 비교하면 한국과 미국(서구), 혹은 16세기와 20세기의 같은 점과 다

1) 이복규, 『설공찬전 연구』(서울: 박이정, 2003), 38쪽.

른 점을 알 수 있으리라 기대한다.

더욱이 두 작품 모두 일정한 실화를 바탕으로 씌어졌기에[2] 더 많은 반향을 불러일으켰던 것으로 필자는 판단한다. 그만큼 '퇴마' 혹은 '신들림' 현상은 시대와 지역을 초월하여 많은 사람의 관심과 호기심을 자극하며 공감케 하는 보편성을 지닌 문화가 아닌가 여겨져, 그 같고 다름을 비교해 보고 싶었다.

두 작품을 동일선상에 올려놓고 비교하려는 시도는 이미 있었다. 2005년 4월, KBS 2TV에서 방영된 프로그램 〈스펀지〉에서 "1500년대 지어진 한글소설 〈설공찬전〉은 공포영화 〈엑소시스트〉와 똑같다"란 제목으로 다룬 게 그것이다. 그때 필자는 관련 전문가로 출연해 해설을 도우면서, 고소설 〈설공찬전〉에 등장하는 귀신과 미국소설 〈엑소시스트〉에 등장하는 귀신은 비슷한 것 같지만 구별되니, 자막을 통해서라도 그 점을 시청자들에게 알리라고 주문했지만 결국 반영되지 않아, 내 생각을 따로 글로 정리하고 싶은 마음이 있었다.

더욱이 소설은 소설끼리 비교하는 게 타당하지, 영화 작가와 감독의 주관에 의한 변용이 가해질 수밖에 없는 영상물과 소설 〈설공찬

---

2) 〈설공찬전〉이 실화에서 유래한 작품이라는 데 대해서는 같은 책, 133~152에서 필자가 논증했고, 〈엑소시스트〉는 국역본 첫머리에 실린 "이 책을 읽는 분에게"란 번역자의 글에서 다음과 같이 밝히고 있다. "1949년, 14세 소년이 귀신에 홀린 '폴터지스트(poltergeist) 현상'을 나타내, 이를 한 예수회 신부가 '푸닥거리'를 하여 구해낸 실화에 이 작품은 근거하고 있다. 특히 신부의 일기장을 중심으로 작가 블레티는 새로운 사실을 가미하여 종교적 그리고 정신과학적 측면에서 주도면밀한 설명을 가해 상상할 수 없는 악마에 홀린 정신현상을 세밀하게 서술하고 있다. 어린 소녀에게서 악마를 추방하고자 목숨을 바치는 성직자의 고귀한 정신, 그의 성스러운 메티에(metier)는 베르나노스의 〈어느 시골 사제의 일기〉에서보다 더욱 감동 있게 묘사되고 있다."

전〉을 바로 비교한다는 것은 아무래도 덜 적절하다는 생각을 가지고 있었기에, 이번 기회를 빌어 두 작품의 퇴마 양상을 자세히 비교하고자 한다.

〈설공찬전〉의 경우는 필자가 소개한 국문본 텍스트[3]를, 〈엑소시스트〉는 편의상 국역본[4]을 활용하고자 한다. 〈엑소시스트〉 국역본의 경우, 초판이 1974년에 나와서 그런지 시중에서는 구할 수 없었고 국립중앙도서관에서 그 제2판을 겨우 입수할 수 있었다. 초판과 2판의 차이를 검토할 겨를은 얻지 못하였으나, 번역자도 별다른 언급을 하지 않는 것으로 미루어 세부 묘사까지 고려하는 연구가 아니기에 어느 것을 활용해도 무방하지 않으리라는 생각에서 2판을 텍스트로 삼기로 한다.

한편 〈설공찬전〉 관련 연구성과는 몇 건[5]이 있으나, KISS에서 〈엑소시스트〉 연구성과는 물론 '영문학의 귀신관' 관련 논문도 검색되지 않으므로 사용할 수 없다. 하지만 두 작품의 문면을 꼼꼼히 비교하는 이 글의 성격상, 어쩌면 기존 연구성과를 의식하지 않는 것이 유리할 수도 있으므로 그대로 진행하기로 한다는 것을 밝혀 둔다.

---

3) 같은 책, 22~26쪽. 현전 국문본의 경우, 베끼다가 말아, 작품의 전모를 알 수 없는 형편이라 논의의 한계는 있다. 하지만 그렇다고 손을 놓을 수는 없고 지금 가능한 범위에서나마 비교하는 것은 여전히 필요하다고 판단한다.

4) W. P. 블레티 저, 하길종 역, 『엑소시스트』 2판 1쇄(서울: 범우사, 1990), 31쪽.

5) 유탁일, 「나재 채수의 설공찬전과 왕랑반혼전」, 한국문학회 제7차 발표회 발표요지(1978. 5.30) ; 사재동, 「설공찬전의 몇 가지 문제」, 『불교계 국문소설의 연구』(서울: 중앙문화사, 1994) ; 이복규, 『설공찬전 연구』(서울: 박이정, 2003) ; 소인호, 「채수의 설공찬전」, 『한국 전기소설사 연구』(서울: 집문당, 2005) 등.

2. 귀신들린 사람의 성격과 귀신들린 양상

2.1. 귀신들린 사람의 평소 성격

〈설공찬전〉에서 귀신들린 사람의 이름은 설공침이며 남성이다. 설공침은 귀신을 찾아온 설공찬의 사촌형제로서, 글을 알고 쓰는 능력이 동생에 비해 떨어지는 인물로 묘사되어 있다. 나이와 결혼 여부는 알 수 없으나 아내가 등장하지 않는 것으로 미루어 총각이 아닌가 하나 단정할 수는 없다.

아버지의 이름만 나오는 것으로 미루어 어머니는 안 계신 편부 슬하의 인물이라고 보인다. 설공침이 귀신들렸을 때부터 그런 설공침 때문에 슬퍼하고 울어준 사람으로 계속 아버지만 등장하는 것을 보면 그런 생각이 든다.

> 셜튱쉬 마츰 싀골 갓거ᄂᆞᆯ 즉시 죵이 이런 줄을 알왼대 튱쉬 울고 올라와 보니 병이 더옥 디터 그지업시 셜워ᄒᆞ거ᄂᆞᆯ 엇디 이러ᄒᆞ거뇨 ᄒᆞ야 공팀이ᄃᆞ려 무ᄅᆞᆫ대 즘〃ᄒᆞ고 누어셔 ᄃᆡ답 아니ᄒᆞ거ᄂᆞᆯ 제 아바님 슬하며 울고 의심ᄒᆞ니(중략) 그 넉시 밥을 ᄒᆞᄅᆞ 세 번식 먹으ᄃᆡ 다 왼손으로 먹거ᄂᆞᆯ 튱쉬 닐오ᄃᆡ 예 아래 와신 제ᄂᆞᆫ 올ᄒᆞᆫ손으로 먹더니 엇디 왼손으로 먹ᄂᆞᆫ다 ᄒᆞ니 공찬이 닐오ᄃᆡ 뎌싕은 다 왼손으로 먹ᄂᆞ니라 ᄒᆞ더라 공찬의 넉시 나면 공팀의 ᄆᆞᄋᆞᆷ ᄌᆞ연ᄒᆞ야 도로 드러안잣더니 그러ᄒᆞᄆᆞ로 하 셜워 밥을 몯 먹고 목노하 우니 옷시 다 젓더라 제 아바님씌 ᄉᆞᆯ오ᄃᆡ 나ᄂᆞᆫ ᄆᆡ일 공찬의게 보채여 셜워이다 ᄒᆞ더니 일로브터ᄂᆞᆫ 공찬의 넉시 제 문덤의 가셔 계유 ᄃᆞᆯ이러니 튱쉬 아ᄃᆞᆯ 병ᄒᆞᄂᆞᆫ 줄 셜이 너겨 ᄯᅩ 김셕

산의손듸 사름 브러 오라 흔대 (〈설공찬전 국문본〉 3~6쪽)

이렇게, 귀신들린 초기에 슬퍼하며 우는 것은 물론이고 밥 먹을 때 왼손으로 먹는 것을 관찰하고 왜 그런지 물어보고, 귀신을 쫓기 위해 퇴마사를 찾아가는 등 철저하게 그 아버지만 나오는 것을 보면 어머니는 없다고 여겨진다. 있다 해도 이미 설공침에게 그 어머니는 있으나 마나한 존재가 아니었을까 싶다.

위 두 가지 특징을 고려해 볼 때, 설공침은 결핍요인을 안고 있는 존재라 할 수 있다. 지적인 능력면에서 동생에 비해 열등감을 지니고 있으며, 부모의 사랑 가운데에서 어머니의 사랑을 못 받거나 덜 받는 존재라 할 수 있기 때문이다.

한편, 〈엑소시스트〉에서 귀신들린 사람의 이름은 리건이며 12세이다.[6] 어린 나이이며 사춘기 소녀이니, 외부의 자극에 매우 예민하게 반응할 수 있는 연령이라 하겠다. 더욱이 리건은 이혼녀인 어머니 밑에서 자라고 있으며, 영화배우인 그 어머니 크리스의 판단으로는 크리스가 영화감독인 비크 데닝스와 가깝게 지내기 때문에 어머니가 아버지 하워드와 이혼한 것으로 생각하고 있다.

하지만 내성적인 성격이라 그런 감정을 억누르고 있는 소녀이다.[7]

6) 10쪽에서는 "그녀의 아름다운 11살 난 딸은 둥근 눈을 한 곰인형을 꽉 끌어안고 잠들어 있었다"라고 하여 11세로 소개하였으나, 그 뒤부터는 12살로 나오고 있는데, 여기에서는 12세로 해두겠다. 12세로 나오는 대목을 하나만 인용하면 다음과 같다. 조금 후에 리건은 최면상태에 빠졌다. "최면이 아주 쉽게 되는구먼." 정신과 의사는 중얼거렸다. "리건 편안하니?", "네.", "몇 살이냐?", "12살이에요."(89쪽)

7) 크리스는 갑자기 우울한 걱정이 생겼으나 얼굴을 찡그리지 않으려고 애썼다. 이

들창코에 주근깨가 있는 얼굴[8]이라고 묘사하고 있어, 이 때문에 본인이 특별히 열등감을 느끼고 있다는 점은 작품 안에서 서술하고 있지 않으나, '들창코에 주근깨가 있는 여자아이'를 주인공으로 설정한 것 자체가 주인공 리건의 결핍성을 강화하는 데 일조하기 위한 것이 아닌가 여겨진다.

예쁜 외모는 아니지만, 리건은 매우 효성스러운 아이기도 하다. 이혼에 대해 감정 표현을 하지 않아 어머니의 마음을 상하지 않게 하는 것은 물론이고, 아침마다 어머니의 식탁에 빨간 장미를 한 송이씩 꽂아줄 만큼 어머니를 위할 줄 아는 아이이다.[9]

이상의 내용을 감안하면 귀신에 들리는 인물들은, 〈설공찬전〉에서든 〈엑소시스트〉에서든 무언가 결핍 요인을 안고 있는 인물들[10]이다.

애는 자기 아빠를 몹시 좋아했었지만 부모의 이혼에 대해 겉으로는 한번도 아무 말도 안했었다. 그 점이 크리스 맘에 안 들었다. 어쩌면 저애가 자기 방에서 울었는지도 모른다. 그러나 크리스는 리건이 자기 감정을 억누르고 있다는 게 두려웠고 언제고 위태로운 형태로 감정이 폭발할까봐 걱정되었다.(28쪽) 크리스는 문간에서 손으로 키스를 보내고 문을 닫았다. 아래층으로 내려왔다. '애들이란 참! 어디서 그런 생각이 나는 건지!' 크리스는 리건이 데닝스 때문에 이혼을 했다고 생각하지 않나 의문스러웠다. '아니, 그건 말도 안되는 얘기다!' 리건은 단지 크리스가 이혼소송을 제기했다는 사실만을 알고 있었다. 그러나 이혼을 원했던 것은 하워드 쪽이었다(31쪽).

8) 그녀는 들창코에 주근깨가 귀엽게 난 딸을 내려다보다가 갑작스런 충동에 몸을 침대로 숙여 딸애의 뺨에 키스를 했다(11쪽).

9) 늘 감정이 예민한 크리스는 이 여자의 우울한 표정을 자주 봤었기에 투덜대며 윌리가 싱크대로 가자 손수 커피를 따라서는 조반상 앞으로 가서 앉았다. 자기 접시를 내려다보며 다정히 미소지었다. 빨간 장미 한 송이다. 리건의 짓이지. '천사 같은 애.' 아침마다 크리스가 일을 할 때면 리건은 조용히 침대에서 기어나와 부엌으로 와서 꽃을 한 송이 접시 위에 놓고는 졸린 눈으로 더듬더듬 다시 방으로 돌아가 자곤 했다(13쪽).

10) 김태곤, 『한국무속연구』(서울: 집문당, 1981), 247~259에서도 '강신 신병의 발생 요인'이란 항목을 두어, 신이 내리는 사람들의 개인사를 추적한 결과를 보고하였

〈설공찬전〉의 설공침은 편부 슬하에 동생보다 지적인 능력이 떨어지는 인물로 나오고 있으며, 〈엑소시스트〉의 리건은 이혼녀인 어머니와 사는 12세 소녀로서 어머니가 데닝스 감독과 가깝게 지내기 때문에 아버지가 어머니와 이혼했다고 여기고 있다.

이처럼 지역과 시기의 차이에도, 귀신들림은 일정한 결핍 요인을 지닌 인물에게 잘 나타난다는 점에서 상통하고 있다. 그렇다고 같기만 한 것은 물론 아니다. 남성과 여성, 편부 가정과 편모 가정 등의 차이도 있지만 이는 동질성에 비해 아주 사소한 차이라고 할 수 있다.

2.2. 귀신들린 후의 변화

〈설공찬전〉에서 설공침은 뒷간에 갔다가 공찬 누이 귀신에 씌는데, '기운이 미치고 남과 다르더라'(〈설공찬전 국문본〉 3쪽)고 포괄적으로 그 변화의 첫 모습을 묘사하였다. 미친 증세가 일어나 일상적이지 않은 모습으로 바뀌었다는 것을 알 수 있다. 그 구체적인 변화의 양상[11]들은 다음과 같다.

첫째, 귀신의 말 즉 공수[12]를 한다. 가장 먼저 들어온 사촌 설공찬 누

다. "이성에 대한 애정문제, 자식의 죽음, 불우한 가정환경" 즉 '존재 지속'과 관련된 문제를 그 공통 원인으로 안고 있다는 요지의 보고가 그것이다.

11) 김태곤, 『한국무속연구』, 앞의 책, 220쪽에 신들린 사람들의 신병 증상의 다양한 양상을 정리해 제시하고 있어 참고가 된다. 밥을 먹지 못하기, 편식증이 생겨 냉수만 마시기, 어류와 육류를 전혀 못 먹기 소화불량, 몸이 말라 허약해지기, 사지가 쑤시거나 뒤틀리기, 신체의 한쪽만 아픈 편통증, 혈변, 속이 늘 답답하고 어깨가 무거워지기 등. 요컨대 평상시와는 다른 모습을 보인다는 보고로 읽힌다.

12) 김태곤, 『한국무가집』 1(이리 : 원광대학교 민속학연구소, 1971), 27쪽 참조.

이 귀신의 말을 하다가, 그 뒤에 교체하여 들어온 설공찬 귀신의 말을 한다. 설공침의 아버지 설충수가 퇴마사인 김석산을 불러다 퇴마의식을 하자 이에 대한 반응으로 일정한 말들을 한다. 설공찬 누이 귀신은 제 대신 오라비인 설공찬 귀신을 불러오겠다 하고, 설공찬 귀신은 숙부인 설충수에게 퇴마행위를 해봐야 효과가 없을 것이라면서 거짓 방법을 알려주어 농락하기까지 한다.

> "셕산이 와셔 복셩화 나모채로 ᄀᆞ리티고 방법ᄒᆞ여 부작ᄒᆞ니 그 귓저시 니로ᄃᆡ 나ᄂᆞᆫ 겨집이 모로 몯 이긔여 나거니와 내 오라비 공찬이를 ᄃᆞ려오리라 ᄒᆞ고 가셔 이ᄋᆞᆨ고 공찬이 오니 그 겨집은 업더라 공찬이 와셔 제 ᄉᆞ촌 아ᄋᆞ 공팀이를 붓드러 입을 비러 닐오ᄃᆡ 아ᄌᆞ바님이 ᄇᆡᆨ단으로 양ᄌᆡᄒᆞ시나 오직 아ᄌᆞ바님 아ᄃᆞᆯ 샹홀 ᄲᅮᆫ이디위 나ᄂᆞᆫ ᄆᆞ양하ᄂᆞᆯ ᄀᆞᄋᆞ로 ᄃᆞᆫ니거든 내 몸이야 샹홀 주리 이시리잇가 ᄒᆞ고 ᄯᅩ 닐오ᄃᆡ ᄯᅩ 왼 ᄉᆞᆺᄭᅬ와 집문 밧ᄭᅳ로 두ᄅᆞ면 내 엇디 들로 ᄒᆞ여ᄂᆞᆯ ᄐᆞᆼᄉᆡᆨ 고디듯고 그리ᄒᆞᆫ대 공찬이 웃고 닐오ᄃᆡ 아ᄌᆞ바님이 하 ᄂᆞᄆᆡ 말을 고디드르실ᄉᆡ 이리ᄒᆞ야 소기ᄋᆞ온이 과연 내 ᄉᆞᆲ듕ᄋᆡ 바디시거이다 ᄒᆞ고 일로브터ᄂᆞᆫ 오명가명ᄒᆞ기를 무샹ᄒᆞ더라"
>
> (〈설공찬전 국문본〉 4—6쪽)

둘째, 평소에는 오른손잡이였는데 왼손잡이로 행동한다. 음식 먹을 때, 하루에 세 끼 먹는 것은 똑같았으나 모두 왼손으로 먹더라는 대목이 그것이다. 왜 그런지 설충수가 묻자, 저승에서는 다 왼손으로 먹는다고 대답한다.

> "공찬의 넉시 오면 공팀의 ᄆᆞᄋᆞᆷ과 긔운이 아이고 믈러 집 뒤 술고나모 뎡ᄌᆞ애 가 안자더니 그 넉시 밥을 ᄒᆞᄅᆞ 세 번식 먹으ᄃᆡ 다 왼손으로

먹거ᄂᆞᆯ 튱쉬 닐오듸 예 아래 와신 제ᄂᆞᆫ 올ᄒᆞᆫ손으로 먹더니 엇시 왼손로 먹ᄂᆞᆫ다 ᄒᆞ니 공찬이 닐오듸 뎌싱은 다 왼손으로 먹ᄂᆞ니라 ᄒᆞ더라"

(〈설공찬전 국문본〉 5쪽)

한편 〈엑소시스트〉에서 리건은 자기가 쓰던 방에서 귀신에 들리는데, 그 초기의 증세는 다음과 같다. 어머니 크리스가 단골의사에게 설명한 대목이다.

리건의 행동과 몸가짐에 갑작스럽고 극적인 변화가 있었다. 불면증에, 툭하면 싸우려 들고, 발작적으로 성을 내며, 아무거나 발로 차고 던지고, 큰 소리로 외치고 먹지 않았다. 게다가 힘이 비정상적으로 강해졌다. 또 일 초도 쉬지 않고 움직이며 아무거나 만지고 뱅뱅 돌며 두드리고 뛰어다니고 뛰어넘고 했다. 학과공부는 통 못 하게 됐고, 환상적인 놀이친구가 생겼고 비정상적으로 관심을 끌려는 짓들을 했다.
(36~37쪽)

시간이 흐르면서 더 심각한 변화가 일어나기 시작한다. 의사와 아버지에게 쌍소리하기,[13] 거실에 오줌누기,[14] 의사에게 침뱉기,[15] 예언

---

13) 구체적으로 말한다면, 멕네일 부인, 따님은 제게 '그 개 같은 더러운 손가락으로 내 아랫도리를 건드리지 마'라고 말했습니다. 크리스는 놀라서 숨이 막혔다. "그 애가 그런 말을 했어요?"(41쪽)
"그 애가 나(아버지 하워드: 필자 주)를 '개자식'이라고 부르고는 전화를 끊어버렸단 말이야."(67쪽)

14) 크리스는 돌아보았다. 그러고는 잠옷 바람의 리건이 거실의 양탄자 위에 오줌을 쫘하고 누는 것을 보고 숨이 막히는 듯했다(54쪽).

15) 그 때 리건은 갑자기 일어나 앉아서 의사의 얼굴에 침을 뱉었다(65~66쪽).

하기,[16] 어머니에게 증오의 눈빛 보이기,[17] 무서운 외모[18] 등의 변화가 그것이다. 수줍고 내성적이며 어머니에게 효성스러웠으며, 잘 생기지는 않았으나 귀여웠던 평소의 모습과는, 크리스의 표현대로 "180도 달라"(70쪽)진 양상들이다. 특히 예언하는 일은, 앞에서의 '비정상적으로 강해진 힘'과 더불어 귀신에 들리지 않고는 일어나기 어려운 현상들이라 하겠다.

이상의 사실을 종합해 보면, 귀신 들린 이후의 양상도 다른 점보다는 같은 점이 두드러진다. 평소의 모습과는 딴판으로 변한다. 설공침은 왼손잡이로 바뀌고 리건은 비정상적으로 강해진 힘을 보이며, 둘 다 귀신의 말을 한다. 다른 점도 있다.

〈엑소시스트〉에서는 그 악마성이 더욱 강화되어, 오줌누기, 욕설하기, 무섭게 외모가 변하는 등의 변화를 보인다. 이는 〈엑소시스트〉의 작자가 서구에서의 악마 이미지의 원전인 성경 혹은, 그 성경의 악마 이미지를 중심으로 형성된 서구적 악마 관념을 많이 의식해, 악마가 들어간 사람의 모습을 그렇게 묘사한 결과라고 판단된다.

---

16) 리건은 우주인을 뚫어지게 바라보며 유령의 목소리 같은 어조로, "당신은 저 높은 데 가서 죽을 겁니다."라고 읊조렸다(54쪽).

17) 크리스가 괴롭게 말을 마쳤다. "그애의 눈 속에 증오가, 그 증오가 보였어요. 그러고는 내게 말하기를——" 크리스는 목이 메었다. "글세 나보고—— 오, 맙소사!" 그녀는 울음을 터뜨리고는 눈을 가리고 경련적으로 울었다(82쪽).

18) 그러고는 침대에 누워 있는 동물, 리건에게 시선을 던졌다. 침대머리에 세워놓은 베개에 머리를 받치고 있는 리건의 크고 넓게 부풀어 나온 눈은 움푹 파인 전기 소켓 같았다. 그 두 눈은 광적인 교활과 지글지글 끓는 빛으로 번쩍이고 있었고, 호기심과 심술궂음으로 카라스를 향해 있는 그 눈은 아무 말 없이 한결같이 그를 바라보고 있었다. 얼굴 모양은 거의 해골에 가까웠고, 악마의 형상 같은 소름끼치는 모습을 드러내고 있었다(147쪽).

3. 환자 가족의 대처 양상

〈설공찬전〉에서 아들 설공침이 뒷간에 갔다가 귀신들려 "기운이 미치고 남과 다르"자, 그 아버지 설충수는 먼저 그 아들에게 왜 그런지 물어본 다음 아무런 대답이 없자 쓰러져 울다가, 바로 퇴마사 김석산을 부른다.

> 셜튱쉬 마츰 싀골 갓거늘 즉시 죵이 이런 줄을 알왼대 튱쉬 울고 올라와 보니 병이 더옥 디터 그지업시 셜워ᄒᆞ거늘 엇디 이려ᄒᆞ거뇨 ᄒᆞ야 공팀이ᄃᆞ려 무ᄅᆞᆫ대 줌〃ᄒᆞ고 누어셔 ᄃᆡ답 아니ᄒᆞ거늘 제 아바님 슬하며 울고 의심ᄒᆞ니 요괴로온 귓거싀 빌믜 될가 ᄒᆞ야 도로 김셕산이ᄅᆞᆯ 청□□ {셕산이ᄂᆞᆫ 귓귓애 ᄒᆞᄂᆞᆫ 방법ᄒᆞᄂᆞᆫ 사□이다라}
>
> (〈설공찬전 국문본〉 3—4쪽)

〈엑소시스트〉에서 딸 리건에게 이상한 증세가 나타나자, 어머니 크리스는 단골의사인 마크에게 정신과의사를 소개해 달라고 부탁한다.[19] 리건의 행동과 몸가짐에 일어난 갑작스런 변화들, 특히 집안에서 들려오는 톡톡 두드리는 소리며, 책상이 옮겨지는 일 등이 모두 리건의 짓이라고 판단해 그렇게 요청한 것인데, 마크 의사는 육체적인 병 때문일 수도 있다며 내과의사부터 소개해 준다.

내과의사인 클라인 박사는 처음엔 과도활동이상증으로 다음에는 측두골엽이상증으로 진단하였으나, 뇌파검사를 비롯한 모든 검사의

---

19) 4월 11일 아침 일찍 크리스는 로스엔젤레스의 단골의사에게 전화를 걸어서 리건을 보일 워싱턴에 있는 정신과 의사를 소개해 달라고 부탁했다(36쪽).

결과 모두 음성으로 나오는 데다, 동행한 신경정신과 의사 데이비드와 함께 리건의 몸이 침대에서 공중으로 떴다 내렸다 하는 장면을 보고는 이중인격환자로 결론을 내리며 정신과 의사를 만나보라고 한다. 신경정신과 의사는 최면술을 통해 리건의 몸속에 들어있는 다른 인격과의 대화를 시도한 끝에, 리건이 일부러 그러는 게 아니라 나이가 많은 또 다른 인격이 그 속에 들어 있는 것으로 판단한다.

제2의 인격이 리건의 몸속에 있어서 활동한다는 사실을 안 데다, 정신병 마취요법을 위한 주사도 효력이 없다고 하며(116쪽), 데닝스가 리건의 방에서 의문의 추락사를 하자 의학에 대해서는 더 이상 '희망을 잃'(95쪽)은 어머니 크리스는, 최후 수단으로 카라스 신부에게 푸닥거리를 요청하기에 이른다. 신부가 신중한 태도를 취하며 거부하려 하자 간절하게 부탁을 하여 마침내 뜻을 이루기에 이른다.[20]

두 작품 모두, 귀신들린 자녀를 둔 부모들이 근심하며 이를 해결하기 위해 노력하는 모습을 보이며 그 일환으로 퇴마사를 초청한다는 점에서 동일하다. 하지만 〈설공찬전〉에서는 다른 가능성을 타진한다는 말이 없이 바로 퇴마사를 불러오는 데 비해, 〈엑소시스트〉에서는 의학으로 고칠 수 있는 질병인지 충분히 진단해 본 다음, 종교적이거

---

20) "카라스 신부님, 나와 아주 가까운 어떤 사람이 귀신에 홀린 듯해요. 그녀는 푸닥거리가 필요해요. 도와주시겠어요, 신부님?"(중략) "카라스 신부님, 그것은 내 딸입니다. 내 딸이란 말입니다." 그녀는 거의 흐느끼듯 말했다.(중략) "그애는 신부가 필요해요!" 크리스는 갑자기 소리쳤다. 그녀의 표정은 두려움과 노여움으로 일그러져 있었다. "난 말이에요. 그애를 세상의 모든 망할 놈의 의사와 정신분석자들에게 데려갔었어요. 그래서 결국 그들이 모두 한다는 소리가 당신을 만나보라는 것이었어요. 그런데 이제 와서 당신은 또다시 나를 그들에게 보내려 해요. 난 어떻게 하라는 말이에요!"(중략)"네, 좋습니다. 가죠. 당신의 딸을 만나보죠" 카라스 신부는 그녀를 달랬다(144~145쪽).

나 주술적인 방법을 그 최후의 수단이자 최선의 수단으로 판단해 퇴마사에게 요청하고 있어 일정한 차이를 보인다. 이는 작품의 시대배경 즉 합리적이거나 과학적인 사고의 발달 정도가 다르기 때문에 나타난 결과라고 해석된다.

4. 귀신의 정체와 활동 양상

4.1. 귀신의 정체

〈설공찬전〉에서 설공침의 몸속에 들어와 활동한 귀신들은 모두 죽은 사람의 혼령[21]이다. 설공침의 사촌인 설공찬과 그 누이의 혼령이다. 일찍 죽은 친족의 혼령이 그 몸속에 들어와 활동한 것이다. 한국의 점복자 가운데는 이처럼 가까운 가족의 혼령이 몸주가 되어 활동하는 유형이 있는데 이를 '명두' 점쟁이라고 하는바, 김태곤 교수가 보고한 사례를 소개하면 다음과 같다.

> 강릉에 사는 'C엄마'라는 '명두' 점쟁이가 있었다. 그러나 C는 살아있는 애가 아니고 벌써 25년 전에 죽은 아들의 이름이다. 이 명두 점쟁이

21) 김태곤, 『한국무속연구』, 앞의 책, 285쪽 ; 김태곤, 『한국민간신앙연구』(서울: 집문당, 1983), 28, 307쪽을 각각 참고하면 '인신(人神)'으로서, '객사하거나 횡사 또는 옥사해서 원한이 맺혀 저승에 들어가지 못하고 부혼(浮魂)이 되어 이승에 떠돌며 인간을 가해'하는 즉 '저승에 들어가지 못하고 떠도는 불량잡귀'인 '객귀(客鬼)'이다.

> 'C엄마'인 J씨는 반드시 죽은 아들인 C의 이름을 대고 'C엄마'라고 불러야 대답을 하고 또 편지도 그렇게 죽은 아들의 이름을 써서 보내야 받지, 현재 살아있는 아들의 이름을 대고 그의 엄마라고 부르면 화를 내고 대답도 않는다. 이 명두 점쟁이 J씨를 조사한 것은 1975년 12월 27일 유난히도 눈이 많이 내려 대관령의 교통이 두절되던 때였다. (중략) J씨는 그의 강신 과정을 이야기하다가 별안간 얼굴이 빨갛게 상기되며 허공에서 들려오는 듯한 휘파람소리 같은 것을 '휘익–, 휘익–, 휘익–' 하고 내더니 급기야 '휘우— 휘휙–' 새소리를 내었다. 그러고는 J씨의 음성이 어느새 어린애 목소리를 닮기 시작했다. 그의 목소리는 차차 잦아지더니 나중에는 눈물을 흘렸다.(중략) 그러니까 세 살 때 죽어서 '동자' 넋으로 내려 점을 치는 '동자'의 말 내용을 간추려 보면 다음과 같다. "휙, 휙, 내가 삼각산 할아버지한테 공부해서 우리 엄마도 도울라고 들어왔다. (중략) 나가 죽으니 우리 엄마가 나를 땅에 묻잖어, 그래서 혼이 되어 날아가서 빼꾸기가 되어 날아갔다." 하였다.[22]

그러다 보니 설공침의 몸속에 들어간 설공찬의 혼령은 설충수에게 '아ᄌᆞ바님'이라고 부르는 것은 물론이고 그와 같은 호칭에 걸맞게 말도 존대법에 맞게 하며, 설충수가 남의 말을 잘 듣는 약점까지 알아 골탕 먹이기까지 한다.[23] 죽기 전의 가족관계를 그대로 유지하면서 발화하고 있는 것이다.

---

22) 김태곤, 『무속과 영의 세계』(서울: 한울, 1993), 22~24쪽.

23) 공찬이 와셔 제 ᄉᆞ촌 아ᄋᆞ 공팀이를 붓드러 입을 비러 닐오ᄃᆡ 아ᄌᆞ바님이 ᄇᆡᆨ단으로 양ᄌᆡᆨᄒᆞ시나 오직 아ᄌᆞ바님 아ᄃᆞᆯ 샹ᄒᆞᆯ ᄲᅮᆫ이디위 나ᄂᆞᆫ ᄆᆡ양하ᄂᆞᆯ ᄀᆞᄋᆞ로 ᄃᆞᆫ니거든 내 몸이야 샹ᄒᆞᆯ 주리 이시리잇가 ᄒᆞ고 ᄯᅩ 닐오ᄃᆡ ᄯᅩ 왼 ᄉᆞᆺᄭᅩ와 집문 밧ᄭᅳ로 두ᄅᆞ면 내 엇디 들로 ᄒᆞ여ᄂᆞᆯ ᄐᆞᆼᄉᆡ 고디듯고 그리ᄒᆞᆫ대 공찬이 웃고 닐오ᄃᆡ 아ᄌᆞ바님이 하 ᄂᆞᄆᆡ 말을 고디드르실ᄉᆡ 이리ᄒᆞ야 소기ᄋᆞ온이 과연 내 슐듕ᄋᆡ 바디시거이다(4~5쪽)

그와 같은 기조는 계속 지속되어, 사촌아우와 친구 윤자신에게도 평소의 관계를 드러내는 말을 한다. “내 너희와 닐별ᄒᆞ연 디 다ᄉᆞᆺ ᄒᆡ니 ᄒᆞ마 머리조쳐 시니 ᄀᆞ장 슬픈 ᄠᅳ디 잇다 ᄒᆞ여ᄂᆞᆯ”(〈설공찬전 국문본〉 6쪽)이란 대목이 그것이다. 육체만 상실했을 뿐 생전에 만났던 인물임을 강조하고 있다.

빙의 현상에 대하여 일련의 보고를 한 묘심화 스님의 최근 저서에서도 이와 같은 사례는 다수 확인할 수 있다. 아들한테 버림받아 양로원에서 지내다 화재로 숨진 어느 할머니의 혼령이 그 손녀의 몸에 들어가 “네가 날 돌봐서 내가 여기까지 와서 불에 타 죽었다”며 원망하는 사례,[24] 친정 쪽 이모와 그 딸의 혼령이 들어가 점복자가 된 어느 여인의 사례[25]가 그것이다. 이를 보면 이 같은 혼령은 한국인에게 퍽 친숙한 혼령이라 할 수 있겠다.

〈엑소시스트〉에 등장하는 귀신은 리건 친족의 혼령이 아니다. 리건의 친족은 아니지만 이미 죽은 사람들의 혼령인 것처럼 행세하기도 하여, 〈설공찬전〉에서처럼 죽은 사람의 혼령이 아닌가 여길 수도 있다. 이미 죽은 데닝스 감독과 카라스 신부의 어머니가 리건의 입을 빌어서 번갈아 가며 메시지를 전하는 대목을 보면 그런 것도 같다.

> 카라스는 깊은 숨을 들이쉰 후, 침실로 들어갔다. 방안은 차고 악취가 풍겼다. 그가 천천히 침대 곁으로 가니 리건은 자고 있었다. 이제야 좀 쉬겠구나 하고 카라스는 생각했다. 그는 리건의 가는 팔목을 잡고, 시계의 분침을 들여다보았다. “왜 나한테 이러느냐? 데미언?” 그의 심

---

24) 묘심화, 『빙의가 당신을 공격한다』(서울: 랜덤하우스중앙, 2004), 42쪽.
25) 같은 책, 51~52쪽.

장이 얼어붙었다. "왜 나한테 그렇게 하니?" 그 신부는 움직일 수도 숨쉴 수도 없었고, 그 슬픈 소리가 나는 쪽으로 감히 쳐다보려고 하지도 못했다. 원망하고 애원하는 듯한 외로운 그의 어머니 목소리였다. "신부가 된다고 나를 떠나가니? 데미언, 나를 양로원에——" '보지 마라!' "너, 왜 나를 쫓아버리니?——" 소리를 내는 것은 어머니가 아니다. "왜 이러니?——" 그의 머리는 핑 돌고 목이 메었다. 카라스는 그 목소리가 점점 더 애원하며, 겁이 나며, 눈물어린 소리가 커지자, 그의 눈을 힘껏 감았다. "너는 늘 착한 애였는데, 데미언, 제발이다! 나는 무섭구나, 제발 나를 밖으로 내쫓지 말아다오! 데미언, 제발이다." 나의 어머니가 아니다! "밖은 아무것도 없고 어둡다! 얼마나 외로운지!" 이제는 울먹이는 소리다. "넌, 나의 어머니가 아니다!" 카라스가 열심히 부정했다. "데미언, 애야——" "넌 나의 어머니가 아닌——" "야, 이건 뭐야, 카라스!" 갑자기 데닝스의 목소리로 바뀌었다. "좀 봐! 우리를 쫓아내려고 하니, 그건 너무 하잖아? 정말! 나를 두고라도 말이지, 내가 여기 있는 게 당연하지 않냐 말이야! 요 작은 계집애가! 요 계집애가 나를 죽였지 않아? 그러니까 내가 요 계집애 안에 들어 있는 게 정당해, 그렇지 않아? 나 참, 제기랄! 카라스, 나 좀 봐! 나 좀 볼래? 이러지 마라! 내가 내 말을 하는 일이 쉽지 않단 말이야. 조금만 돌아서 봐!" 카라스는 눈을 뜨고 데닝스의 모습을 리건에게서 보았다. "그렇지, 그게 좋구만, 걔가 날 죽였지! 다른 사람이 죽인 게 아니라 걔였어, 카라스—— 고 계집애, 정말이야! 그날 저녁 아래층에서 한 잔하고 있는데, 위에서 신음소리 같은 것이 들렸단 말이야. 그래서 뭔가 그애를 괴롭히나 보아야 했거든! 그때, 위층으로 올라갔더니 고것이 내 목을 비틀었단 말야, 그 작은 악마가 말이야!" (246~248쪽)

하지만 리건의 몸속에서 활동하는 귀신의 정체는 악마이다. 아담과

하와를 꾀어 타락시킴으로 인류를 죄와 사망의 저주 아래 몰고 간 사탄이다. 그 점에 대해서 작품 내부에서 분명하게 밝히고 있다.

> "난 리건이 아니야." 그녀는 여전히 소름끼치는 미소를 지으며 지껄였다. "아, 그래. 그렇다면 우린 서로 소개를 해야겠군. 나는 데미언 카라스야. 넌 누구지?"라고 신부는 말했다. "난 악마예요." (148쪽)
>
> 카라스는 머리를 저었다. "없습니다. 그러나 리건이 나타내는 다른 형태의 인간상에 관한 배경을 좀 들으시면 도움이 될 것이라고 생각이 듭니다. 지금까지 관찰해 보니, 세 사람의 인격이 나타나는 것 같습니다." "아니오. 단지 하나일 뿐이오."라고 메린은 어깨 위로 영대를 두르면서 가만히 말했다. (230쪽)
>
> 이제 메린은 일어나 엄숙하게 기도했다. "천주여, 우리를 창조하시고, 우리를 보호하시는 이여, 당신의 종, 리건 테레사 멕네일을 자비롭게 굽어 살피소서. 그는 인류의 오래 된 원수에게 묶여 있나이다. 그는 ——." (233쪽)

카라스보다 한 수 위의 능력을 지닌 메린 신부의 설명에 의하면, 카라스 신부 어머니와 데닝스 감독의 혼령도 결국은 인류의 원수 사탄 즉 악마가 사람을 공격하기 위해 동원하는 여러 방법 중의 하나이다. 하와로 하여금 선악을 알게 하는 나무의 실과를 따먹도록 유혹할 때는 뱀으로 나타나고 40일간 금식한 예수 앞에 나타나 세 가지 시험을 할 때는 본래의 모습으로 나타나듯, 여러 가지 형태로 등장하지만 그 정체는 하나이듯 리건에게 들어온 귀신의 정체도 그렇다는 것이다.

그렇다면, 〈설공찬전〉에 나오는 귀신과 〈엑소시스트〉의 귀신은 어떤 차이가 있는가? 큰 차이가 있다. 〈설공찬전〉의 귀신은 한국 전래의 귀신관념에 따르면 지상계에 일시적으로만 존재한다. 제 명대로 살지 못했거나 원한을 품은 채 죽은 사람의 영혼은 바로 저승으로 가지 못하고, 지상계에서 정처없이 떠돌면서 살아있는 사람의 몸에 들어가 작용하다가 굿을 하면 한이 풀려 저승으로 떠난다고 믿는다.

하지만 〈엑소시스트〉에 등장하는 악마는 다르다. 악마는 타락한 천사로서 하와를 유혹했을 뿐만 아니라 지금도 공중권세를 잡아 인간을 멸망의 길로 유혹하는 존재로서, 예수 그리스도가 재림하여 지옥불에 던져질 때까지 활동하는 존재이다. 굿을 통해 그 한이 풀려서 저승으로 곱게 떠나가는 그런 존재가 아니다.

따라서 〈설공찬전〉에 나오는 귀신과 〈엑소시스트〉에 나오는 귀신은 비슷한 것 같지만 본질적으로 다르다고 보아야 한다. 일시적으로 존재하다 사라지는 존재와 신과 함께 거의 영속적으로 존재하는 대상과는 구별해야 한다.

4.2. 귀신의 활동 양상과 출현 목적

(1) 귀신의 활동 양상

〈설공찬전〉에 나오는 귀신은 설공찬 누이의 혼령과 설공찬의 혼령 둘이다. 설공찬 누이 혼령은 초반에 잠깐 등장해서, 뒷간에 갔던 설공침으로 하여금 땅에 엎어졌다가 한참 만에야 기운을 차렸으나 미쳐버려 비정상적인 사람으로 바꾸어 놓는다. 그 뒤를 이어 찾아온 설공찬의 혼령은 이후의 사건을 거의 주도하는데, 그 활동 양상을 정리하면 다음과 같다.

첫째, 설공침의 입을 빌어 이승의 사람들과 대화를 한다. 일반적으로는 신이 인간의 입을 빌어서 말을 할 때는 '공수'라 하여 대부분 일방적인 발화를 하는데, 설공찬의 혼령은 숙부인 설충수와 대화를 나누기도 한다. 저승 소식을 묻는 사촌과 윤자신에게는 저승에서 보고 들은 이야기를 들려주기도 한다.

> 그 넉시 밥을 ᄒᆞᄅᆞ 세 번식 먹으듸 다 왼손으로 먹거ᄂᆞᆯ 튱쉬 닐오듸 예 아래 와신 제ᄂᆞᆫ 올ᄒᆞᆫ손으로 먹더니 엇디 왼손로 먹ᄂᆞᆫ다 ᄒᆞ니 공찬이 닐오듸 뎌ᄉᆡᆼ은 다 왼손으로 먹ᄂᆞ니라 ᄒᆞ더라
>
> (〈설공찬전 국문본〉 5쪽)

> 뎌 사ᄅᆞᆷ이 그 말 듯고 하 긔특이 너겨 뎌ᄉᆡᆼ 긔별을 무ᄅᆞᆫ대 뎌ᄉᆡᆼ 말을 닐오듸 뎌ᄉᆡᆼ은 바다ᄉᆞᆺ이로듸 하 머러 에셔 게 가미 ᄉᆞ십 니로듸 우리 ᄃᆞᆫ 로ᄆᆞᆫ 하 ᄲᆞᆯ라 예셔 슐시예 나셔 ᄌᆞ시예 드려가 튝시예 셩문 여러든 드러가노라 ᄒᆞ고 ᄯᅩ 닐오듸 우리나라 일홈은 단월국이라 ᄒᆞ니라 듕국과 제국의 주근 사ᄅᆞᆷ이라 이 ᄡᅡ해 모ᄃᆞ니 하 만ᄒᆞ야 수ᄅᆞᆯ 혜디 몯ᄒᆞ니라 ᄯᅩ 우리 님금 일홈은 비사문텬왕이라 므틧 사ᄅᆞᆷ이 주거ᄂᆞᆫ 졍녕이 이ᄉᆡᆼ을 무로듸 네 부모 동ᄉᆡᆼ 족친ᄃᆞᆯ 니ᄅᆞ라 ᄒᆞ고 쇠채로 티거든 하 맛디 셜워 니ᄅᆞ면 ᄎᆡᆨ 샹고ᄒᆞ야 명이 진듸 아녀시면 두고 진ᄒᆞ야시면 즉시 년좌로 자바가더라 나도 주겨 졍녕이 자펴가니 쇠채로 텨 뭇거ᄂᆞᆯ 하 맛디 셜워 몬져 주근 어마니과 누으님을 니ᄅᆞ니 ᄯᅩ 티려커ᄂᆞᆯ
>
> (〈설공찬전 국문본〉 8~9쪽)

둘째, 사람의 몸에 수시로 들락날락한다. 몸에서 나가 있는 동안에는 그 사람이 정상적인 사고와 행동을 하지만, 혼령이 몸에 들어오면

평소와는 다르게 행동한다. 설공침의 경우에는 왼손으로 밥을 먹는 것이 그 현저한 사례이다.

셋째, 퇴마사가 일정한 의식을 행하자 이에 반발한다. 설충수의 요청을 받아 찾아온 김석산이 귀신을 쫓아내기 위한 조치를 취하자, 설공찬의 혼령은 즉각적으로 반응하며 그만두라고 하다가 그래도 계속해서 축귀 절차를 밟으려 하자, 설충수의 얼굴을 변형시키겠다는 협박에 이어 실제로 설공침의 형용을 일그러뜨려 항복을 받아낸다.

> 공찬의 넉시 듯고 대로ᄒᆞ야 닐오듸 이러ᄐᆞ시 나ᄅᆞᆯ ᄠᆞ로시면 아ᄌᆞ바님 혜용을 변화호링이다 ᄒᆞ고 공팀의 ᄉᆞ시ᄅᆞᆯ 왜혀고 눈을 ᄲᅳ니 ᄌᆞ의 ᄌᆡ야지고 ᄯᅩ 혀도 ᄑᆞ 배여내니 고 우히 오ᄅᆞ며 귓뒷겨ᄐᆡ도 나갓더니 늘근 죵이 겨틔셔 병 구의ᄒᆞ다가 ᄡᅵ온대 그 죵조차 주겻다가 오라개야 ᄀᆡ니라 공팀의 아바님이 하 두러 넉ᄉᆞᆯ 일혀 다시 공찬이 향ᄒᆞ야 비로듸 셕산이ᄅᆞᆯ 노여 브ᄅᆞ디 말마 ᄒᆞ고 하 ᄇᆡ니 ᄀᆞ장 오라긔야 얼굴이 잇더라
>
> (〈설공찬전 국문본〉 6~7쪽)

〈엑소시스트〉에서 리건의 몸에 들어온 악마의 활동 양상을 정리해 보면 다음과 같다.

첫째, 리건의 입을 빌어 사람들과 대화를 나눈다. 크리스의 요청을 받아 진찰하러 온 의사 클라인이 리건의 맥박을 짚으려고 하자, "그 암퇘지는 내 거야!", "그건 내 거야! 가까이 가지 마! 그건 내 거야!"(76쪽)라며 의사 표시를 한다. 이미 앞에서 인용한 바 있듯이, 카라스 신부와 카알에게는 각각 죽은 그 어머니 및 데닝스 감독의 영혼인 것처럼 위장한 채로, 카라스와 카알의 약점 혹은 비밀을 들추고 계

속해서 걸어오기도 한다.

카라스 신부가 묻고, 자신이 악마라는 사실을 악령 스스로가 대답하며 계속 이어지는 대화 대목이야말로 악령이 살아있는 사람들과 대화한다는 것을 가장 잘 보여주는 장면[26]이라 하겠다. 그런데 그 언어 중에는 외국어들도 있다. "독일어뿐만 아니라 라틴어도! 그리고 그 완벽한 구문을!"(199쪽)이라고 카라스 신부가 감탄한 것처럼, 영어[27]는 물론 외국어도 구사할 줄 안다.[28] 이는 한국 점복자에게서는 찾아보기 어려운 현상이다.

둘째, 〈엑소시스트〉의 경우에도 〈설공찬전〉에서처럼, 리건의 몸에 들어온 악령은 나갔다 들어왔다 하는 것으로 보인다. 데닝스의 혼이 들어왔다가 빠져나간 후, 다시 그 귀신이 돌아온다고 묘사한 대목[29]이야, 메린 신부가 간파한 것처럼, 그 두 귀신은 별개의 존재가 아니라 악령이 사람들을 공격하기 위해 다른 인격인 것처럼 위장한 것이므로 악령의 출입현상으로 보아서는 안 될 것이다. 하지만 리건의 의식으로 돌아왔다가 다시 악령의 인격으로 바뀌기도 하는 대목은 〈설공찬전〉과 같은 양상을 보인다. 그 대목들을 보이면 다음과 같다.

---

26) 『엑소시스트』, 앞의 책, 148 149쪽.

27) 정상적인 어순의 영어도 하지만, 때로는 녹음기를 반대로 돌려서 들어야만 올바른 어순으로 나오는, 매우 기이한 영어를 말하기도 한다.

28) 악령이 그럴 수 있는 이유도 악령 스스로 밝히고 있다. "카라스? 나는 전혀 라틴어를 몰라. 나는 너의 마음을 읽고 있는 거야. 나는 너의 머릿속에서 단순히 답변을 빼냈거든."(200쪽)

29) "어이, 메린, 그래? 나를 몰아냈다고?" 이제는 그 귀신이 돌아왔고, 메린은 귀신 쫓는 탄원의 기도를 계속하며, 영대(靈帶)를 리건의 목에 대어주며 성호 긋기를 되풀이했다(241쪽).

"리건을 우리에게 보여줘. 그러면 한 쪽을 풀어주지."라고 카라스는 제의했다. "만일에——." 순간 그는 갑작스런 충격에 움찔했다. 리건이 공포에 충혈된 눈으로 입을 크게 벌리고 소리조차 내지 못하고 구원을 청하고 있는 모습이 너무나 섬찟했던 것이다. 그러고 나서 리건의 모습은 또 다른 형태로 드러났다. "가죽끈을 풀어주지 않겠어요?"라고 유혹하는 듯한 어조인 리건의 발음은 영국 사투리 액센트를 지니고 있었다. 눈깜짝할 순간, 다시 악마적인 인간으로 환원된 리건은 "좀 도와주지 않겠어, 신부님?" 하고 지껄이며 머리를 뒤로 젖히더니 낄낄거렸다.

(152쪽)

리건은 늑대처럼 고개를 젖히고 짖기 시작했다. 리건은 혼수상태에 빠졌고 무엇인가가 방을 빠져나가는 것을 크리스는 느꼈다. (93쪽)

셋째, 퇴마사에게 반발한다. 리건의 몸에 있는 게 악령임을 확인한 카라스 신부 및 메린 신부가 성수를 뿌릴 때, 악령은 격렬하게 반응한다.

'악령이다! 카라스, 도대체 왜 이러지?' 신부는 겨우 진정하고는 숨을 깊이 들이쉬고는 일어서서 윗도리 호주머니에서 성수병을 꺼냈다. 그리고 병마개를 뺐다. 악령이 조심스럽게 쳐다보았다. "그건 뭐지?" "뭔지도 모르니?" 물으며 카라스는 엄지손가락으로 병 주둥이를 반쯤 막고는 그 물을 리건의 온몸에 뿌리기 시작했다. "악마야, 이건 성수란다." 즉시 악령은 굽실대며 몸부림치며 공포와 고통 속에 아우성쳤다. "이게 타는데! 이게 내 몸을 태워! 아, 그만 둬! 멈추라니까, 이 개 같은 신부야! 그만둬!" 무표정한 카라스는 물 뿌리는 것을 그만두었다. (175쪽)

리건은 메린의 얼굴에 누런 가래침을 뱉었다. 그 침은 천천히 귀신

추방자 메린의 뺨을 흘러내렸다. "나라에 임하옵시며――"

넷째, 과거와 현재와 미래의 일들에 대하여 말한다. 일반인이 알 수 없거나 감추고 있는 과거와 현재의 일을 들추어내어 말하는가 하면 앞으로 일어날 일도 말한다. 카알에게 숨겨놓은 다리장애에다 마약중독에 걸린 딸이 있다는 사실[30]을 폭로하고, 한 사람이 높은 데서 죽을 거라고 예언[31]하는 것이 그 예이다.

다섯째, 초인적인 힘을 발휘한다. 책상을 옮긴다든지,[32] 책상서랍이 저절로 나왔다 들어갔다 하고,[33] 침대를 허공에 떴다 가라앉게 하며,[34] 방안에서 두드리는 소리가 나게 하고,[35] 쥐덫에 봉제완구 쥐가 물리게[36] 하는 등의 초능력을 발휘한다.

---

30) "나가! 히틀러 자식아! 썩 꺼져! 네 안짱다리 딸년이나 보러 가렴! 그년에 무나물이나 갖다주지 그래! 무나물하고 헤로인을 갖다줘! 그년 좋아할걸! 손다이크야! 그년은――――." 카알이 나가버리자 그 악마의 표정은 갑자기 온순해져서 카라스가 재빨리 녹음기 장치를 준비하는 것을 보았다.(171쪽)

31) "당신은 저 높은 데 가서 죽을 겁니다."(54쪽)

32) 발을 들어 손가락으로 비비면서 보니 그 큰 책상이 있던 자리에서 3피트 가량 떨어져 옮겨져 있었다.(23쪽)

33) 카라스는 갑작스럽게 나는 쿵 소리에 섬찟하여 고개를 돌렸다. 책상 서랍이 툭 열리더니 튀어나왔다. 그러다가 그것이 다시 쿵하는 소리를 내며 닫혔다(171쪽).

34) 샤론은 침대를 보고 너무 놀라서 움직이지도 못하고 서 있었다. 이상하게 생각하여 돌아다본 카라스도 순간 전기충격을 받은 것처럼 그 자리에 움직이지조차 못하고 서 버렸다. ――――침대의 앞 머리가 바닥에서 혼자 들려지고 있었다――――. 그는 믿을 수 없어 그것을 노려보았다. 4인치 정도, 반 피트, 아니 1피트쯤 떠 있었고, 뒷다리도 공중에 뜨기 시작했다.(중략) 침대는 1피트 더 위로 떠서 빙빙 돌다가, 마치 썩은 연못 위에 부표처럼 가볍게 기울어졌다.(234쪽)

35) 먼저 톡톡 두드리는 것이 시작이었다. 크리스가 다락을 조사했던 밤 이후에도 두 번 그 소리를 들었다.(37쪽)

36) 크리스가 이층의 복도를 지나가다가 손에 커다란 봉제완구 쥐를 뚫어져라 바라보며 되돌아오고 있는 카알을 만났다. 쥐덫에 주둥이가 꽉 물려 있는 이 장난감을 그

여섯째, 악취,[37] 욕설,[38] 뱀이나 늑대 같은 모습,[39] 불건전한 섹슈얼리티[40]를 보이는 등 매우 악마적인 이미지를 풍긴다.

이상의 사실을 보면, 앞의 세 가지는 두 작품이 동일하다. 〈설공찬전〉이든 〈엑소시스트〉든, 귀신들이 환자의 입을 통해 세상 사람과 대화를 시도한다든지 환자의 몸에 출입하며, 퇴마사에게 반발하는 것이 그것이다. 다만 귀신의 말 가운데, 〈설공찬전〉에는 저승경험담이 포함되어 있으나 〈엑소시스트〉에서는 없다.

가 발견했다는 것이다.(32쪽)

37) 침묵, 리건의 호흡이 빨라지며 악취를 내기 시작했다.(91쪽)　짐승같은 소리는 그치고 갑자기 조용해졌다. 그러자 걸쭉하고, 썩은 냄새가 나는 푸르스름한 것이 리건의 입으로부터 간헐천과 같이 내뿜어졌다. 그것은 용암처럼 솟아나와 메린의 손 위를 흐르고 있었다.(235—236쪽)

38) 그리고 이 괴물은 다른 성격의 인물로 변해 있었다. "저주받은 푸줏간 개.새끼 같으니라고!" 그 목소리는 쉬었고 강한 영국식 액센트를 갖고 있었다. "쌍놈의 자식"(171쪽)

39) 크리스는 고개를 들자 얼어붙는 것 같았다. 샤론 바로 뒤로 몸을 뒤집어 머리가 거의 발에 닿게 구부리고 뱀처럼 재빨리 미끄러져 들어오는 리건이 보였다. 리건의 혀는 빠르게 입에서 낼름낼름 나왔다 들어갔다 하며 뱀처럼 쉬쉬 소리를 내고 있었다.(87쪽)　리건은 늑대처럼 고개를 젖히고 짖기 시작했다.(93쪽)

40) 리건의 목구멍에서는 캥캥 웃는 소리가 쏟아져 나왔다. 그러더니 누가 떠다민 듯이 침대에 등을 대고 넘어졌다. 리건은 잠옷을 들어올리고 아랫도리를 내보이면서, "자, 날 데리고 자라!"고 의사들에게 아우성치더니 양손으로 미친 듯이 수음을 하기 시작했다.(77쪽)

"한가지는 따님이 헛소리하는데 대부분이 종교적인 이야기라서요. 무슨 말인지 못 알아듣게 지껄이는 때 말고요, 그러면 어디서 그런 생각이 났으리라 생각하십니까?" "글쎄요, 예를 들어보시면요?" "오, 그리스도와 성모 마리아가 69를 한다든가———."(115쪽)

"넌 그 여자하고 자고 싶어서 그러지? 좋아. 우선 이 가죽끈이나 풀어줘. 그러면 내가 그 여자하고 자게 해줄게!"(151쪽)

"그애는 네가 가져! 그래, 그 창녀 같은 년은 너나 가져라! 네가 하고 싶은 대로 해도 된다. 카라스, 아닌 게 아니라 그애가 밤마다 너의 공상을 하며 수음을 한단다."(240쪽)

이는 한국과 미국, 혹은 동양과 서양의 영혼관과 내세관의 차이 때문이라고 보인다. 한국의 전통 관념으로는, 사람이 죽으면 모두가 차별없이 '저승'이라는 미분화된 내세로 이행한다고 보았으며 한을 품고 죽은 영혼은 저승에 안착하지 못하고 떠돌아다니거나 되돌아온다고 믿었다. 그러다 보니, 나이 스물에 장가도 못 가고 죽은 설공찬의 혼령이 저승에서 돌아와 남의 몸에 실려 그 저승경험담을 진술한다는 설정이 가능하다.

하지만 기독교를 바탕으로 하는 미국 혹은 서구의 관념에서는, 사람이 죽으면 지옥 아니면 천국으로 간다고 본 데다, 한번 저승에 간 영혼은 다시는 지상에 올 수 없다고 믿었기에 죽은 사람의 혼이 저승경험담을 진술하도록 설정한다는 것은 불가능하였던 것으로 보인다. 더욱이 리건에게 들어간 귀신의 정체가 사람이 죽은 혼령이 아니라, 인류 전체의 원수로 묘사된 사탄 즉 악마로 규정되다 보니 더욱 저승경험담은 개입할 수 없었으리라 여겨진다.

또 하나의 차이로, 〈엑소시스트〉의 악령은 과거와 현재와 미래의 일을 알아맞히는 신통력을 보인다. 한국에서는 무당들이 공수를 통해 과거의 일은 족집게처럼 잘 맞추지만, 현재와 미래의 일까지 맞추는 것은 그만 못하다고 알려져 있다.

하지만 〈엑소시스트〉에서는 과거는 물론 현재와 미래사까지 알려주며 예언까지 하여 다른 양상을 보인다. 이는 리건의 몸속에 들어간 귀신의 정체를 악마로 규정한 데서 비롯한다고 생각한다. 이미 성경에서, '타락한 천사'로서, 엄연한 영물(靈物)로 사탄 즉 악마를 정의하고 있기 때문에, 얼마든지 과거와 현재와 미래의 일을 알아맞히거나 예언할 수 있다고 보이기 때문이다.

더욱이 메린 신부가 지적하였고 창세기의 인류 타락 삽화에서도 나타나듯, 사탄을 '거짓말'로 사람을 미혹하는 존재로 인식한다면, 더욱 더 그 개연성은 커진다고 할 수 있다. 악마성이 더욱 강화되어 있다. 초인적인 힘을 발휘하며, 악취, 욕설, 뱀같은 짐승의 모습, 불건전한 섹슈얼리티를 보이는 등 매우 악마적인 이미지를 풍기도록 묘사하는 것도 〈엑소시스트〉에서 확인되는데, 이 역시 귀신의 정체를 사탄으로 규정한 것과 연관된다고 생각한다. 성경에서 사탄은 모든 부정적인 것의 근원이요 본질을 이룬다고 되어 있기 때문이다.

(2) 귀신의 출현 목적

설공찬의 혼령이 설공침의 몸에 들어간 목적은 어디에 있을까? 현전하는 국문본 내부에는 설명이 없다. 하지만 대동야승에 수록된 어숙권의 〈패관잡기〉 권2에 전하는 한문본 설공찬전의 말미를 보면 그 단서를 찾을 수 있다.

> 난재 채수가 중종 초에 지은 설공찬환혼전은 지극히 괴이하다. 그 말미에 이르기를, "설공찬이 남의 몸을 빌어 수개월간 머무르면서 능히 자신의 원한과 저승에서 들은 일을 아주 자세히 말하였다. (설공찬으로 하여금) 말한 바와 쓴 바를 좇아 그대로 쓰게 하고 한 글자도 고치지 않은 이유는 공신력을 전하고자 해서이다."라고 하였다. 언관이 이 작품을 보고 논박하여 이르기를, "채수가 황탄하고 비규범적인 글을 지어서 사람들의 귀를 현혹하게 하고 있으니, 사형을 시키소서."라고 하였으나 임금이 허락하지 않고 파직하는 것으로 그치었다(蔡懶齋壽, 中廟初, 作薛公瓚還魂傳, 極怪異. 末云, 公瓚借人之身, 淹留數月, 能言其怨及冥聞

事, 甚詳, 令一從所言及所書, 書之, 不易一字者, 欲其傳信耳, 言官見之, 駁曰, 蔡某著荒誕不經之書, 以惑人聽, 請寘(置)之死, 上不允, 只罷其職).

"자신의 원한과 저승에서 들은 일을 아주 자세히 말하였다"라는 대목을 보면, 설공찬의 혼령은 원한과 저승에서 들은 일을 말하기 위해 출현했다고 할 수 있다. 저승에서 들은 일은, 작품상에 사촌동생 설위와 윤자신이 물은 데 대한 답변으로 나와 있고 아주 자세하게 진술[41]된 것으로 미루어, 어쩌면 어숙권이 증언한 대로 그 이야기를 세상 사람들에게 알리고 싶은 충동에서 출현했다고 여길 만하다.

'원한'을 말했다는 부분은 현전 국문본에서는 구체적으로 확인하기는 어렵지만 어숙권의 증언에 의하면, 설공찬의 혼령이 출현한 이유와 깊이 관련되어 있다고 할 수 있다. 문장력이 뛰어났으면서도 스물 젊은 나이에 장가도 못 가고 요절한 원한일 수도 있고, 그래서 저승에

---

41) 이복규, 앞의 책, 22쪽 참조.
① 저승의 위치 : 바닷가에 있으며 순창에서 40리 거리임 ② 저승 나라의 이름 : 단월국 ③ 저승 임금의 이름 : 비사문천왕 ④ 저승 심판 양상 : 책을 살펴서 명이 다하지 않은 영혼은 그대로 두고, 명이 다해서 온 영혼은 연좌로 보냄. 공찬도 심판받게 되었는데 거기 먼저 와있던 증조부 설위의 덕으로 풀려남. ⑤ 저승에 간 영혼들의 형편 : 이승에서 선하게 산 사람은 저승에서도 잘 지내나 악하게 산 사람은 고생하며 지내거나 지옥으로 떨어지는데 그 사례가 아주 다양함. ⑥ 염라왕이 있는 궁궐의 모습. 아주 장대하고 위엄이 있음. ⑦ 지상국가와 염라국 간의 관례 : 성화 황제가 사람을 시켜 자기가 총애하는 신하의 저승행을 1년만 연기해 달라고 염라왕에서 요청하자, 염라왕이 고유 권한의 침해라며 화를 내고 허락하지 않음. 당황한 성화 황제가 염라국을 방문하자 염라왕이 그 신하를 잡아오게 해 손이 삶아지리라고 함(이 대목은 지상의 국가와 저승간에는 연속성과 함께 불연속성 혹은 변별성이 있다는 사실을 일깨우는 삽화라고 보이는바, 따로 거론할 기회를 가질 필요가 있음).

안착하지 못하는 원한일 수도 있다. 설공침의 몸에 들어갔지만 설공침을 해하려는 의도는 없는 것으로 보인다.

다만 귀신에 씐 설공침으로서는 제 정신으로 있다가도 공찬의 혼령이 들어가면 공찬이 시키는 대로 움직여야 하므로 그 괴로움이 심한 나머지, 그러다가 병이 들어 죽을지도 모른다고 생각할 만큼 몹시 서러워하는 것은 사실이지만, 설공찬의 혼령이 공침을 죽이려는 의도는 없다고 보인다.

한국의 전통적인 관념에서처럼, 저승에 편히 가지 못한 혼령들은 잠시 머물면서 자신의 한을 하소연하거나 자신을 괴롭힌 대상에게 복수하고자 해서 특정한 사람의 몸(마음이 가장 끌리는 곳[42])인 사촌 형제 설공침의 몸을 선택해 들어갔다고 여겨진다.[43]

〈엑소시스트〉에서 리건의 몸에 들어온 악령은 얼핏 쉴 곳을 찾아 들어온 것처럼 보인다. 악령 스스로가 "우리들은 사실상 갈 곳이 없어. 집이 없지."(169쪽)라고 말하고 있기 때문이다. 하지만 좀 더 적극적인 목적을 따로 가지고 있다. 리건을 죽이는 것이 그것이다. 다음 대목이 그것을 잘 말해 준다.

> "넌 리건을 해치고 싶니?" 긍정. "죽이려고 하니?" 긍정. "리건이 죽으면 너도 죽지 않아?" 부정. (92쪽)

---

42) 묘심화, 같은 책, 41쪽.

43) 설공침 형제 중에서 왜 하필 설공침에게 들어갔는가 의문일 수 있는데, "져머셔브터 글을 힘서 비호ᄃᆡ 업동과 반만도 몯ᄒᆞ고 글스기도 업동이만 몯ᄒᆞ더라"(2쪽)가 그 한 열쇠가 아닌가 한다. 지적인 능력이 뛰어난 사람보다 그렇지 못한 사람에게 신이 실릴 가능성이 높다고 여기는 민간의 관념이 있기 때문이다.

이 대목을 보면, 귀신이 들어온 결과 몸이 괴로워서 죽음의 위협을 느끼는 설공침의 경우와는 달리 〈엑소시스트〉에서는 악령이 리건을 죽이려는 의도를 가지고 들어와 있어, 리건은 자각하고 있지 못하지만, 제3자들이 그 사실을 악령을 통해서 듣고 전율하고 있다.

악령의 목적은 살아있는 사람을 사망에 빠뜨리는 데 있음을 알 수 있다. 설공찬의 혼령이 공침을 죽이려고도 하지 않았고, 설충수를 협박할 때도 그 얼굴 모습만 일그러뜨리는 정도로 그친 데 비해, 〈엑소시스트〉의 악령은 퇴마사인 메린 신부와 카라스를 죽음에 이르게 하고 있어 확실히 대비된다.

5. 퇴마사의 신분과 퇴마 양상

5.1. 퇴마사의 신분

〈설공찬전〉에 등장하는 퇴마사는 김석산이란 인물이다. 이 인물이 어떤 신분에 속하는지는 작품에서 설명하고 있지 않아 미상이나, 그 하는 일에 대해서는 분명하게 기술해 놓았다. “셕산이ᄂᆞᆫ 귓귓애 ᄒᆞᄂᆞᆫ 방밥ᄒᆞᄂᆞᆫ” 사람 즉 ‘귀신을 쫓는 사람’이라는 설명이 그것이다.

어떤 계층의 사람인지는 소개하지 않았지만, 성과 이름을 지닌 것으로 미루어 평민이거나 몰락양반으로서 축귀하는 일로 생업을 삼던 인물이라고 할 수 있다. 유교 국가인 조선에서는 다소 음성적으로 활동하던 인물이라고 하겠다. 존경받는 인물은 아니지만, 유사시에는 유교 국가인 조선에서 달리 해결할 수 없던 종교적(혹은 신앙적)인 문제가 발생할 경우, 무당의 경우와 같이, 요청에 의해서 그런 문제를 해결해 주던 계층이라 하겠다.

〈엑소시스트〉의 퇴마사는 메린과 카라스 둘이다. 둘 다 가톨릭 신부이고 가톨릭 교회에서 엑소시스트의 자격을 갖춘 인물이라고 평가하여 파견된 인물들이다. 가장 먼저는 카라스 신부가, 크리스의 개인적인 요청으로 리건에 접근하지만 카라스는 가톨릭의 관례에 따라, 리건이 "순전히 정신병적인 문제가 아니라는 충분한 그리고 결정적인 서류를 구비하여 허가를 받"았으나, 카라스는 경험이 없다는 이유로 경험이 있는 메린 신부를 차출하여 보냈다. "푸닥거리할 사람은 랭카스터 메린이며 카라스가 참석하여 거들어야 한다는 내용"(216쪽)의 지시가 내려진다.

〈설공찬전〉의 김석산과는 달리, 〈엑소시스트〉는 종교 기관에서 환자의 병이 종교적인 것임을 판단하여 '경건'과 '높은 도덕'(217쪽)을 지닌 인물 중에서 선택하여 파견하고 있어 대비된다. 〈설공찬전〉의 시대를 지배하던 종교는 유교였고, 유교 문맥에서는 귀신들린 데 대한 가르침이 없으므로 음성적이거나 비공식적으로 퇴마행위가 이루어지다 보니, 김석산도 개인적인 자격이나 평판으로 퇴마행위를 하였으나, 〈엑소시스트〉는 기독교가 보편화된 미국사회를 배경으로 하고 있다 보니 이런 차이가 나타났다고 할 수 있다.

5.2. 퇴마의 도구와 방법

〈설공찬전〉에서 퇴마사 김석산이 동원한 퇴마 도구로 몇 가지가 있다. 첫째, 복숭아 나무채, 둘째, 부적, 셋째, 주사(朱砂) 등이 그것이다. 이 밖에도 '왼새끼'도 등장하나 이것은 김석산이 동원한 게 아니라 설공찬의 혼령이 그 숙부인 설충수를 골려주기 위해 거짓으로 제보한 것이나 민간신앙에서는 축귀에 효과가 있다고 믿어, 금줄을 칠 때는 항상 왼새끼를 사용한다. 김석산은 이들 도구를 가지고, "복셩화 나모채로 ᄀ리티고 방법ᄒ여 부작ᄒ니"(4쪽), "쥬사 ᄒᆞᆫ 냥을 사 두고 나를 기ᄃᆞ오라 내 가면 녕혼을 제 무덤 밧긔도 나디 몯호리라 ᄒ고 이 말을 ᄆ이 닐러 그 영혼 들리라 ᄒ여늘"(6쪽)이라고 하여, 복숭아 나무채로는 후려치고 부적은 붙이고, 주사는 미수에 그쳤으나 무덤에다 뿌림으로써 퇴마 효과를 보았음을 알 수 있다.

특히 '주사' 관련 대목에서, 주사를 마련해 놓았으며 퇴마사가 올 것이라는 사실을 영혼에게 많이 들려주라고 하는 것은, 〈삼국유사〉 수로부인조에서 해룡을 퇴치하고 굴복시키기 위해 뭇 사람들이 모여 〈해가〉라는 노래를 일제히 부를 때의 상황과 당시의 '중구삭금(衆口鑠金)'이라는 언어주술관념을 연상시켜 주목된다.

퇴마사 김석산의 노력은 반은 성공하고 반은 실패한다. 설공찬 누이의 혼령은 쫓아내는 데 성공하나, 설공찬의 혼령을 쫓아내는 데는 실패한다. 주사를 사용해 퇴치하려고 하였으나, 미리 안 공찬의 혼령이 그 숙부인 설충수의 얼굴을 일그러지게 하는 등 심술을 부리자 설충수가 축귀 노력을 포기했기 때문이다.

이 대목에서, 설공찬의 혼령이 퇴마사인 김석산에게 직접 보복하지 않고 그 의뢰자인 설충수에게 보복한다는 설정은 〈엑소시스트〉와는 차이가 나는 점이다. 김석산은 퇴마술을 통해 아무런 해도 당하지 않는다.

〈엑소시스트〉에서 메린 신부가 동원한 퇴마 도구로는 다음과 같은 것들이 있다. 첫째, 성의와 중백의와 영대, 둘째, 성수, 셋째, 로마예전서, 넷째, 기도 등이다.

퇴마 의식을 집행하기 전에, 메린 신부는 카라스 신부에게 이렇게 말한다. "데미언, 내가 입을 성의 하나와 두 개의 중백의(中百衣), 그리고 영대 하나와 성수 좀 하고, 로마 예전서(禮典書) 두 권을 가져오시오."(224쪽)라고 지시한다. 카라스가 이것들을 가져오자 메린 신부는 성의를 입고 그 위에 중백의를 입고 영대를 어깨 위에 두른다.

그리고는 카라스에게 두 가지 당부를 한다. '악령과 어떤 대화라도 피할 것(필요할 경우, 물어보기는 할 것)', '악령이 말하는 것은 듣지 말 것(우리를 혼돈시키기 위해 거짓말을 하는데 그 공격은 심리적으로 무서운 힘을 가졌음)'(229~230쪽), 이 두 가지를 이른 다음, 성수를 들고 카라스와 함께 리건에게 접근한다. 메린은 성수병을 쳐들어 발악하는 리건(악령)에게 뿌리고 주기도를 하였고 카라스도 로마예전서를 들여다보며 거기 기록된 대로 기도한다.

"우리 주 예수 그리스도의 아버지이신 천주여, 당신의 거룩한 이름에 비옵니다. 당신의 자비를 구하옵니다. 당신의 종을 괴롭히는 이 악귀를 물리치도록 도와주시옵소서. 주의 이름으로――."(233쪽) 카라스와 메린이 교대로 기도문을 읽거나 기도하며 이따금 리건의 이마에 성호를 긋기도 하고(235쪽), 영대의 한 끝을 리건의 목에다 대며 기도하기도 한다(235쪽).

그 결과, 메린은 희생당하고 말지만 카라스는 혼자 남아 악령과 대결하다가 최후의 선언을 한 다음, 장렬하게 악령과 함께 죽어가고 그 희생 덕분에 리건은 정상적인 아이로 돌아온다. 카라스 신부가 남긴 그 최후의 선언은 다음과 같다.

> "안돼! 난 네놈들이 이 사람을 해치게 두진 않을 테다! 넌 이 사람들을 해치지 못할거다! 나와 함께 가는거다!" (262쪽)

이 대목을 보면, 〈엑소시스트〉에서 기독교(특히 가톨릭)의 전례를 따라 성의, 성수, 로마예전서 등으로 무장하여 기도하며 악령에 대처하기도 하였으나, 결국 악령을 퇴치한 가장 강력한 무기는 환자에 대한 사랑과 희생의 정신이라는 점이 드러나 있다. 〈설공찬전〉의 김석산한테서는 그 점이 엿보이지 않지만, 〈엑소시스트〉에서는 표나게 강조되어 있다.

〈설공찬전〉의 김석산이 혼자 귀신과 대결한 것과는 달리, 〈엑소시스트〉에서 메린과 카라스 신부 둘이서 대결한 것도 다른 점이다. 기독교에서는 전통적으로 전도할 때, 두 사람이 짝을 지어 하는 것이, 예수 그리스도가 복음서에서 제자들을 둘씩 짝지워 전도하러 내보낼 때부터 관례화하여 있는데, 〈엑소시스트〉의 작자도 그 점을 의식해 이렇게 처리한 것으로 보인다. 실화에서는 신부 한 사람이 퇴마의식을 행한 것으로 나오는데, 이 작품에서는 둘이 함께 행한 것으로 바꾸어 놓은 것을 보면 다분히 의도적이라는 것을 간파할 수 있다.

6. 맺음말

〈설공찬전〉과 〈엑소시스트〉는 시대와 배경은 물론 주제의식이나 작품 구조에서 일정한 차이를 지니지만, 다 같이 '퇴마 모티브'를 동원했다는 점에서 동질적이기에 비교할 만한 작품들이다. 위에서 몇 가지 항목으로 나누어 비교한 결과를 정리하면 다음과 같다.

(1) 귀신들린 사람의 성격과 귀신들린 양상 : 〈설공찬전〉과 〈엑소시스트〉는 다른 점보다는 같은 점이 두드러진다. 귀신에 들리는 인물들은 무언가 결핍 요인을 안고 있는 인물들이다. 지역과 시기의 차이에도, 귀신들림은 일정한 결핍 요인을 지닌 인물에게 잘 나타난다는 점에서 인식을 같이하고 있다. 귀신 들린 이후에 평소의 모습과는 딴판으로 변한다는 점도 동질적이다. 다만 〈엑소시스트〉에서는 그 악마성이 더욱 강화되어 나타난다.

(2) 퇴마를 요청한 가족의 대처 양상 : 자녀에게 귀신이 들리자 그 부모들이 근심하며 이를 해결하기 위해 노력하며 그 일환으로 퇴마사를 초청한다는 점에서 동일하다. 하지만 〈설공찬전〉에서는 바로 퇴마사를 불러오는 데 비해, 〈엑소시스트〉에서는 의학으로 고칠 수 있는 질병인지 충분히 진단해 본 다음에야 퇴마사에게 요청하고 있어 일정한 차이를 보인다.

(3) 〈설공찬전〉에 나오는 귀신과 〈엑소시스트〉의 귀신의 정체 : 〈설공찬전〉의 귀신은 제 명대로 살지 못했거나 원한을 품은 채 죽은 사람의 영혼으로서 바로 저승으로 가지 못하고, 지상계에서 임시적으로 떠도는 혼령이다. 하지만 〈엑소시스트〉에 등장하는 악마는 죽은 사람

의 혼령이 아니라, 타락한 천사로서 예수 그리스도가 재림하여 지옥불에 던져질 때까지 활동하는 존재이다.

(4) 귀신의 정체와 활동 양상과 목적 : 귀신들이 환자의 입을 통해 세상 사람과 대화를 시도한다든지, 환자의 몸에 출입하며 퇴마사에게 반발하는 것은 동일하다. 다만 귀신의 말 가운데, 〈설공찬전〉에는 저승경험담이 포함되어 있으나 〈엑소시스트〉에서는 없다. 이는 한국과 미국, 혹은 동양과 서양의 영혼관과 내세관의 차이 때문이라고 보인다. 〈엑소시스트〉의 악령은 과거와 현재와 미래의 일을 알아맞히는 신통력을 보인다는 점에서도 차이를 보인다. 설공찬의 혼령은 공침을 죽이려고도 하지 않았고, 설충수를 협박할 때도 그 얼굴 모습만 일그러뜨리는 정도로 그친 데 비해 〈엑소시스트〉의 악령은 리건을 죽이려고 했고 마침내 퇴마사인 메린 신부와 카라스를 죽음에 이르게 하고 있어 그 목적 면에서도 대비된다.

(5) 퇴마사의 신분과 퇴마 양상 : 〈설공찬전〉과는 달리 〈엑소시스트〉에서는 퇴마사를 특정 종교 기관에서 선택하여 파견하고 있다. 〈설공찬전〉의 시대를 지배하던 종교는 유교였고, 유교 문맥에서는 귀신들린 데 대한 가르침이 없으므로 음성적이거나 비공식적으로 퇴마 행위가 이루어지다 보니, 김석산도 개인적인 자격이나 평판으로 퇴마 행위를 하였으나 〈엑소시스트〉는 기독교가 보편화된 미국사회를 배경으로 하고 있다 보니 이런 차이가 나타났다고 할 수 있다.

(6) 퇴마의 도구와 방법 : 〈설공찬전〉에서는 복숭아 나무채, 왼새끼, 주사, 부적 등 한국 토산이며 민간신앙에서 퇴마 효력을 지닌다고 믿는 도구들을 활용하고, 〈엑소시스트〉에서는 기독교(특히 가톨릭)의 전례를 따라 성의, 성수, 로마예전서 등으로 무장하여 기도하며 악령

에 대처한다. 하지만 환자에 대한 사랑과 희생의 정신을 가지느냐 하는 데서 두 작품은 구별된다. 〈엑소시스트〉의 경우, 악령을 퇴치한 가장 강력한 무기는 환자에 대한 사랑과 희생의 정신이라는 점이 드러나 있으나 〈설공찬전〉에서는 그 점이 엿보이지 않는다. 〈설공찬전〉의 김석산이 혼자 귀신과 대결한 것과는 달리, 〈엑소시스트〉에서는 기독교의 전도 원리를 따라 메린과 카라스 신부 둘이서 대결하는 것도 다른 점이다.

IX

〈설공찬전〉에 등장하는 '설공찬 누이'의 실존 가능성

1. 머리말

고소설에서 등장인물에 대한 연구는 다른 분야에 비해 활발하지 않은 편이다. 하지만 소설에서 인물 연구는 아주 중요하다. 어떤 의미에서 소설은 특정한 캐릭터 즉 인물을 창조해 제시하기 위해 존재한다고도 할 수 있다. 그래서 동서양 공히 소설의 가장 흔한 제목은 등장인물의 이름을 반영한 것이라고 할 수 있을 정도이다. 더욱이 고소설의 문화콘텐츠화가 화두인 현금에 이르러서 소설 등장인물에 대한 관심은 매우 필요하다고 하겠다. 이런 문제 의식 아래, 필자는 이 글에서 〈설공찬전〉에 등장하는 인물 가운데에서, 주인공 설공찬의 누나가 실존 인물일 가능성에 대해 관견을 피력하고자 한다.

지금까지 학계에서는 〈설공찬전〉에 등장하는 '설공찬의 누나'가 허구적인 인물이라고 여기고 있다. 실존했다 하더라도, 작품의 문면을 그대로 믿어, '자식을 낳지 못하고 일찍 죽은' 인물로 보아 그 후손의 존재 가능성을 생각하지 않았다. 필자도 마찬가지였다.[1] 하지만 과연 그럴까?

필자는 최근, 설공찬의 누나가 실존 인물이며 자식도 출산해 그 후손이 이어지고 있다는 사실을 알았다. 전주최씨 도사공파가 그 후손이다. 무슨 근거로 그렇게 말할 수 있는지, 입증해 보고자 한다.

2. '설공찬 누이'가 실존 인물이라는 증거들

2.1. 족보상의 사실

(1) 전주최씨 족보상의 '설공찬 누이'

전주최씨 족보를 보면, 설공찬의 아버지 설충란의 딸이 등장하고 있다. 즉 설공찬의 누나가 실존 인물임을 보여준다. 설공찬의 자형(姊兄)은 전주최씨 중랑장공파 남원종회 9세 도사공(都事公) 윤조(潤祖)라고 전주최씨 족보에 적혀 있다.

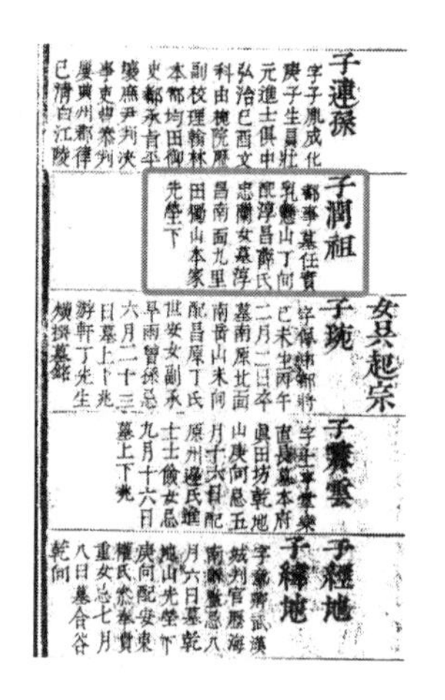
子連孫

子潤祖
都事 墓任實 乳嶋山丁向 配淳昌薛氏 忠蘭女 墓淳昌南面九里 田獨山本家 先塋下

1805년 순조 5년 5월 간행된 대동보 『가경보(嘉慶譜)』의 기록은 이렇다.

1) 이복규, 설공찬전 연구(박이정, 2004) 참고. 이 논문을 작성하는 데 전주최씨 문중 최순주 선생의 자료 제공이 결정적이었음을 밝혀 둔다.

도사이다. 묘소는 임실 유현산에 정향으로 있다. 배 순창설씨는 충란의 딸이다. 묘소는 순창군 남면 구리전 독산 친정 선영 아래에 있다

都事墓任實乳懸山丁向配淳昌薛氏忠蘭女墓淳昌南面九里田獨山本家先塋下

{『가경보』 2권-30}

烟村公派

岩溪公派 十世

潤祖

通德郞都事墓任實乳懸山丁向

恭人淳昌薛氏考功郞忠蘭女墓

淳昌郡金果面訪聖里獨山本家先塋下設壇享祀

壬寅年壬寅月壬寅日壬寅時移壇于任實乳懸山公墓右

十一世

全州崔

1964년 간행 『16권보』에서는 또 다른 기록이 발견되는바, 그 이후 현재까지 모든 족보가 이대로 수록하고 있다. 처음에는 친정 선영 아래에 제단을 쌓고 제사를 모시다가, 남편 묘소 오른쪽으로 옮겼다는 기록이 그것이다. 순창에 있던 도사공배 제단을 임실군 오수면 대명리 유현산 도사공 묘소 오른쪽으로 옮겨 왔다는 것이다. 어찌되었든 그 집안에서 현재까지 이 분의 제사를 모시고 있다는 사실을 확인하게 하는 데 충분한 기록이라 하겠다. 설공찬의 누이가 실존했음을 보여주는 증거이다.

통덕랑으로 도사이다. 묘소는 임실 유현산에 정향으로 있다. 공인 순창설씨는 무공랑 충란의 딸이다. 묘소는 순창군 금과면 방성리 독산 친정 선영 아래에 제단을 쌓고 제사를 모신다. 임인년, 임인월, 임인일, 임인시에 임실 유현산 공의 묘소 오른쪽으로 제단을 옮겼다

通德郎都事墓任實乳懸山丁向 恭人淳昌薛氏務功郎忠蘭女墓淳昌郡金果面訪聖里獨山本家先塋下設壇享祀 壬寅年壬寅月壬寅日壬寅時移壇于任實乳懸山公墓右

{『16권보』 2권-20}

(2) 순창설씨 족보상의 '설공찬 누이'

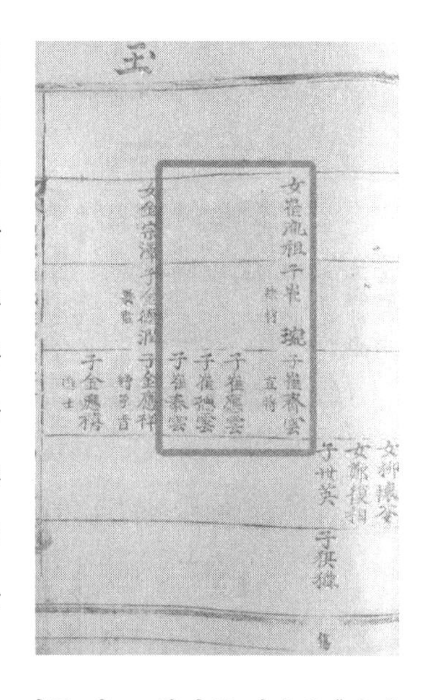

국립중앙도서관 소장 『순창설씨 족보』는 1749년 영조 25년 간행된 『기사보(己巳譜), 3권보』가 그 발행 연대가 가장 이른 것이다. 내용을 살펴보면, 사위 도사공(都事公) 윤조(潤祖)는 물론 외손자 부장공(部將公) 완(琬)의 벼슬까지, 외증손 청암공(晴菴公) 제운(霽雲), 참봉공(參奉公) 응운(應雲), 도사공(都事公) 득운(得雲), 참의공(參議公) 태운(泰雲)이 모두 수록되어 있었다.

외증손 도사공을 덕운(德雲)이라고 잘못 적고, 청암공 벼슬을 "직장(直長)"이 아니라 "직장(直將_"이라고 오자(誤字)를 내고 있지만, 전주최씨와 순창설씨 사이의 관계 및 본고의 관심사인 설공찬 누이의 실존 가능성을 확인하기에는 충분하다. 두 집안이 인척 간임을 확증하고 있으며, 도사공 최윤조가 설충란의 사위로 등재되어 있는바, 설공찬의 누이가 실존하였고 혼인까지 하였다는 것을 보여주기 때문이다.

〈기사보〉에 수록된 설충란 형제의 세계표는 다음과 같다.

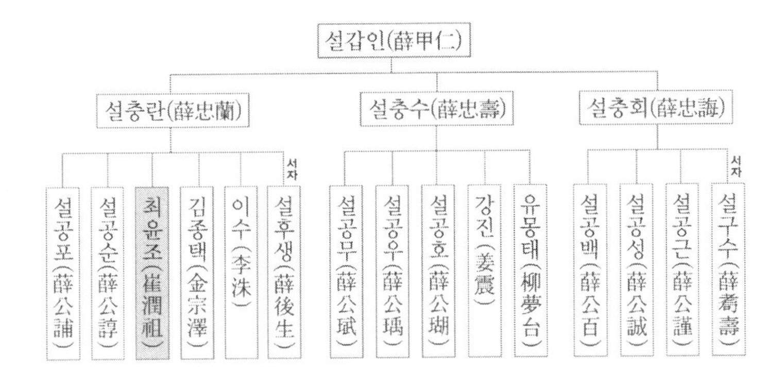

(3) 씨족원류氏族源流상의 '설공찬 누이'

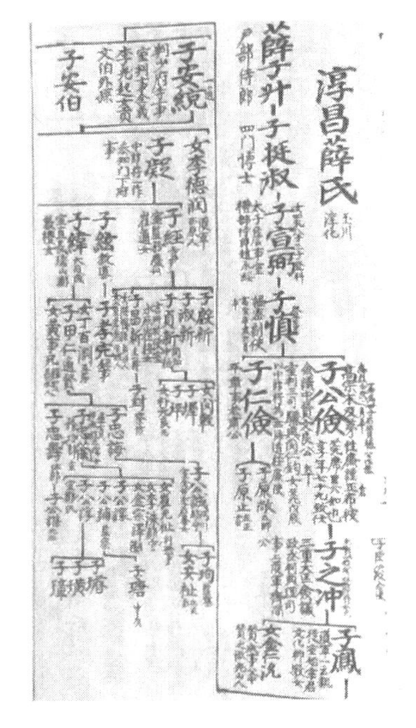

『씨족원류(氏族源流)』는 조종운(趙從耘, 1607~1683)이 편찬한 책으로 국립중앙도서관에 영인본이 있고, 고려대에서 데이터베이스를 만들어 온라인으로 제공하고 있다. 『씨족원류』에는 대략 540여 개 성관姓貫이 수록되어 있는데 행장行狀은 현달한 인물이 아니면 관직만 간단하게 기록했다.

『씨족원류』는 설충회(薛忠誨)를 설충란(薛忠蘭)의 형으로, 설충회의 아들 설공성(薛公誠), 설충수(薛忠

壽)의 아들 설공심(薛公諶)만 수록하고 있지만, 설충란의 아들은 서자(庶子) 설후생(薛後生)이 빠지는 대신 장남 설공양(薛公讓)이 수록되어 있다.

필자가 예전에 〈설공찬전 연구〉에서 언급한 대로 설공양이 설공찬일 가능성을 보여주고 있고, 이에 관해서는 다음에 좀 더 구체적으로 검토하기로 하겠다. 『씨족원류』는 도사공의 이름을 "윤조(潤祖)"가 아니라 "윤지(允祉)"로 잘못 적고 있고, 벼슬도 아버지 암계공(巖溪公)의 이름 연손(連孫)의 벼슬인 판결사(判決事)를 도사공의 벼슬로 적는 등의 오류도 보여주고 있다. 하지만 본고의 초점인, 설공찬 누이의 실존 가능성을 보여주는 데는 일단 부족함이 없다 하겠다.

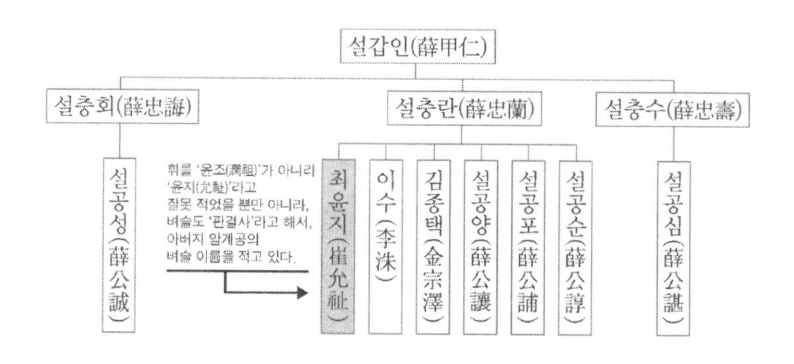

(4) 『문화류씨세보(가정보)』에서의 설공찬 가문

『문화류씨세보』 즉 『가정보嘉靖譜』는 안동권씨 『성화보成化譜』에 이어, 한국에서 두 번째로 오래된 족보로서, 보학譜學 연구에서 매우 중요한 문헌이다. 『가정보』는 비록 문화유씨 가문의 족보이지만, 행장(行狀) 없이 인명(人名)과 관직(官職)만 수록한 책이 자그마치 10권(卷) 10책(冊)이나 된다. 그 이유는 본손(本孫) 외에도 외손(外孫)은 물론 외손의 외손, 외손의 외손의 외손까지 모두 남녀 구별 없이 태어난 순서대로 수록하고 있기 때문이다. 따라서 누군가가 문화유씨와 혼인했다면 그 후손은 친손(親孫), 외손(外孫) 가리지 않고 모두 수록되는 구조를 가지고 있기 때문에 설공찬(薛公瓚)의 경우에도 문화유씨가 아니나, 6대조 설봉(薛鳳)이 유돈(柳墩)의 딸과 혼인했기 때문에 수록된 것이다.

더 중요한 사실은 남녀 구분 없이 태어난 순서대로 수록하고 있으며 발행된 시점이 1565년 명종 20년으로 〈설공찬전〉 사건이 있었던 1509년에서 겨우 50년 남짓 지난 시점의 기록이기 때문에 차수(次數)가 매우 이르다는 것이다.

『가정보』에서 설공찬의 할아버지 설갑인(薛甲仁)의 가계를 살펴보

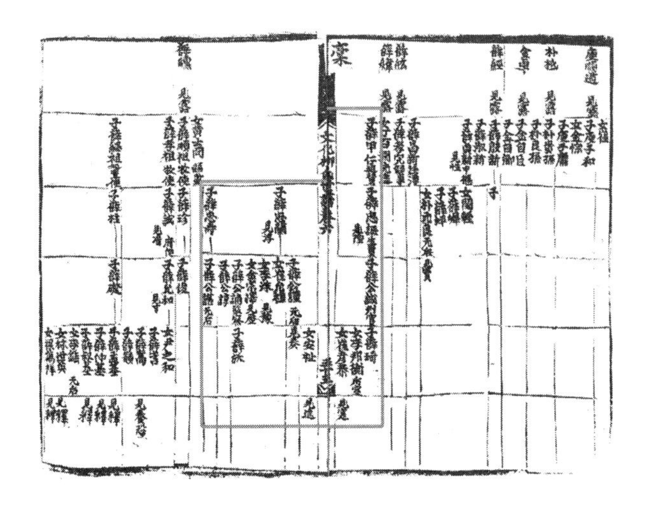

면 『씨족원류』와 대체로 비슷하지만, 설충회(薛忠誨)의 아들에 설공근(薛公謹)이 추가되었고, 설충란(薛忠蘭)의 아들에서 설공양(薛公讓)이 빠져 있다. 도사공(都事公) 潤祖윤조는 允祖윤조로, 한 글자만 오자(誤字)를 내고 있다. 설공근과 설공심(薛公諶)은 "무후(无后)"라고 적어서 후손이 없음을 표현하고 있는데 여기에서 무후는 "혼인을 하였으나 후손이 없다."는 것을 의미하며, 혼인하지 못하고 죽은 경우까지 포함하는 것은 아니다. 대개 설공찬처럼 혼인하지 못하고 죽으면 "조천(早天)"이라고 적거나 아예 표기하지 않는 것이 관례이므로 설공근, 설공양, 설공심이 모두 후손이 없지만 성공근과 설공심은 혼인했기 때문에 수록되고 설공양은 조천하였으므로 제외되었다고 볼 수 있다.

또 설충란 곁에 "견부(見浮)"와 같이 적혀 있는 것은, 천자문(千字文) 순서로 매겨진 해당 페이지에 설충란이 또다시 수록되어 있다는 뜻으로서, 설충란도 문화유씨 가문의 외손이지만 설충란의 아내 또한 문화유씨 가문의 외손녀라는 것을 말한다. "부(浮)" 페이지는 5권 148~149 페이지로 설충란의 아내 평성군(枰城君) 이위(李偉)의 딸 전주이씨가 수록된 부분을 말한다.

설공근의 경우 무후라고 적혀 있으나, 그 아래에 "견주(見奏)"라고 적혀 있는데 "주(奏)" 페이지는 이장원(李長源)의 딸 이씨부인의 자리로 문화유씨의 외손 설공근이 문화유씨의 외손 이장원의 딸과 혼인했으나 후손이 없다는 것을 의미한다.

이와 같이 사대부 가문끼리 혼맥(婚脈)이 얽히다 보니, 『가정보』는 행장도 없는 족보가 자그마치 10권 10책에 달하게 된 것이다.

이상의 내용을 세계표로 표현하면 다음과 같다.

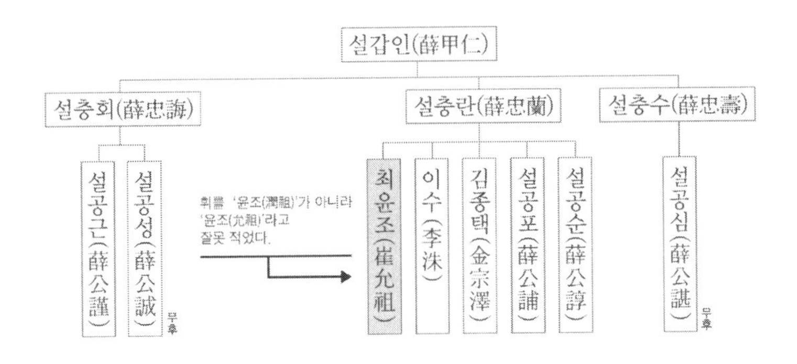

2.2. 관련 인물에 대한 검토 결과

(1) 〈설공찬전〉에 등장하는 설공찬의 누나

〈설공찬이〉가 처음 발견되었을 때, 설위(薛緯), 설충란(薛忠蘭), 설충수(薛忠壽) 등은 〈순창설씨족보〉에서 발견되어 실존 인물임이 확인되었으나 설공찬(薛公瓚), 설공침 등은 발견되지 않아 가상의 인물인 것으로 추정되었다. 『가정보(嘉靖譜)』에서 설공심(薛公諶이 설공침으로 확인되고, 〈씨족원류(氏族源流)〉에서 설공양(薛公讓)이 설공찬일 것으로 추정되면서 모든 등장인물은 실존 인물일 뿐만 아니라, 이야기 자체가 실화(實話)에서 유래했을 것이라는 쪽으로 해석되기에 이르렀다. 한편 그 첫머리에 잠깐 등장하는 설공찬의 누님에 관해서는 아직 눈에 뜨이는 연구결과가 발표된 바 없고, 필자도 이렇게 적었다.

> 그런데 공찬의 누이는 왜 〈문화류씨족보〉나 〈씨족원류〉에도 끝내 나오지 않는 것일까? 여자인 데다 자식이 없이 일찍 죽었으므로, 남편의 성명을 적는 게 무의미하다고 판단해 뺐을 것이라고 생각된다. 따라서 공침에게 처음 빙의되었던 설공찬의 누이를 족보에 나오지 않는다는 이유로 실존 인물이 아니라고 단정하기는 어렵다고 생각한다.

여자이기 때문에 이름이 없어서 찾아내기 쉽지 않고, 『순창설씨족보』는 사위 세 사람 모두 성명만 적고 본관이나 아버지를 기록하지 않아 추적하기 어려운 데다, 〈설공찬전〉에서도 "셔방마ᄌᆞ니무ᄌᆞᄒᆞ야셔일죽고"라고 하였으므로, 그냥 족보에 수록하지 않았을 것이라 추정한 것이다.

〈설공찬전〉에 등장하는 설공찬의 누나는 설공찬보다 당연히 먼저 태어난 사람이며, 또한 혼인은 했으나 자식을 낳지 못하고 설공찬보다 먼저 죽은 사람이다. 왜냐하면 〈설공찬전〉에 "몬져주근어마니과누으님을니ᄅᆞ니"라고 어머니와 누나가 먼저 죽었다고 명확하게 기록하고 있기 때문이다. 설공찬보다 먼저 태어난 누이 중에서 설공찬보다 먼저 죽은 사람을 찾아보아, 만약 그런 사람이 한 사람에 불과하다면 혼인을 했고 하지 않았고, 자식을 낳았고 낳지 못했고 따질 것도 없이 그 사람이라고 단정할 수 있겠지만, 두 사람 이상이라면 혼인한 사람, 그 중에서도 자식을 낳지 못한 사람이 그 사람이라고 말할 수 있을 것이다.

즉 혼인, 출산 여부까지는 채수가 모르고 있었을 수도 있고, 또 이야기 전개 목적상 알면서도 바꾸어 묘사할 수도 있다고 생각할 수 있겠지만, 살아 있는 사람이 귀신이 되어 나타난다는 것은 있을 수 없는 일이므로, 설공찬보다 먼저 태어나고 먼저 죽는 것은 반드시 그래야만 하는 필수조건이지만, 혼인을 했다거나 자식을 낳았다거나 하는 것은 그러면은 더욱 좋겠지만 반드시 그래야만 하는 것은 아닌 조건이 되는 셈이다.

(2) 세 사람의 설공찬 누이 중 〈설공찬전〉에 등장하는 인물

지금까지 검토된 바를 근거로 세계표를 그려보면 다음과 같다.

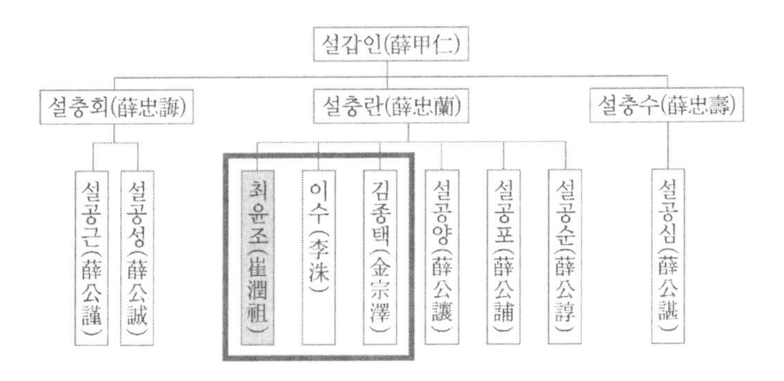

세계표에는 설공찬 즉 설공양의 누나가 셋이다. 이 셋 중에서 어느 인물이 〈설공찬전〉에 등장하는 설공찬의 누나일까? 먼저 이수의 아내 순창설씨의 경우를 살펴보자. 〈씨족원류〉에 수록된 설공찬(설공양)의 누나는 셋인데 도사공배(都事公配), 이수(李洙)의 아내, 김종택(金宗澤)의 아내 순이다. 도사공배는 큰 딸이지만 검토할 내용이 많으므로 뒤로 미루어 두고, 『가정보(嘉靖譜)』나 『씨족원류(氏族源流)』에 수록된 순서에 따라 먼저 이수의 아내에 관하여 살펴보면 이렇다.

이수는 경주이씨로 재사당(再思堂) 이원(李黿)의 아들인데 〈사마방목(司馬榜目)〉에 의하면 1510년 중종 5년 유학(幼學) 식년진사(式年進士)에 급제하였다. 정염(丁焰, 1524~1609)이 지은 아버지 이원의 〈행록(行錄)〉에는 이렇게 적혀 있다.

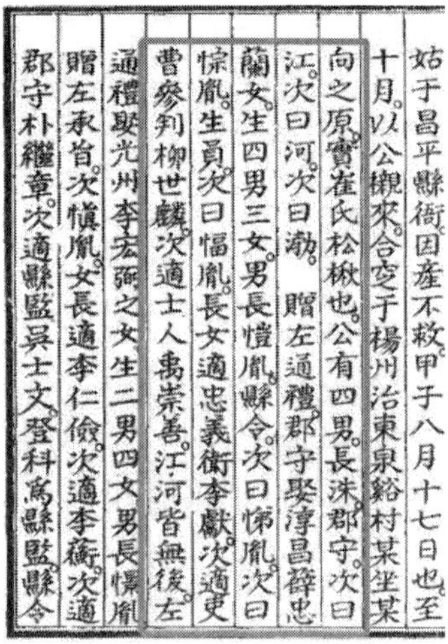
姑于昌平縣衙因産不救甲子八月十七日也至
十月以公櫬來合窆于楊州治東泉谿村某坐某
向之原實崔氏松楸也公有四男長洙郡守次曰
江次曰河次曰渤 贈左通禮郡守娶淳昌薛忠
蘭女生四男三女男長愷胤縣令次曰悌胤次曰
悰胤生員次曰愊胤長女適忠義衛李獻次適吏
曹參判柳世麟次適士人禹崇善江河皆無後左
通禮娶光州李宏弼之女生二男四女男長憬胤
贈左承旨次愼胤女長適李仁儉次適李蘅次適
郡守朴繼章次適縣監吳士文登科寓縣監縣令

> 공은 아들 4형제를 두었는데 장남 수는 군수이고, 차남은 강이고, 셋째는 하이고, 막내는 발로 좌통례에 증직되었다. 군수(이수)는 순창설씨 설충란의 딸과 혼인하여 4남 3녀를 낳았는데, 장남 개윤은 현령이고, 차남은 제윤이며, 셋째 종윤은 생원이며, 막내는 핍윤이다. 장녀는 충의위 이헌과 혼인하였고, 둘째는 이조 참판 유세린과 혼인했으며, 막내는 사인 우숭선과 혼인하였다
>
> 公有四男長洙郡守次曰江次曰河次曰渤贈左通禮郡守娶淳昌薛忠蘭女生四男三女男長愷胤縣令次曰悌胤次曰悰胤生員次曰愊胤長女適忠義衛李獻次適吏曹參判柳世麟次適士人禹崇善
>
> {『재사당일집』 2권-3B3}

이수의 장남 이개윤(李愷胤)은 1546년 명종 1년 식년진사로 급제하였는데 『사마방목(司馬榜目)』에 구경하(具慶下)라고 기록되어 있어, 급제 당시에 부모가 모두 살아있었다. 따라서 이수의 아내 순창설씨는 〈설공찬전〉이 문제를 일으켜 수거되어(1511년) 소각된 후 사람

들의 기억에서 사라져간 1546년까지도 살아있었으므로 〈설공찬전〉에 등장하는 설공찬의 누나가 아님을 알 수 있다.

그 다음으로, 김종택의 아내 순창설씨의 경우를 보자. 김종택은 상산김씨이지만 〈상산김씨족보〉에서 찾을 수 없기 때문에 〈가정보(嘉靖譜)〉를 이용하여 추적할 수밖에 없다. 『가정보』에 의하면, 김종택에게는 의신군(義新君) 이징원(李澄源)의 후실(後室)이 된 누님과 아들 김덕윤(金德潤)이 있는데 김덕윤 또한 창원황씨 황순경(黃舜卿)의 장녀와 혼인하여 『가정보(嘉靖譜)』 8권 17b藝 페이지에 수록되어 있다.

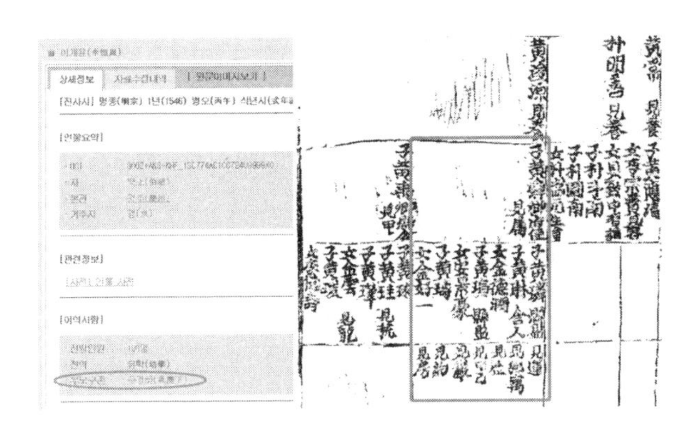

황순경의 차남 황림(黃琳, 1517~1597)은 자가 여온(汝溫)이고, 호는 겸재(謙齋)이다. 1543년 중종 37년 생원시에 급제하였고 1552년 명종 7년 식년시문과에 급제하여 정언, 지평, 헌납, 수찬, 병조정랑, 장령, 시강원문학, 교리, 동부승지, 호조참의, 우승지 등 여러 직책을 두루 역임하였으며 1573년 선조 6년 나주 목사를 거쳐 1575년 여주 목사가 되었다.

1578년 선조 11년 종계변무(宗系辨誣)를 위해 주청사로 명나라에

다녀온 후 광국공신 3등에 책록 되었고 의성군(義城君)에 봉해졌으며, 대사헌을 거쳐 공조판서, 이조판서에 올랐고, 1597년 선조 30년 10월에 81세로 사망하였는데 시호는 평장(平莊)이다.

『가정보』는 황림이 김덕윤 아내의 오빠라고 수록하고 있으므로 김덕윤의 아내는 오빠 황림이 태어난 1517년 중종 12년 보다는 늦은 시점에 태어났다. 김덕윤의 아내가 1519년 중종 14년쯤에 태어났다고 가정했을 때 남편 김덕윤은 언제쯤 태어났을까?

김덕윤의 아내 창원황씨가 후실(後室)이라면 김덕윤과 나이 차이가 클 수도 있겠지만 김덕윤과의 혼인이 초혼(初婚)이라면 김덕윤도 1519년에서 그다지 멀지 않은 시점에 태어났을 것인데, 김종택의 누님의 경우에서 알 수 있는 바와 같이 〈가정보〉는 부인이 전실(前室)인지 후실인지까지 모두 자세하게 기록하고 있는데, 김덕윤의 아내 창원황씨 또한 후실이 아니므로 두 사람의 혼인은 초혼으로 볼 수 있다.

결국 김종택의 아내가 아들 김덕윤을 낳다가 죽었다고 하더라도 1519년경까지 살아 있었던 것으로 되고, 그 시점을 아무리 빠르게 잡는다 하더라도 〈설공찬전〉이 문제를 일으킨 1511년 중종 6년 9월보다는 늦을 것으로 판단된다. 극단적으로 김종택의 아내가 1511년에 김덕윤을 낳다가 죽었다 하더라도 김덕윤과 아내 창원황씨는 나이가 8세나 차이가 나게 되어 초혼(初婚)한 아내라고 보기 어렵게 되는 문제가 발생한다. 즉 김종택의 아내는 설공찬의 누님인데 혼인을 했으나 한동안 아이를 낳지 못하다가 1519년경에 이르러서야 비로소 김덕윤을 낳았다고 보아야 할 것이다. 따라서 김종택의 아내는 〈설공찬전〉에 등장하는 설공찬의 누님이 될 수 없다.

이상의 검토 결과에 의하면, 『순창설씨족보』에 수록된 설공찬의 누님 세 사람 중 〈설공찬전〉에 등장하는 설공찬의 누님일 가능성이 있는 사람은, 오직 도사공(都事公) 윤조(潤祖) 배(配) 순창설씨 한 사람뿐이다. 따라서 만약 족보와 문헌에서 찾을 수 없는 설공찬의 누님이 더 나타나지 않는다면 우리는 도사공배 순창설씨를 〈설공찬전〉에 등장하는 설공찬의 누님이라고 확정지을 수 있을 것이다.

(3) 공인순창설씨단비(恭人淳昌薛氏壇碑)의 존재

〈공인순창설씨단비〉는 설공찬(薛公瓚)의 누나 도사공배(都事公配)의 제단 비문이다. 도사공배가 순창에서 아들 부장공(部將公) 휘완(琬)을 낳고 죽자, 순창군 금동면 석현촌 독산 기슭 친정아버지 설충란(薛忠蘭)의 묘소 아래에 묘소를 만들었다. 물론 설공찬이 죽은 후까지 설충란이 살아 있었을 것으로 보이므로, 도사공배의 묘소를 만들 때에는 설충란의 묘소 아래에 만든 것이 아니라 훗날 설충란이 죽었을 때 도사공배 묘소 위에다 묘소를 만든 것으로 보아야 할 것이다.

전주최씨 중랑장공파 남원종회에서는 순창으로 성묘省墓를 다녔으나 임진왜란 와중에 성묘를 가지 못했고, 전쟁이 끝난 후 순창에 가 보니 설충란 묘소 아래에 주인 없는 고총(古冢) 3기(三基)가 있는데 어느 것이 도사공배 묘소인지 알 수 없게 되어버려 남원에다 제단을 쌓고 제사를 모시게 되었다고 한다. 추측컨대 임진왜란을 기점으로 성묘가 중단되었고, 그 후 언젠가 순창에 가 보았으나 묘소를 찾지 못하게 되었는데 1857년 묘제/단제 사건으로 제단 설립이 종중의 이슈로 떠오르자 남원에다 제단을 설치하게 된 것이 아닌가 생각된다.

〈공인순창설씨단비〉는 1870년 고종 7년 10월에 11세손 우재공(愚

齋公) 성진(成軫, 1808~1874)이 지은 것으로 『전주최씨세적록(全州崔氏世蹟錄)』(1958)에 수록되어 있다.

우리 최씨는 본관이 전주인데 고려 문하시중 시호 문성공 휘 아를 시조로 하고 있다. 시조에서 4세대를 내려와 연촌 선생 휘 덕지는 벼슬이 예문관 직제학에 이르렀고, 그 후 다시 4세대를 내려와 도사공 휘 윤조는 바로 이조 참판 호 암계 선생 휘 연손의 아들이다. 배 순창설씨는 무공랑 휘 충란의 딸로 묘소가 순창군 금동면 석현촌 독산 기슭 친정아버지 묘소 아래에 있었으나 전쟁을 치른 후 전해오는 3기의 고총 중 어떤 묘소인지 알 수 없게 되어 의심이 남으므로 후손이 살고 있는 남원에다 제단을 쌓고 제사를 모셔왔다. 숭정 후 다섯 번째 경오년1870에 10세손 낙흥, 11세손 성엽, 13세손 한동이 묘도비가 없는 것을 걱정하여 비석을 세우고 제단을 보수하여 해마다 한 번 씩 제사를 모시게 되었다. 경오년1870 10월 일 11세손 성진 삼가 지음

惟我崔氏貫全州以高麗門下侍中謚文成諱阿爲遠祖而歷四世有烟村先生諱德之官至藝文館直提學其後四世有都事公諱潤祖卽吏曹參判號巖溪先生諱連孫之子也配淳昌薛氏以務功郎諱忠蘭之女墓在淳昌郡金洞面石峴村獨山麓本家考墓下而兵燹之後傳疑於三古冢故後孫居在南原曾爲設壇行祀矣歲在崇禎後五庚午十世孫洛興十一世孫成曄十三世孫翰東愍其墓道之無依立石修壇以奉歲一之祠耳 庚午十月日 十一世孫成軫謹撰.

3. 맺음말

지금까지 학계에서는 〈설공찬전〉에 등장하는 '설공찬의 누나'가 허

구적인 인물이라 여겨 왔다. 실존했다 하더라도, 작품의 문면을 그대로 믿어, '자식을 낳지 못하고 일찍 죽은' 인물로 보아 그 후손의 존재 가능성을 생각하지 않았다. 하지만 그렇지 않다. 이 논문에서는 몇 가지 근거를 들어 기존의 통념에 이의를 제기하였다.

첫째, 족보상의 사실이다. 전주최씨 족보를 보면, 설공찬의 아버지 설충란의 딸이 등장하고 있어, 설공찬의 누나가 실존 인물임을 보여준다. 설공찬의 자형(姊兄)은 전주최씨 중랑장공파 남원종회 9세 도사공(都事公) 윤조(潤祖)라고 전주최씨 족보에 적혀 있다. 순창설씨 족보에도, 사위 도사공(都事公) 윤조(潤祖)는 물론 외손자 부장공(部將公) 완(琬)의 벼슬까지, 외증손 청암공(晴菴公) 제운(霽雲), 참봉공(參奉公) 응운(應雲), 도사공(都事公) 득운(得雲), 참의공(參議公) 태운(泰雲)을 수록하고 있다.

전주최씨와 순창설씨 사이의 관계 및 본고의 관심사인 설공찬 누이의 실존 가능성을 확인하기에 충분하다. 두 집안이 인척 간임을 확증하고 있으며, 도사공 최윤조가 설충란의 사위로 등재되어 있는바, 설공찬의 누이가 실존하였고 혼인까지 하였다는 것을 보여주기 때문이다.

『씨족원류(氏族源流)』는 도사공의 이름을 "윤조(潤祖)"가 아니라 "윤지(允祉)"로 잘못 적고 있고, 벼슬도 아버지 암계공(巖溪公)의 이름 연손(連孫)의 벼슬인 판결사(判決事)를 도사공의 벼슬로 적는 등의 오류도 보여주고 있지만, 설공찬 누이의 실존 가능성을 보여주는 데는 일단 부족함이 없다.

둘째, 관련 인물에 대한 검토 결과이다. 〈설공찬전〉에 등장하는 설공찬의 누나는 설공찬보다 당연히 먼저 태어난 사람이며, 또한 혼인은 했으나 자식을 낳지 못하고 설공찬보다 먼저 죽은 사람이다. 세계에 등장하는 세 명의 설공찬 누이 중에서 이 조건을 충족하는 인물은 오직 도사공(都事公) 윤조(潤祖) 배(配) 순창설씨 한 사람이다.

셋째, 공인순창설씨단비(恭人淳昌薛氏壇碑)의 존재이다. 아직까지 후손에 의해서 묘사가 이어지고 있음을 확인할 수 있다.(설공찬의 자형 최윤조 묘소 및 누님 공인 순창설씨 제단 위치 : 전북 임실군 오수면 대명리 산21-9)

이상 살펴본 바와 같이, 〈설공찬전〉에 등장하는 '설공찬의 누이'는 정확히 말해 '설공찬의 누나(누님)'이며 실존 인물이고, 자식을 낳고 죽었다는 것을 확인할 수 있었다. 작자 채수는 누나 가족의 실화를 바탕으로 이 소설을 지으면서, 설공찬의 누이에게 자식이 있다는 사실을 몰랐을 수도 있고, 알면서도 작품상의 효과를 위해 일부러 자식 없이 죽었다고 할 수도 있다.

이 작업이 비록 작품 내적인 구조나 미학을 규명하는 것과는 구별되는, 지극히 실증적인 일이었지만, 우리 소설, 특히 초기소설 중의 일부가 실화에서 유래하였을 가능성을 주목하게 한다는 점에서 의의가 있다고 생각한다. 다른 소설을 연구할 때도 이럴 가능성을 항상 염두에 두어야 한다는 사실을 일깨운다 하겠다. 아울러 이 작업 결과는 최근에 제기된 새로운 국문학 연구방법론 즉 '신국문학적' 연구 또는 '응용학으로서의 지역 문화콘텐츠'[2]에 대한 관심 촉구에 대한 응답이라는 의의를 지닌다고 생각한다.

---

2) 설성경, 「춘향전 연구사로 본 신국문학적 연구의 한 방향」, 국학연구론총 12(택민국학연구원, 2013), pp.9-35 참고.

■ 부록: 전주최씨 9세 도사공 최윤지의 비문 및 묘비

9세 도사공(都事公) 휘 윤조(潤祖)

① 통덕랑행도사전주최공휘윤조지묘(通德郎行都事全州崔公諱潤祖之墓)(비석)

龍城治北一舍許秀麗한德載山이雲宵에높히솟아있고앞흐로獒水川이悠悠히大明里乳懸洞一局은全州崔氏顯祖弘文館大提學烟村先生諡文肅公派一族의世藏(葬)山이다蒼松에雲烟이잠겨있는西麓一崗에四尺崇封이있으니이는곳烟村先生四代孫이며判決事吏曹參判巖溪公諱連孫에長男通德郎行都事崔公의墳庵이다公의姓은崔요貫全州이며諱潤祖로서生也에器宇寬重하고庭訓을밧드러入孝出恭하며言忠行篤하고文藝夙就하여行通德郎都事하고配恭人은武功郎淳昌薛忠蘭女로서有淑德夫和婦順터니料外에公이早世하였으나幸히遺腹子를남기게되었다그러나얼마되지안해夫人마저不遐棄世하니家門은實로蒼黃慘淡케되고오직上堂에게신老祖巖溪公의膝下에서呱呱하게生育되다配恭人薛氏는親庭인淳昌에서遐世하니薛氏先山인金果面獨山에安葬하였으나失傳되어不得已武功郎墓下에設壇되었다그아들琬또한天賦가超凡하고學行卓越하여部將副司果가되고娶昌原丁游軒先生從妹하여齊雲應得雲泰雲四孫을두웠고長孫齊雲은掌樂院直掌(直長)을거쳐羅州判官을歷任하였으며曾孫緯地는海南縣監을거쳐漢城判尹까지歷任하였으니이로써家門은다시爀爀한中興을보게되다噫라무릇人間事는興亡이有數하거니와公은幸히遺腹子琬을남겼으나그夫人薛氏마저幼孤를버리고遐世하니그祖考巖溪公이膝下에거두워 風朝雨夕에抱之育之愛之敎之로오날에그後裔들이繼繼承承이고을을주름잡고爀爀히살고있다一日에十五世孫龍鎬年迫九耆의老翁이龍城山館으로不佞을차저樹阡之文을請하기에世誼에屈하여 辭不得桉(按)狀略述如石하고이어銘하되忠孝世家로厥后克昌이라 根固枝繁이요山高水長이라 德山一崗은善士攸藏(葬)이라顯刻貞珉하여 昭示無疆이라

歲舍甲子仲春下澣

成均館副館長完山李萬器謹撰

完山李一珩謹書

남원 관아에서 북쪽으로 30리쯤에 수려한 덕재산이 구름 낀 하늘에 높이 솟아 있고, 앞으로는 오수천이 유유히 흐르는 대명리 유현동 일대는 전주 최씨의 현조 홍문관 대제학 연촌 선생 시호 문숙공파연촌공파 가문의 선산이다. 푸른 소나무에 구름과 연기가 감겨 있는 서쪽 산기슭 한 언덕에 넉 자 남짓한 높이의 묘소가 있으니 이는 바로 연촌 선생의 4대손이며, 판결사, 이조참판 임계공 휘 연손의 장남 풍덕랑 행도사 최공의 묘소이다.

공의 성은 최요, 본관은 전주이며, 휘는 윤조로, 살아생전에는 인품이 너그럽고 신중하였으며 가정교육을 잘 받들어, 집에서는 효도하고 밖에 나가면 사람들을 공경하였으며, 말은 충실하고 행동은 독실하였고, 문예를 일찍이 성취하여 행풍덕랑 도사가 되었다.

배 공인은 무공랑 순창 설씨 설충란의 딸로서 착하고 아름다운 덕행을 갖추어 부부 사이가 화목하더니 생각지도 못한 상황에서 공이 일찍 돌아가셨으나 다행히 유복자를 남기게 되었다. 얼마 되지 아니하여 부인마저 돌아가시니 가문은 실로 어찌할 겨를도 없이 비참하고 처량하게 되고 오직 윗방에 계시는 늙으신 할아버지 암계공의 슬하에서 고고하게 키워졌다.

배 공인 설씨는 친정에서 세상을 떠나시니 설씨 가문 선산인 금과면 독산에 안장하였으나 전해오지 않게 되어 부득이 무공랑설충란 묘소 아래에 제단을 설치하게 되었다.

그 아들 완도 타고난 재질이 보통을 뛰어넘고 학행이 탁월하여 부장 부사과가 되고 창원 정씨 유헌 정황 선생의 사촌누이와 혼인하여 제운, 응운, 득운, 태운 4명의 손자를 두었고, 장손 제운은 장악원 직장을 거쳐서 나주 판관을 역임하였으며, 증손 위지는 해남 현감을 거쳐서 한성 판관까지 역임하였으니 이로써 가문은 다시 혁혁한 중흥을 보게 되었다.

슬프다! 무릇 인간사에는 흥망이 있는 것이라고 하지만, 공은 다행히도 유복자 완을 남겼으나 부인 설씨마저 어린 고아만 남겨둔 채 세상을 떠났으니, 할아버지 암계공이 슬하에 거두어, 바람 부는 아침과 비 내리는 저녁에 안고 키우고 사랑하고 가르쳐서, 오늘날에 그 후예들이 대를 이어가며 이 고을에서 매우 왕성하게 살아가고 있다.

하루는 15세손 용호가 90세가 다 되는 늙은 노인의 몸을 이끌고 남원의 산속에 있는 내 집으로 찾아와서 비문을 지어줄 것을 요청하기에, 대대로 사귀어 온 정에 못 이겨 사양하지 못하여, 행장을 살펴보고 비석에 적힌 바와 같이 간략하게 기록하고 이어서 명을 짓기를,

충성과 효도로 이어온 명성 높은 가문이
사라질 위기를 이겨내고 번성하였다.
뿌리가 단단하니 가지가 번성하는 것이요
산이 높으니 강물이 멀리까지 흐르는 것이라
덕재산 한 쪽 언덕은
올바른 행실이 있는 선비의 묘수가 있는 곳이라
단단하고 아름다운 돌에 드러나게 새겨서
영원토록 비추어 보이게 할 것이라

1984년 2월 하순
성균관 부관장 전주 이만기 삼가 지음
전주 이일형 삼가 씀

설공찬의 자형 최윤조(崔潤祖) 묘소 및 누님 공인(恭人) 순창설씨 제단 위치

〈전라북도 임실군 오수면 대명리 산21-9〉

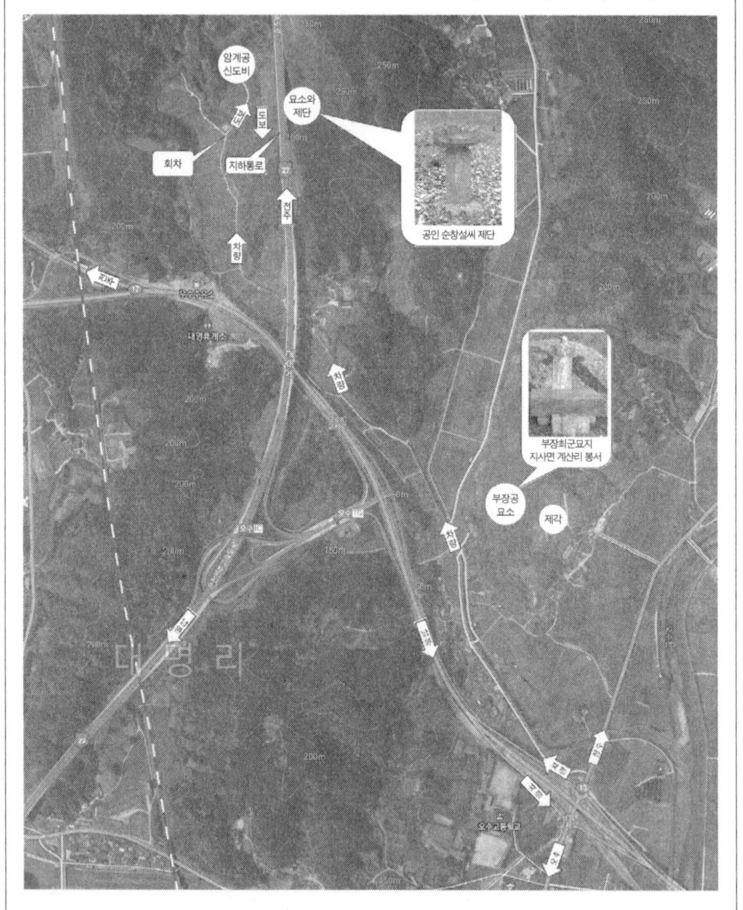

암계공(巖溪公) : 최연손(崔連孫). 공인 순창설씨의 시아버지.
통덕랑공(通德郞公) : 최윤조(崔潤祖). 공인 순창설씨의 남편.
부장공(部將公) : 최완(崔琬). 공인 순창설씨의 아들.

X

매체에 따른 설공찬전의 변화 양상

1. 머리말

'매체(媒體)'의 사전적인 의미는 "어떤 작용을 한쪽에서 다른 쪽으로 전달하는 물체. 또는 그런 수단."이다. 문학에 적용한다면, 작자의 가치 있는 체험을 표현해 독자에게 전달하기 위해 활용하는 수단이라 하겠다. 그 수단은 구비문학처럼 말일 수도 있고, 기록문학처럼 글일 수도 있을 것이며, 방송문학처럼 전파일 수도 있고, 다른 무엇일 수도 있을 것이다.

국어국문학계에서 '매체' 혹은 '다매체'를 거론할 때는 다분히, 글이 아닌 전파나 영상이나 전자 등으로 한정하는 경향이 강하게 보인다. 그러나 현대 이전의 문학 현상 모두를 포괄하기 위해서는 좀 더 넓은 개념으로 매체를 이해하는 게 좋겠다.

이렇게 광의의 개념을 가지고 보면, 국문학사의 변천이란 것도 매체의 변화 과정으로 이해할 수 있다. 말이라는 단일한 매체만 존재하던 단계 즉 기록문학만 있던 단계(원시와 고대문학), 한문이 등장함으로써 말과 글 다시 말해 두 매체가 공존한 단계(중세전기), 글이란 매체가 다시 분화해 한문과 국문 즉 공동문어와 민족문어로 이원화한 단계(중세후기), 국문이 중심 매체로 부상한 단계 달리 표현하면 말과 글이 하나로 통합된(이른바 언문일치) 단계(근대), 글 외에 전파, 영상, 전자 매체가 등장하고 다른 장르와의 융합이나 상호 전환이 빈번해진 시대(현대), 이렇게 구분할 수도 있다. 단매체에서 다매체로, 다매체에서 단매체로, 단매체에서 다시 다매체로 변화를 거듭하는 과정으로 이해할 수도 있다.

1996년에 필자에 의해 발견되어 1997년 4월 27일자 신문을 통해 보도된 고소설이 있다. 〈설공찬전〉 국문본이 그것이다. 주인공 설공찬은 장가도 가기 전에 죽었는데, 그 영혼이 사촌 설공침의 몸에 들어와 저승에서 보고 들은 일을 진술했다는 내용이다. 특히 저승에서는 여자라도 글을 알면 관직에 나아가 일하고 있으며, 지상에서 왕을 축출하고 즉위한 자는 지옥에 가 있는가 하면, 지상의 절대 권력자인 중국 황제도 죽은 영혼을 관장하는 저승의 염라왕한테는 무력하더라는 대목도 들어있어 문제적이다. 이 작품에 나타나는 빙의 모티프와 저승환혼담 모티프는 우리 민속에서 흔한 것으로서, 어쩌면 작가 채수는 이런 전래적인 모티프를 빙자하여 자기가 하고 싶었던 말을 표현한 것인지도 모른다. 한편 현전하는 국문본은 필사하다 중단된 형태라 후반부가 없어 불완전한 텍스트, 열린 구조로 존재한다.

이 작품은 대사헌 및 호조 공조 병조 참판 등을 역임한 채수가 창작한 한문소설로서 1511년 중종 6년 당시에, 조정에서 그 내용을 문제 삼아 불태우고 금서 조치한 작품이다. 이른바 우리 소설의 역사에서 최초로 필화를 입은 작품이기도 하다. 조선왕조실록에 이 작품 및 작자를 어떻게 처리할 것인지를 두고 벌어진 조정에서의 논의 과정만 기록되어 있을 뿐 작품은 발견되지 않아 영원히 사라진 것으로만 알고 있었다.

1996년, 발표자에 의해 그 국문필사본의 일부가 극적으로 발견되어 알려졌다. 언론과 학계의 관심을 끌어, 신문과 잡지 및 라디오에서 다양한 형태로 보도되기도 하고, TV의 다큐와 교양 오락 프로그램에서 영상화하여 다뤄지기도 했다. 연극으로 만들어져 공연되기도 하였다.

매체가 달라짐에 따라 어떤 변화가 일어났는지 살펴보고자 한다. 이 작품을 발견하고 연구하며 매체 전환에 직간접적으로 관여한 사람으로서 느꼈던 것들을 아울러 소개하고자 한다.

2. 고소설 〈설공찬전〉의 매체에 따른 변화의 양상

2.1. 한문

〈설공찬전〉을 전달한 최초의 매체는 한문소설이었다. 한문본은 현재 전하고 있지 않으나, 이는 한문을 아는 일부 식자층에게만 수용될 수 있는 것이었다. 최초 한문소설인 김시습의 〈금오신화〉도 마찬가지다. 한문을 모르는 대부분의 상층 여성이나 하층민에게 한문소설은 그림의 떡이었다. 읽어준다 해도 우리말이 아니므로 이해할 수 없었다.

2.2. 국문

〈설공찬전〉의 두 번째 매체는 국문이었다. 조선왕조실록에 의하면 한문 원작이 발표되자 이것이 (한문으로) 필사되어 유통되는 것은 물론, 국문으로도 번역되어 경향 각지에서 읽혔다. 채수가 번역했는지 남이 번역했는지는 모르지만, 한문도 알고 한글도 아는 누군가가, 그 내용을 혼자 읽고 말기에는 아쉬워 부녀자 또는 국문 해독층을 위해 국문으로 번역했을 것이다.

국문본 〈설공찬전〉이 등장함으로써 〈설공찬전〉 향유 계층은 광범위하게 확대되었다고 할 수 있다. 한글을 아는 사람이면 누구나 읽을 수 있게 된 것이다. 물론 여전히 필사본으로만 유통되었을 뿐 방각본이나 활자본 매체는 등장하기 전이므로, 일정한 제약은 있었겠지만, 상층 전유물이었던 소설 갈래를 하층이 향유하게 된 최초의 사례를 〈설공찬전〉의 국문 번역이 보여준 것만은 분명하다. 필자가 발견한 〈설공찬전〉 국문본도 그 하나이다. 표기법 분석 결과 1511년 당시의 것은 아니고 1600년대 후반에 필사된 것으로 여겨진다.

하지만 1511년에 등장한 국문본이 왕명으로 금지되었음에도 불구하고 은밀히 전해져 어느 분의 일기책 이면에 베껴져 있다가, 1996년 발표자의 눈에 띈 셈이다. 탄압으로 일기책에 그 몸을 숨기고 있다가 오랜 세월 뒤에 세상에 나타났다고도 할 수 있다. 이런 사례는 많다(〈신라장적〉도 불경의 표지에).

한문본 〈설공찬전〉의 국문 번역은 단순히 향유층의 확대만 의미하는 것은 아니었다. 당대 상층의 이데올로기이자 조선왕조의 이념이었던 성리학과 어긋나는 내용을 담고 있는 이 소설이, 국문이라는 매체의 도움을 받아, 걷잡을 수 없는 속도로 경향 각지의 백성에게 읽혀져 영향을 미치는 결과를 가져왔다.

조선왕조실록의 기록의 표현대로 '조야에서 현혹되어 믿고서, 한문으로 베끼거나 국문으로 번역하여 전파함으로써 민중을 미혹(中外惑信 或飜以文字 或譯以諺語 傳播惑衆)'하는 사태에 이르자 사헌부에서 주청하여 이 작품을 모두 수거해 불태우게 하고, 작자 채수는 교수형에 처하려다 왕의 배려로 파직하였다.

필자가 보기에, 한글 창제 이후, 그 한글이란 새로운 매체가 지닌 영향력이 얼마나 큰지 구체적으로 실증해 보여준 사건이 바로 국문본 〈설공찬전〉이라 생각한다. 세종대왕이 꿈꾸었던 것이, 모든 백성이 한글을 통해 의사를 소통하는 데 있었다고 한다면, 국문본 〈설공찬전〉에 대한 상하층 백성의 반응은 한글이 지닌 그 소통의 가능성을 증명해 보였다고 여겨지기 때문이다.

이는 중세 유럽에서의 독일어역 등 자국어 번역 성경의 등장과 비견된다. 라틴어 성경일 때는 라틴어 교육을 받은 사제 계층만이 읽을 수 있고 민중은 접근할 수 없었다. 그러나 루터가 독일어역을 내놓자 독일 민중이 비로소 성경을 읽어, 마침내 종교개혁을 이루는 원동력으로 작용했다. 한문소설의 국문 번역도, 정보의 독점 단계에서 전계층의 공유화의 단계로 바꿔놓은 뚜렷한 예를 마련했다 하겠다.

아마도 이것이 자극이 되어 허균의 〈홍길동전〉이 창작되었는지도 모른다. 자신이 지닌 〈호민론〉과 〈유재론〉 같은 급진적인 생각을 더 많은 사람들에게 알리고 싶어 국문소설 〈홍길동전〉을 지었다고 할 수 있기 때문이다. '설공찬이'란 구어적인 형태로 제목을 달고 있어 한문본의 제목(설공찬전, 설공찬환혼전)에 비해 한결 서민적이다.

국어학계에서는 아직도 한글 보급의 역사를 다루면서, 16세기 중반에야 지방에 한글이 보급되었을 뿐 그 이전에는 중앙에만 보급된 것으로 보고 있는 게 통설이다. 이 주장은 서울대 안병희 교수가 주장한 이래 지금까지 이어지고 있다고 보인다(한글디지털박물관 사이트 참고). 문학 쪽의 연구성과를 국어학계가 주목하지 않거나 무시한 결과라고 보인다.

하지만 그럴 수 없다. 조선왕조실록에 1511년 9월 당시, 〈설공찬전〉이 국문으로도 번역되어 경향 각지에서 백성들에게 전파되고 있다고 되어 있기 때문이다. 중앙에서 지방으로가 아니라, 지방에서 중앙으로 퍼져갔는지도 모를 일이다. 〈오륜전전〉(1531)을 보면, 사대부가 한문본을 만든 후 가내의 부녀자를 위해 국문본을 따로 만든 사례가 보이는데, 〈설공찬전〉의 작자 채수도 그렇게 했을 수 있다.

2.3. 신문

〈설공찬전〉이 금서로 지정되지 않고 정상적으로 유통되었다면, 세 번째 매체는 다른 고소설처럼 방각본 및 활자본이었을 것이다. 하지만 필자에 의해 국문본의 일부가 발견되기까지, 문학사의 전면에서 사라짐으로써(필사 모본의 존재 가능성도 있음), 독자들로부터 망각되었기 때문에 방각본이나 활자본을 통한 유통은 이루어질 수 없었다. 한문본이든 국문본이든 오로지 필사 형태로 전해지다 왕명으로 유통 금지당했고, 아주 은밀하게 전해지던 필사본 하나만이 극적으로 발견되었을 따름이다.

이 국문본의 발견으로 1511년 조정에서 논의된 이후 처음으로 이 작품은 무려 486년 만에 다시 사람들에게 공개적으로 알려지게 되었다. 필자가 발견한 〈설공찬전〉 국문본을 세상에 전한 매체는 신문이었다. 일반적으로는(가장 좋은 방법은) 논문을 써서 학회에서 구두발표하거나 학회지에 싣고, 그것을 더러 신문이나 방송에서 보도하는 것이었는데, 〈설공찬전〉의 경우는 언론 보도가 먼저 있었고 그 다음에 학회 발표가 뒤따랐다. 거기 얽힌 사연이 따로 있으나 생략한다.

중앙일보는 1면 톱기사화로도 모자랐는지 3면의 거의 전면을 할애하여, 이 작품의 작자와 줄거리는 물론 발견의 의미 등을 자세히 보도하였다. 다른 신문들은 중앙일보의 보도 후에 짤막하게나마 거의 모두 설공찬전 발견 사실을 알렸다(조선일보는 인터넷판에서만 보도하였다). 동아일보는 기사로도 다루고, 이튿날(4월 29일자) '횡설수설'란에서, 한국경제신문 4월 29일자 '千字칼럼', 서울신문 4월 29일자 '外言內言'란에서 이 작품의 사회적 의미에 대해 특별히 다루었다. 신문사 간의 경쟁, 정보를 제공하는 기관의 목적성 등의 문제를 확인할 수 있는 기회였다.

주지하듯, 신문의 특성은 '사실 보도'가 생명이다. 육하원칙에 입각한 서술도 이와 관련된다고 할 수 있다. 아울러 독자를 끌어들일 만한 인상적인 표제와 부제 및 사진 등을 활용한다.

> 1면 기사의 표제: 最古한글소설 '설공찬傳' 발견
>
> 1면 기사의 부제: "中宗때 蔡壽작품… '홍길동傳'보다 100년 앞서
>
> 1면 기사 본문의 첫 문장 : "지금까지 최초의 한글소설로 알려진 허균의 홍길동전보다 무려 1백여 년 앞서는 새로운 한글소설이 발견돼 학계를 흥분시키고 있다."

1면 기사의 사진 : 국문본 설공찬전의 시작 부분

중앙일

THE JOONG-ANG

最古 한글소설 '설공찬傳' 발견

中宗때 蔡壽작품…'홍길동傳' 보다 100년 앞서

국사편찬委, 괴산 門中문고서 찾아

3면 기사의 표제 : 국문학사 다시 써야 할 '大발견'

3면 기사의 부제 : 500년 만에 햇빛 본 禁書…저자 · 저작연대 등 뚜렷

3면 기사 본문의 주요 내용 : ① 설공찬전 문헌적 가치 ② 어떻게 쓰이고 읽혔나 ③ 저자 蔡壽 누구인가 ④ 설공찬전 줄거리

신문은 과연 사실만을 보도했을까? 네 가지 면에서 그렇지 않다.

① 〈설공찬전〉의 발굴 주체를 사실과 다르게 보도하였다. 국사편찬위원회 고문서실에서 발굴하였고, 다만 이복규는 그 의뢰를 받아 작품의 내용을 분석한 사람이라 하였다.

② '한글소설'에 대해 책임있는 부연 설명을 하지 않았다. 원작이 명백히 한문소설이므로 창작국문소설은 아니지만 '한글로 표기되어 읽힌 최초의 소설'이라는 점을 발표자가 강조하고, 그렇게 보도하라고 했지만 신문 보도는 그냥 '최초의 한글소설'이라고 함으로써, 결과적

으로 발견하고 처음으로 연구한 필자의 본의에서 일정 부분 멀어졌다. 그렇게 해서는 독자를 끌어모을 수 없다고 판단한 듯하다. 아카데미즘과 저널리즘의 차이를 확인할 수 있었다.

학자들의 연구성과는 신문보도를 통해 먼저 알려지면 안된다. 학술대회나 학회지에서 연구논문 형태로 발표된 후에 보도되어야 왜곡을 막을 수 있다. 언론 보도 좋아하면 안된다(그 후, 서경대신문 1997년 5월 29일자, 한남대학신문 1997년 5월 12일자).

③ 발견된 국문본이 완본이 아니라는 점을 신문에서는 보도하지 않았다. 독자들로서는 아주 짧은 소설인 줄 오해하게 만들었다.

④ 경향신문의 경우, 4월 28일자 1면에서 '最古 한글소설 3편 발견'이란 표제 아래 '설공찬전 주생전 한문국역본 2편도'라는 부제로 보도한 후, 18면에서 이를 "最古 한글소설 싸고 뜨거운 논쟁 예고"라는 표제와 '설공찬전 · 왕시봉전 등 5편 발견 의미'라는 부제로 따로 자세히 보도하였다. 그런데 〈왕시봉전〉의 줄거리를 소개하면서 사실과는 다르게 보도하였다. 〈왕시봉전〉(왕시봉과 옥년개시)과 〈왕시전〉(유령과 왕시)의 남녀 주인공을 뒤섞어서 놓았기 때문이다. 그렇게 된 근본 원인은 신문사 간의 과다한 경쟁의식 때문이다. 이 역시 저널리즘과 아카데미즘의 차이라 하겠다.

2.4. 잡지

설공찬전을 전한 네 번째 매체는 잡지였다. 시사월간 WIN(현 '월간중앙') 1997년 6월호는 "저승 얘기 빌려 현실정치 비판"이란 표제 아래 '조선시대의 금서 〈설공찬전〉 완역전문'이란 부제로, 발표자가

1997년 5월 20일 한남대에서 열린 한국고소설학회 학술대회에서도 소개하지 않은 작품 원문의 전부를, 필자가 제공한 현대철자화한 형태로 세상에 알렸다.

신문에 비해 지면의 제한성에서 상대적으로 자유로운 잡지의 장점을 살려, 원문을 소개함으로써, 신문 보도를 통해 작품 원문에 대해 궁금증을 가질 수 있는 독자를 겨냥한 편집이라 하겠다. 게다가 이 잡지에서는 발견자와의 인터뷰 내용을 '묵재일기 속에서 찾아낸 비밀'이라는, 호기심을 유발할 만한 제목을 달아 기사화하되, 발견자의 직접 증언 형태로 처리함으로써, 발견자의 견해가 덜 왜곡되게 하였다. 국편에서는 국문기록의 정체가 무엇인지 밝혀달라고 했고, 이복규가 검토 과정에서 그게 〈설공찬전〉임을 알았다고 함으로써 진실에 가까워졌다. 번역체 국문소설(최초의 국문표기소설)이라는 사실도 밝혔다.

하지만 '시사월간 WIN'에서도 이 국문본이 완본이 아니라는 사실은 밝히지 않았다. 주간한국 1997년 5월 15일 발행분에서도 작품 원문의 전문을 현대철자화하여 소개하였고, 설공찬전의 내용 중에서 설공찬의 혼령이 들어간 공침이 왼손으로 밥 먹는 장면을 그림으로 표현하고 발견자의 사진을 연구실에서 새로 촬영해 싣는 등의 변화를 보였지만, 작품에 대한 설명은 중앙일보의 기사를 요약 발췌하여 옮겼을 뿐 새로운 내용은 담지 않았다. 그러나 맨 끝을 "그 손을 빨리 삶으라 하니 성화황제(이후 부분은 원문이 필사 도중 중단돼 내용을 알 수 없음)"이라고 밝혀 놓아 독자들에게 진실을 전하였다.

2.5. 라디오 방송

〈설공찬전〉을 전한 다섯 번째 매체는 방송이었다. 중앙일보를 비롯한 신문 매체를 통해 설공찬전 발견 사실이 보도되자, 여러 방송사에서 출연 요청을 하였다.

4월 28일 KBS 라디오의 출근시간대 뉴스 프로그램인 '뉴스 동서남북 : 오늘의 초점'(〈홍길동전〉이 영광의 자리를 내놓게 되었다는데, 발견경위, 작품의 내용과 작품성, 발견의 의의, 최초 한글소설로 공인되었는가?)을 비롯하여, 4월 30일 기독교방송(CBS) 라디오의 '정오의 문화저널' 프로그램(발견경위, 발견 당시의 소감, 내용 소개, 작자 소개와 창작동기), 4월 29일 EBS 라디오 '정보광장' 프로그램(발견경위, 원본의 상태, 작품의 내용, 문학사적인 의의, 한남대 발표 예고), 그 밖에 KBS 대전방송국 5월 12일 11시 30분 라디오 동서남북, 그 밖에 교통방송 라디오 등에서 비슷한 내용의 인터뷰 보도가 있었다.

라디오 방송 보도는 신문이나 잡지와는 달리, 음성으로 전파되는 데다 어느 지역에 있든 그 방송을 청취하는 사람들에게 동시에 같은 메시지가 전달된다는 점에서 이 작품의 존재를 알리는 데 기여하였다고 생각한다. 아직 신문을 읽지 않은 사람이라 하더라도 라디오 방송을 귀로 들음으로써 알 수도 있고, 이미 신문을 읽은 사람이라 하더라도 앵커와 발견자가 직접 문답 형식으로 진행하는 방송을 청취함으로써 한결 더 생생하고 현장감 있게 이 작품에 대한 이해를 가질 수 있었을 것이다.

문제점도 파생되었지만, 어쨌든 학생들이나 보는 교과서나 참고서가 아니라 모든 국민이 보는 일간신문과 라디오 방송에서 이 작품에 대해 보도함으로써 수많은 독자에게 이 작품의 존재를 알리게 되었다는 점에서, 이 신문 매체들의 영향력은 컸다 하겠다. 특히 신문과 라디오 방송(특히 뉴스 프로나 정보 프로그램)은 사실을 취급한다고 믿는 경향이 강하므로, 이런 매체에서 〈설공찬전〉 문제를 다룸으로써, 국문학 작품도 이슈가 될 수 있다는 사실을 보여준 사례가 아닐까 한다.[1]

2.6. TV

설공찬전을 다룬 여섯 번째 매체는 TV였다. 1997년 8월 26일 KBS 1TV에서 〈TV조선왕조실록〉 프로그램의 〈조선 최초의 금서 '설공찬전'〉으로 방영된 이후 다섯 차례 TV 영상매체로 다루어졌다. 2002년 3월 23일 지역 민영방송인 전주방송(JTV)에서 방영된 〈오백 년 전의 금서. 다시 보는 '설공찬전'〉, 2002년 8월 13일 중앙 민영방송인 SBS에서 방영된 〈깜짝스토리랜드〉 프로그램의 〈역사 속의 비화 '설공찬전'〉, 2003년 1월 20일 KBS 위성방송인 KBS KOREA에서 방영된 〈시간 여행 역사 속으로〉 프로그램 제 28회분 〈금서禁書〉(송승현 작), 2005년 5월 14일 KBS 2TV에서 방영된

⑤ 1997년 8월

동아일보 1997.8.26(화)

「설공찬전」의 사연

「TV조선왕조실록」〈KBS 1 밤 10·15〉 우리나라 최초의 한글소설인 「홍길동전」. 그러나 「홍길동전」

보다 1백년이나 앞서는 「설공찬전」이 지난 5월 발견됐다. 조선 중종 때인 1508년 무렵 채수가 쓴 「설공찬전」은 금서로 규정돼 모두 불태워지는 조선 최대의 필화사건을 겪었다. 「설공찬전」이 금서가 된 것은 귀신이 몸 속에 들어가는 등 허무맹랑한 내용 때문.

---

1) 라디오 보도가 나갈 무렵 TV 뉴스 프로그램에서도 보도가 나갔다. SBS 4월 27일 오후 8시 '뉴스 Q', YTN 4월 27일 오후 8시 뉴스 보도가 그것이다.

〈스펀지〉 프로그램 제 80회분 〈1500년대 지어진 한글소설 '설공찬전'은 공포영화 '엑소시스트'와 똑같다〉이다.

이들 영상매체의 변용 양상에 대해서는 이미 김혜정의 석사논문[2]에서 자세히 언급한 바 있는바, 그 결과는 이렇다. 대체로 TV 다큐멘터리와 TV 교양물에서는 고소설 〈설공찬전〉이 조선 최초의 금서가 되었던 이유에 중점을 두고 작자 및 원작을 재조명하였다. TV 오락물로 분류되는 영상작품에서는 원작의 '혼령빙의담'에 주목하여 공포를 조성하는 괴기성을 극대화시키는 경향이 있었다.[3] 원작 〈설공찬전〉의 서

---

2) 김혜정, 고소설 〈설공찬전〉의 현대적 변용 양상 연구(서경대학교 대학원 석사논문, 2005).

3) SBS TV의 재연프로그램인 '깜짝 스토리랜드'에서 고전소설 〈설공찬전〉을 왜곡했다고 비판한 19일자 37면 기사를 읽었다. 오락성 때문에 고전텍스트의 본래 면모가 훼손될까 우려하는 취지에는 공감하지만, 사실과 차이를 보이는 내용이 있어 독자들이 오해할 소지가 있으므로, 연구자로서 한마디 안할 수 없다.
첫째, 〈설공찬전〉은 정치소설인데 전형적인 괴기소설인 것처럼 소개했다고 비판하였으나, 〈설공찬전〉은 엄연히 전형적인 괴기소설이다. 당대의 어숙권도 〈패관잡기〉에서 이 작품을 두고 "지극히 괴이하다(極怪異)"고 반응하였을 뿐더러, 설공찬의 혼령이 사촌의 몸에 출입하면서 숙부 및 퇴마사와 대결한다든지, 저승 경험담을 진술하는 등의 내용은 전형적인 괴기소설로서의 면모이다. 다만 〈설공찬전〉은 괴기소설이란 구조 안에 부분적으로 정치적인 메시지도 담고 있을 따름이다. 저승담 안에는 정치적인 것만이 아니라, 윤회와 인과응보라는 불교적 메시지, 여성차별을 비판하는 사회적 메시지, 중국중심적, 천자중심적 세계관을 재고하게 하는 메시지 등이 동시에 내포되어 있다. 그래서 불교계에서는 이 소설을 불교소설이라 하고, 페미니스트들은 여성중심주의적 요소 때문에 주목하기도 한다.
둘째, 〈설공찬전〉이 금서로 지정된 이유가 중종반정에 가담한 신홍사림파를 비판한 것 때문이라고 하였는데, 그렇게만 단정짓는 것은 잘못이다. 〈조선왕조실록〉에는 "윤회화복의 이야기를 만들어 백성을 미혹케 함", "요망하고 허황함"이란 비판만 나오기 때문이다. 기록에 나오는 금서의 이유는 무시하고, 최근의 추정만이 유일한 이유인 양 보도한 것은 편향적이다.
셋째, 〈설공찬전〉의 발굴자를 국사편찬위원회로 소개하였다. 하지만 그동안 내 논문과 책을 통해서 발굴자가 나라는 게 소상히 밝혀졌고, 이번 방송에서도 내가 출연해 인터뷰를 통해 언급했는데도 이렇게 보도한 것은 유감이다.

사는 '재연'에 의해서 그려지고 있는데 각 프로그램의 성격과 주제에 따라 필요한 서사를 선별적으로 재연하는 연출 방법을 썼다. 재연과 자료 제시, 전문가 인터뷰, 해설에 의한 영상작품은 다큐멘터리적 특성인 사실을 강조한다는 점에서 문제점이 발견되기도 하였다. 그것은 사실의 왜곡으로 원전에 충실하지 않은 제작과 시청률을 올리기 위한 의도의 제작에서 빚어진 일이다.

〈설공찬전〉의 영상작품들은 영상매체가 지닌 생동감으로 대중적 흥미를 확장시켰다. 그럼으로써 열린 텍스트인 고소설 〈설공찬전〉이 프로그램의 성격에 따라 다양하게 재창조되는 모습을 보여주었다.

2.7. 연극

〈설공찬전〉의 일곱 번째 매체는 연극이었다. 희곡 〈지리다도파도파 地理多都波都波[4] 설공찬전〉도 고소설 〈설공찬전〉을 희곡화한 작품이기 때문에 희곡이라는 장르적 특수성을 지닌다. 이 작품은 2003년 5월에 이해제의 각색 · 연출로 극단 신기루만화경에서 연극으로 초연되었고, 2004년에 재공연 및 앵콜공연되었다. 이 작품의 변용 양상에 대해서도 김혜정의 석사논문에서 한 차례 다룬 바 있다.[5]

넷째, 이 프로그램과 관련하여 SBS측에서 나로부터 '충분한 자문을 받'은 것으로 보도하였는데, 사실이 아니다. 두 군데의 인터뷰 요청을 받아 응했을 뿐, 제작 과정에서 내게 자문을 요청한 일이 없는데도, 확인하지 않고 사실인 양 보도한 것은 잘못이다.

4) '지리다도파도파(地理多都波都波)'는 '세상이 멸망하리라'는 의미를 지닌 말로, 희곡에서 공찬의 혼령이 이승의 인간들에게 빙의하는 순간에 예언하는 말이다. 각색자 이해제가 희곡에서 지어낸 것으로 원작 〈설공찬전〉에서는 찾아볼 수 없다.

5) 김혜정 논문의 요지는 아래와 같다.

첫째, 서사구조 면에서 사건의 진행이 개연성 있게 진행되는 점이 밝혀졌다. 원작에 필자가 보기에, 연극 〈설공찬전〉은 소설의 단순한 연극적 재현이나 각색이 아니다. 작가의 상상력으로 원작의 공백 부분을 메꾸어 주는 것은 물론, 권력문제로 주제를 설정하여, 이 주제에 맞게 인물과 사건을 새롭게 설정한 엄연한 창작품이다. 설공찬, 설공침, 설충란, 설충수, 김석산 이 네 인물만 원작에서 차용했을 뿐, 여타 인물들은 작자의 필요성에 따라 적절히 창조해 놓았다. 원작에 나오는 인물이라 해도 새로운 주제를 위해 그 성격이 선명하게끔 형상화하였다. 원작에서는 전혀 언급이 없지만 충란과 충수와 공침을 대립되는 성격으로 부각한 것이 그 한 예이다. 충란은 불의한 권력을 부정하는 인물로, 충수와 공침은 철저하게 권력지향적인 인물로 형상화하였다. 그렇게 함으

서 가장 의문이었던 공찬의 이승 나들이의 원인이 부친 충란의 죽음을 막고 못 다한 효를 다하기 위한 것으로 설정되어 문학작품으로서의 개연성을 높이고 있다. 또한 공찬의 빙의현상이 원작에서처럼 한 인물(공침)에게 일어나는 것이 아니라 부정적 인물 모두에게 옮겨가며 일어나는 혼령빙의담의 확대현상을 볼 수 있다. 그렇게 함으로써 풍자에 의한 주제의식이 강조되는 효과를 보였다. 둘째, 원작과 비교했을 때, 새로운 인물과 인물의 구체적인 성격이 창조되었음을 확인하였다. 성격의 구체화에 의해 긍정적 인물과 부정적 인물로 대비되어 사건이 진행되고 있으며, 부정적 인물과 사건 상황의 희화화로 세태비판을 하고 있다. 셋째, 연극에서의 무대장치와 소품을 통한 장면의 통일성으로 작품의 주제인 효와 권력 풍자의 극대화를 이루고 있다.

로써, 작품 전체가 권력문제를 주제로 시종 팽팽한 긴장감을 유지하며 모든 사건이 일관성있게 연결되게 하였다.

주요 사건도 마찬가지다. 원작에서는 작품의 대부분이 설공찬dl 전해준 저승 소식이었으나, 연극에서는 저승 소식보다는 혼령이 지상에 나올 수밖에 없었던 배경 및 지상에 돌아와서 벌이는 일련의 사건에 모든 관심을 기울이는 양상으로 바꾸어 놓았다. 원작의 저승 경험담은 이 연극에 일체 나오지 않는다. 원작이 '저승에서 잠시 돌아온 혼령이 저승 경험 진술하기'였다면, 연극은 '지상에 잠시 돌아온 혼령이 권력욕에 눈먼 세상을 경고하기'로 변화를 보인 셈이다.

사실 그간 소설 원작에서 느꼈던 아쉬움은 주인공 설공찬의 혼령이 왜 지상으로 다시 나왔는지 그 이유가 밝혀져 있지 않은 점이었다. 소설적 완결성을 위해서는 인과관계를 분명히 해야 하는데 말이다. 작품의 후반부가 없으므로 계속 수수께끼로 남아 있었던 게 사실이다.

그런데 이 연극에서 작자 나름대로의 상상력으로 이 부분을 개연성 있게 해석해 놓았다. '아버지의 죽음을 막고 못다한 효도를 위해' 돌아오는 것으로 설정한 것이다. 이 작품에서 주제와 관련하여 인상 깊었던 장면들을 적시해 보면 다음과 같다.

우선 설공찬의 혼령이 남의 몸에 들어갈 때, 아무 때나 들어가는 것이 아니라, 그 사람이 절을 할 때만 틈탈 수 있게 한 점이다. 여기서 절한다는 행위는 힘 있는 자에게 자신의 주체성을 접는 행위로 볼 수 있는바, 바로 그런 자세로 살아가는 삶은 제정신이 아니라 귀신들려 사는 것으로 규정할 수 있다는 메시지가 거기 담겨 있다고 보인다.

하늘에 뜬 해를 우리를 굽어보는 무서운 '눈'으로 인식했던 게 본래의 설공찬이었지만, 권력을 얻으려는 야망을 위해서 자신의 생각을 감추고 세력가 정익로 대감을 따라 '바둑판'이라고 말하는 것도 해바라기 같은 권력지향형 인물들의 행태에 대한 비판으로 보인다. 특히 원작에서는 한 사람의 몸에만 한정되었던 빙의 현상이, 이 연극에서는 부정적인 인물 전원에서 일어나게 만들어, 그 입으로 "지리다도파도파(세상이 멸망하리라)"를 외치게 함으로써, 부패한 세상에 대한 풍자를 강화하고 있다.[6)]

6) 이복규, 설공찬전 연구(박이정, 2003), 55-57쪽.

요컨대 희곡 〈지리다도파 설공찬전〉에서의 변용 양상은 원작의 독자(수용자)인 각색자 이해제가 원작의 빈자리를 채워서 재창조한 결과라고 볼 수 있다. 이 희곡 작품은 2003년 초연에 이어, 다음 해인 2004년에 재공연 및 앵콜공연이 되었을 만큼 관객의 호응을 얻었다. 원작에서 수용한 '혼령빙의담'이라는 제재와 '정치비판'이라는 주제에, 각색자가 빈자리를 채운 개연성 있는 '효'의 형상화와 '권력 풍자'라는 현대적 변용이 더해져 현대 관객(수용자)의 대중적 정서와 가치관에 영향을 끼치게 된 것으로 보인다. 500년 전의 정치현실이나 21세기인 현대의 정치현실이 크게 다를 바 없고, 권력을 쫓는 인간 행태의 여전함은 갖가지 에피소드를 끊임없이 만들어내고 있어서, 연극에서 '혼령빙의담'이라는 제재의 활용은 효과를 거두고 있다.

각색자가 빈자리를 채운 '효'는 우리 민족문화 근간의 하나이면서도 현대인이 잃어가는 미덕이다. 희곡 〈지리협기소화조도파 설공찬전〉에서는 그러한 '효'에 대해 다시 한번 생각해보는 시간을 제공하고 있는 것이다. 바쁜 현대인들은 문화생활의 일환으로 읽는 행위인 '독서'보다는 보는 행위인 '관람'에 익숙해져 있다. 따라서 기록문학인 고소설 〈설공찬전〉의 희곡화는 고전의 대중화에 적절한 현대적 변용 양상을 보이는 것으로 확인되었다 하겠다.

아직은 시나, 노래, 애니메이션, 영화, 뮤지컬 등으로 변용하려는 시도는 나타나지 않고 있는데 앞으로 다양한 시도가 필요하다고 본다.

3. 맺음말

고소설 설공찬전이 매체를 달리하면서 표현되어 온 과정이 의미하는 것은 무엇일까?

첫째, 단매체로만 전달되던 데에서 복수의 매체(다매체)를 통한 전달은 좀 더 많은 독자에게 이 작품의 영향력을 확대하는 데 기여하였다고 보인다. 정보의 독과점에서 공유화 또는 대중화로 부를 수 있는 이같은 영향력의 확대는 전근대의 경우 작품에 대한 탄압을 불러들이는 요인으로 작용하기도 했다는 것을 확인할 수 있었다.

둘째, 매체를 달리하는 이들은 원작을 그대로 옮기지 않고, 그 매체 담당층의 관습이나 관점에 따라 달리 해석하여 다룬다는 것을 알 수 있다. 작품 제목의 변화, '최초 국문소설'에 주목하는 경우 또는 '귀신' 이야기라는 점에 주목하는 경우, 아니면 '정치 사회 의식(권력층 비판)'에 초점을 맞추는 경우 등의 변이가 그 사례들이다. 어떤 의미에서, 설공찬전의 작자 채수가, 자기가 하고 싶은 말을 저승에서 돌아온 설공찬의 입을 빌어 말하는 것처럼, 설공찬전을 소재로 삼은 현대의 다양한 매체의 담당자들도 결국 자신이 하고 싶은 말을 하기 위해 설공찬전을 빙자하고 있는지도 모를 일이다. 인간은 해석하는 존재라고나 할까? 물론 그렇게 빙자할 만한 소지를 설공찬전이 충분히 지니고 있기 때문임을 두말할 나위가 없다.

셋째, 현대의 매체 중에는, 원전이 가지고 있는 복합적인 메시지 중에서, 매체의 특성상 자기비판의 메시지는 도외시하고 자칫 흥미 위주로 다룸으로써 원전에 대한 왜곡된 이해를 가지게 오도할 가능성도 있다. 널리 알려진다고 반드시 좋은 것만은 아니다(스펀지 프로그램의 경우).

이 작품이 지닌 요소를 활용해 앞으로 새롭게 다룰 수 있는 여지는 많다고 생각한다. 현대소설로 재창작하는 것도 그 중 하나이고 뮤지컬도 그렇다. 열린 구조이기 때문에 더욱 자유스럽게 이어쓰기를 하는 데 유리하기도 한 작품이다.

채수의 사상과 설공찬전

1. 머리말

1997년에 고소설 〈설공찬전〉의 한글본이 필자에 의해 소개된 이래 여러 사람들에 의해 꾸준히 연구가 이루어지고 있다. 필자도 관련 논문과 책을 발표한 바 있다. 하지만 여전히 밝혀야 할 것들이 많다.

이 글은 그간 본격적인 조명이 이루어지지 않은 문제 가운데에서, 채수의 사상과 〈설공찬전〉간의 상관관계를 알아보는 데 초점을 맞추고자 한다. 결론부에서는 그간의 연구성과를 종합해 〈설공찬전〉의 가치가 무엇인지 집약해 보임으로써, 이 작품을 문화콘텐츠화하려는 기관이나 개인들에게 확신을 주고자 한다.

2. 〈설공찬전〉의 작자 채수의 사상

채수의 문집에 있는 글 가운데에서 사상을 담은 글은 4편의 책문(策文)밖에 없다. 강함과 부드러움을 겸비해 시의에 적절하게 대처해야 한다는 것을 피력한 〈강유지도(剛柔之道)〉, 음양(陰陽)의 이치에 따라 백성을 이롭게 해주려던 귀신론, 풍수지리설이 후세에 이단사설로 왜곡되어 폐단이 되고 있는 현실을 비판한 〈귀신무격복서담명지리풍수(鬼神巫覡卜筮談命地理風水)〉, 국방을 튼튼하게 하기 위해 유능한 장수를 양성하고 여진족과 왜를 철저히 경계해 세력이 확대되지 않도록 해야 한다고 주장한 〈문보방비변(問保邦備邊)〉, 백성을 잘 기르고 세금을 균등하게 하며 도둑을 줄이기 위해서는 중국의 이상적인 전례를 참고해 우리의 폐단을 해결해야 한다고 주장한 〈양민균부미도(養民均賦弭盜)〉 등이 그것이다.[1]

이것만으로는 〈설공찬전〉을 창작할 수 있는 사상적인 유기적 관련성을 말하기가 곤란하다. 따라서 필자는 채수의 행적에서 보이는 채수의 사상 또는 지향가치까지 포착해 제시하겠다. 철학사상, 정치사상, 문학사상으로 구분해서 보이면 다음과 같다.

1) 철학사상

채수의 철학사상으로 들 수 있는 것은 귀신에 대한 생각이다. 고려

---

1) 안수정, 나재 채수의 시문학 연구(충남대학교 대학원 박사학위논문, 2015), 18~22쪽 참고.

시대 사람들이 귀신을 액면 그대로 믿은 데 비해, 성리학이 도입된 이래 사대부들은 귀신을 인격성을 지닌 존재로 인정하지 않으려 하였다. 음기(陰氣)와 양기(陽氣)의 이합취산(離合聚散) 작용일 따름이라고 보았다.[2]

다만 방외인이었던 김시습의 경우에는 약간의 예외를 두어, 제 명에 죽지 못한 사람의 기운은 일정 기간 동안(그 한이 풀리기까지) 해체되지 않고 존재하여 살아있는 사람에게 나타나 영향을 미칠 수 있다고 보았으니, 이것을 작품화한 것이 〈금오신화〉이다.

채수는 책문 즉 과거시험 답안지로 제출한 〈귀신무격복서담명지리풍수(鬼神巫覡卜筮談命地理風水)〉에서는 당대의 통념을 따라, 귀신무격을 배격하고 있다. 하지만 〈연보〉와 그 사위 김안로의 『용천담적기(龍泉談寂記)』는 다른 진실을 말해주고 있다. 채수가 17세 때 귀신을 경험한 사건이 그것인바, 채수는 이 체험 때문에 귀신의 실제를 믿었던 듯하다. 말하자면 명목상의 무신론자, 실제적 유신론자였다고 보인다. 이렇게 말하는 근거는 무엇인가?

채수의 귀신 체험을 전하는 〈연보〉의 기록을 먼저 인용하면 다음과 같다.

> 선생의 나이 17세 : 판서였던 아버지를 따라 경산(慶山)의 부임지로 갔다. 그때 밤에 희끄무레한 것이 있어 둥글기가 마치 수레바퀴와 같았는데, 거기 닿았다 하면 죽음을 당하였다. 선생이 마침 밖에 나갔다가 이것을 보았는데 그 요귀가 방으로 들어가는 것이었다. 그러자 선생의

2) 조동일, "15세기 귀신론과 귀신 이야기의 변모", 문학사와 철학사의 관련 양상(한샘, 1992), 50~78쪽 참고.

> 막내동생이 갑자기 놀라서 일어나 아프다고 울부짖다가 죽었다. 그렇지만 선생은 접촉되었어도 아무런 해를 입지 않아 사람들이 이상하게 여겼다.[3]

채수의 사위 김안로(金安老)가 쓴 『용천담적기(龍泉談寂記)』에도 같은 내용이 기술되어 있다. 김안로는 채수한테 직접 들은 내용을 기술했을 것이니만큼 이 자료의 증거력은 크다고 생각한다.

> 내 장인 양정공(襄靖公)이 어릴 적에 아버지를 따라서 경산(慶山)에 있을 때, 두 아우와 관사에서 누워 자다가 갑자기 변이 마려워서 옷을 입고 방 밖으로 나가보니 흰 기운이 화원경(火圓鏡)〔확대경〕같이 오색(五色)이 현란하게 공중에서 수레바퀴처럼 돌아 먼 곳에서 차차 가까워오는 것이 바람과 번개 같았다. 양정공이 놀라 바삐 방으로 들어오는데, 겨우 문턱을 넘어서자, 그것이 방안으로 따라 들어오는 것이었다. 조금 있다가 막내동생이 방구석에서 자다가 놀라 일어나 뛰며 아프다고 울부짖으며, 입과 코에서 피를 흘리며 죽었는데, 양정공은 조금도 상한 데가 없었다.[4]

이상의 자료가 의미하는 바는 무엇일까? 채수의 귀신 체험은 채수

---

3) 懶齋先生文集 권4 〈年譜〉
先生十七歲. 隨判書公往慶山任所. 時夜, 有白眚圓如車輪, 所觸輒死, 先生適出外, 見其妖入室. 先生之少季忽驚起號痛而夭, 先生則了無觸害, 人異之.

4) 龍泉談寂記(大東野乘 제 13에 수록된 것을 참조함.)
蔡聘君襄靖公, 幼從父任在慶山, 與二弟同臥衙閤. 夜忽思便旋, 攬衣獨出房櫳外, 開目見白氣如火圓鏡, 五色相比極明絢, 在空中回轉若車輪, 自遠而近, 迅如風電. 襄靖魂悸, 蒼皇走入, 纔踰中閾, 其物追入房中. 俄聞小季最在房奧者, 驚起騰躍, 號痛之聲不絶口, 口鼻流血而斃, 襄靖了無傷損.

만 알고 있는 비밀이었을 것인데, 〈연보〉와 『용천담적기』에 전하는 것은, 필시 채수 본인이 다른 사람들에게 이 사실을 증언했다고 보아야 한다. 허무맹랑한 일이라고 여겼다면 아예 말하지도 않았을 것이며, 이 두 기록에 사실처럼 남아있지도 않았을 것이다. 분명한 사실이라고 전언했기에 이 두 기록에 귀신 체험 사실이 생생하게 전하고 있는 것이라 판단된다.

채수가 젊었을 때, 아직 유교적인 세계관이 확립되어 있지 않았을 시기에 유교에서 배격해 마지않는 귀신 현상을 직접 목격한 사실은 채수에게는 충격적이었을 것으로 여겨진다. 꿈속에서 경험한 것도 아니고, 생시에, 그것도 귀신의 출현 결과 어린 동생이 피를 토하며 죽어 자빠지는 장면을 보았을 때 그 충격은 적지 않았다고 해야 할 것이다. 그러다보니, 조선조 사회에서 과거에 합격해 활동하기 위해서는 그 시대가 요구하는 답을 써냈지만, 내심으로는 인격성을 지닌 전래의 귀신을 인정하는 이중적인 사고를 가졌다고 여겨진다.

2) 정치사상

채수의 정치사상으로 두 가지를 들 수 있다. 소통하는 정치를 강조한 점, 어질지 못한 임금이라도 끝까지 보좌하는 것이 신하의 도리라는 생각 이 두 가지다.

첫째, 채수는 소통하는 정치를 강조하였다. 신하 특히 언관은 임금에게 직언을 하여야 하고, 임금은 어떤 직언이든지 하게 해 들어야만 여론을 알아 바른 정치를 할 수 있다고 믿었다. 이는 실록 도처에서 발견할 수 있다. 한 가지 사례만 인용해 보이면 다음과 같다.

성종실록 14권, 성종 3년 1월 5일 임인 12번째기사 1472년 명 성화(成化) 8년

야대에서 검토관 채수가 신하의 직언의 중요성을 말하다

야대(夜對)에 나아갔다. 《정관정요(貞觀政要)》를 강(講)하다가, '관인(官人)이, 9인 중에서 4인은 도적이 아니라는 것을 아는 자가 있었으나, 양제(煬帝)가 이미 참결(斬決)하게 하였으므로, 드디어 집주(執奏)하지 못하고 아울러 죽었다.'고 하는 데에 이르러, 임금이 말하기를,

"양제(煬帝)는 진실로 무도(無道)하였다. 그러나 당시의 인신(人臣)이 그 아닌것을 알면서도 말하지 않았으니, 어찌 죄가 없다고 할 수 있느냐?"

하니, 시독관(侍讀官) 정휘(鄭徽)가 대답하기를,

"겉이 바르면 그림자가 곧고, 임금이 밝으면 신하가 충성스러운 것인데, 배구(裵矩)의 충녕(忠佞)이 족히 명감(明鑑)이 될 만합니다."

하고, 검토관(檢討官) 채수(蔡壽)는 대답하기를,

"그 임금이 비록 직언(直言) 듣기를 싫어하더라도 신하로서는 마땅히 끓는 기름 가마[鼎鑊]라도 피하지 않고 감히 말하는 것이 옳습니다. 하증(何曾)처럼 물러나 집에서 말하는 것이 어찌 신하의 도리이겠습니까? 그러나 인군(人君)이 그의 잘못을 듣기 좋아하지 않으면 사람마다 다투어 아첨하게 되어 절함(折檻)을 하거나 견거(牽裾)를 하는 자는 드물 것입니다."

하였다.

채수가 이와 같은 생각을 가진 것은, 채수가 생애의 대부분을 언관

으로 지냈다는 것과 연관된다. 34세라는 비교적 이른 나이에 대사헌으로 발탁된 데에서도 드러나듯, 채수는 사헌부와 홍문관을 중심으로 언관으로서의 역할을 성실히 수행하였다. 임사홍의 전횡을 규탄하는 상소를 거듭 올리다가 파직당하기에 이르고, 폐비 윤씨를 동정하는 계를 올렸다가 왕의 노여움을 사서 국문을 받고 파직당하기에 이르는 등 채수는 언관으로서의 길을 똑바로 걸어갔던 것을 도처에서 확인할 수 있다.

〈설공찬전〉에서 주인공 설공찬의 입을 빌어 소개한 저승 소식 가운데, "이싱애셔 비록 흉죵ᄒᆞ여도 님금긔 튱신ᄒᆞ면 간ᄒᆞ다가 주근 사ᄅᆞᆷ이면 뎌싱애 가도 죠ᄒᆞᆫ 벼ᄉᆞᆯᄒᆞ고(〈설공찬전〉 국문본 제 10면)" 같은 대목은 다분히 작자가 언관으로서의 의식을 드러낸 것으로 보인다. 이는 채수가 조정에서 임금께 바른 말을 하다가 자주 파직을 당하거나 귀양살이를 한 것과 연관지어 볼 때, 의미심장한 발언이라고 하겠다.

둘째, 채수는, 비록 어질지 못한 임금이라도 임금이니 신하는 끝까지 보좌하여 현군을 만들어야 한다는 생각을 가진 것으로 보인다. 이는 중종반정의 현장에서 보인 채수의 반응 및 중중반정 이후 함창에 은거해 버린 데에서 확인할 수 있다. 동아시아 한자문화권의 정치사상 가운데는 이런 주장도 있었다.

이른바, 군신의 관계가 "부자(父子)관계의 성향을 띠는 형태"[5]로서, 군신관계를 부자관계로 설정하여 각각 그 도리를 다하는 군신관계의 유형이 그것이다. 필자가 보기에, 김종직의 〈조의제문〉도 이런 류에 속하는 입론에서 씌어진 글이라 할 수 있다. 부모가 악을 저질렀더라

5) 이희주, "경전상의 규범관념과 군신도덕", 온지논총 4(온지학회, 1998), 264쪽 참고.

도 자식이 부모를 버릴 수 없듯이, 임금이 임금 노릇을 못한다 하더라도 버리거나 혁명을 일으켜 새로운 임금으로 바꿀 수 없다는 입장이라 하겠다.

채수는 중종반정을 사실상 반대한 인물이다. 연산군이 축출되는 쿠데타 현장에서, "이게 어찌 할 짓인가! 이게 어찌 할 짓인가!" 반복해서 절규했다고 전해지는바, 이것이 무엇을 의미하는지는 분명하다. 연산군이 패륜적인 왕이라 하더라도 신하가 내칠 수는 없다, 끝까지 도와서 어진 임금이 되도록 노력해야 한다는 생각이 그렇게 나타난 것으로 보아야 한다.

중종반정 이후 인천군으로 봉해졌는데도 즉시 사직하고 함창에 은거해 버린 것도 채수의 이같은 생각을 강하게 증명한다. 폭군이라도 잘 보필해서 바른 길로 인도해야지, 혁명을 일으켜 교체하는 것은 바람직하지 않은 것으로 여겼던 것이라 생각된다.

3) 문학사상

채수의 문학사상으로 시문학에 대한 사상과 산문 또는 서사문학에 대한 사상 두 가지로 구분해 거론할 수 있다. 시문학에 대한 사상은 안수정[6)]에 의해 한차례 다뤄진 바 있다.

산문 특히 서사문학과 관련하여, 채수는 문헌설화집인 『촌중비어(村中鄙語)』를 저술한 일이 있다. 이는 채수가 서사문학에 대한 관심

---

6) 안수정, 앞의 논문 참고.

과 애호가 대단하였다는 사실을 보여준다. 주지하다시피 소설은 서사문학사의 마지막 단계에서 등장한 갈래이다. 오랫동안 구비서사인 설화의 단계를 거쳐 중세후기에 이르러 등장한 갈래가 소설인바, 김시습의 〈금오신화〉의 뒤를 이어 채수가 소설 〈설공찬전〉을 창작한 데에는 김시습의 소설이나 중국 소설의 영향도 있겠지만, 국내적으로는 우리 서사문학 경험이 토대가 되었다고 보아야 한다. 그렇게 보았을 때, 채수의 『촌중비어(村中鄙語)』 편찬 사실은 시사하는 바가 크다.

이 책은 현재 전하지 않지만, 성현의 서문을 통해서 볼 때 『촌중비어』는 서거정의 『태평한화골계전』이나 강희맹의 『촌담해이』 등과 같은 문헌설화집인 게 분명하다. 당시에 제도권 밖의 문학이었던 설화들의 가치에 채수가 주목했으며 애정을 기울였다 하겠다.

3. 채수의 사상과 설공찬전의 관계

앞 장에서 채수의 사상을 세 가지 분야로 구분해 지적해 보았다. 이 장에서는, 이들 사상과 소설 작품 〈설공찬전〉이 어떤 상관 관계를 가지는지 검토해 보기로 한다. 문학 연구에서는 작가론과 작품론이 하나로 통합되어야 마땅한바, 여기에서 그 작업을 해보려는 것이다.

첫째, 철학사상인 귀신관과의 관련을 말할 수 있다. 채수의 〈설공찬전〉은 달리 표현하면 귀신 이야기라고도 할 수 있는바, 채수가 이 귀신 이야기인 〈설공찬전〉을 창작하는 데, 17세 나이에 겪은 이 신비체험은 중요한 動因으로 작용했으리라고 여겨진다.

채수는 〈問鬼神巫覡卜筮談命地理風水〉[7]란 策文에서 "귀신이란 음양이 행하는 것(鬼神者, 陰陽之所以行也)", "신이란 양의 영이요, 귀란 음의 영(神者, 陽之靈也, 鬼者陰之靈也)"[8]이라 하여, 민간에서 믿는 인격적인 존재로서의 귀신을 부정하고 있다. 하지만 이는 어디까지나 과거시험 답안지였기 때문에 당시의 공식적인 귀신관을 진술한 것이지 채수의 생각을 그대로 노출한 것은 아니라고 보인다. 이른바 이중적인 태도를 지니고 살았다 하겠다. 생존을 위해서는 무신론으로, 실제로는 유신론을 견지했다 하겠다.

채수의 귀신 체험 기록은 작품 내용과 구체적으로 대응되고 있어 작가와 작품 간의 긴밀한 상관관계를 증명해 준다. 〈설공찬전〉 국문본에서 귀신이 출현하는 대목을 원문으로 소개하면 다음과 같다.

> 고ᄋᆞᆫ 겨집이 공듕으로셔 ᄂᆞ려와 춤추거ᄂᆞᆯ 기 동이 ᄀᆞ장 놀라 졔 지집의 계유 드려가니 이ᄋᆞᆨ고 튱쉬 집의셔 짓궐소ᄅᆡ 잇거ᄂᆞᆯ 무ᄅᆞ니 공팀이 뒷가ᄂᆡ 갓다가 병 어더 다ᄒᆡ 업더려다가 ᄀᆞ쟝 오라게야 인긔를 ᄎᆞ려도 긔운이 미치고 ᄂᆞᆷ과 다ᄅᆞ더라(〈설공찬전〉 국문본 제 3면)

작품에서의 귀신 출현 양상과 채수의 귀신 체험 내용에서 공통적인 점은 다음 네 가지이다. ① 귀신이 출현한 장소 면에서의 공통성이다. 모두 집안에서 이루어진다. ② 귀신이 출현하는 시기 면에서의 공통성이다. 모두 뒷간에 갈 무렵에 출현한다. ③ 귀신의 운동 방향이다.

---

7) 懶齋先生文集 권 3. 이 책 제 6장에 실린 자료 참조. 이 책문은 채수가 21세 때 會試에서 1등으로 합격한 글이기도 하다.

8) 난재선생문집 권3, 40쪽.

모두 하늘(공중)에서 내려온다는 점에서 동일하다. ④ 귀신 출현의 결과 면에서의 공통성이다. 귀신과 접촉한 주요 인물이 병을 얻거나 즉사하거나 하여 해를 입는다.

이와 같은 점을 고려해 볼 때 〈설공찬전〉의 창작에는 작자인 채수가 젊었을 적에 겪은 귀신 체험이 중요 動因으로 작용했다고 생각한다. 단순히 독서를 통한 간접 경험만이 아니라 직접 경험을 바탕으로 작품을 창작한 점은 이 작품의 독창성과 개성을 인정하게 한다.[9)]

둘째, 정치사상과의 관련을 들 수 있다. 쿠데타로 왕권을 탈취하는 데 대한 채수의 반감은 〈설공찬전〉에서 당나라의 왕을 죽이고 양나라를 창건한 주전충에 대해 비판한 대목에 잘 드러나 있다. "바록 예셔 님금이라도 쥬젼튱ㄱ트 사름이면 다 디옥의 드렷더라(〈설공찬전〉 국문본 제 10면)"라는 발언이 그것이다.

정치사상과 관련하여, 한 가지 더 든다면, 소통하는 정치의 중요성에 대한 인식도 〈설공찬전〉과 연관지을 수 있다. 생애를 마감하는 시점에서, 굳이 이 작품을 쓴 것은, 어쩌면 조정에 대한 자신의 간언을 소설 형식을 빌어 표현한 것이라 해석할 수 있기 때문이다. 언관으로서의 사명을 이 작품을 통해 수행했다 하겠다. 이렇게 본다면, 평소의 지론이 이 작품을 창작하게 한 동인이라 할 수 있다.

셋째, 문학사상과의 관련을 들 수 있다. 서사문학에 대한 채수의 애정과 관심과 실천이 소설 〈설공찬전〉으로 결실했다 할 수 있다. 『촌중비어』 단계의 준비 과정이 있어서 〈설공찬전〉이란 결과가 가능했다고

---

9) 이복규, 설공찬전 연구(서울 : 박이정, 2003), 133~152쪽에서는 이 소설이 실화(實話)에서 유래했을 가능성에 대해 따로 자세히 논증하였다.

여겨진다. 실제로 〈설공찬전〉은 기존의 서사물 중 '저승 경험담' 또는 '환혼담'을 차용하여 소설화한 것으로 볼 수 있어 그럴 가능성을 높여주고 있다. 다만 종래 또는 일반적인 '저승 경험담'이나 '환혼담'이 주인공이 살아나서 저승의 경험을 진술하는 것과는 달리, 잠시 그 혼령이 지상에 나와 남의 몸에 들어가 메시지를 전하는 것으로 변형되어 있기는 하나, 기본적으로 전통 서사물을 소재로 활용하고 있어, 설화의 소설화 양상을 보여주고 있다는 것은 확실하다.

4. 맺음말

이상의 논의를 요약하면 다음과 같다.

첫째, 채수가 지닌 철학사상 중 귀신에 대한 인식은 귀신이 등장하는 〈설공찬전〉과 긴밀히 연관된다. 무신론자여야 할 유교 사대부였지만 어린 시절에 귀신을 체험한 채수였기에 〈설공찬전〉 같은 소설을 창작한 것으로 해석된다.

둘째, 채수가 지닌 정치사상으로서, 부족한 군주라도 내쳐서는 안 되며 끝까지 보필하여 성군을 만들어야 옳다는 사고는, 쿠데타로 집권한 자는 죽어서 지옥에 가 있다고 주장하는 〈설공찬전〉을 창작하는 배경으로 작용했다고 보인다.

셋째, 채수가 지닌 문학사상과 관련하여, 문헌설화집인 『촌중비어(村中鄙語)』를 엮었다는 사실은, 채수가 구전설화의 가치를 적극 평가하였다는 것을 보여주는바, 설화 다음 단계의 서사물인 소설 〈설공찬전〉 창작을 가능하게 하였다 해석된다.

넷째, 〈설공찬전〉의 가치를, 철학사상적 가치, 정치사상적 가치, 국문학적 가치로 구분해 평가해 보았다.

철학사상적인 가치로서는 귀신관과 내세관(저승관) 면에서의 새로움, 정치사상적인 가치로서는 군신관계를 부모와 자식 간의 관계처럼 여긴 점을 들었다.

국문학적인 가치로서는 ① 설화 전통을 이어받아 김시습의 〈금오신화〉의 뒤를 이은 소설로서, 그 다음의 〈오륜전전〉과 〈기재기이〉 사이의 교량 역할을 한 작품, ② 한글로 읽힌 최초의 소설(넓은 의미의 최초 국문소설)이라는 점, ③ 실화 소설의 효시라는 점, ④ 우리나라를 배경으로 삼은 소설의 효시를 보인 김시습의 〈금오신화〉를 계승한 작품이라는 점. ⑤ 상층 사대부(집권층)의 소설이라는 점, ⑥ 소설의 사회적 영향력을 입증한 작품이라는 점 등이다.

설공찬전의 종합적 가치

이상의 서술을 종합하되, 그간 학계에서 진행된 논의를 참고해 문학적인 가치가 무엇인지도 아울러 정리해 보면 다음과 같다.

첫째, 철학사상적 가치는, 귀신관과 내세관(저승관) 면에서의 새로움을 들 수 있다. 귀신관의 경우, 사람이 죽으면 그 몸은 흙으로 돌아가지만, 그 영혼은 혼령 즉 귀신이 되어 존속한다는 사고는, 민간의 사고이면서 조선조 유교 사대부들의 일반적인 인식과는 다른 것이다. 공식적으로는 무신론자라는 것을 표명한 채수이지만, 젊은 시절의 귀신 체험을 계기로 실제적인 유신론자로 살았고 이를 문학작품을 통해 형상화했다는 점에서 의의가 있다. 귀신관과 아울러 내세관 면에서도 새로운 인식을 보여준다.

죽은 사람의 영혼이 가는 곳을 채수의 〈설공찬전〉에는 '저승'이라고 서술하고 있는바, 이 역시 내세를 인정하지 않았던 조선조 유교 사대부들의 인식과는 다른 점이다. 민간의 저승관과 상통하는 듯하면서도, 저승에서 다시 악인을 위한 '지옥', 명이 다한 영혼을 위한 '연좌'라는 특별 영역을 상정하고 있다는 점에서 구분된다.

한 가지 더 주목할 것이 있다. 이승과 저승과의 관계에 대한 특별한 인식이다. 이른바 이승과 저승은 연속적이기도 하고 불연속적이기도 한 관계를 지니고 있다는 것을 채수는 보여준다. 이승에서 어진 재상이었으면 저승에서도 재상으로 지낸다든지 이승에서 남의 원한을 살 만한 일을 하지 않으면서 존귀히 지낸 사람은 저승에서도 존귀하게 지내고, 이승에서 사납게 다니고 특별한 공덕을 쌓은 게 없으면 저승에서 그 자손까지 사납게 살더라고 하는 서술에서는, 이승과 저승 간에는 연속성이 있다는 것을 보여준다.

불연속성을 보여주는 서술도 있다. 이승과는 달리 저승에서는 여성이라도 글을 잘하면 어떤 소임이든 맡아서 잘 지내며, 이승에서 임금께 충간을 하다가 비명횡사했더라도 저승에서는 좋은 벼슬을 하고, 이승에서 임금을 했더라도 주전충처럼 반역하여 왕위에 오른 자는 지옥에 들어가 있으며, 적선을 많이 한 사람은 이승에서 천하게 살았더라도 저승에서는 존귀하게 지내고, 이승에서 존귀하게 살았더라도 악을 쌓았으면 수고롭고 불쌍하게 지낸다는 설명이 그것이다.

둘째, 정치사상적 가치는, 군신관계를 부모와 자식 간의 관계처럼 여겨, 어떤 경우에라도 임금은 내쳐서는 안되며 끝까지 보좌하여 어진 군왕이 되도록 해야 한다는 주장을 펼친 점이다. 맹자의 역성혁명 이론과는 구별되면서, 나름대로의 근거를 가진 주장으로서 뚜렷한 차별성을 지닌 견해라 하겠다.

채수의 경우, 실제로 그 생각을 실천을 통해 보여주었다는 점에서 더욱 주목할 만하다 하겠다. 아울러 여성의 사회 참여를 인정한 점은 당대의 통념에 비추어 볼 때 파격적일 만큼 진보적인 것이라 하겠다.

허균이 서얼차대를 반대하여 〈홍길동전〉을 창작하되 남성들의 해방을 위해 그런 데 비해, 이보다 100여년 앞선 시대에 채수는 여성 해방의 필요성을 제기했다 하겠다. 한국 페미니즘의 역사에서 주목할 만한 사례라고 본다.

셋째, 국문학적 가치로 여섯 가지를 들 수 있다. ① 우리의 설화 전통을 이어받아 김시습의 〈금오신화〉(1470년경)의 뒤를 이어 두 번째로 씌어진 소설로서, 그 다음에 나온 〈오륜전전〉(1531)과 〈기재기이〉(1553) 사이의 교량 역할을 한 작품이다. ② 한글로 읽힌 최초의 소설(넓은 의미의 최초 국문소설)이라는 점, ③ 실화 소설의 효시라는 점, ④ 우리나라를 배경으로 삼은 소설의 효시를 보인 김시습의 〈금오신화〉를 계승한 작품이라는 점, ⑤ 상층 사대부(집권층)의 소설이라는 점, ⑥ 소설의 사회적 영향력을 입증한 작품이라는 점 등이다.

②의 경우, 원작은 한문으로 지어졌으나 인기를 끌어 바로 한글로 번역되어 널리 퍼짐으로써 각처에서 읽힘으로써[1], 우리나라 역사상 세종대왕이 한글을 창제한 이래, 처음으로 소설작품이 다수의 독자들에게 읽힌 첫 사례가 되었다. 이른바 소설의 대중화가 처음 이루어진 경우인바, 그만큼 이 작품이 상하층 모두의 관심을 끌 만한 내용이었다는 사실을 보여준다.

이 작품보다 먼저 나온 김시습의 〈금오신화〉는 그렇지 못하였다. 〈설공찬전〉의 한글 번역은 서양에서, 일부 고급 독자만 볼 수 있었던

1) "채수가 설공찬전을 지었는데 내용이 모두 화복(禍福) 윤회한다는 이야기로 매우 요망합니다. 나라 곳곳에서 현혹되어 믿고서 한문으로 베끼거나 한글로 번역하여 전파함으로써 민중을 미혹시킵니다. 사헌부에서 명령을 내려 거두어들여야 하겠지만, 혹 나중에 발견되면 죄로 다스림이 마땅합니다."(중종실록, 1511년 9월 2일조)

라틴어 성경을 독일인 누구나 읽을 수 있는 독일어로 번역해 출판 유통시킴으로써 종교개혁이 성공했던 일과 비견될 만하다. 구텐베르크의 금속활자로, 자국어로 번역한 성경을 인쇄해 유통시킴으로써 종교개혁을 성공하게 했다.

〈설공찬전〉의 한글 번역본이 그런 역할을 하였다. 비록 인쇄본이 아니라 필사본 형태였지만 한글로 번역됨으로써, 양반 사대부만 즐기는 소설을 일반 민중도 즐기고 그 내용을 알게 한 것이다. 조정의 탄압을 받아 불태워지고 말았지만, 그때의 독서 경험과 기억이 그 뒤의 창작 한글소설 작품(〈오륜전전〉, 〈홍길동전〉)의 출현에 도화선 역할을 한 것이라 평가한다. 과문한 탓인지는 모르나, 우리 문학의 역사에서, 시가와 산문을 통틀어, 기록문학 작품의 대중화를 처음으로 보여준 사례가 바로 이 〈설공찬전〉 한글본의 필화 사건이라 생각한다.[2)]

③의 경우, 족보를 분석한 결과, 주요 등장인물인 설공찬과 설공침 및 설공찬의 누이가 모두 실존 인물이었을 가능성이 매우 크므로, 실화에서 유래한 작품으로 규정할 수 있는바, 이 역시 우리 소설의 역사에서 첫 사례이다.[3)]

④의 경우, 우리나라 배경의 고소설이 절대적으로 적은 현실을 고려하면 소중하다고 생각한다. 채수가 이럴 수 있었던 것은 실화를 바탕으로 이 작품을 지었던 것이 가장 큰 원인이라 할 수 있다. 실화에서 소재를 가져왔다 해도 얼마든지 중국 배경으로 할 수도 있었을 테지만 실제 지명대로 한 것은, 혹시라도 필화가 있을 경우 면피하려는 책

---

2) 정병설, 조선시대 소설의 생산과 유통(서울대학교출판문화원, 2016), 69~75쪽 참고.

3) 이복규, 설공찬전연구(박이정, 2003).

략 아래 그런 것으로 해석해 볼 수도 있다.

⑤는 방외인 즉 당대 사회에서 권력의 주변부에서 주로 전국을 방황하다 생을 마감한 김시습과는 달리, 국정을 맡은 고위 관료 출신인 채수가 소설을 쓴 것은 지식인 사회에 충격을 줄 만한 일이었다. 실제로 이 소설은 당대 사회에 일대 파란을 일으켰는바, 후대에 허균, 김만중 같은 권력 담당층이 소설을 창작하여 소설의 위상을 높이는 데 기여하기 훨씬 전에 채수가 이미 그런 선례를 마련한 셈이다.

⑥의 경우, 우리나라에서는 김만중의 '국문문학론', 연암 박지원의 글들에 대해 내려진 정조의 문체반정 파동을 비롯하여 일련의 금서 조치 사례에서 확인할 수 있다. 하지만 소설로 한정해 보았을 때, 그 사회적 파급력이 크다는 사실을 확인시켜 준 사례로는 이 〈설공찬전〉 필화사건이 그 처음이다.

한 편의 소설이 사회에 지대한 영향력을 미칠 수 있다는 사례는 미국 역사에서도 실증된 적이 있다. 미국의 남북전쟁이 끝난 후 링컨 대통령이 〈톰 아저씨의 오두막(엉클 톰스 캐빈)〉의 작자 스토우 부인을 만나 치하한 일이 그것이다. 처음에 수세에 있던 북군이 승리한 데에는 이 소설 작품의 감동력이 크게 기여했다는 사실을 링컨이 알고 감사를 표했던 것이다.

앞에서 언급했듯, 채수의 〈설공찬전〉도 당시에 그런 존재였다. "채수가 설공찬전을 지었는데 내용이 모두 화복(禍福) 윤회한다는 이야기로 매우 요망합니다. 나라 곳곳에서 현혹되어 믿고서 한문으로 베끼거나 한글로 번역하여 전파함으로써 민중을 미혹시킵니다. 사헌부에서 명령을 내려 거두어들여야 하겠지만, 혹 나중에 발견되면 죄로 다스림이 마땅합니다."(중종실록, 1511년 9월 2일조) 이 기록이 이를 증명한다. 한 편의 소설이 민중을 미혹할 수 있다고 조정에서는 판단해 철퇴를 내렸던 것이다.

실제로 〈설공찬전〉이 그때 남긴 충격은 그 다음의 국문소설의 출현에 불씨 역할을 했다고 여겨지고, 그 작품에서 내비친 여성의 사회 참여 담론은 오늘날에 와서 실현되고 있다고 볼 때, 소설이 지닌 사회적 영향력을 확인할 수 있다 하겠다. 〈설공찬전〉의 이 사례는, 문화를 강조하고 콘텐츠를 중시하는 현 시점에서 더욱 시사하는 바가 크다 하겠다.

부록

자료

1. 설공찬전을 다룬 TV 방영물의 대본

1) KBS1 'TV조선왕조실록' 방송 대본(녹취본)

(TV조선왕조실록. 1997년 8월 26일 KBS 1TV 방영 〈조선 최초의 금서 '설공찬전'〉.)

설충수 공침아 어찌하여 왼손으로 밥을 먹는 게냐?

설공침(설충수의 아들) 숙부님, 뭐 그리 놀라시오? 저승에서는 다 이렇게 왼손으로 밥을 먹는다오.

설충수 뭐, 머시, 너 누구냐?

설공찬 작은 아버지, 저를 잊으셨습니까? 저 5년 전에 이승을 떠난 조카 공찬입니다. 설. 공. 찬.

최초공개 - 조선시대의 금서 - "설공찬전"
언관 채수가 귀신 이야기를 쓴 까닭은?

유인촌 (MC) 설공찬은 이미 5년 전에 죽은 설충수의 조카였습니다. 갑자기 밥을 먹던 어린아이의 입에서 내가 그 공찬이오. 하는 말을 들으니 놀랄 밖에요. 헌데 이것은 소설입니다. 요즘으로 말하자면 납량소설이지요 쉽게 말해서 귀신 얘기입니다. 이 책은 조선 중종 당시 1508년경 채수라는 인물이 썼습니다. 보셨다시피 귀신이 몸에 들어가 말을 하는 등 허무 맹랑한 내용을 담고 있다고 해서 금서로 규정되었다 그런 소설입니다. 그래서 최근까지도 이 책의 존재는 기록상으로만 전해져왔던 것입니다. 그런데 지난 5월 한 국문학자에 의해서 이 설공찬전은 그 한글본이 극적으로 발견이 되었습니다.

-국사편찬위원회-

(해설) 서경대 국문학과 교수이자 고문서 전문가인 이복규 교수. 이 교수는 지난 5월 국사편찬위원회로부터 뜻밖의 연락을 받았다. 국사편찬위원회에서 고서 수집을 담당하고 있는 김준 씨. 그가 이 교수 앞에 꺼내놓은 것은 조선 초기의 문사 이문건의 일기 복사본이었다. 그 일기 뒷면에는 육안으로는 얼른 알아볼 수 없는 한글이 군데군데 쓰여져 있었는데, 이를 해독해 달라는 것이었다.

이복규 교수(서경대 국문학과) 이제 맨 처음 발견할 때는 전모가 드러난 게 아니고 일부만 이렇게 보였습니다. 그래서 그 상태로는 확실히 몰랐는데 하여튼 그 내용을 자세히 채록을 해보니까 공찬이라는 이름이 나오고 이래서, 아, 이것이 바로 설공찬전의 국문본이겠구나. 이런 확신을 가지게 됐습니다.

-이문건의 묵재일기-

(해설) 그로부터 며칠 후 이 교수는 국사편찬위원회에 요청해서 원문을 확인하기에 이른다. 이문건의 평생에 걸쳐 쓴 이 묵재일기는 원래 그 전문이 이렇게 한문으로 씌어 있다. 그리고 그 당시에 선비들이 그랬듯이 먹물이 배어나지 않도록 두 장으로 접어서 그 위에 일기를 썼다. 발견된 한글기록은 바로 그 겹으로 된 종이의 안쪽에 기록되었던 것이다. 묵재일기의 이면을 들쳐 본 이 교수는 깜

짝 놀랐다. 거기엔 설공찬전의 전문이 숨겨져 있었다. 작품의 정확한 제목이 설공찬이라는 사실을 맨 먼저 확인했다. 그리고 그 외에 설충란, 설충수 등 다른 등장 인물들과 구체적인 내용들이 차례로 밝혀졌다.

'존구히(존귀하게) 다니다가도 젹블션, 젹불션(불선을 쌓으면), 곳하면 뎌생에 가도(저승에 가도), 슈고로이(수고롭게), 어엿비(불쌍하게) 다니더라'

(해설) 설공찬전의 존재가 학계에 알려진 것은 지난 1971년 이후 학계에 비상한 관심을 모아 왔던 조선의 금서 설공찬전은 이렇게 그 모습을 드러냈다.

유인촌 (복사본을 들면서) 이 묵재일기는 양아록이라는 육아일기를 썼던 조선 초기의 문사 이문건이 쓴 일기입니다. 이것이 바로 그 복사본입니다. 그런데 이 설공찬전은 이 일기의 이면에 490년 간이나 숨겨져 있다가 지난 5월 한 학자의 눈에 띄었던 것입니다. 자 이것을 보면은 마치 몰래 감추어서 써놓았던 것처럼 그렇게 보입니다. 이 설공찬전이 그 시대에 그 사회로부터 얼마나 따가운 눈총을 받았는지 그것을 짐작하게 해주는 그런 대목인 것 같습니다. 이 설공찬 구절은 이면에 7장으로 기록이 돼 있습니다. 또 글자수로는 3000여 자밖에 되지 않는 아주 짧은 소설입니다. 그런데 어떻게 그런 짧은 소설이 금서로까지 지정이 되게 된 걸까요. 그 까닭을 알아보기 위해서 설공찬전의 내용을 좀 더 자세히 살펴보도록 하겠습니다. '이 공찬의 넋이 들어와 있으면 공침이 하루 세끼 밥을 모두 왼손을 먹었다. 공침이 이 일로 병을 얻고 밥도 제대로 먹지 못하고 목놓아 울기를 계속하니 마침내 귀신 쫓는 김석산을 부르기에 이른다. 어린 아들의 고통을 보다 못한 설충수가 귀신

쫓는 김석산을 부르게 됩니다.'

설공침 어머니, 날마다 공찬이 귀신이 나를 괴롭히니 전 서러워 죽겠습니다.

설충수 조금만 기다리거라. 내 귀신 쫓는 사람을 불렀으니, 다시는 공찬이 귀신이 너를 괴롭히지 못하게 할 것이다.

설공침 어머니, 또 공찬이 귀신이 와요. 저기, 저기요.

설공침 (귀신에 쓰여서) 숙부님, 귀신 쫓는 사람을 부르셨다구요. 어림도 없는 소리 만일 그 사람이 이 집 문 안에 들어서기만 하면 숙부님의 얼굴을 흉측하게 만들어 버릴 테니 그런 줄 아시오.

설충수 뭐, 머시?

김석산 아니, 안에 뉘 계신가?

설충수 그래. 아! 알았다. 내 저 사람을 보내마. 김석산인가! 오늘은 사정이 좋지 못하니, 그냥 돌아가시게.

유인촌 (MC) 공찬의 심술이 점점 도를 더해가는군요. 하지만 이 정도의 귀신 얘기야 요즘에 우리들도 한번은 들어봤음직한 그런 얘기 아닐까요. 근데 그 당시에 백성들에게는 상당히 인기가 있었던 모양입니다. 그래서 조정에서까지 걱정스런 얘기가 오갔던 모양입니다. 윤소희씨! 실록에 설공찬전에 대해서 언급된 부분이 있으면 찾아봐 주시지요.

윤소희 (아나운서) (컴퓨터 앞에 앉아서) 예! '중종 6년 9월에 설공찬전에 대해서 처음으로 언급되는 부분이 나오는데요. 9월 2일에 사간원에서 채수가 설공찬전을 지었는데, 화복이 윤회한다는 논설로 매우 요망하다고 평하면서 중외 즉, 백성들이 현혹되어 믿고, 문자로 옮기거나, 언어로 번역해 전파함으로써 민중을 미혹시킵니다.'라고 중종에게 보고하고 있습니다.

유인촌 문자로 옮기거나, 언어로 번역해서 전파를 했다. 그러니까 많은 사람들이 이 소설을 한문이나, 한글로 베껴 써가면서 서로 돌려 읽었다는 얘기가 되는데요. 바로 이문건이 이 일기장의 이면에 베껴 써넣은 것처럼 백성들 사이에 그런 식으로 널리 번져갔던 모양입니다. 그런데, 왜 이 설공찬전이 백성들에게 그렇게 인기가 있었던 것일까요. 당시 많은 기록들이 설공찬전에 대해서 적고 있는데, 이 '대동야승'에 이런 내용이 적혀있습니다. '설씨 집안의 일을 그대로 전하여 백성들을 미혹하니' 여기를 보니까 설씨 집안의 일이라고 적혀있는데 그렇다면, 이 설공찬전이 꾸며낸 얘기가 아니라, 실화였다는 얘긴가요? 이런 의문은 이 소설 내용 속에서도 많이 발견이 되는데요, 이 설공찬전을 직접 읽은 어숙권의 '패관잡기'에 따르면 이 설공찬전 말미에 이렇게 적혀 있습니다. '모두가 말과 글을 그대로 전한 말'. '한자로 덧붙이지 않아 모두로 하여금 믿게 하려 한 것이다.' 허무 맹랑한 이야기가 아니라 바로 실화였다는 이 기록. 바로 이것 때문에 백성들의 귀가 더욱 솔깃해졌던 것입니다. 설공찬전이 실화였다. 그렇다면 설공찬이 실존 인물이었다는 말이 되는데요. 정말 그럴까요?

-출동! 역사 돋보기-

정용실 (아나운서) 귀신이 되어서 나타난 설공찬은 과연 실존 인물이었을까요. 그 진위를 가려 보겠습니다. 설공찬전에 등장하는 인물과 실록을 근거로 설씨 가계도를 작성, 설공찬전에 나오는 인물을 쭉 살펴본 결과 설공찬전에 증조부인 설위, 그리고 아버지인 설충란에게는 공찬과 딸이 있고요, 숙부 격인 설충수 그에게는 사촌동생 격인 공침과 동생이 있습니다. 그래서 총 일곱 명의 인물이 나옴을 확인할 수 있었습니다. 지금 설공찬이 실존 인물인지를 저희가 찾아보고 있거든요. 우선 설씨 집안에 대해서 알려주십시오.

김선원(서예 및 족보 전문가) 이 설씨는 본래 신라 육촌장 중의 한 사람인 그 거백이라는 사람이 경주에 살면서 설씨를 하사 받은 거죠. 그렇게 해서 신라 경주에 계속 살아서 경주 설씨가 되었고, 그 중간에 설자승이라고 한 사람이 출세를 한 다음에 (처향인) 순창에서 살게 되었습니다. 그래서 순창 설씨가 되고, 그렇게 그 나머지죠.

정용실 설공찬이 경주 설씬지, 순창 설씬지 또 문제가 생기네요.

김선원 설공찬 그 어른. 설위. 그 어른은 순창 설씨가 맞습니다. (족보책을 가리키며) 여기 보면은 설위라고 있죠. 예자는 중민, 호는 백정, 관직은 대사성이다. 문사로써 문과에 급제하고 만경 현령을 거쳐 대사성에 이르렀다. 시와 문장이 뛰어났다고 되어있죠.

정용실 설위가 순창 설씨라는 사실을 알게 된 후, 좀 더 자세한 내용을 확인하기 위해서 설씨 서울 종친회를 찾았습니다.

종친회 이 분이 우리 45대로 설위. 갑자 인자 밑에 아드님입니다. 갑자 인자 할아버님 밑에 충자 난자 계시죠.

정용실 예.

종친회 충란씨가 나오죠. 그 아드님이 공표입니다. 둘째 아드님이 공순, 그 다음에 충수씨. 충수씨가 여기에 나오거든요〈충수 확인〉 이 분의 아드님은 공무, 그 다음에 공리, 공호, 공백 아드님이 네 분이 계십니다. 이 충수씨는 〈공침이 없음〉 그리고 딸이 두 분이 있어요. 이상으로도 공자 돌림 이름으로서는 이 등재되어 있는 사람에 공찬씨는 지금 올라 있지 않습니다.

정용실 순창 설씨의 족보를 확인해 봤습니다. 그 결과 설위, 설충란, 설충수까지는 실존 인물임을 확인하였습니다. 그러나 소설의 주인공인 설공찬은 실존 인물이 아님을 확인하였습니다.

유인촌 실제로 설위, 설충란, 설충수까지는 실제 인물입니다. 그러나, 이 설공찬은 결국 가공의 인물임이 드러났습니다. 채수는 이렇게 실존 인물을 절묘하게 등장시켜 실감나는 장치를 이용했습니다. 그래서 백성들에게는 허무 맹랑한 이야기가 아니고 실화로 다가왔고, 또 그것 때문에 백성들의 호기심이 더욱 컸던 것은 아닐까요? 윤소희씨! 설공찬전이 백성들에게 사실로 받아들여지고 또 그래서 널리 읽혀지게 되면서 조정에서 그것을 금서로 규정하게 되는데 그 실록에 그 관련 기록이 있는지 좀 찾아봐 주시지요.

윤소희 네! 설공찬전에 대한 얘기가 처음으로 거론된 지 불과 사흘 뒤인 중종 6년 9월 5일 중종이 설공찬전의 내용이 요망하고 허황하다고 해서 금지하는 것이 옳다면서 설공찬전은 모두 불살랐습니다. 그리고 숨기고 내어 놓지 않는다면 처벌하라는 명령을 내립니다.

유인촌 이렇게 해서 설공찬전은 금서로 규정됩니다. 그런데 우리는 여기서 한 가지 의문점에 부딪치게 되는데요. 왜냐하면 윤회화복이나 사후세계를 다룬 소설은 설공찬전뿐만이 아니기 때문입니다.

(해설) 〈전등신화〉 조선시대 유행했던 전기소설 중에 가장 대표적인 것은 명나라 사람 구우가 쓴 전등신화이다. 불교와 도교의 철학을 바탕으로 한 심오한 작품으로 평가받고 있는 전등신화. 그러나 그 속에 등장하는 귀신의 이야기는 사후 세계를 배경으로 이승과 저승, 산 사람과 죽은 사람 사이에 교류하고 있는 내용을 다루고 있다. 하지만, 그 탁월한 문장으로 중국은 물론 조선과 일본 멀리 베트남의 문인들에게까지 널리 사랑 받았다. 〈전등신화에 수록된 작품들〉 특히 문장을 수련하는 조선의 선비들에게 후세 전등신화는 교과서적인 작품으로 널리 익숙해졌다. 생육신, 매월당 김시습 그가 세조 때 쓴 금오신화 역시 이즈음에 널리 읽게 되던 전기 소설 중 하나이다. 금오신화 역시 두 신화와 마찬가지로 그 내용이 방대하고 심오하며 사후세계를 배경으로 하고 있다.

오춘택 교수(한림대국문과) 김시습의 금오신화는 산 자와 죽은 자의 3일간의 애틋한 사랑이 있고, 주인공이 이미 저승으로 간 아내와 다시 만나서 산다는 이야기도 나오곤 합니다. 그리고 설공찬전 직후에 지어진 책 중 저승까지 갔던 부부가 이승의 산 사람에게로 회생하여 백년 해로한다는 이야기입니다. 설공찬전과 같은 귀신류의 소설이 채수에 의해서 갑자기 등장한 것은 아니라고 봅니다. 당시 지식인들도 철학적인 측면에서 귀신에 대해 상당한 관심을 가지고 있었던 것으로 판단이 됩니다. 김시습은 귀신설을, 남효온은 장문의 귀신론을, 서경덕은 귀신사생론을 적어서 이론적으로 다루기도 했습니다. 이러한 인식과 더불어 설공찬전을 전후로 한 주요 소설들 거의가 이승과 저승의 공간적 세계에서 산 자와 죽은 자의 원한과 사랑을 다룬 이야기로 짜여져 있습니다. 이와 같은 여건과 분위기 속에서 채수도 설공찬전을 지었는데 그 자신만이 탄압의 대상이 되었던 것입니다.

유인촌 성종 말엽부터 연산군 중종 시대에 이르는 이십 년 간 이러한 전기소설이 본격적으로 나타나는 시기였습니다. 그 중에서도 이 설공찬전은 내용이 가장 단순하고 짧은 소설이었습니다. 그런데 유독 이 설공찬전이 금서로 규정이 되고 불태워졌습니다. 그 이유는 과연 무엇일까요? 우선 여기서 저자인 채수란 인물을 추적해 볼 필요가 있습니다. 그 당시에 귀신이 등장하는 소설은 상당수가 있었습니다. 예를 들면, 금오신화를 쓴 김시습이란 인물은 생육신 중의 한 사람으로서 대표적인 기인으로 알려져 있었습니다. 속세에 뜻을 잃고 떠돌아다니는 기인이 쓴 저승이야기는 뭐 그저 그러려니 할 수도 있었습니다. 하지만, 설공찬전을 쓴 채수는 서로 다른 인물이었습니다.

〈국조방목 - 조선시대 과거 합격자 명단을 기록한 책〉

(해설) 조선 초기 사림의 거두 김종직의 문인이자 용재 성현과 학문을 겨루었던 나재 채수. 그는 21살이 되던 1469년 과거에 급제하면서 관직에 한발을 내딛는다. 그런데 그 해 치러지는 3단계의 과거 즉 관시(성균관유생원시), 회시(정기적인 대과거), 전시에서 모두 1등을 했다. 조선시대 이 3번의 과거에서 1등을 한 사람은 세종 때의 이석형과 성종 때의 채수 단 두 사람뿐이었다. 당시 성종은 채수를 신임해서 독서당 학사로 선발했고, 그의 학식과 문장을 인정해서 세종실록과 예종실록의 편찬위원으로 임명하기도 했다. 붓을 잡으면 거침없이 문장을 써내려 갔으며 문장이 탁월해서 글을 잘 쓰면 나재 채수의 글솜씨 같다는 비유가 있었을 정도였다고 한다. 특히 채수는 인재를 널리 등용했던 성종의 총애를 받았다. 약관 34세의 나이로 대사헌에 올랐다. 당시는 언관들의 지위가 높아지던 때였다. 왕은 언관들을 중시하고 그들에게 말할 권리를 주었다. 그런 만큼 당시 언관이 되는 것, 즉 사간원, 사헌부 양사와 홍문관의 관리가 되는 데에는 몇 가지의 조건이 있었다.

김준(서울산업대 인문자연학) 홍문관에 어떤 참여관이 되기 위해서는 홍문록이라 하는 데 기재가 되어야 합니다. 이 홍문록에 기재되기 위해서는 그야말로 신진기애한 과거에 급제한 인물들, 어떤 신분상으로 전혀 하자가 없는 이런 인물들을 등재해서 그 순서대로 홍문관의 참여관에 임용하게 됩니다. 그래서 이제 그들이 어떤 경로를 통해서 왕과 어떤 개인적 또는 인격적인 교류를 하게 되고 또 정책 의견이거나, 학문적인 역량을 배양해서 결국 참상관으로 진출하게 되고, 이렇게 되면서 양사, 나아가서 홍문관에 어떤 참상관을 하게 되면서 결국 언관의 역할을 하게 되었다고 볼 수 있습니다.

(해설) 과거 급제자로 일찍이 홍문록에 올라 언관으로서의 길을 준비해 온 채수. 그런 채수였기에 성종은 채수를 대사헌으로 임명할 때 너무 강하지도 약하지도 말라는 말로 언관의 덕목을 직접 일러주기도 했다.

유인촌 채수는 이렇게 유교 질서의 감시자 역할을 하는 언관이었습니다. 뿐만 아니라, 유교 사회에서 뛰어난 학식과 문장으로 많은 사람들에게 존경을 받는 그런 인물이었습니다. 그런 인물이 갑자기 귀신 이야기를 씀으로 해서 그 파문은 더욱 컸던 것이었습니다. 윤소희 씨! 저자인 채수에게는 어떤 처벌이 내려졌습니까?

윤소희 사헌부에서는 혹민혹세라는 죄명으로 저자인 채수를 교수형에 처하자고 강력하게 주장했지만, 중종은 이를 허락하지 않고, 다만 파직시키는 것에 그쳤습니다.

유인촌 귀신 이야기 한 편 쓴 죄로 하마터면 교수형에 처해질 뻔했었군요. 하지만 당시의 시대적인 배경을 살펴보면, 채수를 처벌하자고 하는 얘기가 나올 만도 했습니다.

(해설) 설공찬전 파문이 있었던 것은 1511년 중종 직위 6년째. 당시 조정은 연산군으로 인해 어지러워진 나라의 질서를 바로잡는 데 전력을 기울이던 때였다. 연산군 때 없어진 경연을 다시 시작했으며, 쫓겨났던 사관도 다시 편전 안으로 불러들였다. 그리고, 사회적으로 어지러워진 유교적 사회질서와 윤리를 되살리고 미신을 타파하는 데 심혈을 기울였다. 이를 위해 우선 피폐해진 향촌의 질서를 되살리기 위해 향약 조목을 만들고 향약을 전국적으로 실시했다. 유교적 도덕과 미덕을 그 내용으로 하는 『소학』이나, 『삼강행실도』와 같은 책을 한글로 펴내 백성들에게 보급했다. 이런 움직임과 함께 유교적인 이념과는 상충되는 불교나 무속을 정리해 나

가기 시작한다. 중종 2년에는 승려들의 과거 응시를 금했고, 중종 3년에는 무당이 잡신을 섬기며 귀신을 부르는 굿을 하는 것을 못하도록 했다. 도교 제사를 지내던 소격소를 혁파하라는 논의가 거세진 것도 이쯤이다.

신병주(서울대 규장각 연구원)　조선왕조에 일관되게 그런 어떤 국서니, 성리학이니 이념에 위배되는 그런 책들에 대한 금압 조치가 있는가 하면, 한편으로는 어떤 정치세력의 변동이라든가 또 어떤 인물이 역모를 꾀했다가 처형되는 경우, 바로 그런 사람들의 저작물이라든가 문자 이런 것들이 바로 금서에 들어가는 경우가 있죠. 그 대표적인 경우로는요, 성종 때 사림파의 영수였던 김종직이었다. 김종직이 조의제문을 사초에 실었다가, 문제가 되었던 무오사화와 같은 사건이 일어나기도 했고, 특히 설공찬전에 나타났던 불교윤회사상이라든가, 귀신 이야기는 바로 선비들이 지양하는 성리학적 이념에 위배되는 것이기 때문에 좋은 공격대상이 될 수 있었습니다. 바로 이런 점 때문에 설공찬전은 금서가 되어서 어떻게 보면은 실록에 개인의 저작물로 기록된 가장 최초의 금서로 남아 있게 되었던 것입니다.

유인촌　허긴, 채수 이외에도 정치이념에 도움이 되지 않는 소설이나, 글을 써서 처벌받은 사람이 당시에 있었습니다. 그러나 어느 누구도 교수형에 처하라는 얘기는 없었습니다. 그런데 왜 유독 채수에게만 교수형까지 언급이 되었던 것일까요. 혹시 이 설공찬전에 교수형에 해당되는 그런 내용이 있었던 것은 아닐까요. 이런 정황을 미뤄볼 때 당시 조정에서는 설공찬전의 후반부 즉 설공찬의 저승 이야기에 주목했을 가능성이 높습니다. 이 소설의 내용 중에서 설충수가 공찬의 노여움 때문에 혼이 나는 장면까지 보셨습니다. 이

제 그 나머지 부분 설공찬의 저승 이야기입니다. 설공찬의 입을 통해서 본 저승은 어떤 모습일까요.

-직격 인터뷰-

정용실 저 실례합니다.

설공찬 뉘시오.

정용실 저승 얘기를 들어보려고 왔는데요.

설공찬 저승이 바로 저 지척인데, 얘기는 들어서 뭘 하겠소. 나와 같이 가면 되지.

정용실 저 사람은 누군가요?

설공찬 이 사람은 성화황제라는 사람이 가장 총애하던 간신 애박이지요. 성화황제가 이 애박을 잘 봐달라고 염라대왕에게 간청을 했지만, 이승에서의 권세가 저승에서는 통하지 않지. 결국 염라대왕은 성화황제가 보는 앞에서 이 자의 두 손을 잘랐다오.

정용실 아니 이곳은 마치 딴 세상 같군요. 근데 이 사람은 누굽니까?

설공찬 이 자는 임금에게 충언을 했다가 죽은 관리요. 비록 이승에서는 임금의 노여움을 사서 죽었지만, 충언을 했으니 저승에서는 귀인 대접을 받는 것이오.

정용실 이 여인은 지금 뭘 하고 있는 겁니까?

설공찬 이 여인은 여기 오는 사람들의 명단과 신상명세서를 작성하는 중이오.

정용실 아니, 이런 일은 사대부가 하는 일 아닌가요.

설공찬 그런 일은 이승에서나 있을 법한 일이지요. 저승에서는 남녀 차별이 없어요. 비록 여인이라 할지라도 글을 알면은 일을 할 수 있는 곳이 바로 이 저승이지요. 아! 저기 아주 재미있는 일이 벌어지고 있네요. 저쪽으로 한번 가봅시다.

염라대왕 네 이놈!

죄인 목숨만 살려주십시오. 대왕마마! 죽을죄를 지었습니다. 대왕마마!

정용실 저 사람이 염라대왕인가요?

설공찬 그렇소. 이승에서 몹쓸 짓을 한 자가 이제 염라대왕의 진노를 피할 수가 있겠소?

정용실 그렇다면, 이 사람은 누굽니까?

설공찬 이 사람 말이오? 이 사람 주전충이오.

정용실 주전충! 주전충이면 당나라 사람!

설공찬 그렇소, 당나라의 신하였다가, 반란을 일으켜서 양나라를 세운 인물이지요.

염라대왕 이 놈을 당장 지옥불에 쳐 넣어라.

정용실 이상 설공찬이 본 저승세계를 함께 들여다봤습니다. 대체로 우리들이 알고 있는 상식적인 저승세계와 크게 다를 바가 없었습니다. 다만 한 가지 주목할 점은 설공찬이 본 저승의 인물들이 간신, 충신, 반역자 같은 정치적인 인물들이 많았다는 점입니다.

유인촌 설공찬이 말하기를, "이승에서 어진 재상이면 죽어서도 재상으로 다니고 이승에서 비록 여인일지라도 약간의 글을 하면 저승에서 일을 받아 잘 지낸다. 이승에서 비록 임금을 하였더라도 주전충 같은 자는 다 지옥에 있었다." 설공찬전이 쓰여진 것은 중종 반정이 있은 지 2~3년 무렵이었습니다. 이 반정을 통해서 왕에 오른 그 임금이나 간신배들은 다 지옥에 떨어졌다, 이렇게 말을 하니, 얼마나 깜짝 놀랐겠습니까? 바로 이 부분이 중종과 그 반정 공신들을 자극했던 것 같습니다. 그러고 보면 채수는 대담한 데가 있는 인물이었던 것 같습니다. 채수가 언관으로 있던 시절의 행적을 살펴보면, 상당히 민감한 사항까지 과감하게 얘기했던 인물이었음을 알 수가 있습니다.

(해설) 조선 초기에 사림파의 한 사람이었던 채수는 경북 상주의 유생들에 의해 이곳 임호서원에 모셔졌다. 그는 생전에 특히 성종의 총애를 받았다. 그러나 그는 성종을 가장 불편하게 만드는 인물이기도 했다. 늘 첨예한 정치 사안을 거론하는 대쪽같은 언관이었기 때문이다. 언관 채수의 예리한 붓은 성종 8년 임사홍 부자의 비리를 폭로한 것으로 시작되었다. 당시 임사홍 부자는 세도 당당했던 외척으로 권력 남용 등 그 폐혜가 극심했으나, 후환이 두려워 아무도 이를 공론화하지 못했다. 이 상서를 올리고 채수는 성종의 노여움을 사서 파직 당했으나, 그 직후 임사홍 부자도 조정에서 축출당한다. 그로부터, 5년 뒤 성종의 부름으로 다시 언관이 된 채수. 그는 다시 한번 미묘한 정치사안을 거론한다. 사육신 관련자의 감면을 주장하는 간곡한 상소를 올린 것이다. 채수의 이 상소는 성종의 마음을 움직였다. 사육신과 관련돼 투옥되었던 수백명이 풀려나게 되었고, 이후 사육신의 복권문제로 발전하게 된다. 그러나 채수는 여기서 멈추지 않았다. 대사헌이 되던 해에 성종 앞에 나아가 폐비 윤씨 문제를 거론하기에 이른다. 당시 조정에는 한때 국모였던 폐비 윤씨를 궐 밖에 방치해서는 안 된다는 여론이 일고 있었다. 그러나 성종의 노여움이 두려워 감히 말하기를 꺼려했다.

김돈 박사 당시 이 문제를 일체 거론한다는 것은 성종과 인수대비 나아가서 왕실의 어떤 권위에 대한 어떤 도전을 의미하는 것이었기 때문에 금기 사항이었다고 할 수 있죠. 그런데 현실적으로 그 원자인 연산군이 성장해서 세자 채봉할 나이에 이르게 되고, 또 성종에게 후사가 없는 그런 상태에서 점점 폐비 윤씨를 동정하는 여론이 또한 증대되어 가는 그런 분위기가 전개되는데 바로 이러한 여론은 성종이 강직한 인물이라고 특별히 발탁해서 임용했던 대사헌 채수가 이것을 거론했던 거죠.

(해설) 그러나 폐비에 대한 성종의 노여움은 깊었고, 더구나 신임했던 채수가 폐비를 옹호하자 크게 진노한다. 결국 채수는 국문 끝에 파직 당하고 고향으로 돌아온다. 이때 조선 초기 사림파의 거두였던 조위는 채수의 행적을 이렇게 칭송했다. "당시에 독수리 한 마리 조정에 있어 평생에 칠석 같은 간장이라 자부했도다. 일편단심 성왕에게 보답고자 했지만은 위태로운 말을 자주 하여 성안을 범하누나." 하지만 채수의 고난은 거기에서 그치지 않았다. 채수는 폐비와 관련해서 그 죄상을 역사에 남겨야 한다는 주장도 했었는데 연산군 시대에 그 사실이 발각돼, 끝내 유배를 당하게 된다.

유인촌 채수가 이렇게 바른 말을 한 죄로 유배를 갔다가 다시 정계에 돌아왔을 때 연산군의 폭정에 몸을 사리고 침묵을 하던 일부 인물들은 연산군을 쫓아낼 계획을 하고 있었습니다. 연산군이 폭군이라는 사실은 세상이 다 알고 있었고, 또 연산군의 노여움을 사서 유배까지 당했던 채수였지만 왕을 쫓아낸다는 데에는 생각이 조금 달랐습니다. 이 문집은 중종 때 홍문관 부제학을 지낸 이언이 쓴 채수의 행장에 실려있습니다. 이 채수의 행장에는 연산군 축출 당시 채수가 어떤 태도를 보여 주었는지 말해주고 있습니다.

(해설) 중종반정 당시 박원종, 성희안 등은 반정의 명분을 세우기 위해 사람들의 존경을 받는 명현지사를 끌어들이려 한다. 그때 이들이 지목한 인물 중의 한 사람이 바로 채수였다.

박원종 채수! 끌고라도 오든지, 아니면 목이라도 베어와야 합니다. 알겠소?

(해설) 그러나 채수는 결코 반정에 동조할 인물이 아니었다. 임금의 잘못

은 충언으로 바로잡는 것이 신하의 길이라고 생각하는 인물이었다. 때문에 반정 주모자 중의 한 사람이었던 사위 김안로의 걱정은 그런 상황을 불보듯 뻔히 알고 있었다. 채수가 가지 않는다면 기다리는 것은 죽음뿐이었다. 채수를 살리기 위해서는 어떻게든 채수를 현장에 데려가야 했다. 고민하던 김안로는 그날 저녁 채수에게 만취가 되도록 술을 권한다. 마침내 술에 취한 채수를 업고 사건 현장으로 향했던 것이다.

유인촌 이렇게 얼떨결에 사건 현장으로 가게 된 채수. 여기 행적을 보면 채수는 공신이 됩니다. 결국 그는 그 충격으로 관직을 떠납니다. 그리고 시골에 파묻혀 생활하게 됩니다. 설공찬전을 쓴 것은 바로 이때였습니다. 이 시기에 채수는 무엇을 보았으며 또 무슨 생각을 했던 것일까요.

(해설) 경상북도 상주시 이안면. 중종반정 이후 채수는 이곳에 쾌재정이라는 정자를 세우고 말년을 보낸다. 당시 조정에서는 새 임금을 세운 반정공신들이 새로운 세상을 만들어 갈 것을 공헌했다. 하지만 상황은 달랐다. 몰염치하고 부도덕한 정치 행태. 그것은 바로 그들에 의해 또 다른 모습으로 이어지고 있었다. 임금까지 내쫓고 태평성대를 이룩하려던 반정공신들은 다른 일에 몰두하고 있었던 것이다. 기록을 살펴보면 반정이 있은 지, 석달이 채 못되어 대관들로부터 공천 명단을 새로이 작성해야 한다는 상소가 줄을 잇는다. 문제는 우선 공신의 수가 너무 많다는 것이었다. 예를 들면, 태조 때 개국공신이 45명, 인조반정 관련 공신도 53명에 불과한데 반하여 중종반정 때 박원종 등의 추천으로 확정된 공신은 무려 126명. 이는 7년간의 국난을 극복한 임진왜란 관련 공신보다도 많은 인원이었던 것이다. 이렇게 공신이 많았던 이유는 박원종, 성희안 등 반정의 주모자들이 반정에 참여하지도 않은 친인척

을 공신 명단에 올렸기 때문이다. 후에 중종은 이들을 가려내서 공신 자격을 다시 심사하라고 명했는데, 그 수는 무려 70명이 넘었다. 그런데, 이렇게까지 공신대열에 오르려고 한 데에는 그만한 이유가 있었다. 공신이 되면 본인의 벼슬은 최고 3등급, 그 가족들의 직분은 최고 2등급이 높아진다. 또한 최고 30명의 노비와 저택, 그리고 100결에서 250결에 이르는 공신전을 받았는데, 이는 면세전 즉 세금을 내지 않아도 되는 토지였다. 그리고 후손들은 과거를 치르지 않고도 관리가 될 수 있었다. 한마디로 자손 대대로 영화를 누릴 수 있는 엄청난 특혜가 주어졌던 것이다. 우선 공신이 100여 명이나 생긴다는 건 그것은 백성들의 부담이 그만큼 커진다는 것을 의미한다. 백성들은 연산군 시대에 빼앗겼던 상당 부분을 또다시 공신전으로 빼앗기게 된 것이다. 폭군은 쫓겨났지만, 백성들의 고통과 조정에 대한 언성은 여전했다. 채수가 설공찬전을 쓴 것은 바로 그런 쯤이었다.

유인촌 세도가 당당한 외척들의 비리를 폭로했던 언관 채수. 성종 앞에 나아가 폐비 윤씨의 일을 말하던 언관 채수. 그는 연산군의 축출과 또 반정공신들의 탐욕스런 이권 다툼을 지켜보면서 그는 과연 무슨 생각을 했던 것일까요. 채수의 문집에도 실리지 못한 조선의 금서 설공찬전. 3000여 자에 불과한 이 귀신 이야기는 평범한 납량소설이 아닙니다. 어쩌면 이 소설은 당시의 세태를 향한 언관 채수의 경고였는지도 모릅니다. 왕의 잘못을 바로잡는 신하는 간 곳 없고 충언 대신 반정을 택하는 세태. 왕은 쫓아내고 태평성대를 이룩하자더니, 결국 공신 책정을 둘러싸고 논공행상에 휘말린 당시의 정치 현실, 설공찬전은 어쩌면 이런 비뚤어진 정치 현실을 매섭게 질타하는 언관 채수의 마지막 간언이었는지도 모릅니다. TV조선왕조실록 여기서 마칩니다.

2) JTV 방송 대본

(2002년 3월 23일 방영 〈오백 년 전의 금서. 다시 보는 '설공찬전'〉)

#① 프롤로그(순창을 배경으로 하는 고소설 설공찬전이 있다)

순창읍내 부감	
우pan하면	전라북도 순창군 순창읍.
동전리 전경	읍내에서 8킬로미터 거리에 금과면 동전리가 자리잡고 있다.
Z.I 되면	순창 토성의 하나인 설씨 집성촌이 바로 이곳이다.
평성재	그런데 이곳 순창 설씨 재실에서 희귀한 현판 하나가 발견됐다.
현판 정면	순창 성황대신 사적 현판.
중요민속자료 제238호 『순창 성황대신 사적 현판』	고려 고종 원년에서부터 조선 순조 23년까지 순창에서 행해진 성황제의 내력을 상세하게 적어놓은 현판이다.
현판내용 C.U	현판 내용에 따르면 순창 성황신의 역사는 1214년부터 시작됐고, 그들이 모셨던 성황신은 '설문지장' 즉 설씨 가문의 인물이었다.

설씨 족보	당시 설씨 가문은 순창을 본관으로 한 문벌 집안으로, 설공검이 대표적인 인물이다. 1563년 성황대왕에 봉직된 설공검은 〈고려사〉에 수록될 만큼 높은 지위와 명성을 떨쳤다.
설공찬전 표지, 넘기고	그런데 현판이 발견된 지 5년 후인 1997년, 설씨 집안과 관련된 또 하나의 희귀한 소설 하나가 발견됐다.
설공찬전 내용 C.U되면	소설 설공찬전! "예전에 순창에서 살던 설충란이는 지극한 가문의 사람이었다"로 시작하는 이 소설은 중종 6년인 1511년 금서로 지정된 후 불태워져 그 이름만 전해져왔다. 그런데 이 소설이 발견되자, 홍길동전보다 100여 년 앞서 한글로 표기된 소설이라는 점과 대대로 권세를 누려온 순창 설씨 가문의 실존 인물을 주인공으로 내세웠다는 점에서 학계와 일반인들의 큰 관심을 모았다. 소설 설공찬전! 도대체 그 속에는 어떤 사연이 숨겨져 있는 것일까?
타이틀	『오백 년 전의 금서, 다시 보는 설공찬전』

#②사라진 줄 알았던 설공찬전이 발견되다

충북 괴산 전경/Z.I되면	충북 괴산군 문광면. 이곳은 성주 이씨 집성촌으로 조선 중종 때 승정원 승지를 지낸 묵재 이문건의 후손이 살고 있는 곳이다.
묵재일기 꺼내놓고	이 문중에서 보관하고 있는 묵재일기.
묵재일기 펼쳐놓고	이문건이 1567년 세상을 떠날 때까지 주변의 일을 기록한 생활일기로 총 10책에 달한다.
묵재일기 3책	그런데 묵재일기의 한문초서를 정자체로 바꾸는 탈초작업 중 제 3책에서 이상한 것이 발견됐다.
이 교수	발견자는 서경대학교 이복규 교수. 국사편찬위원회로부터 탈초작업을 의뢰받고 5개월이 지난 1996년 9월!
복사본/넘기는	묵재일기 제 3책 복사본을 넘기자 온통 한문으로 기록돼 있던 1, 2책과는 달리 사이사이에 한글이 끼어 있었다.
이복규(서경대 교수) 인터뷰	"처음엔 설공찬전인 줄 몰랐다...서간문인 줄 알았다...그런데 왕시봉전이 보이고...공찬이라는 이름이 보였다...그래서 이게 바로 그 설공찬전이 아닐까 생각했다."
묵재일기 3책 넘기고	
설공찬으로 Z.I	소설 설공찬전은 그렇게 극적으로 발견됐다.

그런데 소설의 보관방법이 특이했다.
누군가 묵재일기의 접지 부분을 째고 다시 봉한 흔적이 남아 있었고, 그 이면에 〈설공찬전〉〈왕시전〉〈왕시봉전〉〈비군전〉 그리고 〈주생전〉 순으로 국문본 소설 5종이 필사되어 있었다.

설공찬전 Z.I

그 중에서도 설공찬전의 발견은 국문학계에 일대 파란을 불러 일으켰다.

당시 신문 톱기사들+방송자료

중종 때 금서로 지정돼 소각되는 바람에 완전히 사라진 것으로 알았던 설공찬전이 그 모습을 최초로 드러낸 것이다. 더구나 묵재일기 속에서 발견된 설공찬전은 최초의 한글소설로 알려진 홍길동전보다 100여 년이나 앞선 시대에 한글로 표기된 것이라 국문학계의 놀라움은 더욱 컸다.

소인호 박사 인터뷰

"...금오신화의 바로 뒤를 잇는 작품으로 한문소설의 국문소설로의 전화가 이른 시기부터 진행...장기적으로는 17세기 본격적인 국문소설의 형성에 지대한 영향을 주었다..."

박일용(홍익대 교수) 인터뷰

"1511년에 이미 한글소설을 일반 백성들이 향유했다는 증거다."

김종철(서울대 교수) 인터뷰

"처음으로 소설이 정치적 쟁점이 된 사례다. 채수는 김시습에 비해 정치적으로 온건했으나 작품이 불태워지고 파직 당했다. 당시 지배층의 소설에 대한 관점을 알 수 있어서 소설 비평사적 의의가 지대하다."

#③설공찬전은 중종 당시 금서로 지정돼 사라졌다

설공찬전이 사라지는(효과)	작가의 파직과 함께 불태워진 설공찬전은 500여 년 동안 한 문사의 일기장 속에 숨어 있어야 했다. 사상서적도 아닌 소설 한 편이 이렇듯 정치적 쟁점으로 비화된 까닭은 무엇일까?
조선왕조실록 책장 진열 모습	그 의문을 풀기 위해서는 작자 채수가 살았던 중종 당시 실록을 더듬어봐야 한다.
조선왕조실록(중종) C.G	중종 6년 1511년 9월 2일, 사헌부에서 아뢰기를 "채수가 〈설공찬전〉을 지었는데 내용이 모두 화복이 윤회한다는 매우 요망한 것인데 조정과 민간에서 현혹되어 믿고서 한문으로 베끼거나 국문으로 번역하여 전파함으로써 민중을 미혹합니다. 사헌부에서 마땅히 공문을 발송해 수거하겠습니다마는 혹 수거하지 않거나 나중에 발각되면 죄로 다스려야 합니다." 임금이 답하기를 "〈설공찬전〉은 내용이 요망하고 허황하니 금지함이 옳다."

사흘 후 9월 5일
〈설공찬전〉을 불살랐다. 숨기고 내놓지 않는 자는 요서은장률, 곧 불온서적을 몰래 숨긴 죄로 다스리라고 명했다

9월 18일
인천군 채수의 파직을 명했다. ... '부정한 도(道)로 정도(正道)를 어지럽히고 인민을 선동하여 미혹케 한 법률'에 의해 사헌부가 교수형을 내려야 한다고 주장했는데 파직만을 명한 것이다

주명준(전주대 교수)

"조선조 형벌제도는 중국 명률을 그대로 답습했다. 채수의 죄목은 부정한 도로 정도를 어지럽히고 민심을 어지럽힌 죄로 당시 형벌제도로서는 사형은 불가능한 요청이었다."

설공찬전

도대체 〈설공찬전〉에 무슨 내용이 쓰여 있길래, 정도를 어지럽히고 민심을 미혹했다는 죄명으로 교수형까지 거론된 것일까?

#④ 설공찬전은 윤회화복사상으로 정치상황을 풍자한 소설이다.

설공찬이 표지 (C.G 합성)

책 넘기는 (효과)

묵재일기 속지에 기록된 〈설공찬전〉은 총 13쪽, 글자 수로 3천 4백여 자 정도의 짧은 소설이다.

큰 줄거리를 살펴보면 다음과 같다.

1쪽	순창에 살던 설충란은 지극한 가문의 사람으로 매우 부유하였지만 한 딸은 결혼하여 바로 죽고, 아들 공찬이도 장가들기 전에 나이 스물에 죽었다.
2쪽	설충란의 아우 설충수에게 공침이라는 아들이 있었는데
3쪽	뒷간에 가다가 귀신이 들어 미치게 되었다.
4쪽	방술사 김석산을 불러다 공찬의 누나 혼령을 내쫓으려 하니 오라비 공찬을 불러와 공침의 입을 빌어 이야기한다.
7쪽	하루는 공찬이 사촌동생 설위(설원?)와 윤자신을 불러다 다음과 같이 저승 소식을 전해 준다.
8쪽	저승은 바닷가로 순창으로부터 40리 떨어져 있으며, 나라 이름은 단월국,
9쪽	임금은 비사문천왕이다. 저승에선 책을 살펴서 명이 다 하지 않은 영혼은 그대로 두고, 명이 다해서 온 영혼은 연좌로 보낸다. 공찬도 심판을 받게 되었는데 거기 먼저

와 있던 증조부 설위의 도움으로 풀려났다.

10쪽	저승에서는 여자라도 글을 할 줄 알면 소임을 맡아 잘 지내고 있으며, 이승에서 비록 비명에 죽었어도 임금께 충성하여 간하다가 죽은 사람이면 저승에 가서도 좋은 벼슬을 하고, 비록 여기서 임금을 지냈어도 주전충 같은 반역자는 다 지옥에 떨어져 있다."
CG- ZI - CU	바로 이 부분, "여기서 임금이라도 주전충 같은 반역자는 다 지옥에 떨어져 있다"는 내용이
여인천하 자료그림	중종반정으로 연산군을 축출하고 정권을 잡은 신홍사림파의 분노를 샀다고 보여진다. 왜냐하면 주전충은 당나라 신하로 역성혁명을 일으켜 양나라의 시조가 되었기 때문에 이는 중종반정에 비유될 수 있었기 때문이다.
최운식(교원대 교수) 인터뷰	"윤회화복은 유교이념에 배치된다. 다른 불교적 작품도 있지만 이 작품은 지은이가 명망있는 채수라는 점에서 주목을 받았다. 내용 중에 왕권을 모독한 부분이 있는데 이는 반정으로 정권을 잡은 중종을 비판한 것이다. 또 여자에 대한 언급도 유학자들이 용납하기 어려웠다."

채수의 묘(경북상주시공검면)

그렇다면 감히 왕권을 모독하고 정치권력를 비판하는 소설을 쓸 수 있었던 채수란 인물은 누구일까?

채수 신도비

채수는 훈구파의 한 사람으로 성종 13년에 대사헌에 발탁되어 언관으로서 최고의 자리에 오를 만큼 왕의 두터운 신임을 받았다.

비석 T.D

그러나 폐비윤씨에 대해 호의적인 발언을 함으로써 성종의 미움을 사 정치에서 물러났고, 연산군 즉위 후에도 관직에 잘 나서지 않았다.

그런데 그런 그가 중종반정 공신에 추대된다. 훈구파이자 강직한 언관의 성품을 지닌 그가 신흥사림파가 주축이 된 중종반정에 가담했다는 사실이 놀라운데, 이 사건 뒤에는 소설처럼 흥미로운 일화가 숨어 있다.

난재선생문집 5권(23-24쪽)

채수의 문집 [난재집]에 실린 연보는 당시 상황을 다음과 같이 기록하고 있다.

연보 C.G

중종반정 거사 하루 전이었다.

박원종 등이 상의하기를

“이번 일에 채수를 빠뜨릴 수 없다”고 하였다.

무사를 보내 맞이해 오도록 하였는데 만약에 채수가 오려고 하지 않으면 그 머리라도 가지고 오라고 명하였다. 선생의 사위인 김감이 사태의 위급함을 알았으니 그 사람의 생각에 분명히 채수가 따르지 않으리라 판단하였다. 이에 그 부인으로 하여금 다른 일을 빙자해 모셔 들여서 술을 마시게 하여 혼미할 만큼 취하게끔 하였다. 그래서 부축 받으면서 곧장 대궐 문에 이르게 되었다. 술이 채 깨기도 전에 선생은 휘황한 뜰의 불빛과 군대 소리가 요란한 것을 보고는 비로소 자신이 잘못 들어왔다는 사실을 깨달아 크게 놀라 손으로 땅을 치며 말했다.

"이것이 어찌 감히 할 짓인가. 이것이 어찌 감히 할 짓인가." 이와 같이 하기를 두 번이나 하였다.

상주 함창 이안리

이후 부끄럽게 생각한 채수는 벼슬을 사임하고 처가인 경상도 함창 이안촌, 현재의 경북 상주시 이안면으로 내려왔다.

쾌재정

그는 이곳에서 쾌재정이라는 정자를 짓고 여생을 보냈다. 그리고 중종반정에 가담한 신흥 사림파를 비판하기 위해 소설 〈설공찬전〉을 썼고, 중종 6년인 1511년 조정에서 문제가 되어 탄핵을 받기에 이른 것이다.

이희주(서경대 교수)

"유교의 군신관계 유형을 보면 의를 가지고 그 관계의 결합분리가 이루어진다(군신의합)....즉 군의 은혜를 전제로 하여 군의 의사가 아니면 신하 스스로는 절대로 군주를 떠날 수 없는 경우, 아무리 폐군이라고 해도 그 임금을 내쳐서는 안

	된다는 정치적 사고...채수가 이 유형에 속한다. 중종반정을 부정하고 중종 즉위 이후 직사를 맡지 않는 것은 연산군을 임금으로서 끝까지 섬겨야 한다는 채수의 정치철학에 바탕한 것이다."

#⑤ 설공찬전은 대중들의 인기를 얻어 널리 퍼져나갔다

묵재일기	그런데 금서로 지정된 채수의 〈설공찬전〉이 이문건의 일기 속에서 발견된 것은 어찌된 연유일까?
불타는 설공찬전(효과)	당시 지방에서 쓴 설공찬전이 서울까지 전파되고, 사헌부에서 수거해 소각하고 처벌을 요구하는 등 4개월 동안이나 논란을 벌였던 사실로 미루어볼 때, 설공찬전은 정치적 상황을 민감하게 반영하면서 대단한 인기를 누렸던 것으로 추정된다.
일기장 뒤 필사모습(재연)	하지만 필화사건을 겪은 살벌한 상황에서 드러내놓고 읽을 수는 없고, 일기장 뒤에 몰래 기록해 두고 숨어서 읽고자 했던 것은 아닐까?
최운식(교원대 교수) 인터뷰	"정치사회 비판의식 때문에 금서로 지정돼 마음놓고 베낄 수 없는 상황이었을 것이다. 또 당시에 종이가 귀해서 뒷면에 필사했을 것이다. 보관도 용이하기 때문에."

필사(재연)

그렇다면 문사 이문건도 설공찬전의 이야기를 듣고 몰래 필사를 해서 일기장 속에 숨겨두었을 것이다.

한글고비

이문건은 지금까지 발견된 한글 금석문 중 가장 오래된 한글 고비의 찬각자다. 1535년 모친이 타계했을 때 그는 시묘살이를 하면서 글을 지어 돌에다 직접 비문을 새겼다. 일반적으로 비문은 한문으로만 새기는 것이 상례였으나 이문건은 한 면에 한글로 경구를 새겼는데, 이는 당시로서는 매우 파격적인 일이었다. 이런 사람이라면 몰래 전해져 오는 한글본 소설을 일기장 뒤에 베껴 놓았을 가능성도 충분히 있다.

필사(재연)

그런데 이문건이 설공찬전을 필사했다고 추정하기에는 몇 가지 문제점이 발견됐다.

소인호 박사 인터뷰

“이문건은 16세기 인물...주생전...1593년에 창작...이문건 사후 필사했다고 보는 것이 합리적인 것...”

한글본 주생전

〈주생전〉은 이문건 사후에 창작된 한문소설이기 때문에 이문건이 이를 필사하는 것은 불가능하다는 얘기다.

이태영(전북대 교수) 인터뷰

“국어학적으로 볼 때 17세기 중엽 이후의 자료다. ‘-링이다’라는 어미가 보이고, ‘’....‘함끠’ ‘계유’ 등등 17세기 표기법이 두드러진다....17세기 중반 이후로 추정된다."
국어학적으로 볼 때 〈설공찬전〉의 필사 시기는 17세기 중엽 이후로 밝혀졌고,

〈왕시봉전〉 C.G

〈설공찬전〉과 함께 발견된 〈왕시봉전〉의 말미에 "죵서(終書) 을튝 계추년 팔일 진시"로 적혀있어서, 을축년 9월 28일 오전 7시에서 9시 사이에 쓰기를 마쳤음을 알 수가 있다.
17세기 중반 이후의 을축년. 그 연도는 1685년이다. 〈설공찬전〉은 〈왕시봉전〉보다 앞부분에 적혀있기 때문에 1685년 9월 28일 이전에 필사했다고 추정할 수 있다. 그렇다면 설공찬전의 필사자는 누구일까?

이홍섭(이문건의 16세손)

"처음에 『묵재일기』는 묵재 사후 한동안 처가인 충북 괴산의 안동 김씨 문중에서 보관하다 진외가에서 자라던 손자가 장성해 14세 때 가지고 왔다....집안에서는 묵재의 손자며느리가 필사한 것으로 알고 있다."

인터뷰(윤양희 교수)

"... 남성 필체... 능숙한 글씨체는 아니다..."

성주이씨 족보

전문가의 필체 분석 결과 남성의 서체에 가깝다는 증언과,
종손가에서 이 일기를 보관해 왔다는 점, 그리고 필사 시기가 1685년경이라는 점을 고려할 때,

	설공찬전의 필사자는 이문건의 7세 종손인 이광일 가능성이 높은 것으로 나타났다.
설공찬전/불타는 책	이렇듯 설공찬전은 조정에서 4개월 동안이나 논란을 거듭한 끝에 왕명으로 수거되어 불태워졌음에도 불구하고 그 인기는 수그러들지 않고 일반 민중들 사이에 은밀히 퍼져나갔다.
설공찬전 필사모습(재연)	그리고 지은이 채수가 죽은 지 100여 년이 지난 후에도 몰래몰래 필사되어 한 문사의 내밀한 일기장 속에 숨어서 명맥을 유지했으며, 500여 년이 지난 지금까지 우리 곁에 남아있을 수 있었던 것이다.

#⑥ 설공찬전이 인기를 얻은 이유는 소설 내용이 실화였기 때문이다.

설공찬전 원본	불과 4천 자에도 미치지 못하는 짧은 이야기가 이렇듯 대중들 사이에 널리 전파되고 인기를 얻은 이유를 어떻게 설명해야 할까?
금오신화	설공찬전은 짜임새나 갈등 구조가 그전에 나온 금오신화에 비해 훨씬 떨어진다.
이복규 著 '설공찬전'	갑작스런 죽음으로 귀신이 되어 돌아온 주인공 설공찬과 이 때문에 발생하는 문제들을 축귀 주술로 해결하려는 숙부 설충수간의 갈등이 표면적인 갈등의 전부라고 할 수 있다.

소설 연월일, 인명 등 C.U	그런데 갈등구조의 약점을 다른 장치를 통해 보완하고 있다. 연월일을 구체적으로 언급해서 사실성을 더했고, 실제 지명과 인물을 등장시켜 이 소설을 실화로 받아들이게 했던 것이다.
도서관 고서실 F.S	그렇다면 소설 설공찬전은 정말로 실화였을까? 그 근거를 몇몇 문헌에서 발견할 수 있었다.
조선왕조실록(중종6년 9.20)	조선왕조실록에 "설공찬은 채수의 일가 사람"이라고 한 것이나
어숙권『패관잡기』	어숙권(魚叔權)이 쓴『패관잡기(稗官雜記)』에 "(설공찬으로) 하여금 말한 바와 쓴 바를 좇아 그대로 쓰게 하고 한 글자도 고치지 않은 이유는 공신력을 전하고자 해서이다." 라고 적혀있는 것을 볼 때, 설공찬이 실재한 인물이고, 설공찬의 일가 사람인 채수가 들은 대로 정리한 이야기일 수 있다는 것이다.
채홍근씨 댁 방문	그렇다면 지은이 채수는 설공찬과 어떤 관계일까? 그리고 소설 속에 등장하는 설공찬과 그의 아버지 설충란, 숙부 설충수, 사촌동생 설공침은 실존 인물일까?
	먼저 채수와 설공찬 간의 관계를 알아보기 위해 채수의 16세 종손 채홍근씨의 집을 이복규 교수

	와 함께 방문했다.
채광식(76,채수의 16세손)	"...채수와 설공찬은 생질서 관계...."
	인천채씨 대동보에는 설충란이 채수의 생질서, 곧 채수 누이의 사위로 기록되어 있었다.
효령대군 묘	사실 확인을 위해 전주이씨 효령대군파 파종회를 찾았다. 채수의 누이가 효령대군의 증손자인 평성군 이위에게 출가했기 때문이다.
이강영(73,효령대군19세)	"..평성군 위의 부인 인천 채씨...평성군의 사위가 충란이다...큰아들이 설공포, 둘째아들이 설공순, 이렇게 됐습니다."
	인천채씨 족보와 전주이씨 효령대군 파보는 일치했다. 설충란은 채수 누이 차녀의 남편으로 기록되어 있었다. 하지만 설충란의 아들 중 '설공찬'이란 이름은 없었다.
드라이빙	설공찬이 실재한 인물인지 알아보기 위해 순창설씨 집성촌인 순창군 금과면 내동마을을 찾았다.
금과면 내동마을 전경 설진옥씨 만나고 (현장음)	

순창설씨 족보	순창설씨 족보엔 소설 속에 나오는 설공찬의 증조부 설위, 아버지 설충란, 숙부 설충수가 실존 인물로 기록되어 있었다. 하지만 주인공 설공찬과 사촌동생 설공침의 이름은 없었다. 그렇다면 설공찬과 설공침은 가공인물일까?
양상화(삼인문화선양회장) 인터뷰	"장가들기 전에 죽거나 출생한 자식이 없을 때, 족보에 등재하지 않는 경우가 많았다. 설공찬은 장가가기 전에 죽었기 때문에 족보에 안 올렸을 것이고, 설공침도 그렇게 됐을 수 있다...."
족보 넘기며	족보에 기록되지 않았기 때문에 실존 인물이라 단정지을 수는 없지만, 소설 속에 등장하는 증조부 설위, 아버지 설충란, 작은아버지 설충수가 엄연한 실재 인물임을 볼 때
설위,설충란,설충수 묘	설공찬도 소설적 가공인물이 아닌 실재 인물이며, 소설 설공찬전은
평성재	설씨 집안에 있었던 이야기를 일가인 채수가 듣고 정리한 것으로 충분히 추정이 가능할 것이다.
설공찬전	순창지역 설씨 집안의 실존 인물을 등장인물로 내세워 현실정치를 비판했던 소설 설공찬전. 아쉽게도 창작 당시 한문 원본과 전체 내용이 발견되지 않아 그 일부만을 살펴볼 수 있을 뿐이지

	만, 실험적인 기법과 내용만으로도 매우 희귀하고 독보적인 가치를 지닌 고소설로 우리 문학사에 자리매김 될 수 있을 것이다.

#⑦실화 설공찬전의 발상지인 순창에는 아무런 흔적이 없다

순창읍내	〈설공찬전〉의 무대 순창.
지도	순창은 순창 설씨의 관향(貫鄕)이다. 시조인 거백의 36대손인 설자승이 순화백에 봉해져 순창을 본관으로 하게 됐고,
순창군 남산리	그 후손이 순창군 율북리에 뿌리를 내리고 살다가 대실리, 월곡리, 남산리 일대로 이주했다.
'설씨 200년사'중	그러다 거백의 44대손인 암곡 설응이 한 차례 더 이주를 하게 되는데, 설응은 조선건국 초 고려왕조와 운명을 함께 했던 두문동 72현 중 한 사람이다. 그는 남산리에서 마암으로 이주를 하는데,
금과면 모정리 전경	마암은 오늘날 순창군 금과면 모정리다.
마을사람들	(현장음)
고종 때 순창지도	언제부터 마을 명칭이 모정리로 불리고 있는지 정확히 알 수는 없지만, 조선 고종 때 그린 순창의 지도에 '모정(毛亭)'으로 표기된 것으로 보아

서는 꽤 오래 전부터 모정이라는 이름으로 불려졌던 것 같다.

마암

이 마을의 옛 명칭 '마암'은 큰 바위 위에 맷돌같이 생긴 납작한 바위가 놓여 있어 붙여진 이름이라고 한다.

설태복(70,모정리)

"...설응이 입향했을 때 바위가 돌고 소리를 냈다고 해서 갈마자 바위암자 마암이라고 한다..."

마암

지금 마암은 대나무 숲에 싸여 있는데, 이 바위를 축으로 해 좌우에 70여 민가가 들어서 있다. 그렇다면 설공찬이 살았던 아버지 설충란의 집과 사촌동생 설공침이 살았던 숙부 설충수의 집은 어디일까? 설공찬전에는 그 위치를 언급한 대목이 나와 있지 않지만 '설위-설갑인-설충란'으로 순창 설씨 대사성파의 종가집이 이어졌을 것이고, 설공찬은 장가들기 전에 죽어 분가를 하지 않았으므로 바로 그 종가집에서 자랐을 것이다.

설동권(67,설충란의 11세)

"... 지금 살던 집도 이사한 집 ... 400년 전에 살던 종가집 알지 못한다..."

대사성파의 후손들이 대부분 다른 마을로 이주해, 소설의 무대가 된 종가집의 위치를 확인할 수는 없었다.

	그리고 현재의 마을 모습이 옛날과는 많이 달라졌다고 마을 사람들은 말한다.

(현장음 : ....물길이 정자 밑으로 흘렀다...)

설공찬전 5쪽	하지만 소설 속에서 "공찬의 넋이 오면 공침의 마음과 기운이 빼앗기고, 물러가 집 뒤 살구나무 정자에 가서 앉았더니"라는 기록을 근거로, 근처에 살구나무 정자가 있는지 찾아보기로 했다. 옛날에는 장원 급제를 의미하는 살구나무를 글 읽는 정자 주변에 많이 심었다고 한다.
삼외당	모정리 뒷편 바위 언덕 위에 '삼외당'이라는 정자가 서 있다. 삼외당은 설씨 집안의 외손인 홍함을 기리기 위해 그 후손들이 건립한 정자다. 그 전에는 설공찬의 증조부가 세운 백정이라는 정자가 있었다고 전해진다.
주변 나무들, 풍경	정자 주변엔 참나무와 느티나무, 대나무만 둘러서 있을 뿐 살구나무는 찾을 수가 없었다. 하지만 중종 당시 이 마을에 살구나무가 많았다는 걸 알 수 있는 글이 있다. 이 마을 출신으로 1537년 중종 때 성균관 생원을 지낸 설홍윤을 두고 석천 임억령이 읊은 시가 그것이다.

증남고반시	증남고반시(贈南考槃詩) 석천 임억령 꽃다운 언덕엔 송아지가 누워있고 백학은 소나무에 앉아 새끼를 부르는구나 일찍이 나복(蘿蔔) 주인 되었을 때 행화촌(杏花村)도 자주 들렀는데 구릉에 그대는 단잠을 자고 있었고 나 혼자 듣노라니 요란한 풍진소리뿐 차리리 밝은 달이나 구경할 터이니 흰구름아 문을 가리지 말지어다
동네 전경	설홍윤이 살았던 모정리를 '행화촌' 곧 '살구꽃동네' 라고 부르는 걸로 봐서 중종 당시 이 마을에는 살구나무가 지천이었다는 걸 알 수 있다.
기와조각들	그러나 세월이 너무 흘러 설공찬의 아버지 '설충란'과 숙부 '설충수'가 살던 집의 정확한 위치는 알 수 없었다. 다만 마암 주변의 한 민가 마당에서 기와 조각들이 발견되고, 그 옆에 오래된 우물이 남아 있는 것으로 볼 때 이 부근이 설충란이나 설충수의 집 중 한 집이 아닐까 추정할 뿐이다.

#⑧실화 설공찬전의 가치는 다른 고전소설에 비해 결코 뒤지지 않는다

남원 광한루	관광객들로 늘 붐비는 남원 광한루. 광한루의 유명세는 소설 춘향전 때문이다.
춘향이 초상	실제로 남원에 춘향이라는 사람이 살았다는 얘기가 전해지듯이, 예전에는 모든 소설이 어느 정도의 실화에 근거해서 지어졌다.
춘향전의 다양한 버전들	실화에 살이 붙고 재미가 더해지면서 온 국민의 입에 오르내리는 이야기 소설이 되고, 후대로 이어지면서 창극이나 연극, 영화 등으로 각색되어 변함없는 사랑을 받고 있는 것이다.
	한글본 설공찬전도 학계에서는 그 가치를 인정하지만 아직 대중적으로 알려지지 않아 문학으로서의 생명을 얻지 못하고 있다. 설공찬전의 가장 큰 소설적 가치는 홍길동전보다 100여 년이나 앞서 한글로 읽혀졌다는 것이다.
홍길동전	최초의 한글소설로 알려진 홍길동전은 창작 당시의 원본이 발견되지 않은 상황이라 그 창작시기와 지은이에 대해 많은 이론이 제기되고 있다.
홍길동전 이본들	현재 홍길동전은 창작 당시의 원본이 아닌 이본만 30여 종이 알려져 있고 내용도 본에 따라 조

금씩 차이가 있다.

이본(異本)들은 한결같이 19세기 중엽 이후에 목판으로 인쇄하거나 필사한 것으로, 이는 허균이 죽은지 230여 년이 지난 후의 일이다.

이윤석 著『홍길동전 연구』

따라서 현전하는 홍길동전이 과연 허균의 작품인지 의문을 제기할 수밖에 없는 상황이다.

이복규 교수 인터뷰

"전문연구가들은 최초의 한글소설을 홍길동전이라고 말하지 않는다. 택당 이식이 최초로 말했는데... 창작 당시에는 한문소설이었을 가능성이 많다."

국어수업 장면

이런 상황에서 지은이가 확실하고 실존 인물이 등장하는 데다 홍길동전보다 100여 년이나 먼저 한글로 표기된 소설 설공찬전이 등장하자 일선학교에서도 크고 작은 혼란이 야기됐다.

안원석(완산중 국어교사)

"최초의 국문소설은 홍길동전이라고 가르치고 있다. 설공찬전이 발견됐다고 해서 교육부로 문의를 해본 적도 있는데 아직까지는 홍길동전이 최초의 국문소설이라고 답변을 하시더라."

김종철(서울대 교수) 인터뷰

"한글소설은 한글로 창작된 소설로 규정하는 것이 바람직하다. 한글본 설공찬전이 발견되긴 했지만 이는 한문소설을 번역한 것으로서 최초의 한글소설이라고 보기는 어렵다. 다만 국문으로 소설이 향유된 사실을 묻는다면 설공찬전이 더

빠르다."

#⑨2002년 설공찬전 다시 보기

순창군 외경	설공찬전을 홍길동전에 버금가는 대중소설로 자리매김시키기 위한 작업은 서서히 진행 중에 있다.
순창군청 홈페이지	순창군에서는 설공찬 공원을 조성하고 연극이나 영화 등 문화관광 상품으로 개발할 계획이다.
전주대 박병도 교수 연구실	전주대학교에서 연극 연출을 전공하는 박병도 교수도 설공찬전을 연극 무대에 올릴 계획을 갖고 있다.
박병도(전주대, 연극인) 인터뷰	"설공찬전을 연극으로 올리려는 이유와 설공찬전의 가치"

설공찬전

페이지 빠르게 넘길 때	설공찬전. 다른 사람의 일기 속에 숨겨져 있다가 500여 년 만에 얼굴을 드러낸 실화 소설.
불타는 책 DISS	조선 역사상 최초로 정치적인 이유로 유포를 금지 당하고 불태워진 소설.

그러나 아직도 설공찬전에 대한 관심은 학계의 울타리를 벗어나지 못하고 있다.

보다 더 많은 관심과 연구가 뒷받침되었을 때 설공찬전도 우리 문학사에서 제 몫을 찾을 수 있을 것이다.
〈끝〉

3) SBS 방송 대본 ‘깜짝스토리랜드’

(2002년 8월 13일 방영 깜짝스토리랜드 〈역사 속의 비화 ‘설공찬전’〉)

프롤로그/

- 마광수 교수 관련 보도 자료
- 서점에서 압수되는 책들
- 이현세 만화 장면들
- 이현세 관련 보도 자료
- 그 외 금서에 관한 자료들

NA 충격적인 한 권의 책!
겁없는 작은 활자가 시대에 던지는
격렬한 논쟁과 혼란!
나라가 직접 나서 금하는 책!
우리는 이런 책을, 금서라고 부른다!

- 禁書 블랙에 자막 (꽝! EFF)
- CG/ 소용돌이 (EFF)
  (타임머신 느낌으로 시간 거슬러 올라가는 듯한)
- 소녀가 이불을 뒤집어쓰고 책을 보다가
  갑자기 한기를 느끼고 휙 뒤를 돌아보고 놀라는 표정
- EFF/ 여자 비명 소리

NA 400년 전, 이 땅에 살던 사람들이
가장 즐겨 보았던...

그러나.. 누구에게도 들키지 않고
비밀스럽게 보아야 했던 책이 있었으니....

– 본 내용 중 가장 공포스러운 컷들 빠르게 편집

NA 귀신이 직접 쓴 책이라 하여...
왕이 나서 금서로 정하고 엄히 다스렸던
바로 그 책!
400년 전 금서의 비밀을... 밝힌다!

– 타이틀 (M/ 공포스러운) 귀신의 손이 쓴 책 "설공찬전"

씬1/ 자료 + 귀신 그림
– 성호사설
– 필원잡기 (원본 있으면 좋고, 아니면 영인본이라도)
책 위로 각종 귀신 돌아보는 모습들 겹쳐 보이며–

NA 귀신은 무엇인가?
대학자 이익은 성호사설에서
귀신이란, 사람과 같이 지각이 있고 인간이 하는 모든 일에 등장하며 들어가지 못하는 곳이 없고 목석도 자유자재로 통과할 수 있다고 하였다. 또한 서거정은 필원잡기에서 이르길.... 귀신은 음성인 까닭에 여자에게 잘 붙는다고 하지만 의외로 남성에게도 귀신이 붙어 나쁜 일을 자행하는 경우가 많다고 하였다.

– 설공찬전 일부

(CG/ 설공찬전 간략 설명)

NA　　　이런 귀신을 소재로 쓴 소설 중 조선시대
　　　　최고의 베스트 셀러는 단연, 설공찬전이다!
　　　　공포스러움이 극에 달해
　　　　나라에서 직접 나서 금서로 정했다는 이 소설!

씬2/ 작은 방 안 (N)
촛불 아래, 책을 쓰고 있는 채수.
아무도 없는데 문이 덜컹 열리고 촛불이 꺼지더니 파르스름한 남자가 채수를 무표정하게 내려다보고 서 있다. 천천히 입을 여는 남자.

NA　　　설공찬전은 채수라는 작가가 썼다.
　　　　왕에게 간언하는 언관 출신이었던 그는 이 이야기는 지어낸 것이
　　　　아니라 실화를 들은대로 적은 것이라고 했다.
　　　　한 줄 빼거나 더하지도 않은.... 완벽한 실화라는 것이다!
　　　　그렇다면, 이 책의 내용은 과연 어떨까?

씬/ CG
(색깔이나 음향 등으로 차이를 두게...)

씬3/ 방 안 (N)
(흑백에서 서서히 칼라로)
양반집 안방 분위기. 촛불을 켠 채 밥 먹고 있다.
아버지와 아들 둘이 한 상에서 식사를 하고 있고, 어머니와 딸이 나머지 상에서 밥을 먹는다. 큰 아들은 오른손으로 얌전하게 밥을 먹는 데 비해 작은 아들은 왼손으로 걸신들린 듯 밥을 퍼먹는데, 그 기세가 무섭다.

거슬리는 듯 흠흠! 기침하는 아버지. 어머니와 다른 형제들도 이상한 듯 바라보는데. 점점 더 그 기세가 심각해지는 작은 아들 .

아버지 (못마땅한 듯) 걸신이라도 들렸느냐?

둘째 (대답도 않고, 맨밥을 우걱우걱 집어넣고 아버지 밥을 들어 먹기 시작하는)

아버지 어허! (역정 내다가 문득 보면)

정신 없이 숟가락질을 하는 둘째의 왼손

아버지 (이상한 듯) 애야, 너 왜 밥을 왼손으로 먹느냐?

큰형 (역시 이상한 듯 보며) 맞어, 왼손잡이도 아니면서....

갑자기 숟가락질을 멈추는 왼손. 천천히 틸업하면 이미 푸른빛으로 변한 얼굴. 천천히 입을 연다.

둘째 (M처럼 왜곡된 음성) 저 모르시겠어요?

아버지 (흠칫 놀라) 너..널 모르다니.... 아들을 모르는 애비도 있다더냐?

둘째 (왜곡 음성) 난...... 당신 아들이 아니에요.
저 모르시겠어요, 삼촌?

아버지 (덜덜 떨며) 사....삼촌이라니!!
놀라는 가족들

아버지 니가 내 죽은 조카라도 된다는 말이냐!!

둘째 (조용히 끄덕끄덕)

아버지 뭐...뭐야?

둘째 설공찬....! 저를 아시죠 삼촌?

놀라 그대로 기절하는 딸 아이. 공포에 질린 채 기절한 딸을 끌어안는 어머니.

둘째 (멍한 눈빛으로) 배가 고파요. 배가 많이 고파요. (다시 허겁지겁 무섭게 밥을 먹는)

경악스럽게 둘째의 하는 양을 바라보는 가족들의 모습에서

씬4/ 방 안 (N)
하얗게 말라서 누워 있는 둘째, 걱정스럽게 바라보고 있는 아버지.

NA 설공찬의 귀신은 그 후로도 둘째 아들의 몸 안으로
자주 들어왔다
둘째 아들의 몸은 하루가 다르게 쇠약해져갔다

작은 상에 죽을 가지고 들어오는 어머니

어머니 얘야, 정신 좀 차려라... (죽을 떠먹여 주는데)

잘 받아 먹지 못해 죽이 자꾸 입가로 흘러버리는

어머니 (한숨 쉬며) 어쩌면 좋아요...
아버지 (답답한 듯 한숨 쉬는)
어머니 그러니 그때... 당신 조카가 밥을 얻으러 왔을 때 좀 주었으면 좋았잖아요! (원망 섞인) 굶어 죽은 한이 얼마나 깊었으면...... 우리 애한테 저렇게 해코지를 할까....
아버지 시끄럽소! 그놈 얘기는 꺼내지도 마시오!

이때 눈을 번쩍 뜨는 둘째 벌떡 일어나더니 어머니 손의 죽그릇을 낚아채서 미친 듯이 먹는다.

아/어 (공포스럽게 보면)
둘째 (스르르 죽그릇을 내밀며) 배가 고파요, 배가 많이 고파요!
아버지 (가까스로 용기 내어) 뭐하는 짓이냐 이게! 죽었으면 곱게 이승을 떠날 것이지, 왜 여기 남아 이러는 게야!
둘째 (원래의 목소리로, 겁에 질린 채) 아버지! 그러지 마세요!!
(왜곡 톤으로) 그래요 삼촌! 그러지 마세요! 삼촌이 자꾸 그러시면, 이 아이가 더 아파요! (갑자기 숨이 막히는 듯 자기 목을 잡고 괴로워하는)

괴로워하는 둘째 아들과 괴롭고 공포스러운 부모의 모습에서

NA 귀신의 횡포는 날로 심각해졌고
부모는 이대로 두었다가는 아들이 죽을지도 모른다는 생각에 몸서리쳤다

씬5/ 퇴마사의 집 (D)
퇴마사와 마주앉은 아버지

NA 마침내 아버지는 퇴마사를 찾아가기에 이른다

아버지 제발.... 우리 아들을 살려주시오
돈은 달라는대로 드릴테니....
퇴마사 (기운을 느끼는 듯 눈을 감고 있다가 눈을 번쩍 뜨는)

강한 놈이오...!

아버지 쫓아내지 못할 정도요?

퇴마사 하는 데까지 해 봅시다!

내일 자정에 댁으로 가지요!

아드님이 어디 가지 못하게 잘 붙들고 계시오

아버지 (겁에 질린 채 끄덕끄덕)

씬6/ 집 외경 (N)

(M) 무서운 푸른 기운이 맴도는

NA 그리고 다음날 밤!

씬7/ 방 안 (N)

힘없이 누워 있는 아들. 온 가족이 아들을 둘러싸고 결연한 표정

아버지 무슨 일이 있어도, 이 아이를 잘 붙들어야 한다!

가족들 (끄덕이는)

이때 공포에 질려 조금씩 몸을 일으키는 아들

아들 아버지! 아버지.... 귀신이 와요.... 나한테 와요....

아들 바라보는 곳에 무표정하게 서 있는 남자 (씬 4의)

아버지 (보지 못하고) 어디? 어디 있다는 말이냐!!

남자, 아들에게 조금씩 다가오면 더 공포에 질리는 아들

아들 저에게 와요! 아버지 살려주세요!!

아버지 (거의 절규) 걱정 마라! 내 퇴마사를 불렀으니....
그가 너를 살려줄 것이다!

아들 (갑자기 무표정, 왜곡 톤) 그 사람을 못 오게 하세요!

아버지 (놀라는) 너....너는!

아들 어서요! 못 오게 하세요!

씬8/ 밤 길 (N)

결연한 표정으로 걸어오는 퇴마사

씬9/ 방 안 (N)

경악하는 가족들을 무표정하게 바라보며 이야기하는 둘째 아들

아들 난 이 아이 몸 속이 좋아요
이 아이를 죽게 하고 싶지 않아요
그 사람을 못 오게 해요, 어서!!

씬10/ 대문 앞 (N)

대문 앞에 이른 퇴마사

퇴마사 이리 오너라!!

씬11/ 방 안 (N)

퇴마사(E) 이리 오너라!!

흠칫 놀란 표정으로 밖을 보는 아들. 아버지, 일어나려고 한다. 이때 확 다리를 잡는 손

아들 (위를 올려다보며) 오지 못하게 해요!

아버지 (뿌리치며) 놔라! (나가려는데)

갑작스러운 비명 소리. 아들의 얼굴이 흉하게 일그러지는 (CG)
가족들 비명 지르는

씬12/ 대문 밖 (N)
퇴마사 서 있는데 문 벌컥 열리더니 미친 듯 뛰쳐 나오는 아버지

아버지 내 아들이 이상합니다!

퇴마사 (강한 기운을 느끼는 듯 인상 쓰다가) 들어가 봅시다!

아버지 (앞장 서는데)

퇴마사 (가만히 서 있는)

아버지 (돌아보며) 왜 그러고 계십니까?

퇴마사 (아버지에게 서서히 다가오더니, 갑자기 목조르기 시작하는)

아버지 (비명 지르며) 왜... 왜 이러는거요.....

퇴마사 (더 목 조르기만)

아버지 (공포스럽게 보며)

퇴마사 (슬프게 보며, 왜곡 톤) 이러지 말라고 했잖아요 삼촌.... 왜 제 말을 듣지 않으세요?

아버지 (소스라쳐 눈 커지는)

NA 끝내 그는 설공찬을 아들의 몸에서 쫓아내지 못했다,

(화면 컬러에서 점점 흑백으로 변하고, 책 모양 CG 안에 담기는 데서)

씬13/ 채수의 방 안 (N)

(씬2의 내용 다시 반복)

촛불 아래, 책을 쓰고 있는 채수. 아무도 없는데 문이 덜컹 열리고 촛불이 꺼지더니 파르스름한 남자가 채수를 무표정하게 내려다보고 서 있다. 천천히 입을 여는 남자

NA 이 소설은 순식간에 전국적인 인기를 끌었다.
그렇다면, 이 이야기가 실화라고 주장한 작가.
채수는 어떤 사람일까?

씬14/ 서경대 이복규 교수 인터뷰

- 채수는 어떤 인물??

- 언관이 이런 책을 썼다면 어떤 점이 문제가 되는지??

씬15/ 몽따쥬 (N)

- 채수, 임금 앞에 꿇어앉아 당당한 표정으로 얘기하고, 임금 끄덕이는 모습

NA 임금의 바로 곁에서 글을 쓰고, 간언했던 높은 관직의 사람이 이런 내용의 책을 썼다는 것이 문제가 됐던 것이다

- 불 타는 책들

NA 마침내 어명이 이 책을 직접 단속했다,
발견 즉시 불태웠고.....

- 얼굴 가리는 삿갓 쓴 채

도포 입고 지팡이 짚은 (방랑 시인 같은 분위기) 남자. 몰래 책 보다가 포졸들에게 끌려가는데... 삿갓 벗겨지면 이홍렬이다.홍렬, 바둥거리며 끌려가는데서....
〈이 씬은 이홍렬 씨가 스케줄 가능하면 촬영하는 걸로...〉

NA 어명을 어기고 책을 본 사람도 잡혀가게 되었다.

- 재만 남은 모습
푸르스름한 연기만 남아있고 그 연기 사이로 반 투명한 상태의 설공찬 천천히 걸어가다가 뒤를 돌아보는 모습.

NA 마침내, 귀신이 직접 쓴 책이다, 저주 받은 책이다... 등 말이 많았던 이 책은 한권도 남김 없이 이땅에서 사라지게 되고......
그 내용도 언젠가부턴 전해지지 않게 되었다
그런데.....

씬16/ 교수 인터뷰
- 언제 어떻게 이 책의 내용이 다시 발견되었나?

씬17/ 자료
(국사편찬위원회 자료 협조 要)
일기장 안쪽에 적혀진 내용

NA 누군가가 나라의 감시를 피해
일기장 안쪽에 몰래 적어놓은 이야기!
놀랍게도 이것이 전설의 금서
설공찬전으로 밝혀졌다!
그 덕에 400년이 지난 지금

우리는 임금의 명으로 금해졌던 공포소설 설공찬전을 다시 대하게 된 것이다!

씬18/ 하이라이트
무서운 장면 하이라이트로 보여지고

NA (마무리 나레이션)
작가의 말대로 이 이야기가 실화였는지
아니면 그저 실감나는 귀신 이야기일 뿐인지
이제 와 밝힐 도리는 없다! 그러나...
400년의 세월을 거슬러.....
다시 되살아난, 한국판 엑소시스트!
금지된 책 설공찬전!
400년의 긴 시간 동안
낡은 일기장 한 구석에 잠들어 있던 설공찬은
2002년 우리에게 무슨 말이 하고 싶었을까!

4) KBS 위성 KOREA '시간 여행 – 역사 속으로' 대본

금서(禁書)

시간 여행 역사 속으로【28회 코너 대본】

– 자료모음(설공찬전 국문본/ 설공찬전 국문본이 적혀 있는 묵재일기 3책의 표지)

NA　　중종대의 학자 채수가 지은 고소설 설공찬전! 귀신 설공찬의 혼령이 설공침에게 깃들면서 벌어지는 에피소드와 설공찬이 들려주는 저승 이야기를 다룬 이 소설은 조정의 비판을 받아 금서로 지목되어 보급이 금지된 특이한 이력을 지니고 있다.

– (묵재일기) 표지

등장 인물

1) 채수 (50대 초반 또는 40대 후반/강직한 선비)

2) 김감 (20대/기개 있는 유생/채수의 사위)

3) 채수딸 (20대/ 미모의 아녀자/ 채수의 딸)

4) 성희안 (40대/ 반정 주도 세력)

5) 성희안 처 (30대 후반/ 전형적인 마님 스타일)

6) 첩 박씨 (30대 초반/ 애첩 스타일) – 대사 약간

8) 아낙1, 2

9) 중종 (30대 후반/ 위엄 있는 국왕)

10) 대신1

– 이 밖에도 박원종, 유생1, 2(대신1,2/포졸/선비), 염라대왕, 주전충, 의금부 도사, 장돌뱅이

(자막) 1996년 서경대학교 이복규 교수가 이문건(1494-1567)이 쓴 묵재일기(총 10책)를 검토하던 중 3책의 이면에 기록된 〈설공찬전〉의 국문본을 발견. 그런데 이 책은 원래 제목만 전해 내려오다가 1996년에 (묵재일기)라는 책의 이면에 기록된 것을 한 학자가 발견함으로써 극적으로 500년만에 빛을 보게 된다.

- (조선왕조실록) 표지

(자막) 조선왕조실록. 태조에서 철종까지 472년간의 역사적 사실을 각 왕별로 기록한 사서 국가의 공식 기록인 『조선왕조실록』에 여섯 차례 기록될 만큼 큰 파문을 일으키며 조선왕조 최대의 필화사건으로 떠오른 설공찬전 사건을 통해 조선시대 금서에 대해 알아보자.

- (조선왕조실록 中 '설공찬전'과 '채수' 이름 C.U)

(자막) 이 드라마는 조선왕조실록을 바탕으로 조선왕조 최대의 필화사건이라 불리는 채수의 설공찬전에 관한 이야기를 재구성한 것입니다.

- TITLE IN 금서(禁書)

S#1. 채수의 시골집 (낮)
- 계곡이 흐르는 산림이 우거진 시골 풍경
- 시골집 툇마루에 앉아 책을 읽다 먼산을 쳐다보는 채수.

(자막) 중종1년, 경상도 함창(현 경상북도 상주)

NA 폭정을 일삼던 연산군을 폐하고 진성대군을 왕으로 추대한 중종 반정이 성공한 후 일년이 지났을 무렵! 반정공신 중 한사람이었던 채수는 중종 반정후 스스로 관직에서 물러난 후 초야에 묻혀 여생을 보내는데...

- 다과상을 들고 다가서는 채수의 딸과 김감(사위)

김감 (채수 곁에 앉으며) 장인 어르신! 도대체 언제까지 세상을 등지고 사실겁니까? 폭군은 쫓겨났지만 백성들의 고통과 조정에 대한 원성은 크게 달라진 것이 없습니다.

채수딸 아버님! 부디 대쪽 같은 필력으로 혼탁한 세상을 따끔히 혼내주시어요.

채수 서릿발 같이 매서운 글로 세상과 맞서는 것이 선비의 도리라 생각했었던 때도 있었지. 하지만 이 애비...늙었나보다, 더 이상 할 말이 없어.

(일어서며) 하루종일 앉아 책만 읽으니 답답하구나. 마을이나 한 바퀴 돌고 오마.

- 일어서서 밖으로 나가는 채수를 쳐다보는 김감과 채수의 딸.

NA 세조대에 장원 급제한 후 관직에 오른 채수는 34세의 젊은 나이로 대사헌에 오를 만큼 명성을 떨쳤던 인물이다. 더욱이 뛰어난 문장 실력과 강직한 성품으로 직언을 서슴지 않아 파직과 유배를 다녀오는 등 파란만장한 삶을 걸어온 그는 유생들에게 아낌없는 존경을 받아왔었다.

S#2. 밭 (낮)

- 시골길을 산책하는 채수, 밭으로 시선이 머문다.

- 밭을 갈고 있는 농부에게 다가가 멱살을 잡는 선비1.

선비1 (멱살을 잡으며) 네 이놈! 밀린 소작료는 언제 갚을게야?

농부 (싹싹 빌며) 제발...일주일만 참아 주시어유. 나으리!!!

선비1 (농부를 밀치며) 더 이상 딴소리 하지 말고...
내일까지 갚지 않으면 집이라도 내놓아라!

S#3. 시냇가 (낮)

- 시냇물에서 빨래하는 아낙들을 쳐다보는 채수 (빨래감 준비)

아낙1 왕이 바뀌면 세상이 변할 줄 알았는데~ 썩을 놈의 세상! 하나도 달라진게 없잖여.

아낙2 누가 아니래. 금표로 빼앗겼던 땅을 되찾았다고 좋아한 우리가 바보지. 이번엔 공신전으로 빼앗기게 생겼으니~

아낙1 죄없는 백성들은 어떻게 살아가라는건지 원!

- 안타까운 시선으로 농민들을 쳐다보는 채수.

NA 왕이 바뀌면 태평성대가 오리라 믿었던 백성들의 기대는 물거품처럼 사라졌다. 중종반정 때 확정된 공신은 무려 126명이었는데 ~ 이는 7년간의 국난을 극복한 임진왜란 관련 공신의 수보다도 많은 것으로 백성들은 연산군시대 금표에 의해 빼앗겼던 땅의 상당 부분을 또다시 공신전으로 빼앗겼던 것이다.

S#4. 채수의 시골집 마당(밤)
- 잠을 청하지 못하는 듯 하늘 높이 뜬 보름달을 하염없이 바라보는 채수, 회상에 잠긴다.
- (회상신 이어진다)

성희안 폭정에 시달리는 백성들이 불쌍하지도 않습니까?
(간곡하게) 채수대감! 부디 이번 거사에 뜻을 같이 하십시다.

채수 (몹시 화가 난 듯) 임금의 잘못을 충언으로 바로 잡는 것이 신하의 도리인 것을! 반정을 도모하고도 하늘이 무섭지 않소?

- 궁궐에서 중종 반정을 일으키는 반정 세력들(사극 중 자료 찾기/ 연산군 등)
- 횃불을 들고 있는 성희안과 박원종, 반정 세력의 무리속으로 채수를 업고 뛰어오는 김감.

성희안 (채수의 팔을 치켜 세우며)하하하... 명성이 자자한 채수 대감이 우리와 뜻을 같이 하였소! 앞으로 우리 공신들은 새 임금을 모시고 새 세상을 만들어 나갈 것이오.

- 술이 깬 듯 눈을 뜨고 일어서는 채수.

채수 (주위를 두리번거리며) 아니 여긴~ (분노 어린 목소리로) 이게 어찌 감히 할 짓인가? 술에 취한 날 데려오다니 (흐느끼며) 흑흑흑....

- 중종 반정 영상 + 원망 어린 눈빛으로 달을 쳐다보는 채수

NA 연산군의 폭정이 극에 달하던 1506년! 중종반정의 주도자인 박원종,성희안은 반정의 명분을 세우기 위해 덕망있는 인물이었던 채수를 동참시키기로 결정한다. 만약 동참을 거부하였다가는 죽음을 당할 것이 뻔한 상황이었다. 이에 채수의 사위인 김감은 기지를 발휘해 장인어른인 채수를 취하게 한후 업고 대궐을 향해 달려간 것이다. 마침내 중종반정은 성공하게 되고 채수는 결국 사건 현장에 있었다는 이유로 반정공신으로 추대되기에 이른다.

- 다시 현실로 돌아오는 채수.

채수(off) 새로운 세상을 만들겠다던 그들의 말은 거짓이었어.
(한숨을 쉬며) 아~ 원치 않는 반정공신의 허울을 쓰고 살아가야만 하는건가? 백성들을 위해 할 수 있는 일은 무엇이란 말인가?

S#5. 채수의 시골집 정자(낮)
- 붓을 들고 설공찬전을 쓰는 채수

NA 연산군 축출과 반정 공신들의 탐욕스런 이권 다툼을 지켜보던 채수는 실존 인물과 허구의 인물을 적절히 배치한 소설을 써나가기 시작한다. 소설의 내용은 죽은 설공찬의 혼령이 사촌 동생 설공침에게 들어와 들려주는 저승 이야기로 구성되어 있다. 저승의 등장 인물은 간신, 충신, 반역자, 여성 등으로 은연중 당시 세태를 비판한 것이다.

- 시간의 흐름을 암시하는 외경
- 채수의 얼굴에서 붓을 쥔 손 쪽으로 카메라 이동하면 책표지에 설공찬전(薛公瓚

傳)이라는 글이 완성된다. ("薛公瓚"까지 미리 크게 써놓고 "傳"은 연필로 밑글씨 만 써놓기)

- 보약을 들고 다가서는 채수의 딸

채수 (몹시 기쁜 듯 책을 들며) 드디어 다 완성했느니라.

채수딸 밤낮 가리지 않고 무리 하시다 행여나 쓰러지실까봐 노심초사했사와요.

채수 (책을 건네며) 한양에 올라가 유생들에게 돌리거라. 한문본, 한글 번역본으로 필사하면 순식간에 퍼질 게야.

채수딸 (책을 받으며) 아버님! 혹시 파문이라도 일으켜 위험에 빠지면 어쩌시려구요?

채수 (대수롭지 않다는 듯) 하하하... 임금의 총애도 받아봤고~ 파직과 유배의 경험도 해봤는데~ 더 이상 두려울 게 뭐 있겠느냐? 이 늙은이가 바라는 건 이 책이 전국적으로 퍼져 나가 혼탁한 세상을 바꾸는 작은 힘이 되는 거란다.

S#6. 채수의 집 툇마루 (몽타쥬/낮)

- 설공찬전을 보며 필사(한글본)하는 김감과 채수딸

S#6-1.저자거리 (몽타쥬/낮)

- 장돌뱅이가 짐보따리를 풀면 설공찬전이 나온다.
- 장돌뱅이에게 엽전 꾸러미를 받고 설공찬전을 사가는 유생1,2.

S#6-2. 시냇가 (몽타쥬/낮)

- 모여 앉아 있는 아낙네들, 한 아낙네가 설공찬전을 읽으면 귀 기울이는 다른 아낙네들.

NA 〈설공찬전〉은 탄생과 더불어 중앙과 지방할 것 없이 한문본, 한글 번역본으로 필사되어 널리 전파되기에 이르는데... 상하층 독자에게서 폭넓은 사랑을 받았던 것이다.

S#7. 성희안의 집 내방(낮)

- 설공찬전을 읽고 있는 첩 박씨에게 다가서는 성희안의 처.

NA 특히 한글 번역본의 설공찬전은 아녀자들 사이에서 뜨거운 사랑을 받는데~ 반정공신인 성희안의 첩 박씨의 손에까지 전해지게 된다.

(자막) 한달 後, 성희안(개국공신)의 집

성희안 처 (헛기침하며) 흠! 흠!

첩 박씨 (깜짝 놀라며) 옴마 깜짝이야~ 형님! 언제 들어오셨어요?

성희안 처 뭐가 그리 재밌길래~ 하루 종일 꼼짝 않고 방에만 있는가?

첩 박씨 (책을 들며) 형님! 장안의 화제인 설공찬전도 모르세요?

성희안 처 (전혀 모른다는 듯) 설공찬전이라니?

첩 박씨 어휴! 집안에서만 생활하시는 마나님이라지만 몰라도 너무 모르셔 어찌나 재밌는지~ 둘이 읽다 하나 죽어도 모른다니깐요.

성희안 처 (믿기지 않는다는 듯) 설마~ 책이 재밌어봤자 얼마나 재밌다구?

첩 박씨 속고만 사셨나? (설공찬전을 건네며) 전 열 번이나 읽었으니까~ 형님 읽으세요. 대신 오늘밤 서방님은 제가 모실게요.

S#8. 성희안의 집 방(밤)

- 호롱불 아래 설공찬전을 읽는 성희안의 처, 그 옆에는 수를 놓다만 천이 놓여져 있다.

(자막) 삼일 뒤

NA　성희안의 처는 〈설공찬전〉 읽는 재미에 시간 가는 줄 모르는데...

성희안 처　(소리내어 읽는다) 신기하고 놀란 마음을 애써 진정시키려 하는데 등 뒤쪽에서 청천벽력 같은 소리가 들려왔다.

- 책의 내용이 상상신으로 바뀐다.

S#9. 저승 (낮/흑백톤/상상신)

- 당나라 황제복을 입고 숲속 길을 도망가는 주전충을 쫓아가는 염라대왕

염라대왕　"네 이놈, 네 놈이 신하 된 몸으로 왕을 죽이고 그 자리를 훔쳐 놓고도 웬 말이 그리 많단 말이냐, 이 고얀 놈!"

주전충　(겁에 질린 목소리로 싹싹 빌며) 부디 용서해 주십쇼. 한 번만 용서해 주십쇼.

염라대왕　이놈을 당장 지옥불에 쳐 넣어라!

S#10. 성희안의 집 방(밤/다시 현실로)

- 호롱불 아래 설공찬전을 읽는 성희안의 처, 그 옆에는 수를 놓다 만 천이 놓여져 있다.

성희안 처　(소리내어 읽는다) 진노한 목소리의 주인공은 바로 염라대왕이며 저승사자에게 매달려 살려달라고 아우성치는 인물은 당나라 사람인 주전충이다.

- 문을 열고 다가서는 성희안을 발견하고 깜짝 놀라 책을 덮어 책상 밑에 감추고는 수를 놓는 척하는 성희안의 처. (★첫페이지에 "채수"라 써 놓을 것)

성희안 조금전에 주전충이라 말하지 않았소?

성희안 처 (말을 더듬으며) 아...아니옵니다. 서방님! 바람 소리를 잘못 들으셨나 봅니다.

성희안 분명히 들었는데 (낌새를 알아차린 듯 수상히 살피다 책상 밑의 책을 꺼내들며) 아니~ 이건 무슨 책이요? 설공찬전!
(책을 펼쳐 읽으며) 이승에서 비록 임금을 하였더라도 주전충 같은 자는 다 지옥에 있었다.
(책에 적힌 채수 이름을 확인하고) 고얀지고~ 개국공신이 어찌 불충한 글로 백성들을 현혹시킬 수 있단 말인가?

- 책을 찢는 성희안 + 〈설공찬전〉 중 주전충 대목 (자료)

NA 〈설공찬전〉 중 특히 눈길을 끄는 것은 당나라 신하로 반역을 일으켜 임금의 자리에 오른 주전충에 관한 대목이다. 반정을 통해 집권한 왕은 저승에 가서 지옥에 떨어진다니 이는 명백하게 왕권 모독적인 발언으로 극형의 대상이 될 수 있었다.

S#11. 채수의 시골집 (낮)
- 의금부 도사와 포졸들에게 결박된 채 끌려가는 채수.

NA 중종 6년 9월 〈설공찬전〉이 빠른 속도로 전파될 무렵! 중종은 채수를 잡아 들이라는 명을 내리기에 이르고...

S#12. 대신 회의 (낮)

- 설공찬전을 읽는 중종, 심기가 불편한 듯 점점 표정이 일그러진다.
- 그런 중종을 숨을 죽이고 쳐다보는 성희안, 대신1,2

NA　채수의 처벌 문제를 둘러싸고 팽팽한 논쟁이 벌어지는데~ 〈설공찬전〉이 던진 충격과 파문은 실로 전무후무한 것이었다.

중 종　(몹시 화가 난 듯) 대신들은 채수를 어찌하면 좋겠소?

대신1　전하! 허황된 말을 만들어 사람들을 현혹했다면 극형을 내리는 것이 마땅하오나 연히 듣고 본 것을 쓴 것이니 극형으로 처벌하는 것은 부당하다 사료되옵니다.

성희안　아니옵니다. 전하! 요망한 내용으로 백성을 현혹시키고 세상을 어지럽힌 죄는 마땅히 극형으로 엄히 다스려야 할 것이옵니다.

- 계속 이야기하는 대신들을 바라보는 중종

NA　당시 〈설공찬전〉의 가장 큰 문제점은 윤회설과 화복설을 지어내 백성들을 홀렸다는 데서 찾았다. 사형을 내려야 한다는 강경론과 파직시키자는 온건론이 대립되다가 4개월이 지난 후 〈설공찬전〉 파동은 끝이 난다.

S#13. 채수의 시골집 (낮)

- 감옥에서 풀려나 시골집으로 들어서는 채수

NA　채수에게 파직 처분만 내리고 극형은 피하자는 결론이었다. 이는 반정공훈자의 입장을 고려한 중종의 배려였던 것이다.

S#14. 박대감집 안방(낮)

- 포졸들이 박대감집 안방으로 뛰어 들어가 백자 속에 숨겨 놓은 설공찬전을 발견한다. 여기 저기서 모은 설공찬전을 태우고 박대감을 결박하여 잡아가는 포졸들.
- 조선왕조실록 중 책을 숨기고 내놓지 않는 자에 대한 처벌 부분 (자료 찾기)

NA 또한 〈설공찬전〉에 대해서는 금서 처분을 내려 불태워졌으며 책을 숨기고 내놓지 않는 자에 대해서는 처벌한다는 지시가 내려진다. 이로써 조선왕조실록에 〈설공찬전〉은 왕명으로 모조리 수거돼 불태워진 작품으로 기록된다.

S#15. 성희안의 집 안방 (밤)

- 책을 읽다 첩 박씨가 다가오는 것을 알아차리고 잽싸게 책(효경 표지/ 그 속에는 설공찬전 이야기)을 치마 속으로 숨기는 성희안의 처.

첩 박씨 (다가와 앉으며) 형님! 방 안에 꿀단지라도 숨겨 놓고 혼자만 드시는거 아녜요? 하루 종일 꼼짝 않고 방에만 계시는 게 영 수상하단 말야.

성희안 처 (찔리는 목소리로) 꿀...꿀단지라니?

첩 박씨 (치맛단으로 조금 나와 있는 책을 꺼내며) 이게 뭐예요?
(효경이라 적힌 표지를 보며) 아니~ 갑자기 효경은 왜 읽으세요?

성희안 처 그...그게 말이지, 효경을 보며 효에 대해 다시 한번 생각해 볼려구~

첩 박씨 누가 효부 아니랄까봐! 우리 형님 정말 대단하셔.
저도 모처럼 효경이나 읽어 볼까요.
(책을 펼치다 깜짝 놀라며) 아...아니 이건! 설공찬전이잖아요!!!

성희안 처 어렵게 구했으니 자네도 읽게나!
서방님 아시는 날엔 우리 둘 다 죽은 목숨이니 각별히 조심해야 할게야.

- 책을 저고리에 숨기고 방을 나서는 첩 박씨.

NA (설공찬전)은 금서 처분을 받았음에도 불구하고 다른 책 안쪽 면에 숨겨져 수많은 사람들에게 읽혀졌으리라 짐작된다.

S#16. 시냇물 (낮)
- 길을 걷는 채수
- 시냇물가에 앉아 빨래하는 아낙네들

아낙1 귀신 얘기도 맘대로 못 읽으니~ 살맛이 나야 말이지?
아낙2 누가 아니래~ 한동안 〈설공찬전〉 읽는 재미로 살았는데
아낙1 〈설공찬전〉 같이 재미난 책 또 안나오나?

- 아낙네들을 쳐다보는 채수

NA 귀신 이야기를 빌어서 당시의 정치, 사회 현실의 문제점을 예리하게 지적하다 조선시대 최대의 필화 사건으로 파장을 일으키며 금서가 되고 만 채수의 〈설공찬전〉! 이 사건을 통해 500여년 전의 조선사회에서도 체제 유지를 위해 얼마나 엄격히 학문과 사상을 통제했는지를 짐작할 수 있겠다.

2. 연극 〈지리다도파도파 설공찬전〉(대본과 공연 사진)

때와 곳 – 조선 중기의 어느 날, 전북 순창의 어느 곳

사람들 – 설공침 · 설충수 · 설충란 · 설공찬 · 얽님이 · 윤이필 · 정익로 · 단월이 · 윤서임 · 김석산 · 탈의파 · 죽방마님

소병(素屛)을 친 대청마루.

교의(交椅)에 앉은 신주(新主). 젊어 돌아간 아들 설공찬(薛公瓚)의 것이다.

목이 멘 듯 풍경(風磬)은 띄엄-이 띄엄-이 울고 신주에 멍한 두 눈을 올려놓은 채 공찬의 아버지 충란(忠蘭)은 벼루에 먹을 갈고 있다.

충란 숙동아이~ 숙동아이~ 숙동아이~

마당을 가로질러 연적을 들고 나오던 여복(女卜) 얽님, 가만 보고 서 있다가 충란 앞에 연적을 들이민다.

얽님 배루에 먹물루 홍수 지고 백지장은 물걸레가 다 되것슈!

충란 숙동아!

얽님 (혀를 차며 행주치마로 충란의 얼굴에 흐른 눈물을 훔치며) 내가 징글맞여, 석 삼년을 징글맞여! 어르신은 눈물로 먹을 갈고 글을 쓰남유?! 글치 않아도 대근해 죽갓는데 일을 왜 자꾸 만든대유?

충란 갑자기 그 날 한 때가 떠오르는구나. 숙동이, 그러니까 공찬이 그 놈이 살아있을 때 말이다. 저 중천에 떠 있는 해를 보고 아버지~, 아버지~ 저 해란 놈은 세상을 다 굽어보고 있는 동그란 눈알 같소, 하길래 그럼 달도 굽어보니 같은 족속이로구나, 내 생각 없이 맞장구를 쳤는데, 아니요~, 아니요~ 달은 몸을 바꾸면서 굽어보

니 감추는 게 많은 다른 족속이오, 그때에~ 그때에~ 내 이 놈 크면 곧고 바르겠다 싶어 대견하고 어여뻐했었는데…. 오늘에서야 그 날이, 그 날이….

얽님 어제두 하셨슈. 그 야기는….

충란 (반쯤 정신이 빠져서는) 숙동아, 숙동아, 얽님아~!

얽님 아이구 깜짝여! 산 사람 이름은 왜 불러유?

충란, 묵묵부답 가만히 있자,

어~따! 조~기를 잡았으면 굴비로 엮고 이~름을 불렀으면 얼릉 말로 엮어야지 (……) 뭐하신대유!?

충란 (……) 내 죽으면 (……) 저 신주에 제삿밥 좀 올려주겠냐?

얽님 누가유?

충란 (……) 니가!

얽님 지가유? 지는 처년디유, 지가 왜유? 왜 총각구신한테 잿밥을 지가 먹여줘유? 행여 유배 받아 여까지 온 걸루 지금 유세 하시는 거 아니쥬? (……) 싫어유!

충란 (……) 그래! 너도 싫다면 (……) 이젠 묻어야겠지?

얽님 (……) 보재기 하나 내올까유?

충란, 한참을 생각하다 고개를 어렵게 끄덕거린다. 풍경이 운다. 얽님, 조용히 마당을 빠져나간다. 충란, 공찬의 신주가 놓여진 교의 쪽으로 걸어간다. 신주를 쓰다듬다가 또 버릇 같은 한숨이다.

충란 처마에 매달린 저 풍경이 차라리 낫다
잎샘 바람 불면
그 시샘대로
저는 아프다고 서럽게 울 줄이야 알았지
눈물도 없이 눈물도 없이 서럽게 우는
나보다 서러울까
산송장인 나보다 더 서러울까
이런 이런 지지리도 못난 산송장아
풍경보다 서럽게 우는 산송장아
저 백지 위에 눈물만 그리는 산송장아
……
서럽구나 서럽구나 서럽구나

이때, 어디선가 마른 기침 소리.

충수 에헤엠~!

그리고 뒤따르는 또 다른 기침, 윤이필이다.
충란, 기침은 어디 기침인지 궁금치도 않은 듯 신주를 꼬옥 끌어안고 앉은 채로 그것을 어르기만 한다.

충수 성님~! (……) 아, 성님~! 죽은 자식 고추 다 닳겠소. 어제도 만지고 오늘도 만지고 허 참! (마루에 걸쳐 앉으며) 망자계치(亡子計齒)라! 죽은 자식 나이 세어봤자 썩어문드러지는 건 부모 속뿐입니다. 이거 이거이 말이우다. 천하에 쓸데없는 속앓이외다! 제발 덕분하고 그만 좀 하시오! 에?

충란, 묵묵부답이다. 충수, 이필을 힐끗 본다. 이필, 충수 곁자리에 앉으며 얼굴을 찡그리며 채근하는 듯 어깨로 밀어 붙인다. 충수, 알았다는 듯 고개를 끄덕거리고 조급을 떨지 말라고 손사래를 친다.

충수 그만 좀 하시고~, 산 사람은 살아야지요~! (……)

충란 이 몸은 이미 송장이라 잘 모르겠다.

충수 (화를 버럭 내며) 그거 참! 말이 안 통합니다. 벌써 달포가 지나갑니다. 한양서 애달캐달하며 성님 설득코자 내려올 적 채비가, 보시오! 아예 제가 유배 사는 꼴이 되었다구요! 안보입니까?

충란 이 몸은 세상에 눈 감은지 오래니 보이는 것도 없다.

충수 에이, 감때사나운 양반!

충수, 돌아앉아 곰방대를 꺼내어 담배연기를 팍팍 내어쉰다.
윤이필, 충수와 함께 주거니 받거니 곰방대를 돌림 한다.

성님도 참도 딱하시오. 돌덩이도 모난 돌이 먼저 정을 맞고 나무도 곧은 나무가 먼저 찍힌다고 했소. 반정(反正)에 세상이 뒤집혀서 형세가 성님한테로 왔는데 모난 돌에 또 모를 내고 뻿뻿한 대꼬챙이에 또 갖풀까지 입히고 내사 모르겠소. 성님 속을. 정말 내사 모르겠소. 수년 전에 목숨을 걸고 뱉은 성님 간언에 논공행상까지 하여준다는 조정에 한 마디, 아니 헛기침 한 번에 머리 한 번만 조아리면 될 일을…….

충란 그 말은 달포 전에 끝냈다. 송장 입에서 끝냈다 말이다.

충수 성님! 이 정도면 허세를 부린다는 겁니다. 우리 공침이도 생각해 주십시오.

충란 충수야 그만 하라고 했다.

충수 성님!

충란 차라리 거미줄에 목을 매거라!

충란, 휙 돌아 그 자리에 누워버린다.

모르겠습니다. 어쨌든 공침이 저 녀석 정자(正字) 자리에 앉히는 게 제 꿈이니 성님만 믿겠습니다. 홍문관이든 승문원이든 교서관이든 감투 하나 쓰면, 다음 감투는 또 어찌 되겠지요. 정익로 어르신과 몇몇 분께서 조만간 송계에 팔경 유람 나오신답니다. 그 통에 분명히 정대감이 성님께 걸음하십니다. 제가 아도물은 쑤셔 박을 대로 쑤셔 박아놓았으나 문제는 명분만 남았습니다! 성님은 반정한 무리가 내놓는 개살구만 드시면 된다 이겁니다. 시고 떫어도 어찌하겠습니까? 눈 딱 감고 삼키면 끝입니다. 그게 정치 아닙니까? 제발 좀 봐주십시오. 네?

충란, 부러 코를 심하게 곤다. 이필, 얼굴을 찡그린다.

이필 (낮은 목소리로) 소문보다 더 하십니다. 저 정도라면 아도물 얘기는 차라리 드리지 않았다면 좋았을 터인데.

충수 인간사 밥풀 떼어먹는 재미로 굴러가는 것쯤은 다 아시는 양반입니다. 뇌물 같은 거 떼어먹을 검탐스러운 위인이었다면 우리가 왜 이 고생을 하겠습니까. 차라리 조용히 병풍 뒤로 가시지, 에구.

이필 어허, 아무리 그래도 형님께 그런 화 되는 말씀을….

충수 땅에 보탬을 해주면 거름이라도 되지.

이필 쉬이~. 듣습니다.

충수 들으시라고 하는 소립니다. 절개가 우애보다 낫겠습니까. 죽은 제 자식만 알았지 살아있는 조카는 자식 아니랍니까? (충란에게 들으라는 듯) 조카는 자식 아니랍니까?

이필 그나저나 받아놓은 날은 다가오고….

충수 권세란 놈은 쉽게 손에 쥐어지지 않습니다. 것도 노력이 있어야지요. 농사짓는 거하고 똑같습니다.

이필 농사지어 봤습니까?

충수 예컨대 말입니다. 예컨대!

이필 아, 저는 농사 물정은 잘 몰라서 드린 말씀입니다.

충수 이를테면 윤 진사님이 조정에 마음이 있으셔서 딸자식 농사를 짓는 것도 그것이라 할 수 있겠지요. 간척도 아닌 간택 사업 아니오? 하,하,하!

윤이필, 왠지 어감이 이상하지만 억지로 웃음에 동참한다.

죽엽은 공으로 마시것소?

이필 (고개 절레절레 흔든다) 연초(煙草)는 빼끔만 피겠소?

충수 (역시 고개 흔든다) 사내 불알 한 짝에 목매달았다는 계집 있다는 소리 들어나 봤소?

이필 (앞서처럼) 술도 누룩이 필요하고

충수 암! 연초도 그 흔한 솔잎이라도 있어야하고

이필 암! 계집도 허세라도 있어야 같이 놀 수 있는데

충수 모든 게 노름인지라 밑천이 필요한데
노름도 밑천이 있어야 하는데. 그 밑천이 무어냐?

이필 권세이지요. 권세.

충수 돈의 권세

이필 말의 권세

충수 헛기침의 권세! (충란에게 들으라는 듯) 에헴! (충란, 미동도 없자) 오늘도 갑시다!

이필 거기?

충수 그럼 거기지요. 어디겠소!?

이필 고비에 인삼, 계란에 유골이요. 기침에 재채기에다 하품에 딸꾹질, 엎친데 덮치기에 잦힌 데 뒤치는 격이니 오늘도 술로 풉시다 그려!

둘, 요란한 기침 소리와 함께 자리를 뜬다. 잠시 정적이 흐르고 충란, 가만히 뒤로 돌아 모로 눕는다. 몸을 뒤척이다가 신주를 눈앞에 세운다.

충란 말[言]이 통하지 않는다.
공찬아. 세상과 말이 통하지 않는다.
하여 아비는 말이란 놈을 아도물 만 냥의 무게에도 계집의 엉덩짝에도 농락당하지 않게 영영 물에 빠뜨려야겠지?
공찬아, 내 아기 숙동아!
오늘은 먼저 아비는 입을 닫고 그 뒤로 내일은 귀를 닫고 그 뒤로 또 모레는 코를 막으면 비로소 사는 게 사는 거겠지.
거짓으로 사는 것보다 그게 나은 사람살이겠지.

그러면 아기 곁으로 가는 거겠지.

공찬아! 내 아기 숙동아!

구와증(口臥症)으로 세상에 거친 입, 사난 입, 독을 품은 입 입이란 입은 모다 비뚤어지지도 않는데 아비는 입을 막자! 숙동아! 입을 막아!

길 다 왔으니 말[馬]은 버려야지. 암, 말[言]도 버려야지.

충란, 중얼중얼거리면서 사랑채로 건너가는 길로 나선다.

충란이 나서자 마자, 멀리서 천둥이 우는 소리가 들린다. 풍경소리가 심상치 않다.

그 풍경소리 사이로 공침 서권을 끼고 모습을 나타낸다. 대청마루에 걸터앉는다.

마음을 바꾼 모양인지 아예 신발을 벗고 마루에 올라간다. 가부좌를 하고 책을 펼친다. 중얼중얼 읽기 시작한다. 읽다가 갑자기 멈춘다.

책이 뒤집어졌다는 것을 그제서야 알고 두리번거리고 난 뒤 바로 놓는다.

다시 중얼중얼 읽기 시작한다. 그것도 잠시 하품을 하려고 하는데 그때, 얽님이 곱게 접혀진 보자기 하나 손에 들고 들어선다.

대청 쪽에 충란이 보이지 않자 두리번거리다가 뒤돌아선다. 보이지 않게 곁눈질 하던 공침. 얽님이 아니다 두고 가야지 하는 생각에 휙, 하니 뒤돌아서자 자세를 바로잡는다. 얽님, 마루에 올라 교의 쪽으로 가서 교의 옆에 보자기를 곱게 놓아둔다.

공침 무어냐?

얽님 인제 어르신께서 공찬 대련님 신주를 그만 묻으시겠다고 해서유.

공침 (냉랭하게) 정말이냐? 그거 참 아쉽구나.

얽님 신주 묻고 또 얼마 잡고 식음을 전폐하실지 또 모르지유.

공침 공침이 형님이랑은 내 둘도 없는 멍지지간이었는데.

얽님 야?

공침 멍지지간 말이다!

얽님 (대청에 걸터앉으며) 문자에 약한 쇤네는 당최 뭔 말이지….

공침 가깝다는 말이다. 똥구멍 '멍'에 보지 '지' 라, 항문과 음문 사이만큼 가까운 사이란 뜻이다.

얽님 에구머니나. 문잔 줄 알았더니 육담이었슈?

공침 궁금하냐? 내 더 가르쳐주랴?

얽님 (화들짝 놀라며 신을 신으며) 됐시유.

공침 버릇없이 상전이 말을 끝내기도 전에! 어허!

얽님 일 없슈!

얽님, 허둥지둥 뒤를 보이며 뜨려고 하는데

공침 곰보딱지 코딱지 아가리 딱딱 벌려라 열무김치 들어간다. 그래 곰보는 그냥 휭하고 가는가 보다. 휭하고 가고 나면, 곰보니까 뒤탈도 없겠다, 이거구나.

얽님, 뒤돌아 공침을 째려보고 콧방귀를 뀌는데

공침 내 일전에 보니까 니 동생이 호패 받을 나이더라.

얽님, 얼굴이 갑자기 굳어진다.

너희네는 노비니까 상관없다, 쉽게 생각하겠지? 그런데 어림도 없다. 나라에서 요즘은 군역이며 요역에 필요한 손이 귀해 피 묻은 백정 손만 빼면 뭐라도 괜찮다더라. 어찌할 테냐? 내가 관아에 살짝 귀띔해주랴? 아니면 내가 짬짜미를 해서 호패를 위조해주랴?

얽님, 어찌할 바를 몰라 우두커니 서있다. 공침, 얽님을 향해 가까이 와보란 듯 손짓한다. 얽님, 힘들게 걸음을 옮긴다.

공침 서울 종루에 동상전(東床廛)이란 데가 있는데 말이다. 안파는 게 없는 유명한 잡화상이다. 한 날은 궁궐에 나인 하나가 각좆을 사러 동상전에 갔는데 말이다. 각좆이 무언지 알지?

얽님 (고개를 절레절레 흔들며) 너무 가찹게 앉지 마셔유.

공침 소꿉장난을 여기서는 뭐라고 하느냐?

얽님 빠, 빠꿈살이라고 하는디유. 왜, 왜 이러셔유. 이러믄 안 되는디. 지발.

공침 빠꿈살이 하는 거다. 그냥 빠꿈살이야. 조용히 해!

얽님 한 번만 봐주셔유. 네?

공침 그래 봐주마! 어딜 봐주랴? 가랑이 사일 봐주랴? 젖무덤 사일 봐주랴?

더듬거리며 다가오는 공침을 밀어내는 얽님, 공침의 힘에 못 이겨 소병 뒤로 자꾸만 밀려나기만 한다. 이윽고 소병 뒤에는 얕은 울음소리와 함께 추적추적 비가 내린다. '짐승 항렬이지, 사람 항렬이 아니구만유.' 계속되는 얽님의 넋 나간 소리와 함께 또 앓는 듯 앓는 듯 신음 같은 충란의 소리 '숙동아이~, 숙동아이~ 공찬아이~'

이제 시간이 흐르고 밤이 찾아온다.

공침은 이미 아랫도리옷을 대충 여미는 듯 마는 듯 대청으로 나와 대자로 뻗어있다. 주마등이 어둠을 밝힌다. 한동안의 정적. 그 정적을 깨는 소리. 제상 위에 놓인 놋그릇 또 그 위에 놓인 숟가락과 젓가락이 울기 시작한다. 누가 흔드는 것도 아닌데 신이 내린 듯 제상이 떨기 시작한다. 처마 끝에 매달린 풍경도 울기 시작한다. 춤추듯 흔들리는 주마등. 이윽고 모습을 나타내는 기운 하나, 설공찬의 영이다. 그 뒤를 따라 오는 탈의파(奪衣婆)

탈의파 옷 줘어! 옷 줘어! 옷 줘어!

공찬, 교의에 쭈그리고 앉는다. 서러운 눈이다.

탈의파 (헉헉거리며) 저승이 바닷가이로되
쉴찬히 멀어서 여그서 거그 가는 것이 사십 리
우리 다니 게 쉴찬히 빨라서
여그서 술시에 나서서 자시에 들어가 축시에 성짝이 열려 있으면
들어가긴 하는데
어디보자 어디보자 으매 시방이 자시 근처네
아그야~, 그만 허고 가자.
아무리 귓것이지만 니랑 내 몸 상태가 봐라 다르잖여.
봐라 봐라 발바닥에 벌써 못 백혔어. (……)
때가 원체 늦어 인제 니 눔 장난놀음도 못받어 주겄다.

공찬, 아무 말도 없고 미동도 없다. 탈의파, 늙은 몸을 끌고 공찬 곁으로 다가간다. 공찬이 들고 있는 무엇인가를 빼앗으려 한다. 공찬, 무표정하게 이리 피하고 저리 피한다. 탈의파, 안간힘을 써보지만 쉽지 않다.

탈의파 아그야!
나가 누군 줄 아는겨?
나가 저승 가는 삼도내에 현의옹과 억겁을 앉아 억만 혼백(魂魄) 옷을 벗겨 죄의 경중을 물어 낭구에 단다는 할미여.
무섭다면 무섭고 깐깐하다면 깐깐하다고 소문난 몸이다, 이 말이여. 헌데 니놈이 울 영감 현의옹 옷을 슬쩍 숨켜 줄행랑을 놓아?
내 억천만겁을 살다 살다 너 같은 미꾸린 첨 본다.
무슨 이깝을 쓸까? 무슨 이깝을 써야 널 잡을 수 있것냐?

공찬 (……) 이 고장 태생이오?

탈의파 왜 그려?

공찬 귓것의 말투가….

탈의파 일 잘 보려면 임기응변해야지. (한 번 휙 둘러보고) 나가 땅에 입을 잘 맞추긴 혀.

공찬 소원 하나만 풉시다.

탈의파 뭐?

공찬 이거 넘겨 줄 테니 소원 하나만 풀어봅시다.

탈의파 시방 흥정하자는 거여?

공찬 (……) 아버지가 서러워 식음을 놓으셨다 해서 그럽니다.
스물에 병을 얻어 일찍 돌아간 불효가 석 삼 년,
장가도 못 보냈다, 세상에 뜻도 맞지 않다, 들어줄 이도 없다,
이리저리 하여 서럽게 서럽게 우시며 말씀도 놓으리라고
넋풀이를 하시어서 그럽니다.
세간에 그런 사연 하며 그보다 못한 지경과 처지가 한 둘 아니겠지요.
하지만 제 아비의 절개가 대쪽같아 입을 다물어버리면
마침내 죽음까지도 사양하지 않으시리라 걱정이 됩니다

그 원인이 이 망자에 있는지라 저승에서도 발을 쉽게 뻗지 못하겠습니다.
제가 이런 울화를 참아 저승에서 두억시니 같은 난봉꾼이 되길 원하십니까.
아니면 제게 말미를 주시어 이승과 저승이 모다 편킬 원하십니까.

탈의파 (……) 삼칠일의 하루를 뺀 말미는 어뗘?

공찬 삼칠일이라고 했습니까?

탈의파 악아는 세상의 땅을 밟고 7일이 되면 초이레
또 14일이 되면 두이레
그리고 21일이 되면 세이레라 하여
매 칠 일에 진솔이며 강보며 새것을 입히고 두르며
삼신에게 허락받아 금줄을 내리지.
자네가 바른 절차도 아닌 방도로 이승에 다녀갈 것이니
세이레면 삼신도 수상히 여길 터,
하여 삼칠일의 하루를 빼고 셈하니 스무 날이여.
저승의 문책이 두려우니 그 넘게는 나도 모르것구. 어쩔텨?

공찬, 어렵게 고개를 끄덕인다.

탈의파 그리고 하나 더
산 자의 몸을 빌릴 적에도 방법이 있는디
산 자와 두 눈을 마주할 적에는
생사의 기운이 달브니 당연히 들림이 어려울 것이여
꼭 머리를 조아리는 몸이 있을 때
그 틈을 타 뒷더겡이를 통해 들림을 해야혀.

공찬 뒷더겡이면?

탈의파, 자신의 뒤통수를 두어 번 쳐 보인다.

공찬 남자든 여자든
계수배(稽首拜), 숙배(肅拜) 큰절이든가
돈수배(頓首拜), 평배(平拜) 평절이든가
공수배(拱手拜), 반배(半拜) 반절이든가
상관없이, 여하튼 절[拜]로 머리를 조아릴 때면 쉽겠습니다, 그려?
탈의파 자네가 약은 귓것이여, 알고 보니 비상한 귓것이여! …. 됐지?

그리고 손을 내밀어 보인다.

공찬 네?
탈의파 옷 줘어! 우리 영감 옷!

공찬, 소매에서 옷을 꺼내어 탈의파에게 건넨다.

탈의파 홍정에 이겼다고 생각허지 마.
효성이 지극해서도, 말을 뻔질나게 해서도 아니니까 오해도 허지 마.
순전히 귀찮아서 들어주는 것이니 소문도 내지마! 알어 들어?

공찬, 고개를 끄덕거린다.

탈의파 (뒤돌아서서) 스무 날의 말미에 무엇을 할 터?

공찬 (곯아떨어져 있는 공침을 한참을 바라보고서는) 먼저 동당형제의 몸을 빌 것입니다. 차후엔 부친이 춤을 추라하면 춤을 추고 부친이 품계를 받아 입신을 하라 하시면 입신을 해야겠지요. 자격이 몽달 도령 총각귀신이라 부친이 혼례를 갖추어라 하시면 또 그렇게 해야 하겠지요. 당신이 원하시는 것이 곧 자식의 효가 되겠지요.

탈의파, 대청에 놓인 붓을 집어 들고 공침의 얼굴에 낙서하기 시작한다.
현상계에서는 보이지 않는 글씨인 듯, 그 모양을 알 수가 없다.

탈의파 고작해야 이승의 스무 날에?
겁나게 야무진 꿈이구먼.

공찬 귀신의 꿈이라 야무집니다.

탈의파 초장엔 들림이 어려블 거여.

구점(句點)을 찍듯 한 점을 찍어 마감하며

됐네. 인제 나가 방법을 해뒀으니, 자, 꼴리는 대로 어여 해봐! 아참 글고, 자네가 잠을 잘 때는 산 사람에겐 자네 기운은 없을 것이여. 산사람도 살아야지.

탈의파, 순식간에 모습을 감춘다. 바람이 인다. 공찬, 공침의 몸속으로 들어간다.

공침, 뭔가 다른 이물이 속에 스며드는 것을 느끼는지 끙끙거리며 잠꼬대를 하기 시작한다.

공침 서엉~! 가, 나가, 썩! 나가! 어, 어히, 워어, 가만, 가만, 침아! 나여! 나가, 안돼! 찬이 성! 뭐야? 가만 있어. 에이. 어으, 서엉~!

공침의 잠꼬대, 신(神)의 말을 받은 모양으로 점점 기묘한 색이 된다.
주마등이 다시 흔들리기 시작한다. 이윽고 풍경은 전과 다르게 그 울림이 평화롭다.
이윽고 새벽이다. '헉'하고 자리에서 일어나는 공침. 눈을 부비며 두리번거리다가

공침 (신경질적으로) 무울~! 무울~! 무울~!

공침/공찬 (차분하게) 떠들지 마라! 침아!

공침 (잘못 들었는지 고개를 갸웃거리고서는) 무울~! (하고 다시 소리 지르자 한 쪽 손으로 스스로 입을 막아버린다. 그러자, 또 다른 손은 스스로 입 막은 손을 떼어놓으며) 뭐, 무어요?

공침/공찬 나다!

공침 누, 누구시오?

공침/공찬 찬이다!

공침 (제정신을 차려보려 머리를 한 번 털고서는) 무울~! (다시, 입을 막자 또 다시 힘들게 떼어놓고서는) 무울~!

공침/공찬 네 사촌형! 공찬이다!

공침 (깜짝 놀라며) 게, 아무도 없느냐? 무울! (혼잣말로) 이게 뭐야!? 도대체 누가 속에서 지껄이는 거야?

공침/공찬 설공찬이다!

공침, 겁에 질려 입을 막아버린다.

마침 소리를 듣고 달려오는 얽님, 두 손에는 대접이 올려진 소반을 들고 있다.

공침, 입을 막은 채로 얽님을 향해 손짓하며 물을 가져오라고 재촉한다.

얽님, 간밤의 치욕에 두려움을 느끼는지 눈은 마주치지 않고 대청 위에 어렵게 대접을 올려놓으려 한다.

공침/공찬 얽님아! 잘 지냈느냐? 식전부터 미안하구나. 내 목은 그리 마르지 않으니 냉수 대접은 도로 물려놓고 다른 일을 보아라!

얽님 (의아한 눈을 하고서는) 야?

공침 (머리를 흔들며 신경질적으로) 무울!

얽님, 화들짝 놀라 엉덩방아를 찧는다.

공침/공찬 (코웃음을 치며) 어허! 녀석! 괴악하기는…, 간 떨어지겠다. 하긴 니놈 간이지만.

얽님 도린님!

공침/공찬 아냐! 아냐! 괜찮아.

공침 (화를 내며) 괘, 괜찮긴 뭐가 괜찮어?

얽님 어, 어디 불편하셔유?

공침 (입을 벌려 손가락으로 목구멍을 가리키며) 뭐가 있어! 속에! 뭐가!

얽님 (멀찍이서 목구멍을 배꼼 들여다보는 척을 하며) 뭐가유?

공침 속에서!

공침/공찬 됐다, 얽님아. 아무것도 아니다.

공침, 캑캑거리며 손가락을 목구멍에 넣어 속을 헤집는다. 하지만 이내 목젖이 비릿해졌는지 토역질을 시작한다. 창자가 꼬이는지 데굴데굴 구른다.

얽님 (안절부절 못하며) 도린님! 도린님!

공침, 얽님에게 등을 두드려보라고 손짓한다. 얽님, 주저하다가 어렵게 공침의 등을 친다.

공침 세게! 세게! 더!

얽님 이렇게유? 이렇게유? 이렇게유?

공침 세게 쳐 봐!

얽님, 눈을 질끈 감고 후려친다.

공침 으아! 이년이!

공침, 닿지 않는 등짝을 문지르며 얽님의 머리채를 잡는다.

엄님 잘못했시유. 쇤네가 잘못했슈!

공침 니년이 어제 일로 앙갚음을 해? 이년!

공침/공찬 어허! 침아! 식전에 웬 방정이냐? 그게 양반이냐?

공침, 어떤 힘에 몸이 따르는 듯 잡은 엄님의 머리채를 힘겹게 놓고 헉헉거린다.
엄님, 이때다 싶어 후다닥 한켠으로 몸을 피한다.

공침/공찬 지리다도파도파 (地理多都波都波)
지리다도파도파 (地理多都波都波)
공침아 우리 한번 춤을 추어보자꾸나
어무산신(御舞山神), 어무상심(御舞祥審), 상심무(祥審舞)

공침 (절로 춤을 추며) 뭐, 하는 거냐? 뭐냐? 어? 어?

공침/공찬 옛날 어느 왕이 있어. 풍경 좋은 포석정에 나들이를 갔더란다.

엄님 도린님!

공침 하지마! 하지마!

공침/공찬 그때에 남산의 신, 상심(祥審)이 춤을 추니 왕의 눈에만 보였구나

공침 엄님아! 아부지 불러라!

공침/공찬 지리다도파도파 지리다도파도파
왕이 홀로 춤을 따라 추더란다

공침 (울먹거리며) 어서! 아부지! 어여!

공침/공찬 어무산신(御舞山神), 어무상심(御舞祥審), 상심무(祥審舞)
지리다도파도파 지리다도파도파

엄님 뭐, 뭐라고 할까유?

공침 (발악하듯 소리치며) 공침이 속에 귀신이 들었다고 해!

공침의 입에서 공찬의 웃음소리 연잇고 공침은 춤을 추다말고 발작을 하며 쓰러진다.
얽님, 어떻게 해볼 양으로 다가가다가 안되겠다 싶어 물러서며

얽님 마님! 작은 마님! 한양 마님!

기겁한 소리와 함께 사라진다. 먹구름이 깔린다.
멀리 어디선가는 풍악재비들의 소리만 가물가물

…….

이제 공침은 대청마루에 몸을 부들부들 떨고 모로 누워있다.
그 옆으로 충란, 충수가 걱정스럽게 앉아있고
대청 앞으로는 세숫대야에 목면포 조각을 적시고 있는 얽님이가 보인다.

충수 (사지가 뒤틀려 꽉 움켜진 주먹을 풀어주려 애를 쓰며) 아이고! 이 일을 어쩌냐? 이 일이 무엇이냐? 공침아! 공침아!
공침 (무서움에 떨며) 나라가 망한대요. 노래를 부르며 덩실덩실 춤을 추며 이르는데 장차 나라가 망한대요. 나 같은 놈 때문에 말, 읍!
공침/공찬 지리다도파도파 지리다도파도파 (장난스럽게 웃으며)
충수 누가? 공침아! 누가? 그 산신이?
공침 아뇨! 공찬이 성이요!
충수 얘가 왜 이러냐? 공찬이가 죽은 지 언제라고 헛소리를 해대냐?
공침/공찬 아주버님! 헛소리가 아니라 접니다. 공찬입니다.
충수 얘가 또 이러네! 성님! 큰일 났습니다. 무슨 말 좀 해보십시오.

충란, 아무 말 하지 않고 가만히 보자기에 신주를 정성스럽게 싸고 있다.

공침 아부지! 속이 미쓱미쓱거립니다. 머리가 머리가

충수 머리? 머리 아퍼? (얽님에게) 얘! 얘! 어서 어서!

공침/공찬 괜찮습니다. 숙부님! 공침이가 한사코 저를 받지 않아서 그런 것이니 염려는 붙들어 매십시오.

충수 공침아! 나는 니 애비고, 이쪽이 네 백부야! 정신 차려 이것아!

공침/공찬 (어렵게 공침의 몸을 일으켜 충란을 보며) 아버님! 절 받으십시오. 늦었습니다. 공찬이가 돌아왔습니다.

충수 (공침을 때리며) 이놈아! 이놈아! 정신 차려! 아이고 니놈이 완전히 다른 사람이네, 다른 사람이야! 뭐에 홀렸는지 단단히 홀렸어!

충수는 공침을 말리고 공침은 공찬의 넋이 쓰이어 충란에게 억지 절을 올린다.
충란, 개의치 않고 신주를 품에 안고 자리에서 일어난다.

공침/공찬 아버님! 저 공찬이옵니다. 공침이 몸을 빌어온 공찬이옵니다.

공침 (안절부절하며) 아부지! 봐요! 공찬이 성이에요!

공침/공찬 (충란에게 무릎을 꿇으며) 아버님! 제가 왔습니다. 먼저 간 불효를 이렇듯 매얼음 얼굴로 대하시니 저는 어찌하면 좋겠사옵니까. (울먹거리며) 어찌하면, 어찌하면, 어찌하면 …….

충란, 대청에서 내려온다.

공침/공찬 (충란의 옷소매를 잡으려하며) 아버님!

충수 안되겠네! 얘! 그거, 그거 좀 줘봐라.

공침/공찬 정말 말문을 막으셨습니까.
아들이 왔는데, 삼도천 거슬러 까인 무릎, 산발머리 당신 아들이

겨우사 왔는데 겨우사 겨우사

얽님, 재빨리 대야 옆에 어질러진 목면포 자락을 건네준다.
충수, 목면포로 입을 막고 손을 묶어버린다.
공침, 막힌 입으로 뭐라고, 뭐라고 부르짖는다.
충란, 길을 나서기 전에 한 번 공침을 측은하게 바라본다.

충란 (냉랭하게 몸을 돌리며 짧은 헛기침) 어흠!
얽님 영감마님! 지가 묻어드리고 올까유?
충란 (가만히 고개를 가로젓는다)
얽님 그럼 (반절을 하려고 할 때)
충수 (다급하게) 얘 얽님아! 근방에 귀신 쫓는 치 없느냐? 아는 치 없어?
얽님 (절을 하려다 말고) 대밭깍단에 김석산이란 자가 있긴 헌데 왜유?
충수 너, 어서 그 대밭깍단이란 곳에 좀 다녀와야겠다.

충란, 그때 둘의 대화는 아랑곳없이 길을 나선다.
공침, 묶인 입과 몸으로 발광이 더해진다.

얽님 (충란의 뒷모습을 향해) 영감마님! 마님!
충수 (소리 지르며) 어서!
얽님 야, 야!

얽님 그림자로 뒷모습을 보이며 멀리 사라진다.
충수, 공침을 안고 안절부절 주문처럼 고시조를 읊는다.

충수 사람이 사람 그려 사람 하나 죽게 되니
사람이 사람이면 설마 사람 죽게 하랴
사람아 사람을 살려라 사람이 살게[1]

까마귀 울음소리에 한낮이 다 흐른다.

이제 충수는 겨우 잠이 든 공침의 머리를 허벅지에 올려두고 걱정스럽게 부채질을 하고 있다. 이때, 곁문으로 모습을 드러내는 이필. 그 뒤로 그의 여식(女息) 윤서임(尹曙林)과 관기(官妓) 단월(丹月).

이필 (낮은 목소리로) 설 생원! 설 생원!

충수 아, 윤 진사 오셨소?

이필 (더 낮은 목소리로) 영감님은?

충수 나가셨소!

이필 (낮은 목소리로) 나가셨다구요? (마음이 놓였는지 대청 끝에 주저앉아 소리를 한층 높여) 아이고, 설 생원 일 났습니다. 일이요!

충수 소식이란 놈, 참 발도 빠릅니다. 거 어느새 새 고개 건너 내천 건너 윤 진사 귀에까지 갔소?

이필 (묶인 공침을 보고) 이 아인 왜 이 지경이오?

충수 알고 오신 것 아닙니까?

이필 전 정 대감 소식 때문에 급히 달려왔지요.

공침, 몸을 불안하게 뒤척이자 이필, 깜짝 놀라 제자리서 벌떡 일어나 뒷걸음친다.

충수 오한(惡寒)이…, 그래요 오한증이 심해서 잠시 무, 묶어둔 것이오.

1) 작자미상의 고시조

이필 풍 맞은 거 아니오? 눈이 뒤집어지는데?

충수 (공침의 눈을 가리며) 풍은 무슨 고, 고뿔이오!

이필 살다 살다 고뿔에 별 희한한 처방을 다 보겠네. 이렇게 입 막고 손 묶음을 하면 효능이 있긴 있답니까?

충수 저, 정 대감 이야기나 해보시오.

이필 아, 참! 내 정신 좀 보게. 이, 이쪽은 의주 관기 단월이고,

충수 그 년 참 태에 색이 흠뻑 젖었구나.

이필 어흠! 흠! 아니 그쪽이 아니라….

충수 그럼…?

이필 (시큰둥하게) 내 딸년이오!

충수 아, 자네가 간택에 나갈 그….

서임, 조용히 반절을 한다.

공침, 느낌이 이상한 모양인지 꿈틀거린다. 충수, 단월 쪽을 본다.

단월 단월이라 하옵니다. 절 받으십시오.

단월, 큰절을 하려 하자, 공침 이때다 싶어 또다시 몸을 꿈틀거린다. 헌데 충수, 더 힘을 주어 공침의 눈을 가리며

충수 (당황해하며) 아니, 됐다! 예는 자리를 잡아 갖추고 지금은 면식만 익히자.

이필 그래, 그래! 어여 가지고 온 기별이나 풀어보아라. (충수에게) 단월이 이것이 신분은 기생이지만 탁월한 모사꾼이지요.

단월 쇤네 의주서 윤 진사어른을 여러 번 뫼시면서 알게 모르게 아는 것이 많아져서 행여 나랏일 도모에 쓸 데가 있사오면 미약한 힘

이나마 도울까 했는데 때가 찾아와서 이렇게 열두 폭 치마인줄 알면서 여기까지 왔사옵니다.

충수 고년 참 말 한 번 청산유수다. 그래 대감이 벌써 오신다고?

단월 의주서 저 말고 다른 관기가 모시면서 엿들은 소리가 다음은 강원 관찰사 만나러 안 가시고 충청 관찰사 만나러 가신다고 했다 하더이다.

충수 여정이 바뀌시었구나. 그래 그때가 언제냐?

단월 그때가 달이 찰 때였으니 달이 기울 오늘 내일이면 도착하지 않으시겠습니까?

충수 일을 다보시면 글피에는 모셔야겠군. 글피면 촉박한데….

이필 어떻게 형님 마음은 돌리셨습니까?

충수 그게, 당최 힘듭니다. (다시 단월에게) 다른 것은….

단월 소문대로 돈이며 술이며 색기며 가리지 않으며 더더군다나 따리붙이는 자에겐 간도 내어준다 하더이다.

충수 아첨에 능하라 이 말이렷다?

단월 헌데 관직을 원하는 자에겐 꼭 뒤엔 수수께끼 같은 문답을 하는데 그것으로 명분을 삼는다 하더이다.

이필 이제 어떻게 합니까?

충수 어떻게 하긴 어떻게 합니까? 돈은 윤 진사에게 있고, 색기는 단월이에게 있고, 감언이설은 이 입에 달려있고, 수수께끼는 공침이 가 풀어야 할 것이니 합심을 하는 수밖에….

이필 (서임을 보며) 애비는 어쨌든 니 덕 볼 것이다. (주머니를 보이며) 이 아도물이란 게 먼저긴 먼저이지만, 너도 준비를 만반이 해둬!

서임 수년을 걸쳐 권세에 어울리는 몸과 마음가짐을 만들었사옵니다. 군왕의 눈앞에만 세워주시옵소서. 당장에 군왕의 눈에 찰 만큼 물오르겠사옵니다.

이필 정 대감이 우선이다.

서임 명심하겠습니다. 아버님!

충수 (단월을 보고) 자네도 뜻을 같이 하겠는가?

단월 정승 집 종놈이 정승 노릇한다고…. 행여 압니까? 정승 기생 되어 정승 노릇 해볼지….

충수 그래 니가 고물을 어떻게 먹는지 아는구나.

단월 떡고물 돈고물 금고물 땅고물, 이내 배가 주려 말끝에 고물만 붙으면 눈 감고 다 먹으니 알아서 주시와요.

충수 그럼 뜻이 모다 맞았습니다.

이필 모다 맞긴 맞았는데 역시 설충란 어르신이 걸립니다, 그려!

충수 (……) 어떻게 되겠지요. 일단 다들 물러가 계십시오.

모두들 굳은 결의의 얼굴이다.

다시 까마귀 소리가 들린다. 까마귀 떼 하늘을 뒤덮으며 밤을 만든다.

시간이 또 흐른다.

충수와 얽님, 수 개의 수지촉(手指燭)에 불을 놓는다.

어디선가 기분 나쁜 요령(鐃鈴) 소리

복숭아나무 가지 그림자 그 소리에 맞춰 부르르 떨며 소병 뒤에서 그림자로 일어난다. 언뜻 얼굴이 비친다. 주술사 김석산(金石山)이다.
석산, 공침의 머리맡에 앉아 큰 바가지에 밥이며 국물 채소를 뭉뚱그려 담아 시칼로 설렁설렁 저으며 주문을 외기 시작한다.
공침의 몸속에 든 공찬은 석산을 조롱하듯 낮은 웃음으로 따라한다.

석산 천령지령 무사신명 축사겁괴 숭화 무종 급급여율령칙

네 이놈 객귀야 네가 어디 갈 데 없어 지린내 나는 생령에게 침범을 하느냐. 내 오늘 저녁에 이 음식과 이 행재 오천 냥을 주거든 너는 냉큼 받아 썩 나가거라. 만약 나가지 않으면 쉰 길 늪에 무쇠 가마를 덮어씌워 내 널 꼼짝 못하게 할 테다.

천령지령 무사신명 축사겁괴 숭화 무종 급급여율령칙

석산, 주문을 다시 외며 누런 종이로 만든 엽전 모양으로 만든 종이돈 다섯 장을 공침의 얼굴 위로 뿌린다.

석산 (충수에게) 아드님이 침을 세 번 뱉도록 하게 하십시오!
충수 침 말인가?
석산 네!
충수 애 공침아! 퉤에~, 퉤에 해봐라. 응? 퉤에! 이번엔 아예 입을 열지 않는데?
석산 (칼로 공침의 머리에 빗기며) 네 이 녀석 고집심줄이 예사가 아니구나.
공침/공찬 아주버님! 조심하십시오! 백방으로 방법을 하시지만 아주버님 아들 공침이만 상하게 할 뿐입니다.

충수	살살 하게! 귀신 잡으려다 우리 아이가 다쳐!
공침/공찬	(낄낄거리며 석산에게) 내가 이따위 흑주술에 헛제사밥에 종이 돈에 혹할소냐? 아서라! 다칠라!
석산	이 놈! 너에겐 뇌공 주문도 옥초경도 아깝다. 이 칼로 네 무거운 음기를 봉해주마! (칼을 던지며) 워어이!

석산이 던진 칼이 마당 위로 떨어지자 공침, 갑자기 낄낄거리던 웃음도 헐떡이던 숨도 산란하던 몸짓도 모두 멈추어버린다.

충수	침아! 공침아! 왜 이러는가?
얽님	숨을 안 쉬는데유?
석산	(충수에게) 잠시만 기다립시오. 방법이 통하였으니

석산, 이[齒]를 딱, 딱, 딱 3번 마주치고 주문을 왼다.
그리고 영사(靈砂)를 갠 물에 붓을 찍는다.

	(공침의 얼굴에 설렁설렁 부작을 그리며) 이제 좀 조용해졌구나, 그놈! (……) 성명이 무어랍니까? 도련님?
공침	이름은 고, 공찬이고 성은 설이라고 부, 부르란다.
석산	아는 성명인지오?
충수	성님 아들이야. 올해가 꼭 삼년상 맞는 핸데. 정말 공찬이 귀신이 들어왔었나 보아. (얽님을 한 번 보고서는) 이거 성님을 모셔 와야 하나 말아야하나? (공침의 눈 속을 보며) 공찬아 너 아직도 게 있어?
석산	(고개를 끄덕거리며 부적의 획을 마지막으로 그으려고 하다가) 이거 한 획이면 제 풀에 지쳐 그 끝에는 영 돌아갈 터인데 어찌하

시겠습니까? 더 나눌 이야기가 있으십니까?

충수 나야, 뭐 나눌 얘, 얘기가 뭐가 있겠나? (……) 나 , 난 없네. 속 시끄럽게. 그래 그냥 그어버려. (……) 모, 몰라.

석산, 충수를 잠시 바라보다 마지막 획을 긋는다.

얽님, 침을 꿀꺽 삼킨다.

공침, 눈만 끔벅끔벅거리고 횃대에 앉은 닭 모양을 하고 미동도 없다.

석산, 얽님과 함께 흐트러진 무구(巫具) 따위를 챙기기 시작한다.

충수 그럼 다 되었는가?

석산 내일 해 뜨면 속에 든 이물의 혼은 영영 사라질 겝니다. 그때까진 도련님이 불편하겠지만 저 모양으로 두십시오. 귓것이 들었을 땐 힘이 장사지만 지금은 그때와는 아주 다르지요.

충수 (돈을 건네며) 또 무슨 일이 있으면 어쩌면 좋나?

석산 그럴 리 없습니다.

충수 혹 모르지 않나?

석산 (품에서 부적을 꺼내며) 이걸 쓰십시오. 이걸 쓰면 영혼이 제 무덤 밖에도 나다니지 못하게 될 것입니다.

충수 (부적을 받아 흔들며) 공찬아 들었지?

공침 (무표정하게) 아버지. 저 공침이네요.

충수, 신기하다는 듯 석산을 바라본다.

석산 하, 하, 속으로 다 듣고 있을 겁니다. 자, 저는 가보겠습니다.

충수 그, 그래 욕 봤네. 얽님아! 저 동구까지 모셔다 드려라.

얽님, 입이 삐쭉 나와 고개를 끄덕거리며 앞장선다.

석산, 충수에게 반절을 하고 뒤돌아 문을 나선다.

충수, 한시름 놓았다는 듯이 긴 숨을 내쉬며 부적을 요리조리 보다가 품에 잘 접어 넣는다. 그리고 곰방대를 찾아 입에 문다. 입에 물고 보니 불이 없다.

충수 얽님아! 얽님아! (두리번거리다가) 아참, 내가 방금 마중 보냈지? (다시 한숨을 쉬며 대청마루에 걸터앉으며) 참으로 해괴하고 망측한 하루다. 공찬아! 아니 공침아, 니가 죽은 공찬이 반만큼만 되었더라도 모사는 왜 꾀하고 책략은 왜 쓰겠냐? 배워라! 배워! 이번 일로 공찬이 귀신한테 배워!

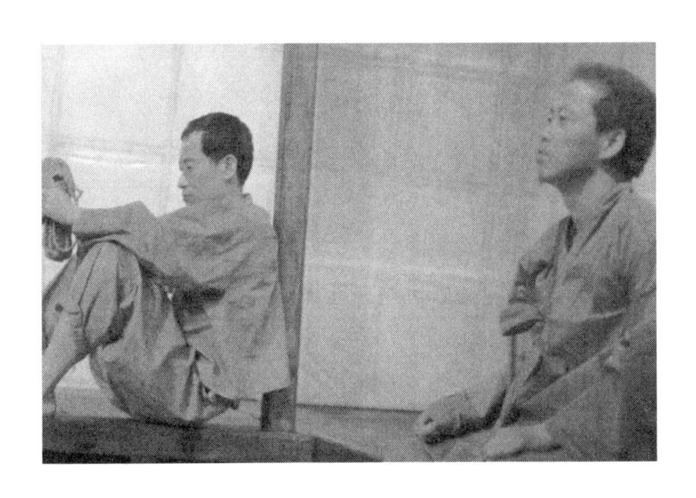

공침/공찬 배고파!

충수 배에 먹는 귀신이 들었어? 매일 먹는 타령만, 에이….

공침/공찬 네! 먹는 귀신 공찬입니다.

공침 아뇨! 저 공침이에요.

충수 (헛담배를 빨다가 눈이 휘둥그렇게 되며) 뭐?

공침 너 말하지마! 너 말하지마!

공침, 혼자서 버둥거리기 시작한다. 아마도 공찬과 속내에서 싸우고 있는 모양이다. 잠시 그렇게 실랑이를 벌이다 헉헉거리며

공침 아버지 배가 고픕니다.
충수 귀신한테 줄 밥 없다.
공침 저 공침이에요.
충수 그걸 어떻게 믿어. 이것아.
공침 (칭얼거리며) 배가 등가죽에 붙겠습니다.
충수 그래, 그래! 귀신이 먹든 사람이 먹든 매한가지니 모르겠다.

충수, 마침 댓돌에 올려진 바가지에 담긴 헛제사밥을 들고 와서는 공침 앞에 놓는다.

자, 종일 시달렸으니 체할라 천천히 먹어!

공침, 숟가락을 들어 밥을 먹기 시작한다.

충수 옳거니! 우리 아들 잘 먹는다. 잘 먹어. 많이 먹고 아비가 관직 하나 사줄 테니 잘 해보자. 알았지? ……. (가만 밥 먹는 꼴을 보다가) 헌데 얘가 전에는 오른손으로 먹더니 어찌 왼손으로 먹는가?

그때, 공침이 먹던 밥을 멈추자

공침/공찬 (헉헉거리며) 저승에서는 다 왼손으로 먹습니다.
충수 너, 너? 공찬이냐? 지금?
공침 아닙니다. 아버지. 반은
공침/공찬 공찬이요, 또 반은 공침이옵니다. 숙부님!

충수 모르겠다. 이제는 도통 모르겠다. 이건 아들에 홀린 건지 귀신에 홀린 건지.

공침/공찬 이 얼굴에 낙서 좀 지워주십시오. 당최 숨을 쉬기가 어렵사옵니다.

충수 공침이냐?

공침 공찬이 성이에요. 아버지.

공침/공찬 공침이가 숨을 쉬기가 어렵사옵니다. 아버님.

충수 헛갈린다. 헛갈려. 말 하지마. 응? 이놈 어디서, 안 속는다. 속지 않는다. 내일 아침까지 기다릴 테다. 나를 어찌 알고.

충수, 한참을 돌아앉아 말이 없다.

어디선가 귀뚜라미 소리.

공침/공찬 숙부님, 아침녘에서 지금까지 들은 바로는 무슨 모사를 꾀하시는 것 같은데 혹 공침이가 불안하시옵니까?

충수 (……) 됐느니라. 귀신이랑은 흥정 않겠다. 누구 덕을 보자고 내가 잡귀신과… 에헴

공침/공찬 잡귀가 아니라 조카 공찬이옵니다. 잠시만, 잠시만 돌아앉아 보시지오. 네? 조카 공찬이 덕 한 번 보시지 않으시렵니까? 좀 전까지 혼자 말씀 다 들었습니다. 네?

충수, 한참을 생각하다가 뒤돌아 앉는다.

충수 그래 무어냐?

공침/공찬 공침이에게 품계가 필요합니까? 숙부님?

충수 (……) 허흠, 그, 그래!

공침/공찬 저도 품계가 필요합니다.

충수 뭐?

공침/공찬 제가 왜 이승에, 그것도 공침이 몸을 빌어 이렇게 온 줄 아십니까?

충수 그야 난 모르지.

공침/공찬 아버님께 효 한 번 못하고 그만 명이 끊긴 이 몸, 입신양명이라도 해 보인다면 행여 귀여워해 주시지 않을까 하여 어렵게, 어렵게 스무 날을 받아왔사옵니다.

충수 니 아비도 아느냐?

공침/공찬 아침녘에 보셨잖습니까? 저를 알아보지 못하시는 걸.

충수 잘도 알아보겠다. 겉모양은 공침인데 그렇게 우겨대니 평소 공침이 난봉 부리는 줄 알았겠지.

공침/공찬 해서 기회를 한 번 줘 보십사 합니다.

충수 (……) 품계를 받을 목적은 똑 같으니 서로 합심하자 그거구나.

공침의 몸으로 공찬, 고개를 끄덕거린다.

충수 귀신이 뭐 별 뾰족한 수야 있겠냐만, 우매한 공침이보다는 공찬이 네가 낫겠지.

공침/공찬 나라에 큰 이익이 될 방도를 알고 있으니, 아마 따로 공들이지 않아도 쉽게 천거 받을 수 있지 않을까 합니다.

충수 천거라고 했느냐?

공침/공찬 네! 조정에 백이면 백 불려 들어갈 안(案)이 있습니다.

충수 무, 무슨 수냐? 어떤 일이냐?

공침/공찬 두고 보셔야지요. (……) 받아들이시겠습니까?

충수 (……) 네 아비는? 대쪽같은 네 아비도 돌려놓아야 하는데?

공침/공찬 (……) 그러지요.

충수 방법이 있느냐?

공침/공찬 (……) 있겠지요. 귀신의 눈으로 보는데 틈이 안보이기야 하겠습니까?

충수, 한동안 생각에 잠겨 있다가, 고개를 끄덕인다.

공침/공찬 잘 생각하셨습니다.

충수 숨이 가쁘냐?

공찬, 고개를 끄덕거린다.

충수 좀 전에 김석산이, 그래 그 법사 말 들었지? 네가 꾀를 부리거나 무슨 해꼬지를 하려고 하면 제때에 억누를 방법은 따로 있으니 그리 알고 있거라.

공침/공찬 (잠시 머뭇거리다가 고개를 끄덕거리며) 무엇이 문제가 되겠습니까?

충수 (공침의 얼굴에 그려진 부적을 지워내기 시작한다. 그 사이 충란, 문에서 모습을 보인다. 여전히 알아차리지 못하고) 그래, 그래! 무엇이 문제겠느냐? 먹기는 파발이 먹고 뛰기는 역마가 뛰고 이득은 내가 먹고 고생은 귀신인 니가 해준다는데 내게 무슨 문제가 되겠느냐. 자, 됐다. 이제 한결 숨쉬기가 괜찮으냐?

공침/공찬 네!

충수 약속은 지키겠지?

공침/공찬 피붙이 사이입니다. 여부가 있겠습니까?

충수, 일어선다. 둘, 마주본다.

충수 (씨익 웃으며) 밥 계속 먹어! 찬아! 니 애비 닮지 마라. 입찬소리는 무덤에 가서나 하는 거야. 알지 응?

충수, 뒤돌아서는데 그 앞 바로 충란의 모습이다.

충수 아이고, 놀래라. 간 떨어지겠소. 성님!

충란, 충수를 보는 듯 마는 듯 대청마루에 걸터앉는다.

충수 (공침을 힐끗 보며) 시, 신주는 무, 묻고 왔소?
충란 (신을 벗어 털어내며 아무 말 없고)
충수 하긴 그러니 빈손이시지.

충란, 꾸역꾸역 모르는 척 밥을 먹고 있는 공침을 물끄러미 바라보자

충수 종일 시장했던 모양입니다. 꼭 시정의 비렁뱅이 같지요? 아이구 누구 아들인지…. 그 놈 참! (공침에게) 많이 먹어! 응? 고, 공침아!

충수, 충란을 힐끗 보고 거만하게 문을 나선다.
충란, 충수의 뒤꼭지를 바라보다 말고 고개를 가로 휘두른다.
충란, 자리에서 일어난다. 공침과 눈이 마주친다.
충란, 아무 말없이 공찬을 바라만 본다. 뭔가 묘한 기운이 오고간다.
충란, 이제 하늘을 한 번 올려다보고 긴 한숨과 함께 사랑 쪽으로 몸을 돌려 걸음을 옮

긴다. 공침의 몸으로 공찬은 숟가락을 든 채 멍하니 바라만 보고 있다.
아버지 충란의 끝이 보이지 않을 때까지. 그러다가, 흐느끼며 다시 밥을 먹기 시작한다. 그러나 밥을 마저 먹지 못하고 목을 서럽게 놓아 운다.
옷이 다 젖는다. 어둠이 내린다. 이윽고 젖은 눈물은 까만 먹물에 퍼지듯 어둠에 퍼지고 그 밤은 그렇게 씻겨 내려간다.
얽님의 다급한 목소리가 다른 날을 밝힌다.

얽님 어르신~! 어르신~! 어르!

충란, 대청에 걸터앉아 짚신을 삼고 있다.

얽님 (사레에 걸렸는지 말을 잇지 못하고) 저, 누, 누가, 오, 오시는….

충란, 거들떠보지도 않는다.
얽님, 캑캑거리며 가슴을 치는데 문밖에서 충수의 목소리가 들린다.

충수 성님! 성님! (얽님을 보자말자 낮은 목소리로) 전했느냐?

얽님, 고개를 절레절레 흔들며 캑캑거린다.
마침 공침이도 소란스런 까닭으로 사랑채 쪽에서 몸을 보인다.

충수 (재빨리 상황을 눈치채고는) 성님! 정익로 대감께서 오고계십니다. 순창에 드시자마자 그 일행은 제쳐두시고 이곳부터 오시자 하여 윤 진사더러 길안내를 맡게 하고 제가 먼저 이렇게 달려왔습니다.

충란, 묵묵부답이다.

충수 (지푸라기를 빼앗으며) 아니 지금 뭐하시는 겁니까? 유배지 삼년에 정신을 놓으셨습니까? 아랫것들이나 하는 짓을…. (충란, 눈을 부릅뜨고 다시 빼앗아가자) 이거 죽겠네! 정말 제정신입니까? 제발 좀 덕분하고 저 좀 봐주십시오. 고개 한 번만 숙여주시면 될 일인데…. 안되겠다. 얽님아! 우선 사랑채로 모셔라. 험한 꼴보다는 눈가림이 낫지.

얽님, 뭐라고 말은 해야 하는데 사레에 걸려 말도 못하고 충란의 기가 두렵기도 해서 어쩔 줄을 몰라 하자,

충수 내가 앓느니 죽지! (충란을 끌어 소병 뒤로 옮기며 혼잣말로) 받은 날이 손 있는 날이라 상전은 온벙어리요 종년은 반벙어리가 되고, 참으로 일 꾸미기도 힘들다. (새끼줄 꾸러미를 가지고 오려다 물끄러미 보고 있던 공침을 보고) 공침아! 이리 와 애비 좀 거들거라!

공침, 측은하게 충란을 바라보다가 고개를 숙이자

아차, 공찬이었지? (고개를 흔들며) 아니다. 아냐. 됐다.

이때, 문밖에서 '이리 오너라' 하는 이필의 소리가 들린다.
충수, 부산하게 충란을 병풍으로 가려버린다.

이필 (모습을 드러내며) 이리 오너라~!
충수 아이고 벌써 오셨소?
이필 여깁니다요. 네! 들어오시지요. 여기!

이필의 뒤로 정익로와 서임 따라 들어온다.

충수 여기, 여기로 오르시지요! 네!

정익로, 대청으로 근엄하게 오른다.

충수 (연신 머리를 조아리며) 대감 어르신! 이 누추한 강호를 몸소 찾아주시니 소인 몸 어디 둘 데를 모르겠사옵니다.

익로, 말없이 고개를 끄덕인다.
전날 과음한 모양인지 연신 하품에 입을 쩍쩍 다시며 눈을 부비는 등 거만하고 무례한 태가 그대로 보인다.

충수 오시는 걸음에 행여 불편하시지는 않으셨는지요?
익로 작취미성(昨醉未醒)이지만 함포고복(含哺鼓腹)의 여정이었네. 다 좋아, 좋아.
충수 (잠시 머뭇거리다가) 아, 네, 네! 그러시옵니까? (모두를 휘 둘러보고 이필에게) 우리 정 대감님은 명(明)에서 공부하셔서 이렇게 고사성어도 원어로 유창하게 하십니다요.

이필, 고개를 연신 조아리며 맞장구치며 웃는다.
충수, 공침의 옆구리를 치며 눈치를 준다.
공침의 몸으로 공찬, 어설프게 고개를 조아린다.

충수 헌데 대부인께서도 풍류차 걸음하신 것을 좀 전까지 보았는데…. 어디를….
익로 아, 우리 모친 말인가?

이필 (충수에게) 오던 길에 꽃길이 좋아 단월이와 둘러보고 오신다고 ….

익로 모친이 육십갑자 넘어 또 육갑을 짚어보시니 다시 소녀가 되시나 보네.

충수 아~! 이 고장 꽃은 유독 보기에 좋지요. 저녁에 피는 꽃은 꺾어 가지고 놀면 더욱 재미나구요!

익로 그래요? 밤에 피는 그 꽃은 남정네 노리개 아니던가요?

충수 아무렴이납쇼. 여부가 있겠습니까? 차근차근 놀다 가셔야지요.

모두들, 박장대소한다. 서임도 다소곳하게 입을 막고 웃어준다.
충수는 공침에게 계속 눈치를 주지만 공침의 몸속에 있는 공찬은 왠지 내키지 않는다. 공침, 입을 삐죽거리는 얽님이와 눈이 마주친다. 얽님, 고개를 숙인다.

익로 (충수에게) 그건 그렇고…, 그래 설충란 어른께 내 전갈과 뜻을 전하였는가?

충수 (조금 머뭇거리며) 네, 네! 토씨 하나 빼지 않고 전하였습니다.

익로 그래, 다시 조정에 드실 의향은 있다고 하시던가?

충수 네, 네! 그러시겠다고 합니다.

익로 음, 그래? (낮은 소리로) 행여 예전보다 품계가 이 몸보다 낮다하여 불편해하시지는 않으시고?

충수 천부당만부당 얼토당토않습니다. 제(第) 일(一) 정국공신이신 정 대감님께 감사히 여기실 뿐 그런 내색은 전혀 없었습니다요.

익로 (두리번거리며) 헌데 눈에 뵈질 않으시는구나.

충수 그, 그게 나, 낚시 가시었나봅니다. 대감님께서 이렇게 급히 찾아오실 줄을 모르셔서….

익로 (호탕하게 웃으며) 안빈낙도라…. 과연, 과연, 과연이로다! (은근하게) 이제는 유배지 화조풍월도 이골이 다 나셨을 테니 어서 오시어 예(禮)를 갖추어라 하시게.

충수 당연 그렇게 해야지요.

공침/공찬 (충수에게) 바, 방금 예라고 하셨습니까?

충수 (듣는 둥 마는 둥하며) 얘 얽님아! 어서 모시고 오너라.

얽님 (여전히 사레에 걸려) 야?

충수 저수지에서 어르신 모셔오란 말이다.

얽님 (캑캑거리며 병풍 쪽을 가리키며) 어르신은 저, 쪽에….

충수 (매서운 눈으로) 저수지 말이다! 저수지! (익로를 바라보며 얼굴색을 바꿔며) 이 곰보내미가 급할 땐 사레까지 자주 들고 좀 모자란 년입니다. 하하!

익로, 왠지 안색이 안 좋아지며 헛기침을 한다.

충수 어서!

공침/공찬 (낮은 목소리로) 숙부님!

충수 쉬! 쉬! 가만 좀 있거라!

익로 자, 그럼 설충란 어른 오기 전에 일전에 그 얘기나 해봅시다.

충수 아, 네! 네!

익로 보자! 설 참판은 딸자식 간택 추선이오, 윤 진사는 아들 녀석 불차탁용이라 했던가?

이필 아, 아니 그 반대이옵니다. (서임을 내보이며) 여기가 간택이옵니다.

익로 (충수 쪽을 보며) 그럼?

충수 (공침을 내보이며) 이쪽이 관직이옵니다.

익로 음, 그래? 내 정성은 미리 확인을 했고…, 보자, 보자, 보자 간택은 서진석 어른 이하(以下) 궁인들이 관계를 하시지. 서진석 어른 아나?

이필 아, 네 알고말굽쇼.

익로 안용한 어른은?

이필 네, 네! 이름만 들어도 쟁쟁하신 분들 아니옵니까?

익로 그래 내가 그분들과 친분이 좀 있지.

이필 어련하시겠습니까?

익로 정일환, 김주식, 민재식, 김용정, 이수환, 어디보자 또…, 김호전, 이현식 이런 분들도 도움을 줄만하시지. 그 아이인가?

이필 네! 불초한 제 여식이옵니다.

익로 어디 보자! 고개를 들어보아라.

서임, 고개를 든다.

익로 이름이 무어냐?

서임 윤서임이라 하옵니다.

익로 자, 내가 군왕이라 생각하고 한 번 돌아봐라. 간택에 있어 자태는 무엇보다 중요하다. 내 군왕의 옆에서 수발이 될 정도니 그 분의 취향은 죄다 꾀고 있지 않겠느냐?

서임 네!

서임, 제자리에서 돌기 시작한다.

익로 읽고 있는 책이 무어냐?

서임 언제나 마음에는 소혜왕후(昭惠王后)의 내훈(內訓)을 품고 있사옵니다. 언행장(言行章), 효친장(孝親章), 혼례장(婚禮章), 부부장(夫婦章), 모의장(母儀章), 돈목장(敦睦章), 염검장(廉儉章), 구절구절이 열녀의 몸과 마음가짐을 위함에 이롭지 않은 것이 없사옵니다.

익로 그래? 그렇다면 그 중 가장 마음에 와 닿는 것을 읊어보아라.

서임 여교(女敎)에 이르기를 여자가 지켜야 할 4가지 행실이 있다하옵니다. 첫째는 부덕(婦德)이요, 둘째는 언어요, 셋째는 용모이고, 넷째는 솜씨인데, 부덕이란 재주와 총명이 남보다 뛰어난 것이 아니요, 언어는 말씨가 좋아서 이익을 얻는 것이 아니라 하옵니다. 용모는 얼굴이 이쁘고 몸매가 고운 것이 아니며 솜씨도 남보다 뛰어난 솜씨를 말하는 것이 아니라 하옵니다. 맑고 고요하고 다소곳하며 절개를 지키고 자기 행동에 부끄러움을 느낄 줄 알고 법도에 따라 움직이거나 움직이지 않는 것이 부덕이며, 말은 가려서 하고 거칠게 말하지 않으며 여유롭게 함으로써 남에게 싫지 않게 하는 것이옵니다. 용모는 먼지와 때를 씻고 의복이나 치장을 깨끗하게 하며 자주 목욕하여 몸을 더럽게 하지 않는 것이 여자의 용모입니다. 끝으로 길쌈을 열심히 하고 놀고 즐기는 일을 하지 않는 것과 술과 밥을 정갈하게 장만하여 손님에게 대접하는 것이 여자의 솜씨라 이릅니다. 바로 이 4가지가 여자의 큰 덕이라 소홀히 할 수 없는 것이옵니다.

익로 그럼 부덕에 대한 문답을 하나 하자. 군왕이 여러 후궁의 처소에 백일을 전전하며 자네에겐 눈길 한 번 주지 않는다, 그때엔 너도 사람인데 어떻게 부덕을 지키겠느냐?

서임, 당황해하며 이필을 바라본다.

익로 뭘 그리 어렵게 생각하느냐? 그냥 가만히 있는 게 부덕이다. 무릇 투기는 어질 인(仁), 참을 인(忍), 그 인 자(字) 두 개가 모자라서 생기는 것! 그 첫째가 어질게 마음을 가짐이 없고 둘째가 참을 마음을 가짐이 없어서이다. 남정네가 하는 대로 보고 듣고 행하는 대로 그냥 가만히 있는 게 부덕이다. 군왕도 남정네이므로 그것이 왕후의 열녀도(烈女道)라 한다.

서임 마음 깊이 새기겠사옵니다.

이필 이 아이가 아직 혼인의 경험이 없는지라 투기가 뭔지 몰라서 당황한 모양입니다. 너그럽게 봐주십시오.

익로, 여유 있게 고개를 끄덕거린다.

이필 그럼…….

익로 내 힘써보도록 하지!

이필, 한숨 놓았다 싶은 표정으로 굽실굽실 물러간다.

충수 공찬아! 아니 공침아 네 차례다. 어여!

충수, 공침의 등을 떠밀어 익로 앞에 세운다.

익로 그 아이가 일전에 좀 덜떨어진다는 자네 아들자식인가?

충수 (당황해하며) 네……, 하오나 최근 들어 많이 달라졌습니다.

익로 최근 들어 많이 달라졌다?

충수 (자신에 찬 듯) 어딘지 모르게 전과 달리 눈에 화롯불을 담은 듯 번득번득하고, 말하는 도와 법도 심상치가 않아졌사옵니다.

익로 어디보자…, 난 전에 본 적이 없어 잘 모르겠기도 하지만 또 오늘 새로 본다 한들 그다지 번득거리지도 않는데?

충수 (공침에게) 어서 말씀을 올려봐라. (익로에게) 기대하셔도 좋으실 겝니다요. 공침아 어서….

공침/공찬 (반절을 하고나서) 뒤늦게 문안드리옵니다. 소인 설공침이라 불리옵니다. 태어나기는 이곳 순창에서 태어났으나 한양 새터말에서 자라나 병인년 올해까지 서른 하고 둘의 나이를 먹었습니다.

익로 서른둘이라…, 듣자하니 그 쉽다는 초시에도 번번이 낙방하는 재주꾼이라던데…!? 많이 늦지 않았는가?

공침/공찬 때를 기다려 잘 여물기만을 기다렸습지요.

익로 (건성으로 웃어넘기며) 받아치는 솜씨가 싹수가 있구나.

공침/공찬 있기까지 하겠습니까? 파릇파릇하기까지 합니다.

익로 (건성으로 감탄하며) 허, 하~! 그래?

공침/공찬 소인은 지금부터 대감님께 장차 나라에 이익이 될 큰 안을 말씀드리고자 합니다.

익로 오호~! 그래? (호감이 간다는 듯이 고개를 내어밀며) 어디 한 번 들어보자꾸나.

공침/공찬 네, 한성에 합동이란 곳이 있사옵니다. 마포 강으로부터 온갖 건어와 조개가 항상 끊어지지 않으니 그 일대가 조갯골이라고도 불리는 이름난 곳입니다. 제가 지금부터 말씀드릴 바는,

익로 됐다.

공침/공찬 네?

익로 됐다고 했다.

공침, 얼떨떨한 얼굴이 된다.

익로 몹시도 의아한 얼굴이구나? 파릇파릇 물오른 싹수가 아니라 노

랗게 오른 싹수이기에 내 됐다고 했느니라.

충수 노, 노랗다니요? 무슨 말씀이온지….

익로 (충수에게) 알려주랴?

충수 여부가 있겠습니까?

익로, 이번에는 공침을 바라본다.
공침, 한참을 있다가 입술을 물고 고개를 숙인다.

익로 알려주면 깨닫겠느냐?

공침, 잠시 생각하다가 다시 한 번 고개를 숙인다.

무릇 권세의 줄 앞에 서려는 자가, 잘만 굴리고 굴리면, 더 큰 힘이 되는 정보를 누가 듣고 알지 모를 대명천지에 밝혀, 저 잘난 멋을 먼저 삼으려한 것이 첫 번째 어리석음이요, 불차탁용(不次擢用)! 즉, 계급의 차례를 밟지 않고 특별히 벼슬에 등용하려 하는데 모사(謀事)를 받아줄 윗사람은 안중에도 없는 과똑똑이에다 흠 하나 없음이 그 두 번째 어리석음이다. 알겠느냐?

공침/공찬 (한참을 생각하다가 어렵게) 네!

익로 그럼 다시 한 번 예(禮)를 갖추어 보아라.

이때, 소병 뒤에서 충란 소병을 젖혀 모습을 드러낸다.
공침, 충란과 눈이 마주친다. 잠시 둘은 그렇게 마주하고 있다.
충란의 손엔 짚신 한 켤레가 들려져 있다.
공침의 몸으로 공찬, 무엇인가 마음먹은 듯, 익로에게 큰절을 올린다.

그때까지 익로는 뒷전의 충란을 알아차리지 못하고 충수와 이필은 조마조마한 얼굴이 된다.
공침의 몸이 엎드린 순간,

익로 세상엔 많은 문답이 있다.
스스로 던지는 문답이 있고 여럿이 하는 문답이 있다.
먼저의 문답은 세상을 살아가는데 별반 표가 나지 않지만 뒤의 것은 아주 다르다.
그 물음이 어디에서 흐르느냐에 따라 그 대답의 방법이 엄연히 달라지는 것, 그것이 세상 살아가는 법인 것이다.
자, 중천에 해가 떠 있다.
내 눈엔 저 해가 네 개의 모가 있는 바둑판으로 보이는데 자네의 눈엔 어떻게 보이는가?

그때 갑자기 공침 갑자기 몸을 움찔하며 천천히 고개를 들어 하늘을 올려다본다. 그리고 천천히 일어서며 충란을 힐끗 쳐다본다.
공침, 다시 하늘의 해를 올려다보는 듯 눈을 찡그리며 섰는데 갑자기 어지럽고 뭔가 기억이 가물가물한 듯한 얼굴이 된다.
익로, 다시 한 번 묻는데 그 소리가 수백, 수천으로 겹쳐 들린다.

공침/공찬 네 개의 모가 있는 바둑판이옵니다.
익로 그래, 그래, 그래! 이제야 권세와 통하는구나. 내 자네를 위해 어울리는 자리 하나 만들어 보겠네.

그때, 모든 소음이 먼지가 내려앉듯 가만히 내려앉고 어느 누구 미동도 없는데 충란만 짚신 한 켤레를 손에 쥐고 터벅터벅 대청을 가로질러 나온다.
그 모습이 넋 나간 사람 같은데,

충수 (낮은 소리로 말리듯) 성님! 성님!

공침/공찬 아버지!

익로 (제 앞을 이미 지나가는 충란을 보고 헛것을 본 모양, 눈살을 찌푸리며) 설충란 어르신 아니오? (등 뒤 병풍 쪽으로 돌아보고 갸웃거리자)

충수 (어쩔 줄을 몰라 하며) 성님!

공침/공찬 (공침이 몸이란 사실을 잊고 달려가며 낮은 목소리로) 저, 품계를 받게 될 모양입니다. 기뻐해주십시오! 네? 아버님!

충란, 공침을 바라보고 고개를 가로젓자, 공침, 의아한 얼굴이 된다.

익로 (충수에게) 고기 낚으러 갔다던 사람이 왜 내 등 뒤서 나오는가?

충수 그, 그게 말씀입니다.

익로, 헛기침을 하자 충수, 안절부절 못하며 충란에게 다가가 소매를 잡아챈다.

충수 아, 예를 갖추신다고 병풍 뒤서 예행하고 계셨나봅니다. 그렇지요, 성님? (애걸하듯) 성님~! (안되겠다 싶어 충란을 익로 쪽을 바라보게 세워두고) 성님! 성님!

익로 가만 보고 있자하니 내 자네 손에 놀아난 감이 드는 건 무슨 이유인고?

충수 아닙니다요. 분명 반정된 나랏님도 인정하시고 또 내리시는 품계도 스스럼없이 받겠노라고 그러셨습니다. 성님! (대꾸도 없자 갑자기 머리를 잡고 억지로 눌러 조아리게 하며) 이렇게요! 이렇게요!

익로 내 보기에 억지놀음인데….

충수 보십시오! 하십니다. 예를 올리십니다. (이필에게) 이보시오! 좀 거들어주시지 뭐 하시오?!

이필 네?

충수 (어설프게 웃으며) 거동이 불편하셔서 절하시는데 부축이 필요하다 하시지 않소?

이필 그, 그 그러지요.

이번엔 이필도 합세하여 충란의 소매를 잡는다.

이필 이, 이렇게요?

충란, 몸에 굽힘이 없다.

익로 (화가 치밀어 오른 듯) 성리학에 조예가 깊어 치정(治定)에 긴요한 인물이다 싶어 당파가 다르나 명분을 확인하려 이렇게 찾아왔거늘…, 봐라! 그것이 변했다는 모습이냐? 나에게 예를 갖추는 모습이냐? 나라에 예를 갖추는 모습이냐? 봐라! 아예 입도 뻥긋하지 않는다. 아니야. 응. 아니라구.

충수 찬아, 아니 공침아 이리 와서 어떻게 좀 해봐! 이러면 말짱 도루묵이다. 응? (머뭇거리는 공침을 보다 말고, 낮은 목소리로 다급하게) 성님! 실은 재가 공침이가 아니라 공찬이거든요! 성님한테 효한다고, 제 힘으로 천거 받겠다고 저랑 일을 꾸몄습니다. 성님 아들이라구요!

충란, 공침을 향해 쳐다본다.

공침/공찬 (고개를 한 번 조아리고) 네, 아버님! 공찬이옵니다. 소인 공찬이옵니다.

충란, 공침의 눈을 외면해버리고 만다.

익로 (자리에서 일어나며) 무슨 수작을 부리는지 (헛기침을 하며) 일다 보았다.

충수 대감님!

공침/공찬 그만들 하십시오!

충수 대감님! 한 번만 한 번만 숙고하여 주십시오. 이 몸이, 이 몸이 입찬소리하는 형을 유배죄인으로 잘못 두어 그렇잖습니까. 혈족이 연좌로 묶인 탓에 관직도 더는 넘볼 수 없는 몸으로 수년을 살아왔습니다. 타고난 수완은 있어 돈은 모았으나 돈으로 부릴 수 없는 게 수도 없이 많아 관직 하나, 아들놈 관직 하나가 아쉬워서 여까지 왔는데 이럴 수, 이럴 수는 없습니다. 네?

공침/공찬 그만 하십시오! 숙부님!

충수 비켜라! 여기, 돈입니다. 돈입니다. 네? 여기 다 있습니다.

공찬 숙부님!

충수 (눈물을 흘리며) 어떻게 저를 보고 안 되겠습니까?

익로 세상 살아가는데 권세가 밑천이란 걸 자네는 알고 있구만.

익로, 돈을 발로 쓸어서 모으자

충수 고맙습니다. 고맙습니다. 이 은혜, 정말!

충란, 물끄러미 충수의 모습을 바라보자

(감격스러운 목소리로) 성님! 성님도 여기 와서 은혜에 감사를 드리시오! 어서요! (달려가며) 네? 어서요. (충란의 목덜미를 눌러대며) 어서요! 어서! 어서! 어서!

공침의 몸으로 공찬은 고개를 떨어뜨린다.

공침/공찬 가시밭 세월, 송곳 같은 세월입니다. 아버님!
이제야 알겠습니다,
입을 막으신 아버님 마음을.
말이 통하지 않는 세상
비뚤어진 입의 세상
지리다도파도파
차라리, 같이 미쳐보지요.
지리다도파도파

충수 네? 같이 큰절을 올리십시다. 네?

그때 고개를 굽신거리던 충수, 갑자기 엎드린 채로 조용해진다.

익로 자, 자! 그만하고 일어나게! 일어나서 우리 꽃이나 꺾으러 감세!

충수/공찬 (고개를 들며) 지리다도파도파 지리다도파도파

충수, 제자리서 어깨를 들썩이며 일어서기 시작하는데 한쪽에서는 공침이 아뜩해하며 주저앉는다.

익로 그래 이제 어깨춤 홍이 나는가?

충수/공찬 그렇지요! 그러하지요. 백성들 사는 맛이 술, 계집, 노름 빼면 뭐

있겠습니까?

익로 암!

충수/공찬 (익로를 훑어가며) 어디 보자. 술은 이 구멍으로 들어가겠지요?

익로 그렇지!

충수/공찬 그럼 이 구멍은 주둥이!

익로 (추임새 하듯) 주둥이~! (가만 생각하다가) 뭐? 주둥이?

충수/공찬 그래요! 어려운 말, 모르는 말로 사람 혼을 빨아먹는 주둥이!

익로 설 참판!

충수/공찬 놀라시기는요? 그리고! 계집은 이 몽둥이로 족칠 것이니 이 몽둥인 좌장지(坐藏之) 잠지!

익로, 민망한 나머지 헛기침 하며 뒤돌아서자

충수/공찬 노름 밑천은 옳습니다. 이 불알 두 쪽이군요. 네? (기괴하게 웃는다)

익로 이 이게 뭐하는 짓이야?

그 사이, 공침은 캑캑거리며 휘청휘청 일어서기 시작한다.
그리고 눈앞에 벌어지는 광경을 눈을 부비며 지켜보는데

이필 (충수를 말리며) 이보게 설 참판! 왜 이러시나? 응?

익로 허, 이 사람 가만 받아주니 한없을 줄 아는가 보이?

이필 (익로를 보며) 잠시 기가 꼭지까지 올라 실성을 했나봅니다. 용서하시고…

공침 (갑자기 무슨 감을 잡았다는 듯 뛰어가 충수의 멱살을 잡으며) 야아! 너! 너! 거기 있구나? 그렇지? 맞지? 빨리 안나와?

익로 (기겁을 하며) 말세다! 말세야!

그때, 얽님 소란스러운 틈으로 끼어들며

얽님 (공침에게) 무슨 일이래유?

공침 무슨 일이면 곰보내미 니가 어찌할 테냐?

얽님 아니, 그게 아니라 낚시터에 어르신이 아니 계셔가지구유!

이필 서임아! 대감님 모시어라. 어서.

공침 (오해라는 듯) 이 녀석 설공찬이에요! 설공찬!

충란의 몸속에서 공찬 기괴하게 웃기 시작한다.

충수/공찬 공침아! 아무리 아비가 썩어문드러진 모리배지만 아들자식한테 이렇게 멱살을 잡히는 건 좀…. (익로를 보며 겸연쩍은 웃음을 지으며) 이거 정말 면목 없게 되었습니다!

익로 내 설참판을 그렇게 보질 않았는데. 자식 예법이나 먼저 가르치고 관직을 찾으시오! (이필을 보며) 어서 가세! 나 원!

충수/공찬 (낄낄거리며 장난스럽게 부르며 좇아가려 하며) 대감! 대감! 대감! 권세의 밑천이 무엇이라구요? 불알망태 두 쪽? 발에 밟히는 돈? 돈? 돈? 아닙니다. 그게 아닙니다. 저는 알았습니다. 권세의 밑천은 (가슴을 치며) 여기, 여기 사람의 여기….

공침 (입을 막으며) 대감! 어딜 가시옵니까? 제 아비가 부탁한 관직은?

익로 일 끝났네!

공침 (놀란 나머지 맥이 풀린 듯 막았던 입을 풀어내며) 네?

이필 서임아!

서임 네! (색기를 흘리며) 길을 나서시지요. (곱게 머리를 조아린다)

익로 그, 그러지!

그때, 갑자기 서임 좀 전의 충수와 같은 조짐을 보이며

서임/공찬 지리다도파도파, 지리다도파도파

익로 (충수에게) 오늘 이 희괴한 짓거리는 마음에 새겨놓지만은 않을 것이오!

충수 (아찔한 모양으로 눈을 질끈 감았다 뜨며) 대감…! (힘이 빠진 목소리로) 희, 희괴한 짓거리라니요? (멱살이 잡혀있다는 것을 알고 놀란 나머지) 공찬아! 너, 너는 또 왜 이러냐?

공침 시끄럽다! 이 요물 같은 녀석! 내가 아직도 공찬이로 보이느냐? 나 공침이다. 설공침!

하며, 충수의 팔을 꺾어버리자

충수 아, 아, 아~! 놔라 이놈아! 놔! 에비, 팔 부러진다.

익로, 혀를 차며 고개를 절레절레 흔든다.
그때까지 공찬, 서임의 몸으로 재미있다는 듯 쭈그리고 앉아 희희낙락이다.

아이구! 이거 일이 잘못 되었네! 얽님아! 어여 가서 석산이! 석산이 좀 불러와라!

얽님 알았시유!

얽님, 재빨리 자리를 뜬다.

익로 머리가 지끈지끈 하오!

이필 뭐하냐? 서임아!

서임/공찬 이기는 놈한테 살수청 들어주려 기다리는 참이요!

익로와 이필, 이상한 눈으로 서임을 바라본다.

공침도 이상한 기분이 들어 서임에게 눈이 돌아간다.

이필 얘가 더위를 먹었나 봅니다. 하하!

서임/공찬 봄바람이 살랑살랑하는데 어디 더위가 있어 뒷구멍으로 먹소?

이필 (익로의 눈치를 보며) 감히 어느 안전이라고 아녀자가?

서임, 천천히 일어나 대청 쪽으로 가서 곰방대를 찾아든다.

서임/공찬 임금도 아낙 앞에선 무릎을 꿇을 텐데 어느 안전이 무섭겠소?

이필 뭐?

서임/공찬 이불 속에선 말이지요. 호호호호!

익로 으흠, 조금 전까지 내훈을 마음에 품고 있다던 아녀자가 못하는 말이 없구나!

서임/공찬 아녀자는 손이 없소? 발이 없소? 눈이 없소? 입이 없소? 모다 있으니 사람 아니오? 사람이니 사람의 말을 하지, 따로 암수의 말을 구별하여 꼭 써야겠소?

익로 어허! 이것이! 보자보자 하니까?

서임/공찬 계속, 계속 열심히 보십시오! 하지만 아무리 보아도 힘만 믿는 사내의 눈으로 보일 테니 세상이 바뀌어 보이진 않겠지요?

서임, 곰방대에 불을 붙인다.

익로, 휘둥그레한 눈으로 이필을 바라본다.

이필 (소리치며) 이 년! (혈압이 오른 듯) 네 이, 이것으…. (익로에게 계속 머리를 조아리며) 생전 이런 꼴이 없었습니다. 정말 믿어주십시오. 뭐가 씌였는지 이 년이….

익로 해괴한 일이다. 해괴한 일이야! 곱게 생긴 것이 참하다 싶어 물건이 되겠다 싶었는데 아니야, 아니었어.

이필/공찬 지리다도파도파, 지리다도파도파.

서임 에그머니나, 내가 왜 이걸….

서임, 제정신으로 돌아오자 자신의 손에 곰방대가 들려져 있는 걸 알고 손에서 내버린다.

익로 눈비음만 그럴싸했지, 규수가 아니라 망난이다.

공침 (다시 눈을 가늘게 뜨고) 아닙니다. 대감! 저희가 지금 귀신에 홀려 자꾸만 말려들고 있습니다. 자세히 보십시오. 이 녀석은 귀신이옵니다.

충수 그, 그럼? 공침이 넌 공침이고 여기 서임이가 공찬이냐?

공침 네! 아버님!

익로 도대체 무슨 소릴 하고 있는 거냐?

충수 그래! 이 놈이 일이 마음대로 풀리지 않으니 꾀를 내었구나! 어디보자! 그래! 이 녀석!

충수, 품에서 부적을 찾기 시작한다.

서임, 무슨 영문인지 모르고 예의 모습으로 돌아와 자리에서 일어난다.

충수 (부적을 목덜미에 붙이며) 이놈! 받아라! 이제 넌 끝장이다!

서임 (위엄이 있는 목소리로) 무슨 짓이옵니까?

충수 (목소리에 눌려, 공침을 보고) 아, 아닌가 보다?

공침 네? 분명히 눈자위가 돌아가고 헛소리를 지껄였잖습니까? 분명 저 몸 어딘가에 숨어 있을 겁니다.

공침, 서임 앞으로 가서 치마를 들추어보려 한다.

서임 (기겁을 하며 이필을 향해 달려가며) 아버님!

이필/공찬 개 밑구멍에다 처박을 놈들! 어디서 아녀자의 속곳을 들추어내려하느냐? 내 정익로 대감의 이름으로 너희를 엄벌할 것이야!

충수 아니, 윤 진사 그게 아니라!

이필/공찬 아가! 내가 정익로 대감의 이름으로 널 보호해주마!

서임 잠시 정신이 혼미한 사이에 도대체 무슨 일이 벌어지고 있는지 알 수가 없습니다.

이필/공찬 걱정 없다. 무서워할 것도 없다. 어디 가더라도 정 대감의 이름만 대면 이제는 될 터이다.

익로 **(헛기침을 하며) 으흠, 너무 과하지 않소?**

이필/공찬 무엇 말씀입니까?

익로 그 내 이름을 쓰고 다니는 것 말이오!

이필/공찬 정 대감님도 그러하셨는데요?

익로 내가 무얼 말이오?

이필/공찬 서진석, 안용한, (점점 눈을 붉히며) 정일환, 김주식, 민재식, 김용정, 이수환, 김호전, 이현식! 그 이름의 힘을 빌어 쓰셨잖습니까? 저도 정 대감님의 이름을 잠시 빌려 쓰는데 그게 무엇이 문제가 되겠습니까? 어차피 모두가 죽어갈 이름 아닙니까? 네?

익로 (공침과 충수를 보며) 이 이는 왜 또 눈썹을 일으키고 이러나?

공침 (이상하다는 듯 이필을 보다가) 아버지! 공찬에요! 눈을 봐요! 공찬이 귀신이에요!

공찬 (이필에게) 정말이냐? 공찬아! 너야?

이필, 고개를 갸웃거리다가 이상한 웃음을 지어 보인다.
이필, 충란 쪽으로 몸을 향한다. 요상한 모습으로 쭈그려 앉는다.

공찬 정말이구나! (공침에게) 어느새 공찬이 혼백이 윤 진사한테 가서 붙었구나! 이 일을 어쩌냐?

공침 가만! 가만 자, 잠깐! 다들 움직이지 마십시오. 이제야 알았습니다. 공찬이 귀신은 고개를 숙일 때마다 옮겨 다니는 것 같습니다.

공침, 떨어진 부적을 땅에서 줍는다.
그 사이, 공침 천천히 이필의 뒤로 다가간다.

익로 허면 저게 혼백이라 이 말인가?

충수 네! 저희 성님 아들자식 귀신입니다요!

익로 오호! 묘하다. 일이 그렇게 된 것이구나!

공침, 충란과 눈이 마주친다.
충란, 그러지 말라는 듯 고개를 천천히 가로저어 보인다.
공침, 개의치 않고 부적을 이필의 목덜미에 살그머니 붙인다.

이필/공찬 어, 뜨거. 공침아! 이거 뭐냐? 뜨거워! 얼른 떼어내! 얼른! 숨, 숨이….

이필, 경련을 일으키며 고꾸라진다.

서임 아, 아버님!

충수 방법이 통했습니다! 석산이 말 대로네!

서임 저러다 저희 아버님 몸에 변괴가 생기는 게 아닙니까?

충수 (팔을 잡으며) 가만 있어봐라! 석산이란 자가 다시 와서 귀신을 떼어낼 때까진 수가 없다.

이필/공찬 아버지! 아버지! 아버지!

충란, 쓰러져 자신을 부르는 이필 앞에 우두커니 서있다.
뭔가 깊은 생각에 잡힌다.

공침 자! 이제 된 것 같습니다. 그리고 이제부터 고개를 절대 숙이시면 안 됩니다. 어느 누구도 절을 한다거나 머리를 조금이라도 조아리면 그땐….

익로 그래, 그래! 알았네! 알았어! 이때까지 귀신 가댁질에 놀아났다고 생각하니 등골이….

충수 그, 그럼 오해가 풀리신 겁니까?

익로 하! 그래!

공침 허면 다시 시작해야지요?

익로 …….

공침 관직을 내려주시는 것도, 간택에 힘써주시는 것도, (충란을 보며) 예를 갖추는 것도 말이지요!?

익로 그, 그렇게 해야겠지?

공침 백부님! 들으셨습니까? 어떻게 하시겠습니까? 석산이란 자를 불러 공찬이 성 혼백을 아예 저승 어귀도 가지 못하게 요절을 내겠습니까? 아니면 정익로 대감께 예를 갖추어 조정의 뜻을 따르겠습니까?

이필/공찬 (숨이 넘어가는 소리로) 아버지! 아버지! 아버지!

충란, 눈을 힘없이 감는다.

충란 (물끄러미 바라보며) 이 놈아! 공찬아! 이 애비가 꾸역꾸역 밥을 먹는 널 알아보고, 왜 돌아왔느냐? 왜 돌아왔느냐? 그렇게 눈으로 말을 건넸는데 그것도 몰랐더냐? 이걸 신고 가라고, 이걸 신고 먼 길 다시 돌아가라고, 태산 걱정 덜어내고 돌아가라고 손수 삼아놓았더니, 더러운 세상에 발을 다시 담그지나 말지. 담그지나 말지.

이필/공찬 아버지! 고개를, 고개를….

충란, 고개를 흔들고 충란, 짚신을 이필 앞에 툭 하고 던진다.
그리고 어지러운 듯 대청마루에 털썩 주저앉는다.

공침 (품에서 헝겊 조각을 꺼내어 입을 틀어막으며) 죄송합니다. 윤진사님, 아니 공찬이 성! 남새밭 나비처럼 장다리 벌처럼 여럿을 속이고 들락거릴 땐 몰랐겠지? 이렇게 될 줄. 미친 놈 벌에 쏜 마냥…. 이제 끝이야. 아무도 절할 사람이 없어. 응? 대쪽같으신 성아버님 같은 양반이 초지일관 없이 고개를 숙이시겠어? 여기 이 사람들이 귀신 접 붙으려고 고개를 숙이겠어? 적당히 놀다가지. 적당히….

순간, 인기척. 단월의 것이다.

단월 아유~! 곱기도 하셔라. 이리 이리로 드시와요.

죽방마님 으, 그래? 여기야? 아이구. 멀기도 하지.

단월과 익로의 모친 죽방마님 모습을 드러내는데 꽃목걸이며 꽃반지며 요란하기 그지없다.

익로 어머님!

죽방마님 뉘시더라?

익로 어머님! 접니다. 저요. 아들!

죽방마님 오! 아들!

익로 좋으셨습니까?

죽방마님 좋았지! 좋았어! 그런데 여기가 어디야? 우리 집이야?

익로 (겸연쩍게 웃으며 충수에게) 치매가 좀 있으시다네! 이해하게!

충수 아, 네!

단월 (설충란에게) 윤 진사 어르신은 왜 저러고 있으시데요?

충수 이야기 시작하면 머리 아프네! 묻지 마! 묻지 마!

공침 (충수에게) 아버지! 어떻게 단월이 시켜 따로 자리를 봐 놓을까 하는데 어떠신지요?

충수 그래! 그래! 그렇게 해야지!

죽방마님 헌데 이 사람은 여기 한데 드러누워 있어? 여봐! 턱 돌아가! 일어나!

익로 어머님! 그만 하시고 이쪽으로 오셔요!

죽방마님 헌데 자네는 누군가?

익로 아들입니다. 아들!

죽방마님 오 아들! (갑자기 성을 내며) 아들이면 이놈아 인사를 해야지 이놈! 니가 어디서 빠져나왔는지도 모르고

죽방부인, 지팡이로 익로를 찌르려하자

익로 (고개를 굽실거리며) 네! 네! 어머님! 밤새 건강하시지요?
죽방부인 오냐! 오냐! 죽지 않고 살아서 건강하다. 건강해.

순간, 익로 얼굴이 바뀌어 일어선다.
그 사이 죽방마님 치매의 눈으로 무엇인가 언뜻 잡히는 게 있는지 실눈을 뜬다. 그러나 그것도 잠시,

죽방부인 내 아들이야! 내 아들!
단월이 네! 네! 마나님 아들이지요.

익로, 떨어진 짚신을 줍는다. 그리고 가슴에 품는다.
그때, 얽님이 다급하게 들어온다.
그 뒤로 석산 들어오고 이필, 꿈틀거리며 깨어나기 시작한다.

얽님 마님! 김석산이 데리고 왔는데유?
충수 음! 그래, 자네 왔는가?
석산 네!
충수 어제 그 귀신이 이 어른께 붙어서 말일세….
석산 어디 보십시다.

석산, 입에 물린 헝겊을 빼어낸다. 그리고 이필의 맥 여기저기를 짚어본다.

공침 잘 좀 봐주시우! 지독한 귀신이우!
이필 이게 무슨 일이오?

공침 (이필을 쥐어박으며) 또, 또 능청을 떨어요!

이필 이 놈!

석산 분명 이 어른께 들어갔습니까?

충수 그, 그래! 이상했어! 행동이, 그러니까. 평소 화기도 없는 사람이 화도 내고 말이야.

석산, 두리번거린다.

익로/공찬 (석산과 눈이 마주치자 외면하며) 이봐라!

얽님 네? 저 말이에유?

익로/공찬 그래!

얽님 뭐, 시키실 일이라두?

익로/공찬 (짚신을 툭 던지며)

얽님 야?

익로/공찬 가지거라!

얽님 야? 지 짚신 있는댜?

익로/공찬 어서!

얽님, 투덜투덜거리며 짚신을 집는다.
죽방마님, 또 뭔가를 본 모양으로 재미있다는 듯 혼자 실룩거린다.
얽님, 순간 얼굴이 바뀌어 일어선다.
짚신을 또 곱게 품고. 뭐라고 중얼거리기 시작한다.

얽님/공찬 지리다도파도파!
지라다도파도파!
세상은 힘으로 엮은 거미줄

지리다도파도파
얽님아! 니 몸은 거미줄에 잡힌 한숨

그 한쪽에서는 익로, 정신이 깬 듯 어찔해 한다.

단월	괜찮으시와요?
익로	그래! 그래! 괜찮다!
공침	(여기저기 두리번거리는 석산에게) 없나?
석산	기운이 전혀 나타나지 않는뎁쇼?
공침	귀신도 부작을 알아본다는 말이 틀리지 않는구나.
석산	헌데 자꾸 이상한 기분이 드는 게….
충수	얘 공침아! 어서 대감님 모셔라!
공침	(충수에게) 네! (석산에게) 그럼 난 가보겠네!

석산, 얽님이에게 눈이 간다.
얽님이 속의 공찬, 모르는 척 다른 곳을 보지만 안절부절이다.

죽방부인 이 아인 또 누군가?

익로 네! 어머님! 이번에 제가 키울 인물입니다.

죽방부인 아, 그래? 이름이 뭐라고?

공침 설 자, 공 자, 침 자이옵니다.

죽방부인 (다시 되물으며) 헌데 자네는 누군가?

공침, 난처한 얼굴이 되자

익로 이해하게! 하하!

죽방마님 오 아들! (갑자기 성을 내며) 아들이면 이놈아 인사를 해야지 이놈! 니가 어디서 빠져나왔는지도 모르고

익로 네, 네! 어머님! 절 받으십시오! 절!

순간, 죽방마님, 공찬의 들락거림을 또 본 모양으로 희롱희롱 손짓을 해댄다.
아무도 마음에 두지 않는다.

충수 얽님아!

얽님 (화들짝 놀라며) 네에 한양 마님!

충수 석산이 밥이나 먹이고 보내라!

얽님, 충수의 부름에 뛰어가다가 짚신을 대청 앞 댓돌 위에 던지고 간다.

충수 (석산에게) 그럼 없는 게지?

석산 네! 전혀 기운을 찾지 못하겠습니다.

충수 그래, 수고했네! 수고했어!

석산 그럼! 쇤넨….

얽님 이쪽으로

석산과 얽님, 뒤채 쪽으로 사라진다.

충수 정 대감님! 마무리 다 되었습니다.

익로, 헛기침을 하며 충란을 넌지시 바라보며 눈치를 주자

공침 제가 모시고 가지요. 경치 좋고 공기 좋고 술 좋은 데서 기분 좋으실 때….
충수 네, 어떠신지?
익로 그래! 어디로?
이필 좋은 곳이지요.
익로 그래?
죽방마님 우린 어딜 가?
익로 좋은 데 가십시다요!
죽방마님 좋은데? 너도 땅내가 고소하냐?

모두들, 웃음과 함께 마당에서 사라진다. 공침, 마지막까지 남아있다. 대청마루에 우두커니 앉아있는 충란. 공침, 한참을 충란을 바라본다.

충란 어떻게 빠져나왔느냐?
공침/공찬 인간에게는 빨리 잊어먹기 잘하는 묘한 재주가 있지요. 특히나

힘있는 것 앞에선 제가 언제 그랬냐는 듯 의미도 의지도 의식도 없이 따라 흘러가지요. 그 덕이었습니다.

짚신을 손에 집어든다.

충란 한 켤레 가지고 되겠느냐?
공침/공찬 …….
충란 삼으로 삼는 게 튼튼하다 그러던데…….
공침/공찬 …….
충란 나도 처음이라…….
공침/공찬 저인 줄 아셨습니까?
충란 벌에 쐰 미친놈 같이 굴 땐 혹시나 했다.
공침/공찬 지금은요?
충란 눈을 보면 알지! 어여쁘면 차고 미우면 벗어나지!

공침, 가만히 웃는다.

충란 신어보겠느냐?

공침, 고개를 끄덕거린다. 짚신을 신기 시작한다.

충란 늪이다.
공침/공찬 (신을 신다말고 충란을 쳐다본다)
충란 사는 게.
공침/공찬 여기가요?
충란 (고개를 끄덕거리며) 저도 모르게 사는 데 재미를 붙이면 아쉬워지고, 그럼 헤어나기 힘들어지지.

공침/공찬 재미…, 없으신지요?

충란 가진 손보다 빈손이 더 무겁구나.

공침/공찬 …….. 발에 꼭 맞습니다.

충란 가야지? 다시 병풍 뒤로!

공침/공찬 …….

충란 어여!

공침/공찬 …….

충란 나도 가마!

공침/공찬 …….

충란 곧

공침/공찬 …….

충란 이젠 오지 마, 함부로!

공침/공찬 …….

충란 가!

공침/공찬 …….

충란 그래!

공침/공찬 아버지!

충란 가! ……. 빈손이, 빈손이 무겁구나!

소병 뒤에서 공찬의 혼백이 사라진다.

주마등이 돌기 시작한다.

충란의 눈에 한 줄기 눈물이 흐른다.

그 까맣고 서글픈 눈에 이내가 앉기 시작한다.

풍경이 다시 울기 시작한다.

- 終 -

설공찬전 배경지 및 작자 관련 현지 사진 모음

1) 설공찬전 배경지 순창 관련 사진

(1) 설위(설공찬 증조부)의 묘(순창군 금과면 매우리 산68)

(2) 설갑인(설공찬의 조부)의 묘(금과면 매우리 산68)

(3) 설충란(설공찬의 아버지)의 묘(순창군 금과면 방성리 산23)

(4) 설충란 묘소 혼유석에 씌어진 일부 글씨의 탁본 모습

(5) 설충란의 부인 전주이씨(설공찬의 어머니)의 묘

(6) 설충수(설공찬의 숙부)의 집터로 추정되는 집

(순창군 금과면 매우리 설용준씨 집)

(7) 설충수(설공찬의 숙부)의 묘(순창군 금과면 동전리 산5-2)

(8) 살구나무 정자 터로 추정되는 현 삼외당의 모습

(9) 모정리의 마암

2) 작자 채수 관련 사진(충북 음성 · 경북 상주)

(1) 채수의 부친 채신보의 묘(충북 음성군 원남면 삼룡리)

(2) 만계정사 터로 추정되는 곳(원남면 삼룡리 : 채수가 어린시절을 보낸 곳)

(3) 쾌재정(설공찬전 창작 장소)(경북 상주시 이안면 이안1리)

(4) 쾌재정

(5) 쾌재정에서 채수의 후손들과 함께

(6) 쾌재정의 현판

(7) 쾌재정에 걸려 있는 〈쾌재정중수기〉

(8) 오봉산(종남산) 아래 청허정사 터로 추정되는 재실의 원경(이안2리)

(9) 석가산(石假山)과 못이 있던 자리(지금은 논)(이안2리)

(10) 청허정사 터로 추정되는 재실(이안2리)

(11) 새로 세운 채수 신도비(상주시 공검면)

(12) 채수의 묘(상주시 이안면)

(13) 채수 묘소의 비석(상주시 이안면)

(14) 채수의 장인 담양공 권이순의 묘(이안면 이안2리 오봉산 기슭)

(15) 채수의 위패가 모셔진 임호서원(함창읍 신흥리)

(16) 임호서원 현판

(17) 임호서원 내 채수의 위패

(18) 채수의 필적

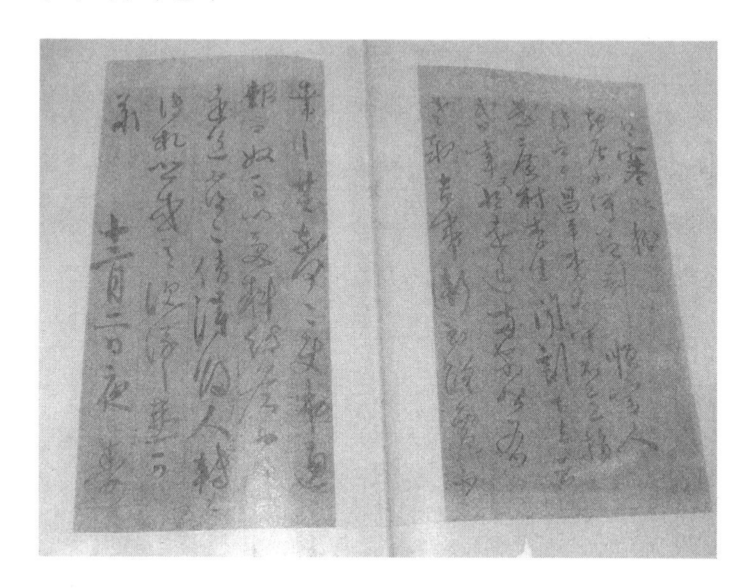

참/고/문/헌

【資料】

- 『中宗實錄』
- 『懶齋集』
- 『稗官雜記』
- 경주순창설씨대동보
- 문화류씨세보(국립중앙도서관 소장, 목판본, 1562)
- 묵재일기 상 · 하(과천 : 국사편찬위원회, 1998, 탈초본)
- 씨족원류(『풍양조씨문집총서』 제5집, 서울, 풍양조씨화수회, 1991수록)
- 淳昌鄕誌社, 淳昌鄕誌 ; 節義賢士(淳昌鄕誌社, 2003).
- 전주이씨효령대군정효공파세보
- 조선왕조실록

【單行本】

- 고정옥, 국어국문학요강(서울 : 대학출판사, 1949).
- 국사편찬위원회 1종도서연구개발위원회, 고등학교 국사(하)(서울 : 교육부, 1996).
- 김광순, 고소설사(새문사, 2006).
- 김동욱, 국문학개설(서울 : 민중서관, 1961).
- 김태곤, 무속과 영의 세계(서울 : 한울, 1993).
- 김태준, 조선소설사, 증보판(서울 : 학예사, 1939).
- 김혜정, 고소설 설공찬전의 현대적 변용 양상 연구(서경대 대학

원 석사논문, 2005)
- 김홍철, 「하계동소재 국문고비 연구」, 향토서울 40(서울 : 서울시사편찬위원회, 1982).
- 김홍규 외, 「한국한문소설목록」, 고소설연구 9(서울 : 한국고소설학회, 2000).
- 남광우, 古今漢韓字典(인천 : 인하대출판부, 1995).
- 노꽃분이, 김태준의 조선소설사 연구(서울 : 이화여대 대학원 석사학위논문, 1993).
- 大谷森繁, 韓國古小說研究(景仁文化社, 2010).
- 민족문학사연구소, 묻혀진 문학사의 복원 ; 16세기 소설사(소명출판, 2007).
- 박희병 한국고전인물전연구(서울 : 한길사, 1992).
- 박희병, 조선후기 전의 소설적 성향 연구(서울 : 성균관대학교 대동문화연구원, 1993).
- 사재동, 「설공찬전의 몇 가지 문제」, 불교계 국문소설의 연구(서울 : 중앙문화사, 1994).
- 사재동, 불교계 국문소설의 연구(서울 : 중앙문화사, 1994).
- 사재동, 韓國古典小說의 實相과 展開(中央人文社, 2006).
- 소인호, 고소설사의 전개와 서사문학(아세아 문화사, 2001).
- 소인호, 韓國古小說史((국학자료원, 2001).
- 소인호, 韓國傳奇文學研究(國學資料院, 1998).
- 소인호, 한국전기소설사연구(집문당, 2005).
- 소재영, 기재기이연구(서울 : 고려대학교 민족문화연구소, 1990).
- 신병주, 고전 소설 속 역사여행(돌베개, 2005).

- 신병주, 역사와 이야기가 있는 답사기행 2 ; 전라북도편(새문사, 2013).
- 안수정, 국역 懶齋集- 蔡壽, 열정적 爲政者, 유쾌한 世外人(이화, 2016).
- 안수정, 나재 채수의 시문학 연구(충남대학교 대학원 박사학위논문, 2015)
- 언관 채수가 귀신이야기를 쓴 까닭은? ; 최초공개 조선시대의 금서-설공찬전(KBS 영상사업단, 1997).
- 오춘택, 한국고소설비평사연구(서울 : 고려대학교 대학원 박사학위논문, 1990).
- 왕형철, TV 조선왕조실록 ; 언관 채수가 귀신이야기를 쓴 까닭(KBS Media, 2008).
- 유가현, 문학교과서 제재로서의 설공찬전 연구(강원대 교육대학원 석사논문, 2009)
- 유정일, 기재기이의 전기소설적 특성에 관한 연구(서울 : 동국대학교 대학원 박사학위논문, 2002).
- 이금희, 사씨남정기연구(서울 : 반도출판사, 1991).
- 이명선, 조선문학사(서울 : 조선문학사, 1948).
- 이민희, 조선을 훔친 위험한 冊들 ; 조선시대 책에 목숨을 건 13가지 이야기(문학동네, 2008).
- 이복규, 새로 발굴한 초기 국문 국문본소설(박이정, 1998).
- 이복규, 설공찬전 연구(박이정, 2003).
- 이복규, 설공찬전-주석과 관련자료(새문사, 1997).
- 이복규, 우리고소설연구(역락, 2004).

- 이복규, 임경업전연구(서울 : 집문당, 1993).
- 이복규, 초기 국문 · 국문본소설(서울 : 박이정, 1998).
- 이상택, 古典小說論(한국방송대학교 출판부, 1998).
- 이상택, 한국 고전소설의 이론(서울 : 새문사, 2003).
- 이상택 · 윤용식, 고전소설론(서울 : 한국방송대학교 출판부, 2002).
- 이윤석, 임경업전 연구(서울 : 정음사, 1985).
- 이윤석, 홍길동전 연구(대구 : 계명대학교 출판부, 1997).
- 이중연, '책'의 운명 ; 조선~일제강점기 금서의 사회 · 사상사(혜안, 2001).
- 장덕순, 한국문학사(서울 : 동화문화사, 1975).
- 장윤선, 조선의 선비, 귀신과 通하다(이숲, 2008).
- 장효현, 「전기소설 연구의 성과와 과제」, 민족문화연구 28(서울 : 고려대학교 민족문화연구소, 1995).
- 장효현, 한국전기소설사연구(서울 : 고려대학교출판부, 2002).
- 정명기, 한국고소설관련 자료집1(태학사, 2001).
- 정병설, 조선시대 소설의 생산과 유통(서울대학교출판문화원, 2016), 69~75쪽
- 정상균, 한국중세서사문학사(서울 : 아세아문화사, 1999) .
- 정상균, 한국중세서사문학사(아세아문화사, 1999).
- 정용준, 요령 국문학사(서울 : 경기문화사, 1957).
- 정주동, 홍길동전연구(대구 : 문호사, 1961).
- 정환국, 초기 소설사의 형성과정과 그 저변(소명출판, 2005).
- 조동일, 문학사와 철학사의 관련 양상(한샘, 1992).
- 조동일, 제3판 한국문학통사 3(서울 : 지식산업사, 1994).

- 조윤제, 국문학사(서울 : 동국문화사, 1949).
- 조희웅, 「17세기 국문 고전소설의 형성에 대하여」, 어문학논총 16(서울 : 국민대학교 어문학연구소, 1997).
- 조희웅, 「북한소재 고전소설 서목목록」, 한국고전소설과 서사문학(상)(서울 : 집문당, 1998).
- 조희웅, 이야기문학 모꼬지(서울 : 박이정, 1995).
- 차용주, 韓國漢文小說史(亞細亞文化社, 2006).
- 채수 외, 이동재 역, 조선의 젊은 선비들 개성을 가다(보고사, 2008).
- 채수 외 지음, 전관수 옮김, 조선 사람들의 개성 여행(지식을 만드는 지식, 2012).
- 채수, 난재선생문집(懶齋先生文集)
- 최동호 · 신재기 · 고형진 · 장장식, 고등학교 문학(상)(서울 : 대한교과서주식회사, 1995).
- 최운식, 설화 고소설 교육론(민속원, 2002).
- 최운식, 한국 고소설 연구(서울 : 보고사, 1997).
- 한국고소설학회, 한국고소설론(서울 : 한국고소설연구회, 아세아문화사, 1998년).
- 현토석자구해 논어집주(서울 : 명문당, 1976).
- 황패강, 조선왕조소설연구(서울 : 한국연구원, 1978).
- 황패강, 한국서사문학연구(서울 : 단국대출판부, 1972).

【論文】

- 김길연, 한국 금서의 시대별 양상 연구(서경대 대학원 박사학위

논문, 2013).
• 김상희, 「Pamela Andrews 의 Plot과 인물」, 인문연구10(서울 : 중앙대학교 인문과학연구소, 1988).
• 김종철, 「소설문학의 연구동향」, 『국문학연구 1998』(태학사, 1998).
• 김혜정, 고소설 〈설공찬전〉의 현대적 변용양상 연구(서경대학교 대학원 석사논문, 2005).
• 민관동, 「중국소설의 한글 번역 문제」, 한국고소설학회 · 동방문학비교학회 · 한국중국소설학회 1998 동계공동학술대회 발표요지(서울 : 건국대학교 국제회의실, 1998.2.10).
• 박대복, 〈薛公瓚傳〉의 筆禍와 怪異的 文學觀, 『語文硏究』36권 4호 통권140호(韓國語文敎育硏究會, 2008).
• 박병동, 「한국 저승설화의 실상」, 설화와 역사(서울 : 집문당, 2000).
• 박희병, 「한문소설과 국문소설의 관련양상」, 『한국문학에 있어서 국문문학과 한문문학의 관련양상』(한국고전문학회 · 한국한문학회 공동주최 1998년도 전국학술대회 발표집).
• 史在東, 〈薛公瓚傳〉의 몇 가지 問題(語文硏究 25, 1994).
• 소인호, 「〈설공찬전〉 재고」, 어문논집 37(안암어문학회, 1998).
• 소인호, 고소설사 기술에 있어서 '최초주의'에 대한 반성적 고찰, 『우리文學硏究』제21집(우리文學會, 2007).
• 소인호, 저승경험담의 서사문학적 전개 ; 초기소설과의 관련양상을 중심으로(우리文學硏究 27, 2009).
• 송민숙, 연극성과 풍자성을 겸비한 극단 신기루만화경의《설공찬

전》(연극평론 52, 2009).
- 유탁일, 「나재 채수의 설공찬전과 왕랑반혼전」, 한국문학회 제7차 발표회 발표요지(1978.5.30).
- 이복규, 〈설공찬전〉과 「엑소시스트」의 퇴마양상비교(동아시아고대학 14, 2006).
- 이복규, 「묵재일기 부대기록에 대하여」, 동방학3(서울 : 한서대부설 동양고전연구소, 1997).
- 이복규, 「순창 배경의 고소설 〈설공찬전〉」, 순창 문화유산 탐구Ⅱ(순창문화원, 2000).
- 이복규, 「오륜전전서의 재해석」, 어문학 75(대구 : 한국어문학회, 2002).
- 이복규, 「채수론」, 고전작가작품의 이해(서울 : 박이정, 1998).
- 이복규, 「홍길동전 작자논의의 연구사적 검토」, 한국고소설의 재조명(서울 : 아세아문화사, 1996).
- 이복규, 〈설공찬전〉 국문본의 발견 경위와 의의(古小說硏究 3, 1997).
- 이복규, 〈설공찬전〉〈주생전〉국문본 등 새로 발굴한 5종의 국문표기 소설연구 ; 필사연대 추정과 소설사적 의의를 중심으로(古小說硏究 6, 1998).
- 이복규, 〈설공찬전〉국문본을 둘러싼 몇가지 의문에 대한 답변(溫知論叢4, 1998).
- 이복규, 〈설공찬전〉이 실화에서 유래한 소설일 가능성(국제어문 28, 2003).
- 이복규, 우리나라를 무대로 한 고소설의 배경지에 대하여(한국의

민속과 문화1, 1998).
- 이복규, 최고 한글표기소설 '설공찬전' 국문본의 해제와 원문(史學研究, 1997).
- 이복규, 『설공찬전 연구』, 박이정, 2004
- 〈공인순창설씨단비〉
- 『국조방목(國朝榜目)』
- 『문화류씨세보』(『가정보(嘉靖譜)』)
- 『사마방목(司馬榜目)』
- 『상산김씨대동보』
- 『순창설씨 족보』
- 『씨족원류(氏族源流)』
- 『전주최씨족보』
- 『전주최씨세적록(全州崔氏世蹟錄)』
- 이수봉, 「한강현전 연구」, 파전 김무조 박사 화갑기념논총(동간행위원회, 1988).
- 이진아, 〈지리다도파도파 설공찬전〉 연구 ; 전통서사문학의 현대극적 수용가능성을 중심으로(공연문화연구, 2005).
- 이해제, 地理多都波都波薛公瓚傳(공연과 이론, 2003).
- 이희주, 경전상의 규범관념과 군신도덕, 온지논총 4(온지학회, 1998).
- 임형택, 「한국문학에 있어서 국문문학과 한문문학의 관련이 갖는 역사적 의미」, 한국문학에 있어서 국문문학과 한문문학의 관련양상(한국고전문학회 · 한국한문학회 공동주최 1998년도 전국학술대회 발표집).

• 임형택, 「홍길동전의 신고찰(상)」, 창작과비평 42(서울 : 창작과 비평사, 1976).
• 임혜경, 〈지리다도파도파 설공찬전〉의 작가/연출가(공연과 이론, 2003).
• 장하연, 고소설에 나타난 還魂모티프와 저승관 연구(단국대학교 교육대학원, 2010)
• 정민, 「〈주생전〉의 창작 기층과 문학적 성격」, 한양어문 9(서울 : 한양어문학회, 1991).
• 정경숙, 2003 권력유감 심포지엄 〈지리다도파도파 설공찬전〉 희화화에 묻혀 한판 축제로 끝난 권력담론(공연과 이론, 2003).
• 정병설, 조선후기의 한글소설바람(韓國史市民講座 37, 2005).
• 정상균, 〈설공찬전〉 연구(고전문학과 교육, Vol.1 No.1, 1999).
• 정우영, 〈설공찬전〉한글본의 원문판독 및 그 주석(한국어문학연구33, 1998).
• 정출헌, 16세기 서사문학사의 지평과 그 미학적 층위(한국민족문화 26, 2005).
• 정환국, 薛公瓚傳 파동과 16세기 소설인식의 추이(민족문학사연구, 2004).
• 조도현, 〈薛公瓚傳〉을 통해 본 초기소설의 유통양상,『語文研究』 제51권(語文研究學會, 2006).
• 조현설, 16세기 일기문학에 나타난 사대부들의 신이담론과 소설사의 관계(한국어문학연구 51, 2008).
• 조현설, 조선전기 귀신이야기에 나타난 神異 인식의 의미(古典文學研究 23, 2003).

• 최범훈, 「홍길동전의 어학적 분석」, 허균의 문학과 혁신사상(서울 : 새문사, 1981).
• 허순우, 국문번역본 〈설공찬전〉에 반영된 死生觀 고찰,『韓國古典研究』통권21집(韓國古典研究學會, 2010).
• 황패강, 「한국 고소설의 표기 문제」, 한국고소설학회 · 동방문학비교학회 · 한국중국소설학회 1998 동계공동학술대회 발표요지(서울 : 건국대학교 국제회의실, 1998.2.10).

찾/아/보/기

ㄱ

ㄴ

ㄷ

ㄹ

ㅁ

ㅂ

ㅅ

ㅇ

ㅈ

ㅊ

ㅋ

ㅌ

ㅍ

ㅎ

이 복 규

국제대학(현 서경대학교) 국어국문학과 졸업

경희대학교 대학원 국어국문학과 석사 · 박사 과정 수료(문학박사)

한국학대학원 어문학과 박사과정 1년 수학

국사편찬위원회 초서연수과정 수료

밥죤스신학교 학부 · 연구원 수료

현 서경대학교 문화콘텐츠학과 교수

〈저서와 논문 등〉

『중앙아시아 고려인의 생애담 연구』, 『국어국문학의 경계 넘나들기』,

시집 『내 탓』, 『육필원고 · 원본대조 윤동주 시전집』 등 단독저서 40여 종.

「윤동주의 이른바 '서시'의 제목 문제」를 비롯하여 학술논문 130여 편.

이복규교수의 교회용어 · 설교예화카페(http://cafe.naver.com/bokforyou) 운영중.

이메일주소 bky5587@empas.com

한글로 읽힌 최초 소설

설공찬전의 이해

초판 인쇄 | 2018년 5월 4일
초판 발행 | 2018년 5월 4일

지 은 이 이복규

책임편집 윤수경

발 행 처 도서출판 지식과교양
등록번호 제2010-19호
주 소 서울시 도봉구 삼양로142길 7-6(쌍문동) 백상 102호
전 화 (02) 900-4520 (대표) / 편집부 (02) 996-0041
팩 스 (02) 996-0043
전자우편 kncbook@hanmail.net

ISBN 978-89-6764-120-7 93810 정가 37,000원